Ils ont aimé les aventur[...]se

« Nourri dès [...]nov,
Andy McDe[...] ce
roman d'aven[...]tre
du genre. » ***Le***[...]

« Du Tibet au Brésil en passant par l'Europe et la Norvège, entre James Bond et Spielberg, le voyage se veut haletant, drôlement bien ficelé et truffé de personnages attachants. Andy McDermott promet ! » ***TGV Magazine***

« On croirait voir le film ! » ***Daily Express***

« La série la plus palpitante du moment. » ***Daily Mirror***

« L'évasion à l'état pur. » ***Crime and Publishing***

« Andy McDermott est le digne héritier de Clive Cussler. » ***Huddersfield Daily Examiner***

« *Indiana Jones* à cent à l'heure ! » ***Bookseller***

« Mieux que les montagnes russes ! » ***Popcorn***

Né à Halifax dans le West Yorkshire, ancien journaliste et critique de cinéma, **Andy McDermott** s'est lancé dans le thriller archéologique, le jour où il a compris qu'Hollywood ne lui donnerait pas 200 millions de dollars pour réaliser le film d'action de ses rêves. Aujourd'hui, sa série est traduite en plus de vingt langues et chacun des volumes, dont celui que vous tenez entre vos mains, s'est hissé parmi les best-sellers du *New York Times*.

Du même auteur, aux éditions Bragelonne,
en grand format :

À la poursuite de l'Atlantide
Le Tombeau d'Hercule
Le Secret d'Excalibur

Aux éditions Bragelonne,
au format poche :

À la poursuite de l'Atlantide
Le Tombeau d'Hercule
Le Secret d'Excalibur

Ce livre est également disponible
au format numérique

www.bragelonne.fr

ANDY MCDERMOTT

LE SECRET D'EXCALIBUR

Une aventure de Wilde et Chase

Traduit de l'anglais (Grande-Bretagne) par Vincent Basset

Bragelonne

Ouvrage paru sous la direction de Lilas Seewald

Titre original : *The Secret of Excalibur*

Première édition publiée par Headline Publishing Group

ISBN : 979-10-281-0326-2

Bragelonne
60-62, rue d'Hauteville – 75010 Paris

E-mail : info@bragelonne.fr
Site Internet : www.bragelonne.fr

Pour ma famille et mes amis

Prologue

Sicile

Juchée sur son promontoire, la petite église veillait sur le village de San Maggiori comme elle le faisait chaque soir depuis sept siècles. La route poussiéreuse qui permettait d'y accéder était raide et sinueuse, mais les habitants du village étaient si fiers de leur sanctuaire et de sa longue histoire qu'ils ne se plaignaient jamais de son accès difficile. Ou, du moins, ils ne s'en plaignaient pas trop souvent.

Personne à San Maggiori n'était plus fier de cette église que le père Lorenzo Cardella. Il savait que cet orgueil était théoriquement un péché, mais ce lieu appartenait à Dieu et, à n'en pas douter, le Créateur lui-même en appréciait la beauté. D'apparence et de taille modestes, l'église, qui remontait à l'époque du Saint Empire romain germanique, avait survécu à des siècles d'intempéries et de guerres, d'invasions et d'insurrections. Dieu, songea le père Cardella, aimait au moins autant que lui ce lieu saint pour l'avoir préservé si longtemps.

Le prêtre s'accorda encore un instant pour admirer la splendeur du coucher de soleil avant de revenir vers l'église. Il s'apprêtait à en fermer les portes en chêne patinées par les ans quand il entendit crisser les pneus d'un véhicule grimpant le dernier lacet de la route. Un gros SUV noir franchit le virage, non sans peine malgré ses quatre roues motrices.

Le père Cardella réprima un soupir. Le 4 x 4 – un modèle américain, estima-t-il au vu de sa taille énorme et de ses chromes tape-à-l'œil – possédait une plaque d'immatriculation étrangère. L'idée que les églises puissent avoir des heures d'ouverture comme n'importe quel autre lieu public semblait échapper aux touristes, qui donnaient parfois l'impression de croire que le monde entier était un parc de loisirs soumis à leur bon plaisir. Eh bien, ce groupe-là repartirait déçu.

Le véhicule s'immobilisa devant l'église. Le père Cardella se composa un visage poli en attendant que sortent ses occupants. Les vitres teintées étaient si sombres qu'il ne parvenait pas à distinguer l'intérieur du 4 x 4. Il retint un autre soupir. Pour qui se prenaient-ils donc ? Pour des stars de Hollywood ?

Les portières s'ouvrirent.

Décidément, rien à voir avec des stars de cinéma. Le père Cardella s'efforça de rester le plus charitable possible, mais il y avait longtemps qu'il n'avait pas contemplé pareil étalage de laideur. Le conducteur sortit le premier : un homme au crâne rasé et au teint jaunâtre, quasi maladif. Il avait l'allure d'un soldat – ou d'un repris de justice. Un géant émergea du côté passager : une véritable montagne de muscles qui s'extirpa avec difficulté de l'habitacle pourtant spacieux du 4 x 4. Sa barbe rêche masquait le bas de son visage couturé de cicatrices, dont la plus spectaculaire formait un nœud de chairs fripées au milieu du front. Il avait certainement eu beaucoup de chance de survivre à une telle blessure.

La troisième personne à sortir du véhicule était une femme. Le père Cardella l'aurait trouvée belle sans l'expression revêche et menaçante qui durcissait ses traits, et sans ses cheveux teints en bleu criard, si mal coiffés qu'elle paraissait les avoir coupés elle-même avec un couteau et sans l'aide d'un miroir. La femme effectua un rapide tour d'horizon avant de poser sur le père Cardella un regard dont l'intensité le mit mal à l'aise.

L'espace d'un instant, les trois personnages restèrent là, immobiles, à l'observer. Puis la femme tapa deux fois à la fenêtre de la voiture, et le dernier occupant descendit à son tour.

Il était plus âgé que les autres, ses cheveux ras grisonnaient, mais la même dureté émanait de son physique manifestement forgé par une vie de violence. D'instinct, le père Cardella sentit que cet homme n'était pas du genre à tendre l'autre joue, et sa nervosité s'accrut à le voir s'avancer vers lui tandis que ses compagnons lui emboîtaient aussitôt le pas avec un automatisme militaire. Le père Cardella recula légèrement sous le porche de l'église et posa une main sur la poignée de la porte.

— Puis-je… puis-je vous aider ?

Le chef du petit groupe se fendit d'un sourire inattendu qui étira sa grande bouche – elle évoqua au prêtre celle d'une grenouille –, mais l'éclat de ses yeux bleus demeurait glacial.

— Bonsoir. Il s'agit bien de l'église de San Maggiori, n'est-ce pas ?

L'homme s'exprimait dans un italien tout à fait correct, mais avec un accent prononcé. Un accent russe, songea le père Cardella.

— Tout à fait.

— Parfait, dit-il en hochant la tête. Je m'appelle Alexeï Kruglov. Nous sommes venus pour voir votre…

Il s'interrompit et fronça les sourcils, fouillant sa mémoire pour trouver le mot qui lui manquait.

— …votre reliquaire.

— Je suis désolé, mais l'église est fermée pour ce soir, répondit le père Cardella, la main toujours posée sur la poignée de la porte. Elle rouvrira demain matin, à 10 heures. Je pourrai alors vous faire visiter les lieux, si vous le souhaitez.

Le sourire froid de l'homme fit son retour.

— Cela ne nous arrange pas vraiment. Nous voudrions le voir maintenant.

Le père Cardella dissimula son inquiétude croissante sous un masque dédaigneux, et il ouvrit la porte pour en franchir le seuil avant de se retourner, prêt à la claquer au nez des importuns.

— Navré, l'église est fermée. À moins que vous ne soyez là pour vous confesser ? ajouta-t-il dans une vaine tentative pour détendre l'atmosphère.

Son sang se figea en voyant le sourire de Kruglov se muer en un rictus sadique.

— Ah, mon père, Dieu lui-même serait horrifié par tout ce que j'aurais à confesser, répondit-il avec un petit geste de la main pour inviter ses compagnons à passer à l'action.

Le père Cardella referma précipitamment la porte et tira le verrou alors que quelqu'un venait la percuter violemment. Il s'arc-bouta contre le panneau en chêne en s'appliquant à réfléchir malgré la panique qui le gagnait. Son téléphone portable se trouvait dans son bureau, à l'arrière de l'église ; s'il appelait le village, il ne faudrait que quelques minutes pour que des gens arrivent à son secours…

Un nouvel impact contre la porte renversa le père Cardella, qui s'affala au sol, tandis que le verrou était à moitié arraché du montant. Une énorme main noueuse apparut dans le jour entre le chambranle et le battant, pour finir d'ouvrir la porte.

Couché sur le sol, le père Cardella frappa des deux pieds contre la porte en y mettant toute sa force, et le lourd panneau en chêne écrasa la main contre le chambranle. Un grognement étouffé lui parvint de l'extérieur, et il attendit un hurlement de douleur qui ne vint jamais.

Au lieu de cela, il entendit un *rire.*

Le père Cardella se releva maladroitement et descendit l'allée entre les bancs de l'église. Il jeta un coup d'œil par-dessus son épaule alors que la porte cédait dans un sinistre craquement. Il aperçut le géant barbu dressé sur le seuil, un sourire dément sur le visage.

Dehors, la femme cria quelque chose en russe, et le père Cardella se précipita vers son bureau avec l'énergie du désespoir.

— Dégage de là, Bulldozer ! fulmina la femme aux cheveux bleus. Et arrête de te marrer, espèce de demeuré !

— J'ai bien aimé ! rugit le colosse sans réagir à son insulte.

Il recula d'un pas en examinant sa main, dont le dos était entaillé sur toute la largeur. Le sang poissait son épaisse pilosité.

— Ah ! s'exclama-t-il. Le vieil homme rue comme un mulet !

Kruglov claqua des doigts d'un air impatient.

— Dominika, Yosarin, attrapez le prêtre. Maximov, tu viens avec moi, ordonna-t-il à l'adresse du géant.

La femme et l'homme au crâne rasé opinèrent docilement et s'engouffrèrent dans l'église.

Maximov essuya le sang de sa main avec un dernier grognement de plaisir.

— Où va-t-on, boss ?

— On s'occupe du reliquaire. Si l'Allemand a vu juste, ce qu'on cherche devrait s'y trouver.

Il montra l'intérieur de l'église et Maximov grogna de nouveau, cette fois pour manifester son assentiment. Le géant baissa la tête pour passer la porte, et Kruglov le suivit.

Le prêtre avait atteint une petite porte à l'autre bout de l'église, qu'il claqua derrière lui. Kruglov fronça les sourcils. Soit il espérait se barricader dans cette pièce jusqu'à recevoir de l'aide, soit…

— Dominika, s'il sort de l'église, arrête-le, lança-t-il alors que son esprit élaborait instantanément une nouvelle stratégie. Maximov, défonce-moi cette porte.

Dominika pivota sur elle-même et rebroussa chemin pour sortir de l'église au pas de course tandis que Yosarin arrivait jusqu'à la porte du fond. Comme Kruglov l'avait anticipé, le prêtre l'avait verrouillée de l'intérieur. Maximov descendit l'allée de la nef en trottinant pesamment pour se jeter contre la porte, l'épaule la première. Bien moins robuste que la lourde porte en chêne de l'église, elle fut arrachée de ses gonds par l'impact. La porte et Maximov allèrent s'écraser contre le bureau du père Cardella, qui se renversa en répandant sur le sol le contenu de ses tiroirs.

Yosarin entra aussitôt, juste à temps pour apercevoir le prêtre paniqué disparaître par une autre issue au fond de la pièce.

— Il file par-derrière ! cria-t-il à l'intention de Kruglov.

— Rattrape-le !

Yosarin se rua sur les talons du prêtre, tandis que Maximov se dépêtrait du bureau fracassé pour se relever.

— Vous voulez que je lui coure après, moi aussi, boss ? demanda-t-il.

— Pas la peine, répondit Kruglov. Allons chercher ce pour quoi nous sommes venus.

Le père Cardella filait sur l'étroit sentier coincé entre l'arrière de l'église et l'abrupte pente rocailleuse. Il serrait son téléphone portable d'une main crispée, mais n'osait pas ralentir pour prendre le temps de composer un numéro.

Il entendit un claquement derrière lui, celui de la porte qui s'ouvrait violemment. Ils arrivaient.

Qui étaient donc ces gens, et que voulaient-ils ? L'homme plus âgé avait parlé du reliquaire : ils cherchaient quelque chose parmi les reliques gardées dans l'église. Mais pourquoi ?

Ces objets n'avaient d'importance qu'au regard de l'histoire du sanctuaire ; ils n'avaient guère de valeur pécuniaire. Au mieux, ils devaient représenter quelques milliers d'euros, rien qui vaille la peine de venir de Russie pour les dérober.

Le père Cardella tourna au coin de l'église et risqua un regard en arrière alors que le sentier s'élargissait. L'homme au crâne rasé était lancé à sa poursuite et courait avec une régularité de machine. Le gros 4 x 4 se trouvait toujours garé devant l'entrée de l'église ; la femme avait ouvert le coffre du véhicule pour en sortir un long étui cylindrique.

Impossible, donc, de passer par là pour rejoindre la route. Mais il existait un autre chemin, un ancien sentier qui descendait le coteau boisé jusqu'au village.

Le cœur cognant dans sa poitrine, le père Cardella se dirigea vers une trouée dans les buissons qui marquait le début du sentier. Il ne l'avait plus emprunté depuis des années, mais il le connaissait par cœur et, à moins que son poursuivant ne possède l'agilité d'une chèvre, il aurait du mal à conserver son allure sur une pente aussi escarpée. Le père Cardella avait seulement besoin que l'homme ralentisse quelques secondes, juste le temps de se servir de son téléphone. Un seul appel suffirait pour que le village entier se porte à son secours : les habitants de San Maggiori ne laisseraient jamais des étrangers s'en prendre impunément à leur prêtre.

Il arriva aux buissons, et le versant de la colline s'ouvrit à ses pieds.

Le bruit de course derrière lui se rapprocha…

Le père Cardella sauta dans la pente et sa soutane noire flotta derrière lui comme une cape. Il atterrit au milieu de la rocaille et des racines. Le sentier était à peine visible et seule sa mémoire le guidait. Il agita les bras pour garder l'équilibre et contrôler sa descente.

Un cri retentit derrière lui – un juron dans une langue étrangère, immédiatement suivi du fracas de branches cassées.

Le père Cardella n'eut pas besoin de se retourner pour comprendre ce qui venait de se passer : son poursuivant avait glissé et était tombé dans un buisson.

Il bénéficiait enfin de quelques secondes de répit. Il leva son téléphone et appuya une touche pour afficher le répertoire. N'importe quel habitant du village ferait l'affaire. Il choisit le premier nom et pressa le bouton. Un message sur l'écran lui indiqua que l'appel était en cours. Deux ou trois secondes pour que la liaison s'établisse, et encore quelques secondes pour que quelqu'un décroche…

Le téléphone collé à l'oreille, il se retourna pour observer la pente au-dessus de lui. Il entendit sonner. Le Russe chauve était encore empêtré dans le buisson.

Allez, décroche…

Une autre silhouette apparut au sommet de la colline, éclairée à contre-jour par le soleil couchant. La femme aux cheveux bleus.

Un « clic » résonna à son oreille : on avait décroché.

— Allô ?

Le père Cardella ouvrit la bouche pour parler…

L'épais silencieux vissé au canon du fusil de Dominika réduisit le bruit de la détonation à un chuintement sourd, si ténu que le père Cardella n'entendit pas le tir qui le tua.

Le reliquaire reposait dans une chapelle exiguë qui s'ouvrait derrière l'autel, et qui était si basse de plafond que Kruglov devait baisser la tête – mais, entièrement concentré sur son objectif, il n'y prêta pas attention. Les autres objets que contenait le reliquaire, soigneusement exposés sur un capitonnage de velours rouge à l'intérieur du coffret vitré, n'étaient que des vieilleries sans intérêt : un très ancien manuscrit enluminé de la Bible, un plat en argent gravé d'une crucifixion, un calice en or… Rien qui méritait davantage qu'un rapide coup d'œil. Kruglov savait exactement ce qu'il cherchait.

L'objet était là, remisé dans un coin du présentoir comme si le prêtre ne lui avait guère accordé de valeur. Il est vrai que son aspect ne plaidait pas en sa faveur : un morceau de métal de dix centimètres de long – la pointe brisée d'une épée. Un symbole circulaire était gravé dessus : un labyrinthe, marqué de petits points. Ce symbole excepté, la relique n'avait absolument rien de remarquable.

Pourtant, le visage de Kruglov arbora de nouveau son sourire froid quand il l'aperçut. En toute honnêteté, il avait pensé que l'Allemand leur montait un bateau, ou qu'il s'agissait d'un détraqué qui racontait n'importe quoi. Mais Vaskovich ne partageait pas cet avis… et, en définitive, c'était son opinion à lui seul qui comptait.

Kruglov désigna le reliquaire. Maximov, presque contraint de se plier en deux pour tenir dans la chapelle, abattit son poing sur la vitre, la brisant en morceaux qui tombèrent sur les reliques. Un sourire involontaire fit frémir la barbe du géant, et Kruglov ne s'étonna pas de voir qu'un éclat de verre s'était enfoncé dans sa main. Habitué depuis longtemps aux réactions surprenantes de son subordonné, il ignora la chose et plongea la main dans le reliquaire pour écarter délicatement les bouts de verre et s'emparer du fragment d'épée. Après tout ce que Vaskovich lui avait expliqué, il s'attendait presque à ce que quelque chose d'extraordinaire se produise. Mais ce n'était qu'un morceau de métal, froid et inerte.

Maximov retira le débris de verre fiché dans sa main, puis se pencha pour examiner de plus près la coupe en or.

— On prend aussi le reste ? demanda-t-il en ébauchant un geste.

— Laisse ça, répliqua sèchement Kruglov.

Maximov fronça les sourcils d'un air déçu, et les tissus cicatriciels se contorsionnèrent au milieu de son front.

— Mais c'est de l'or !

— Tu peux acheter bien mieux chez n'importe quel orfèvre de Moscou. Nous ne sommes venus que pour ça, dit-il en levant le fragment d'épée. (Il sortit de la poche intérieure de sa veste un long écrin métallique doublé de mousse et y plaça précautionneusement la relique avant de le refermer.) Pour rien d'autre.

Dominika passa la tête dans la chapelle.

— Je me suis occupée du prêtre, annonça-t-elle d'une voix neutre.

Maximov plissa de nouveau son front couturé.

— Tu l'as *tué* ?

Elle émit un ricanement sarcastique.

— *Da.*

— Mais c'était un prêtre ! protesta-t-il. On ne peut pas tuer un prêtre !

— Si, on peut, et c'est même facile, rétorqua-t-elle en haussant les épaules avant d'aviser l'écrin que Kruglov tenait dans sa main. Vous l'avez ?

— Oui. Nous pouvons partir. (Kruglov fouilla du regard l'église derrière elle.) Où est Yosarin ?

— Il est tombé dans les buissons, soupira-t-elle d'un air excédé.

Kruglov secoua la tête, rangea l'écrin dans sa veste et se baissa pour sortir de la petite chapelle.

— Faites partir l'incendie de là, décida-t-il en montrant du doigt la première rangée de bancs. Inutile de maquiller ça en accident. Les gens accuseront la Mafia sicilienne : ce serait bien dans son genre.

Kruglov remonta l'allée tandis que Dominika répandait de l'essence à briquet sur un banc, avant de lancer une allumette dans la flaque de liquide inflammable, qui s'embrasa aussitôt dans un grésillement sourd.

Le trio quitta l'église et retrouva Yosarin à l'extérieur, pour embarquer dans le SUV noir. Alors que le véhicule descendait la route en lacet, les premières volutes de fumée commencèrent à s'échapper par la porte de la petite église et s'élevèrent dans le ciel, illuminées par les derniers rayons du soleil couchant.

1

WASHINGTON DC

Trois semaines plus tard

— Nerveuse ? demanda Eddie Chase en poussant du coude sa fiancée alors qu'ils approchaient de la porte.

Nina Wilde toucha le pendentif à son cou, qu'elle considérait comme son porte-bonheur.

— Ben, un peu, oui. Pas toi ?

— Pourquoi ça ? On l'a déjà rencontré, ce gars.

— D'accord, mais il n'était pas encore le Président !

Un assistant leur ouvrit la porte pour les introduire dans le Bureau ovale.

Une salve d'applaudissements accueillit leur entrée. Dans la pièce les attendaient l'amiral de l'US Navy à la retraite Hector Amoros, directeur de l'Agence internationale du patrimoine, un organisme sous l'égide des Nations Unies ; plusieurs fonctionnaires de la Maison-Blanche, ainsi que des représentants du Congrès ; la Première Dame… et Victor Dalton, le président des États-Unis d'Amérique.

— Professeur Wilde ! la salua-t-il en s'avançant pour serrer la main de Nina. Et monsieur Chase. Ravi de vous revoir tous les deux.

— J'en suis ravie également… monsieur le Président, ajouta Nina précipitamment.

— Merci, monsieur, répondit Chase en lui serrant la main à son tour.

Les autres personnes présentes se rassirent tandis que Nina, Chase et Dalton restaient debout.

Dalton attendit que tout le monde soit bien installé avant de prendre la parole en se tournant légèrement pour faire face à la fois à ses invités d'honneur et au photographe de la Maison-Blanche chargé d'immortaliser l'événement.

— Mesdames et messieurs, éminents représentants du Congrès, membres de mon cabinet, c'est pour moi un vrai privilège de remettre cette distinction à une femme dont l'indéfectible bravoure dans une situation d'extrême péril a sauvé un nombre incalculable de vies, tant en Amérique que dans le reste du monde. Une femme dont le dévouement à la science a modifié à jamais notre vision de l'histoire, en rendant au monde des trésors perdus qui relevaient jusqu'alors – du moins le pensait-on – du mythe et de la fable. En un sens, elle peut s'enorgueillir d'avoir protégé à la fois notre passé et notre avenir. C'est aujourd'hui un honneur pour moi de vous présenter le docteur Nina Wilde, qui a découvert la cité perdue de l'Atlantide ainsi que le tombeau d'Hercule, et qui a également préservé cette nation d'une odieuse attaque terroriste, et de lui décerner la plus haute décoration civile que le président de ce pays puisse accorder : la médaille présidentielle de la Liberté.

Nina rougit de confusion, tout en luttant contre l'envie toute professorale de corriger Dalton – l'Atlantide était le nom de l'île, pas de la ville – tandis que ce dernier s'emparait respectueusement de la médaille au ruban bleu clair qui lui était présentée sur son coussin de velours.

— Professeur Wilde, cette nation vous doit beaucoup. Je serais honoré que vous acceptiez cette distinction comme le symbole de notre éternelle gratitude.

— Merci, monsieur le Président, dit-elle en baissant la tête.

Dalton passa la médaille autour du cou de Nina, puis lui serra de nouveau la main, avant de l'inviter à se tourner vers le photographe. La série de flashes l'éblouit un instant, et le discours qu'elle avait préparé s'effaça de son esprit, balayé par ce déluge de lumière et d'applaudissements renouvelés.

— Merci, répéta-t-elle en s'efforçant de trouver quelque chose d'intelligent à dire. Je… je vous suis très reconnaissante de cette distinction, de cet honneur qui m'est fait. Et, euh, je voudrais également remercier mon fiancé Eddie…

Elle se crispa intérieurement. *Je voudrais également remercier ? Bon sang, on n'est pas à la cérémonie des Oscars !*

— …sans qui je serais probablement morte. Plusieurs fois. Merci. Merci à tous.

Nina recula d'un pas, les joues en feu, d'une couleur digne de rivaliser avec le roux de ses cheveux.

— Le professeur Wilde a quelque peu empiété sur mes plates-bandes, remarqua jovialement Dalton.

Quelques éclats de rire polis fusèrent, tandis que Nina n'aspirait plus qu'à se cacher dans un trou de souris.

— Effectivement, poursuivit le Président, la seconde personne que nous devons honorer aujourd'hui est Eddie Chase. (Il invita du geste Chase à s'avancer pour prendre la place de Nina.) M. Chase qui, en tant qu'ancien membre de l'unité d'élite britannique du Special Air Service, a exprimé, pour des raisons de sécurité, le souhait d'une cérémonie privée – une décision que nous ne pouvons que respecter. Mais cette nation lui doit, ainsi qu'au professeur Wilde, toute sa gratitude pour avoir contribué à déjouer un acte terroriste d'une effroyable ampleur. (Il serra la main de Chase.) Monsieur Chase, au nom du peuple des États-Unis d'Amérique, je vous remercie.

— Merci, répondit Chase alors que les applaudissements reprenaient de plus belle.

Mais ceux-ci moururent assez vite, dès qu'il apparut clairement que le récipiendaire n'avait pas l'intention de se lancer dans un discours de remerciement. Cette fois, une seule photo fut prise : contrairement aux clichés de Nina, qui feraient l'objet d'un dossier envoyé dans l'heure à toutes les agences de presse du monde, cette photo n'était destinée qu'aux archives de la Maison-Blanche. Puis Dalton se détourna légèrement de Chase, donnant le signal que la partie officielle de la cérémonie était terminée, et l'assistance se leva. Plusieurs politiciens saisirent l'occasion pour échanger un mot avec le Président.

— C'était donc ça, ton grand discours ? souffla Chase à Nina. Où est passée la tirade sur « les grands trésors du passé qui sont une source d'émerveillement pour notre temps » ?

Nina grimaça.

— Ne commence pas. Mon Dieu, j'étais tellement intimidée. Encore une chance que j'aie réussi à bafouiller quelque chose d'à peu près cohérent…

Amoros les rejoignit.

— Eh bien, mes félicitations à tous les deux. Eddie, êtes-vous bien sûr de ne vraiment vouloir aucune reconnaissance ? Sinon, on pourrait arranger ça…

— Tout à fait certain, répondit Chase d'une voix ferme. J'ai contrarié pas mal de monde au cours de toutes ces années : la dernière chose que je souhaite, c'est qu'une remise de médaille vienne leur rappeler que c'est moi qui ai flingué leur ordure de frère ou fait foirer leurs plans. (Il se tourna vers Nina.) En parlant de médaille, ça te va bien. Tu devrais la garder à l'aéroport, histoire de voir si elle peut nous valoir un surclassement !

Nina lui décocha un sourire sarcastique.

— Vous vous envolez toujours pour l'Angleterre ce soir ? demanda Amoros.

Chase hocha la tête.

— Mercredi, rendez-vous avec le président des États-Unis à la Maison-Blanche. Jeudi, rendez-vous avec ma grand-mère pour le thé à Bournemouth. Si ça, ce n'est pas du grand écart…

— Cela fait presque un an que nous sommes fiancés, expliqua Nina. Nous avons pensé qu'il était temps que je rencontre sa famille.

— *Tu* as pensé, rectifia Chase.

Nina s'abstint de lui répondre en voyant le Président s'approcher d'eux, entouré de son essaim de flagorneurs.

— Alors, professeur Wilde ? Vous avez déjà retrouvé l'Atlantide et le tombeau d'Hercule. Quel est donc votre prochain projet ? Découvrir le temple de Salomon ou, pourquoi pas, l'arche de Noé ?

Il acheva sa question sur un petit rire, mais Nina lui répondit avec le plus grand sérieux.

— En fait, le projet sur lequel je travaille actuellement pour l'AIP remonte bien plus loin dans le passé que toutes les recherches que j'ai entreprises jusqu'ici ; il remonte avant même l'époque de l'Atlantide. Je compte tirer parti de l'accès que m'offre l'AIP aux données archéologiques et anthropologiques du monde entier pour retracer l'expansion de l'humanité aux temps préhistoriques. (Nina se mit à parler plus rapidement à mesure qu'elle se laissait emporter par l'enthousiasme.) Le schéma général de l'expansion des hommes sortis d'Afrique pour coloniser l'Asie et l'Australasie, puis les Amériques et l'Europe, est relativement bien établi. L'abaissement du niveau des océans durant les différentes glaciations a permis à nos ancêtres de traverser à pied des zones géographiques qui se trouvent actuellement sous les eaux, et de s'y installer. Nous avons découvert en Indonésie un site particulièrement prometteur ; nous devrions entamer là-bas une campagne de fouilles d'ici à la fin de l'année.

— J'ai hâte de pouvoir enfin quitter le bureau pour retrouver un peu d'action ! ajouta Chase.

— Prends garde aux souhaits que tu formules, ils pourraient bien se réaliser, plaisanta Nina. Mon objectif est de déterminer le point exact de l'origine de l'humanité ; le véritable berceau de la civilisation, en quelque sorte.

Dalton haussa les sourcils.

— On dirait que vous êtes à la recherche du jardin d'Éden.

— Si l'on veut, oui. Mais pas dans le sens du jardin d'Adam et Ève, et du serpent qui parle. À dire vrai, découvrir l'endroit où la lignée d'*Homo sapiens* s'est séparée des autres hominidés risque de ne pas plaire aux créationnistes ! (Nina s'aperçut que Dalton s'était légèrement crispé, et Amoros s'éclaircit la gorge en un discret avertissement.) Oh, mon Dieu, je suis navrée : ils font partie de votre... base électorale, je crois ?

— Ce n'est rien, la rassura Dalton avec un petit sourire. Ma base électorale ne comporte pas que le mouvement créationniste, fort heureusement. Je peux même vous affirmer que certains de mes soutiens croient que la Terre tourne autour du Soleil ! ajouta-t-il avec un éclat de rire un peu forcé, aussitôt imité par son entourage. (Nina rit à son tour, partagée entre l'embarras et le soulagement.) Tout cela m'a l'air fascinant, professeur Wilde. Même s'il me paraît presque impossible de surpasser vos précédentes découvertes : l'Atlantide et le tombeau d'Hercule, et tout cela avant vos trente ans ! Que vous avez fêtés tout récemment, d'ailleurs, si je ne m'abuse ?

— C'est exact, répondit Nina, guère réjouie de se voir rappeler qu'elle venait d'entrer dans la trentaine.

— Eh bien, vous avez encore de longues années devant vous, pour d'autres succès tout aussi remarquables !

Dalton rit de nouveau ; Nina aussi, mais cette fois c'est elle qui dut se forcer un peu.

Le président Dalton était sur le point de se détourner quand Chase prit la parole.

— Excusez-moi, monsieur le Président, puis-je vous dire un mot ? En privé, si possible ? ajouta-t-il avec un signe de tête vers une partie du Bureau ovale à l'écart du groupe.

Dalton échangea un regard avec ses conseillers, puis s'avança en souriant, sous la surveillance des agents des services secrets présents dans la pièce.

— Bien sûr. Que puis-je pour vous, monsieur Chase ?

— J'aurais souhaité savoir où en étaient les choses pour Sophia.

— Vous voulez parler de Sophia Blackwood ?

Chase se retint de répondre : « Non, Sophia Loren ! » Sophia Blackwood – anciennement Lady Blackwood, le Parlement britannique l'ayant récemment déchue de son titre par contumace – était l'ex-femme de Chase… et le cerveau qui avait planifié l'attaque nucléaire terroriste que Nina et lui avaient réussi à déjouer de justesse.

— Oui, Sophia Blackwood. Aux dernières nouvelles, elle avait été transférée à la prison de Guantánamo. Quand son procès s'ouvrira-t-il ?

— Elle a été envoyée à Guantánamo pour sa sécurité, répondit Dalton. Si nous l'avions incarcérée dans un pénitencier ordinaire, elle serait morte avant même que nous ayons pu organiser son procès.

— Cela aurait épargné beaucoup de frais aux contribuables. Nous savons tous qu'elle est coupable et qu'elle sera, de toute façon, condamnée à la peine capitale, non ?

Dalton lui adressa un sourire glacial.

— J'ai toute confiance dans le système judiciaire pour aboutir à une juste sentence.

— Je suis heureux de l'entendre. (Chase lui tendit la main.) Je vous remercie, monsieur le Président.

— Merci à vous, monsieur Chase. (Le Président serra la main qu'il lui offrait, puis éleva la voix.) Et maintenant, si vous voulez bien m'excuser, je dois aller m'occuper d'une petite divergence d'opinions avec nos amis les Russes. L'USS *George Washington* est déjà sur place, mais il se pourrait que le déploiement d'un second porte-avions nous aide à faire valoir notre point de vue.

Les quelques rires discrets que suscita son commentaire avaient quelque chose de lugubre : le désaccord qui opposait les nations occidentales à la Russie à propos de ses revendications territoriales en Arctique avait pris un tour inquiétant quelques jours plus tôt, quand des bâtiments russes avaient contraint sous la menace de leurs canons un navire de surveillance américain à évacuer la zone contestée.

— Professeur Wilde, monsieur Chase, Hector, ajouta Dalton avec un signe de tête à Amoros, je vous remercie.

Poliment congédiés, Nina, Chase et Amoros quittèrent le Bureau ovale, guidés à travers les couloirs de la Maison-Blanche par un jeune assistant.

— Bon, ça s'est plutôt bien passé, dit Chase. Enfin, ma partie, en tout cas.

Nina se frappa le front du poing.

— Oh, Seigneur ! Je n'arrive pas à croire que je me sois ridiculisée à ce point devant le Président !

— Et deux fois en deux minutes, commenta Chase.

— Tu ne m'aides pas, là !

— Ne vous tracassez pas, Nina, la rassura Amoros. Vous vous en êtes très bien tirée.

Chase pointa le pouce vers la médaille au cou de Nina.

— Et tu as même eu droit à de la belle quincaillerie.

— De la quincaillerie ! Eddie, protesta Amoros, c'est la médaille présidentielle de la Liberté !

Nina se sentit elle aussi un peu vexée.

— Oui, arrête un peu, Eddie. Je ne me moquerais pas de toi si tu recevais une médaille de la reine.

— Qui a dit que ce n'était pas déjà le cas ? répliqua Eddie d'un air impassible.

Nina lui lança un regard suspicieux. Cela faisait plus de deux ans qu'ils se connaissaient, et elle peinait encore à savoir quand il parlait sérieusement ou, comme il aimait à le dire, quand il la charriait.

— Nan, lâcha-t-elle finalement. Si la reine t'avait vraiment décoré, tu t'en serais vanté. Même toi, tu n'es pas capable de garder un pareil secret.

Chase haussa les épaules.

— Pense ce que tu veux. Mais j'ai un tas médailles. C'est juste que je n'en fais pas tout un plat. Elles sont rangées dans une boîte, quelque part.

— Eh bien, tu pourras peut-être les retrouver et me les montrer quand nous serons à la maison. Nous avons un peu de temps avant de partir pour l'aéroport.

Chase lui adressa un sourire moqueur.

— Eh, mais je n'ai pas dit que la boîte était ici ! (Il donna une pichenette à la médaille de Nina, qui résonna avec un éclat métallique.) Tu devrais la garder pour le retour en train à New York. Histoire de voir si quelqu'un te reconnaît…

Nina fut effectivement reconnue durant le trajet en Acela, le train à grande vitesse qui les transporta jusqu'à Penn Station, mais ce ne fut pas à cause de sa médaille, qu'elle avait rangée dans son écrin de présentation avant de quitter la Maison-Blanche.

La découverte de l'Atlantide ne s'était pas déroulée dans des conditions idéales : en effet, le mécène qui avait financé l'expédition de Nina possédait en réalité de sinistres projets génocidaires. Et c'était en partie pour offrir au monde une histoire de cette découverte expurgée de ses détails les plus sombres que les nations occidentales avaient créé l'Agence internationale du patrimoine, sous l'égide des Nations Unies.

Un faux récit avait donc été forgé de toutes pièces, et un programme de communication soigneusement planifié pour révéler la découverte au grand public avec, comme de juste, Nina en vedette. Elle avait ainsi enchaîné les interviews dans les journaux, les magazines et les émissions de télévision, ce qui lui valait aujourd'hui d'être abordée par un inconnu qui souhaitait lui demander un autographe.

— Encore quelques passages à la télé, lui glissa Chase alors qu'ils descendaient du train, et tu vas te retrouver en couverture de tous les tabloïds.

— Surtout pas ! Je ne tiens pas à devenir célèbre à ce point, gémit Nina. Je ne suis pas une star de cinéma.

Elle devait pourtant admettre que se voir reconnue par un parfait étranger était une expérience qui, si elle avait quelque chose d'étrange, n'en restait pas moins flatteuse.

— Tu es une star pour moi, ma chérie, dit Chase en posant une main au creux de ses reins avant de la laisser négligemment glisser pour lui peloter les fesses.

Elle lui donna un petit coup de hanche pour lui rappeler qu'ils étaient en public.

— Si jamais ils tournent un film sur notre vie, poursuivit Chase sans se démonter, tu verrais qui pour jouer nos rôles ? Dommage que Cary Grant ne soit plus de ce monde, il aurait été parfait pour moi.

Nina coula un regard vers son fiancé, cet Anglais trapu, au nez tordu, et dont la coupe en brosse masquait mal la calvitie naissante.

— Mais bien sûr, dit-elle en lui passant une main dans les cheveux. Continue donc de rêver.

Tandis que Chase retournait à leur appartement afin de finir ses bagages, Nina prit un taxi pour se rendre au siège des

Nations Unies, situé sur la berge de l'East River. L'ascenseur lui fit grimper les nombreux étages du bâtiment du Secrétariat des Nations Unies, puis elle gagna les locaux de l'AIP.

— Professeur Wilde ! (Lola Gianetti se leva du bureau de réception pour l'accueillir.) Je ne m'attendais pas à vous voir aujourd'hui. Comment ça s'est passé, à la Maison-Blanche ? Vous avez rencontré le Président ?

— Absolument. (Lola laissa échapper une petite exclamation d'enthousiasme.) Et je suis à peu près sûre de m'être ridiculisée, mais Hector m'a affirmé le contraire : ça ne devait donc pas être aussi terrible que je l'imagine. (Elle se dirigea vers son bureau.) Désolée, je n'ai pas vraiment le temps de bavarder : j'ai promis à Eddie que je ferais vite. Si nous ratons notre vol, il sera… (Elle prit un instant pour considérer la chose.) Hum. En fait, je crois que ça l'arrangerait plutôt.

— Vous allez rencontrer sa famille en Angleterre, c'est ça ? Je vous souhaite bonne chance. La première fois que j'ai rencontré la famille de mon compagnon, j'étais pétrifiée. Sa mère m'a détestée !

— Eh bien, merci pour ces encouragements, Lola, répondit Nina avec un sourire affligé avant de pénétrer dans son bureau.

Il ne lui fallut que quelques minutes pour copier certains fichiers de son ordinateur sur une clef USB et s'assurer par quelques coups de fil que les opérations de l'AIP qu'elle supervisait seraient en de bonnes mains durant sa courte absence. Elle récupéra ses notes et quitta son bureau, pour croiser dans le couloir un visage inattendu.

— Mat ! s'exclama-t-elle. Comment vas-tu ?

— Très bien, merci, répondit Mat Trulli en lui donnant une brève accolade.

L'Australien, qui affichait un léger embonpoint et des cheveux hirsutes, était concepteur de sous-marins, et il avait aidé Nina lors de ses aventures précédentes, au péril de sa vie.

Fort de la recommandation de Nina, Trulli avait décidé d'accepter un boulot plus tranquille dans une des agences associées à l'AIP. Nina ne s'était pas encore habituée à le voir porter un costume, même s'il conservait quelques vestiges de son ancien look de surfeur ; aujourd'hui, sa chemise était ouverte jusqu'au troisième bouton, et son nœud de cravate pendait à hauteur de sa poitrine.

— Il paraît qu'Eddie et toi avez reçu les honneurs de la Maison-Blanche ? Félicitations !

— Merci. Qu'est-ce que tu fais là ? Je croyais que tu étais en Australie pour l'ARANU.

L'Agence de recherche antarctique des Nations Unies préparait une mission d'exploration des écosystèmes uniques des lacs préhistoriques sous la calotte glaciaire du pôle Sud.

— Non, ce n'est pas encore pour tout de suite. Nous attendons que l'hiver se termine là-bas. Mais je me suis fait un petit tour du monde. Justement, je venais parler de mon voyage en Russie à vos spécialistes des sous-marins. Les Russes sont des experts incontestés dans le domaine de la plongée en submersible sous la glace, et je suis allé leur demander quelques tuyaux. Un coup de bol que je sois australien : si j'avais été amerloque, je ne crois pas qu'ils m'auraient laissé entrer dans le pays, vu la situation actuelle. Je suis même monté à bord d'un de leurs sous-marins nucléaires lanceurs d'engins. Sympa, mais flippant dans le genre « il y a à bord de quoi faire sauter la planète ».

— Espérons qu'on n'en arrive pas là…

— Je ne te le fais pas dire. (Trulli jeta un regard vers le bureau de Nina.) Eddie est dans les parages ?

— Non, il est à la maison. Nous partons pour l'Angleterre tout à l'heure.

— Oh, tu vas rencontrer sa famille ? (Nina acquiesça, et Trulli fit la moue.) Eh bien, bonne chance ! Je me souviens de cette fille avec qui je sortais. Tout se passait bien jusqu'à ce qu'elle me présente sa famille. Ses parents ne pouvaient pas me blairer !

— Merci de me rassurer, Matt ! se plaignit Nina d'un ton désespéré qui n'était pas entièrement feint. Quoi qu'il en soit, navrée, mais je dois filer. On aura plus de temps pour se parler à mon retour.

— Entendu, dit Trulli alors que Nina s'éloignait. Et ne te fais pas trop de mouron pour la rencontre avec sa famille. Ça se passera sûrement très bien !

— Merci encore, Matt ! marmonna Nina entre ses dents alors qu'elle revenait dans le hall de réception.

— Professeur Wilde, l'appela Lola, j'avais oublié de vous dire : vous avez reçu du courrier. Que voulez-vous que j'en fasse ?

Nina s'immobilisa à la porte.

— Il y a quelque chose d'important ?

— Des mémos, pour l'essentiel. Rien d'urgent. Oh, et des lettres à ajouter au dossier des excentriques.

— Génial, soupira Nina. (Depuis qu'elle était devenue le visage public de l'AIP, Nina avait le déplaisir de se voir sollicitée par le moindre fêlé investi d'une théorie sur les ovnis, les civilisations perdues, les monstres marins ou les pouvoirs psychiques.) Je peux toujours emporter un peu de lecture pour l'avion, je ne crache pas sur un bon fou rire pour passer le temps. Qu'est-ce qu'il y a au menu ?

— Les trucs habituels. Des cristaux magiques, des hélicoptères noirs et le pouvoir des pyramides… et un type qui prétend qu'il connaissait vos parents.

Nina ressentit un pénible tiraillement au creux de l'estomac. Ses parents étaient morts douze ans plus tôt, assassinés alors qu'ils menaient leur propre quête de l'Atlantide. Si l'un de ces timbrés cherchait à se servir d'eux pour attirer son attention…

— Quel est son nom ?

— Bernard quelque chose. Un instant, j'ai son courrier quelque part…

— Bernd ? demanda Nina, sa curiosité éveillée. Bernd Rust ?

— Oui, c'est ça, s'étonna Lola alors qu'elle sortait une enveloppe rembourrée d'un casier de classement. Vous le connaissez ?

— Vaguement. Mais c'était bien un ami de mes parents.

Nina prit l'enveloppe et l'ouvrit. Elle contenait un DVD dans un boîtier en plastique, accompagné d'une feuille volante. Elle déplia la lettre et déchiffra l'élégante écriture manuscrite.

Chère Nina,
Tout d'abord, j'espère que vous vous souviendrez de moi. La dernière fois que nous nous sommes croisés remonte à bien longtemps ; c'était lors des obsèques de Henry et Laura. Même si cela fait plus de dix ans maintenant, je reste très affecté par leur perte, car ils étaient tous les deux des amis très chers.
Il est absolument vital que nous nous rencontrions pour discuter de vive voix du contenu du disque que je joins à cette lettre. S'il vous plaît, contactez-moi aussitôt que ce courrier vous parviendra. Il s'agit d'une affaire de la plus haute importance, et qui concerne vos parents.
Bernd Rust

Un numéro de téléphone était noté au bas de la page, mais il n'y avait aucune adresse. Nina examina l'enveloppe. Elle avait été expédiée par avion quelques jours auparavant, et le cachet de la poste indiquait qu'elle venait d'Allemagne.

Nina hésita un instant à retourner à son bureau pour regarder le contenu du disque sur son ordinateur, mais un coup d'œil à sa montre l'en dissuada. De toute façon, elle emportait son ordinateur portable ; elle pourrait aussi bien le faire durant le vol.

Une affaire « qui concerne vos parents ». Qu'est-ce que Rust avait bien pu découvrir ? Bernd Rust était un historien allemand, se rappela Nina. Bien des années après les faits, elle avait appris que l'expédition à la recherche de l'Atlantide qui avait coûté la vie à ses parents avait été montée sur la foi de documents secrets des nazis. Elle n'avait jamais fait le rapprochement, mais se pourrait-il que Rust soit celui qui leur avait communiqué ces documents ?

— Nina ? Tout va bien ?

La question de Lola la fit sursauter, tant elle était absorbée dans ses pensées. Elle remit précipitamment le disque et la lettre dans l'enveloppe.

— Oui, ça va, merci. C'est juste que… Oui, je le connais, mais je ne l'ai pas vu depuis bien longtemps. (La réceptionniste blonde l'observait toujours avec un visage inquiet.) Tout va bien, Lola, ne vous en faites pas. Je regarderai tout ça dans l'avion. D'ailleurs, poursuivit-elle, heureuse de cette excuse pour mettre fin à la conversation, il faut vraiment que j'y aille si je ne veux pas être en retard. On se revoit à mon retour.

— Et bonne chance avec la famille ! lui lança Lola alors qu'elle s'éloignait.

Cette fois, Nina ne réagit pas, l'esprit absorbé par tout autre chose.

Chase abaissa le dossier du siège en position couchette, puis s'étira avec un soupir de contentement.

— Ah, parfait ! Mais je parie que si tu avais porté ta médaille à l'enregistrement, on nous aurait carrément surclassés en première.

— Ce n'est pas un peu fini de faire la fine bouche, hein ? se moqua Nina.

Pour ce qui la concernait, leur surclassement en classe business représentait déjà une excellente surprise ; mais elle devait admettre que, quand l'hôtesse au comptoir d'enregistrement l'avait reconnue et avait proposé de les surclasser, c'étaient les sièges luxueux de la première classe qui lui étaient venus à l'esprit.

— Ne t'inquiète pas, tu ne vas plus m'entendre. J'ai l'intention de piquer un bon roupillon. Aucune envie de me retrouver au volant d'une voiture de location après avoir somnolé à peine deux heures sur toute la durée du vol.

— Je n'ai pas vraiment sommeil, moi. (Ils avaient décollé depuis moins d'une demi-heure pour leur vol de nuit, et Nina se sentait encore pleinement à l'heure de New York.) Tu peux me descendre mon sac, s'il te plaît ?

Chase grommela.

— Super. D'abord, tu insistes pour prendre le siège à côté du hublot, et maintenant tu ne vas pas arrêter de me faire lever et rasseoir pendant tout le vol.

Mais il s'extirpa tout de même de son siège et ouvrit le casier pour prendre le bagage à main de Nina. Elle récupéra son MacBook Pro ainsi que l'enveloppe contenant la lettre de Rust et le disque, puis rendit le sac à Chase.

— Si jamais tu me réveilles cinq minutes après que je me suis endormi pour aller aux toilettes, grogna-t-il en fourrant le sac de Nina dans le casier, je te vire de cet avion par la sortie de secours.

— Ce ne serait pas la première fois que je sauterais d'un avion sans parachute !

Ils échangèrent un sourire, puis Chase se rassit. Nina ouvrit son ordinateur portable et inséra le disque, dont l'icône apparut sur le bureau au bout de quelques secondes. Elle copia sur son ordinateur l'unique fichier qu'il contenait, puis double-cliqua pour l'ouvrir… et vit avec surprise s'afficher une fenêtre qui requérait d'entrer un mot de passe.

Quel mot de passe ?

Nina reprit la lettre de Rust. Rien dans son contenu ne ressemblait à un mot de passe. À part, peut-être, le numéro de téléphone.

Elle entra le numéro de téléphone et appuya sur « Entrée ». L'ordinateur émit un bip de refus et remit à jour la fenêtre de saisie du mot de passe pour une nouvelle tentative. Si le mot de passe était une variation du numéro de téléphone à onze chiffres – elle fit un rapide calcul de tête –, cela faisait dans les quarante millions de combinaisons. Le temps du vol ne suffirait pas à les essayer toutes ; il faudrait plutôt l'année entière. Autant laisser tomber tout de suite.

Elle tenta autre chose et entra son nom. Aucun résultat. Elle essaya ensuite le nom de ses parents, puis celui de Rust. Toujours rien. Elle avait brièvement croisé la femme de Rust aux obsèques ; quel était son nom, déjà ? Sabine ? Sabrina ? Peu importe, aucun de ces noms ne marcha non plus.

— Tu vas continuer à faire biper cet ordinateur toute la nuit ? se plaignit Chase.

Nina coupa les haut-parleurs.

— Le disque est protégé par un mot de passe, et je ne le connais pas.

— Ah bon ? Qui est-ce qui t'envoie un disque crypté ? C'est du porno ?

— N'importe quoi, rétorqua Nina. En fait, je ne sais pas ce qu'il y a dessus.

— Donc, ça pourrait être du porno ! Passe-moi ça, que je jette un œil.

Il se redressa pour s'asseoir et Nina écarta d'une tape ses mains impatientes.

— C'est un vieil ami de mes parents qui me l'a envoyé. Sa lettre dit qu'il veut me parler de ce qu'il y a sur ce disque, et de mes parents aussi. Regarde, il m'a laissé son numéro de téléphone.

— Eh bien, appelle-le.

— Comment ça ?

— C'est évident, il attend que tu le contactes pour te donner le mot de passe. (Chase montra du doigt le montant du siège de Nina.) Il y a un téléphone d'avion, appelle-le. Mais utilise ta carte de crédit à toi, hein, parce que ça doit au moins coûter 10 dollars la seconde.

— Espèce de radin ! lui lança Nina avec un sourire.

Mais c'était une bonne idée ; aussi se munit-elle de sa carte de crédit pour appeler Rust. La sonnerie retentit plusieurs fois avant que quelqu'un décroche enfin.

— Allô ? répondit une voix allemande ensommeillée, mais circonspecte.

— Bonjour, dit Nina. Est-ce que je parle à Bernd Rust ?

— Qui le demande ?

La voix avait soudain perdu son ton somnolent, mais pas sa réserve.

— Nina, Nina Wilde. J'ai reçu votre lettre.

— Nina ! (Le soulagement dans sa voix était manifeste, malgré les grésillements de la liaison satellite.) Oui, c'est moi, Bernd Rust, oui ! Merci de m'appeler !

— J'ai bien reçu le disque, mais je n'arrive pas à y accéder. Le fichier est protégé par un mot de passe.

— Je sais. Je voulais m'assurer qu'il ne tombe pas entre de mauvaises mains.

— Je comprends. Mais, maintenant qu'il m'est parvenu, pourriez-vous me communiquer le mot de passe ?

Il y eut un silence.

— Je vous le donnerai, mais quand nous nous verrons. Pas au téléphone.

Nina devint suspicieuse.

— Pourquoi ça ? Que se passe-t-il ?

— Les choses s'éclairciront quand nous nous parlerons. Où êtes-vous en ce moment ?

— En fait, je vous appelle depuis l'avion. Je me rends en Angleterre…

— En Angleterre ! s'exclama Rust. C'est parfait, je prendrai le premier Eurostar ce matin. Vous séjournez à Londres ?

— Non, non, dit Nina en s'efforçant de calmer les choses. Je serai à Bournemouth, pour rencontrer la famille de mon fiancé…

— Bournemouth, je vois. Bon, je viendrai vous retrouver là-bas, dans ce cas.

— Comment ? Non, je veux dire…

Rust se mit à rire.

— Nina, je comprends à quel point tout cela doit vous paraître étrange, croyez-le bien.

Nina s'esclaffa à son tour, mais d'un rire qui exprimait plus la perplexité que l'amusement.

— Euh, oui, c'est le moins qu'on puisse dire !

— Ne vous inquiétez pas. Je ne vous prendrai qu'un tout petit peu de votre temps. Mais je vous promets que vous ne regretterez pas d'entendre ce que j'ai à vous dire.

— Cela concerne mes parents ?

Pendant un instant, elle n'entendit rien d'autre que les grésillements de la ligne.

— Oui. Cela concerne vos parents.

Chase la regardait d'un air interrogateur et elle préféra mettre fin à cette conversation avant que Rust ne s'invite dans leur chambre d'hôtel.

— Très bien. Je vais vous donner mon numéro de téléphone portable, il fonctionne en Europe. Appelez-moi après 9 heures, heure anglaise. Nous devrions avoir quitté l'aéroport à ce moment-là.

Nina lui dicta son numéro.

— Entendu. Je vous appelle. Oh, et toutes mes félicitations pour votre médaille. Et vos fiançailles. Au revoir !

— Merci, répondit Nina sur le clic indiquant que Rust avait déjà raccroché.

— Alors, intervint Chase, il semblerait que ce gus tienne vraiment à te rencontrer ?

— On dirait, oui.

— Donc, on ne va pas pouvoir rendre visite à ma famille. Oh, quel dommage ! Une prochaine fois, peut-être ? dit-il d'un air réjoui.

— Mais non ! Évidemment qu'on ira voir ta famille…

— Tss-tss !

— Eh, c'est moi que ça rend nerveuse. Alors, pourquoi est-ce moi qui… (Nina secoua la tête.) Oh, laisse tomber. Bref, il va venir à Bournemouth pour me parler. (Elle contempla l'icône du mystérieux disque sur l'écran de son ordinateur.) Pourquoi se montre-t-il aussi énigmatique ? Et quel rapport avec mes parents ?

— Comment les connaît-il ? demanda Chase.

— Il est historien. Je suppose qu'ils se sont rencontrés quand mes parents effectuaient des recherches archéologiques. Je ne sais pas vraiment, en fait ; je ne l'ai croisé qu'à une ou deux reprises. La dernière fois, c'était aux funérailles de mes parents. (Elle se renfonça dans son siège en fermant les yeux.) C'est étrange, tout de même. Je repense beaucoup à eux, ces temps-ci, et voilà qu'un de leurs amis resurgit soudain…

— Pourquoi penses-tu à eux ?

— Tu sais, avec nos fiançailles, tout ça. C'est triste de me dire qu'ils ne pourront jamais te connaître. Je suis sûre qu'ils t'auraient aimé.

— C'est parce que tout le monde m'aime, plaisanta Chase d'un air suffisant. Excepté les salopards qui veulent ma peau, bien sûr.

— Heureusement, cela fait un moment qu'on n'a plus entendu parler d'eux.

— Ne dis pas ça, tu vas me porter la poisse ! protesta-t-il. Mais oui, tout ce que tu m'as raconté sur ta mère et ton père me laisse penser que c'étaient des gens formidables.

— Oui, c'est vrai. (Nina soupira, s'abandonnant un instant à ses souvenirs.) Et toi, alors ?

— Quoi, moi ?

— Tu ne parles jamais de tes parents. Enfin, tu m'as appris pour ta mère, mais…

— Il n'y a pas grand-chose à dire. J'ai quitté la maison pour m'engager dans l'armée après la mort de ma mère et je n'y suis plus jamais retourné.

Chase changea de position sur son siège, se détournant légèrement d'elle.

— Pourquoi ça ?

— Hmm ?

Nina connaissait suffisamment Chase pour savoir que ce « Hmm » signifiait en réalité : « Pourrions-nous changer de sujet ? »

— Je te demandais, reprit-elle un peu irritée par sa tentative d'esquive, pourquoi tu n'étais jamais retourné chez toi depuis.

— Parce qu'il n'y avait rien pour me donner envie de rentrer.

À en juger par le ton de sa voix, cette conversation commençait à l'agacer.

— D'accord, mais pourquoi ?

Il se tourna vers elle en fronçant les sourcils.

— Bordel, mais ça devient un vrai interrogatoire ! Pourquoi t'intéresses-tu soudain autant à ma famille ?

Nina lui adressa un regard incrédule.

— Enfin, Eddie ! Nous allons nous marier. Ta famille va devenir ma famille. Tu ne vas quand même pas me dire que cette partie-là de ton passé relève elle aussi du secret d'État ?

J'ai simplement envie de savoir qui sont tes parents, et pourquoi tu ne parles jamais d'eux.

— S'il y avait quelque chose d'important à savoir, je te le dirais.

— Comme le fait que Sophia était ton ex-femme ? Vu le temps que tu as mis pour me l'avouer…

— Je ne m'entends pas bien avec eux, d'accord ? rétorqua sèchement Chase. Sauf avec ma grand-mère. Pour parler franchement, si ma sœur ne vivait pas dans la même ville, je ne me serais même pas donné la peine de te la présenter.

Ils se turent un moment.

— Quel dommage, Eddie, dit-elle finalement.

— Quoi donc ?

— Moi, je n'ai plus de famille, à l'exception de quelques cousins éloignés que je n'ai plus revus depuis l'âge de douze ou treize ans. Mais toi, tu as encore de la famille proche, et tu refuses de la voir. Pour moi, c'est…

Elle laissa sa phrase inachevée.

Chase lui tourna le dos et remonta la couverture sur ses larges épaules.

— Toutes les familles n'ont pas des liens aussi étroits que la tienne. Et, maintenant, ça serait possible de pouvoir pioncer ?

Nina se pencha pour l'embrasser sur la nuque.

— Bonne nuit, Eddie, chuchota-t-elle avant de se remettre à contempler le mystère affiché sur l'écran de son ordinateur.

2

Angleterre

— Alors, Bournemouth ? demanda Nina tandis que Chase, au volant de leur Ford Focus de location, s'engageait sur l'autoroute M3. À quoi ça ressemble ? Et c'est où, exactement ?

Nina avait regardé une carte de l'Angleterre avant leur départ des États-Unis, mais cela ne lui avait pas appris grand-chose. Tout juste que la petite ville se situait sur la côte sud de l'île, à un peu plus de cent cinquante kilomètres de Londres.

— C'est mort comme endroit, répondit Chase. Il y a une jetée, c'est à peu près tout ce qu'on peut en dire.

Nina sourit.

— Ça sent un peu le jugement biaisé d'un Anglais du Nord sur une ville du Sud. Je sais que tu tiens à ton image de gars du Yorkshire dur et rugueux, se moqua-t-elle en tentant d'imiter son accent.

— Deux ans qu'on est ensemble et c'est ça, ton meilleur accent du Yorkshire ? s'exclama Chase d'un air incrédule.

— Eh ! Il est meilleur que ton accent américain, je te signale. On ne parle pas tous à la manière de John Wayne avec un traumatisme crânien. À part, peut-être, en Alabama. En tout cas, cet endroit doit bien avoir quelque chose pour lui, puisque ta grand-mère et ta sœur s'y sont installées.

— Lizzie a déménagé à Bournemouth parce que son parasite de mari était de là-bas. Et grand-mère est venue y vivre après la mort de grand-père, simplement pour profiter d'un meilleur climat.

— Et parce qu'elle voulait se rapprocher de ta sœur. Et de ta nièce.

— Possible. Quoi qu'il en soit, cette ville est ennuyeuse à mourir.

La conversation fut interrompue par la sonnerie du téléphone de Nina. Elle jeta un coup d'œil à sa montre avant de répondre : il était à peine 9 h 01.

— Allô ?

— Bonjour, Nina ! Bernd Rust à l'appareil.

— Je me doutais que c'était vous, dit-elle en adressant à Chase un sourire résigné. Où êtes-vous ?

— À Londres. Je cherche le meilleur moyen pour me rendre à Bournemouth. Vous êtes déjà en chemin ?

— Oui. Nous venons d'entrer sur l'autoroute.

— Parfait ! Je vous retrouverai là-bas. Où êtes-vous descendus ?

— À l'hôtel Paragon. Mais écoutez, Bernd, je viens pour rencontrer la famille de mon fiancé, j'ai déjà des engagements. Je ne peux pas tout annuler pour vous voir dès que vous arriverez.

— Je comprends. Quand auriez-vous un moment pour moi ?

— Eh bien, nous sommes attendus pour le déjeuner, donc… (Nina interrogea du regard Chase, qui se contenta de hausser les épaules d'un air de dire : « Fais comme tu veux. ») Et si nous nous retrouvions à mon hôtel, à 15 heures ?

— À 15 heures, à l'hôtel Paragon. C'est entendu. À tout à l'heure.

— Tu n'aurais pas pu lui proposer 14 heures, plutôt ? grommela Chase. Comme ça, on aurait eu une bonne raison de filer.

— Mais ce n'est pas toi qui dois rencontrer Bernd.

— D'accord, mais on n'est pas obligé de le dire à ma famille.

— Allez, quoi, Eddie, nuança Nina. (Elle s'apercevait avec surprise que, pour une fois, Chase respectait presque la limitation de vitesse ; apparemment, il n'était pas pressé d'arriver.) Ça ne peut pas être aussi abominable que tu le prétends…

— Mouais, concéda-t-il d'une voix tendue, on verra bien.

Les précédents séjours de Nina en Angleterre s'étaient toujours limités à Londres, et elle ne savait pas trop ce qu'elle allait découvrir en dehors de la capitale, d'autant que Chase lui avait brossé un portrait peu flatteur des lieux. Mais elle constata que Bournemouth était une petite station balnéaire tout à fait charmante, dont la rue principale aménagée en zone piétonne offrait aux regards un attrayant mélange de styles architecturaux et d'époques, au-dessus des façades standardisées des boutiques des grandes enseignes commerciales.

Ils étaient convenus de retrouver la famille de Chase au centre-ville, dans une autre zone piétonne qu'on appelait « le Square », qui se prolongeait d'un jardin public s'étendant jusqu'à la plage et à sa jetée. Nina et Chase, après s'être enregistrés à leur hôtel sur le front de mer, revinrent vers le centre-ville par le parc, en flânant dans ses allées. En chemin, ils passèrent devant une impressionnante montgolfière arrimée au sol par des câbles, qui proposait aux touristes de jouir d'une vue aérienne de Bournemouth et de sa côte.

Pour la plus grande joie de Nina, le Square accueillait ce matin un marché en plein air, et les étals présentaient une incroyable variété de produits venus de toute l'Europe et d'ailleurs, qui allaient de la charcuterie allemande aux fruits tropicaux. Il flottait dans l'air des parfums appétissants qui lui rappelèrent qu'elle n'avait rien avalé depuis le petit déjeuner servi dans l'avion. Elle savait qu'ils seraient bientôt attablés pour le déjeuner et se retint donc de goûter à tout ce qu'elle voyait, mais la tentation n'en demeura pas moins vive.

Et elle éprouvait une étrange sensation au creux de l'estomac, qui n'était pas uniquement due à la faim.

— Je suis… je suis un peu nerveuse, avoua-t-elle à Chase.

— Pourquoi ça ?

— Tu sais, c'est la première fois que je rencontre ta famille. C'est assez bizarre de se retrouver du jour au lendemain avec tout un tas de nouveaux parents. Et s'ils ne m'aimaient pas ?

— Si ça t'inquiète tant que ça, on peut se tirer, tu sais, lui suggéra Chase avec une pointe d'espoir. On prend de l'avance pour la mission en Indonésie. Moi, ça me va : je préfère partir à l'aventure dans un pays exotique plutôt que de glandouiller ici.

Nina sourit.

— C'est tentant, mais tu ne t'en sortiras pas aussi facilement.

— Dommage. Oh, les voilà, annonça-t-il sans enthousiasme.

Un café de forme circulaire, surmonté d'une tour à horloge, occupait le centre du Square. Devant l'établissement, Nina vit trois personnes : une petite femme âgée aux cheveux gris, une adolescente qui devait avoir quatorze ou quinze ans, et une femme dans la quarantaine, à la coiffure austère. La vieille dame et la fille saluèrent gaiement Chase de la main dès qu'elles l'aperçurent, mais la troisième resta de marbre.

— Bon, c'est parti, soupira Chase.

Nina toucha son pendentif, en espérant que sa chance ne l'abandonnerait pas.

Ils rejoignirent le trio devant la terrasse du café.

— Oncle Eddie ! s'écria la jeune fille en courant vers lui pour le serrer dans ses bras. Ça fait des siècles qu'on ne t'a pas vu !

— Salut, Holly, dit Chase en l'étreignant à son tour avec un grand sourire. (Nina eut le sentiment qu'il éprouvait un plaisir sincère à revoir sa nièce.) J'ai été pas mal occupé.

— Oui, je sais ! Et je sais à quoi ! (Holly lâcha Chase pour se tourner vers Nina dans un ample mouvement de ses longs cheveux châtains.) Je sais qui vous êtes, claironna-t-elle avec un sourire radieux.

— Vraiment ? s'étonna Nina.

— Bien sûr, voyons ! Vous avez découvert l'Atlantide ! C'était tellement génial quand la nouvelle a été annoncée, parce que du coup ça voulait dire que mon prof d'histoire s'était totalement planté en nous expliquant que ce n'était qu'un mythe. La tête qu'il faisait quand il a dû l'admettre devant nous ! On s'est bien marré. Au fait, je suis Holly. Holly Bennett.

— Nina Wilde. Bonjour, Holly.

— Bonjour. Alors, c'est vrai, vous allez devenir ma tante ? Trop cool ! C'est quand, le mariage ?

— Oui, quand aura lieu le mariage, Edward ? demanda la vieille dame en s'avançant d'un pas mal assuré vers Chase. Oh, laisse-moi un peu te regarder. Je suis si heureuse, mon biquet ! Allez, viens embrasser ta mamie.

Avec un air de petit garçon qui amusa beaucoup Nina, Chase se baissa pour que la vieille dame puisse l'embrasser sur les deux joues, avant de les pincer affectueusement.

— Comme je suis contente de te revoir ! s'exclama-t-elle en souriant.

— Bonjour, mamie, répondit Chase, les joues rouges, et pas seulement d'avoir été pincées. Laisse-moi te présenter ma fiancée, Nina Wilde. Nina, voici ma mamie, enfin, ma grand-mère, Catherine.

— Appelez-moi mamie : vous ferez bientôt partie de la famille, dit-elle en serrant vigoureusement la main de Nina. Alors, comme ça, vous êtes archéologue ! Et célèbre, en plus, m'a expliqué Holly. C'est merveilleux qu'Edward se remarie. Et vous m'avez l'air bien plus gentille que sa première épouse. Je ne l'ai jamais vraiment appréciée : elle était très arrogante, vous savez. Que devient-elle, au fait, Edward ?

— Elle est en prison, à Guantánamo, mamie.

— Ça ne m'étonne pas d'elle. Oh, je suis ravie de faire votre connaissance. (Elle serra de nouveau la main de Nina, avant de se tourner vers Chase. Avec un peu de retard, Nina se rendit compte qu'elle n'avait pas réussi à placer un mot.) Alors, quand aura lieu ce mariage ?

— Et pourquoi tu n'es pas célèbre, toi aussi, oncle Eddie ? demanda Holly en revenant à la charge. J'ai voulu montrer à mes amis des photos de toi devant ces incroyables découvertes, mais tu n'y es jamais !

— Tu me connais, ma chérie. Je suis la modestie incarnée. (Sa remarque provoqua un reniflement sarcastique de la troisième femme du groupe et le visage de Chase se crispa.) Oh, Nina, je te présente aussi ma sœur, Lizzie.

— Elizabeth, le reprit fermement la femme en s'avançant pour serrer la main de Nina. Elizabeth Chase. J'ai repris mon nom de jeune fille après mon divorce.

— Très heureuse de vous rencontrer, la salua Nina, un peu gênée de recevoir une réponse à une question qu'elle n'avait pas posée.

Elizabeth et Eddie partageaient clairement un air de famille, mais il était de taille moyenne et très trapu, quand sa sœur le dépassait d'une dizaine de centimètres et arborait une silhouette longiligne. Elle affichait un visage aussi renfrogné qu'Eddie ; le problème qu'il avait avec sa grande sœur était apparemment réciproque.

— Moi de même. Alors, depuis combien de temps êtes-vous fiancés, tous les deux ?

— Ça fera bientôt un an.

— Et Eddie n'a pas encore fixé de date. (Ce n'était pas une question, plutôt une constatation.) À vrai dire, ça ne me surprend pas tellement.

Nina se sentit obligée de prendre sa défense.

— Nous avons été très occupés. Mais, maintenant que la découverte de l'Atlantide a été annoncée officiellement, nous devrions retrouver un peu de temps pour nous, et pouvoir décider de ce que nous voulons faire.

— En parlant de faire quelque chose, dit Chase en levant les yeux vers l'horloge, et si nous allions déjeuner ? Ils servent de l'alcool dans ce café, non ? Lizzie, tu as l'air d'avoir un goût amer dans la bouche ; un bon verre t'aidera à le faire passer.

— Oui, allons déjeuner, s'empressa d'acquiescer Nina pour essayer de détendre l'atmosphère en prenant le bras de Chase et en posant la tête sur son épaule. Asseyons-nous dehors, au soleil, ce sera agréable. N'est-ce pas, Eddie ?

— Oui, ça devrait, répondit-il sans le moindre enthousiasme.

Holly, au contraire, était survoltée.

— Et vous nous parlerez de tous ces endroits incroyables où vous êtes allés, hein ? Vous avez voyagé à travers le monde entier : vous avez dû voir des tonnes de trucs super. Quand je pense que moi, je suis coincée à Bournemouth, où il n'y a rien à voir et rien à faire !

— Je te l'avais bien dit, glissa Chase à Nina avant de prendre la tête du petit groupe pour entrer dans le café, en veillant à ne pas marcher trop vite pour sa grand-mère. Eh bien, quand nous avons commencé à chercher l'Atlantide, le premier endroit où nous nous sommes rendus était l'Iran…

Avec l'aide de Nina pour corriger quelques inexactitudes historiques et modérer certaines exagérations de son récit, Chase passa le déjeuner à raconter à Holly et à sa grand-mère leur quête de l'Atlantide ainsi que la découverte du tombeau d'Hercule. Elizabeth resta en dehors de la conversation, sans manifester le moindre intérêt. Ce ne fut qu'après le déjeuner, alors qu'ils flânaient devant les vitrines des boutiques d'une rue piétonne qui partait du Square pour monter vers les hauteurs de la ville, qu'elle s'adressa à Chase.

— Je dois au moins te reconnaître ça : c'est la première fois depuis longtemps que Holly semble s'intéresser à autre chose qu'à son téléphone.

— Ah, tu sais, dit Chase, quand le sujet est passionnant, les gamins sont attentifs.

— Je ne suis pas une gamine, protesta Holly.

— D'accord. Bon, alors quoi ? Une jeune demoiselle ?

— Ah, non ! s'exclama-t-elle. C'est encore pire ! « Jeune demoiselle »... On dirait que tu vas me passer un savon !

Chase écarta les mains dans un geste d'impuissance.

— Bien, alors comment tu appelles les gens qui ont quinze ans ?

— Nous, on avait l'habitude de les appeler les « problèmes », suggéra Mamie. Il y avait tellement de rivalité chez Edward et Elizabeth quand ils étaient jeunes ! Ils n'arrêtaient pas de se disputer.

— Dieu merci, ce temps-là est révolu, lança gaiement Nina en regrettant aussitôt sa plaisanterie devant les visages fermés de Chase et de sa sœur.

Fort heureusement, la curiosité de Holly entraîna vite la conversation dans une autre direction.

— Dis-moi, oncle Eddie, tu as raconté que tu t'étais cassé le bras quand vous avez sauvé New York. (Elle montra du doigt le bras gauche de Chase, en baissant la voix avec un mélange d'appréhension et d'excitation.) Il était, genre, cassé en deux ? Ou plutôt... écrasé ?

— Tu veux voir ? lui proposa Chase.

Holly plaqua ses mains sur sa bouche en écarquillant les yeux.

— Oh, non, non ! Ça se voit encore ? Je ne veux pas si c'est horrible.

— Tu sais quoi ? dit Chase en ôtant son blouson de cuir. Tu n'as qu'à en juger par toi-même.

Il remonta sa manche et tendit son bras gauche devant l'adolescente. Holly eut un léger mouvement de recul, puis se rapprocha pour examiner son bras. Une cicatrice recourbée, en forme de X aplati, courait de son poignet à son coude, avec de petites lignes perpendiculaires de tissus cicatriciels.

— Ça te fait mal ? demanda-t-elle en passant une main au-dessus du bras de Chase, sans oser le toucher.

— Sur le moment, j'ai sacrément dérouillé, ça oui ! lui assura Chase. Je me suis brisé les deux os et il y avait un éclat de presque dix centimètres de long qui sortait de mon bras, juste ici. (Holly laissa échapper un cri de dégoût alors qu'il lui désignait l'endroit.) Ils ont dû fixer les bouts d'os avec des vis en titane. Je suis une sorte d'homme bionique, maintenant. Et j'affole tous les portiques de sécurité des aéroports...

— Edward, mais c'est terrible ! s'écria Mamie d'un air horrifié. Mon pauvre chéri ! Est-ce que ça te fait encore souffrir ? Cela a dû mettre beaucoup de temps à guérir !

— Il est resté dans le plâtre pendant près de deux mois, précisa Nina.

— Ouais. Quand ils me l'ont enfin enlevé, j'avais un bras plus gros que l'autre.

— Comme quand tu avais quinze ans et que tu planquais tous ces magazines sous ton lit, insinua Elizabeth avec l'air satisfait de quelqu'un qui vient de marquer le point de la victoire.

Chase ravala une repartie cinglante et se tourna vers sa grand-mère.

— J'ai encore mal, de temps en temps, mais aujourd'hui c'est à peu près remis. Par contre, il a fallu que je fasse très attention pendant la rééducation. Je ne voulais pas trop forcer et risquer de voir une vis sortir de mon bras…

Holly restait fascinée par sa cicatrice.

— Et maintenant que ton bras est guéri… tu pourrais battre n'importe qui, tu crois ?

Chase hocha la tête.

— Pourquoi ? Il y a quelqu'un dont tu voudrais que je te débarrasse ?

— Non, bien sûr que non ! (Elle marqua une pause, l'air songeur.) Quoiqu'il y ait bien cette pimbêche, à l'école…

— Ah non, je ne frappe pas les filles. À moins que ce ne soit vraiment, vraiment une garce. Mais si jamais tu as un problème avec un gars, tu me le dis et j'aurai une petite conversation avec lui.

— Eddie, le reprit Elizabeth d'un ton sec.

— Voyons, qui tu pourrais battre ? songea Holly en ignorant l'intervention de sa mère. Tu pourrais battre… Jason Bourne ?

Chase ricana.

— Les doigts dans le nez. C'est un espion de la CIA. Tous des mauviettes.

— Et Jack Bauer ?

— Hmm. Plus balaise, déjà, mais… ouais. Sans problème.

— James Bond ?

— Lequel ?

— Tous.

Chase fit semblant de réfléchir à la question.

— Je peux tous les battre, sauf… Roger Moore. C'est le seul à qui je ne voudrais pas avoir affaire. Cette façon qu'il a de hausser un seul sourcil, ça, je ne peux pas lutter.

Holly gloussa.

— Tu appartenais au SAS, c'est bien ça ? Tu pourrais battre un gars du SBS ?

— Évidemment. Le SAS est la meilleure unité militaire du monde. Personne ne nous arrive à la cheville. D'où tu connais le SBS, d'ailleurs ?

— Il y a une fille dans ma classe dont le grand frère est au SBS, et elle dit que, d'après son frère, le SAS, c'est rien que des tapettes.

— Holly, surveille ton langage, la réprimanda Elizabeth, qui pourtant paraissait clairement amusée par l'expression outrée de son frère.

— Je ne fais que répéter ce qu'elle a dit !

— Un type du SBS a dit ça, vraiment ? grogna Chase, plus irrité par la source de l'insulte que par l'insulte elle-même.

— C'est quoi, le SBS ? demanda Nina.

— Le Special Boat Service, lui expliqua Elizabeth. Une unité des forces spéciales de la Royal Navy. Soi-disant, ils seraient encore plus coriaces que les hommes du SAS.

Chase se renfrogna.

— Que le SBS aille se faire fou… (son regard vola de sa nièce à sa grand-mère) …mar !

— Foumar ? releva Nina avec un sourire moqueur.

— C'est… un terme militaire.

— Oh, vraiment ?

— Eh bien, dit Elizabeth en montrant la colline, le SBS est basé pas très loin d'ici, à Poole. Tu pourrais y aller pour les affronter au bras de fer ou à n'importe quel autre jeu de gros machos.

— Et pourquoi pas ? rétorqua Chase d'un ton acerbe. C'est vrai que servir son pays, ça se résume à ça, pour toi : jouer les machos. Je suis sûr que j'aurais pu faire des tas de choses bien plus utiles ces dernières dix-huit années. Des suggestions, Lizzie ? Tu dois en avoir, vu tout ce que toi, tu as accompli…

Comprenant que le frère et la sœur étaient sur le point d'exploser, Nina tenta désespérément de changer de sujet.

— Alors, comme ça, Holly, euh… tu passes beaucoup de temps sur ton téléphone, à envoyer des SMS à tes copines ?

À sa grande surprise, Holly ne sembla pas voir dans sa question une pitoyable diversion, ce qui n'avait bien sûr pas échappé à Eddie et à Elizabeth.

— Oh, oui ! Enfin, je préfère la messagerie instantanée, comme tout le monde, non ? Mais maman ne me laisse plus trop utiliser l'ordinateur, parce que mes examens approchent. Je dois donc me contenter des SMS, mais mon téléphone est vieux et nul. (Elle leva l'objet du délit pour preuve de ses dires. Aux yeux de Nina, cela ressemblait à un téléphone tout à fait valable, mais elle comprenait bien que quelqu'un ayant la moitié de son âge s'en fasse une tout autre idée.) Enfin, quoi, il n'a même pas de vidéo ! Toutes mes amies ont des téléphones bien mieux que le mien, c'est trop la honte.

— Ce n'est qu'un téléphone, Holly, par pitié ! s'exaspéra Elizabeth. Il sert à téléphoner et à envoyer des messages, tu n'as besoin de rien d'autre. Tout le reste se résume à des gadgets hors de prix.

— Mais ce sont les gadgets qui rendent la chose amusante, non ? dit Chase en adressant un clin d'œil à Holly. (Il montra une boutique de téléphones portables, un peu plus haut dans la rue.) Tu sais quoi ? Vu que je ne t'ai pas apporté de cadeau, je pourrais t'offrir un nouveau téléphone. Un truc qui en jette, avec toutes les options, y compris la vidéo.

Holly ouvrit de grands yeux.

— Sérieux ?

— Oui, bien sûr ! Quel oncle je ferais si je n'étais pas capable d'acheter un truc cool à ma nièce ?

Il prit Holly par l'épaule et l'entraîna vers le magasin, après avoir lancé un regard à Nina :

— Je t'appelle dès qu'on a fini, pour venir vous retrouver. On n'en aura pas pour très longtemps, il suffira de choisir ce qu'il y a de plus cher !

Mamie les regarda partir avec un sourire chaleureux.

— Il a toujours été un si gentil garçon. Quel bonheur de le revoir, hein, Elizabeth ?

Elizabeth répondit par un silence suffisamment éloquent pour que Nina comprenne qu'en cet instant elle éprouvait plutôt envers son frère des envies de meurtre, qui s'étendaient peut-être à sa fiancée.

— Euh, bredouilla-t-elle piteusement, incapable de supporter plus longtemps le regard noir de sa future belle-sœur, le panorama depuis la montgolfière doit être magnifique, non ?

La vue était effectivement impressionnante, se dit Nina, installée dans la nacelle de la montgolfière, à cent cinquante mètres du sol. Le parc avait la forme d'un long doigt de pelouses et de frondaisons, traversé sur sa longueur par une petite rivière, et il s'étendait sur cinq cents mètres vers le sud en dessinant un coude, pour rejoindre la mer qui scintillait sous le soleil. Des routes étroites et sinueuses serpentaient tout autour de lui ; apparemment, les larges avenues et les lignes droites de Manhattan n'avaient pas la faveur des urbanistes anglais. Nina pouvait même apercevoir leur hôtel dominant la jetée, à l'ouest de l'extrémité sud du parc, une construction récente en pierre rosâtre qui présentait la forme d'un octogone. Le seul élément qui gâchait un peu le paysage était l'énorme bâtiment vitré sur la place précédant la jetée, un ancien cinéma Imax réhabilité qui – aux dires de Mamie, lancée dans une tirade au vitriol – avait jadis été élu édifice le plus laid d'Angleterre. Nina hocha la tête et acquiesça diplomatiquement à la diatribe de la grand-mère, tout en reconnaissant que, de fait, elle n'avait pas tout à fait tort.

Et puis, mieux valait s'intéresser aux récriminations de Mamie qu'au reste. La vue panoramique n'avait pas apaisé la dispute entre Chase et sa sœur, et l'espace restreint de la nacelle ne permettait pas d'y échapper.

— Je suis furieuse contre toi, cracha Elizabeth entre ses dents en s'adressant à son frère.

Holly et Mamie, accoudées au côté opposé de la nacelle, étaient hors de portée de voix, mais Nina se retrouva involontairement témoin de leur altercation.

— Bon sang, Lizzie, répliqua Chase avec agacement. J'ai juste acheté un cadeau à ma nièce. Qu'est-ce qui te défrise là-dedans ?

— Tu n'as même pas pris la peine de me demander. Si tu l'avais fait, je t'aurais dit non, parce que la dernière chose dont Holly a besoin en ce moment, c'est d'une nouvelle distraction. Elle doit se concentrer sur ses études.

— Mamie disait qu'elle s'en sortait très bien. Et toi aussi, d'ailleurs. Elle se débrouille bien, non ? Alors, où est le problème ?

— Je ne veux pas qu'elle « se débrouille bien » ! Elle peut faire beaucoup mieux que de « se débrouiller », Eddie ! Mais c'est une adolescente, et il y a un million d'autres choses qu'elle préférerait faire plutôt que d'étudier. C'est déjà assez difficile de l'inciter à se concentrer sur ce qui est vraiment important sans que tu lui offres en plus de nouveaux jouets !

— Bonté divine, Lizzie ! C'est quoi, ce discours ? Une sorte de surcompensation ?

Elizabeth le fusilla du regard.

— Non, il s'agit d'irresponsabilité.

— Hein ? s'étonna Chase, l'air perdu. Mais je ne t'ai jamais traitée d'irresponsable !

— Je parlais de toi : c'est toi, l'irresponsable, Eddie ! (Elizabeth ne parvenait qu'à grand-peine à s'empêcher d'élever la voix.) Tu n'as pas la moindre idée de la difficulté d'être parent. Holly a quinze ans, nom d'un chien ! À cet âge, pour elle, je suis une espèce de Hitler, toujours sur son dos à contrôler tout ce qu'elle fait. Et toi, tu te pointes la gueule enfarinée, tu joues à oncle Eddie le héros, qui est si cool et qui parcourt le monde en se prenant pour ce foutu Indiana Jones, et tu l'encourages à suivre ton exemple !

Furieux, Chase tendit vers elle son bras gauche en relevant sa manche pour montrer sa cicatrice.

— Oui, bien sûr, c'était juste pour la rigolade. Peu importe si j'ai sauvé plusieurs milliers de personnes, hein ? (Il rabaissa sa manche et poursuivit d'une voix railleuse.) Le problème, ce n'est pas moi, en réalité. Tout ça, c'est parce que toi, tu es jalouse. Ça doit te rendre folle, n'est-ce pas ? Ton bon à rien de frangin qui accomplit quelque chose d'important, alors que celle qui est allée à Oxford en est toujours à vendre des assurances. Désolé, Lizzie, mais ce n'est pas ma faute, bordel !

— Nous savons très bien tous les deux à qui la faute, rétorqua Elizabeth sur un ton glacial.

— Bon, allez, rien à foutre.

Eddie partit de l'autre côté de la nacelle, alors que la montgolfière amorçait sa descente, ramenée au sol par les câbles d'acier auxquels elle était arrimée.

— Oh, toujours la même rengaine ! s'exclama Elizabeth, cette fois assez fort pour que tout le monde l'entende. Dès que les choses tournent mal, Eddie Chase prend la tangente ! (Elle écarta les bras théâtralement, en marchant derrière lui.) Et où tu vas aller, cette fois, Eddie ? Tu es dans une montgolfière ! Tu ne peux pas t'éloigner de moi !

— Maman ! la supplia Holly, la mâchoire serrée, les joues empourprées.

Nina ressentait le même embarras qu'elle.

— Eh bien, quelle agréable promenade dans les airs, intervint soudain Mamie en cessant de contempler le paysage pour se tourner vers Eddie et Elizabeth. C'est intéressant de voir les choses sous un autre angle…

L'espace d'un instant, Nina n'en revint pas que la vieille dame ait pu ne pas entendre les vociférations d'Elizabeth, mais elle échangea un bref regard avec elle et comprit qu'elle en avait saisi le moindre mot, et que ce n'était sans doute pas la première fois qu'elle assistait à une scène pareille.

— Je suis si contente de te voir, mon biquet ! poursuivit-elle en pinçant de nouveau les joues de Chase. Je me demandais : pourrais-tu me rendre service ? Tu as dit que vous aviez loué une voiture. Ça t'embêterait de me conduire au supermarché, que je puisse faire un gros ravitaillement ?

— Aucun problème, mamie, répondit Chase. La voiture est à l'hôtel ; c'est tout près. Mais Nina ne pourra pas venir avec nous ; elle a rendez-vous avec un ami.

Nina consulta sa montre en prenant conscience qu'elle avait complètement oublié Rust. Il était déjà plus de 14 h 30.

— Oh, quel dommage ! Mais j'espère que je vous reverrai un peu plus tard, Nina. Je pourrai vous raconter comme était Edward petit, et vous montrer des photos.

Ce fut au tour de Chase d'avoir l'air embarrassé.

— Euh, mamie…

— « Mon biquet » ? chuchota Nina à l'oreille de Chase alors que la montgolfière touchait le sol. Comme c'est mignon !

— Oh, ça va…

— Et je vous montrerai aussi ses médailles, ajouta Mamie. Il me les a laissées après son départ de l'armée. Même sa Victoria Cross. C'est la reine en personne qui la lui a remise, vous savez !

Nina dévisagea Chase, bouche bée.

— Maintenant, tu sais où se trouve la boîte, lui glissa-t-il avec un petit sourire.

Le personnel au sol assura la nacelle et ouvrit la porte pour permettre aux passagers de descendre.

— Bon, dit Chase, tu vas rencontrer ce type et moi, j'accompagne mamie au supermarché.

Il serra Holly dans ses bras.

— Merci pour le téléphone, oncle Eddie !

— Content qu'il te plaise. Mais évite de passer trop de temps dessus, OK ? Je ne voudrais pas que ça t'empêche de bien travailler à l'école.

Holly fit la moue.

— Tss-tss, voilà que tu te mets à parler comme maman !

— J'espère que non. (Chase décocha à sa sœur un regard noir, puis embrassa Holly sur la joue et alla rejoindre Nina et Mamie.) On se reverra avant qu'on reparte, d'accord ?

— Au revoir, oncle Eddie ! le salua Holly avec un signe de la main.

— J'ai été ravie de vous rencontrer toutes les deux, dit Nina en insistant sur le « deux ».

Elle suivit Chase et sa grand-mère, qui partaient déjà en direction de l'hôtel.

— C'était quoi, ce cirque ? murmura-t-elle à Chase.

— Une histoire de famille, maugréa-t-il.

Quand Nina comprit qu'il ne s'étendrait pas sur le sujet, elle soupira et s'efforça de profiter de la promenade à travers le parc.

3

Après le départ de Chase et de sa grand-mère, Nina gagna leur chambre d'hôtel afin de récupérer son ordinateur portable ainsi que le disque crypté. Puis elle emprunta le dédale des couloirs aux lumières tamisées pour retrouver Rust, en se demandant une nouvelle fois pourquoi il insistait pour lui parler avant de lui donner accès au mystérieux contenu du disque.

Rust l'attendait dans le « salon panoramique » du Paragon, une extension semi-circulaire aux grandes baies vitrées qui surplombait le front de mer. Au-dessus de l'hôtel, sur la falaise ouest, se dressait un large édifice de brique dont l'enseigne indiquait qu'il s'agissait du Bournemouth International Centre ; au sud s'étendaient la plage et sa jetée. Avec le soleil d'après-midi qui scintillait sur les vagues et les vacanciers qui déambulaient, c'était une vue agréable, uniquement gâchée par le hideux complexe de l'ancien cinéma à l'est de la jetée. Nina songea qu'elle partageait l'avis de Mamie : ce bâtiment était une souffrance pour les yeux.

Ce qui, à sa grande surprise, se révéla aussi le cas de Rust. Elle se souvenait d'un homme élégant, presque maniéré, mais le personnage échevelé qui se leva pour l'accueillir avait l'air d'avoir passé la nuit dans une grange. Sa veste était toute froissée, et ses cheveux gris ébouriffés, qui formaient deux touffes de part et d'autre de son crâne, donnaient l'impression qu'il venait de recevoir une décharge électrique. Avec ses lunettes à grosse monture, il ressemblait à un scientifique fou de dessin animé.

En revanche, il n'avait rien perdu de sa politesse.

— Ah, Nina ! l'accueillit-il en se levant et en s'inclinant. Je suis très heureux de vous revoir. Je vous remercie d'avoir accepté de me rencontrer.

— Je dois dire que vous ne m'avez pas vraiment laissé le choix, répondit-elle en lui serrant la main. Il m'a semblé que vous étiez prêt à camper devant la porte de mon bureau aux Nations Unies si nécessaire…

Nina plaisantait, mais Rust hocha gravement la tête.

— Vous n'avez pas tort. Mais nous voilà réunis ! Je vous en prie, venez vous asseoir.

Il la conduisit à sa table, au fond de la salle. Nina remarqua qu'il avait choisi l'endroit le plus à l'écart des autres clients du bar, qui avaient tous opté pour les places près des baies vitrées afin de jouir du panorama. Rust tira une chaise à son intention, puis observa les lieux d'un air soupçonneux avant de s'asseoir à son tour.

Nina suivit ses regards inquisiteurs : il y avait dans le salon un couple âgé qui partageait un thé et des biscuits, un jeune homme aux cheveux gominés qui parlait au téléphone avec animation, et un gros type barbu avec une vilaine cicatrice sur le front, plongé dans la lecture de son journal. Nina ressentit un pincement au cœur pour cet homme – la cicatrice qui le défigurait ne pouvait qu'être le résultat d'une grave blessure –, puis ramena son attention sur Rust.

— Alors, quel est ce grand secret dont vous souhaitiez tant me parler ?

Rust se pencha vers elle et se mit à chuchoter d'une voix de conspirateur.

— Nina, dites-moi… que savez-vous du roi Arthur ?

Parmi tous les sujets auxquels Nina aurait pu penser, jamais elle n'aurait envisagé celui-là.

— Euh… sur un plan historique ou légendaire ?

— Historique, évidemment.

— Évidemment, opina-t-elle en tentant de masquer son étonnement. Ce n'est pas vraiment mon domaine d'expertise, mais j'en sais assez pour savoir qu'il n'y a pas grand-chose à savoir, justement. Arthur était le chef des anciens Bretons du VIe siècle, qui unifia les tribus de Bretagne après le retrait des Romains de l'île, et qui livra la guerre aux Saxons et aux Pictes, jusqu'à ce que les Saxons finissent par conquérir l'Angleterre au VIIe siècle. En dehors de ça, le reste appartient à la légende, et aux Monty Python.

Rust hocha la tête d'un air approbateur.

— Et concernant l'épée du roi Arthur ? Pensez-vous que cela relève uniquement de la légende ?

— Je n'en sais trop rien. Il existe bien quelques mentions historiques, mais elles restent très sommaires. La question n'est même pas tranchée de savoir s'il y avait une ou deux épées. Tout le monde connaît le nom d'Excalibur, mais certaines sources mentionnent qu'Arthur possédait une autre épée avant celle-ci, dont je ne me rappelle plus le nom…

— Caliburn, intervint Rust.

— Caliburn, c'est ça. Excalibur pourrait donc être un autre nom de Caliburn, à moins qu'il n'existe deux épées distinctes. Si l'on en croit les légendes, Caliburn était l'épée fichée dans la pierre, que seul Arthur fut capable de retirer, prouvant par là qu'il était le roi légitime de Bretagne, et Excalibur fut forgée par Merlin à son intention après que Caliburn eut été brisée durant une bataille. (Elle adressa un regard interrogateur à Rust.) Mais j'ai dans l'idée que vous savez déjà tout cela ; alors, pourquoi me poser la question ?

— Oui, je sais tout cela, admit Rust. L'histoire d'Arthur a été pour moi une… obsession, je suppose que c'est le terme qui convient, depuis de longues années. Mais je voulais m'assurer que vous étiez la bonne personne à qui raconter ma découverte.

Nina haussa un sourcil.

— Qu'avez-vous découvert ? Je croyais que vous aviez quelque chose à me dire à propos de mes parents ? Quel est le rapport entre le roi Arthur et eux ?

Rust afficha un air embarrassé.

— En fait, Nina… il n'y en a aucun.

— Comment ça ?

— Si je vous avais dit pourquoi je devais absolument m'entretenir avec vous, je risquais d'essuyer un refus. C'était la seule manière de m'assurer que vous accepteriez de me rencontrer. Je vous présente toutes mes excuses.

— Comment ? répéta Nina, avec colère cette fois. Attendez, vous m'avez menti ? C'était juste un prétexte pour me convaincre de vous voir ?

— Je vous en prie… je suis navré, sincèrement ! Mais il fallait que je vous parle. Vous êtes la seule personne capable de m'aider. (Il jeta de nouveau un œil inquiet dans la salle.) Ma vie est en danger ! ajouta-t-il dans un murmure pressant.

— Ça oui, si je ne me retenais pas !

Nina se leva en reprenant son ordinateur.

À son tour, Rust bondit de sa chaise. En agitant nerveusement les mains, il la supplia de se rasseoir.

— Je vous en prie, je vous en prie ! Vos parents étaient des amis très chers, surtout votre père. Nous partagions beaucoup de choses, et notamment une passion pour les théories les plus originales. (Son regard implorant se fit plus aigu.) Comme l'Atlantide.

— Cela ne vous donne pas pour autant le droit de vous servir de mes parents comme d'un prétexte pour m'inciter à vous recevoir !

— Savez-vous pourquoi j'ai perdu mon poste ? demanda Rust d'une voix qui se durcit. Parce que j'ai aidé votre père. C'est moi qui lui ai secrètement remis les documents nazis qui leur ont permis, à Laura et à lui, de s'approcher plus près de la découverte de l'Atlantide qu'ils ne l'avaient jamais été. Quand ce que j'avais fait fut révélé, j'ai été licencié, déshonoré, et mon mariage a fini par se briser à cause de tout ça. Sabrina m'a quitté.

— Si vous cherchez du réconfort, vous vous adressez à la mauvaise personne, rétorqua Nina d'un ton glacial. Mes parents sont morts à cause des documents que vous leur avez donnés.

— Vos parents étaient prêts à prendre tous les risques pour prouver la véracité de leur théorie, contra Rust. Vous savez que j'ai raison, vous les connaissiez. La quête de l'Atlantide était leur passion, leur obsession, et elle est devenue la vôtre aussi. Vous n'auriez jamais retrouvé l'Atlantide sans eux ; vos recherches n'ont fait que prolonger leurs premières découvertes. (Nina ne pouvait rien objecter à cela : elle avait abondamment utilisé les notes de ses parents.) Et, tout comme eux, vous avez accepté d'affronter tous les périls pour valider votre théorie. Eh bien, j'ai moi aussi une théorie. Personne n'y croit ; mais personne ne croyait non plus vos parents, et pourtant ils disaient vrai. (Ayant dit ce qu'il avait à dire, Rust s'affaissa.) S'il vous plaît, écoutez au moins ce que j'ai à vous raconter.

Nina hésita. Elle était parfaitement consciente que Rust jouait sur ses émotions, et cette tentative de manipulation lui déplaisait autant que son mensonge initial. Mais, le jour où il avait transmis ces documents nazis à ses parents, il avait accepté en connaissance de cause de courir le risque de les aider… et il en avait payé le prix fort en voyant sa carrière et son mariage s'effondrer.

— Très bien, je vous écouterai, acquiesça-t-elle à contrecœur. (Sa colère persistait, mais commençait à retomber un peu.) Mais c'est tout ; je ne vous promets rien d'autre.

Elle se rassit, et Rust reprit place à son tour, l'air soulagé.

— Je ne vous demande rien d'autre.

Les bras croisés, Nina le dévisagea en plissant les yeux.

— Bon. Racontez-moi votre théorie.

— Ma théorie, entama Rust en baissant de nouveau la voix, concerne l'épée d'Arthur, Excalibur. Je crois qu'elle est bien réelle, et qu'elle existe encore. Et je sais comment la retrouver.

— D'accord. Et où serait-elle ?

— Je l'ignore.

Nina laissa échapper un soupir contrarié.

— Pourtant, vous venez juste de me dire…

— …que je sais comment la retrouver, oui, mais ce n'est pas la même chose que de savoir où elle se trouve. J'ai toujours nourri un profond intérêt pour la légende arthurienne, similaire à celui de vos parents pour l'Atlantide. Et, tout comme eux, j'ai consacré beaucoup de temps et d'efforts à rassembler toutes les données historiques sur le sujet. L'histoire du roi Arthur s'étend bien au-delà des côtes de la Bretagne, vous savez. (Il tourna les yeux vers la baie vitrée, et la mer qui s'étirait jusqu'à l'horizon.) Elle a voyagé aussi loin que le Moyen-Orient, où se trouve un des indices qui nous conduiront à Excalibur.

— Il n'y a pas de « nous », Bernd, lui rappela Nina, à moins que vous ne réussissiez à me convaincre de la véracité de votre théorie.

Rust baissa les yeux sur le disque posé sur la table.

— Et je vais m'y employer ; toutes mes recherches sont là-dedans. (Il ramena son regard sur Nina.) Vous connaissez évidemment le roi Richard Ier ?

— Richard Cœur de Lion, oui, acquiesça Nina.

— Lorsque Richard partit pour la troisième croisade en 1190, il emporta un objet très spécial, que lui avaient offert les moines de l'abbaye de Glastonbury, dans l'ouest de l'Angleterre. Il s'agissait d'une épée. Une épée qui avait jadis appartenu au plus grand roi de Bretagne.

— Excalibur ?

Rust sourit.

— Non. Richard pensait avoir reçu Excalibur, mais en réalité les moines lui avaient remis la première épée d'Arthur, Caliburn. Telle est ma théorie.

Malgré elle, Nina commença à se sentir intriguée.

— Continuez.

— D'après la légende, Caliburn fut brisée lors d'une bataille par le roi Pellinor. Il est possible que ce soit vrai, ou non ; en revanche, je n'ai aucun doute sur le fait que l'épée a été effectivement brisée. On récupéra ses fragments et, vu son importance, on tenta de la reforger. Mais une arme réparée ne retrouve jamais sa résistance d'antan ; et je crois que les épées d'Arthur étaient plus que de simples lames d'acier. J'y viendrai dans un instant, précisa-t-il en remarquant l'air interrogateur de Nina. Donc Merlin, qui avait fabriqué Caliburn, lui forgea une remplaçante.

— Vous pensez que Merlin a réellement existé ?

— Oui, il y a trop de mentions historiques du personnage pour en douter. Mais il ne s'agissait pas d'un magicien au sens classique du terme, même s'il était capable de réaliser des prodiges. (Rust adressa à Nina un sourire entendu.) Il créa une nouvelle arme pour Arthur, une épée encore plus formidable que Caliburn : Excalibur. La légende raconte qu'Arthur fut inhumé avec son épée à l'abbaye de Glastonbury. Mais les moines conservaient également en leur possession Caliburn, ainsi que bien d'autres trésors d'Arthur.

— Et comment Richard Cœur de Lion arrive-t-il dans cette histoire ?

— Glastonbury était une des abbayes les plus fortunées d'Angleterre, expliqua Rust. Elle tirait l'essentiel de sa richesse de la place qu'elle occupait dans la légende arthurienne, qui lui valait d'attirer les pèlerins. Cette opulence suscitait bien sûr la convoitise des puissants, et Richard ne faisait pas exception à la règle.

— Donc, les moines lui ont donné Excalibur. (Nina réfléchit, puis comprit soudain où Rust voulait en venir.) Ou, du moins, ils lui ont fait croire qu'il s'agissait d'Excalibur, parce qu'ils n'avaient pas l'intention de lui céder la véritable épée.

— Exactement ! Excalibur reposait dans la tombe d'Arthur, une pyramide de pierre noire que les moines découvrirent en 1191, un an après le départ de Richard pour la croisade. Encore que « découvrir » ne soit pas le terme adéquat : ils connaissaient depuis toujours l'emplacement de la tombe.

— Ils la révélèrent au grand jour, renchérit Nina. Comme on ouvre une nouvelle attraction dans un parc à thème.

— Tout à fait. L'abbaye avait été endommagée par un incendie et le coût des réparations avait lourdement grevé les finances, pourtant conséquentes, de l'institution. Mais le tombeau du roi Arthur assurerait aux moines l'afflux de nombreux visiteurs… et de leurs aumônes.

— Et qu'est-il advenu de cette tombe ? À ce que je sais, la dépouille d'Arthur n'est exposée dans aucun musée.

— Non, c'est vrai. Après la découverte de la tombe, les corps d'Arthur et de sa reine Guenièvre furent rapatriés à l'intérieur de l'abbaye elle-même. Mais, quand Henri VIII ordonna la dissolution des monastères dans les années 1539…

— Par dissolution, vous voulez dire destruction, c'est bien ça ? l'interrompit Nina.

— Absolument. Quand l'abbaye fut détruite, la tombe le fut également, et l'on n'en retrouva jamais la moindre de trace.

— Donc, la dernière chose qu'il restait d'Arthur était Caliburn ?

Rust sourit de nouveau.

— Pas tout à fait. C'est là la théorie que j'ai bâtie au fil de mes recherches. Réfléchissez : les moines de Glastonbury étaient prêts à prendre le risque d'abuser le roi pour protéger leur trésor. Quand ils ont – je reprends votre pertinente formulation – « révélé au grand jour » la tombe du roi Arthur, je pense qu'ils avaient eu la prévoyance de déplacer tout ce qu'elle contenait réellement en un autre lieu secret, un endroit à l'abri des incendies, des voleurs ou des rois. Seuls les moines connaissaient son emplacement et, quand le monastère fut détruit, ce savoir périt avec lui. Mais pas totalement, car il demeura quelque part : gravé sur Caliburn !

Nina afficha une moue sceptique.

— Pourquoi les moines auraient-ils fait une chose pareille ? Ce serait aussi idiot que de confier les clefs de Fort Knox à Goldfinger !

— Ils ne s'attendaient pas à ce que Richard parte en croisade avec l'épée. Et ils n'auraient jamais imaginé non plus que le roi agisse comme il l'a fait.

— C'est-à-dire ?

— Sur le chemin de la Terre sainte, Richard a fait étape en Sicile, où, à la manière des rois de l'époque, il a entamé une petite guerre pour un motif trivial. (Rust secoua la tête avec dédain, agitant ses cheveux ébouriffés.) Le souverain de Sicile s'appelait alors Tancrède de Lecce ; quand il signa un traité de paix avec Richard en 1191, Richard lui offrit un présent pour célébrer leur nouvelle amitié…

— Caliburn.

— C'est ça, même si Tancrède et Richard croyaient qu'il s'agissait d'Excalibur.

Nina demeurait perplexe.

— Je n'avais encore jamais entendu cette histoire-là.

— Richard ne souhaitait pas que tout son royaume apprenne qu'il s'était dessaisi d'un des plus illustres trésors d'Angleterre. Quand il poursuivit son voyage vers la Terre sainte, Tancrède conserva donc l'épée, qui se transmit à ses successeurs jusqu'à ce qu'elle arrive entre les mains de Frédéric II.

— Ah ! s'exclama Nina en entendant le nom d'un personnage historique qui lui était déjà plus familier. L'empereur du Saint Empire romain germanique.

— Et un croisé, lui aussi, mais d'un genre bien différent de Richard.

— Conclure des alliances avec les musulmans et reprendre Jérusalem sans verser une goutte de sang n'était pas vraiment l'idée que le pape se faisait d'une croisade, acquiesça Nina avec un sourire.

Rust sourit à son tour.

— Non, c'est vrai. Mais par le biais de ces alliances l'épée se fraya un chemin jusqu'au Moyen-Orient. Quand Frédéric s'empara de Jérusalem en 1229, les croisés furent nombreux à refuser de le suivre ; il avait été excommunié par le pape Grégoire IX, et ils craignaient de connaître le même sort en s'associant à lui. Mais l'empereur parvint tout de même à persuader quelques croisés de lui apporter leur soutien, dont un jeune chevalier nommé Pierre de Koroneou, même si ce titre ne lui échut que plus tard. En récompense de sa loyauté, Frédéric offrit l'épée à Pierre. Puis, en 1231, quand Grégoire IX leva l'excommunication qui frappait Frédéric, cela justifia *a posteriori* Pierre dans son choix de soutenir Frédéric II, et il en retira un prestige considérable. Outre un fief en Terre sainte, il reçut un château sur Koroneou, une petite île grecque.

— Caliburn se trouverait donc à Koroneou ? demanda Nina.

Même si elle nourrissait encore des doutes, l'histoire de Rust éveillait décidément son intérêt.

— Si seulement, soupira Rust en secouant la tête. Pierre mourut en 1260, quand il retourna en Terre sainte défendre son domaine contre les Mamelouks. Son épée, celle-là même que lui avait offerte Frédéric, se brisa au cours des combats. Comme je le disais, une épée reforgée reste plus fragile. Les hommes de Pierre ramenèrent sa dépouille à Koroneou, ainsi que les fragments de son épée. Je crois avoir localisé un des morceaux de l'épée, par un étrange hasard, non loin de chez moi… Mais le propriétaire actuel du château dans lequel je pense qu'il est caché refuse de me laisser y mener des recherches. Peut-être une personne auréolée d'une renommée mondiale saura-t-elle l'amadouer. (Il lui décocha un sourire rusé, qui s'évanouit rapidement quand il reprit la parole sur un ton d'urgence.) Mais je sais exactement où se trouve la pointe de l'épée – ou, plutôt, je le savais il y a encore trois semaines. C'est pour ça que je ne peux me fier qu'à vous. (Il tapota le boîtier du disque.) Et que j'ai détruit toutes mes notes, à l'exception de cette copie que je vous ai envoyée ; je ne pouvais pas courir le risque qu'elles tombent entre de mauvaises mains.

— Bernd, de quoi parlez-vous ? demanda Nina. Vous avez dit que vous craigniez pour votre vie. Pourquoi ?

— Au cours de mes recherches, j'ai découvert que la pointe de l'épée avait retrouvé le chemin de la Sicile, et qu'elle reposait dans une église possédant un lien historique avec Frédéric II, dans le village de San Maggiori. J'aurais bien aimé m'y rendre moi-même, mais, depuis que Sabrina m'a quitté, j'ai accumulé les problèmes d'argent. Et je ne pouvais plus non plus solliciter de bourses universitaires pour financer mes travaux : il me fallait donc trouver un mécène. J'ai contacté diverses fondations privées à travers l'Europe, sans succès. Jusqu'à ce que j'entre en relation avec un Russe qui, pour le coup, s'est montré extrêmement intéressé. (Rust observa de nouveau les environs d'un air inquiet.) Malheureusement, je lui en ai trop dit et, deux jours plus tard, j'ai appris que le prêtre de San Maggiori avait été assassiné – tué par balle –, et son église réduite en cendres.

— Vous pensez que ce Russe a voulu s'emparer de la pointe de l'épée sans vous ? Et qu'il a tué pour cela ?

— J'en suis certain, insista Rust. La police sicilienne penche pour un coup de la Mafia, mais la coïncidence est trop énorme. C'est pour ça que je me suis caché, et que j'ai protégé mes recherches. Il ne faut pas que cet homme mette la main sur les autres fragments de Caliburn, car cela lui permettrait alors de retrouver Excalibur. Ce serait un trop grave péril pour le monde.

Nina sentit resurgir son scepticisme.

— Pourquoi ça ? Certes, il s'agirait d'une découverte archéologique majeure, mais Excalibur n'est qu'une épée…

— Excalibur est bien plus que ça, affirma Rust avec le plus grand sérieux. Dans un ancien texte gallois intitulé le *Mabinogion*, il est dit que la poignée de l'épée d'Arthur est gravée de deux serpents et que, lorsqu'il la brandit…

Il fouilla sa mémoire pour retrouver la formulation exacte :

— « Ce qui sort de la gueule des serpents est semblable à deux langues de feu, si terribles que nul ne peut en soutenir la vue. » Et *Le Morte d'Arthur* raconte que, quand Arthur dégainait son épée, « elle resplendissait tant aux yeux de ses ennemis que sa lumière était pareille à celle de trente torches ». Ce n'est pas une arme ordinaire. Tout ce que vous avez besoin de savoir se trouve dans mes notes. Je vous prie, voyez par vous-même.

Nina ouvrit son ordinateur portable et double-cliqua sur le fichier qu'elle avait copié du disque.

— D'accord, mais je dois avouer que tout cela me semble un peu…

Elle voulait dire « dingue », mais se contenta d'un autre terme :

— …paranoïaque. Bien, quel est le mot de passe ?

— *Zum Wilden Hirsch*. En un seul mot, sans majuscule. (Nina lui lança un regard interrogateur.) C'est le nom de la maison d'hôtes où je résidais quand j'ai crypté ces fichiers. J'avais besoin d'un mot de passe que ces Russes ne pourraient pas deviner, même s'ils mettaient la main sur ce disque.

— Vous avez parlé d'un Russe : ils seraient plusieurs, maintenant ? demanda-t-elle d'un air dubitatif tout en entrant le mot de passe. (L'ordinateur émit un petit bip et le dossier s'ouvrit, révélant des dizaines – ou, plutôt, des centaines – de fichiers.) Holà, vous avez pris un sacré paquet de notes !

— Une autre précaution, expliqua Rust. Le seul index se trouve ici. (Il se tapota le front.) Sans lui, il faudrait plusieurs jours à quelqu'un pour trier toutes ces informations. Mais, avec mon aide, vous pourrez rapidement accéder à ce que j'ai découvert, et j'espère que cela vous convaincra que j'ai raison, et que je sais comment retrouver les fragments de Caliburn… qui nous mèneront à Excalibur.

— Eh bien, nous verrons cela, répondit prudemment Nina en relevant les yeux vers Rust. Par quel fichier devrais-je…

Nina se figea.

Un petit point de lumière, d'un vert intense, venait d'apparaître sur le torse de Rust sans que ce dernier l'ait remarqué. Le point lumineux glissa sur ses vêtements froissés, pour s'immobiliser au niveau du cœur…

La balle transperça la vitre près de Nina dans un craquement aigu, et Rust fut projeté en arrière avec fracas, tandis qu'un jet de sang écarlate giclait du trou creusé dans sa poitrine.

4

Nina se leva brusquement, à la fois sous le coup de la surprise et pour éviter que le tireur ne la prenne à son tour pour cible.

Mais le point vert du laser de visée s'évanouit aussitôt. Nina se précipita vers la fenêtre. Un trou du diamètre de son index perçait le vitrage. Elle aperçut le tireur, sur le toit de l'International Centre, au moment où il quittait son poste de tir pour disparaître derrière le parapet : il s'agissait d'une femme au visage sévère, avec des cheveux orange en bataille.

— Hé ! l'interpella quelqu'un derrière elle. Il vole votre ordinateur !

Nina pivota sur elle-même et vit le grand gaillard à la cicatrice sur le front se ruer vers la sortie avec son MacBook et le disque de Rust. Serré dans son énorme main, l'ordinateur portable ne paraissait pas plus gros qu'un livre de poche.

Rust…

Un seul regard suffit à Nina pour constater qu'il était mort. Il gisait sur le sol, les yeux écarquillés, la bouche entrouverte comme s'il s'apprêtait à parler. Mais il resterait à jamais muet, et ce qu'il avait voulu partager avec Nina était emporté loin d'elle par cet homme barbu.

— Appelez le 911 ! cria-t-elle en se lançant à la poursuite du voleur. Enfin, je ne sais pas quel numéro il faut faire ici, mais prévenez la police !

Le barbu fonça dans les couloirs de l'hôtel et Nina lui courut après, accompagnée du jeune homme qui se trouvait dans le bar et semblait désireux de jouer les héros. Sa résolution ne tarda toutefois pas à s'émousser quand il se rendit compte de la carrure du fuyard.

— Vous avez appelé la police ? lui demanda Nina en voyant qu'il tenait son téléphone à la main.

Le jeune homme commença à pianoter maladroitement sur son téléphone et ralentit un peu, déconcentré par l'appel qu'il essayait de passer.

Devant eux, le géant déboucha sur un croisement et ralentit lui aussi pour regarder de chaque côté, l'air perdu, avant de partir à droite en grommelant.

Nina tourna à sa suite pour se retrouver dans un nouveau couloir, en tout point semblable à celui qu'elle venait de quitter. Une femme de ménage était en train de refermer la porte d'une chambre, et son chariot bloquait en partie le passage. Le barbu hurla quelque chose dans une langue étrangère – du russe ? s'interrogea Nina – et heurta le chariot, qui se renversa en répandant ses bouteilles de produits d'entretien dans le couloir. La femme de chambre poussa un cri de surprise.

L'homme se retourna et vit que Nina et son compagnon se précipitaient vers lui.

Au lieu de reprendre sa course, il se saisit du chariot renversé et, le soulevant sans effort, le lança sur eux.

— Seigneur ! s'exclama Nina en se jetant contre la porte d'une chambre.

Le léger recul de l'encadrement lui offrit juste l'espace nécessaire pour esquiver le gros projectile, mais le jeune homme fut moins chanceux. Relevant le nez de son téléphone une fraction de seconde trop tard, il n'eut pas le temps de s'écarter et le chariot le percuta de plein fouet, en achevant de se vider de son contenu.

Nina se redressa, mais le géant barbu n'en avait pas fini. Il s'empara de la femme de chambre, qui hurla, et la jeta sur Nina. Cette fois, elle n'avait aucune possibilité d'esquiver, et les deux femmes roulèrent au sol au milieu des débris du chariot.

Leur assaillant laissa échapper un grognement satisfait avant de s'éloigner en courant.

— Sale enfoiré ! hoqueta Nina en se relevant tant bien que mal.

La femme de chambre paraissait plus choquée que véritablement blessée, mais le jeune homme gémissait en se tenant le poignet, qui devait être cassé.

— Ça va aller ? demanda-t-elle à l'employée de l'hôtel, qui lui répondit d'un hochement de tête hagard. Aidez-le ! ajouta-t-elle en lui montrant le garçon blessé.

Elle aperçut le téléphone du jeune homme au milieu des bouteilles de shampooing et des savons. Nina le récupéra et se remit péniblement à la poursuite du voleur.

L'homme atteignit un autre croisement et tourna la tête de chaque côté d'un air frustré. Il était manifestement dérouté par ces couloirs qui se ressemblaient tous, et incapable de lire les panneaux qui aidaient les clients à se repérer dans ce dédale.

Il jeta un regard en arrière et se rembrunit en voyant arriver Nina. Sa cicatrice était déformée par les plis de son front. Nina ralentit. Si l'homme changeait de tactique et décidait de l'attaquer au lieu de s'enfuir, elle n'aurait pas la moindre chance face à lui.

Mais il se détourna et fonça à gauche. *Mauvais choix*, se réjouit Nina quand elle lança un rapide coup d'œil au panneau à l'entrée du couloir. S'il ne parvenait pas à trouver la sortie, il y avait une chance qu'il se fasse arrêter par la police avant de réussir à s'enfuir, et avant de blesser quelqu'un d'autre.

Mais Nina avait besoin d'aide, de quelqu'un qui puisse affronter ce tas de muscles…

Chase était au volant de la Ford Focus de location, sa grand-mère assise à côté de lui, un sac de courses sur les genoux. D'autres sacs s'alignaient sur la banquette arrière. Le téléphone de Chase sonna, et il fouilla sa poche avec un soupir.

— Peux-tu répondre pour moi, mamie ? demanda-t-il en lui tendant le téléphone. Je ne voudrais pas avoir des problèmes avec la police le premier jour de mon retour au pays.

Ce doit être Nina, pensa-t-il. Holly n'avait sans doute pas encore eu le temps de charger son nouveau téléphone, et les chances qu'Elizabeth l'appelle pour papoter étaient des plus réduites.

— Oh, bonjour, Nina, dit Mamie en décrochant.

La vieille dame se tourna vers Chase pour ajouter inutilement :

— C'est Nina.

— Oui, j'avais compris, répondit-il en décidant d'épargner à sa grand-mère ses habituels sarcasmes. Qu'est-ce qu'elle raconte ?

Mamie émit une succession ininterrompue de « oh ! » et de « ah ! », sur un ton de plus en plus surpris, et Chase vit qu'elle affichait une expression d'incrédulité totale.

— Qu'y a-t-il ?

— Elle dit que l'ami avec qui elle était vient d'être assassiné et qu'elle poursuit dans l'hôtel un homme qui a volé son ordinateur.

— Oh, mer… credi ! éructa Chase en écrasant l'accélérateur.

— Tu sais, je n'ai pas eu l'impression qu'elle était du genre à faire des canulars.

— Et tu as tout à fait raison, maugréa-t-il sombrement. Nom d'un chien, il faut toujours qu'elle se fourre dans le pétrin !

Nina se rua dans un nouveau couloir qui s'achevait en cul-de-sac. L'homme barbu s'immobilisa en crachant une exclamation de colère, puis se tourna vers Nina avec un regard mauvais.

— Euh… salut, dit-elle, horriblement consciente que les rôles de la course-poursuite venaient soudain de s'inverser. (Le voleur avança d'un pas vers elle.) OK, gardez l'ordinateur. Il est assuré… Pas la peine de…

Le géant s'approcha encore et Nina recula craintivement. Elle passa devant un extincteur rouge accroché au mur. Une arme ! Elle arracha l'extincteur de son logement et le jeta de toutes ses forces sur le barbu. Il leva la main pour se protéger, mais un peu tard. Le cul de l'extincteur le heurta en plein visage avec un bruit sourd. L'homme tituba en arrière…

…et adressa à Nina un sourire réjoui.

— *Daaaa*, gémit-il entre ses dents ensanglantées, d'un air presque extatique, les yeux rivés sur Nina.

— Oh, merde…

L'homme ramassa l'extincteur et le lança sur elle. Nina se jeta au sol pour l'esquiver, mais l'extrémité du tuyau lui érafla le dos. L'extincteur percuta le mur opposé et le traversa en répandant des éclats de bois et des morceaux de plâtre.

Nina roula sur elle-même, persuadée qu'il profiterait de ce qu'elle était au sol pour l'attaquer. Mais, au lieu de cela, elle entendit un craquement de bois brisé. Relevant les yeux, elle vit qu'il avait défoncé une porte d'un grand coup de pied pour pénétrer dans l'escalier de secours.

Nina se redressa en grimaçant à cause de la coupure qui lui zébrait le dos, et reprit sa poursuite. L'odeur de nourriture qui remontait par la cage d'escalier lui indiqua qu'ils devaient descendre vers les cuisines de l'hôtel. Elle perçut le fracas d'une porte ouverte à toute volée, puis un cri de colère et une cacophonie de casseroles, enfin un hurlement de douleur.

Nina arriva au pied de l'escalier. Les battants d'une double porte oscillaient encore, comme ceux de l'entrée d'un saloon. Elle les franchit sans hésiter et découvrit un homme en tenue blanche de cuisinier – maculée de gouttelettes rouges jaillies de son nez cassé – allongé sur le sol carrelé au milieu de casseroles tombées d'un chariot renversé. Les autres cuisiniers s'écartaient précipitamment du chemin du géant qui fonçait vers la sortie, à l'autre bout de la cuisine.

Nina bondit au-dessus du chef blessé et heurta du pied une casserole, qui rebondit dans l'allée en tintant sur le carrelage. Le voleur tourna la tête et l'aperçut. Il lâcha un nouveau juron dans sa langue, puis s'empara d'un hachoir planté dans une demi-carcasse de bœuf et le lança sur elle.

Nina hoqueta et se jeta par terre alors que la lame aiguisée sifflait dans l'air au-dessus de sa tête pour aller se ficher dans le mur. Nina risqua un coup d'œil prudent par-dessus le comptoir et se recroquevilla aussitôt en voyant l'énorme quartier de viande rebondir sur la surface métallique juste devant elle. D'autres projectiles culinaires suivirent : une conserve de haricots blancs de la taille d'un seau, une dinde entière, et un gros bocal en verre qui explosa en déversant sur elle de petits oignons au vinaigre. En coulant sur sa coupure dans le dos, le vinaigre la brûla douloureusement.

— Non, mais on se croirait revenu aux batailles de la cantine ! s'écria-t-elle.

De nouveaux cris s'élevèrent à l'autre bout de la cuisine, suivis d'un vacarme assourdissant de vaisselle brisée. Nina pointa la tête au-dessus du comptoir : les portes battantes bougeaient encore et des débris d'assiettes et de bols jonchaient le sol autour d'un autre chariot renversé. L'homme avait pris la fuite.

— Merde !

Nina jaillit de sa cachette et traversa la cuisine en courant au milieu du personnel, puis franchit les portes en glissant sur les tessons de porcelaine pour déboucher dans la salle à manger de l'hôtel. Le barbu était enfin parvenu à retrouver son chemin et se ruait vers le hall de réception. Nina se précipita derrière lui.

Pied au plancher, Chase dévala la route qui descendait la colline derrière l'ancien cinéma Imax et déclencha le flash d'un radar automatique dans sa hâte à rejoindre Nina. Il retint de justesse un juron en apercevant le double flash du radar dans son rétroviseur. À côté de lui, Mamie s'agrippait d'une main à la poignée de toit en serrant de l'autre son sac de commissions contre elle.

Il continua sur la chaussée surélevée qui passait au-dessus de l'esplanade devant la jetée pour continuer de l'autre côté en direction de l'International Centre. Alors qu'il freinait brutalement pour tourner sur le parking de l'hôtel Paragon, il constata qu'il n'était pas le seul à être pressé : une Jaguar XK noire, conduite par une femme aux cheveux orange de punk, pénétra sur le parking par l'entrée opposée dans un crissement de pneus.

D'instinct, il comprit qu'elle était liée aux ennuis de Nina. Si sa grand-mère ne s'était pas trouvée dans la voiture, il aurait foncé dans la Jaguar pour empêcher cette femme d'offrir une échappatoire à son complice. Au lieu de cela, il observa impuissant un énorme barbu sortir en courant de l'hôtel et envoyer valser un portier d'un simple revers du bras.

L'homme tenait un portable Apple dans l'autre main. Sans doute celui de Nina…

La Jaguar s'arrêta devant l'hôtel et l'homme s'engouffra dans la voiture, qui tangua sous son poids. La femme fit aussitôt demi-tour dans un dérapage contrôlé pour repartir par où elle était venue.

Nina jaillit de l'hôtel un instant plus tard et se précipita vers la Ford Focus.

— Ce sont eux, ils l'ont tué ! s'écria-t-elle en désignant la Jaguar qui s'éloignait. (Elle s'apprêtait à ouvrir la portière passager quand elle s'avisa que la place était déjà prise.) Oh !

— Tu te souviens de ma grand-mère ? lui lança Chase d'un air contrit.

— Oui…

La Jaguar disparut hors de leur vue. Nina regarda désespérément dans la direction où elle était partie, puis ouvrit la portière arrière et bondit sur la banquette en repoussant les sacs de provisions.

— Ils filent ! Vas-y, fonce !

— Nina, ma grand-mère est dans la voiture !

À leur grande surprise, Mamie intervint d'une voix ferme.

— Qu'est-ce que tu attends ? Poursuis-les, Edward !

— Quoi ? s'exclama Chase.

Mamie posa le sac de courses entre ses jambes et s'agrippa des deux mains à la poignée de toit.

— J'ai toujours eu envie de voir ce que faisait mon petit-fils pour gagner sa vie.

— Mais…

La vieille dame lui jeta un regard furibond.

— Edward, ils sont en train de s'enfuir ! Dépêche-toi, file-leur au train !

— C'est une pu… rée de mauvaise idée, grogna-t-il en écrasant l'accélérateur pour lancer la Ford Focus à la poursuite de la Jaguar.

5

La Ford Focus jaillit du parking et tourna brutalement à droite.

— Qu'est-ce qui se passe ? demanda Chase à Nina.

— Je n'en sais rien, répondit-elle machinalement.

— Ça ne m'aide pas beaucoup !

— La femme a tiré sur Bernd, et l'espèce de colosse a volé mon ordinateur portable. Je crois qu'il est russe.

Devant eux, la Jaguar traversa un rond-point à contresens. Une autre voiture fit un écart pour éviter la collision et alla buter contre le trottoir.

— Pourquoi t'a-t-il volé ton ordi ?

— À cause du disque que Bernd m'avait envoyé ; je ne sais pas exactement ce qu'il contient, mais apparemment ils le veulent !

Chase s'engagea dans le rond-point à toute vitesse, et les sacs de commissions alignés sur la banquette arrière se renversèrent sur Nina.

— Il y a quoi sur ce disque ?

— Je te dis que je ne sais pas ! Quelque chose à voir avec l'endroit où se trouverait Excalibur.

La Jaguar filait sur la route qui grimpait la colline. Chase songea qu'il aurait mieux fait de louer une voiture plus puissante que cette familiale.

— L'épée du roi Arthur, tu veux dire ?

— Non, le film de John Boorman ! rétorqua-t-elle d'un ton sarcastique. Évidemment, l'épée du roi Arthur !

— Ça va, bon Dieu ! (Sa grand-mère lui coula un regard sévère.) Pardon, mamie. Tu sais où mène cette route ?

— Elle conduit à la sortie de la ville, en haut de la colline, répondit Mamie.

Mais Chase ne l'écoutait plus : son attention était détournée par un mouvement dans son rétroviseur, accompagné d'un crissement aigu de pneus sur la chaussée.

Une Jeep Grand Cherokee noire venait de déboucher d'une rue latérale pour se coller derrière eux et un homme se penchait au-dehors par la vitre côté passager…

— Couchez-vous ! hurla Chase en attrapant de la main gauche la tête de sa grand-mère pour l'obliger à se baisser.

La lunette arrière explosa en projetant des débris scintillants sur Nina, qui s'était jetée sur la banquette.

Une autre balle traversa le hayon de la Focus et vint se ficher dans le plastique rigide du siège arrière. La tête baissée, Chase aperçut un instant le crâne rasé du tireur dans le rétroviseur latéral. L'homme était armé d'un simple pistolet, mais cela suffirait à une portée aussi courte.

— Bon sang, mais c'est qui, ces gars ? hurla Nina.

— D'autres Russes, à mon avis.

Un groupe pour éliminer Rust et récupérer le disque, et une seconde équipe pour s'assurer que personne ne les empêcherait de filer avec leur butin.

— Super ! Je suppose que tu n'as pas rapporté un flingue du supermarché ?

— C'est l'Angleterre, ici ! Les seules personnes à avoir des armes sont les fermiers et les truands !

Des voitures étaient immobilisées à un feu rouge un peu plus loin, et un camion qui arrivait en sens inverse bloquait l'autre voie. La Jaguar tourna brutalement à droite pour s'engouffrer dans une rue latérale en sens interdit. Chase freina violemment pour la suivre, et la Focus prit le virage en un dérapage à peine contrôlé. Nina fut projetée contre la portière gauche, au milieu d'une avalanche de bouteilles et de paquets. La voiture vibra alors que ses roues perdaient de l'adhérence, et Chase batailla avec le volant pour la maintenir sur la chaussée.

Il releva les yeux et vit un bus surgir au bout de la rue. Les feux stop de la Jaguar flamboyèrent quand la conductrice aux cheveux orange fit un écart et grimpa sur le trottoir pour se glisser entre les vitrines des boutiques et la rangée de poteaux délimitant la chaussée. Les badauds s'écartèrent en hurlant devant la XK qui dévalait la pente à toute allure.

— Accrochez-vous ! cria Chase en l'imitant.

— On ne passera jamais ! protesta Nina.

— S'ils sont passés, on passera nous aus…

Le rétroviseur côté passager heurta un poteau et explosa dans une pluie de verre et de plastique. Mamie hoqueta, les yeux écarquillés par la frayeur.

— OK, j'ai été un peu optimiste, admit Chase en faisant passer la voiture entre deux poteaux pour déboucher dans la zone piétonne qui s'étendait au-delà.

Il reconnut l'endroit : ils se trouvaient en haut de la rue où il avait acheté un téléphone à Holly. Derrière eux, la Jeep ralentit pour monter à son tour sur le trottoir et sa carrosserie frotta contre les devantures des boutiques.

Nina releva la tête et regarda avec horreur la rue devant eux, alors que Chase accélérait de nouveau en klaxonnant frénétiquement. Les lieux étaient encore très animés, et les passants en proie à la panique se dispersèrent devant les voitures qui fonçaient au milieu de la foule.

— Eddie, arrête avant qu'on tue quelqu'un !

— Si je m'arrête, c'est nous qui serons tués !

Derrière eux, le 4 x 4 noir avait franchi à son tour les poteaux, et l'homme au crâne rasé réapparut à la fenêtre, son arme à la main.

La Jaguar dévala la rue en klaxonnant, moins pour préserver les piétons que pour éviter des chocs qui la ralentiraient. Au-delà de la Jaguar, Chase vit se profiler la tour à horloge qui dominait le Square, presque droit devant eux, et une autre rue qui tournait vers la gauche. Mais une autre rangée de poteaux bloquait le passage, et un large portail en fer forgé marquait la fin de la zone piétonne.

Ne disposant d'aucune autre solution, la femme aux cheveux orange dirigea sa Jaguar vers le côté droit du portail et accéléra. Les gens s'enfuirent en tous sens, mais un homme n'eut pas le temps de s'écarter et rebondit sur le capot pour finir en vol plané dans la vitrine d'un Burger King. Chase grimaça, tandis que ses deux passagères poussaient un cri horrifié.

Ils franchirent le portail. Chase regarda dans son rétroviseur. Le Grand Cherokee regagnait du terrain, mais l'espace par lequel ils venaient de passer était déjà étroit pour leur voiture : le 4 x 4 ne pourrait sans doute pas l'emprunter…

La Jeep ralentit brutalement, mais, une fois encore, la largeur fut juste suffisante pour lui permettre de passer. Elle ne tarderait pas à les rattraper.

La Jaguar fonça sur le Square en renversant plusieurs chaises de la terrasse du café avant de percuter un étal en envoyant virevolter dans les airs des pashminas de toutes les couleurs. Les stands du marché dessinaient une allée à travers la place, limitant les options de fuite. Chase perçut le hurlement lointain d'une sirène : la police arrivait.

La femme dans la Jaguar l'entendit elle aussi et redoubla d'efforts pour trouver une voie de sortie. Mais tous les accès étaient encombrés par les piétons qui cherchaient à fuir les voitures. Chase accéléra, dans l'intention de heurter l'arrière de la Jaguar pour la projeter contre un réverbère.

— Accrochez-vous !

Mais la femme le vit venir et accéléra à son tour en tournant brusquement à droite. La Jaguar fonça sur un étal de fruits, qu'elle télescopa dans une explosion de couleurs.

— Oh, pu... rée ! s'étrangla Chase alors qu'il passait parmi les débris du stand et que des fruits rebondissaient et s'écrasaient sur son pare-brise.

À travers la vitre maculée, il vit la Jaguar tourner de nouveau, accrocher un abribus et faire voler en éclats la vitre d'un panneau publicitaire, avant de bondir au-dessus du trottoir pour regagner la chaussée.

Chase l'imita, et la suspension de la Ford Focus amortit le choc avec un horrible craquement. Ayant repéré la commande des essuie-glaces, il balaya la purée de fruits qui lui obstruait la vue et constata qu'ils avaient rejoint la route qui faisait le tour du parc. La Jaguar creusait déjà la distance.

La sirène retentit soudain plus clairement. Une voiture de police, une Volvo V70 aux flancs quadrillés en jaune et bleu fluorescents, déboucha au coin de la rue devant eux dans l'éclat de ses phares. La Jaguar changea de direction et monta sur le trottoir pour pénétrer dans le parc. Chase la suivit et la bordure du trottoir mit à l'agonie les amortisseurs déjà bien sollicités de la Ford, tout en secouant jusqu'aux os ses passagers.

— La police arrive ! cria Nina. Laisse-les s'en occuper !

— Tu sais qui ils vont arrêter les premiers ? Nous ! répliqua Chase.

La voiture de police les prit en chasse, ses gyrophares en action, et la Jeep Grand Cherokee franchit l'entrée du parc juste derrière elle.

L'allée étroite du parc se divisait en patte d'oie. La voie de gauche passait entre les arbres pour longer le bord est du parc, mais la Jaguar tourna à droite, en direction du pont qui enjambait la rivière. Ce dernier était à peine assez large pour une voiture, et la Jaguar laissa l'un de ses rétroviseurs contre la rambarde métallique. Un joggeur qui arrivait dans l'autre sens regarda d'un air abasourdi la voiture foncer vers lui et retrouva ses esprits juste à temps pour enjamber la rambarde et se jeter à l'eau.

Des étincelles crépitèrent sur les flancs de la Ford Focus quand elle s'engouffra à son tour sur le pont, et son dernier rétroviseur latéral connut le même sort que celui de leur proie.

La Jaguar déboula sur un embranchement : tout droit, la voie était bloquée par la camionnette d'un glacier ; à droite, le chemin allait jusqu'à la montgolfière et revenait vers le Square et sa foule de promeneurs. La femme aux cheveux orange prit à gauche, direction le front de mer.

De nouveaux tirs éclatèrent.

Trois, quatre, cinq coups de feu claquèrent derrière eux, mais c'était sur la voiture de police que tirait l'homme dans le 4 x 4, afin de se dégager le passage.

Le conducteur de la voiture de patrouille reçut une balle et du sang gicla sur le pare-brise. La Volvo fit une brusque embardée et alla s'encastrer de flanc sur les poteaux métalliques des rambardes du pont, si violemment que la carrosserie se déforma en arc de cercle en faisant exploser toutes les vitres. Le conducteur du Grand Cherokee freina brutalement en constatant que le passage était bloqué, mais pas assez vite pour empêcher le 4 x 4 de déraper et de venir percuter latéralement la voiture de police, en l'écrasant encore davantage contre les poteaux.

Mais l'impact ne suffit pas à neutraliser la Jeep. Elle repartit vivement en marche arrière dans la fumée de ses pneus et remonta ainsi jusqu'à la fourche en traînant derrière elle des débris de calandre et de pare-chocs, pour s'engager à gauche sur l'allée bordée d'arbres.

Chase franchit le croisement avec un dérapage contrôlé pour suivre la Jaguar. Des promeneurs se jetaient sur les pelouses soigneusement tondues pour éviter les voitures. Ils longèrent un parcours de mini-golf et des arbres alors qu'un nouvel embranchement se profilait devant eux.

— Prends à droite ! lui ordonna Mamie.

— Quoi ?

La Jaguar fila sur la voie de gauche.

— À droite ! C'est plus court !

En priant pour que les connaissances de sa grand-mère en matière de géographie locale soient bien à jour, Chase engagea sa voiture sur le chemin de droite, une main plaquée sur le klaxon. Il jeta un coup d'œil vers la gauche et aperçut des éclats de carrosserie noire défiler entre les buissons et les arbres.

Plus loin en arrière, il entrevit le Grand Cherokee qui descendait une colline en direction d'un autre pont pour reprendre la chasse.

Mamie avait raison : cette route était effectivement plus courte. Devant lui apparut la route surélevée qui traversait l'esplanade de la jetée, et leur hôtel sur la droite.

— C'est pas vrai, on tourne en rond !

Les deux voitures foncèrent sous les piliers de la route surélevée, droit vers l'entrée de la jetée. Les stands sur l'esplanade les contraignirent à s'orienter vers la plage : il s'agissait de structures semi-permanentes en briques et en béton, impossibles à renverser aussi facilement que les étals du marché. La conductrice de la Jaguar chercha éperdument une voie de sortie alors que d'autres sirènes se rapprochaient.

Le rétroviseur de Chase s'emplit soudain des chicots chromés de la calandre brisée de la Jeep. Plus puissant, le 4 x 4 avait aisément refait son retard.

Un tir traversa le toit directement au-dessus de sa tête et perça un trou dans le pare-brise. Mamie hurla.

— Eddie ! cria Nina alors qu'il faisait un écart pour amener la Ford sur la droite de la Jeep, côté conducteur, afin de gêner le tireur. (Des boîtes de conserve et des bouteilles vinrent la percuter.) Eddie, tu n'as rien ?

— Ça va, eut-il juste le temps de répondre.

La Jaguar atteignit la fin des stands et tourna brusquement en chassant par l'arrière pour foncer vers une route d'accès qui longeait l'Imax. Le moteur de la Jeep rugit derrière la Focus. Si Chase tournait pour suivre la Jaguar, il offrirait au tireur une ligne de vue dégagée sur l'habitacle de la voiture, et presque à bout portant…

Mue par une inspiration irréfléchie, Nina s'empara d'une boîte de conserve et la lança à travers la lunette arrière qui avait été réduite en miettes par les tirs. La conserve heurta le pare-brise de la Jeep ; surpris, le conducteur fit un écart.

Chase saisit sa chance et obliqua brutalement pour passer derrière les stands à la poursuite de la Jaguar. Le Grand Cherokee partit dans un large virage en s'inclinant dangereusement, emporté par son poids, avant de revenir sur eux.

Nina attrapa la chose la plus lourde à portée de main : une bouteille de Pimm's. Le liquide ambré clapota dans la bouteille alors que la voiture tournait en trépidant pour suivre la Jaguar, et Nina se prépara à lancer son projectile.

Un homme qui se trouvait sur la trajectoire directe de la Focus s'écarta d'un bond, pour révéler une femme avec un bébé dans une poussette, juste derrière lui.

Chase freina de toutes ses forces et donna un coup de volant désespéré… qui les ramena dans l'angle du tireur de la Jeep.

Surprise par le coup de frein intempestif, Nina lança maladroitement la bouteille, qui s'écrasa au sol devant le 4 x 4.

Le tireur leva son arme…

La roue avant de la Jeep passa sur les débris de verre de la bouteille, et le pneu éclata. Le conducteur perdit le contrôle et tourna frénétiquement le volant pour tenter de maîtriser son véhicule de plus de deux tonnes, mais il était trop tard.

Le Grand Cherokee partit en une série de tonneaux et fracassa la façade vitrée de l'ancien cinéma Imax. Il termina sa course contre un mur, et explosa.

La boule de feu incandescente se répandit dans le hall et l'onde de choc fit voler en éclats toutes les vitres de la façade, projetant une pluie de verre sur l'esplanade.

— Nom de Dieu ! s'exclama Chase en jetant un regard vers la colonne de fumée qui s'élevait du sinistre.

— Ça embellirait presque cet horrible bâtiment, remarqua sournoisement sa grand-mère.

La Jaguar tourna de nouveau pour sortir du petit parking où elle était entrée. Chase se rendit compte que de l'autre côté du parking passait la route où il avait été flashé par le radar automatique quelques minutes auparavant, même s'il avait l'impression que cela remontait à plusieurs heures. De là, l'accès aux deux artères qui quittaient la ville ne se trouverait plus qu'à quelques ronds-points.

Il suivit la Jaguar et tourna à son tour, conscient que, aussitôt que la puissante décapotable aurait échappé aux rues sinueuses de la ville, il perdrait toute chance de la rattraper. Il déboucha du parking et une voiture qui descendait la route manqua de le percuter.

D'autres sirènes retentirent, de plus en plus proches...

La rue devant eux se terminait sur un rond-point. La Jaguar tourna à gauche, mais deux véhicules de police surgirent en face de Chase, et la voiture de tête s'engagea dans le rond-point à contresens pour lui couper la route tandis que la seconde passait de l'autre côté pour le prendre en tenaille.

— Bordel de merde ! s'écria Mamie.

— Mamie ! aboya Chase, outré, tout en tirant brutalement le frein à main.

La Ford effectua une glissade et emboutit le flanc de la première voiture de police. Les airbags se gonflèrent avec une détonation sourde, protégeant les occupants des sièges avant. Nina, qui s'était couchée sur la banquette juste avant l'impact, fut projetée sur le plancher, sous une avalanche de conserves et de boîtes.

La collision avait eu lieu à une vitesse relativement modeste, mais Chase fut tout de même secoué. Il se redressa alors que les airbags se dégonflaient et vit sa grand-mère pliée en avant sur le siège à côté de lui.

— Mamie ! Tu n'as rien ?

La vieille dame releva la tête.

— Je crois que…

— Que quoi ?

— Je crois que j'ai fait un peu pipi dans ma culotte.

Chase faillit s'esclaffer, mais il se souvint soudain de Nina. Il tourna la tête pour la chercher des yeux… et se retrouva face au canon d'une mitraillette MP-5.

Il y en avait même plusieurs. Quatre policiers en gilets pare-balles encerclaient la voiture, leurs armes levées, le doigt sur la détente.

Une unité d'intervention armée.

— Police ! hurla l'un d'eux. Les mains en l'air ! Tout de suite !

Chase leva doucement les mains, en incitant d'un regard sa grand-mère à faire de même.

— Bien joué, les gars. Vous avez arrêté la mauvaise voiture. C'est nous, les gentils.

— Fermez-la ! (Le policier jeta un coup d'œil à l'arrière.) Vous, derrière ! Montrez-moi vos mains ! Relevez-vous !

Nina s'exécuta, en secouant la tête pour débarrasser ses cheveux des morceaux de verre feuilleté du pare-brise.

— Et toi qui disais que Bournemouth était ennuyeux à mourir…

6

— Eh bien, eh bien, se gaussa une voix familière. Si c'est pas Eddie Chase ? À moins que je ne confonde avec Mad Max ?

Chase releva la tête alors que s'ouvrait la porte de sa cellule.

— Tu as pris ton temps, lança-t-il avec un sourire fatigué.

Jim « Mac » McCrimmon, l'ancien officier supérieur de Chase au SAS, était la personne qu'il avait choisi d'appeler avec le coup de fil auquel la loi lui donnait droit à la suite de son arrestation.

— Votre petit rodéo m'a obligé à rester toute la nuit au MI6.

L'Écossais aux cheveux gris pénétra dans la cellule et Chase se leva pour lui serrer la main. Mac était vêtu d'un costume cintré noir et portait une liasse de journaux glissée sous le bras. Si l'on ignorait la chose, il était impossible de remarquer qu'une de ses jambes était amputée sous le genou et équipée d'une prothèse.

— Apparemment, tu as soulevé un gros lièvre, poursuivit Mac. Les Amerloques sont aux cent coups.

— Pourquoi ?

— Aucune idée, mais Peter Alderley doit me briefer sous peu.

— Alderley ? (Chase grogna à la mention de l'agent du MI6.) Oh, bonté divine, tu as mis ce crétin au courant ? Il a dû rire à s'en décrocher la mâchoire en apprenant que je passais la nuit en taule.

— La nouvelle l'a réjoui, c'est sûr. Et il souhaite aussi savoir quand il recevra son invitation au mariage.

— Pourquoi aurait-il envie de venir ? Il ne peut pas nous blairer.

Un sourire narquois éclaira le visage anguleux de Mac.

— Oh, il apprécie tout à fait ta future femme. C'est toi qu'il ne peut pas saquer. Il veut venir pour exprimer à Nina toute sa… commisération.

— Quel petit fumier ! Et quand je pense que c'est grâce à nous qu'il a été promu… Où est Nina, d'ailleurs ? Elle va bien ?

— Oui, rassure-toi. (Mac désigna d'un geste la porte.) Elle nous attend à l'accueil, avec ta grand-mère.

— Comment ? C'est moi qui t'appelle et tu me fais sortir en dernier ?

— Les dames d'abord, voyons, Eddie. Où sont tes manières ?

Un policier les escorta jusqu'au hall d'accueil du poste de police.

— Eddie ! s'exclama Nina dès qu'il apparut, en se précipitant pour le serrer dans ses bras. Tu vas bien ?

— Je viens de me faire tabasser à coups de bottin, plaisanta-t-il, mais, à part ça, ça va. (Il regarda derrière Nina vers sa grand-mère assise sur un banc.) Mamie ! Et toi, ça va ?

— Je vais très bien, Edward, acquiesça-t-elle, merci. Je n'avais encore jamais été arrêtée de ma vie ; quelle étrange expérience ! Mais tout le monde s'est montré très gentil avec moi, et ils m'ont même apporté le thé dans ma cellule. Quelle histoire j'aurai à raconter à mes amies à notre prochaine partie de bridge !

— Dieu merci. Si quelqu'un s'était mal conduit avec ma mamie, c'est maintenant que les problèmes auraient vraiment commencé…

Chase remarqua l'agitation qui semblait régner de l'autre côté des portes vitrées.

— Qu'est-ce qui se passe, dehors ? demanda-t-il à Mac.

— Les journalistes, répondit ce dernier d'une voix dédaigneuse. (Il tendit les journaux à Chase et à Nina.) Vous avez fait les gros titres, malheureusement. Ne vous inquiétez pas de ceux qui sont ici, nous pouvons leur coller une « DA-notice » de catégorie cinq – une requête de ne pas publier sur le sujet pour des questions de sécurité nationale –, mais c'est arrivé trop tard pour qu'on puisse empêcher les journaux du matin de couvrir l'événement.

— Mais enfin ! s'écria Nina d'une voix effarée en voyant sa photo officielle de l'AIP lui sourire d'un air stupide en première page du *Guardian*, sous le titre « Chaos à Bournemouth : la découvreuse de l'Atlantide arrêtée à la suite d'un meurtre ». Je n'ai pas été arrêtée pour meurtre, mais parce que j'ai été témoin d'un meurtre !

— Et tu n'as pas vu le pire, dit Chase en lui montrant la première page du *Sun*.

Le tabloïd portait en gros titre « JASON BOURNEMOUTH ». Un touriste doté de bons réflexes de photographe – et d'un remarquable opportunisme – avait photographié la Ford Focus alors qu'elle traversait l'étal de fruits, et le cliché s'affichait en première page. Chase n'était qu'une ombre derrière le volant et le montant du pare-brise dissimulait largement le visage de sa grand-mère, mais celui de Nina apparaissait clairement à l'arrière de la voiture. Le journal avait même obligeamment ajouté en incrustation une photo d'elle serrant la main du président Dalton.

Chase lut à haute voix le premier paragraphe.

— « Un jour, elle est à la Maison-Blanche pour recevoir des mains du Président la plus haute distinction des États-Unis. Le lendemain, elle se retrouve impliquée dans une course-poursuite de voitures avec échanges de coups de feu, dans une paisible petite ville balnéaire. La célèbre archéologue Nina Wilde, mondialement connue pour avoir découvert la cité perdue d'Atlantide, a été arrêtée hier après une folle équipée à travers Bournemouth qui a entraîné d'importants dégâts et causé la mort de trois personnes, sans parler de dizaines de blessés… » Ouais, c'est pas génial…

— Nooon, tu crois ? tempêta Nina. Et l'Atlantide n'est pas une cité, c'est l'île tout entière, bon sang ! Pourquoi tout le monde commet-il toujours la même erreur ?

Chase lui serra l'épaule.

— Euh, ce n'est pas vraiment la priorité, ma chérie.

— Je sais, je sais. Mais ça m'énerrrrve !

Un soudain crépitement de flashes à l'extérieur attira leur attention. Elizabeth Chase grimpa vivement les marches du perron et ouvrit la porte avec fracas, pour fusiller son frère du regard.

— Toi ! s'écria-t-elle.

Holly pénétra dans le commissariat derrière sa mère, la mine piteuse.

— Salut, Lizzie, lança Chase avec une fausse désinvolture. On dirait que tu as lu les journaux, ce matin ?

Elizabeth le dépassa et vint s'accroupir devant sa grand-mère.

— Mamie, tu vas bien ?

— Oui, ma chérie, la rassura-t-elle. Un peu secouée, c'est tout.

— Oh, Dieu merci. (Elle baissa la tête, soulagée, puis se retourna brusquement pour faire face à Chase.) Mais merde, à quoi tu pensais ? Espèce d'abruti ! Tu aurais pu la tuer !

— Ouais, moi aussi je vais bien, merci de t'en soucier, répliqua Chase d'un ton acerbe.

— En fait, Elizabeth, j'ai peur que tout cela ne soit ma faute, intervint Nina.

Elizabeth arracha le journal des mains de Chase et pointa le doigt sur la photo en première page.

— Oh, vraiment ? C'est vous qui conduisiez depuis le siège arrière, c'est ça ? (Elle roula le journal et se mit à taper furieusement sur Chase, avant qu'un policier ne s'interpose pour la séparer fermement de son frère.) Je ne croyais pas possible que tu fasses quelque chose d'encore plus égoïste et irresponsable, mais ça, ça… (Elle resta un instant silencieuse, à le dévisager.) Seigneur ! De toute ma vie, jamais tu ne m'as dégoûté à ce point !

— Elizabeth ! se récria Mamie en se levant péniblement. (Holly se précipita pour l'aider.) Je vais bien ; Edward et Nina aussi. C'est tout ce qui compte.

— Non, ce n'est pas tout ce qui compte, mamie ! rétorqua Elizabeth. Des gens ont été tués ! Et tout ça, par sa faute ! Quelle explication pourra-t-il donner à leurs familles, hein ?

— En réalité, intervint Mac d'une voix pleine d'autorité, les deux hommes qui sont morts alors qu'ils essayaient de tuer Eddie et Nina – ainsi que votre grand-mère, si je puis me permettre – sont la raison pour laquelle mes collègues s'intéressent de près à cette affaire.

— Et vous êtes ? lui demanda Elizabeth en le toisant.

— Madame, la salua Mac en s'inclinant légèrement. (Son geste poli sembla désarçonner Elizabeth.) Jim McCrimmon, à votre service. Je servais auparavant au SAS, mais à présent… eh bien, disons que je travaille avec les services secrets de renseignement de Sa Majesté. Le MI6, si vous préférez.

— Le MI6 ? s'exclama Holly en ouvrant de grands yeux. Vous êtes un espion ?

— Mac, dit Chase, voici ma nièce, Holly. Et tu viens de faire la connaissance de ma sœur, Lizzie.

— Elizabeth !

Mac se tourna vers Holly.

— Non, je ne suis pas un espion. Heureusement, sinon votre oncle penserait encore plus de mal de moi ! plaisanta-t-il. Plutôt un consultant…

— Qui sauve la vie des gens, à l'occasion, ajouta Nina.

— Ce qui me vaut d'avoir encore ma maison envahie par les ouvriers qui réparent les dégâts… Enfin, bref, ces deux personnes ont suscité pas mal d'agitation au siège du MI6 quand leur identité a été révélée. Ce sont surtout les Américains, avec qui nous partageons nos informations, que ça a mis dans tous leurs états. (Il jeta un regard vers les journalistes agglutinés derrière les portes.) Mais nous devrions discuter de tout cela dans un endroit plus discret.

— Nous pouvons partir ? s'étonna Nina.

Mac sourit.

— Oui, vous êtes libres de partir, pour le moment. Le Home Office s'est arrangé pour que toutes les charges soient abandonnées. Il semblerait que le gouvernement américain soit impatient de s'entretenir avec vous au sujet de ces hommes, ainsi que de votre ami, Herr Rust. (Mac baissa un instant les yeux.) Et, à ce propos, mes condoléances.

— Merci. Mais pourquoi les autorités américaines voudraient-elles me parler de Bernd Rust ?

— Je n'en sais rien pour l'instant, mais j'espère bien le découvrir rapidement. Avez-vous une idée d'un endroit où nous pourrions aller ?

— On pourrait aller chez nous ? suggéra Holly. (Elizabeth sembla sur le point de protester, mais sa grand-mère la réduisit au silence d'un regard.)

— Cela me semble parfait, acquiesça Mac en hochant la tête.

Debout devant la fenêtre de la maison d'Elizabeth, Chase réfléchissait à ce que Mac venait de leur apprendre à l'issue du coup de fil qu'il avait passé.

— Donc ce type, ce Yosarin, et son pote qui conduisait la Jeep, travaillaient pour le compte d'un milliardaire russe. Mais alors, qu'est-ce qu'ils foutaient à Bournemouth, à tirer sur ma grand-mère ? (Chase se retourna face à Mac.) Alderley n'en sait foutrement rien, c'est ça ?

— Mac, je me doute que tout cela relève plus ou moins du secret Défense, dit Nina, mais est-ce qu'on ne pourrait pas faire venir Catherine ou Holly ? Eddie est bien plus poli quand elles sont dans les parages…

— Je crains que ce ne soit pas possible, même si je partage ton sentiment, sourit-il. Et pour répondre à ta question, Eddie, j'ai eu l'impression qu'Alderley s'était fait rembarrer par les Américains, et qu'il n'en était pas vraiment ravi.

— Je le comprends, dit Chase en donnant une petite tape dans la queue-de-cheval de Nina. Je sais combien il est pénible de recevoir des ordres des Ricains.

— Eh ! protesta Nina.

Mac sourit, puis se leva en apercevant quelque chose par la fenêtre.

— Je crois que ces gens devraient pouvoir éclairer un peu notre lanterne.

Une grande limousine Lincoln noire se gara devant la maison. Chase remarqua sa plaque d'immatriculation inhabituelle, qui l'identifiait comme un véhicule diplomatique.

— Et voilà qu'arrivent les fédéraux.

Nina le rejoignit, et ils virent deux hommes descendre de la voiture et s'avancer dans l'allée. La sonnette de la porte retentit ; ils entendirent le bruit étouffé d'un bref échange, puis Elizabeth ouvrit la porte du salon et passa la tête dans l'embrasure.

— Il y a des gens qui veulent vous voir, annonça-t-elle. Ils disent qu'ils viennent de l'ambassade des États-Unis.

Mac se leva.

— Faites-les entrer, s'il vous plaît, madame Chase.

Elizabeth introduisit dans la pièce deux hommes en costume cravate. Le premier avait la cinquantaine, des cheveux châtains qui commençaient à se dégarnir, et un air stressé. Il tendit la main à Nina.

— Docteur Chase, la salua-t-il d'une voix à l'accent bostonien avant de dévisager Chase et Mac avec perplexité. Et monsieur… Chase ? (Chase se désigna du doigt.) Merci, dit-il en lui serrant la main. Je suis Clarence Pesh, du Département de coopération de la sécurité à l'ambassade des États-Unis à Londres.

— J'espère que vous l'avez, la pêche, se gaussa Chase en réprimant un petit sourire.

À en juger par l'expression blasée de Pesh, ce n'était pas la première fois que quelqu'un s'autorisait un jeu de mots sur son nom.

L'homme qui l'accompagnait était plus jeune, la petite trentaine, et, de l'avis de Nina, bien plus remarquable. C'était un solide gaillard qui dépassait le mètre quatre-vingts, à la mâchoire carrée, et plutôt beau, avec ses yeux verts intenses et ses cheveux noirs.

— Professeur Wilde ? demanda-t-il avec l'accent traînant de La Nouvelle-Orléans. Je suis Jack Mitchell, de la DARPA. L'agence de recherche scientifique de la Défense, précisa-t-il en voyant le regard interrogateur de Nina. (Il changea alors sa voix pour une imitation parfaite de celle de Troy McClure, l'acteur has-been des *Simpsons*.) Vous nous connaissez sûrement pour des inventions comme l'Internet – qui ne sert plus seulement à diffuser de la pornographie !

Nina éclata de rire.

— Bonjour ! Ravie de vous rencontrer.

— Et vous devez être Eddie Chase.

— Ça doit être moi, répondit Chase qui, à la différence de Nina, n'était pas du tout impressionné par le nouveau venu. Pourquoi donc la DARPA s'intéresse-t-elle à la découverte d'Excalibur ? Par les temps qui courent, j'aurais plutôt cru que vous vous concentreriez sur la conception de robots tueurs et de rayons à micro-ondes.

— Les recherches de Bernd Rust concernent bien d'autres choses que d'anciens vestiges historiques, et je vous expliquerai ça en détail dans quelques instants. Malheureusement, il s'agit d'informations relevant du secret Défense. (Il se tourna vers Mac.) J'ai peur de devoir vous prier de nous laisser. Navré, monsieur.

Mac le considéra avec surprise.

— Je dispose d'une accréditation au secret Défense de niveau cinq.

— J'en suis bien conscient, monsieur.

Mac échangea un regard avec Chase et Nina, puis quitta le salon. Mitchell les invita du geste à s'asseoir, avant d'ouvrir son attaché-case pour en sortir un dossier.

— Reconnaissez-vous quelqu'un ? demanda-t-il en leur tendant plusieurs photographies.

Nina identifia immédiatement l'homme barbu qu'elle avait poursuivi dans tout l'hôtel.

— C'est le type qui a volé mon ordinateur portable !

Mitchell hocha la tête.

— Oleg Maximov, surnommé « le Bulldozer ». Ancien membre des Spetsnaz, les forces spéciales russes, connu pour sa puissance physique exceptionnelle et son intelligence limitée, même avant qu'il prenne une balle en pleine tête lors d'une opération en Tchétchénie. (Il montra la large cicatrice qui marquait le front de l'homme.) Personne ne sait exactement comment il a pu survivre à une pareille blessure, mais il s'en est sorti, avec une plaque de métal vissée sur la moitié du crâne et un système nerveux en vrac.

— Que voulez-vous dire ?

— Il a subi des dommages cérébraux qui ont affecté sa réponse à la douleur, expliqua Mitchell. Pour faire court, la douleur ressemble pour lui à un stimulus de plaisir.

— Beurk ! grimaça Nina. Voilà pourquoi, quand je l'ai frappé en plein visage avec un extincteur, il a eu l'air de trouver ça excitant…

Chase lui adressa un regard admiratif.

— Tu as flanqué un extincteur dans la gueule d'un Spetsnaz ?

— Ben, oui.

— Tu m'épates ! (Il montra une autre photo.) Et celle-là conduisait la voiture qui lui a permis de filer.

Nina examina le portrait.

— Et c'est elle aussi qui a abattu Bernd. Sauf qu'elle avait les cheveux orange.

Sur la photographie, la femme à la mine taciturne, qui devait avoir la trentaine, arborait des cheveux violets, agrémentés de mèches vertes qui lui retombaient sur le visage.

— Elle s'appelle Dominika Romanova, commenta Mitchell. Elle était tireur d'élite pour le FSB – l'organisme qui a succédé au KGB – jusqu'au jour où elle a décidé qu'elle gagnerait mieux sa vie dans le secteur privé. (Il reprit la liasse de photos et les parcourut.) Maximov et elle travaillaient avec Yosarin et Belenkov, ces deux apollons (il posa deux autres clichés sur la table, les portraits d'hommes aux visages aussi laids et menaçants l'un que l'autre) qui ont été réduits en charpie, hier après-midi, dans l'explosion de leur voiture encastrée dans le cinéma Imax de Bournemouth. Par chance, leurs papiers d'identité ont mieux résisté au feu qu'eux-mêmes.

— Mais pourquoi ont-ils tué Bernd ? demanda Nina. Et pourquoi voulaient-ils tant s'emparer de ses dossiers de recherche ?

Mitchell sortit deux autres photos de sa mallette.

— Ces quatre individus opèrent sous les ordres de cet homme, Alexeï Kruglov. (La photo montrait le visage d'un homme aussi peu avenant que les autres, mais plus âgé, avec une large bouche et des yeux froids.) Kruglov est un ancien agent du KGB, qui travaille désormais comme « responsable de la sécurité » – ce qui, en pratique, veut dire chef d'une bande de mercenaires – pour le compte de ce gentleman.

Il leur donna la dernière photo. Nina se pencha sur elle en fronçant les sourcils. L'homme devait avoir la cinquantaine, un bouc châtain soigneusement taillé et d'étroites lunettes rectangulaires à monture métallique. Il lui semblait vaguement familier.

— Je l'ai déjà vu quelque part…

— Probablement aux informations, suggéra Pesh. Il s'agit de Leonid Vaskovich, un de ces nouveaux oligarques russes. Il possède un empire industriel dans le domaine de l'énergie. Sa fortune personnelle est estimée à 8 milliards de dollars.

— C'est un acteur de premier plan dans le pétrole et le gaz russes, ajouta Mitchell. À l'heure actuelle, il travaille en étroite collaboration avec les autorités de Moscou, avec l'ambition de s'y tailler une place. C'est un ultra-nationaliste de la ligne la plus dure, qui veut faire de la Sainte Mère Russie la première puissance mondiale et qui est prêt à tout pour y parvenir. (Il regarda Nina droit dans les yeux.) Et c'est vers lui que votre ami Rust a commis l'erreur de se tourner quand il s'est lancé à la recherche de mécènes.

Nina continua à examiner l'homme sur la photo.

— Pourquoi un magnat du pétrole russe s'intéresserait-il à l'épée du roi Arthur ?

Mitchell récupéra les photographies et les rangea dans sa mallette.

— Professeur Wilde… avez-vous déjà entendu parler d'une chose appelée « énergie tellurique » ?

Le cœur de Nina fit un bond dans sa poitrine.

— Quoi ? C'était ça que Rust pensait avoir découvert ? Vous êtes sérieux ?

— Tout à fait sérieux.

— C'est quoi, l'énergie tellurique ? demanda Chase. On dirait un truc New Age de hippies.

— Et c'est exactement ça, soupira Nina. Cela s'apparente aux théories d'alignement de sites, aux lignes du dragon, au feng shui, bref, à l'idée qu'il existerait une sorte d'énergie parcourant l'écorce terrestre et circulant à travers le monde par des canaux spécifiques. (Sa déception ne fit que croître à mesure qu'elle parlait ; elle n'en revenait pas que Rust se soit passionné pour de telles inepties, et qu'il ait été tué pour ça.) Ce ne sont que des balivernes. De la pseudo-science sans le moindre intérêt.

— En fait, intervint Mitchell, il se pourrait que ce ne soient pas entièrement des balivernes.

Nina le dévisagea d'un air incrédule.

— Comment ça ?

Un historien déconsidéré et solitaire perdant son temps sur ce genre de théorie était une chose… mais une agence gouvernementale qui représentait l'un des fleurons de la recherche scientifique des États-Unis ?

Mitchell se rapprocha.

— Avez-vous déjà entendu parler du HAARP ?

— Le frère de Grouch, Chic et Zepp ? plaisanta Chase.

Nina lui jeta un regard agacé, tandis que Mitchell esquissait un sourire.

— Le « High-frequency Active Auroral Research Program », expliqua-t-il, est un projet de recherche gouvernemental basé en Alaska qui utilise un réseau d'antennes directionnelles pour chauffer une zone précise de l'ionosphère et produire des nuages de plasma. L'idée était de transformer les hautes couches de l'atmosphère en une sorte de miroir pour énergie dirigée, ce qui permettrait d'augmenter la portée d'un signal radio ou d'un radar de plusieurs milliers, voire des dizaines de milliers de kilomètres.

— Ce qui l'affranchirait des limitations de ligne de vue, murmura Chase d'un air songeur. (Il paraissait soudain intéressé, maintenant que le sujet présentait une dimension militaire.) Vous créez ce miroir, puis vous faites rebondir le signal dessus de façon qu'il puisse aller au-delà de la ligne d'horizon.

— Exactement. Les Russes développent un projet similaire, baptisé SURA. Mais les chercheurs du HAARP ont remarqué quelque chose d'inhabituel. Pour une raison inexplicable, le réseau d'antennes émettait de l'énergie… même quand il n'était pas activé. La DARPA a donc commencé à étudier le phénomène pour comprendre ce qui se passait.

— Et qu'avez-vous découvert ? demanda Nina d'un air dubitatif.

— Quelque chose que l'on ne peut qualifier que d'« énergie tellurique ».

— C'est ça…

Mitchell tendit les mains, paumes ouvertes.

— Ce n'est pas aussi tiré par les cheveux que vous le pensez, professeur Wilde, je vous assure. En un sens, la planète entière n'est rien d'autre qu'un gigantesque générateur électrique ; et nous ne serions pas là s'il en était autrement, parce que, sans le champ magnétique produit par le cœur de la Terre pour nous protéger des radiations solaires, nous serions tous morts. Mais nous avons découvert qu'il existait aussi des lignes d'énergie au niveau du sol, et pas seulement au-dessus de l'atmosphère.

Les antennes du HAARP sont apparemment situées assez près d'une de ces lignes pour que celle-ci les alimente par induction, à un niveau bien supérieur à ce à quoi l'on pourrait s'attendre de processus telluriques ordinaires. Nous avons effectué toute une série de tests, et découvert que si l'on installait une antenne sur un point de convergence de plusieurs de ces lignes, et si l'on créait un champ magnétique qui les canalisait et les concentrait, cela permettrait – en théorie – de générer une quantité significative d'énergie, sans le moindre coût de production. La Terre émet plus d'énergie en une journée que l'humanité n'en a produit au cours de son histoire. Si nous pouvions en puiser ne serait-ce qu'un microscopique pourcentage…

– …vous mettriez ce Vaskovich au chômage, conclut Chase.

Nina n'était toujours pas convaincue.

— Je ne vois pas le lien avec Excalibur.

L'expression de Mitchell se fit plus intense.

— Excalibur n'est pas seulement liée à cette théorie, professeur Wilde. Elle en est la clef. Vaskovich a déjà construit un générateur à énergie tellurique dans le nord de la Russie et, à l'heure où nous parlons, il s'efforce de le faire fonctionner.

— Comment en savez-vous autant sur ses faits et gestes ? demanda Chase.

Mitchell lui adressa un petit sourire.

— Nous disposons d'un informateur fiable au sein de son organisation. Nous savons ce qu'il manigance. Quant à son générateur… il ne fonctionne pas. Pour l'instant. Nos recherches ont montré que créer un champ magnétique capable de canaliser l'énergie tellurique requiert une énorme quantité d'énergie, supérieure à celle que le générateur peut produire.

— Autrement dit, ce n'est absolument pas rentable, et c'est donc inutile, trancha Nina d'un ton cinglant.

— La théorie est fiable, insista Mitchell. Mais, pour franchir cet obstacle, il faut disposer au cœur du système d'un matériau supraconducteur qui permette un transfert d'énergie à une efficacité proche de cent pour cent. Avec les moyens technologiques conventionnels, on parvient à obtenir des matériaux supraconducteurs en les refroidissant à des températures très basses, avoisinant le zéro absolu, à l'aide d'azote ou d'hélium liquide. Mais, pour maintenir ces conditions à l'intérieur du générateur à énergie tellurique, il faudrait construire sur le site une véritable usine chimique afin de produire de quoi refroidir le supraconducteur. C'est infaisable en pratique. Il vous faut donc un supraconducteur qui fonctionne sans refroidissement. Et c'est là qu'Excalibur entre en jeu.

Nina écarquilla des yeux incrédules.

— Vous êtes en train de dire qu'Excalibur était faite d'un métal supraconducteur ?

— Oui, exactement. Et c'était aussi ce que croyait Rust, et ce qu'il a raconté à Vaskovich. Votre ami postulait que Merlin avait forgé Excalibur dans un alliage aux propriétés supraconductrices, même à haute température.

— C'est n'importe quoi ! protesta Nina. Au VIe siècle ?

— Vous connaissez l'acier Wootz ? lui demanda aussitôt Mitchell, qui s'attendait manifestement à cette objection. Il s'agit d'un type d'acier ultra-résistant dont les propriétés sont liées à sa structure interne, constituée d'un maillage de nanotubes de carbone. Il est difficile à produire, même de nos jours, mais des lames incroyablement tranchantes ont été forgées en acier Wootz dès 500 avant notre ère, en Chine et en Inde. La découverte de cette technique est sans doute due à un coup de chance, mais il n'empêche que c'est arrivé. Que ce soit par hasard ou par un pur génie, Merlin a accompli quelque chose d'encore plus incroyable avec les épées du roi Arthur. C'était décidément un magicien, mais pas à la manière d'un Gandalf…

— Attendez, vous avez dit « les épées » ? intervint Chase.

Mitchell hocha la tête.

— La première épée d'Arthur, Caliburn, était fabriquée dans le même alliage, mais d'une qualité moindre. Disons qu'elle fut pour Merlin le prototype d'Excalibur. Arthur possédait une arme qui agissait comme un canalisateur naturel de l'énergie tellurique et, à en croire la légende, il en faisait bon usage. Rien ne pouvait résister à Excalibur quand Arthur la brandissait, et elle brillait quand il combattait avec elle.

Nina se rappela les paroles de Rust.

— Bernd m'a expliqué que, selon les textes anciens, Excalibur luisait d'une lumière pareille à celle de trente torches, et des flammes dansaient le long de sa lame.

— Une sacrée arme de guerre psychologique ! acquiesça Mitchell. Imaginez le roi des Bretons vous chargeant avec son épée enflammée, et abattant quiconque se dressait sur son chemin : c'était l'équivalent médiéval d'un hélicoptère de combat ou d'un char d'assaut. Quand vous voyez arriver ça sur vous, vous ne pensez plus à vous battre. Tout ce que vous voulez, c'est fuir aussi vite que le brave Sir Robin…

Nina rit de la référence aux Monty Python, avant de reprendre son sérieux.

— Alors, vous croyez vraiment à cette histoire ? Vous croyez vraiment que l'épée du roi Arthur était faite de ce métal magique ?

— Tout à fait, répondit Mitchell avec conviction. Le problème, c'est que Vaskovich le croit lui aussi.

— Pourquoi ce serait un problème ? s'étonna Chase. Il retrouve l'épée, son générateur marche, et hop ! électricité gratos pour tous.

— Quoi ? Et on oublie qu'il a assassiné des gens pour l'obtenir ? s'insurgea Nina.

Le visage de Mitchell afficha une expression lugubre.

— Il ne s'agit pas uniquement de produire de l'électricité. Excalibur était une arme puissante au temps du roi Arthur… mais, aujourd'hui, elle pourrait servir à engendrer une arme plus terrible encore. Avec le bon supraconducteur, le générateur à énergie tellurique deviendra autonome, sans plus requérir la source d'énergie externe nécessaire à sa mise en route. Et il sera capable d'accumuler de formidables quantités d'énergie, susceptibles d'être relâchées en une seule décharge.

— Ça fera sauter tout le machin, d'accord, dit Chase. Mais je ne vois toujours pas le problème.

— Non, vous ne comprenez pas. Le générateur utilise un réseau d'antennes similaire à celui du HAARP pour absorber l'énergie tellurique. Mais ces antennes ont également été conçues pour renvoyer l'énergie. Vaskovich pourrait les utiliser ainsi que nous le faisons au HAARP pour chauffer l'ionosphère, puis déverser toute l'énergie accumulée dans le générateur en une seule émission, qui rebondira sur ce « miroir ionosphérique » pour frapper une cible à plusieurs milliers de kilomètres de là. Depuis la côte arctique de la Russie, il pourrait détruire n'importe quel objectif situé dans l'hémisphère Nord.

Nina réprima un frisson.

— Et quelle serait la puissance de cette chose ?

— L'équivalent d'une bombe nucléaire, canalisée sous la forme d'un éclair, répondit Mitchell. Et il n'existe aucun moyen de s'en prémunir. Aucun moyen de le voir venir ni de l'arrêter. Tout ce qu'il manque à Vaskovich, c'est le bon supraconducteur. D'où la raison de ma présence ici. (Il se redressa.) Il s'agit d'une question de sécurité nationale. Et pas uniquement pour les États-Unis, mais pour tous les pays du monde. Docteur Wilde, nous voulons que vous retrouviez Excalibur avant que Vaskovich ne s'en empare.

— Moi ? s'exclama Nina, prise au dépourvu. Mais pourquoi pensez-vous que je puisse le faire ?

— Vous êtes la dernière personne à avoir parlé à Rust. Vous avez déclaré dans votre déposition à la police qu'il vous avait dit où trouver les fragments de Caliburn, qui comporteraient les informations nécessaires à la localisation d'Excalibur.

— Ce n'est pas comme s'il m'avait donné des coordonnées sur une carte, protesta-t-elle. Il m'a juste dit qu'il pensait savoir où ils se trouvaient. Et, l'instant d'après, il était mort !

— C'est le mieux que nous ayons. À présent que les hommes de Vaskovich disposent des notes de recherche de Rust, vous êtes la seule personne qui conserve une chance de retrouver l'épée avant eux. Après tout, l'encouragea-t-il, vous ne manquez pas d'expérience pour ce genre de quête…

— Et si Bernd se trompait ?

— Alors Vaskovich ne pourra pas faire fonctionner son générateur. Mais, en l'absence de certitude en la matière, les États-Unis ne peuvent pas courir le risque. Si Vaskovich rend son arme opérationnelle, ce sera la plus grave menace sur la paix mondiale depuis la fin de la guerre froide. La Russie manifeste déjà des prétentions agressives sur l'Arctique ; cela lui offrirait le moyen de défendre ses ambitions. (Mitchell se leva.) Je souhaiterais que vous m'accompagniez à l'ambassade, à Londres, afin d'y préparer notre plan d'action.

— Une minute, dit Chase. Nous travaillons pour l'AIP, pas pour la DARPA.

Une fois encore, Mitchell avait prévu cette objection.

— L'AIP a déjà accepté de coopérer avec la DARPA sur cette mission.

— Vraiment ? s'étonna Nina. Pourtant, l'AIP est une agence civile des Nations Unies, elle ne dépend pas de l'armée américaine.

— L'AIP a été créée pour s'assurer que des vestiges historiques ne tombent pas en de mauvaises mains, fit remarquer Pesh. Cela relève donc de ses attributions.

— Officiellement, il s'agira d'une opération de l'AIP, précisa Mitchell. Mais les États-Unis, et plus précisément la DARPA, y apporteront tout leur soutien. Le directeur de l'AIP a donné son accord.

— J'aimerais l'entendre de la bouche d'Hector, rétorqua Nina d'un air pincé.

— Je m'en doutais, et c'est pourquoi, en ce moment même, il se trouve dans un avion à destination de l'Angleterre ; il est d'ailleurs peut-être déjà arrivé à l'ambassade. Vous aurez donc l'occasion de lui parler de vive voix.

— La vache ! marmonna Chase. Vous n'avez pas perdu de temps !

— Les gens de Vaskovich passeront à l'action aussitôt qu'ils auront découvert où se trouvent les fragments de l'épée. Nous devons les prendre de vitesse.

— Bon, d'accord, conclut Nina. Allons à Londres.

Chase se leva et regarda la limousine garée sous les fenêtres.

— On ferait mieux de prendre votre voiture : la nôtre a eu quelques problèmes. On a eu le nez creux de souscrire à l'assurance complémentaire facultative qu'ils nous proposaient…

L'ambassade américaine occupait un côté entier de la place arborée de Grosvenor Square. Alors que la limousine contournait les barrières de protection antiterroristes pour pénétrer dans l'ambassade par un portail situé sur le flanc du bâtiment, Nina se fit la réflexion qu'il s'agissait d'un édifice singulièrement dénué d'attrait. Ce rectangle brutal de béton et de verre jurait au milieu des élégants hôtels particuliers de style georgien ou victorien. Mais, ces considérations esthétiques mises à part, la vue de la bannière étoilée qui flottait à l'entrée de l'ambassade l'emplit un instant de fierté. C'était un morceau de son pays natal en terre étrangère.

Ils avaient quitté la maison d'Elizabeth de manière précipitée. Holly et Mamie avaient été surprises et déçues de les voir partir si vite, tandis qu'Elizabeth s'était murée dans le silence, ruminant sa colère contre son frère. Mac avait été surpris, lui aussi ; et, si Chase ne pouvait rien lui dire – Mitchell ayant particulièrement insisté sur la nature confidentielle de cette mission –, le bref échange de regard entre les deux anciens SAS l'avait rassuré sur le fait que Mac utiliserait ses propres contacts pour les aider de son mieux.

Pesh les conduisit jusqu'à un bureau dont les fenêtres donnaient sur Grosvenor Square, et où les attendait Amoros.

— Hector, le salua Nina. Mon Dieu, vous avez l'air épuisé !

— Les dernières vingt-quatre heures ont été mouvementées, grommela-t-il. Ce n'est pas tous les jours que ma directrice des opérations, et son assistant personnel, ajouta-t-il en décochant un regard noir à Chase, sont arrêtés pour avoir détruit la moitié d'une ville. Puis, comme si gérer la crise médiatique n'avait pas suffi à mon bonheur, voilà que l'on m'apprend qu'il s'agit d'une question de sécurité nationale. Et je me retrouve embarqué à bord d'un jet du Département d'État, direction l'Angleterre, sans même avoir eu le temps de prendre ma brosse à dents !

— Désolé pour tout ça, amiral, s'excusa Mitchell en s'avançant pour lui serrer la main. Jack Mitchell, DARPA. Nous nous sommes parlé au téléphone.

Amoros dévisagea Mitchell d'un air étonné – apparemment, il ne correspondait pas à l'image qu'il s'était faite de lui –, puis se tourna de nouveau vers Nina.

— J'ai eu droit à un topo de la situation. J'imagine que vous n'êtes pas vraiment ravie…

— Vous pouvez le dire. Hector, si ce que M. Mitchell nous a raconté est vrai, il s'agit bien d'une question de sécurité nationale. Mais, dans ce cas, c'est plutôt un boulot pour la CIA, et non pour l'AIP. Si nous prenons parti pour un camp contre un autre, ou si nous travaillons activement pour un gouvernement en particulier, nous prenons le risque de nous retrouver à l'avenir avec les pires difficultés pour obtenir la coopération des autres nations.

— J'entends vos arguments et, dans une certaine mesure, j'y souscris. Mais les choses ne se présentent pas tout à fait ainsi.

— Ah bon ? Pourquoi ça ?

Amoros n'appréciait guère de devoir s'expliquer.

— Parce que, Nina, nous avons une dette à payer. L'AIP a été fondée sous l'égide de l'ONU, mais ce sont les nations de l'OTAN, et notamment les États-Unis, qui ont financé sa création. Les États-Unis ont investi beaucoup d'argent et de ressources dans l'AIP – ainsi que la vie de soixante-dix de leurs citoyens, j'imagine qu'il est inutile de vous le rappeler. Aujourd'hui, Oncle Sam demande à l'AIP de lui rendre un service en retour. (Il poursuivit, irrité par l'expression désapprobatrice de Nina.) Bon sang, Nina ! C'est exactement pour ça que l'AIP a vu le jour, vous le savez bien ! Si ce Vaskovich met la main sur Excalibur, nous risquons d'avoir une nouvelle Atlantide sur les bras – et pas cette version édulcorée que nous avons servie au public, mais la vraie histoire, celle qui a bien failli se conclure par la mort de millions de personnes !

— Mais nous n'avons quasiment aucune piste ! objecta Nina. Bernd m'a dit que le prêtre de cette église de Sicile avait été assassiné par les Russes, et que les autorités locales soupçonnaient la Mafia. Peut-être que la police italienne a raison, et qu'il s'agit juste d'une coïncidence.

— Et si ce morceau d'épée se trouvait bien là-bas, ajouta Chase, cela ne voudrait-il pas dire que Vaskovich est déjà en possession de ce qu'il cherchait ?

— Le meurtre s'est produit il y a trois semaines. S'il avait pu utiliser le fragment d'épée pour faire fonctionner son générateur, nous le saurions, affirma Mitchell. Il est possible que le fragment retrouvé dans l'église soit trop petit pour pouvoir lui servir, ou que Caliburn ne soit pas faite d'un métal supraconducteur assez efficace.

— Ou encore, contra Nina, que Bernd avait tort sur toute la ligne.

— Mais nous n'en avons pas la certitude, dit Mitchell. C'est pour ça que nous devons nous en assurer, et que nous sollicitons votre aide, docteur Wilde. Après tout ce que vous avez accompli ces dernières années, vous êtes sans aucun doute la personne la mieux qualifiée pour cette mission. (Il désigna du menton la photo du président Dalton suspendue au mur du bureau.) Nous avons besoin de vous. Votre pays a besoin de vous.

— Tout ça vient de tout en haut, confirma Amoros avec un coup d'œil vers Mitchell. L'AIP s'est vu confier la mission d'aider la DARPA à retrouver ces artefacts avant ce Russe.

— Je suis convaincu que votre ami avait raison à propos d'Excalibur et de son existence, et qu'il était sur la bonne voie pour la localiser, insista Mitchell. Si Vaskovich utilise les recherches de Bernd Rust pour mettre la main sur Excalibur avant nous, alors il sera mort pour rien… et bien d'autres gens risquent à leur tour de mourir.

Pour la deuxième fois en deux jours, Nina se retrouvait victime d'un chantage affectif, mais elle savait aussi qu'elle ne pouvait pas dire non. Pas quand la sécurité du pays – et du monde entier – était en jeu.

Et si Excalibur existait vraiment, si les légendes arthuriennes se révélaient véridiques, ce serait elle qui en apporterait la preuve. Une autre réussite majeure, pour fêter dignement son passage à la trentaine…

Elle se tourna vers Chase.

– Qu'en penses-tu, Eddie ?

Il haussa les épaules.

— Ça devrait être marrant. Il va y avoir de l'action, et on sauvera le monde en même temps. Moi, je suis partant.

Nina réfléchit un moment.

— Très bien, finit-elle par dire. Mais, dans ce cas, ce sera une mission sous la responsabilité de l'AIP. Pas question que cela prenne la forme d'une opération militaire, et je ne veux pas non plus d'une juridiction partagée avec quelqu'un pour critiquer toutes mes décisions. Si je le fais, c'est moi qui dirige.

— Nous l'entendions évidemment ainsi, opina Mitchell. Nous posons juste deux conditions. Minimes, rassurez-vous, ajouta-t-il avec un sourire éclatant alors que Nina s'apprêtait à protester. La première est que, lorsque vous aurez retrouvé Excalibur, vous la remettiez à la DARPA pour analyse, afin que nous puissions comprendre comment Merlin est parvenu à fabriquer un supraconducteur à haute température il y a mille cinq cents ans de ça. L'épée reviendra à l'AIP aussitôt que nous aurons terminé son étude.

Nina hocha la tête.

— Et la deuxième condition ?

— Que je vous accompagne.

— Oh, vraiment ? intervint Chase en haussant un sourcil.

— Je vous accompagnerai pour agir au titre de représentant de la DARPA, mais cela restera une opération de l'AIP, assura-t-il à Nina avant de se mettre au garde-à-vous. À vos ordres, madame.

— C'était un salut de militaire, remarqua Chase. Vous ne nous aviez pas dit que vous aviez servi sous les drapeaux.

— Capitaine de frégate, marine des États-Unis, annonça fièrement Mitchell. Avant d'intégrer la DARPA.

Nina était impressionnée ; Chase, beaucoup moins.

— Un matelot, donc ?

— Dans les sous-marins nucléaires. J'ai servi à bord de l'USS *Jimmy Carter*.

Chase grimaça.

— Vous ne me ferez jamais monter à bord d'un sous-marin nucléaire. À moins d'avoir un slip en plomb.

— Les sous-marins nucléaires ne sont pas si terribles. Enfin, les nôtres ; j'ignore ce qu'il en est des russes. Bien. À présent, il nous faut trouver où commencer notre enquête. Docteur Wilde, j'aimerais que vous me racontiez dans le moindre détail tout ce que vous vous rappelez de votre conversation avec Rust.

— Nina.

— Je vous demande pardon ?

— Puisque nous devons travailler ensemble, il sera plus simple de nous appeler par nos prénoms. Donc, appelez-moi Nina.

Mitchell sourit de nouveau.

— Entendu, Nina.

— Parfait... Jack, dit-elle en lui rendant son sourire.

Chase leva les yeux au ciel.

— Bon, alors, où est-ce qu'on doit aller ?

— Je l'ignore, soupira Nina. Le seul autre endroit dont Bernd m'a parlé était une île grecque du nom de Koroneou... mais il a précisé que les fragments de l'épée ne se trouvaient pas là-bas. (Elle réfléchit un instant.) En même temps, il devait forcément y avoir quelque chose à Koroneou qui lui avait permis de déduire la localisation des différents morceaux de l'épée. Et il a également évoqué le fait que l'un des fragments se situait « près de chez lui » ; je crois qu'il vivait dans le sud de l'Allemagne, aux environs de Munich.

— Super précis, tout ça, ironisa Chase.

— C'est toujours mieux que rien, dit Mitchell. Je vais nous arranger un transport prioritaire pour Koroneou ; c'est la seule piste que nous ayons.

Chase sourit.

— Bon, va pour la Grèce.

7

Grèce

Le « transport prioritaire » prit la forme d'un jet Gulfstream G550 flambant neuf, propriété du Département d'État. L'appareil, conçu pour embarquer seize passagers dans un luxe avec lequel même les premières classes des vols commerciaux ne pouvaient rivaliser, n'en avait aujourd'hui que trois : Nina, Chase et Mitchell. Nina se sentit un peu mal à l'aise de constater que, pour ce vol, le personnel de cabine était aussi nombreux que les passagers. Et, à la façon dont l'équipage s'affairait obséquieusement autour d'eux, il ne faisait pas de doute qu'il était habitué à servir des individus bien plus exigeants et plus égocentriques, comme des politiciens et des bureaucrates.

Mais Nina passa le voyage à effectuer des recherches sur la légende d'Arthur grâce à la liaison satellite dont disposait le Gulfstream et, dès qu'ils furent arrivés à destination, elle oublia bien vite ses récriminations quant à l'usage dispendieux que le gouvernement faisait de ses impôts. Entourée par le bleu scintillant de la mer Égée, la petite île de Koroneou possédait une âpre beauté, avec son paysage de rocaille où la végétation s'accrochait à la moindre surface susceptible de l'accueillir.

Toutefois, ce n'étaient pas les attractions naturelles de l'île qui retenaient le plus l'attention de Nina. Elle s'intéressait davantage aux sites édifiés par la main de l'homme, et en particulier à celui qui leur était apparu au détour de la route, perché sur son promontoire sur la côte sud de l'île, quand leur SUV noir conduit par Mitchell avait franchi le virage. Un village s'étirait le long de l'étroite pointe de terre, avec ses maisons aux façades blanches qui brillaient telles des perles sous le soleil, mais c'était l'édifice massif au sommet de l'éminence qui captait le regard de Nina.

Même si son enceinte crénelée et certains de ses bâtiments secondaires étaient tombés en ruine, le château de Pierre de Koroneou se dressait toujours fièrement, bloc de pierre blanche flanqué de deux hautes tours cylindriques. Dans ce paysage idyllique, le lieu dégageait une atmosphère de conte de fées, songea Nina.

Mitchell partageait apparemment le même sentiment.

— C'est drôle, nous sommes à la recherche de l'épée du roi Arthur, et le premier endroit qu'on visite ressemble à Camelot.

— Camelot ? releva Nina en souriant. Vous savez, j'ai entendu dire (elle s'efforça de prendre un accent anglais) que c'est un endroit… idiot.

Mitchell s'esclaffa.

— Le genre d'endroit où vous risquez de tomber sur un… jardinet !

Chase se prit le visage dans les mains.

— Oh, pitié ! Pas de citations des Monty Python ! Sans déconner, j'ai l'impression de me retrouver dans la bagnole d'une bande d'étudiants !

— Jack, au secours, au secours, on m'opprime présentement ! lança Nina d'une voix aiguë. Enfin, qu'est-ce que tu trouves à redire aux Monty Python ? C'est un classique de l'humour britannique : je pensais que tu les aimais !

— Bien sûr, mais j'en ai ras le bol de tous ces gens qui se croient malins en citant leurs répliques à tout bout de champ. Et, d'abord, comment ça se fait que vous soyez tous les deux aussi fans des Monty Python ? Vous êtes américains !

— Voyons, Eddie, le reprit Nina. Les Monty Python font pratiquement partie de la formation de base dans les universités américaines. Enfin, chez une certaine catégorie d'étudiants, en tout cas.

— Chez les intellos, tu veux dire ?

— Je n'étais pas une intello ! protesta Nina. J'étais seulement… très concentrée sur mes études.

— Je n'étais vraiment pas un premier de la classe, et pourtant moi aussi j'ai vu *Sacré Graal*, dit Mitchell. En fait, c'est même le premier film que j'ai vu en compagnie de la fille que j'ai fini par épouser.

— Merci, Jack.

Nina tira la langue à Chase, qui secoua la tête en soupirant. Mitchell lança à Nina un regard amusé avant de ramener les yeux sur la route, et sur le château qui se dressait face à eux.

— Vous pensez qu'il s'agit du château dont Rust vous a parlé ?

— J'en doute. Ce château appartient au gouvernement grec, et celui dont il m'a parlé était aux mains d'un propriétaire privé. Et n'oubliez pas qu'il avait précisé qu'il se trouvait non loin de chez lui.

— Vous avez raison.

Mitchell avait pris des dispositions pour organiser leur visite des lieux. Passé le village, leur SUV monta jusqu'au château et se gara devant ses portes, où les attendait un représentant du ministère grec de la Culture. C'était un homme élancé d'une cinquantaine d'années, au nez crochu, avec une peau qui présentait le même aspect rugueux et érodé que l'île elle-même. Quand ses visiteurs sortirent de leur véhicule, il salua rapidement Mitchell avant de se tourner vers Nina avec enthousiasme.

— Professeur Wilde ! C'est un grand honneur de vous rencontrer, un grand honneur ! dit-il en lui serrant vigoureusement la main de ses deux mains jointes.

— Je vous remercie, répondit Nina en se demandant si elle pourrait récupérer sa main avant que le sang cesse d'y circuler. Je suis ravie de faire votre connaissance ; et merci d'avoir accepté de nous aider.

— Je n'aurais jamais laissé passer la chance de rencontrer celle qui a découvert l'Atlantide ! Vous avez grandement bénéficié à notre industrie touristique : tout ce qui concerne Platon ou Hercule est très populaire, en ce moment ! (Il relâcha enfin la main de Nina, pour serrer celle de Chase.) Petros Georgiades. Très heureux de faire votre connaissance. Alors, que souhaitez-vous savoir sur Pierre de Koroneou ? s'enquit-il avec un geste en direction de l'édifice.

Seule une très petite partie de l'intérieur du château était ouverte aux touristes, et plusieurs échafaudages s'élevaient en différents points du monument.

— Nous procédons à des travaux de restauration, leur expliqua Georgiades alors qu'il faisait franchir à ses visiteurs un cordon qui délimitait une zone fermée au public et les guidait à l'intérieur du bâtiment. Il y a dix ans, la majeure partie du château était dans le même état de ruine que les fortifications extérieures. Depuis, les murs ont été réparés, pour l'essentiel, mais il reste des endroits dangereux. La rénovation complète de l'édifice réclamera encore plusieurs années d'efforts.

Chase leva les yeux vers le plafond.

— Il ne risque pas de s'effondrer sur nous, au moins ?

— J'espère que non ! Mais évitez de cogner quelque chose avec votre tête, d'accord ? répondit-il en riant avant de s'arrêter devant la voûte d'une porte basse. Voici la tombe de Pierre. Après vous, je vous en prie.

Nina franchit le seuil en se baissant et pénétra dans une crypte fraîche qui sentait le renfermé. Une paire de lampes montées sur des supports métalliques éclairait les lieux, qui ne recevaient de lumière naturelle que par trois étroites fenêtres à vitraux percées en hauteur dans le mur sud. Un sarcophage de pierre reposait au centre de la pièce.

— Le corps est-il toujours là ? demanda-t-elle alors que les autres entraient à leur tour.

Georgiades secoua la tête.

— Ce château a été occupé et pillé à de nombreuses reprises. (Il montra sur le couvercle du sarcophage une longue fissure diagonale, qui indiquait qu'il avait été brisé.) Même si les habitants du village ont parfois réussi à cacher les reliques les plus précieuses, tout ou presque a fini par être emporté.

Nina s'apprêtait à poser une autre question quand Mitchell la devança.

— A-t-il été enterré avec une épée ?

— Oh, oui. Avec l'épée que lui avait offerte l'empereur du Saint Empire romain germanique.

Nina, Chase et Mitchell échangèrent des regards ; au moins, cette partie-là des recherches de Rust se révélait exacte. Leur attitude n'échappa pas à Georgiades.

— C'est donc pour l'épée que vous êtes là ?

— C'est une des raisons, oui, répondit prudemment Mitchell. Savez-vous ce qu'elle est devenue ?

— Une légende locale en parle. Regardez.

Le Grec désigna du doigt la fenêtre centrale. Nina tendit le cou pour examiner le vitrail terni, qui représentait un homme en armure, la poitrine frappée de la croix rouge des croisés, brandissant une épée dans sa main droite.

— C'est Pierre ? dit-elle. (Georgiades acquiesça.) Le vitrail est d'origine ?

— Oui. Celui de gauche a été brisé et restauré, mais les deux autres datent du XIIIe ou du XIVe siècle, pour ce qu'on en sait.

Georgiades affichait un petit sourire, comme s'il attendait que Nina remarque autre chose.

— L'épée…, articula-t-elle en plissant les yeux avant de regarder le sarcophage. Je vous choquerais si je montais dessus pour examiner le vitrail de plus près ?

— Pierre est mort depuis longtemps. Il ne s'en formalisera pas.

Nina hocha la tête et grimpa précautionneusement sur le couvercle du sarcophage.

À cette distance, le vitrail en révélait davantage, même si la détérioration du verre nuisait à la compréhension des détails les plus fins. De petits symboles semblaient gravés sur la lame de l'épée, des motifs circulaires ornementés, mais c'était l'arme dans son ensemble qui intrigua Nina et retint son attention.

— Son épée est couverte de flammes ?

C'était manifestement ce que Georgiades attendait qu'elle découvre.

— Oui, c'est ce qu'affirme la légende ! lança-t-il d'une voix triomphante tandis que Nina s'emparait de son appareil numérique pour photographier le vitrail. Elle raconte qu'ici, au château, quand Pierre brandissait l'épée à la nuit noire, on pouvait voir des flammes danser le long de sa lame. C'était là, disait-on, la source de sa force au combat, cette lame dont le tranchant ne s'émoussait jamais.

— Du moins jusqu'à ce qu'elle se brise, répliqua Nina. (Chase s'apprêtait à l'aider à descendre, mais Mitchell le devança.) Merci.

Chase décocha à Mitchell un regard légèrement contrarié avant de se concentrer de nouveau sur le vitrail.

— Quand l'épée a été brisée, que lui est-il arrivé ensuite ? Pierre a été enterré avec elle ici ?

— Seulement avec une partie de l'épée, répondit Georgiades en se rapprochant du sarcophage. Pierre a été inhumé avec la poignée. La pointe de l'épée fut rapportée en Sicile, en l'honneur de Frédéric.

— La poignée ici, la pointe en Sicile, d'accord. Mais le reste de la lame, alors ?

Mitchell se tourna vers les vitraux.

— Attendez, elle se serait brisée en trois morceaux ? Rust ne vous a jamais dit ça.

— Il a été… interrompu, lui rappela Nina.

— La lame de l'épée est restée en Terre sainte, expliqua Georgiades. D'ailleurs, Pierre a été tué avec elle. Il était retourné en Terre sainte pour défendre le territoire confié à son ordre contre les Mamelouks.

— En 1260, précisa Nina en se remémorant sa conversation avec Rust.

— Exactement. Après avoir protégé la Syrie de l'invasion mongole, les Mamelouks tournèrent leur attention vers les terres occupées par les chrétiens. Pierre contrôlait une région de taille modeste et relativement isolée, le long de la frontière actuelle entre la Syrie et la Jordanie, ce qui en faisait une proie facile. Pierre n'eut d'autre choix que de regagner la Terre sainte pour défendre son fief. L'histoire raconte qu'il combattit avec bravoure, malgré un rapport de forces largement désavantageux, jusqu'à ce qu'il se retrouve face au chef de l'armée mamelouke, qui s'appelait Muhammad Yawar. Ils s'affrontèrent en duel et Pierre semblait sur le point de l'emporter, quand un coup chanceux de Yawar brisa leurs deux épées. Yawar s'empara de la lame brisée de Pierre et s'en servit pour le tuer, après quoi il la conserva en souvenir de sa victoire.

Nina sentit malgré elle l'excitation la gagner : en dépit de ses doutes quant à l'utilité de leur voyage à Koroneou, leur visite produisait déjà des résultats, et confirmait les recherches de Rust.

— Savez-vous où se trouve la lame ? demanda-t-elle.

— Non, je l'ignore. Quelque part en Jordanie ou en Syrie, je suppose. Un historien syrien en saurait sans doute plus sur Yawar ; ici, nous ne connaissons l'histoire que d'après le récit qu'en firent les compagnons de Pierre quand ils ramenèrent sa dépouille. Nous ne savons même pas avec certitude où s'est déroulée cette bataille.

— Je comprends.

L'enthousiasme de Nina avait été de courte durée, mais ils avaient tout de même appris des choses, et notamment l'existence de deux autres fragments de Caliburn qu'ils devaient retrouver avant les Russes. Et si la peinture du vitrail était bien une représentation fidèle de l'épée de Pierre, Nina serait désormais capable de reconnaître le morceau de lame lorsqu'elle le verrait.

Si jamais elle le voyait.

— Alors, qu'en pensez-vous ? lança Mitchell. Ça ne vous semble plus aussi absurde de croire que Rust tenait réellement quelque chose ?

Ils avaient remercié Georgiades pour son aide et quitté le château. Au lieu de repartir directement, ils s'étaient arrêtés au village pour s'installer à la terrasse d'un petit café sur la place principale et passer en revue ce qu'ils venaient d'apprendre.

Nina sourit de sa pique amicale à l'égard du scepticisme qu'elle avait affiché jusque-là.

— J'admets que ce qu'il m'a raconté sur la possibilité de retrouver l'épée semble se confirmer. Pour l'instant. Mais il en faudra bien davantage pour me convaincre qu'elle possède une sorte de pouvoir magique…

— Il ne s'agit que de magie au sens de la loi de Clarke.

Nina sourit de nouveau.

— Seriez-vous en train de me dire que la DARPA développe une technologie indiscernable de la magie ?

— Je ne suis pas autorisé à en parler, répondit Mitchell en prenant une expression indéchiffrable, bien que teintée d'une pointe d'humour.

— C'est quoi, la loi de Clarke ? demanda distraitement Chase en contemplant le monument commémoratif à l'autre bout de la place.

— « Toute technologie suffisamment avancée est indiscernable de la magie », cita Nina. (Chase lui adressa un regard déconcerté.) Arthur C. Clarke ? Le célèbre écrivain et scientifique ? L'auteur de *2001 : l'Odyssée de l'espace* ? L'inventeur des satellites de télécommunication ?

— Oh, oui, je vois de qui tu parles, opina Chase. Il présentait une émission de télé quand j'étais petit, où il s'intéressait à ces histoires de crânes en cristal et à tous ces trucs paranormaux. Il se baladait toujours sur une plage avec un parapluie de golf, en expliquant que c'était rien que des foutaises.

Nina soupira théâtralement et se tourna vers Mitchell.

— C'est donc vrai, ce qu'on dit à propos des Britanniques et des Américains : deux nations séparées par une langue commune. Et par d'étranges émissions de télé.

— Mais les British ont donné naissance aux Monty Python, donc ils ne peuvent pas être totalement mauvais, ajouta Mitchell. (Ce fut au tour de Chase d'émettre un soupir sarcastique.) Mais, pour en revenir à nos moutons, vous avez vu l'image du vitrail. J'aurais tendance à dire qu'une épée enflammée sort du domaine de l'ordinaire. Et cela correspond à ce que Rust vous a raconté sur Excalibur, qui s'embrasait quand Arthur la dégainait.

— Mais pourquoi Pierre aurait-il été capable de faire apparaître des flammes sur l'épée, et non les autres ? s'interrogea Nina. On se serait plutôt attendu à ce que Richard Cœur de Lion ou l'empereur du Saint Empire se voient accorder ce genre de pouvoir, et non un obscur chevalier.

— Cela a peut-être un rapport avec les lignes d'énergie tellurique ? proposa Mitchell, plongé dans ses réflexions. Il est possible que l'une d'elles passe près d'ici… Mais rien de tout cela n'a d'importance si nous sommes incapables de retrouver l'épée. Donc, qu'est-ce qu'on a ?

— Eh bien, la lame se trouverait quelque part au Moyen-Orient et... c'est à peu près tout, dit Nina. Je pense que nous devons nous rendre là-bas, afin de consulter un historien local, ainsi que Petros l'a suggéré.

— Nous ne devrions pas avoir de mal à obtenir de l'aide en Jordanie, déclara Mitchell, mais les choses risquent de se compliquer en Syrie. Ce ne sont pas vraiment nos plus grands admirateurs.

— Mais nous serons en mission pour l'AIP, pas pour les Américains, lui rappela Chase.

— Je ne crois pas que cela fera une grosse différence, soupira Nina. La Syrie et les Nations Unies ont connu des désaccords, récemment ; une mission archéologique qui avait reçu la permission de réaliser une opération de fouille dans le pays a vu brusquement ses autorisations annulées, il y a quelques semaines.

— Bon, espérons alors que l'épée se trouve en Jordanie, dit Chase. Mais si elle est en Syrie – et, connaissant notre bol, je parie que ça va être le cas –, je peux nous faire entrer dans le pays discrètement.

— Tu as des contacts là-bas ? demanda Nina.

Chase prit un air secret et prétentieux.

— Ça se pourrait.

— Des femmes superbes, je suppose.

Chase se rengorgea.

— Possible.

— Quoi, une femme magnifique ne vous suffit pas ? s'étonna Mitchell avec un regard vers Nina. Vous êtes du genre insatiable ! (Il continua sans laisser à Chase le temps de répondre.) Donc, si nous trouvons un récit de la vie de ce Muhammad Yawar, il y a une chance que nous puissions retrouver un des fragments de l'épée. Mais pour l'autre morceau, la poignée ? Une fois que les Russes auront étudié les notes de Rust, ils pourront aller le chercher, tandis que nous restons sans le moindre indice à son sujet.

— Nous possédons tout de même un début de piste, réfléchit Nina. Bernd m'a dit qu'il avait parlé au propriétaire du château où il pensait que se trouvait le morceau d'épée. Quelque part « près de chez lui » ; près de Munich, je suppose. Il existe donc forcément un lien entre Koroneou et l'Allemagne. (Nina remarqua que Chase s'était renfoncé dans son siège en affichant encore son sourire suffisant.) Quoi ?

— Moi, je sais…

— Ah bon ? Eh bien, vas-y !

— D'abord, tu dois me dire à quel point je suis formidable.

— Eddie !

— Allez, quoi, ça ne va pas te tuer. Tu peux au moins reconnaître que je suis un amant exceptionnel.

— Mais, Eddie ! se récria-t-elle en lui tapant le bras, avant d'adresser à Mitchell un regard penaud.

— Oh, ça va, grogna Chase. (Il se leva et désigna du doigt le monument à l'autre bout de la place.) Vous voyez ça ?

Nina tourna la tête vers la modeste plaque de pierre noire poussiéreuse, gravée d'une inscription en grec et surmontée d'une étoile de David.

— On dirait un monument commémoratif juif.

— Oui, c'est ça. Venez.

Chase traversa la place, suivi par Nina et Mitchell. Arrivée devant le monument, Nina constata que la plaque comportait une liste d'une dizaine de noms, ainsi qu'une date : 1944.

— Je n'ai pas de diplôme d'histoire, expliqua Chase, mais je m'y connais quand même un peu. Enfin, surtout en histoire militaire. Les îles grecques ont été occupées par les nazis durant la guerre, et les juifs qui vivaient là ont subi le même sort que partout ailleurs : ils ont été déportés dans des camps de concentration. Mais les Allemands n'ont pas déporté que des personnes ; dans beaucoup d'endroits, ils ont aussi raflé tous les biens de valeur qui leur tombaient sous la main avant d'être repoussés par les Alliés. Il est là, ton lien.

— Vous pensez que ce sont les nazis qui ont emporté l'épée ? s'exclama Mitchell.

— Pourquoi pas ? Ça colle avec ce que l'ami de Nina lui a raconté.

— Et c'était sur cette période que Bernd travaillait en tant qu'historien, confirma Nina. Bien sûr ! Il disposait déjà de toutes les informations nécessaires. Les nazis conservaient des traces écrites de toutes leurs opérations. Le gouvernement allemand doit être encore en possession de ces archives ; d'ailleurs, elles ont probablement été numérisées ! Nous devons juste trouver quelque chose concernant le château de Koroneou (elle leva les yeux en direction des ruines qui dominaient le village) et remonter la piste à partir de là, pour voir si cela nous mène quelque part au sud de l'Allemagne.

— Nous devrions pouvoir obtenir l'accès aux archives allemandes *via* le Département d'État, dit Mitchell, et les consulter grâce à la liaison satellite de l'avion.

Nina contempla de nouveau la plaque commémorative, puis se tourna vers Chase, l'air impressionné.

— Vas-y, tu peux le dire, lui lança-t-il avec un sourire satisfait.

— OK, je dois bien l'admettre : tu peux être formidable. Parfois…

L'ordinateur du Gulfstream apporta à Nina les informations qu'elle cherchait encore plus rapidement qu'elle ne l'avait espéré. La base de données du gouvernement allemand était d'une efficacité redoutable.

— Alors, voici ce qu'on a, résuma-t-elle en lisant sur l'écran ses découvertes à Chase et à Mitchell. Le château de Pierre a servi de quartier général local à la SS durant la guerre.

C'est pour cette raison qu'il est en si piteux état : les Alliés et les partisans l'ont bombardé pendant la reconquête de l'île. Mais le commandant SS était déjà parti, et apparemment avec plus de bagages que quand il était arrivé. Il est possible qu'il ait emporté l'épée.

— Où est-il allé après avoir quitté Koroneou ? demanda Mitchell.

— En Autriche. Il semblerait qu'une grande partie des trésors pillés dans les pays du bassin méditerranéen soit passée par là avant de remonter jusqu'à Berlin. Le commandant a pris la tête d'un autre quartier général régional de la SS, installé au château Staumberg.

— Un château, hein ? releva Chase. Comme ton ami Bernd l'avait dit.

— Exact. Et ce n'est pas tout : il se trouve à moins de cent kilomètres de Munich. Ce qui, du point de vue de Bernd, me paraît effectivement « près de chez lui ». Vous pensez que ça vaut le coup de vérifier ?

— Assurément, opina Mitchell. Mais par où commençons-nous : ce château ou le Moyen-Orient ?

Nina posa le menton sur ses mains jointes, et réfléchit à haute voix.

— Nous n'avons aucun indice en Terre sainte, à part le nom de celui qui a tué Pierre de Koroneou. Plus nous attendrons avant d'aller là-bas, plus nous mettrons de temps à trouver quelque chose, et il est possible que les Russes aient déjà identifié l'emplacement de la lame de l'épée dans les notes de Bernd.

— Donc, première étape : la Jordanie, décida Mitchell. Je m'occupe d'arranger ça.

— Et le château ? demanda Chase. Si jamais les Russes commencent par là ?

— Ils ne sauront pas où chercher, répondit Nina. Bernd a dit que le propriétaire avait refusé de le laisser fouiller sa propriété.

— D'accord, mais ce sera pareil pour nous. (Chase s'absorba dans ses pensées.) À moins qu'on n'envoie quelqu'un déblayer le terrain pendant qu'on va en Jordanie.

— Laisse-moi deviner. Tu connais une femme ravissante en Autriche qui pourrait nous aider…

— En fait, non.

— Vraiment ? Ça me surprend.

Il sourit d'un air provocateur.

— Mais j'en connais une qui habite en Suisse.

Nina soupira.

— Là, je ne suis pas surprise.

Mitchell lui adressa un regard indécis.

— Il s'agit d'une opération top secret, rappelez-vous. Si possible, je préférerais éviter d'impliquer qui que ce soit d'autre, et surtout pas des civils.

— Ne vous bilez pas, vous pouvez lui faire confiance. Par ailleurs, nous n'avons pas besoin de lui raconter quoi que ce soit au sujet de cette histoire d'énergie tellurique.

— Mais tu devras l'avertir pour les Russes, dit Nina. Si jamais ils se montraient alors qu'elle est là-bas ?

— Ne vous inquiétez pas, répéta Chase. Tout ce qu'elle aura à faire, c'est vérifier les lieux et voir si elle peut convaincre le propriétaire de nous recevoir, puis attendre qu'on revienne de Jordanie. Je n'ai pas l'intention de lui demander de se mettre en danger. (Il fronça légèrement les sourcils.) Même si, connaissant Mitzi, ce n'est pas ça qui l'arrêterait.

8

Suisse

Le lendemain matin, le jet du Département d'État se posa à l'aéroport de Zurich, où les attendait un autre SUV. Mitchell prit le volant et, au lieu d'entrer dans la ville, suivit les indications du GPS pour gagner les montagnes environnantes et trouver l'endroit où l'amie de Chase, Mitzi Fontana, leur avait donné rendez-vous. Ils eurent la surprise de découvrir qu'il s'agissait d'une prairie alpine pentue… accueillant une compétition sportive des plus originales.

— Mais enfin, qu'est-ce qu'ils font ? s'exclama Nina en contemplant la scène avec effarement, et une pointe d'inquiétude pour la santé des participants.

Chase laissa échapper un éclat de rire incrédule.

— Je vous avais bien dit que le danger ne lui faisait pas peur. Mais ça, c'est nouveau !

Un grand filet bloquait le bas de la prairie sur toute sa largeur, précédé d'un long ruban de papier blanc tendu entre deux poteaux à quelques mètres devant lui. Une large bande d'herbe couchée remontait la pente sur une centaine de mètres, jusqu'à une zone relativement plane où les compétiteurs attendaient le départ de la course. Ce n'était ni une course à pied, ni une course ni aux commandes d'un engin quelconque : chaque participant était sanglé à l'intérieur d'une grosse boule gonflable qui ressemblait à une balle de golf géante et transparente.

Chase n'aperçut pas Mitzi parmi les spectateurs, et il ne fut donc pas surpris de constater que l'un des deux premiers concurrents à s'élancer possédait une longue chevelure blonde.

— Oh, bonté divine, gémit-il alors qu'un homme criait un compte à rebours en allemand.

— Elle est dans une des boules ? demanda Nina nerveusement.

— Elle est dans une des boules.

— Partez ! hurla l'homme.

Les sphères de plastique commencèrent à dévaler la pente en prenant rapidement une vitesse alarmante. D'après ce que Chase voyait, leurs occupants n'avaient absolument aucun contrôle sur leur trajectoire ; ils étaient de simples passagers, qui tournoyaient comme des vêtements dans un sèche-linge alors que les balles rebondissaient sur la moindre bosse, ou l'une contre l'autre.

La course ne dura pas plus de quinze secondes, et la sphère de Mitzi coupa le ruban de papier juste avant sa concurrente, pour terminer dans le filet contre lequel elle grimpa en tournoyant avant de retomber au sol et de s'immobiliser. Des gens se précipitèrent pour stabiliser les sphères pendant que leurs occupants se libéraient des sangles et s'extirpaient de leur engin. Le concurrent battu, un jeune homme maigrichon avec une barbiche, s'effondra immédiatement dans l'herbe, tandis que Mitzi réussissait tant bien que mal à tenir sur ses pieds. Elle avisa Chase et le salua de la main avec enthousiasme, ce qui lui fit perdre son équilibre précaire. Elle manqua de tomber à la renverse, heureusement rattrapée *in extremis* par un bras secourable.

— Je dois au moins reconnaître ça à votre amie, déclara Mitchell, elle sait faire son entrée !

Ils s'avancèrent à sa rencontre et Nina constata que la jolie blonde à la silhouette avantageuse était bien plus jeune que les autres « copines » internationales de Chase ; elle n'avait sans doute qu'une petite vingtaine d'années.

— Eddie ! s'écria Mitzi avec un grand sourire en se jetant dans ses bras d'un pas encore mal assuré.

— Salut, Mitzi ! répondit chaleureusement Chase. Holà, du calme, ajouta-t-il alors qu'elle lui plantait un baiser sur les lèvres. Il ne faudrait pas rendre ma fiancée jalouse…

Toujours pendue au cou de Chase, Mitzi se tourna vers Nina.

— Bonjour. Comme ça, vous êtes fiancée à Eddie ? Mes félicitations ! Et mes félicitations aussi pour la découverte de l'Atlantide. J'ai lu un article sur vous dans le *Time*. (Elle relâcha Chase et le dévisagea d'un air interrogateur.) D'ailleurs, tu n'étais même pas mentionné ! Que s'est-il passé ?

— Bah, comme ça, personne ne m'embête. La célébrité, ce n'est vraiment pas mon truc, décréta-t-il en haussant les épaules. La fortune, en revanche, ça ne me dérangerait pas !

Mitzi s'esclaffa.

Chase fit les présentations, puis désigna les sphères gonflables, qu'on s'occupait de charger sur de grands chariots de forme circulaire pour les remonter à l'aide d'un treuil au sommet de la colline.

— Alors, c'est quoi, ce bazar ?

— Ça s'appelle le Zorbing, dit Mitzi. C'est super marrant.

— Mouais, ça m'a plutôt l'air d'un truc à deux balles, grommela Chase.

Mitzi gloussa de nouveau.

— Alors, qu'est-ce qui t'amène en Suisse ? Tu sais que je ne demande qu'à t'aider. Même si maintenant tu n'es plus sur le marché. (Elle adressa un clin d'œil à Nina.) Vous avez beaucoup de chance.

— Oui, parfois je le pense, acquiesça Nina en remarquant avec amusement que Chase semblait quelque peu embarrassé par l'attention que lui portait cette très jeune femme. Comment vous connaissez-vous, tous les deux ? Vous avez travaillé ensemble ?

— Non, rien de tout ça, répondit Mitzi en serrant le bras de Chase. Eddie m'a sauvé la vie. Et à ma mère aussi, il y a quatre ans.

— Je n'ai fait que mon boulot, commenta modestement Chase.

— Tu as fait bien plus que ça. Tu as changé ma vie – je veux dire, en plus de la sauver ! Avant, j'étais une fille tranquille, expliqua-t-elle à Nina, plutôt du genre à rester cloîtrée chez elle. Une sorte d'intello, quoi.

Mitchell donna un petit coup de coude à Nina.

— Il n'y a rien de mal à ça, hein ?

Nina sourit.

— Mais après avoir rencontré Eddie, poursuivit Mitzi, j'ai compris que la vie était faite pour être vraiment vécue, et qu'il y avait tant de choses à expérimenter. Je voulais tout faire, tout découvrir, un peu comme il l'a fait, lui.

— Je suis loin d'avoir tout fait, nuança Chase. (Il tourna la tête vers le sommet de la pente, où l'on s'affairait à décharger les sphères de leurs chariots.) Pour commencer, je n'ai jamais dévalé une colline à l'intérieur d'une grosse balle en plastique.

— Tu devrais peut-être, suggéra malicieusement Nina.

Le visage de Mitzi s'illumina.

— Oui, bonne idée ! Viens, tu pourras faire la course contre moi.

Elle lui attrapa la main et essaya de l'entraîner dans la prairie, mais Chase résista.

— Non, mais tu es folle !

— Ça ne prendra pas longtemps ! Je suis amie avec les organisateurs, je peux te trouver une place dans la prochaine course.

Elle le tira de nouveau par le bras, avec plus d'insistance. Chase adressa un regard implorant à Nina, qui lui répondit par un grand sourire en l'encourageant d'un hochement de tête. Avec un soupir, Chase acquiesça et laissa Mitzi l'entraîner au sommet de la prairie.

— Alors, Nina et toi êtes fiancés depuis quand ? demanda-t-elle.

— Un an, bientôt. En fait, ça s'est fait peu après la dernière fois qu'on s'est vus, toi et moi.

Elle poussa un soupir exagérément théâtral.

— J'ai raté ma chance de peu, alors.

— Mais nan, tu mérites mieux qu'un vieil abruti dans mon genre.

— Je ne sais pas… Tous les hommes de mon âge que je rencontre sont encore des… petits garçons !

Chase s'esclaffa.

— Au fait, je te dois toujours l'argent de ce parachute.

— Ne t'en fais pas pour ça. Enfin, maman n'était pas particulièrement ravie quand elle l'a appris. (Elle souffla, de ce petit soupir qui est l'expression universelle d'exaspération envers ses parents.) Tu devrais passer la saluer. Je sais qu'elle serait très heureuse de te revoir.

— Ben, c'est qu'on est un peu à la bourre, mais… oui, on pourra faire un saut.

— Où vas-tu ensuite ?

— En Jordanie.

— En Jordanie ! s'exclama Mitzi avec enthousiasme. Je dois y aller dans quelques mois, pour visiter les ruines de Pétra. Et toi, pourquoi tu y vas ?

— Je ne peux pas trop en parler, désolé, c'est confidentiel. Mais tu nous ferais une grande faveur si tu pouvais nous aider avec un truc en Autriche.

— Tout ça paraît bien mystérieux. C'est quelque chose du même ordre que la découverte de l'Atlantide ?

— Plus ou moins. Je t'expliquerai tout une fois qu'on aura terminé.

— J'ai hâte, dit-elle avec un sourire.

Ils atteignirent la zone plane au sommet de la prairie où les sphères patientaient. Mitzi parla en allemand à l'un des organisateurs, qui accepta de les laisser passer, Chase et elle, puis elle fit usage de son sourire – et de son décolleté – pour désamorcer la colère des deux jeunes hommes dont ils venaient de voler la place. Cela fait, ils se préparèrent.

— Une minerve ? s'étonna Chase alors qu'on lui tendait un collier cervical rigide équipé de fermetures Velcro. Dans la plupart des sports, on utilise ça *après* s'être planté. Tu es sûre que c'est sans danger ?

— Mais bien sûr ! répondit Mitzi en enfilant sa propre minerve. Ne me dis pas que tu es inquiet.

— C'est que j'ai un problème avec les modes de transport sans personne aux commandes. Ça m'est déjà arrivé une ou deux fois, et en général ça se termine par une explosion.

Avec un grand sourire, Mitzi se glissa dans sa sphère. Chase entra dans la sienne en faisant la grimace. Il se faufila à l'intérieur par un tube étroit, pour pénétrer dans une seconde sphère plus petite, maintenue en place par des centaines de cordes de nylon attachées à l'enveloppe extérieure de la sphère principale. Adossé à la paroi intérieure, il boucla un harnais autour de sa poitrine, puis agrippa une paire de sangles qui pendaient au-dessus de sa tête. Il se tourna vers Mitzi, qui lui sourit depuis l'autre balle géante.

— Prêt ? lui cria-t-elle.

— Nan.

— *Er ist bereit!* lança-t-elle à l'organisateur, qui commença immédiatement le compte à rebours.

Chase jeta à Mitzi un regard renfrogné.

— Bordel de mer… aaah ! hurla-t-il alors que sa sphère était poussée dans la pente.

Le monde se transforma soudain en un tourbillon vertigineux de ciel et d'herbe défilant de plus en plus vite devant ses yeux. Le plastique craqua et le nylon vibra quand il percuta une bosse, puis il se retrouva suspendu dans les airs l'espace d'un instant, avant que la sphère rebondisse au sol et poursuive sa course en le ballottant en tous sens. Il perçut le crissement du plastique contre le plastique lorsqu'il heurta la forme floue de la balle de Mitzi, puis il se sentit brutalement grimper vers le ciel, pour redescendre en roulant dans le filet. Des gens attrapèrent sa sphère pour la stabiliser, mais Chase avait la sensation de continuer à tournoyer follement. La vue trouble, il défit les sangles de son harnais et se glissa dans le tube pour sortir de la sphère. Il vit Nina et Mitchell s'avancer vers lui : il eut l'impression qu'ils zigzaguaient, tandis que le monde tanguait toujours devant ses yeux.

— Vous avez perdu, lui apprit Mitchell. Pas de chance.

— Alors, c'était comment ? s'enquit Nina.

Chase arrivait à peine à tenir debout, tant le sol roulait sous ses pieds.

— Bon sang, j'ai fait des sauts en parachute en plein orage qui étaient moins violents que ça…

— Ou bien c'est que vous vous faites vieux, suggéra Mitchell, à qui Chase décocha un regard noir.

Une Mitzi à l'air réjoui tituba jusqu'à Chase et s'appuya sur son bras.

— Ouah ! Alors, je ne t'avais pas dit que c'était super ?

— Tu sais, si tu veux une vraie montée d'adrénaline, tu devrais t'engager dans l'armée, et arrêter ces conneries de sport extrême.

— Tu grognes parce que j'ai gagné, répliqua-t-elle en faisant la moue. En plus, à l'armée, je pourrais me faire tirer dessus !

— Pas besoin d'être militaire pour que cela vous arrive, remarqua Nina d'un air désabusé.

— Et, sinon, vous seriez disposée à nous aider ? demanda Mitchell.

— Bien sûr ! Vous n'avez qu'à m'expliquer ce que vous attendez de moi, répondit Mitzi. Nous pourrons en parler chez mes parents.

Une expression d'impatience passa sur le visage de Mitchell.

— Nous ne pouvons pas nous attarder.

— Ça ira, dit Chase. De toute façon, c'est plus ou moins sur le chemin de retour vers l'aéroport. (Il se frotta la nuque et grommela.) Et je n'aurais rien contre m'asseoir un peu dans un bon canapé…

Zurich scintillait sous le soleil matinal, dont la lumière pure se reflétait sur le lac au sud de la ville. Un manteau de neige immaculée couronnait la cime des montagnes environnantes en un véritable paysage de carte postale, avec ses forêts de sapins qui couvraient les versants et descendaient jusqu'aux toits rouges des premières maisons des faubourgs. La vue était très belle, songea Nina, et d'autant plus impressionnante qu'elle la contemplait depuis le cœur de la ville.

Le toit-terrasse du penthouse était plus grand que l'appartement new-yorkais de Nina et Chase tout entier. Comme ils se trouvaient en Suisse, l'hypothèse la plus probable était que son propriétaire occupait de hautes fonctions dans le monde de la finance – ce dont Nina eut bientôt la confirmation.

— Je suis désolée que mon mari n'ait pu être des nôtres, s'excusa Brigitte Fontana en tendant à Nina une tasse fumante de café crème. (Elle représentait pour ainsi dire une version plus charpentée et plus bronzée de sa fille, même si sa tenue à elle révélait beaucoup moins de sa silhouette.) Il est en Chine, à Shanghai, pour une conférence financière.

— Shanghai ? dit Chase. J'y étais l'an dernier.

— Voyage d'affaires ou d'agrément ?

— D'affaires.

— Ah. (Brigitte lui lança un regard entendu.) J'espère que tout s'est bien passé ?

Chase grimaça.

— Plus ou moins.

— Alors, Eddie, quand aura lieu le mariage ? demanda Mitzi en tendant deux autres tasses à Mitchell et à Chase. J'espère qu'on sera invités.

— Évidemment ! Mais nous n'avons pas encore fixé de date. (Chase serra la main de Nina dans la sienne.) On a eu une année assez chargée…

— Mais, à l'évidence, les choses marchent bien pour vous deux, dit Brigitte. Mes félicitations !

— Je vous remercie. Et sinon, rebondit Nina, comment avez-vous rencontré Eddie ? Mitzi a dit qu'il vous avait sauvées ?

— C'est exact. Il…

— Nous avions été kidnappées ! l'interrompit Mitzi avec un enthousiasme déroutant.

— Mitzi ! la reprit sa mère, pour qui ce souvenir était manifestement pénible.

Sa fille l'ignora.

— Un gang nous avait enlevées pour forcer papa à leur donner accès aux ordinateurs de sa banque. Mais, au lieu de ça, il a engagé Eddie et son ami Hugo pour nous sortir de là. Et ils l'ont fait !

Elle s'assit en lançant un regard admiratif à Eddie.

— Et qu'est-il arrivé aux kidnappeurs ? demanda Mitchell.

— Oh, Eddie les a…

— Ils ne feront plus de mal à personne, intervint vivement Brigitte. Mais Eddie et Hugo nous ont sauvé la vie. (Elle se tourna vers Chase.) J'ai été vraiment navrée d'apprendre son décès. J'ignorais qu'il était mort jusqu'à ce que je lise un article sur l'Atlantide.

— Merci, dit Chase, mal à l'aise.

L'histoire officielle échafaudée par l'AIP racontait que son camarade Hugo Castille avait trouvé la mort dans un accident de plongée durant la découverte de l'Atlantide, ce qui dans l'absolu était vrai, mais omettait les véritables circonstances de son décès.

— Pauvre Hugo, opina tristement Mitzi. Il était si gentil.

Brigitte acquiesça et but une gorgée de café.

— Bien. Eddie, Mitzi m'a dit que vous aviez une faveur à nous demander ; vous savez que nous serons toujours prêtes à vous fournir tout ce dont vous avez besoin.

— Il s'agirait d'une personne plutôt que d'une chose, commença Chase. J'aimerais vous emprunter Mitzi pour quelques jours. Et ne vous inquiétez pas, je vous la ramènerai sans une égratignure.

Mitzi rit de bon cœur, mais Brigitte pinça les lèvres en une ligne sévère.

— Oh, voilà qui m'emballe beaucoup moins. Surtout après ce qui s'est passé l'an dernier.

— L'an dernier ? s'étonna Nina en se tournant vers Chase.

Durant leur recherche du tombeau d'Hercule, Chase était parti en Suisse pour retrouver son ex-femme ; mais, puisque cette partie de l'aventure impliquait Sophia, Nina n'avait pas cherché à en connaître tous les détails.

— J'avais demandé à Mitzi un coup de main, expliqua-t-il. Elle m'a trouvé du matériel et m'a fait un brin de conduite.

— Elle vous a fourni des armes et des explosifs, puis vous avez sauté d'un pont depuis le toit de sa voiture lancée à cent kilomètres à l'heure ! précisa sèchement Brigitte.

— J'avais un parachute…

Elle lui jeta un regard désapprobateur.

— Depuis que vous nous avez sauvées – ce dont je vous serai éternellement reconnaissante, vous le savez bien –, Mitzi est devenue une vraie accro à l'adrénaline. Chute libre, ski nautique… ou même saut à l'élastique. Elle est incapable de s'amuser sans mettre sa vie en danger !

— Oh, maman ! s'écria Mitzi avec exaspération. Je suis une adulte, je te rappelle, et je suis parfaitement à même de veiller sur moi. Je ne fais que m'amuser !

— Ne vous tracassez pas, Brigitte, elle n'aura rien à faire de ce genre, la rassura Chase. Sauf s'il s'agit de la bibliothèque la plus dangereuse du monde.

— La bibliothèque ? articula Mitzi d'un air déconfit.

— Ouais. Nous aurions besoin que tu fasses quelques recherches pour nous sur un château en Autriche.

— Oh. (Mitzi paraissait affreusement déçue.) Bon, oui, bien sûr, je veux bien vous aider, mais… c'est vraiment tout ce que j'aurai à faire ? Pas besoin de moi pour l'ascension d'une montagne ou un truc du genre ?

— Non, juste te renseigner sur ce château et persuader son propriétaire d'accepter de nous recevoir. Tu serais d'accord ? (Il se tourna vers Brigitte, qui affichait toujours un visage fermé.) Et vous ?

Brigitte soupira.

— Comme elle l'a dit, c'est une adulte.

— Parce que si cela vous pose un problème, nous pouvons nous débrouiller autrement, proposa Chase. Je m'en voudrais de vous contrarier.

Brigitte sourit faiblement.

— Après tout ce que vous avez fait pour nous, j'aurais bien du mal à vous en vouloir.

— Bien sûr que je vais m'en charger, Eddie, insista Mitzi. Ça ne sera pas aussi fun que la dernière fois, mais qui sait ? Je découvrirai peut-être quelque chose qui te surprendra.

Chase sourit.

— Te connaissant, tu auras trouvé ce que nous cherchons avant même que nous soyons revenus. Et ne vous inquiétez pas, Brigitte : elle ne courra aucun danger, je vous le promets.

Mitchell ouvrit son attaché-case et tendit plusieurs feuilles à Mitzi.

— Voici tout ce que l'on sait à propos du château et de son propriétaire, et les informations que nous voudrions que vous dénichiez, si vous le pouvez.

— J'aurai trouvé tout ce qu'il vous faut avant votre retour, lui assura-t-elle avec confiance.

— Impec, conclut Chase. (Il finit son café et reposa la tasse.) Bien, désolé de devoir partir aussi vite, mais le temps joue contre nous.

— Que recherchez-vous exactement ? demanda Brigitte.

— Nous ne pouvons rien vous dire pour le moment, s'excusa Mitchell, mais c'est d'une importance cruciale pour l'AIP et les Nations Unies.

— Nous vous sommes très reconnaissants de votre aide, ajouta Nina. Un grand merci à toutes les deux.

Brigitte hocha la tête.

— Dans ce cas, il ne me reste plus qu'à vous souhaiter bon voyage. J'espère que vous trouverez ce que vous cherchez.

— Bonne chance ! renchérit Mitzi.

Chase se leva et l'embrassa sur la joue, puis fit de même pour sa mère.

— Nous serons de retour d'ici à quelques jours. À tout bientôt. (Il attendit que Nina et Mitchell serrent la main des deux femmes, puis il tendit théâtralement le bras vers le lac et l'horizon au loin.) Jordanie, nous voilà !

9

Jordanie

Si Zurich était un lieu net, propre et, par-dessus tout, ordonné, Amman paraissait un monument vivant à la gloire du chaos organisé. La capitale de la Jordanie pouvait s'enorgueillir d'être une des plus vieilles villes du monde à être toujours habitée, et chaque nouvelle étape de civilisation avait bâti autour – et au-dessus – des précédentes : il en résultait un fantastique mélange d'ancien et de moderne, où des édifices datant de plusieurs siècles côtoyaient des immeubles dernier cri. La métropole ondoyait sous le soleil brûlant de la péninsule arabique, teintée d'orange pâle sous l'effet combiné de la lumière, du sable et de la pollution.

Nina aurait adoré explorer la ville, mais du travail l'attendait. Mitchell avait pris des dispositions pour lui faire rencontrer le conservateur du Centre des documents et des manuscrits de l'université de Jordanie, dont le nom bureaucratique dissimulait la véritable fonction : servir d'immense dépôt d'archives à tous les documents concernant l'histoire du Moyen-Orient. Plus encore que la ville, c'était ce catalogue de textes anciens qu'elle aurait aimé explorer ; mais, pour l'heure, elle devait se concentrer sur une période très spécifique de l'histoire.

— Muhammad Yawar, répéta pensivement leur hôte.

Adeeb al-Jafri était un homme d'âge mûr à la moustache noire soigneusement taillée et qui portait d'épaisses lunettes. Jordanien, il parlait l'anglais avec un accent aristocratique, hérité sans doute de l'université britannique où il avait étudié.

— Oui, je me souviens de ce nom.

— Vraiment ? s'étonna Nina. Quelqu'un d'autre vous aurait-il posé des questions à son sujet ?

— Oui, il y a environ six mois, par téléphone. Je pense que l'homme était allemand. Il m'a demandé si les archives disposaient de documents le concernant. Je lui ai répondu que c'était effectivement le cas, mais les choses en sont restées là.

— C'était forcément Bernd, dit Nina en coulant un regard vers Chase et Mitchell. Personne d'autre ne vous a posé de questions à son sujet ?

Al-Jafri secoua la tête.

— Ça signifie qu'ils n'ont pas encore fini de dépouiller ses notes, conclut Mitchell.

Al-Jafri haussa les sourcils, qui s'élevèrent au-dessus de l'imposante monture de ses lunettes.

— Qui ça, « ils » ?

— L'homme qui vous avait contacté par téléphone a été assassiné, l'informa Nina, pour l'empêcher d'expliquer à l'AIP comment retrouver ce qu'il cherchait.

— Ah bon ? (Il semblait plus étonné que choqué, comme si Nina lui racontait l'intrigue d'un roman policier.) Et que cherchait-il ?

— Navré, mais c'est confidentiel, répondit Mitchell. Pour des raisons de sécurité. Les gens qui l'ont tué n'hésiteront pas à recommencer.

Al-Jafri passa de la curiosité à l'inquiétude.

— Ah. Je vois.

— Voilà pourquoi nous devons retrouver avant eux ce qu'il cherchait, afin que personne d'autre ne soit assassiné, dit Nina. Et, pour ce faire, il nous faut recueillir toutes les informations possibles concernant Muhammad Yawar.

— Ce n'est pas vraiment un personnage historique de premier plan. Vous êtes certains que c'est de lui qu'il s'agit ?

— Il est la seule piste que nous ayons. Il est censé avoir tué un croisé du nom de Pierre de Koroneou au cours d'une bataille, dont nous souhaiterions découvrir l'emplacement exact.

— Pierre de Koroneou…, répéta al-Jafri en plissant le front alors qu'il fouillait sa mémoire. Ah, oui. Il occupait un fief situé près de l'actuelle frontière entre la Jordanie et la Syrie.

— De quel côté de la frontière ? demanda Chase.

— Côté syrien.

— Bordel, je le savais !

— Pensez-vous qu'il serait possible de trouver dans vos archives l'endroit de cette bataille ? s'enquit Nina.

— Peut-être, répondit al-Jafri, mais je vous le répète, Muhammad Yawar est un personnage mineur. Je doute qu'il ait eu droit à plus qu'une note en bas de page.

— Toute information que vous pourriez nous apporter nous aiderait énormément, l'encouragea-t-elle.

Al-Jafri acquiesça.

— Dans ce cas, si vous voulez bien me suivre jusqu'aux archives, nous verrons ce que nous trouverons.

— Tu sais quoi ? dit Chase à Nina. Pendant que tu fais tes recherches, je vais aller m'occuper de la suite du voyage.

— L'ambassade des États-Unis peut s'en charger, proposa Mitchell.

Chase n'avait pas l'air convaincu.

— Vraiment ? Vous croyez qu'elle peut nous fournir un guide capable de nous faire traverser la frontière ? (Il revint à Nina.) Appelle-moi quand tu auras terminé, et je viendrai te récupérer. (Il l'attira à lui et, à la surprise de Nina, lui donna un baiser bien plus intense que ce à quoi elle se serait attendue.) À tout à l'heure.

— Euh, salut, répondit-elle, prise au dépourvu, alors qu'il s'éloignait déjà. (Al-Jafri affichait un air déconcerté, tandis que Mitchell réprimait un sourire. Elle sentit ses joues s'empourprer et se tourna vers le conservateur.) OK, donc…

— Les archives ?

— S'il vous plaît, oui !

— Et voilà, annonça al-Jafri. La première mention de Muhammad Yawar.

Les mains recouvertes de gants en coton blanc pour protéger les pages vénérables, il indiqua un passage du manuscrit en arabe qu'il était allé chercher dans une des salles souterraines à température contrôlée où étaient entreposés les précieux volumes. Le livre lui-même datait du XVe siècle, mais il rapportait des événements qui s'étaient déroulés deux siècles plus tôt, recopiés dans d'autres récits antérieurs des nombreuses batailles qui avaient ravagé la Terre sainte durant cette période.

— Qu'est-ce que cela dit ? demanda Nina, qui n'avait qu'une connaissance limitée de l'arabe.

— Pas grand-chose, répondit Mitchell en regardant par-dessus son épaule.

— Vous lisez l'arabe ?

— Je me débrouille. Et le docteur al-Jafri a raison : Yawar n'était pas un personnage suffisamment important pour avoir droit à plus de quelques lignes.

— Mais ces lignes contiennent peut-être l'information que vous cherchez, déclara al-Jafri en passant délicatement le doigt sur la page brunie par l'âge. Il est écrit : « Le chef des barbares s'avança pour défier Muhammad, et son épée brillait de mille feux. Mais, à l'image du Prophète dont il portait le nom, Muhammad était brave et juste, et un vrai serviteur d'Allah ; il frappa et rompit l'épée de l'infidèle, puis, s'emparant d'un long morceau de la lame brisée, il le tua. Leur chef mortellement blessé, les autres envahisseurs s'enfuirent, en proie à la terreur. »

— Le texte parle de barbares ? releva Mitchell d'un air perplexe. Ce ne serait pas une autre bataille ? On dirait qu'il parle plutôt de Mongols, non ?

Al-Jafri étouffa un éclat de rire.

— Non, c'est la bonne bataille, lui expliqua Nina. Le point de vue des musulmans sur les croisades était, comment dire, tout à fait différent de celui des chrétiens. Ils considéraient les chrétiens comme des envahisseurs brutaux, venus pour tuer les fidèles de l'islam et piller leurs terres.

— Rien de nouveau sous le soleil…, murmura al-Jafri. (Mitchell lui lança un regard incisif.) Mais il y a encore une ligne qui concerne Yawar, ici : « Muhammad retourna chez lui, à Kafashta, et fit don du fragment d'épée à l'imam de la ville, pour montrer que les serviteurs d'Allah triompheront toujours. »

— Kafashta ? demanda Nina.

— Une petite ville du sud de la Syrie. Enfin, on la qualifiait de ville du temps de Yawar ; aujourd'hui, on parlerait plutôt de village. Je peux vous la trouver sur une carte, si vous voulez.

— Ce serait formidable, le remercia Mitchell en se redressant. C'est l'information qui nous manquait. Nous n'avons plus qu'à aller à Kafashta.

— En Syrie, lui rappela Nina. Qu'est-ce que vous aviez dit, déjà ? Que les Syriens n'étaient pas vraiment les plus grands admirateurs des Américains…

Chase retrouva Nina et Mitchell devant l'ambassade des États-Unis quelques heures plus tard, accompagné de son contact local, une Jordanienne du nom de Karima Farran. Comme Nina l'avait anticipé, c'était une femme remarquablement belle, avec de longs cheveux noirs qui ondulaient dans la brise.

Le Land Rover de Karima semblait aussi ancien qu'Amman, et de la peinture de sa carrosserie décapée par le sable du désert ne subsistaient plus que quelques grosses taches vert militaire sur l'aluminium mis à nu. Après avoir salué Nina et Mitchell, et les avoir aidés à charger à l'arrière du 4 x 4 le matériel que ce dernier avait récupéré à l'ambassade, elle attacha ses cheveux et se couvrit la tête d'un foulard noir avant d'en tendre un autre à Nina.

— Vous aurez besoin de ça.

Nina accepta le foulard avec réticence.

— Euh… je croyais qu'en Jordanie les femmes n'étaient pas obligées de porter le hijab ?

— C'est vrai, répondit Karima en échangeant un regard amusé avec Chase. Mais je n'aime pas avoir les cheveux pleins de sable.

Elle pointa l'index vers le toit en toile du Land Rover, qui était en aussi piteux état que sa carrosserie. Comprenant ce qu'elle voulait dire, Nina s'empressa de l'imiter.

Ils partirent par la route en direction du nord-est et laissèrent rapidement la ville derrière eux pour pénétrer dans un paysage aride de dunes et de rocaille.

— Alors, Eddie, c'est pour quand, ce mariage ? demanda Karima à Chase, qui était assis derrière elle, sur la première banquette passager.

Chase s'esclaffa.

— Tu sais, tout le monde n'arrête pas de nous poser la question ; à force, on va bien finir par avoir une réponse à donner !

— Et vous, êtes-vous mariée, Karima ? s'enquit Nina.

La Jordanienne portait plusieurs anneaux aux doigts, mais Nina ignorait s'ils avaient une signification particulière ou s'il ne s'agissait que de simples bijoux.

— Non, répondit-elle, mais il y a quelqu'un dans ma vie. Le problème est d'obtenir qu'il s'engage.

— Je connais ça, commenta Nina avant que Chase ne pouffe dédaigneusement.

Ils roulèrent pendant plus de deux heures. Nina en profita pour poursuivre la formation intensive en mythologie arthurienne qu'elle avait entamée au cours de leurs différents vols. Karima finit par quitter la route principale pour emprunter une série de routes secondaires de plus en plus cahoteuses. Ils s'arrêtèrent enfin dans un hameau si minuscule que Nina se dit que cette poignée de maisons branlantes ne devait même pas figurer sur les cartes. Autour, l'inquiétant désert s'étendait à perte de vue dans toutes les directions. À l'ouest, la boule rouge boursouflée du soleil luisait au-dessus de l'horizon.

— C'est le plus près que nous puissions aller en voiture, expliqua Karima en descendant du 4 x 4. La frontière se trouve à environ huit kilomètres au nord d'ici.

Les autres sortirent à leur tour de la voiture et s'étirèrent pour dénouer leurs muscles endoloris par ce trajet sur des chemins caillouteux. Nina observa le paysage au loin, mais ne vit rien d'autre que des rochers et quelques buissons épineux qui pointaient çà et là au-dessus du sable.

— Nous y allons à pied ?

— Non, non ! Mais les Syriens se méfient des véhicules qui traversent la frontière en dehors des check-points officiels. Il vaut donc mieux qu'on change de moyen de transport.

Karima les amena derrière l'un des bâtiments du hameau.

— Quel autre moyen de..., commençait à demander Nina quand la réponse apparut devant ses yeux. Oh !

Quatre chameaux les attendaient.

Un Jordanien vêtu d'une robe poussiéreuse se tenait près des animaux et afficha un grand sourire dès qu'il aperçut

Karima. Ils échangèrent quelques mots de salut, puis elle se tourna vers les autres.

— Voici Attayak ; il appartient à l'une des tribus de Bédouins de la région. (Nina nota que, outre un fusil et un poignard, l'homme était équipé d'un walkie-talkie et d'un boîtier GPS à la ceinture ; manifestement, les Bédouins n'avaient aucun mal à incorporer la technologie moderne à leur mode de vie traditionnel.) Il ne reste plus beaucoup de tribus nomades de nos jours, mais celles qui subsistent traversent la frontière tout le temps. Elles vivent ici depuis des milliers d'années et ne s'embarrassent pas des lignes tracées sur des cartes. La plupart du temps, les Syriens les laissent en paix. C'est donc un moyen très pratique d'entrer dans le pays sans se faire remarquer, comme Eddie le sait bien.

Chase prit un air innocent.

— Je ne ferai aucun commentaire concernant des opérations militaires sur le territoire d'un État souverain que j'aurais pu effectuer ou non… Mais sinon, oui, je sais monter à dos de chameau.

Mitchell hocha la tête.

— C'est drôle, moi aussi.

— Euh, oui ? dit Nina. Pas moi, je vous signale.

— Rien de plus simple, la rassura Chase. C'est comme monter à cheval.

— Je n'ai jamais appris non plus !

Chase s'avança jusqu'au chameau le plus proche, agenouillé dans le sable, et lui flatta le front. L'animal l'observa, puis secoua la tête paresseusement en émettant un son entre le grognement et le bâillement.

— Tu es un bon garçon, dit Chase en passant une jambe par-dessus la large selle matelassée installée derrière la bosse du chameau.

Il réunit les rênes en cuir dans sa main et tira gentiment dessus en encourageant l'animal d'un « Heya ! Heya ! ».

Le chameau dodelina de la tête, puis déplia les jambes et se releva docilement.

Nina avait déjà vu des chameaux au zoo, mais sans se rendre compte à quel point ils étaient grands. Debout, l'animal la dépassait de plusieurs dizaines de centimètres, et Chase s'élevait du même coup à au moins trois mètres du sol.

— C'est… c'est assez impressionnant.

Guidé par Chase, le chameau trottina vers elle et inclina la tête pour mieux la regarder. Nina recula nerveusement.

— Est-ce qu'Attayak parle anglais ? demanda-t-elle à Karima, qui lui répondit d'un geste négatif. Oh, tant mieux. Parce que cet animal sent vraiment, vraiment fort. Il pue atrocement !

— Oh, tu ne t'en apercevras même plus au bout de quelques heures, lui lança joyeusement Chase.

D'un claquement sec des rênes accompagné d'un ordre, il amena sa monture à s'agenouiller de nouveau afin de pouvoir descendre. Mitchell et lui déchargèrent leurs affaires du Land Rover pour les ranger dans les sacoches de selle des chameaux.

— Tenez, fit Mitchell en tendant un pistolet à Chase. Ça peut toujours être utile.

Chase le remercia d'un hochement de tête approbateur.

— Un Ruger P95, dit-il en vérifiant son arme avec des gestes rapides et expérimentés, avant de la charger. Pas mal. Je regrette quand même mon Wildey…

— Vous aviez un Wildey ?

— Oui, un Winchester Magnum calibre 45. Jusqu'à ce qu'un enfoiré s'en serve pour assassiner un ministre et me fasse porter le chapeau. Il est certainement encore sous scellés dans une armoire parmi d'autres pièces à conviction, quelque part au Botswana. C'est un très bon flingue. Vous avez déjà tiré avec ?

— Seigneur, non ! s'esclaffa Mitchell en secouant vigoureusement la tête. Il est encombrant, lourd, avec un chargeur de faible capacité, et un recul pas possible. Je préfère m'en tenir à des armes plus pratiques. Et puis, vous savez, poursuivit-il avec une lueur de provocation dans les yeux, je suis sûr qu'on peut tirer certaines conclusions d'ordre psychologique du fait qu'un homme ait besoin d'un pistolet dont le canon mesure vingt centimètres…

— Hum, je ne m'attends pas à ce qu'un gars de la marine s'y connaisse vraiment en armes à feu, répliqua Chase d'un air dédaigneux. Et le problème de recul n'en est pas un quand on n'a pas des bras de fillette…

— Ça suffit, les garçons, intervint Nina. Assez joué à la rivalité entre soldats.

— Ça va, ça va, maugréa Chase en se tournant vers Mitchell. Au moins, vous n'étiez pas dans l'armée de l'air !

Les deux hommes rirent de bon cœur.

— Nous devrions y aller, les appela Karima en désignant du menton le soleil couchant. Nous traverserons la frontière avant la tombée de la nuit, puis nous camperons.

Le matériel chargé sur les chameaux, Karima dit au revoir à Attayak, puis s'installa sur sa monture. Nina dévisagea avec appréhension la bête baveuse qui lui avait été attribuée. Bien qu'il s'agisse du plus petit des quatre chameaux, sa tête se trouvait à hauteur de la sienne alors qu'il était agenouillé.

— Vous savez, je pourrais aussi bien courir à côté de vous trois.

— Ne vous inquiétez pas, Nina, la rassura Mitchell. Les chameaux sont vraiment des montures très dociles. D'ici un quart d'heure, vous serez parfaitement à l'aise.

— Et combien de fois vais-je tomber durant ces quinze minutes ?

— Vous ne tomberez pas, aucun risque. Allez, laissez-moi vous aider à vous mettre en selle.

Il lui tendit la main, mais Chase s'interposa vivement.

— C'est bon, je m'occupe d'elle. Là, lève la jambe. (Il ricana du double sens, tandis que Nina faisait entendre un claquement de langue désapprobateur. Elle se mit tant bien que mal en selle en se cramponnant nerveusement alors que l'animal s'agitait sous elle.) Tu es parée ?

— Si je réponds non, j'ai le droit de descendre ?

La selle était plus confortable que ce à quoi Nina s'attendait, mais sa largeur lui écartait inconfortablement les jambes. Chase lui tendit les rênes, qu'elle saisit d'une main pour continuer à s'agripper fermement de l'autre au bourrelet à l'avant de la selle.

— Et maintenant, qu'est-ce que je fais ? Aaah ! s'écria-t-elle alors que Chase aboyait un ordre en giflant la croupe du chameau, qui se releva dans un mouvement qui fit tanguer Nina d'avant en arrière. Eh, je glisse !

— Serrez davantage les jambes, lui conseilla Mitchell.

— Je ne peux pas, je suis obligée de les écarter tellement que j'ai l'impression que je vais être écartelée… Et ne pense même pas à faire la moindre insinuation graveleuse ! lança-t-elle à Chase.

— Moi ? se récria-t-il, une main plaquée sur la poitrine d'un air faussement outragé, avant de rejoindre son chameau. Elle dit ça chaque nuit, ajouta-t-il dans un aparté alors qu'il grimpait en selle.

— Eddie, je vais vraiment te tuer !

— Il faudra d'abord que tu me rattrapes ! Heya !

Il fouetta les rênes et son chameau partit au trot. La monture de Nina lui emboîta le pas en la faisant rebondir sur sa selle à chaque enjambée.

— Eddie-ie-ie-ie-ie !

Les dernières lueurs du couchant disparurent à l'horizon, tandis qu'apparaissait au firmament l'éclat adamantin des premières étoiles. Les quatre chameaux étaient de nouveau agenouillés en ligne près du petit feu de camp, face à une paire de tentes pliantes, et grognèrent de contentement quand Karima vint les nourrir.

Assis près du feu à côté de Nina, Mitchell coula un regard vers la Jordanienne.

— Dites-moi, Eddie, combien de femmes avez-vous en réserve sur les cinq continents, prêtes à vous aider dès que vous le demandez ? D'abord Mitzi, et maintenant Karima…

Assis de l'autre côté de Nina, Chase haussa les épaules.

— Quelques-unes.

— Un peu plus que ça, objecta Nina. (Elle commença à les énumérer en comptant sur ses doigts.) Voyons voir : il y a Shala, Maria, TD, Mitzi, Karima… et ce sont seulement celles que j'ai eu l'occasion de rencontrer !

Chase haussa de nouveau les épaules en souriant d'un air suffisant.

— Qu'est-ce que vous voulez que je vous dise ? Les femmes ne peuvent pas me résister. (Il passa un bras autour des épaules de Nina et l'attira contre lui.) Et ça, c'est avant qu'elles aient goûté aux forces spéciales du Chase, si vous voyez ce que je veux dire.

— Tout le monde voit toujours ce que tu veux dire, Eddie, le reprit Nina en le repoussant.

— Peuh !

— Hmm, la subtilité et l'armée font rarement bon ménage, quel que soit le pays. Rien de personnel, précisa Mitchell avec un sourire tandis que Chase le fusillait du regard. (Il se tourna vers Nina.) Et vous, alors ? Vous aussi, vous avez des dizaines de beaux gosses aux quatre coins du monde qui n'attendent que votre appel ?

Elle secoua la tête.

— Malheureusement, non.

— Tant mieux, murmura Mitchell avec un nouveau sourire. Mais, apparemment, vous n'êtes pas jalouse des amies d'Eddie.

— Non, je m'y suis faite. Je sais qu'Eddie a un passé, même s'il ne me raconte jamais rien, ajouta-t-elle sur un ton de reproche. (Eddie grommela.) Mais, après tout ce que nous avons traversé ensemble, je sais que je peux lui faire confiance.

— Oui, d'après ce que j'ai entendu dire, vous avez vécu de sacrées aventures : vous avez découvert l'Atlantide et le tombeau d'Hercule, vous avez sauvé New York…

— Je sais ! Parfois, je m'étonne encore que nous soyons toujours en vie. Mais c'est grâce à tout ça que nous nous sommes rencontrés.

— Ah, acquiesça Mitchell d'un air entendu.

Chase lui jeta un regard suspicieux.

— « Ah » ? « Ah » quoi ?

— Juste que, eh bien, comme vous êtes très différents, cela m'intriguait de vous voir en couple. Mais j'imagine qu'affronter le danger ensemble, ça rapproche forcément, non ?

— On peut dire ça, répondit Nina. Même si je m'attendais davantage à rencontrer quelqu'un d'une manière plus conventionnelle, en allant voir un film des Monty Python, par exemple. Vous disiez que vous aviez rencontré votre femme à l'université ?

— Mon ex-femme, la corrigea Mitchell en levant sa main gauche, qui ne portait pas d'alliance.

— Oh, je suis désolée.

— C'est la vie. (Ses yeux se perdirent dans le crépitement des flammes.) Nos chemins ont fini par diverger, comme ça arrive parfois. Et nous n'avions pas tant de choses en commun que ça. Des parcours très différents, un peu comme Eddie et vous. Alors, bon… (Il haussa les épaules.) Nous avons fait ensemble le constat que ça ne marchait pas, et nous nous sommes quittés sans ressentiment.

— Je suis quand même désolée, dit Nina. (Elle se tourna vers Chase, pour s'apercevoir qu'il était en train de la regarder.) Quoi ?

— Rien, répondit-il après une seconde de silence.

— Les choses ont fini par s'arranger pour nous, reprit Mitchell, qui fit mine de ne pas avoir remarqué l'échange entre Chase et Nina. Elle a terminé son droit, et j'ai passé mon doctorat.

— Ah, vous avez un doctorat ? demanda Nina, à la fois surprise et impressionnée. Dans quel domaine ?

— En physique des particules. Une façon de mettre à profit mon expérience à bord d'un sous-marin nucléaire. Et c'est ce qui m'a finalement amené à rejoindre le programme de recherche de la DARPA sur l'énergie tellurique.

Nina doutait encore profondément de ce concept d'énergie tellurique, mais elle décida de ne pas revenir là-dessus.

— En tout cas, *docteur* Mitchell, dit-elle en insistant sur le « docteur », je dois avouer que vous êtes bien plus charmant que l'idée que je me faisais d'un physicien.

Le visage de Mitchell s'illumina d'un sourire radieux de star de cinéma.

— Charmant ? Vous m'en voyez ravi. Et je dois dire, *professeur* Wilde, que vous faites partie du top trois de mes archéologues préférés.

— Qui sont les deux autres ?

— Indiana Jones et Lara Croft, bien sûr !

— Et vous me classez devant Lara ou derrière ?

Il sourit de nouveau.

— Devant, sans la moindre hésitation.

— Hem ! (Chase se racla la gorge si fort qu'il attira même l'attention des chameaux.) Bon, Jack, si vous alliez chercher la carte ? Je voudrais vérifier le trajet pour demain.

Mitchell se leva en lançant un regard amusé à Nina, puis pénétra dans une des tentes. Dès qu'il fut hors de portée de voix, Chase donna un petit coup de coude à Nina.

— Eh !

— Mais quoi ? demanda-t-elle.

— Arrête ça !

— Arrêter quoi ?

— De flirter avec lui, bon sang !

Comme elle ne pouvait pas vraiment nier, Nina lui adressa un grand sourire.

— C'est quoi, le problème, Eddie ? Tu es jaloux ?

Chase ne souriait pas, lui.

— De ce gars-là ? Ne sois pas ridicule. C'est juste que je n'aime pas te voir minauder avec un beau gosse dans son genre.

— Oh, tu trouves qu'il est beau, toi aussi ? Je ne manquerai pas de le lui dire.

— Sûrement pas !

Mitchell revint avec la carte.

— Nous sommes à peu près par là, expliqua-t-il en indiquant un point sur la frontière sud de la Syrie. Et Kafashta est… là.

Chase examina attentivement la carte.

— D'accord, à un peu moins de trente kilomètres au nord. Si nous nous mettons en route à l'aube, il nous faudra environ trois heures. (Il resta encore un moment penché sur la carte, puis se redressa.) Dans ce cas, nous ferions bien de manger un morceau et de piquer un petit somme. (Il se tourna vers Nina en la regardant d'un air suggestif.) On verra si tu peux faire des trucs nouveaux, maintenant que le chameau t'a fait travailler ta souplesse.

Nina ne réagit pas à sa provocation.

— Tu n'oublies pas quelque chose ?

— Quoi donc ?

— Il n'y a que deux tentes.

— Deux tentes, quatre personnes, deux par tente. Ça me semble parfait. (Les autres le dévisagèrent en silence, en attendant qu'il comprenne.) Mais quoi, à la fin ?

— Deux hommes, deux femmes, et un seul couple, lui rappela Nina. Je vais partager la tente de Karima.

— Attends, tu veux dire que je vais devoir dormir avec *lui* ? s'écria Chase en montrant Mitchell du doigt.

— Vous m'en voyez ravi, moi aussi, soupira Mitchell.

— Ouais, ça nous promet une nuit très gaie. (Chase se figea.) Euh, c'était ironique, hein, n'allez surtout pas vous faire des idées !

10

Syrie

Si rien dans le paysage désertique n'indiquait qu'ils avaient quitté la Jordanie pour la Syrie, il en émanait pourtant quelque chose de plus hostile, de plus menaçant. Craignant l'apparition d'une patrouille, Nina scrutait les alentours au rythme du pas chaloupé de sa monture, tandis que leur petit groupe poursuivait sa progression en direction du nord.

Mais personne ne surgit au sommet des dunes rocailleuses de cette région inhospitalière, dont la ville la plus proche se trouvait à plusieurs dizaines de kilomètres. Les chameaux poursuivirent leur route à travers les sables durant une heure, puis deux, sans que rien vienne rompre la monotonie du paysage, jusqu'à ce que…

— Nous y voilà, annonça Mitchell en pointant le doigt vers de modestes constructions rectangulaires qui s'élevaient au loin dans la brume de chaleur. Kafashta.

— Ça m'a l'air tout petit, observa Nina.

Sans la présence d'une mosquée, aisément identifiable par son minaret qui dominait les autres bâtiments, l'endroit aurait pu ressembler à un décor de Western, où il n'aurait plus manqué qu'un pistolero anonyme vêtu d'un poncho.

— Bon, quel est le plan ? demanda Chase.

Le hameau ne comportait que quelques rues qui convergeaient vers une place autour de laquelle se serraient des maisons délabrées. La mosquée était de loin l'édifice le plus grand et le mieux entretenu, mais elle aussi menait un combat désespéré contre le temps et les éléments, ainsi qu'en témoignait l'échafaudage branlant qui entourait le sommet du minaret, en cours de rénovation.

— Je vais parler à l'imam, proposa Karima. Il vous faudra sa permission pour pénétrer dans la mosquée. Mais nous avons encore deux heures avant le prochain appel à la prière : j'espère qu'il nous donnera son accord.

Ils mirent pied à terre et entravèrent leurs chameaux, puis descendirent une petite rue pour rejoindre la mosquée, où Karima entra seule. Nina regarda autour d'elle. Le village était si calme qu'il paraissait abandonné. Si on enlevait les poteaux des lignes téléphoniques, songea-t-elle, Kafashta ne présenterait guère un aspect différent de celui qu'il devait avoir au temps des croisades.

Des éclats de voix en provenance de la mosquée la sortirent brusquement de sa rêverie.

— Attention, prévint Chase en ouvrant son blouson de cuir pour accéder plus aisément à son arme. Il y a un problème.

Karima réapparut, l'air furieuse, suivie par un jeune homme dont les velléités de barbe se réduisaient à quelques poils au menton. Il lui hurlait dessus en arabe avec d'amples gesticulations qui soulevaient les pans de sa djellaba. Sa colère redoubla quand il aperçut les trois Occidentaux.

— On a un léger souci, les informa Karima. L'imam refuse que des représentants du « Grand Satan » – je le cite – pénètrent dans sa mosquée.

— C'est lui, l'imam ? s'étonna Nina.

Le jeune homme, qui poursuivait sa diatribe, avait à peine une vingtaine d'années.

— Non, ce n'est pas lui, l'imam, répondit une autre voix.

Un homme qui devait avoir dans les soixante ans, mais au visage si ridé par le soleil du désert qu'il en paraissait dix de plus, s'avança vers eux depuis la cour intérieure de la mosquée. Il tira une longue bouffée sur le mégot de sa cigarette et le jeta dans la rue. Le jeune homme lui adressa un regard de dégoût.

— Il aimerait bien l'être, mais ce n'est pas lui. Pas encore. Je suis l'imam de ce *magnifique* lieu de culte, annonça le vieil homme avec une pointe de sarcasme. Je m'appelle Mahmoud al-Sabban et ce garçon (il le désigna d'un geste dédaigneux) est Rami Hanif, arrivé récemment de Damas avec l'intention de prendre ma place en me poussant prématurément dans la tombe à force de m'assommer avec sa piété fanatique !

— Votre anglais est excellent, monsieur, le félicita poliment Nina.

Al-Sabban afficha un sourire en coin.

— Je vous remercie. J'ai appris seul, avec des cassettes Berlitz. Cela fait plus de trente ans que je suis ici, et je connais par cœur chaque verset du Coran ; j'avais besoin de trouver de nouvelles occupations pour passer le temps. (Il examina ses visiteurs d'un œil amusé.) Donc, vous êtes du Grand Satan ?

— Pas moi, protesta Chase. Je suis du Petit Satan.

Al-Sabban le dévisagea.

— Vous n'avez pas l'air d'un Israélien.

— Non. Je suis britannique.

— C'est Israël, le Petit Satan, mon ami, le reprit al-Sabban en s'esclaffant. La Grande-Bretagne n'est au mieux qu'un diablotin. (Sans faire cas de l'expression outrée de Chase, il les invita à franchir le seuil.) Mais tout cela n'a pas d'importance. Entrez, entrez.

Hanif se mit à crier sur l'imam, mais al-Sabban le congédia avec mépris. Les lèvres tremblantes, le jeune homme tourna les talons et traversa la cour pour disparaître dans les entrailles de la mosquée.

— Ah, les jeunes ! cracha al-Sabban. Aucun respect. Et il n'a pas bien lu le Coran, qui nous enseigne d'accueillir tous les étrangers comme des amis. Même s'ils viennent du Grand Satan. (Il ricana.) Alors, qu'est-ce qui vous amène à ma mosquée ?

L'imam disposait d'un cabinet de travail à l'arrière de la mosquée. La pièce au plafond bas, meublée d'un bureau sur lequel reposait un Coran ouvert, empestait le café et la nicotine, et ses petites fenêtres étaient jaunies par la fumée. Habituée aux lieux publics non-fumeurs de New York, Nina se mit à tousser quand al-Sabban alluma sa troisième cigarette d'affilée.

— Je croyais que le Coran proscrivait le tabac, hasarda-t-elle avec espoir.

— C'est une question controversée parmi les érudits, répondit al-Sabban avant de tirer une longue bouffée et de souffler un rond de fumée. Et, étant moi-même un lettré, je dis que… c'est licite. (Il se renfonça dans son fauteuil élimé.) Oui, je connais l'objet dont vous me parlez, et je veux bien vous le montrer. En échange d'une…

Il tendit la main pour refermer le Coran posé sur son bureau, comme pour préserver le texte sacré de la suite :

— …disons, « donation ».

— Nous sommes bien sûr disposés à vous dédommager, opina Mitchell. Vous n'avez rien contre des dollars ?

— J'aurais préféré des euros, vu la récente dévaluation du dollar ; tous les réfugiés venus d'Irak arrivent avec des poignées de dollars ! Mais ça fera l'affaire. Tant que la somme est acceptable.

Mitchell hocha la tête.

— En fait, plus que de voir cet objet, monsieur, nous aurions souhaité l'acquérir.

— Dans ce cas, la somme devra être colossale. (Il éteignit soigneusement sa cigarette à peine entamée et la déposa sur le rebord du cendrier pour la finir plus tard.) Suivez-moi, dit-il en se levant.

Al-Sabban les conduisit dans la grande salle de prière de la mosquée.

— Certaines parties de la mosquée ont plus de huit cents ans, leur expliqua-t-il. Et, malheureusement, cela se voit. (Il tendit le doigt vers la base du minaret, qui s'élevait au coin de la salle. Des briques empilées attendaient au pied d'une échelle, à côté d'une palette en bois suspendue à une corde.) Il y a au moins un avantage à la présence de Rami : je peux l'envoyer grimper l'échelle pour les appels à la prière !

— C'est impressionnant, dit doucement Nina.

Même si, dans l'ensemble, la mosquée se révélait en piteux état, les décorations du plafond de la salle de prière étaient pour l'essentiel intactes, et n'auraient eu besoin que d'un bon nettoyage pour retrouver leur splendeur d'antan.

— Vous trouvez ? s'étonna al-Sabban en lui jetant un regard incrédule. Si j'en avais les moyens, je raserais cet endroit pour reconstruire quelque chose qui ne tombe pas en ruine !

Il les invita à s'avancer et les guida jusqu'au mur sud de la salle de prière. Une niche richement décorée s'ouvrait dans le mur : il s'agissait du *mihrab*, qui indiquait la direction de La Mecque, vers laquelle les fidèles se tournaient pour prier. Juste à côté, une volée de marches en bois grimpait à une tribune : c'était depuis cette chaire, qu'on appelait le *minbar*, que l'imam adressait son sermon à l'assemblée des fidèles.

Les flancs de l'escalier du *minbar* étaient habillés de panneaux de bois sculptés, mais al-Sabban s'accroupit pour toucher un ornement peint du panneau, qui bougea avec un cliquetis. L'imam ouvrit une petite porte dérobée et s'écarta pour que les autres puissent voir.

— C'est en bas que sont entreposées les reliques, dit-il en tapant sur la dalle révélée par la porte. (Il se redressa en lissant sa barbe d'un air pensif.) Il nous faut des outils pour la soulever. Je vais en chercher, ainsi que de la lumière. Attendez-moi ici. Oh, monsieur Mitchell, ce serait aussi l'occasion de vous occuper de votre donation ?

— Eh bien, ça n'aura pas été très compliqué, remarqua Chase une fois l'imam parti.

— Et, au moins, on sait que les Russes ne nous ont pas pris de vitesse, se félicita Nina. Quelle somme pensez-vous qu'il va vous réclamer ?

— Je devrais avoir de quoi le payer, à moins qu'il ne se montre vraiment trop gourmand, la rassura Mitchell.

Karima affichait un visage maussade.

— Je n'arrive pas à croire qu'un imam accepte aussi ouvertement un pot-de-vin. Pas étonnant qu'on veuille le remplacer, vu son comportement. (Elle plissa ses yeux noirs.) Allah sera son juge.

Mitchell haussa les épaules et se détourna pour partir retrouver leurs chameaux.

— L'important, c'est qu'il soit prêt à nous aider, lança-t-il en s'éloignant.

Il revint quelques minutes plus tard avec une sacoche. Al-Sabban réapparut peu après, les bras chargés d'une barre à mine rouillée, d'une lanterne et d'une lampe de poche.

— Là, montra l'imam en pointant le doigt sur un côté de la dalle où apparaissait une petite anfractuosité. L'un de vous pourrait-il la soulever ?

Tout le monde se tourna instinctivement vers Chase.

— Ah, d'accord : le sale boulot, c'est pour moi ? maugréa-t-il en s'emparant de l'outil. Eddie, la bête de somme…

— Je pensais plutôt à « Eddie, le Monsieur Muscle », le consola Nina en lui tapotant le bras.

Chase enfonça l'extrémité de la barre à mine dans la cavité et appuya pour faire levier. La dalle se haussa de quelques centimètres avec un crissement sec, et Mitchell put glisser les mains dans l'ouverture pour soulever la pierre. Rapidement, les deux hommes dégagèrent la dalle sur le côté.

Al-Sabban pointa sa lampe de poche dans le trou, révélant une cave basse qui s'étendait sous le pavement.

— C'est là que je garde les rares trésors de la mosquée, expliqua-t-il. Il ne s'agit pas de choses vraiment précieuses, mais, après trente ans passés en ce lieu, j'ai appris qu'il y avait toujours des malfaisants prêts à les voler. Professeur Wilde, venez avec moi. Les autres, attendez ici.

La réticence de Chase à laisser Nina s'engouffrer dans ce trou sans lui se lisait clairement sur son visage, mais il ne protesta pas quand al-Sabban, puis Nina, descendirent chacun leur tour dans la cave.

— Fais attention à toi, lui lança-t-il avant qu'elle disparaisse dans le trou.

— Promis. À tout de suite.

Nina alluma la lanterne et baissa la tête pour s'introduire dans le passage souterrain.

La cave était plus étendue que ce à quoi elle s'était attendue. Un couloir central ouvrait sur plusieurs petites salles de part et d'autre. Le plafond ne s'élevait qu'à un mètre cinquante, et les entrées voûtées des différentes pièces latérales étaient encore plus basses. Plié en deux, al-Sabban avança devant elle dans le petit nuage de poussière que soulevait chacun de ses pas, en balayant l'espace du faisceau de sa lampe de poche.

— Par ici, suivez-moi.

Elle le suivit dans une petite salle au bout de la cave, encombrée de boîtes en carton abîmées et de vieilles planches de bois entassées en désordre contre un mur. Al-Sabban déplaça prudemment les planches, pour révéler une caisse métallique dissimulée derrière elles. D'après les inscriptions au pochoir qu'on distinguait encore sur son flanc, il devait s'agir à l'origine d'une caisse de munitions. L'imam souffla sur la poignée pour la débarrasser de quelques toiles d'araignée, puis il ouvrit la caisse.

— Voici la lame avec laquelle Muhammad Yawar a tué le chef des infidèles, annonça-t-il en plongeant la main à l'intérieur.

Il sortit précautionneusement un long morceau d'acier de la caisse, qui ne contenait apparemment rien d'autre. Les différents trésors de la mosquée devaient être cachés ailleurs dans la cave.

Nina rapprocha la lanterne. Il s'agissait à l'évidence du fragment d'une lame d'épée ; il mesurait près de quatre-vingt-dix centimètres de long et était brisé à chaque extrémité, au niveau de la pointe et de la poignée. Bien que crasseux, le métal semblait en bon état.

La lame ne présentait pas une surface unie : elle était gravée de motifs sur toute sa longueur, exactement comme celle du vitrail du tombeau de Pierre. Ces ornements contenaient-ils réellement des indications conduisant à Excalibur, ainsi que Rust le croyait ?

— Puis-je la voir ? demanda Nina.

Al-Sabban hocha la tête. Nina posa la lanterne par terre et prit le fragment d'épée des mains de l'imam. Elle le tourna pour examiner les gravures à la lueur de la lanterne, et aperçut une fine inscription en latin : ARTURUS REX.

— Le roi Arthur…, murmura-t-elle.

En d'autres circonstances, cela l'aurait immédiatement convaincue que l'épée était un faux : il était hautement improbable qu'Arthur ait fait graver son nom sur son épée. Mais, dans le cas présent, c'était justement un faux qu'elle cherchait, fabriqué par les moines de Glastonbury pour persuader le roi Richard qu'ils lui avaient donné Excalibur. La noblesse du XIIe siècle, bien plus riche et portée à l'ostentation que celle du VIe siècle, s'attendait sûrement à ce que les insignes du pouvoir de ses ancêtres soient aussi prétentieux que les siens.

— Relooke mon épée…

— Comment ? dit al-Sabban.

— Rien, pardon, je pensais à haute voix.

Son regard s'attarda sur les autres gravures. Il s'agissait pour l'essentiel de motifs purement décoratifs, faits de spirales et de boucles entrelacées, mais elle repéra également un symbole récurrent : un petit labyrinthe contenu dans un cercle. À la différence d'un dédale, il n'y avait qu'un seul chemin pour aller de l'extérieur au centre et, tout le long de ce chemin, des points marquaient certains emplacements précis. Le nombre et la position de ces points variaient sur chaque version de ce labyrinthe, sans que Nina puisse y trouver d'emblée une quelconque signification.

Nina retourna la lame et découvrit que des gravures similaires y apparaissaient également. Pour elle, le symbole du labyrinthe était principalement associé à la mythologie grecque, au mythe de Thésée et du Minotaure, mais il existait aussi dans d'autres cultures, et le dessin particulier de celui de la lame éveillait quelque chose dans sa mémoire. Elle l'avait déjà vu au cours de ses recherches accélérées sur la légende arthurienne, mais où ?

Des cris la sortirent brutalement de sa rêverie et elle sursauta en regardant autour d'elle.

— Rami ! s'exclama al-Sabban avec contrariété. (Les vociférations provenaient de la salle de prière de la mosquée.) Attendez ici, je vais m'occuper de lui.

Chase et Mitchell faisaient face à Hanif, plus enragé que jamais, qui leur hurlait dessus en arabe. Karima essaya de lui parler, mais elle eut à peine le temps de prononcer quelques mots qu'elle subit à son tour le flot d'invectives du jeune homme.

— Cette fois, je crois qu'on l'a vraiment énervé, marmonna Chase.

La tête d'al-Sabban surgit du trou, telle une marmotte.

— Rami ! appela-t-il d'une voix ferme.

Les deux hommes se lancèrent dans un dialogue véhément. Le vieil imam parvint finalement à imposer le silence à son jeune collègue et s'extirpa péniblement de la cave.

— Il est furieux de votre présence à tous les deux dans la salle de prière, expliqua al-Sabban à Chase et à Mitchell, et aussi parce qu'elle est avec vous. (Il montra un rideau à l'autre bout de la salle, que l'on pouvait tirer pour la diviser en deux parties distinctes.) Les hommes et les femmes sont séparés durant la prière. Il pense que vous insultez l'islam.

Hanif recommença à crier et al-Sabban l'écouta avant d'acquiescer d'un air irrité.

— Je crois que je n'arriverai à le calmer que si vous voulez bien sortir et attendre dans la cour.

— Et Nina ? s'enquit Chase.

— Elle est occupée à examiner l'épée, répondit l'imam. (Il secoua la tête, puis s'avança vers la porte.) Venez, attendons dehors. Monsieur Mitchell, ce serait peut-être le bon moment pour parler de votre donation, ajouta-t-il avec un coup d'œil à la sacoche.

Hanif suivit le groupe et s'immobilisa sur le seuil de la salle de prière, aussi vigilant qu'un chien de garde, tandis qu'al-Sabban menait Chase, Mitchell et Karima auprès du petit bassin dans la cour de la mosquée. Chase cligna des yeux dans la lumière vive du soleil ; la fraîcheur qui régnait à l'intérieur de la mosquée rendait très pénible le retour à la chaleur du désert. Dominant un instant le doux gazouillement de la fontaine, il entendit le moteur d'une voiture qui passait dans la rue – le premier signe de vie qui leur parvenait du village.

— Donc, vous espériez une donation de quel montant, monsieur al-Sabban ? demanda Mitchell.

Al-Sabban fit mine de réfléchir gravement à la question.

— Je pensais à quelque chose dans les… 10 000 dollars ?

— Marché conclu, répondit Mitchell en lui tendant la main.

Déstabilisé, al-Sabban marqua un temps d'hésitation avant d'accepter la poignée de main. Mitchell ouvrit sa sacoche et sortit plusieurs liasses de billets qu'il déposa sur la margelle de la fontaine devant l'imam. Karima observa la scène d'un air désapprobateur, tandis que Chase s'autorisait un petit sourire narquois. Al-Sabban s'était manifestement attendu à devoir marchander et il avait proposé 10 000 dollars en pensant qu'il n'obtiendrait jamais une pareille somme, alors que Mitchell n'aurait pas hésité à payer beaucoup plus cher.

Karima n'était pas la seule à désapprouver la transaction. Hanif s'avança hâtivement vers eux tandis qu'al-Sabban comptait l'argent. Chase ne possédait que quelques rudiments d'arabe, mais il n'avait pas besoin d'un traducteur pour comprendre que Hanif exigeait qu'on lui explique la situation.

La réponse d'al-Sabban laissa le jeune imam bouche bée. Il pointa un doigt furieux vers les liasses de billets, puis vers Mitchell.

— Non ! Toi reprendre argent !

— Bon, au moins, ce n'est plus contre nous qu'il s'énerve, observa Karima tandis que Hanif poursuivait ses récriminations en arabe.

Al-Sabban se contenta de sourire.

— Les jeunes, ils ne comprennent rien. Moi, ça fait plus de trente ans que je croupis dans ce trou perdu ! (Il ouvrit les bras pour embrasser du geste l'ensemble du village décrépit.) Que des paysans et des nigauds, peuh ! Je vais enfin pouvoir quitter ce trou pour prendre une retraite confortable !

— En vendant une relique sacrée, lui reprocha Karima.

— Une relique sacrée ? pouffa al-Sabban. Elle est enfermée dans une caisse depuis des années, et personne n'en a plus rien à faire aujourd'hui. Ce n'est qu'un morceau de ferraille ! À qui va-t-il manquer ?

— À lui, peut-être, dit Chase en regardant Hanif retourner vers la salle de prière avec de grands gestes outragés.

— Quand à son tour il aura passé trente ans ici, il comprendra !

L'imam continua à parler et remercia Mitchell, mais Chase avait soudain cessé de l'écouter.

Un moteur grondait à l'extérieur de la mosquée ; ce n'était pas celui de la voiture qu'il avait entendue précédemment, plutôt celui d'un camion.

Suivi d'une deuxième voiture…

Chase sortit son pistolet.

— Je crois qu'on a un problème, dit-il en courant vers le portail de la mosquée.

Après l'absence totale d'activité qu'ils avaient constatée à leur arrivée à Kafashta, trois véhicules d'affilée représentaient pour l'endroit un vrai défilé.

— Que faites-vous ? protesta al-Sabban. C'est un lieu de culte, vous ne pouvez apporter d'arme ici !

Chase l'ignora et entrebâilla l'une des portes en bois pour jeter un coup d'œil dans la rue.

— Et merde.

Une Jeep se gara de l'autre côté de la rue poussiéreuse, une Jeep à la couleur vert mat de l'armée syrienne, avec trois soldats à son bord.

— On va avoir de la compa…

La compagnie était déjà là.

L'autre battant s'ouvrit avec fracas, repoussant Chase. Pris au dépourvu, il tituba en arrière sur quelques pas avant de retrouver son équilibre. Il leva son arme…

Trop tard.

Les soldats syriens se déversèrent dans la cour de la mosquée en braquant leurs fusils sur eux.

11

Intriguée de ne pas voir revenir al-Sabbah, Nina retourna à l'entrée de la cave avec l'épée. Elle grimpa hors du trou, surprise de constater que personne ne l'attendait. Hanif se trouvait au niveau des portes de la salle de prière et lui tournait le dos, occupé à observer la cour.

Elle remarqua quelque chose d'étrange dans sa posture : il semblait tétanisé…

Il y a un problème.

Hanif se retourna vers elle ; la colère avait déserté son visage, pour laisser place à la peur. Nina entendit des bruits en provenance de l'extérieur : le claquement de bottes sur les pavés, le cliquetis d'hommes lourdement équipés.

Les Syriens. Par quelque coup du sort, ils avaient découvert leur présence ici.

Hanif avait le profil du parfait suspect ; mais, quand il courut vers elle, quelque chose dans ses yeux la convainquit aussitôt de son innocence. Il était aussi effrayé qu'elle par l'apparition des soldats.

— Vite, vite ! la pressa-t-il dans un anglais à l'accent si prononcé qu'il en était à peine compréhensible. Vous, cacher, vite !

— Que se passe-t-il ?

— Mahmoud ! Mauvais homme ! Lui a…

Il agita les mains, frustré de ne pas trouver ses mots, avant de faire le geste de tenir un téléphone à son oreille.

— Téléphone ?

— Oui, oui ! Il téléphone l'armée. Vendre vous !

— Il nous a dénoncés aux militaires ? (Hanif hocha vivement la tête.) Le fils de pute !

— Vous cacher ! Moi arrêter eux !

Il retourna vers la porte en courant, sa djellaba flottant autour de lui.

— Merde ! jura Nina.

Le jeune imam avait certes désapprouvé leur présence dans la mosquée, mais il désapprouvait encore plus le fait qu'al-Sabban les ait trahis pour de l'argent dans l'enceinte même de ce lieu saint. Nina supposait que le plan d'al-Sabban avait été de prendre l'argent de Mitchell en échange de l'épée, puis de raconter aux soldats que ces étrangers l'avaient volée, ce qui lui aurait permis de garder et la relique et l'argent une fois qu'ils auraient été arrêtés.

Elle chercha un moyen de fuir. La cave, qui ne disposait d'aucun autre accès, n'avait rien à lui offrir. Elle pouvait à la rigueur s'y cacher, mais il ne faudrait pas longtemps aux soldats pour la découvrir. Rien de ce qu'elle avait vu en allant dans le bureau d'al-Sabban ne suggérait l'existence d'une sortie sur l'arrière de la mosquée.

Il ne restait plus que le minaret.

La mosquée était un bâtiment de plain-pied, mais la tour s'élevait au double de sa hauteur. Peut-être y avait-il un moyen d'accéder par là au toit de la mosquée…

Nina se précipita à l'échelle du minaret et leva les yeux. La lumière du jour apparaissait au sommet de la tour ronde. Le minaret avait dû comporter autrefois un escalier qui montait en spirale le long des murs, mais il n'en demeurait plus que des vestiges, sous la forme de tronçons de poutre fichés dans les parois. Plusieurs câbles électriques pendaient du haut de la tour, sans que Nina puisse deviner leur fonction.

Mais elle n'avait pas le temps de se perdre en conjectures. Elle entendit des cris en provenance de la cour, émis par des voix graves qui réduisirent au silence les protestations de Hanif.

Grimpe!

Nina se lança à l'assaut des barreaux de l'échelle. Derrière elle, les portes de la mosquée s'ouvrirent violemment. Elle regarda par-dessus son épaule. Les bras écartés, Hanif essayait en vain d'interdire aux trois soldats de pénétrer à l'intérieur de la salle de prière.

Les hommes l'aperçurent et l'un d'eux pointa son arme vers elle.

Hanif frappa le canon de son arme, l'empêchant de tirer. Le soldat, qui était un officier, leva le bras d'un geste furieux pour le gifler, mais retint son coup. Hanif avait beau être jeune, il n'en restait pas moins un imam.

Un des soldats, un garçon maigre au visage de fouine, à peine sorti de l'adolescence, se précipita jusqu'à l'échelle et lança à Nina un regard mauvais. Il avait passé son fusil en bandoulière et serrait dans sa main un long couteau à l'aspect effrayant.

Nina accéléra le rythme de son ascension, mais le fragment d'épée qu'elle tenait ne lui facilitait pas la tâche. L'échelle trembla quand le jeune soldat se mit à grimper à sa poursuite.

— Merde, merde, merde!

L'échelle aboutissait à une plate-forme en planches. Nina découvrit que les câbles électriques alimentaient un magnétophone à cassettes relié à un gros haut-parleur, utilisé pour diffuser l'*adhan,* l'appel à la prière. Elle chercha frénétiquement un moyen d'arrêter son poursuivant. Et si elle repoussait l'échelle?

Mauvaise idée: celle-ci était attachée à la plate-forme.

Nina courut jusqu'à la partie du mur en cours de rénovation ; elle vit Chase et les autres embarquer, sous la menace des armes, à l'arrière d'un camion garé derrière la mosquée. Il n'y avait aucun moyen de quitter le minaret par là ; l'échafaudage ne descendait qu'à quelques mètres sous le niveau de la plate-forme, juste de quoi permettre aux maçons de travailler sur l'extérieur du mur.

Et la corde passée dans la poulie ? Pourrait-elle s'en servir pour descendre en rappel à l'extérieur du minaret ?

Nina attrapa la corde qui pendait dans l'espace creux de la tour, retenue dans la poulie par un nœud, mais elle se rendit vite compte que son plan ne fonctionnerait pas. Avec ses cinquante-huit kilos, Nina n'était pas très lourde, mais la palette qui servait à acheminer les briques en haut du minaret devait peser à peine un quart de son poids. Ce n'était pas un contrepoids suffisant pour ralentir efficacement sa descente.

De toute façon, il était trop tard : le soldat apparut au sommet de l'échelle, son couteau à la main.

Nina recula, en tenant toujours la corde. Le soldat afficha un sourire impitoyable en constatant qu'elle était acculée, et se hissa sur la plate-forme, à côté du haut-parleur…

Nina pressa le bouton « Marche » du magnétophone.

L'*adhan* jaillit aussitôt, assourdissant presque Nina, mais il frappa le soldat, qui se trouvait juste devant le haut-parleur, avec la force d'un impact physique. Il plaqua les mains sur ses oreilles en poussant un cri inaudible et trébucha en se prenant les pieds dans la corde.

Nina tira de toutes ses forces, et la corde s'enroula autour de la cheville du soldat. Elle tira une nouvelle fois… et il bascula par-dessus le bord de la plate-forme.

La corde défila sur la poulie alors que l'homme plongeait vers le sol. Nina arrêta le magnétophone et se pencha au-dessus du vide, les oreilles encore bourdonnantes de l'*adhan*. Le soldat tombait en hurlant et en agitant les bras, tandis que la palette, accrochée à l'autre bout de la corde, montait vers la plate-forme à la même vitesse.

Nina se jeta en arrière pour éviter la palette, qui vint cogner dans la poulie en projetant des éclats de bois un peu partout. La corde se tendit brusquement avec un claquement sourd. La chute du soldat maigrichon s'arrêta juste avant qu'il s'écrase au sol, et il resta pendu dans les airs par une jambe, en se débattant et en vociférant à l'intention de ses deux camarades en bas dans la mosquée, qui se ruèrent pour lui porter secours.

Ils levèrent la tête vers le haut du minaret, leurs armes prêtes à faire feu…

Nina attrapa la palette et se jeta dans le vide par la brèche dans le mur du minaret.

Elle avait désormais son contrepoids.

Le soldat s'envola vers le sommet de la tour tandis que Nina tombait à l'extérieur de celle-ci. Elle essaya de poser les pieds contre le mur pour descendre en rappel, mais sa chute était trop rapide pour qu'elle parvienne à la contrôler, et elle se mit à tournoyer sur elle-même. Le fragment d'épée coincé sous son bras glissa. Avec un hurlement de panique, elle plongea vers le sol et vit le camion militaire se précipiter à sa rencontre…

Un soldat sortit la tête à l'arrière du camion bâché pour voir d'où venait tout ce bruit. Nina le percuta, les pieds en avant, le renvoyant à l'intérieur. Il heurta violemment un autre soldat et tous deux s'affalèrent sur le plancher, devant leurs prisonniers.

Nina atterrit lourdement sur le sol et lâcha la corde, qui repartit instantanément en sens inverse vers le haut du minaret, et le malheureux soldat accroché à l'autre bout replongea vers le bas de la tour pour s'écraser sur ses deux camarades. Le souffle coupé, Nina releva la tête pour voir Chase, Mitchell et Karima qui la regardaient, bouche bée, depuis l'arrière du camion.

— Quand je pense que je croyais que Mitzi savait faire une entrée ! s'exclama Mitchell.

Chase s'empara du fusil d'assaut AK-47 d'un des gardes assommés.

— On se tire de là !

Il sauta du véhicule, scruta rapidement les alentours en quête d'autres soldats, puis aida Nina à se relever et l'embrassa sur la joue.

— Merci !

— De rien, dit-elle avec un sourire, bien qu'encore secouée.

Mitchell saisit l'AK-47 du second soldat et Karima lui prit son pistolet avant de rejoindre Chase et Nina à l'extérieur du camion.

— Ils sont combien ? demanda Nina.

À couvert derrière le coin du camion, Chase jeta un coup d'œil pour s'assurer que la voie était libre, tandis que Mitchell faisait de même de l'autre côté.

— Une dizaine. Deux Jeeps et ce camion.

Cinq étaient hors de combat… Il en restait donc cinq, lourdement armés.

— Où est l'épée ? s'inquiéta soudain Mitchell.

Nina regarda autour d'elle.

— Merde, je l'ai laissée tomber… Non, elle est là ! dit-elle en montrant le fragment de métal fiché dans le sol sablonneux.

Nina et Mitchell se précipitèrent pour le récupérer.

— Il est temps d'y aller, lança Mitchell. Venez !

Nina entendit de nouveaux cris en provenance de la cour de la mosquée.

— Vous vous rappelez que nous sommes à trente kilomètres de la frontière ?

— Justement, on ferait bien de se magner ! la pressa Chase. Karima retourne aux chameaux. Nina, va avec elle.

— Tu n'espères quand même pas les semer ? protesta Nina. On a des chameaux, et eux des Jeeps !

Chase lui sourit.

— Plus pour longtemps.

Il attendit le départ des deux femmes et logea une balle dans un pneu du camion. Puis il fit signe à Mitchell de le suivre et longea le flanc de la mosquée pour revenir vers la rue principale.

La détonation attirerait les soldats, ce qui était exactement le but recherché, puisque cela les éloignerait de Nina et de Karima. Mitchell et lui descendirent l'allée au pas de course, leurs AK-47 levés.

Un soldat syrien franchit le coin du bâtiment en courant et s'arrêta dans un dérapage presque comique qui souleva un nuage de poussière, avant de tirer un seul coup par réflexe et de battre en retraite face à Chase et à Mitchell, qui ouvrirent le feu. Leurs tirs frappèrent l'angle de la mosquée en arrachant des débris de maçonnerie.

Quand ils avaient été emmenés au camion, Chase avait pris soin de repérer l'endroit où s'étaient garées les deux Jeeps. Les soldats devaient à présent avoir pris position de l'autre côté de la rue pour couvrir l'entrée de l'allée, et s'être agglutinés au coin de la mosquée, prêts à surgir en force pour mitrailler tout ce qui se présenterait devant eux.

Mais Chase ne leur laissa pas l'initiative. Il se précipita vers le bout de la ruelle et avança jusqu'à ce que la première Jeep apparaisse dans son champ de vision, de l'autre côté de la rue. Trois Syriens s'étaient mis à couvert derrière elle et se préparaient à agir ; surpris de voir Chase surgir devant eux, ils eurent un instant d'hésitation... qui lui suffit pour mettre son plan à exécution.

Passant son fusil en mode automatique, il envoya une rafale non pas sur les soldats, mais sur leur Jeep. Les Syriens plongèrent à couvert alors que le pare-brise arrière éclatait et que les projectiles transperçaient la carrosserie pour atteindre le réservoir.

Un jet de flammes gicla sur la route de terre, avertissant les soldats qu'ils devaient fuir à toutes jambes. Chase s'était déjà replié derrière la mosquée quand les vapeurs d'essence à l'intérieur du réservoir s'embrasèrent.

La Jeep explosa avec la violence d'une petite bombe. Les soldats en débandade furent projetés à terre par l'onde de choc et le véhicule en feu, soulevé par la déflagration, effectua un tonneau dans la rue en l'arrosant de gouttelettes d'essence enflammée. Les deux soldats à couvert au coin de la mosquée s'écartèrent précipitamment alors que la Jeep venait s'écraser contre le mur, puis rebondissait pour retomber sur le toit, au milieu de la chaussée.

Un des soldats étalés sur le sol à l'entrée de l'allée releva la tête, vit Chase plaqué contre le mur, pointa son arme vers lui… et reçut la crosse du fusil de Mitchell en pleine tempe. Chase abandonna son AK-47 au chargeur vide et récupéra celui du Syrien inconscient.

— Merci.

Mitchell jeta un coup d'œil prudent au coin du bâtiment.

— Vous les avez tous eus ?

— On va vite le savoir, répondit Chase.

Il y avait deux hommes à ses pieds, dont un qui était déjà assommé ; il envoya l'autre le rejoindre d'un coup de pied sur la nuque. L'homme se réveillerait avec un sacré mal de crâne, mais au moins aurait-il la chance de se réveiller. Chase ne portait pas particulièrement les militaires syriens dans son cœur, mais il n'avait aucun grief personnel envers ces conscrits, dont la plupart sortaient à peine de l'adolescence.

Des trois hommes près de la Jeep, l'un avait été projeté contre un mur par l'explosion et ne donnait pas l'impression d'être capable de se relever avant un bon moment. Un autre se roulait sur le sol en hurlant de panique, la manche de sa veste en feu. Le troisième se redressa en titubant, les mains crispées sur son AK-47, mais lâcha aussitôt son arme en voyant Chase et Mitchell avancer, leurs fusils braqués sur lui. Chase lui montra une ruelle entre deux maisons, et le désert qui s'étirait au-delà. Le soldat déglutit, puis, les mains en l'air, partit en courant vers les dunes.

— Vous auriez pu vous contenter de le descendre, fit remarquer Mitchell.

— Nous ne sommes pas en guerre contre eux. Hé, votre bras !

La manche gauche de Mitchell était déchirée et une tache rouge sombre s'étendait lentement sur le tissu. Le tir réflexe du premier Syrien l'avait touché au biceps.

— Merde, marmonna l'Américain en regardant son bras avec surprise. Je ne l'ai même pas senti !

Chase examina rapidement la blessure, qui n'était qu'une éraflure : un simple bandage y remédierait. Mitchell avait eu de la chance.

— Ça va, vous survivrez. Bon, on bouge.

Il tira quelques balles pour crever le pneu arrière de la deuxième Jeep, puis observa la scène. Il y avait du mouvement à la porte de la mosquée ; al-Sabban jetait un coup d'œil effrayé dans la rue. Chase le fusilla du regard, et l'imam déversa fébrilement les liasses de dollars devant la porte avant de la refermer.

Satisfait de constater que personne ne pouvait plus les empêcher de rejoindre Nina et Karima, Chase s'avança pour récupérer l'argent, mais Mitchell l'arrêta.

— Laissez. On a ce qu'on était venus chercher.

— Vous flanquez dix briques par la fenêtre sans même une hésitation ? s'étonna Chase en lui emboîtant le pas alors que Mitchell partait en trottinant vers la sortie du village.

— C'est Oncle Sam qui paie.

— Vous voulez dire que c'est Nina et moi qui payons : ça vient de nos impôts !

Mitchell émit un gloussement amusé et ils continuèrent à courir jusqu'à l'endroit où ils avaient laissé les chameaux. Karima et Nina étaient déjà en selle, et le fragment d'épée dépassait d'une des fontes de Nina. Les deux autres chameaux se tenaient debout eux aussi, troublés par le bruit de la fusillade.

Les deux hommes grimpèrent sur leurs montures.

— On va devoir filer à fond de train ! cria Chase à Nina. Accroche-toi bien !

Mitchell tourna son chameau en direction du sud.

— Allez, en avant ! lança-t-il en faisant claquer les rênes.

Son chameau grogna et partit au galop, suivi par celui de Karima.

— Je n'ai aucune envie de faire ça…, marmonna Nina entre ses dents serrées.

Mais elle imita Mitchell et fit claquer ses rênes tout en s'agrippant de son mieux à la selle. Le chameau se cabra et manqua de la désarçonner, avant de partir au galop.

— Aïe… ouïe… fils de… ouïe… aïe !

Chase se mit à son tour en mouvement, en restant derrière Nina au cas où elle aurait un problème. Mais elle tenait bien en selle malgré ses protestations saccadées. Chase regarda par-dessus son épaule vers le village qui s'éloignait. Plusieurs soldats étaient en train de se relever, et il vit l'officier sortir de la mosquée en boitillant pour s'immobiliser d'un air effaré devant le spectacle de la Jeep en flammes, avant d'apercevoir ses prisonniers qui prenaient la fuite.

— Allez, magnez-vous le train ! hurla Chase aux autres alors que des tirs d'AK-47 résonnaient entre les maisons.

Les balles frappèrent le sol en soulevant de petits geysers de sable non loin d'eux, mais ils se trouvaient déjà hors de portée effective des AK-47. Le fusil d'assaut russe était davantage apprécié pour sa robustesse que pour sa précision.

Ils continuèrent leur course au rythme du galop des chameaux qui, en dépit de leur aspect dégingandé, pouvaient progresser dans le sable mou à une allure impressionnante.

Nina parvint à reprendre un peu le contrôle de sa monture lancée à toute vitesse et se rapprocha de Mitchell.

— Mon Dieu, mais vous êtes blessé ! s'écria-t-elle en voyant son bras ensanglanté.

— Ce n'est qu'une égratignure, nuança-t-il avec un sourire, une blessure superficielle.

Nina éclata de rire.

— Oh, putain, grommela Chase derrière eux. Pas encore les Monty Python !

Ils continuèrent au même rythme jusqu'au moment où il devint clair qu'aucun poursuivant n'était lancé à leurs trousses. Tout en gardant un œil attentif à l'éventuelle apparition d'hélicoptères syriens, ils ralentirent pour adopter un trot rapide et filèrent en direction de la frontière.

Chase se porta à hauteur de Mitchell.

— Je dois admettre, reconnut-il un peu à contrecœur, que vous vous en êtes bien sorti, là-bas. Pour un marin, je veux dire.

Mitchell lui adressa un petit sourire.

— Je n'ai pas passé toute ma carrière militaire assis dans un cylindre d'acier, vous savez.

— Ah ? Qu'avez-vous fait d'autre ? demanda Nina.

Le sourire de Mitchell s'élargit.

— Je ne peux pas en parler. C'est top secret.

Nina leva les yeux au ciel.

— Super, encore un gars plein de secrets. Vous ne valez pas mieux qu'Eddie !

Une heure et demie plus tard, ils franchirent la frontière et Mitchell consulta son GPS pour leur confirmer qu'ils avaient retrouvé la sécurité du territoire jordanien. Ils avaient réussi.

Et ils étaient en possession du premier fragment de Caliburn. Le premier indice pour localiser Excalibur.

12

Autriche

Le contraste n'aurait pu être plus saisissant : de la désolation aride et suffocante du désert syrien à l'air pur et frais des Alpes tyroliennes. La vue depuis les baies vitrées du bar du village de Rasbrücke était spectaculaire et embrassait toute la vallée jusqu'aux cimes altières des montagnes au sud. Le pied des versants se couvrait de forêts d'un vert si éclatant, rehaussé par la blancheur immaculée des pistes de la petite station de ski, que le paysage ressemblait à un décor de cinéma. Le froid vif de l'altitude offrait même un répit bienvenu après la chaleur accablante de la Syrie.

Après avoir rendu les chameaux à Attayak, Karima avait ramené Nina, Chase et Mitchell à Amman et à leur jet privé. Vingt-quatre heures plus tard, ils se retrouvaient ainsi en Autriche, à attendre de savoir si Mitzi Fontana avait découvert quelque chose susceptible de les aider à localiser le deuxième fragment de l'épée.

— La voilà, annonça Chase alors qu'un Porsche Cayenne rouge vif s'arrêtait devant le café.

Emmitouflée dans un épais blouson de ski de la même couleur que son SUV, Mitzi descendit de son véhicule et adressa un grand signe de la main à Chase avant d'entrer dans l'établissement, une sacoche en bandoulière.

— Salut ! lança-t-elle d'une voix enjouée à Nina et à Mitchell avant de s'asseoir à côté de Chase et de l'embrasser sur la joue. Alors, c'était comment, la Syrie ?

Chase haussa les épaules.

— Plutôt rasoir.

— Ah bon ? dit-elle, l'air déçu. Vous avez trouvé ce que vous cherchiez ?

— Oui, répondit Mitchell d'un ton sec qui exprimait clairement son souhait de changer de sujet. Et vous, Mitzi ? Vous avez quelque chose pour nous ?

Elle ouvrit sa sacoche en souriant et posa sur la table plusieurs grandes feuilles de papier.

— Mais oui ! Ça m'a pris un peu de temps, mais j'ai réussi à convaincre une personne du service des archives de m'aider.

— Un homme, j'imagine ? insinua Chase d'une voix détachée tandis que son regard s'attardait à une dizaine de centimètres sous le visage de Mitzi, là où la fermeture Éclair de son blouson, à moitié ouverte, révélait le généreux décolleté de son pull-over.

— Oui, effectivement. Comment le sais-tu ?

— Simple supposition.

— Alors, qu'avez-vous trouvé ? demanda Nina tout en poussant Chase du coude.

Mitzi déplia les feuilles, qui étaient des photocopies de vieux plans d'architecte, assortis de légendes en écriture gothique aux lettres épaisses.

— Il s'agit des plans du château Staumberg conservés aux archives locales. J'espérais pouvoir en trouver de plus anciens, mais c'étaient les seuls en leur possession. Ils ont été établis en 1946, quand le château fut rendu à la famille Staumberg après la guerre.

— C'est parfait, la félicita Nina.

D'après les plans, le château présentait une forme de T, dont le pied se prolongeait d'une cour entourée d'une enceinte.

Trois étages, et ce qui ressemblait à deux niveaux souterrains de caves…

— Bon, que cherche-t-on exactement ? s'enquit Chase.

— J'ai découvert quelque chose qui devrait vous intéresser, annonça Mitzi avec enthousiasme. Il se raconte que, quand les Allemands ont rapatrié les trésors pillés un peu partout en Europe méridionale, certains de ces chargements seraient arrivés au château Staumberg. Le commandant aurait caché une partie de ces trésors, mais personne n'a jamais rien trouvé depuis la fin de la guerre, et le propriétaire actuel du château refuse de laisser quiconque fouiller les lieux.

— Il veut sans doute rester le seul à chercher, murmura Mitchell.

— Ou, simplement, il ne veut pas qu'une bande de chasseurs de trésors vienne lui mettre la pagaille, suggéra Chase. (Il prit l'accent allemand.) « Fous foulez creuser partout chez moi pour troufer l'or des natzis ? *Ja*, cheu vous en prie, pas de problèmeu ! » Vous l'imaginez répondre ça ?

— Mitzi, avez-vous pu entrer en contact avec le propriétaire ? demanda Nina.

— Oui, je lui ai parlé, mais brièvement. J'ai surtout eu affaire à son majordome.

— Sans rire, il a un majordome ? s'esclaffa Chase. Je parie qu'il porte aussi un monocle.

— Il s'appelle Roland Staumberg, et c'est un des propriétaires de cette station de ski. Le château est la demeure familiale des Staumberg depuis des générations. Il m'a semblé très sympathique ; c'est juste qu'il tient à sa tranquillité.

Nina continuait à examiner les différents plans.

— Avez-vous découvert quelque chose à son sujet ?

— Pas grand-chose, non. Il est apprécié par les gens du coin, mais l'employé du service des archives m'a confié que c'était un homme très discret. En revanche, il semble que ce soit un sportif. Il skie, bien sûr, mais il fait aussi de la motoneige, de la plongée sous-marine, de la voile…

— Il fait de la plongée ? l'interrompit Nina.

— Oui. Pourquoi ? Ça pourrait aider ?

— Peut-être. Avec un peu de chance, il acceptera au moins de nous recevoir. Mais cela ne nous mènera à rien si nous ne pouvons pas lui prouver que nous savons précisément ce que nous cherchons.

Nina se replongea dans l'étude des plans, et tourna la feuille qu'elle tenait afin de l'aligner parallèlement à l'axe principal du château. La disposition des pièces semblait exactement la même à chaque étage…

— Un instant, dit Chase en remarquant l'air pensif de Nina. Elle tient quelque chose.

Nina repoussa les tasses pour faire de la place sur la table et disposa les différents plans en les alignant suivant la même orientation.

— Observez la symétrie des étages du château. S'il existe vraiment une chambre secrète, elle n'apparaîtra pas sur ces plans, puisqu'ils ont été réalisés après guerre. Nous devons chercher un détail qui rompe cette symétrie.

Nina se pencha sur les plans, tandis que les autres la rejoignaient de son côté de la table pour examiner avec elle les feuilles rangées côte à côte.

— Ça, c'est pas pareil, releva Chase au bout d'un moment en montrant une porte qui n'apparaissait que sur un côté du deuxième étage du château.

— Et il y a un escalier en colimaçon qui manque ici, ajouta Mitchell en tapotant du doigt sur un autre plan.

— Mais il ne s'agit pas d'une pièce supplémentaire, seulement de modifications, objecta Nina. Nous devons chercher une différence dans la configuration générale des lieux…

— Quelque chose dans ce genre ? demanda Mitzi. Au deuxième niveau des caves, il y a deux longues salles de chaque côté de ce passage.

— Sans doute des caves à vin, dit Nina en scrutant le plan.

— Oui, mais regardez ! (Se servant de son téléphone portable en guise de règle, Mitzi le posa à la perpendiculaire de la salle de gauche.) Celle de droite est plus courte que celle de gauche.

Elle a raison, constata Nina. La différence était minime, pas plus de quelques dizaines de centimètres à en croire l'échelle du plan… mais elle était bien là.

— Mais oui, c'est vrai !

Chase adressa à Mitzi un regard admiratif.

— Sacré bon sang, ma belle, je crois que tu as trouvé ! Bien joué !

— Merci ! sourit fièrement Mitzi.

— Ta mère avait tort : on a bien fait de te demander ton aide. Viens là. (Il se pencha pour la serrer dans ses bras et Mitzi lui rendit son étreinte avec enthousiasme.) Bon, et maintenant ?

— Maintenant ? dit Nina, les yeux toujours rivés sur la légère asymétrie des plans. Maintenant, il est temps d'aller parler à ce Roland Staumberg.

— Professeur Wilde. (Roland Staumberg s'inclina devant Nina avant de lui serrer la main.) C'est un honneur, et un grand plaisir, de rencontrer celle qui a découvert l'Atlantide !

Après avoir laissé Mitzi au village – malgré ses protestations –, Nina, Chase et Mitchell avaient pris leur voiture pour remonter la vallée jusqu'au château Staumberg. Comme Nina l'avait espéré, sa récente célébrité avait convaincu le propriétaire des lieux de les recevoir. Bien qu'un peu surpris d'apprendre qu'elle se trouvait déjà à Rasbrücke, Roland Staumberg avait néanmoins accepté de la rencontrer.

Le château était un édifice imposant à la beauté austère, juché sur un éperon à flanc de montagne d'où il dominait les pistes de ski et les forêts. On y accédait par une route en lacet qui, malgré le passage des chasse-neige, restait encore bien enneigée. Au volant du Chevrolet Suburban fourni par le gouvernement des États-Unis, Mitchell s'était félicité de disposer d'un véhicule à quatre roues motrices.

Lorsque les portes extérieures du château s'ouvrirent devant eux, ils pénétrèrent dans la cour et se garèrent à côté de deux motoneiges. Un homme grand et sec, vêtu de noir, vint les accueillir et se présenta à eux sous le nom de Kurt, le majordome de Roland Staumberg. Ce dernier les attendait à l'entrée du château. Il avait la quarantaine, une belle carrure, les cheveux blonds, et un air d'intellectuel raffiné. Chase jubila intérieurement en constatant qu'il portait effectivement un monocle.

— Très heureuse moi aussi de vous rencontrer, Herr Staumberg, répondit Nina.

Elle lui présenta Chase et Mitchell, puis observa le vaste vestibule où ils venaient d'entrer. Comme les plans l'avaient laissé entendre, il offrait une disposition symétrique, avec une volée de marches grimpant de part et d'autre jusqu'à un balcon bordé de fenêtres à vitraux qui occupait toute la largeur du hall et faisait retour le long des murs latéraux. Des lustres pendaient du haut plafond, et de grandes et lourdes tapisseries ornaient les murs, espacées par des armures sur pied figées dans des postures rigides. L'ensemble du vestibule était lambrissé de panneaux en bois sombre, au vernis si épais et si chaud qu'ils semblaient avoir été trempés dans de l'ambre liquide.

— C'est… c'est vraiment très impressionnant.

— Je vous remercie, dit Staumberg, mais je vous laisse imaginer mes factures de chauffage ! (Tout le monde rit poliment à cette plaisanterie destinée à briser la glace.)

Suivez-moi, je vous prie. Nous serons mieux à l'étage, il y fait meilleur.

Il les précéda dans un des escaliers, puis sur la galerie où étaient exposées d'autres armures polies. Au bout de celle-ci se trouvait un escalier en fer forgé de forme circulaire, qui n'était autre qu'un des éléments asymétriques qu'ils avaient repérés sur les plans. Le majordome ouvrit une porte non loin et les invita à entrer dans la pièce.

Il s'agissait d'un bureau. Un feu de bois crépitait dans la cheminée en pierre, et une grande fenêtre offrait une vue dégagée sur la vallée et le village, même si la disposition des fauteuils en cuir indiquait clairement que Staumberg passait plus de temps à regarder l'écran plasma de la télévision – qui détonnait dans le décor – que le magnifique panorama.

— C'est pour suivre le football, expliqua-t-il en remarquant le coup d'œil furtif de Nina vers l'écran de télévision, avant de les inviter à s'asseoir. Puis-je vous proposer quelque chose à boire ? Un café, un thé ? Un schnaps ?

Il était un peu tôt pour un verre ; aussi Nina opta-t-elle pour un café, imitée par Mitchell et Chase. Kurt s'inclina et prit congé.

— Je vous remercie d'avoir accepté de nous recevoir, Herr Staumberg, dit Nina.

— Oh, mais j'en suis ravi ! J'ai lu un article sur vous il y a quelques jours à peine. (Il parcourut une petite pile de journaux et récupéra une revue consacrée à la plongée.) Ici, vous voyez ? (Il ouvrit le magazine et le portrait officiel de Nina pour l'AIP lui sourit à côté d'une photo pleine page d'un sous-marin de poche au-dessus d'un des sites de fouille de l'Atlantide.) J'aime l'exploration sous-marine d'épaves, mais ce que vous avez fait là est encore plus excitant ! Enfin, bref, que puis-je faire pour vous, professeur Wilde ? Même si j'adorerais vous entendre raconter votre découverte de l'Atlantide, j'imagine que ce n'est pas pour ça que vous avez fait tout ce chemin.

— Malheureusement, non. Mais nous sommes à la recherche d'un objet en lien avec une autre légende ancienne. (Elle coula un regard vers Mitchell.) Je ne sais pas exactement ce que je suis autorisée à vous dire…

— Laissez-moi deviner, soupira Staumberg en fronçant les sourcils. (Son monocle s'inclina dangereusement.) Vous êtes à la recherche d'Excalibur.

Nina écarquilla les yeux de surprise.

— Comment le savez-vous ?

— Il y a quelques mois, j'ai été importuné par un homme qui la cherchait, lui aussi. Il avait une théorie ridicule selon laquelle une partie de l'épée serait cachée ici, dans un trésor nazi. Mais j'ai passé ma vie entière entre ces murs, et il n'y a pas de trésor caché. Enfant, j'ai exploré chaque recoin de ce château ; je l'aurais forcément trouvé ! Mais cet homme, quel était son nom, déjà… Rust, je crois ?

— Bernd Rust.

— Vous le connaissez ?

— Je le connaissais, précisa Nina. Il a été assassiné.

Staumberg sembla choqué d'apprendre cette nouvelle.

— Assassiné, dites-vous ? Vous m'en voyez désolé. Je ne peux pas dire que j'appréciais cet homme, il m'agaçait par son insistance, mais je ne lui souhaitais pas de mal.

— Le problème, reprit Nina, est qu'il a été tué à cause de ses recherches sur Excalibur. Au début, je ne l'ai pas cru, mais depuis… Eh bien, nous pensons qu'il pourrait avoir raison, et c'est pour ça que l'AIP s'est lancée à la recherche des différents fragments de l'épée, afin de les retrouver avant les assassins de Rust.

L'Autrichien semblait de plus en plus mal à l'aise.

— Et vous pensez donc qu'un de ces fragments se trouve ici.

— Tout à fait.

— Ce qui voudrait dire que ces tueurs pourraient le croire aussi.

— Cela fait également partie des éventualités, reconnut Mitchell. C'est pourquoi nous souhaiterions que vous nous permettiez de procéder à des recherches.

— Mais où, exactement ? demanda Staumberg. Je ne vois pas d'endroit que je n'ai pas fouillé avec soin.

— Même les caves ? s'enquit Nina. (Elle déplia sur la table basse le plan du niveau inférieur.) Ici, vous voyez ? Le château est parfaitement symétrique, à l'exception de cette salle qui est légèrement plus courte que sa jumelle.

Staumberg s'empara du plan pour l'examiner avec attention, puis il blêmit.

— Oh. La cave à vin.

Kurt revint sur ces entrefaites avec un plateau chargé de tasses de café fumant. Il remarqua le trouble de Staumberg et lui posa une question en allemand, à laquelle il reçut une réponse nerveuse. Nina en saisit suffisamment pour comprendre qu'ils parlaient de la cave.

— Il y a un problème ?

— C'est que je… je préférerais ne pas avoir à vous montrer cette partie du château, répondit Staumberg.

— Vous avez pourtant affirmé qu'il n'y avait rien de caché ici, dit Chase.

— C'est vrai, pour autant que je sache, mais… (Il se frotta la nuque.) C'est que… je ne souhaite pas de visiteurs dans cette cave. Mais Kurt et moi pouvons toujours nous charger de voir si nous trouvons quelque chose, *ja* ?

— Ce serait une possibilité, bien sûr, temporisa Mitchell. Mais les gens qui ont tué Rust ont également volé ses recherches, celles-là mêmes qui l'ont conduit à vous, ajouta-t-il en le regardant droit dans les yeux. Dès qu'ils auront fini d'étudier ses notes, ils vous rendront certainement visite, eux aussi.

Et ils ne demanderont pas votre permission pour fouiller le château.

— Nous pouvons leur en interdire l'accès, hasarda Staumberg sans grande conviction.

— S'ils veulent entrer, croyez-moi, ils le feront, insista Chase. Ils ont déjà tué des gens qui cherchaient la même chose qu'eux, et ils ont également essayé de nous tuer.

— Si ce fragment d'épée est bien ici, nous devons vraiment empêcher qu'il ne tombe entre leurs mains, plaida Nina. Il est crucial que l'AIP le trouve en premier ; cela pourrait déboucher sur une découverte aussi importante que celle de l'Atlantide.

Staumberg contempla un long moment la vue depuis la fenêtre, puis ses épaules s'affaissèrent.

— Très bien, je vais vous laisser entrer dans ma cave. Mais, avant cela... je voudrais être sûr de pouvoir compter sur votre totale discrétion.

— Vous avez notre parole, lui assura Nina. Tout cela restera strictement confidentiel.

— Bon.

Sa réticence était toujours manifeste, mais Staumberg adressa quelques mots à Kurt, qui hocha la tête et ouvrit la porte en les invitant à le suivre.

Ils descendirent l'escalier en colimaçon, franchirent une double porte au fond du grand vestibule, empruntèrent un couloir, puis deux volées de marches qui les conduisirent au dernier niveau des caves.

— Par ici, annonça Staumberg en s'avançant sur la droite jusqu'à une lourde porte en chêne.

Il l'ouvrit largement, révélant la pièce qui se trouvait derrière. Il s'agissait effectivement d'une cave à vin, ainsi que Nina l'avait supposé, mais d'une taille impressionnante : des casiers en bois contenant des milliers de bouteilles s'alignaient de part et d'autre, le long des murs.

— Ce serait ça, son grand secret ? L'alcoolisme ? chuchota Chase à Nina.

Kurt les précéda à l'autre bout de la longue salle, suivi par Staumberg, qui tourna la tête pour s'adresser à Nina.

— Je vous demande le secret afin de préserver… eh bien, ma réputation, à la fois en tant que membre de la famille Staumberg et en tant qu'homme d'affaires. Seuls quelques-uns de mes amis les plus proches sont dans la confidence.

— Je vous l'ai dit, vous pouvez compter sur notre discrétion, lui répéta Nina, qui ne pouvait s'empêcher de se sentir intriguée par l'attitude de Staumberg.

— Très bien, très bien.

Ils parvinrent à la porte au bout de la cave à vin. L'espace d'un instant, Nina se demanda si cette porte donnait directement dans la salle cachée du plan. Mais le mur au fond de la cave était en bois, pas en pierre ; on n'avait pas non plus cherché à le dissimuler et, à l'évidence, il était récent.

Kurt sortit un trousseau de clefs de sa poche et les passa en revue pour trouver la bonne. Il déverrouilla la porte et l'ouvrit, ne révélant qu'un rectangle d'obscurité. Un étrange mélange d'odeurs s'exhala de la pièce mystérieuse. Cela sentait le bois, le cuir, la cire aussi, et le parfum âcre de la fumée de bougie…

Staumberg prit une longue inspiration tandis que Kurt franchissait le seuil.

— Bon… entrez.

Il s'écarta pour les laisser passer, et son majordome alluma la salle.

Nina entra la première, et s'immobilisa aussitôt en découvrant les lieux.

— Oh… euh, bredouilla-t-elle, incapable de trouver ses mots.

Chase, en revanche, réprima avec peine un éclat de rire.

— La vache !

Ils venaient de pénétrer dans un donjon.

Non pas une geôle médiévale, mais plutôt quelque chose de très moderne, avec des murs rouges, un sol au carrelage noir brillant, ainsi que de grands miroirs stratégiquement disposés afin que les occupants de la pièce puissent toujours voir leur reflet. Un banc en bois, matelassé de cuir rouge et équipé de plusieurs larges sangles, trônait au milieu de la salle. À côté de la porte, un long râtelier accueillait plusieurs dizaines de fouets et de tapettes, et sur une table, au fond, s'alignait ce que Nina prit d'abord pour de grosses chandelles noires avant de se rendre compte qu'il s'agissait de godemichés d'une taille tout à fait intimidante.

Chase ne put se retenir plus longtemps.

— Oh, bonté divine ! gloussa-t-il. Vous avez votre donjon SM personnel ? Pas étonnant que vous préfériez éviter que ça se sache…

Le visage de Staumberg rougit sous le coup de la gêne et de la colère mêlées.

— Vous m'avez donné votre parole que vous ne raconteriez ça à personne !

— Et vous pouvez compter sur moi, rassurez-vous. Je suis très doué pour garder les secrets. Mais, bon sang, on peut dire que vous êtes confortablement installé !

— Ce n'est pas vraiment le qualificatif que j'aurais employé, déclara Nina avec un sourire figé.

— Oh, quoi, tout le monde a besoin d'un hobby. Pour certains gars, c'est le foot ; pour d'autres, les trains électriques ; et pour d'autres… Bref, il en faut pour tous les goûts. (Chase jeta un coup d'œil vers Kurt, qui se tenait en silence près de la porte.) Dites-moi, Kurt : ici, c'est vous le maître ?

— Eddie ! s'écria Nina.

Mais le visage impassible du majordome s'éclaira d'un léger sourire, qui laissait clairement entendre qu'il était une pièce du château où les rôles s'inversaient.

— Tout cela relève de votre… vie privée, s'impatienta Mitchell. Pourrait-on en revenir à notre affaire ? (Il passa devant le banc et s'avança vers le fond de la salle.) S'il existe réellement une chambre secrète, elle devrait se trouver derrière ce mur.

Évitant de croiser le regard amusé de Chase, Staumberg rejoignit Mitchell et posa la main sur le mur rouge.

— Il s'agit d'un mur de pierre banal, pour autant que je sache. Je n'ai jamais remarqué de détail particulier.

— Nous allons devoir le percer.

— Avec votre permission, bien sûr, s'empressa d'ajouter Nina.

Staumberg réfléchit, puis hocha la tête en grommelant.

— *Ja*, entendu. Mais vous devrez le réparer.

— Vous enverrez la facture à l'AIP, proposa Chase en se rapprochant du mur avec Nina. (Il tapa du doigt sur la paroi.) Ça semble bien solide.

— Auriez-vous des outils ? demanda Mitchell. Une masse, ou une pioche ?

— Oui. Kurt va vous chercher ça.

— À moins qu'on ne le défonce avec ça ? suggéra Chase en montrant le godemiché le plus impressionnant. Un seul coup de ce machin doit pouvoir abattre n'importe quoi. Bon sang, il fait au moins sept ou huit centimètres de diamètre. (Il sourit à Nina d'un air narquois.) Presque aussi gros que le mien, hein ?

— Dans le sens de la largeur ou de la longueur ? répondit-elle impassiblement.

— Oh, ça va, grogna Chase, pris à son propre jeu, alors que Mitchell s'esclaffait et que Staumberg lui-même se permettait un sourire fugace. Voyons un peu ce qu'il y a de l'autre côté de ce mur.

Kurt leur rapporta une masse au long manche en caoutchouc ainsi qu'une pioche. Chase se mit à l'œuvre et abattit la masse contre le mur. Staumberg grimaça, mais il suffit d'un seul coup pour leur apprendre que Mitzi avait vu juste : les pierres s'enfoncèrent, confirmant la présence d'un espace vide derrière. Un autre coup, et l'un des moellons se détacha pour basculer dans l'obscurité par-delà le mur.

Chase attendit que la poussière retombe, puis il éclaira le trou avec sa lampe torche.

— Ce n'est pas très profond : je peux voir le mur du fond, à même pas un mètre de distance. (Il changea de position, pour diriger le faisceau lumineux vers le bas.) Et il y a quelque chose ! On dirait des caisses recouvertes d'une bâche. (Il se recula.) Jack, donnez-moi un coup de main.

Mitchell coinça la pioche dans le trou et tira vers lui pour faire tomber une pierre, puis une autre, jusqu'à dégager un espace suffisant pour que Chase puisse y passer le torse. La lampe torche dans une main, il souleva délicatement un coin de la bâche poussiéreuse, pour révéler des caisses en bois. La croix gammée apposée sur celles-ci lui confirma immédiatement la véracité des légendes locales.

— Je crois que nous avons ici… l'or des nazis, annonça-t-il en s'extirpant du trou dans le mur.

Staumberg affichait un visage nauséeux, et Nina en comprit la raison. Des lois internationales régissaient la découverte de vestiges nazis, notamment quand il s'agissait d'objets pillés dans les pays occupés.

— Nous allons devoir en avertir le gouvernement autrichien. Je suis navrée.

— Je sais, je sais, opina Staumberg en se massant le front. Mais pourriez-vous être assez aimable pour nous laisser le temps de déménager notre, euh, équipement ailleurs, avant de prévenir les autorités ?

— Nous vous devons bien ça en remerciement de votre aide.

Staumberg sourit de soulagement. Chase et Mitchell entreprirent d'agrandir le trou en enlevant d'autres pierres du mur. Il y avait six caisses en tout. Chase ôta la bâche et découvrit un registre relié de cuir posé sur l'une des caisses. Un bref coup d'œil à l'intérieur montra qu'il s'agissait d'une liste d'objets, rédigée en allemand.

— Vous pouvez nous dire ce que c'est ?

Staumberg feuilleta le registre.

— C'est la liste de tout ce qui est entreposé dans les caisses !

— Ah, l'efficacité allemande…, plaisanta Chase.

Staumberg continua à examiner le registre, l'air de plus en plus interloqué.

— Il s'agit véritablement d'un trésor : il y a de l'or, de l'argent, des bijoux, des objets religieux…

— Et l'épée ? demanda Mitchell. Est-ce qu'il est fait mention d'une épée ?

L'Autrichien poursuivit sa lecture.

— Oui, ici ! « Poignée d'épée à décor d'or et d'argent, incrustée de pierres précieuses, à la lame brisée. Provenance : Koroneou. Possible vestige historique de grande valeur. » Il y a aussi une estimation de sa valeur en marks… et il est même précisé dans quelle caisse elle se trouve. (Il regarda dans le trou tandis que Chase dirigeait le faisceau de sa lampe sur les numéros peints sur les caisses.) C'est celle-là !

Mitchell et Chase s'empressèrent de sortir la caisse de la cache et la déposèrent sur le sol avant d'utiliser la pioche en guise de barre à mine afin de faire sauter le couvercle. Plusieurs objets enveloppés dans du papier ciré étaient entreposés à l'intérieur.

— C'est forcément ça, dit Chase en s'emparant du paquet le plus volumineux, qu'il commença aussitôt à déballer.

— Ouah, souffla Nina.

Il s'agissait bien de la garde d'une épée, rehaussée de pierres précieuses enchâssées dans l'acier et entourées d'entrelacs d'or et d'argent. Mais ce n'cst pas la richesse des ornements qui retint l'attention de Nina : la lame, brisée à une dizaine de centimètres au-dessus de la garde, était gravée d'un symbole.

Un labyrinthe. Un labyrinthe similaire à ceux qui décoraient le fragment qu'ils avaient retrouvé en Syrie.

Elle prit l'épée brisée des mains de Chase, et la leva dans la lumière.

— Je crois que ça correspond, annonça-t-elle.

— Génial, se réjouit Mitchell. À présent, nous n'avons plus qu'à…

La porte de la pièce s'ouvrit violemment.

Un homme élancé aux joues creuses, aux cheveux noirs coupés en brosse, apparut dans l'embrasure, son pistolet braqué sur eux. Tout le monde se figea. L'homme s'avança, un instant dérouté par son environnement, avant de se reconcentrer sur son objectif. Il tendit le doigt vers Nina.

— Toi, lui lança-t-il d'une voix à l'accent russe prononcé, donne l'épée.

Mitchell se plaça devant elle, les mains levées.

— Tout le monde reste calme, ordonna-t-il. (Il progressa encore d'un pas, dépassant Chase. Le Russe l'observa suspicieusement.) Nous avons déjà la lame de l'épée et, sans elle, ton patron ne pourra jamais trouver Excalibur.

Il ajouta quelque chose en russe, auquel l'homme répondit. Nina n'avait aucune idée de ce qu'il disait, mais son ton était insistant. Mitchell se recula en soupirant.

— Nina, donnez-lui l'épée.

— Quoi ? Vous allez la lui filer sans rien faire ? protesta Chase.

— C'est ça, ou se faire descendre. Nina, allez-y.

Nina hésita, puis fit un pas en avant. Le Russe hocha la tête, l'encourageant à continuer. Elle fit un autre pas.

— Vous voulez l'épée ? lui dit-elle. La voilà !

Elle lui lança la poignée d'épée au visage.

L'homme leva instinctivement les deux mains pour l'attraper et le métal ancien vint tinter contre son pistolet. Il ne lui fallut qu'un instant pour se reprendre et pointer de nouveau son arme vers eux, une expression de colère sur le visage…

Bam!

Le Russe fit un tour complet sur lui-même et tituba, avant de s'effondrer face contre terre sur le carrelage noir. Chase le regarda avec satisfaction… puis poussa un « beurk ! » épouvanté et lâcha sa matraque improvisée – qui n'était autre que le plus gros godemiché de la série – alors qu'il prenait conscience de l'objet qu'il tenait dans sa main, et de l'usage qu'on avait dû en faire précédemment.

Il ramassa le pistolet de l'homme assommé.

— Bordel ! J'ai fait un tas de trucs bizarres dans ma vie, mais je n'avais encore jamais brisé la mâchoire d'un type avec une bite en caoutchouc !

— Il faut qu'on sorte de là et qu'on prévienne la police, dit Mitchell en prenant son téléphone. Merde. Pas de réseau.

— Nous sommes dans une cave, lui rappela Nina en récupérant la poignée d'épée. (Elle se tourna vers Staumberg et Kurt.) C'est nous qu'ils cherchent, et l'épée. Ils ne s'intéressent pas à vous. Il y a un endroit ici où vous pourriez vous cacher ?

Staumberg hocha la tête.

— Allez-y, alors, et attendez l'arrivée de la police, leur intima Chase.

Il examina le pistolet, un Steyr M9 – quinze balles de 9 millimètres, chargeur plein –, et avança jusqu'à la porte. Il n'y avait personne dans la cave à vin, et aucun bruit.

— Nina, Jack, on bouge.

Ils traversèrent la cave au pas de course.

— Mais comment nous ont-ils retrouvés ? demanda Nina. Ils n'ont pas pu analyser si vite les notes de recherche de Bernd !

— Il faut croire que la tâche n'était pas aussi compliquée que Rust le pensait, suggéra Mitchell. De toute façon, il est trop tard pour s'en inquiéter.

Chase s'immobilisa à la porte pour vérifier que personne ne les attendait. Pas un mouvement, pas un bruit.

Il passa en premier, et ils se dirigèrent vers l'escalier. Ils l'avaient monté à moitié quand ils entendirent une porte claquer.

— Attendez ici, murmura Chase.

Il se glissa furtivement jusqu'au palier pour observer le couloir principal du premier niveau des caves. Il était désert, mais Chase perçut du remue-ménage à une extrémité du couloir. Il passa prudemment la tête au coin du mur et vit une porte entrebâillée par laquelle se déversait de la lumière, et d'où provenait le bruit de quelqu'un en train de fouiller des placards. Apparemment, les notes de Rust ne contenaient aucune précision quant au possible emplacement du trésor caché des nazis.

— OK, amenez-vous.

Nina et Mitchell le rejoignirent en silence, tandis que Chase gardait son arme pointée sur la porte ouverte. Il continua à les couvrir tandis qu'ils passaient devant lui et s'engageaient dans la volée de marches suivante.

— C'est quoi, le plan ? lui demanda Nina dès qu'il les rattrapa.

— On récupère la bagnole et on se tire d'ici. Dès qu'on sera sortis, on prévient les flics. Il faut juste qu'on ne se laisse pas acculer avant d'avoir pu les appeler.

— D'accord, mais pour ça il va falloir réussir à atteindre le 4 x 4, remarqua Mitchell alors qu'ils arrivaient en haut de l'escalier.

Chase s'assura que la voie était libre, puis ils coururent jusqu'à la double porte donnant dans le hall d'entrée.

Il poussa un battant et jeta un coup d'œil. Il n'aperçut personne, mais il ne jouissait que d'une vue limitée sur le balcon, et la porte d'entrée du château à l'autre bout du hall était grande ouverte. Peut-être y avait-il du monde dehors, dans la cour.

Mitchell regarda par-dessus l'épaule de Chase.

— La voie est libre ?

— Il va falloir qu'on essaie pour le savoir. (Chase bondit sur le seuil, balayant l'espace du canon de son arme.) Venez !

Ils traversèrent en courant le hall vers la sortie. Quelqu'un se mit à crier en russe.

— Et merde ! aboya Chase en pivotant sur lui-même, l'arme levée.

Un homme se tenait sur le balcon à sa gauche, équipé d'un redoutable pistolet mitrailleur Skorpion, une arme tchèque. Chase effectua quatre tirs rapides, qui vinrent frapper le bois de la balustrade, forçant le Russe à plonger au sol pour se mettre à couvert. Il cria de nouveau, mais cette fois pour appeler à l'aide.

— Planquez-vous ! prévint Chase.

Mais Mitchell avait déjà réagi et plaqué Nina contre le mur entre une tapisserie et une armure sur pied, sous le balcon où se trouvait l'homme, dos à l'escalier en colimaçon.

Chase recula rapidement du côté opposé du hall, prêt à faire feu. Dès que son adversaire relèverait la tête, il allait en perdre un bon morceau…

De nouveaux cris retentirent, depuis l'autre bout du hall cette fois, et trois individus franchirent les portes de l'entrée en courant. Tous étaient armés.

— Putain de merde ! jura Chase en se jetant derrière un des gros piliers en chêne qui supportaient le balcon, qui fut aussitôt criblé par une rafale de pistolet mitrailleur.

13

— Merde ! Qu'est-ce qu'on fait ? s'écria Nina en regardant vers Chase, de l'autre côté du hall.

Il était pour l'instant à l'abri derrière le pilier, mais il ne faudrait que quelques secondes aux hommes arrivés par la porte pour contourner le pilier afin de l'avoir dans leur ligne de mire, ou pour le forcer à bouger dans celle du tireur sur le balcon.

— On ne peut rien faire ! répondit Mitchell en l'entraînant vers la spirale métallique de l'escalier. Venez !

Chase aperçut leur déplacement. Une fois sur l'escalier, ils se retrouveraient dans le champ de vision des Russes à l'autre bout du hall et leur offriraient des cibles faciles…

Il se pencha au coin du pilier et tira trois balles au jugé, pour faire diversion. Comme il l'espérait, les Russes se dispersèrent pour se mettre à couvert.

Le staccato aigu du Skorpion résonna sur le balcon et une autre rafale frappa le pilier. Chase se protégea le visage des éclats de bois qui volèrent autour de lui. Il devait se trouver un meilleur abri.

Nina grimpa les marches à toute vitesse, avec Mitchell sur ses talons. Elle regarda en bas dans le hall alors que Chase ripostait par deux tirs.

— Mon Dieu ! C'est elle !

Une des trois personnes qui couraient vers l'escalier de pierre donnant sur le côté opposé du balcon était la femme qu'elle avait vue à Bournemouth, sauf que ses cheveux étaient rouge vif.

— Dominika Romanova, acquiesça Mitchell.

— Elle a tué Bernd.

— Je sais. Continuez à avancer !

Chase effectua deux autres tirs de couverture vers le balcon. Une balle ricocha sur une armure avec un tintement clair. Le Skorpion cessa de tirer comme le Russe plongeait encore une fois à couvert.

Bouge !

Chase se rua vers la paire de colonnes en bois massives qui supportaient le coin du balcon à l'arrière du hall. Des balles sifflèrent autour de lui en faisant trembler les tapisseries ; l'une d'elles frappa une armure, qui s'effondra au sol en se délitant. Chase se jeta en avant et roula derrière la base rectangulaire des deux colonnes. Il était désormais protégé à la fois du balcon et de l'entrée du hall, tout en jouissant d'un meilleur angle de tir dans ces deux directions.

Mais, avec un chargeur qui ne contenait plus que quatre balles, il ne pouvait plus gâcher ses munitions.

L'homme sur le balcon vit qu'il avait perdu sa cible et se précipita vers l'escalier en pierre afin de rejoindre ses camarades en bas.

Nina arriva au sommet des marches. Une bouffée de peur la submergea quand elle aperçut le tireur sur le balcon, mais il lui tournait le dos et disparut dans l'escalier.

La porte donnant sur le bureau de Staumberg n'était qu'à un mètre ou deux.

— Venez ! dit-elle. Par ici.

La porte s'ouvrit soudainement devant elle, et Nina se retrouva face à face avec un autre sbire de Vaskovich, un homme trapu aux cheveux relevés en un petit chignon.

Ils sursautèrent tous les deux de surprise, puis le Russe afficha un sourire malveillant et leva son arme…

Mitchell écarta Nina et pivota sur lui-même à une vitesse incroyable pour décocher un coup de pied circulaire. Le pistolet du Russe vola de sa main et passa par-dessus la balustrade. Avant que son adversaire ait le temps de réagir, Mitchell lui porta un autre coup de pied en plein estomac qui le repoussa dans la pièce. Sa tête heurta le mur avec un craquement écœurant et l'homme s'affala au sol.

Dominika entendit le bruit et lança un ordre. Le tireur qui descendait l'escalier fit demi-tour pour remonter sur le balcon. Un des compagnons de Dominika tira une rafale vers Chase afin de l'empêcher d'agir, puis bondit dans l'escalier à la suite de son comparse, son long manteau noir volant derrière lui telle une cape.

Chase leva les yeux vers le balcon et vit Nina et Mitchell, inconscients que les tueurs remontaient vers eux, se ruer vers l'escalier.

— Non, pas par là! cria-t-il.

Mais son avertissement fut couvert par les détonations quand Dominika et son compagnon ouvrirent le feu de leurs pistolets mitrailleurs MP-5K. Le fût des colonnes derrière lesquelles s'abritait Chase se cribla d'impacts.

— Nom de Dieu!

Nina atteignit le haut de l'escalier et s'immobilisa en voyant le Russe remonter vers elle, suivi d'un autre homme quelques marches plus bas. Ils étaient tous les deux armés d'un pistolet mitrailleur, tandis que Mitchell et elle ne disposaient que d'une épée brisée.

Mais l'adage n'en restait pas moins vrai: la meilleure défense, c'est l'attaque.

Une armure sur pied se trouvait sur le palier, les bras croisés sur la poitrine, au-dessus d'un grand bouclier. Nina poussa l'armure dans l'escalier, où elle explosa en une cascade de pièces métalliques scintillantes. Le déluge d'acier renversa le premier Russe, qui dégringola les marches en hurlant de douleur.

Le deuxième homme sauta au-dessus de lui pour l'éviter, puis continua à monter par grands bonds, prenant appui sur le mur pour se propulser jusqu'à la balustrade, et de nouveau contre le mur. Enfin, après un saut périlleux parfait, il atterrit juste devant Nina. Son manteau tournoya autour de lui dans un bruissement spectaculaire.

— Ah… d'accord, bredouilla Nina, ébahie par sa prouesse acrobatique. Jack, et maintenant ?

Mitchell se plaça devant Nina, les mains levées en position de garde.

— Je me charge de lui.

— Mais il a une arme !

— Ce n'est pas son style, hein, Zakhar ? Tu crois que tu peux me battre ?

Nina constata avec effarement que Mitchell avait raison. Le jeune homme aux cheveux lissés rangea son pistolet mitrailleur dans son manteau, puis les deux duellistes se jaugèrent du regard. Au même instant, ils se précipitèrent l'un sur l'autre dans un déluge de coups et de parades, utilisant aussi bien leurs poings que leurs pieds. Ils semblaient au début de force égale… mais Mitchell commença à céder du terrain et à reculer sur le balcon.

Chase aperçut le corps à corps furieux depuis le rez-de-chaussée. Qu'est-ce que Mitchell foutait, bon sang ? Mais il n'eut pas le loisir d'y réfléchir davantage, car il se retrouva de nouveau sous le feu. Les colonnes en chêne ressemblaient à présent à des trognons soigneusement rognés, lui offrant de moins en moins de protection. Il riposta par deux tirs à l'aveuglette. Il ne lui restait plus que deux balles…

Un des battants de la double porte au fond du hall s'arracha de ses gonds avec fracas et retomba au sol deux mètres plus loin. Les tirs cessèrent, et Chase se retourna vivement face à la nouvelle menace. Dans l'embrasure de la porte, le géant russe au visage balafré qui avait volé l'ordinateur de Nina – Maximov, dit « le Bulldozer » – lui lança un regard sadique.

— Oh, va te faire foutre, Zangief, cracha Chase en pressant la détente.

Maximov se jeta en arrière, mais pas assez vite. La balle entailla son énorme biceps en éclaboussant de sang ce qui restait de la porte. Chase entendit un grognement dans le couloir.

Un grognement presque *orgasmique*.

Il se rappela soudain ce que Mitchell leur avait raconté au sujet du système nerveux perturbé de Maximov.

— Bordel de merde…

Le lourd battant se referma… et disparut dans le couloir, arraché du chambranle. Un instant plus tard, il réapparut, tenu par le Russe qui le levait devant lui en guise de bouclier.

Chase tira sa dernière balle au milieu du panneau de bois, à hauteur de la poitrine de Maximov. Le géant eut un soubresaut et s'immobilisa, mais une seconde seulement. La balle avait été si bien ralentie par les cinq centimètres de la porte qu'elle n'avait pas eu assez de force pour pénétrer sa cage thoracique. Au contraire, même, l'impact semblait avoir eu pour effet de le stimuler.

— J'arrive, petit hommmme !

Maximov se rua sur Chase en se servant de la porte comme d'une gigantesque tapette à mouches et le projeta contre une armure sur pied, qui explosa en mille morceaux. Les pièces d'armure se dispersèrent autour de lui avec fracas, et le fer de la longue hallebarde que tenait le mannequin s'enfonça d'un bon centimètre dans le plancher.

Chase releva la tête en grognant. Dominika et son compagnon s'étaient avancés, leurs MP-5K pointés sur lui, mais ils avaient ôté le doigt de la détente. Ils souriaient tous les deux ; apparemment, ils voulaient profiter du spectacle.

L'homme s'esclaffa et donna un coup de coude à Dominika en disant quelque chose en russe. Chase prit appui au sol pour s'asseoir et sa main rencontra une pièce de métal incurvée ; il se saisit du gorgerin et le lança comme un Frisbee sur le rieur. Le bord du gorgerin le frappa en plein visage, écrasant son nez avec un craquement humide. L'homme hurla et recula en titubant tandis que le sang jaillissait de ses deux narines.

Dominika s'apprêta à faire feu, mais Maximov s'était jeté sur Chase, et elle retint son tir.

La poitrine maculée d'une tache de sang à l'endroit où la balle l'avait touché, Maximov souleva Chase sans effort pour le hisser à sa hauteur en lui souriant de ses dents jaunes.

Chase lui assena un grand coup de tête… et le regretta aussitôt.

— Aïe, merde ! hoqueta-t-il alors que des étoiles colorées dansaient devant ses yeux.

Ce fumier avait vraiment une plaque de métal sur le crâne ! Le sourire dément de Maximov s'épanouit, un rire sourd s'échappa de sa gorge et il précipita Chase sur les morceaux d'armure qui jonchaient le sol.

Chase cria quand la pointe à l'arrière du fer de la hallebarde lui entailla le bras. Il s'en écarta d'un sursaut, abandonnant un peu de sang sur l'acier.

Maximov avança sur lui en tendant ses mains, aussi larges que des battoirs, pour l'empoigner. Chase agrippa la hampe de la hallebarde juste au-dessus du fer et l'arracha du sol tout en se relevant. Dominika leva son arme, mais la proximité de Maximov la fit hésiter…

Chase abattit le talon de la hallebarde sur le genou de Dominika, qui tomba au sol. Avant qu'elle ait le temps de réagir, il effectua un mouvement circulaire avec le manche de la hallebarde et la cueillit d'un coup violent au menton qui l'envoya s'affaler contre une des tapisseries.

— Dominika ! rugit Maximov, dont l'inquiétude se transforma en rage quand ses yeux se braquèrent sur celui qui avait frappé son amie.

Chase fit tournoyer de nouveau sa hallebarde.

Maximov leva un bras gros comme une poutre pour parer le coup, et la hampe se brisa en deux, laissant Chase avec un morceau de bois prolongé du fer. Il fit rapidement tourner entre ses mains ce qui restait de l'arme pour la brandir à la manière d'une hachette ; mais, à moins de parvenir à trancher la tête de Maximov d'un seul coup, il ne faisait guère d'illusions sur ses chances de l'emporter.

Il changea donc de tactique. Il saisit de sa main libre la corde qui suspendait la tapisserie et la sectionna à l'aide de sa hallebarde amputée de sa hampe.

Chase n'était pas vraiment léger, mais le poids de dix mètres carrés d'une épaisse tapisserie brodée tendue sur un cadre en bois suffit amplement à le faire décoller dans les airs tandis que la tapisserie tombait au sol, recouvrant Dominika sous ses plis.

Chase s'agrippa à la balustrade du balcon et se hissa par-dessus, avant de se retourner pour observer la scène en contrebas. L'homme au nez cassé titubait toujours, en s'efforçant d'étancher le sang qui coulait abondamment sur son visage. Dominika disparaissait sous la tapisserie, tandis que Maximov levait des yeux rageurs et impuissants vers lui, sans que l'idée – apparemment trop complexe pour lui – de ramasser le pistolet de Dominika germe dans son cerveau.

Nina.

Elle se tenait sur le balcon du côté opposé, assistant au combat de Mitchell contre le Russe au long manteau.

Un des coups de pied de Zakhar passa finalement les parades de Mitchell et le toucha au tibia. Mitchell chancela, les traits déformés par la douleur. Il savait qu'un autre coup allait suivre et il tenta de lever les bras pour le bloquer, mais pas assez rapidement. Zakhar le frappa du poing à la gorge, et Mitchell s'effondra, la respiration coupée.

— Jack ! s'écria Nina.

Le Russe enjamba Mitchell en lissant ses longs cheveux et baissa les yeux sur l'épée brisée qu'elle tenait à la main.

— Salut, ma jolie, dit-il. Donnez épée, s'il vous plaît.

Nina recula.

— Pas question.

Il prit un air exagérément déçu, en se passant de nouveau la main dans les cheveux.

— OK, moi redemande. (Il sortit son pistolet et le pointa sur elle.) Maintenant, donnez épée. S'il vous plaît.

Nina hésita. Puis elle entendit soudain un fracas métallique qui venait d'au-dessus.

Elle chercha des yeux la source du bruit, imitée par Zakhar qui se retrouva brusquement emporté dans les airs alors que Chase, qui avait bondi dans le vide pour s'accrocher à un lustre, le percutait de plein fouet et le soulevait entre ses jambes pour le projeter par une des fenêtres. L'homme traversa le vitrail avec un hurlement qui s'interrompit brutalement sur un « Ah ! » étouffé alors qu'il chutait lourdement sur le toit d'un bâtiment de la cour.

Chase avait, quant à lui, d'autres problèmes. Il repartait déjà en sens inverse au-dessus du hall, et un craquement sonore lui indiqua que le lustre auquel il se balançait ne tarderait pas à se décrocher sous son poids. Il se jeta dans les airs pour atteindre le balcon d'en face…

…mais manqua de peu sa cible.

Il se rattrapa désespérément à une tapisserie, tandis que le lustre cédait et s'écrasait au sol, et parvint à s'agripper d'une main au bord de l'épais tissu. Il lança son autre main à la recherche d'une prise, suspendu à la tapisserie à plus de quatre mètres de hauteur…

Craaaac.

— Oh, merde.

La tapisserie était en train de se déchirer de la traverse à laquelle elle était accrochée. Sous les yeux de Chase, la déchirure courut sur toute la largeur de la tapisserie.

— Oh, merrrrde !

Emporté par la tapisserie qui achevait de se rompre, Chase se mit à chuter en tournoyant follement. Il tomba droit sur Maximov, qui tendit avidement les bras pour le saisir.

Chase percuta la poitrine de Maximov de ses deux jambes tendues, puis s'effondra au sol. L'impact avait seulement fait reculer Maximov, sans réussir à le renverser. Le Russe semblait décidément invincible, un véritable Terminator barbu.

Nina se précipita au milieu des éclats de vitrail brisé pour aider Mitchell, toujours allongé au sol, à se relever.

— Ça va ?

— Je dois renoncer à la chorale pour un certain temps, dit-il d'une voix sifflante en se massant la gorge. Où est l'épée ?

Nina brandit l'épée brisée qu'elle avait gardée en main.

— Ici.

— Et Eddie ?

— Oh, Seigneur. (Au rez-de-chaussée, Chase reculait en rampant sur le dos tandis que Maximov avançait sur lui à pas lourds.) Venez !

Nina bondit par-dessus Mitchell et descendit les marches quatre à quatre alors que le Russe saisissait Chase et le soulevait aussi facilement qu'un enfant.

L'homme renversé par l'armure que Nina avait poussée dans l'escalier se tenait au pied des marches au milieu des pièces métalliques dispersées, à quatre pattes, et tentait de reprendre ses esprits. Son Skorpion n'était qu'à quelques centimètres de sa main. Il releva la tête en entendant les pas de Nina...

...qui abattit le lourd bouclier de l'armure sur sa tête. Il y eut le bruit sourd du métal contre l'os, et l'homme retomba au sol. Un autre mercenaire de Vaskovich se trouvait non loin, les deux mains plaquées sur son visage ensanglanté. Nina effectua un grand moulinet avec son bouclier ; un autre *bang* métallique, et l'homme s'affaissa à son tour.

Nina lâcha le bouclier et ramassa le pistolet mitrailleur. De l'autre côté du hall, Maximov était occupé à cogner Chase contre un des piliers.

— Hé ! cria-t-elle pour attirer son attention.

Maximov tourna la tête, avisa l'arme dans ses mains, et jeta Chase sur elle.

Elle tenta d'éviter ce projectile à la calvitie naissante, mais il la heurta à l'épaule et ils roulèrent tous deux au sol. Dans sa chute, Nina pressa la détente et une balle ricocha sur quelque chose avec un tintement clair.

Nina rouvrit les yeux pour voir Maximov qui louchait pour essayer de regarder son front. L'espace d'un instant, l'éclat du métal fut visible sous la peau déchiquetée de sa cicatrice, avant que le sang envahisse la plaie et se mette à couler sur son nez. Les genoux du géant tremblèrent et il tomba sur les fesses avec un bruit mat. Un sourire vide s'épanouit sur son visage.

Nina prit conscience que, pour le moment, ils avaient éliminé tous leurs adversaires. Le vrombissement d'un hélicoptère qui lui parvint par la fenêtre brisée lui apprit comment les Russes avaient pénétré dans le château, et aussi qu'ils étaient certainement plus nombreux.

— Debout, Eddie, dit-elle en l'aidant à se relever. Il faut qu'on y aille, allez !

Arrivé au bas de l'escalier, Mitchell regarda avec effarement les deux hommes à terre.

— C'est vous qui avez fait ça ? demanda-t-il, la voix rauque.

— Je peux être une vraie garce si on touche à mon mec, répondit-elle en souriant.

Ils sortirent dans la cour au pas de course. Les portes de l'enceinte étaient ouvertes, et deux fourgons garés à côté de leur SUV.

— C'était une sacrée démonstration d'art martial, tout à l'heure, dit Nina à Mitchell alors qu'ils montaient dans le Suburban. Généralement, Eddie se contente de flanquer de grands coups de poing…

— Oui, enfin, la démonstration a plutôt tourné à la correction, tempéra Mitchell en se frottant la gorge.

Il s'installa au volant tandis que Nina aidait son fiancé endolori à monter à l'arrière, puis fit le tour du véhicule pour s'asseoir sur le siège passager.

— Appelez la police, lui enjoignit Mitchell en lui lançant son téléphone.

Une ombre passa au-dessus d'eux et le grondement des pales d'un hélicoptère résonna dans la cour alors que le Suburban démarrait. Chase regarda par la lunette arrière quand leur véhicule franchit les portes.

— L'hélico fait demi-tour.

Nina observa le ciel par la vitre.

— Tu crois qu'ils sont armés ?

Une congère au bord de la route éclata soudain, fracturée par une série de petites explosions. L'hélicoptère les survola avant d'effectuer un virage serré pour un nouveau passage.

— Question idiote ! (Nina glissa la poignée d'épée dans sa veste, attacha sa ceinture de sécurité et prit le téléphone.) Quel est le numéro d'urgence en Autriche ?

— Cent trente-trois, répondit Mitchell en freinant vivement alors que le SUV abordait le premier virage en épingle à cheveux.

Malgré ses quatre roues motrices, le lourd véhicule chassa de l'arrière sur la route enneigée.

— Faites gaffe, bon Dieu ! l'avertit Chase. Vous allez nous envoyer dans le décor si…

Des balles frappèrent le capot du SUV avec un bruit de métal perforé, suivi une fraction de seconde plus tard par la détonation d'un pneu avant qui éclatait. La perte d'adhérence entraîna le 4 x 4 dans un tête-à-queue qui se termina en percutant de flanc le talus de neige entassée sur le bas-côté. Le Suburban se renversa sur le toit et glissa sur quelques mètres avant de s'immobiliser au bord d'une pente abrupte, d'un blanc immaculé.

— Je vous l'avais bien dit, lança Chase après un instant de silence.

Mitchell et lui étaient couchés sur le plafond du Suburban, tandis que Nina, retenue par sa ceinture de sécurité, se retrouvait inconfortablement suspendue la tête en bas, avec sa queue-de-cheval qui balayait le toit de l'habitacle. À travers le pare-brise lézardé, elle n'apercevait que le paysage déroutant des montagnes à l'envers et une étendue blanche qui montait vers une mince ligne de sapins, derrière laquelle s'ouvrait apparemment un précipice.

Entouré par les différents objets tombés du compartiment d'urgence, Chase se tortilla pour scruter l'extérieur par la lunette arrière. Il perçut un autre bruit de moteur, en plus de celui de l'hélicoptère, qui se rapprochait rapidement.

— Des motoneiges, dit-il. Ils arrivent sur nous.

Mitchell regarda dehors à son tour.

— Où est l'hélicoptère ?

— Je n'en sais rien. Mais, au bruit, je dirais qu'il est en train de revenir par ici.

— Dans ce cas, il faut qu'on se grouille de sortir de là, déclara Nina.

Elle posa une main sur le plafond pour amortir sa chute et leva l'autre main vers le boîtier de sa ceinture de sécurité…

Chase comprit ce qu'elle s'apprêtait à faire.

— Nina, attends !

Trop tard.

La boucle de la ceinture s'éjecta du boîtier et Nina tomba lourdement sur le toit. Le choc suffit à rompre l'équilibre précaire du SUV, qui bascula dans la pente enneigée et se mit à glisser.

— Oh, bordel ! jura Chase.

14

Nina écarquilla les yeux d'horreur en voyant à travers le pare-brise le paysage s'incliner brutalement, puis se mettre à défiler devant elle.

— Bien joué ! la railla Chase.

— Ne commence pas ! Comment voulais-tu que je le sache ?

Mitchell agrippa la poignée de sa portière.

— Elle est coincée. La carrosserie s'est déformée…

Nina essaya de son côté, avec le même résultat. La neige filait de plus en plus vite le long des vitres à mesure que leur descente s'accélérait. Derrière elle, Chase rampa en direction du coffre.

— Je vais ouvrir la porte à l'arrière. Jack ! Trouvez la commande d'ouverture du capot !

— Quoi ?

— Le capot, ouvrez le capot ! Il tombera devant et nous freinera !

Mitchell se mit en quête du levier d'ouverture du capot tandis que Chase repoussait de côté le câble de remorquage qui pendouillait depuis le compartiment de secours. Le toit trembla sous lui alors que le SUV rebondissait sur la pente enneigée.

— Je l'ai ! annonça Mitchell.

Il tira le levier et le capot tomba devant le pare-brise en s'enfonçant dans la neige. Le Suburban ralentit, mais n'arrêta pas sa course. La neige jaillit en pluie des deux côtés du capot tandis que la gravité et les trois tonnes du 4 x 4 continuaient à les entraîner vers la vallée.

— Merde, on pivote ! cria Nina.

La neige qui s'accumulait devant le capot de manière inégale faisait tourner le SUV sur son axe. Les arbres au bas de la pente apparurent devant elle par la fenêtre latérale.

Une idée lui traversa l'esprit. Elle se glissa sous l'appuie-tête de son siège et tendit le bras pour atteindre la poignée de la portière derrière elle.

Arrivé au hayon de coffre, Chase tira la poignée. Le hayon s'ouvrit et il rassembla ses forces pour le pousser vers le bas à la manière d'un pont-levis.

Un bruit lui parvint au milieu du fracas de la glissade : un grondement de moteur, rauque et âpre. Des motoneiges.

Et l'hélicoptère, qui plongeait du ciel pour les survoler…

Nina tira la poignée et la portière s'entrebâilla légèrement. Elle força pour l'ouvrir plus largement. Une pluie de neige pénétra dans l'habitacle et lui gifla le visage. Les yeux mi-clos, elle poussa encore sur la portière alors que le Suburban continuait à tourner sur lui-même et à prendre de la vitesse…

Le véhicule revint lentement à la perpendiculaire de la pente grâce à la portière qui faisait office de gouvernail. Le SUV redressa sa course et recommença à ralentir alors que le capot mordait dans la neige.

Soudain, la portière ouverte heurta quelque chose sous la neige et la vitre vola en éclats. Nina laissa échapper un cri et recula. Mais son idée avait fonctionné et le Chevrolet avait retrouvé une trajectoire rectiligne. Pour le moment.

Le passage d'une grosse bosse envoya valdinguer Nina et Mitchell contre les sièges. La pente du versant s'accentua et, malgré leur frein improvisé, ils continuèrent à gagner de la vitesse. Nina regarda en arrière et vit Chase ramper sur la porte du coffre. Elle pensait qu'il allait sauter, mais, au lieu de cela, il se retourna et se pencha en avant pour attraper quelque chose sous le plancher du 4 x 4.

— Eddie ! Mais qu'est-ce que tu fais ! Saute ! Sauve-toi !

À demi aveuglé par les projections de neige, Chase se coucha sur le pare-chocs arrière pour atteindre la roue de secours fixée sous le véhicule. Il était parfaitement conscient que le bord de la falaise se rapprochait rapidement, mais il n'avait pas l'intention de sauter.

L'hélicoptère vint se placer en vol stationnaire en face de la falaise pour s'offrir une vue imprenable sur leurs derniers instants. Derrière, Chase perçut le claquement de tirs d'armes automatiques en provenance des hommes à motoneiges, qui apparemment ne souhaitaient pas attendre qu'ils fassent le grand saut.

Le Suburban percuta un rocher invisible ; sous la violence du choc, le véhicule bondit dans les airs, puis retomba lourdement sur l'avant. L'impact arracha le capot et le pare-brise explosa. Le SUV commença immédiatement à accélérer dans sa glissade infernale vers le précipice.

Nina lutta pour remonter dans l'habitacle alors que la neige s'engouffrait tout autour d'elle. Chase avait réussi à tenir bon et elle l'aperçut à travers l'ouverture du hayon.

— Eddie ! hurla-t-elle. Sauve ta peau ! Saute !

Il s'accroupit.

— Pas sans toi ! (Une autre vitre latérale explosa alors que le 4 x 4 heurtait un nouveau rocher.) Passe-moi ce câble !

Nina s'agrippa aux appuie-tête pour se hisser vers l'arrière de l'habitacle. Le câble de remorquage qui pendait du compartiment de secours oscillait follement à chaque cahot, hors de portée. Nina tendit le bras vers lui…

Des balles frappèrent le flanc du Suburban et l'une d'elles transperça la carrosserie pour terminer sa course dans le siège, juste au-dessus d'elle. Nina se recroquevilla un instant, puis réessaya d'attraper le câble qui continuait sa danse moqueuse, pour parvenir enfin à le saisir.

Elle s'en servit pour se hisser encore un peu, puis elle le décrocha de son logement. Chase se pencha dans l'habitacle, le bras tendu vers elle, et Nina s'allongea vers lui pour lui passer le câble.

— Oh, merde ! cracha Mitchell d'une voix annonciatrice de catastrophe. (Chase releva la tête : la ligne d'arbres fonçait sur eux, de même que le bord de la falaise qui se trouvait juste derrière.) Quelle que soit votre idée, c'est le moment d'y aller !

Chase plongea ses yeux dans ceux de Nina.

Dans un ultime effort, elle s'allongea de tout son long en tendant le bras. Chase attrapa le câble et se redressa, le visage giflé par le vent alors qu'il se penchait de nouveau par-dessus le pare-chocs arrière. Il avait déjà détaché la roue de secours de son logement, et il entreprit de dérouler rapidement le câble pour en attacher l'extrémité aux rayons de la jante métallique.

Une autre vitre explosa, projetant de la neige et des débris de verre sur ses jambes. Il arrima l'autre bout du câble au crochet de remorquage du SUV. La ligne des arbres n'était plus qu'à quelques secondes…

Chase lança la roue de secours.

Elle tournoya dans les airs en emportant le câble derrière elle. Elle rebondit sur la pente avec de grandes éclaboussures de neige, dans une trajectoire parallèle à celle du Suburban.

Les motoneiges se rapprochèrent. Chase se baissa en s'agrippant au crochet de remorquage tandis qu'un nouveau tir transperçait la carrosserie à quelques centimètres de lui. Le vrombissement strident de l'hélicoptère s'éleva au-devant du Chevrolet qui fonçait vers la falaise, accompagné par le grondement de tronçonneuse des motoneiges.

La roue de secours passa en rebondissant devant un arbre dressé entre le Suburban et elle.

Le câble se tendit brutalement, et la roue de secours s'enroula autour du tronc une fois, puis deux, avant de s'écraser contre l'écorce. Retenu par le câble, le SUV fit une brusque embardée et glissa latéralement le long du sommet de la falaise, si près du bord que le vide apparut dans l'espace du pare-brise éclaté. Nina hurla de terreur alors que la force centrifuge lui faisait lâcher prise et la projetait vers le trou béant…

La main de Mitchell se referma sur sa cheville.

Le Suburban continua son arc de cercle en remontant la pente. Une des motoneiges avait fait un écart pour éviter les arbres et se retrouva face à trois tonnes d'acier cabossé qui revenaient droit sur elle comme un pendule géant.

Les deux véhicules entrèrent en collision et la motoneige fut repoussée par la masse du 4 x 4. Son pilote vola dans les airs, précipité en avant par la violence de l'impact. Il passa au-dessus du Suburban, au-dessus du bord de la falaise…

…et atterrit dans les pales de l'hélicoptère en vol stationnaire.

L'homme se transforma instantanément en une brume rougeâtre vaporisée par le rotor. L'hélicoptère tangua sous l'impact. Son nez plongea brutalement, entraînant l'appareil dans une descente abrupte malgré les efforts désespérés du pilote pour redresser.

Les pales du rotor touchèrent la falaise et se brisèrent. L'hélicoptère se fracassa contre la paroi, écrasant la cabine et ses occupants, puis tomba en rebondissant contre la roche avant d'exploser.

Chase lâcha prise sous la force de l'impact et fut éjecté dans la neige alors que le SUV continuait à tourner autour de l'arbre. Le véhicule heurta un rocher et le toit s'enfonça sous le choc, qui fit basculer le Suburban sur le flanc. Ses roues mordirent dans la neige et le redressèrent, mais son élan lui fit faire un tonneau.

Le pilote de la deuxième motoneige, qui avait arrêté son véhicule au bord de la falaise, se retrouva droit sur la trajectoire du Suburban, qui le percuta à hauteur de la poitrine et l'éjecta de son véhicule. L'homme s'écroula au sol, et le SUV retomba sur lui de tout son poids. Le toit enfoncé, le châssis tordu, il s'arrêta enfin dans une glissade, une nouvelle fois renversé sur le dos.

Chase se releva sur des jambes tremblantes et s'avança à flanc de versant. Il passa devant la motoneige, dont le moteur tournait encore, et rejoignit l'épave du Suburban, précédée d'une longue trace rouge à l'endroit où le pilote avait été écrasé par le véhicule et traîné au sol sous lui.

— Nina ! Nina ! Tu vas bien ?

Aucune réponse. Il s'accroupit pour regarder à l'intérieur de l'habitacle.

Le 4 x 4 était rempli de neige et de terre. Il scruta l'espace sous les sièges.

— Nina !

Un mouvement à l'avant de l'habitacle.

— Eddie ? grogna Mitchell, encore étourdi.

— Jack ! Où est Nina ?

— Je ne sais pas. Je… je n'ai pas réussi à la tenir.

Une main glacée se referma sur le cœur de Chase.

— Vous êtes indemne ? demanda-t-il en se forçant à s'occuper de celui qui était en face de lui alors que chaque atome de son être lui hurlait de chercher Nina.

— Je crois… Je suis un peu secoué, mais *a priori* je n'ai rien de cassé…

— Bien. Je reviens vite.

Chase se redressa et scruta les environs en quête de sa fiancée.

Il contourna l'épave en trébuchant dans la neige, cherchant désespérément des yeux quelque chose qui ne soit pas blanc, marron ou vert.

— Nina !

Il tourna sur lui-même, encore et encore, et le paysage montagneux défila devant ses yeux en images floues…

Du rouge.

Pas le rouge du sang, mais la teinte plus subtile des cheveux de Nina étalés sur le haut d'une congère à quelques mètres de là.

Chase se précipita en faisant crisser la neige sous ses pas. Nina avait été éjectée au moment où le véhicule était parti en tonneau, et elle gisait sur le sol gelé, face contre terre.

Chase arriva auprès d'elle et tomba à genoux pour l'examiner, espérant déceler un signe de vie. Il était impossible de sentir son pouls à travers son épais blouson, et il ne pouvait même pas dire si elle respirait ou non. Il posa les mains sur sa nuque en écartant sa queue-de-cheval et pressa les doigts sous son menton. Sa peau était chaude, mais il ne trouvait pas son pouls.

Il essaya un autre endroit, tandis que son propre cœur s'emballait dans sa poitrine.

Un pouls.

Il attendit, en retenant son souffle.

Une autre pulsation, puis une autre. Le rythme était régulier. Chase hoqueta de soulagement, puis tint délicatement la tête de Nina et la retourna sur le dos. Elle avait plusieurs éraflures sur le visage, des lignes rouges qui lui zébraient la joue et le menton.

Il ouvrit hâtivement la fermeture Éclair du blouson de Nina. La poignée d'épée tomba du blouson ouvert, mais il ignora le morceau de métal pour chercher des blessures. Pas de sang, pas de bout d'os cassé jaillissant de sa peau ; il palpa son buste…

— Ce n'est… ni le lieu ni le moment, Eddie, murmura-t-elle.

Chase prit conscience qu'il avait les deux mains sur ses seins. Nina ouvrit les yeux et lui adressa un pâle sourire.

— Ah ! s'exclama Chase, entre soulagement et colère. Vraiment très drôle ! (Il ôta ses mains.) Tu as mal quelque part ?

— J'ai mal partout... mais je crois que ça va. (Elle tenta de se redresser.) Houlà. (Chase l'aida à s'asseoir, et Nina posa les yeux sur le Suburban dévasté.) Oh, mon Dieu ! Où est Jack ? Il va bien ?

Une main passa par l'ouverture du coffre, le pouce levé. Mitchell rampa entre les sièges du SUV renversé pour sortir de l'épave.

— Je suis en un seul morceau, lança-t-il. L'épée ! Vous avez toujours l'épée ?

Nina palpa son blouson.

— Merde, elle était juste...

— Elle est là, la rassura Chase en soulevant la poignée. On l'a, ne t'inquiète pas.

Mitchell s'extirpa du Suburban. Il regarda le bord de la falaise tout proche, et la bande de neige que le 4 x 4 avait creusée en glissant le long du précipice.

— La vache ! On n'est pas passé loin...

— On n'est pas encore sorti des ronces, lui rappela Chase en se retournant pour observer le haut du versant. (Il aperçut le reflet du soleil sur un des fourgons, engagé dans le premier lacet de la route.) Il faut qu'on bouge.

Nina coula un regard vers la motoneige.

— Tu n'envisages pas de...

— J'ai bien peur que si, ma chérie. (Chase montra du doigt la vallée : la falaise à pic s'adoucissait graduellement pour prendre la forme d'une pente raide, mais praticable, qui descendait jusqu'à la route au fond de la vallée.) On peut descendre par là, et ce sera bien plus rapide que pour ces salopards de Ruskofs. Tu as appelé la police ?

— Non, j'ai perdu le téléphone.

— Difficile de t'en vouloir, commenta Chase en contemplant les traces de leur folle descente qui marquait la pente au-dessus d'eux. (Il sortit son propre téléphone d'une poche à fermeture Éclair et le lui tendit.) Préviens les flics. Tant que nous réussirons à éviter que ces fumiers ne nous rattrapent, ça ira.

Chase aida Nina à se remettre sur ses pieds et Mitchell les rejoignit.

— Vous proposez qu'on monte à trois sur une motoneige ? Nous devrions nous séparer. Vous deux, prenez la motoneige ; moi, je me cacherai dans ces arbres avec l'épée et j'appellerai l'ambassade pour qu'ils envoient un hélicoptère me récupérer.

— C'est sûr : dans la marine, les entraînements de survie en montagne sont monnaie courante, le railla Chase.

Mitchell se renfrogna.

— Nous devrions rester ensemble, plaida Nina alors qu'elle composait le numéro d'urgence de l'Autriche.

Elle expliqua du mieux possible la situation dans un allemand approximatif, tandis que Chase vérifiait que la motoneige n'avait subi aucun dommage.

— Très bien, la police est en chemin, dit-elle en raccrochant. Mais ils ne savent pas exactement combien de temps il leur faudra pour arriver.

Chase grimpa sur la motoneige.

— Appelle Mitzi, son numéro est enregistré dans mon téléphone. Si elle vient nous récupérer, nous pourrons aller à la rencontre des policiers. Bon, en route ! (Il fit gronder le moteur. Nina se plaqua contre son dos, prise en sandwich entre Mitchell et lui.) Accrochez-vous !

La motoneige démarra dans une giclée de poudreuse et remonta la pente à un angle assurant une traction maximale sur la surface neigeuse. Nina regarda nerveusement vers le haut du versant. Les SUV russes poursuivaient leur descente, mais Chase avait raison : la motoneige rejoindrait la route au bas de la vallée bien avant qu'ils aient fini de négocier tous ces virages en épingle.

Mitzi répondit au téléphone.

— Allô ?

— Mitzi, c'est Nina ! Navrée, c'est une urgence. Nous redescendons du château et nous avons besoin que vous veniez nous chercher.

La voix de la jeune Suissesse se teinta d'inquiétude.

— Tout va bien ? Qu'est-ce qui se passe ? Où est Eddie ?

— Désolée, Mitzi, pas le temps de tout vous expliquer. S'il vous plaît, venez nous retrouver le plus vite possible à l'embranchement avec la route principale de la vallée !

— J'y serai dans cinq minutes au plus tard !

— Parfait, merci. À tout de suite. (Nina raccrocha.) Elle est en route, informa-t-elle Chase.

— Super ! Je t'avais bien dit que c'était une fille épatante !

Il ne leur fallut que quelques minutes pour atteindre le bas de la pente en traversant les futaies de sapins couverts de neige. Nina jeta un nouveau regard en arrière alors qu'ils croisaient la route qui montait au château. Les Russes étaient encore loin.

— Voilà Mitzi ! s'écria Chase. (Le SUV rouge de Mitzi fonçait sur la route de la vallée et lança des appels de phare en s'approchant. Chase s'arrêta dans un dérapage le long du talus de neige repoussé sur le bas-côté de la route par les chasse-neige.) Tout le monde descend !

Le Porsche Cayenne s'arrêta non loin et Mitzi bondit hors de son véhicule.

— Qu'est-ce qui vous arrive ?

— On te racontera en chemin, lui répondit Chase alors que Mitchell et Nina descendaient de la motoneige. La police est en route. Il faut qu'on aille à sa rencontre, et fissa !

Mitzi remarqua les coupures sur le visage de Nina.

— Mais vous êtes blessée !

— Je survivrai, lui lança-t-elle en montant sur la banquette arrière alors que Mitchell lui tenait la porte.

Chase sauta par-dessus le talus de neige et s'engouffra à l'avant, côté passager.

— Allez, Mitzi, pas le temps de parler. Fonce !

— OK, OK ! céda-t-elle en se remettant au volant.

Nina s'apprêtait à se décaler sur la banquette pour laisser Mitchell entrer quand elle se rendit compte qu'il ne la suivait pas et s'était retourné pour observer les hauteurs. Elle suivit son regard et constata qu'un des fourgons de leurs poursuivants s'était arrêté dans un virage. Une silhouette aux cheveux d'un rouge éclatant se tenait à côté du véhicule.

Un éclat de lumière verte…

Il y eut un bruit sourd. Quelque chose d'humide éclaboussa le pare-brise du Cayenne avec la violence d'une rafale de pluie.

Mais il ne s'agissait pas d'eau.

Mitzi s'affala contre la portière ouverte, qui se referma en claquant alors que la jeune femme glissait au sol. De l'autre côté du Porsche, Chase se figea, le regard rivé à la portière conducteur, là où une seconde auparavant se tenait une belle jeune femme, avant qu'un nuage de vapeur gris et rouge jaillisse soudain…

La détonation du fusil de précision de Dominika arriva jusqu'à eux, devancée par le projectile supersonique.

Nina poussa un hurlement et descendit précipitamment de la banquette arrière, révulsée et terrorisée par les éclaboussures de sang, de matière grise, d'os et de cheveux qui maculaient le pare-brise. Elle tituba à quelques pas du Porsche et tomba à genoux pour cracher de la bile dans la neige.

L'entraînement et l'expérience reprirent vite le dessus et Chase sortit de son hébétude pour plonger à couvert derrière le Cayenne en prévision du prochain tir.

Mais celui-ci ne vint pas. La lointaine silhouette aux cheveux rouges remonta dans son 4 x 4, qui reprit sa descente.

Les Russes continuaient la poursuite. Chase savait qu'il aurait dû se mettre tout de suite au volant du Cayenne pour emmener Nina et Mitchell à l'abri, mais il contourna le véhicule en courant pour aller voir Mitzi. Mitchell était déjà accroupi auprès d'elle et se penchait pour la soulever...

— Laissez-la! rugit Chase.

Mitchell s'écarta aussitôt.

Chase s'agenouilla près de Mitzi et vérifia son pouls.

Mais il savait déjà qu'il n'en décèlerait aucun. La blessure d'entrée se trouvait juste derrière la tempe de Mitzi, un cercle noirci pas plus large qu'un stylo. Chase n'avait pas besoin de regarder pour savoir que la blessure de sortie, de l'autre côté du crâne, était bien plus grande, au moins de la taille d'un poing. L'écœurante mixture qui éclaboussait le pare-brise du Cayenne confirma ses pires craintes.

— Mon Dieu, murmura-t-il. C'est pas vrai, non, non... J'avais promis, putain, j'avais promis...

Le hurlement d'une sirène retentit au loin. La police.

Les Russes atteignirent le croisement avec la route principale... et tournèrent à toute allure vers le haut de la vallée, à l'opposé du Cayenne rouge et des trois silhouettes qui se tenaient à côté.

Une silhouette plus petite, et immobile, était couchée à leurs pieds.

Le vol de retour pour Zurich dans le jet du Département d'État se déroula dans une ambiance lugubre, et Chase décrocha à peine un mot durant tout le voyage. Mitchell alla mettre en sécurité la poignée de l'épée à l'ambassade des États-Unis, tandis que Chase et Nina partaient pour l'appartement d'Erwin et Brigitte Fontana.

Nina demeura derrière les baies vitrées du salon pendant que Chase parlait aux parents de Mitzi sur le toit-terrasse. Elle avait exprimé le souhait de rester à ses côtés pour leur expliquer et partager le blâme avec lui ; mais, malgré son insistance, il avait refusé.

Le père de Mitzi, un homme grand à l'allure sévère, était rentré de Shanghai. Il se tenait debout, silencieux, les mains posées sur le dossier de la chaise de Brigitte, qui se crispèrent au fur et à mesure que Chase leur parlait. Brigitte resta elle aussi silencieuse, au début. Puis ses mains commencèrent à tressaillir et elle prit la parole. Nina se trouvait trop loin pour entendre ce qu'elle disait, mais son expression d'incrédulité, puis de douleur, était plus éloquente que tous les mots du monde. Elle se leva, porta ses mains tremblantes à sa bouche tandis que Chase finissait de leur annoncer le drame. Erwin vacilla, entraînant la chaise en arrière dont les pieds grincèrent sur le sol.

Brigitte laissa échapper un hurlement aigu… puis assena à Chase une gifle retentissante dont l'écho résonna par-delà la terrasse. Il resta immobile alors qu'elle le frappait encore et encore, en l'invectivant en allemand, avant de tituber en arrière pour s'affaler sur sa chaise et éclater en sanglots. Erwin posa les mains sur les épaules de son épouse et dit quelque chose à Chase à travers ses lèvres serrées.

Sans rien ajouter, Chase se détourna et traversa la terrasse avec raideur. Il passa devant Nina sans un mot, incapable même de la regarder alors qu'une larme roulait sur sa joue.

15

Londres

— Bien, nous avons donc deux morceaux de Caliburn, résuma Mitchell, les yeux baissés sur la poignée d'épée et le fragment de lame disposés sur une table à l'ambassade des États-Unis. (Il posa le doigt à l'endroit où manquait la pointe.) Et Vaskovich est en possession du troisième. La question est de savoir si cela lui suffit pour retrouver Excalibur, et si nous avons de notre côté assez d'éléments pour pouvoir le devancer.

— Je sais où nous devons chercher, affirma Nina.

Mitchell et elle étaient seuls dans la pièce ; Chase avait préféré rester à l'hôtel. Elle avait tenté de le réconforter durant leur vol de retour pour Londres, lui avait dit et répété qu'elle était là s'il avait besoin de quoi que ce soit, mais Chase s'était muré dans le silence.

Elle ne l'avait jamais vu se conduire ainsi, mais elle le connaissait assez pour comprendre que la mort de Mitzi – et le fait que ses parents l'en tenaient pour responsable – l'avait profondément affecté. Mais elle savait aussi qu'essayer de le forcer à parler ne ferait qu'aggraver les choses. Elle ne pouvait qu'attendre.

Attendre, et retourner à ses recherches sur la légende arthurienne. Ce qui avait porté ses fruits. Nina savait qu'elle avait déjà vu ce labyrinthe gravé sur la lame de l'épée, et il ne lui avait pas fallu longtemps pour retrouver cette information.

— À Glastonbury, poursuivit-elle en ouvrant un livre pour le poser à côté de l'épée. (La page montrait un labyrinthe similaire : il était un peu distordu, étiré en diagonale, mais la ligne sinueuse qui le traversait suivait exactement le même parcours.) Il s'agit d'une représentation du chemin qui monte au sommet du Glastonbury Tor, dans le Somerset.

Elle ouvrit un autre livre sur la photographie couleur d'une petite éminence dressée singulièrement au milieu d'une plaine anglaise, et surmontée d'une tour en pierre. La colline, dont la pente s'étageait de longues terrasses, offrait une apparence inhabituelle ; elle ressemblait un peu à une ziggourat ronde et herbue.

— Ces terrasses, reprit-elle, s'étendent sur tout le pourtour de la colline et forment un chemin sinueux qui conduit jusqu'au sommet. Si vous regardez bien, vous verrez que son parcours est en tout point semblable à celui du labyrinthe gravé sur l'épée.

Mitchell examina la photo.

— On a presque du mal à croire que ce lieu existe vraiment. Il a été créé par l'homme ?

— Le Tor est une colline naturelle, mais les terrasses ont été façonnées artificiellement au fil des millénaires. L'endroit a connu une occupation humaine depuis l'époque néolithique, il y a plus de six mille ans.

— Et la tour ? Appartient-elle aussi à la légende arthurienne ?

Nina secoua la tête.

— Non, elle est beaucoup plus récente. Il s'agit du vestige d'une chapelle médiévale dédiée à saint Michel. Mais le Tor lui-même tient effectivement une place dans la mythologie arthurienne.

Mitchell tapota l'un des symboles sur l'épée.

— Vous pensez donc que ces gravures contiennent des indices permettant de retrouver la tombe d'Arthur, et Excalibur ? Ce serait une sorte de carte ?

— Plus ou moins, oui. Je ne sais pas exactement comment ça marche ni ce que représentent les points sur le labyrinthe, mais je suis persuadée que je devrais pouvoir trouver la réponse une fois sur place.

— Vous voulez donc aller à Glastonbury.

— Absolument. Dès aujourd'hui, si possible.

— Il va falloir avertir les Anglais, je suppose… Si l'on doit exhumer une de leurs légendes nationales, ils voudront avoir leur mot à dire.

— Que se passera-t-il si nous trouvons vraiment Excalibur ? Le Tor relève du National Trust, l'équivalent des monuments nationaux chez nous. Légalement, tout ce que nous trouverons là-bas appartient au peuple britannique.

— Nous devrions pouvoir convaincre le gouvernement de faire une exception, sourit Mitchell. Et je vais aussi leur demander de nous mettre en contact avec un expert local ; ce sera utile d'avoir quelqu'un qui connaît les lieux. Vous voulez vraiment y aller aujourd'hui ?

— Plus tôt nous irons, plus nous aurons de chances de retrouver Excalibur avant les hommes de Vaskovich.

Mitchell acquiesça.

— Je vais arranger ça. Où est Eddie ?

— À l'hôtel.

— Comment va-t-il ?

— À dire vrai, je ne sais pas, répondit honnêtement Nina.

— Je vous passe un coup de fil dès que j'aurai organisé tout ça, dit Mitchell en rangeant soigneusement les morceaux de l'épée dans un coffret métallique à l'intérieur capitonné. Vous, allez retrouver Eddie, et remettez-le sur pied.

— Entendu.

Mitchell quitta la pièce avec le coffret, puis Nina partit à son tour, en songeant qu'elle ne savait pas quoi faire pour aider Eddie.

— Eddie, tu es là ?

— Ouais, lui répondit-il d'une voix atone.

Au moins, il parle, pensa Nina en refermant la porte de leur chambre d'hôtel. Elle trouva Chase qui contemplait le plafond, étendu sur le lit.

— Qu'est-ce que tu as fait ?

— Rien. J'ai juste… réfléchi.

Elle savait à quoi il avait dû réfléchir, mais elle ne voulait pas aborder le sujet frontalement, inquiète de ce que pourrait être sa réaction. Elle s'assit sur le lit, lui prit la main et la caressa doucement.

— Tu as besoin de quelque chose ?

— Non, ça va. Où étais-tu ? À l'ambassade ?

Nina hocha la tête.

— Je crois que nous avons localisé l'endroit où se trouve Excalibur.

— Nous ? Tu veux dire Jack et toi ?

Elle remarqua l'intonation de sa voix sur le prénom de Mitchell, mais choisit de ne pas réagir.

— Elle est à Glastonbury. Probablement enterrée quelque part sous le Tor. Nous devons y aller pour vérifier.

— Jack et toi.

— Non, nous tous, le reprit-elle. Toi et moi.

Chase tourna la tête et la regarda pour la première fois depuis qu'elle était entrée dans la chambre.

— Non. Je ne viens pas.

— Comment ?

— Je n'irai pas. Et toi non plus.

Nina le dévisagea avec étonnement.

— Pardon ?

— Tu n'iras pas. Tout ça, c'est terminé.

— Qu'est-ce que tu veux dire ?

— Je veux dire, s'emporta Chase en s'asseyant brusquement, que courir le monde à la chasse au trésor pour retrouver des vieilleries sans intérêt, c'est fini ! Laissons ce putain de Russe avoir son épée : qu'est-ce que ça peut nous foutre, à la fin ?

— Tu sais bien qu'on ne peut pas faire ça, répliqua Nina en s'efforçant de maîtriser sa colère. Il s'agit d'une question de sécurité nationale.

— Non, je n'en sais rien ! Tu as dit toi-même que, selon toi, ces histoires d'énergie tellurique, de lignes de force et tout le tintouin, c'étaient des conneries !

— Je n'en suis plus aussi sûre, à présent. Conneries ou pas, Vaskovich y croit, et c'est pour ça que nous devons retrouver Excalibur avant lui !

Chase enleva sa main de celle de Nina et se leva du lit.

— Même si on doit en mourir ? cracha-t-il d'une voix pleine d'amertume.

— Eddie, ce qui est arrivé à Mitzi n'est pas ta faute, plaida Nina.

— Ah bon ? C'est la faute de qui, alors ? J'avais promis à Brigitte que je veillerais sur sa fille, qu'il ne lui arriverait rien, et maintenant elle est morte ! Si je ne l'avais pas impliquée dans cette histoire, elle serait toujours en vie ! Bordel de merde ! (Sa voix se brisa.) Ce n'était encore qu'une gamine ! Ce n'était pas son métier ! Quand Hugo s'est fait tuer, les choses étaient différentes : il faisait son boulot, il connaissait les risques. Mais ce n'était pas le cas de Mitzi, et elle ne savait même pas qu'elle courait un danger ! Elle voulait juste me filer un coup de main, et ça l'a conduite à sa mort ! *Je* l'ai conduite à sa mort !

— C'est faux ! se récria Nina. C'est cette traînée aux cheveux teints, celle qui a assassiné Bernd, qui a tué Mitzi !

Tu n'as rien à te reprocher, Eddie ! Tu n'es pas responsable de sa mort !

— Bien sûr que si. Je suis responsable de la mort de Mitzi, et je suis responsable de ce qui risquerait de t'arriver. Toute cette affaire est devenue trop dangereuse. Donc, tu ne vas nulle part. Point final.

Nina se leva et se planta devant lui.

— Tu n'as pas à me dire ce que je peux faire ou non, Eddie, décréta-t-elle d'une voix froide qui tremblait de colère. Et si c'est ce que tu penses, alors c'est peut-être une bonne chose que nous n'ayons pas encore fixé de date.

Chase la regarda en silence, puis son visage redevint impénétrable. Il attrapa son blouson de cuir et se dirigea vers la porte.

— Où vas-tu ? lui demanda Nina.

— Faire un tour.

— Eddie, attends…

Mais il claqua la porte derrière lui sans lui laisser le temps de finir sa phrase.

Nina resta là, debout, à contempler la porte, sans trop savoir quoi faire. Puis, à contrecœur, elle recula jusqu'au lit et s'y assit, en tentant de mettre de l'ordre dans ses émotions confuses.

— Mais quelle bonne surprise ! dit une chaleureuse voix écossaise au-dessus du brouhaha du pub, bondé à l'heure du déjeuner.

Chase releva la tête. Mac se tenait devant sa table, un verre de scotch à la main et un sourire sur les lèvres.

— Si c'est Nina qui t'envoie, grommela-t-il, elle t'a fait perdre ton temps.

— J'ai parlé à Nina il y a deux heures, c'est exact, reconnut Mac en s'asseyant sur la chaise en face de Chase et en posant son verre sur la table. Mais elle ne m'a pas demandé de te chercher. Elle voulait juste savoir si je t'avais vu. Je lui ai répondu que non ; mais j'avais dans l'idée que je pourrais te trouver ici. (Il balaya les lieux du regard. Le *Jug of Ale* était un pub plutôt typique du centre de Londres, avec ses poutres patinées et ses étagères couvertes d'un bric-à-brac de faux bibelots anciens, mais l'établissement revêtait une signification particulière pour Chase.) C'était toujours ici que tu venais te réfugier quand les choses se gâtaient à la maison, avec Sophia. Je vois que les habitudes ont la vie dure. Mais ça fait un bail qu'on n'a pas bu un verre ensemble. Au moins cinq ans, non ?

— Dans ces eaux-là.

— L'endroit paraît vraiment différent depuis l'interdiction de fumer dans les lieux publics. J'arrive à voir le mur du fond. (Il plissa les yeux et les ramena sur Chase.) Grand Dieu, le papier peint a toujours été aussi hideux ? (Chase resta de marbre.) Hmm. Même pas l'ébauche d'un sourire. Les choses doivent être pires que je ne l'imagine.

— Mac, tu as une raison de te pointer ici ? s'impatienta Chase.

— En fait, oui. D'abord, je voulais te présenter mes condoléances pour Mitzi. Je suis désolé. Je ne l'ai rencontrée qu'une fois, mais ça m'avait l'air d'être vraiment une chouette fille.

Chase baissa les yeux vers son verre.

— Oui, dit-il d'une voix lourde avant de boire une gorgée.

Mac regarda le verre à moitié vide.

— Ça ne te ressemble pas de boire en pleine journée. Tu en as sifflé combien ?

Chase avala une autre rasade.

— C'est la quatrième.

— Donc, tu es bourré ?

— Quoi, avec seulement quatre pintes ? (Mac le dévisagea sans sourciller.) OK, un peu, admit finalement Chase.

— Maintenant, je suis sûr que quelque chose ne tourne vraiment pas rond, releva Mac d'un ton qui hésitait entre l'amusement et l'inquiétude. Du temps du régiment, tu n'aurais jamais reconnu si vite que tu étais bourré.

— Les choses changent, rétorqua Chase en haussant les épaules. Je me fais vieux.

Mac s'empara de son verre et le vida d'une traite.

— Je me joins donc à toi pour prendre de l'âge.

— Je n'ai pas vraiment envie de compagnie pour l'instant, Mac.

— Eh bien, tu en auras quand même. Tu vois, la deuxième raison pour laquelle je souhaitais te parler, c'est que Nina avait l'air bouleversée quand elle m'a appelé.

Les muscles de la mâchoire de Chase se contractèrent.

— Pas bouleversée au point d'abandonner cette foutue chasse au trésor…

— Tu penses que c'est dangereux pour elle ? demanda Mac. (Chase hocha la tête.) Elle connaît les risques, tu sais.

— Et moi, je ne crois pas que ça en vaille la peine.

— Ce n'est pas son avis à elle.

— Ce n'est pas pour autant qu'elle a raison.

— Si tu es si inquiet, pourquoi tu ne l'accompagnes pas ?

Chase but une autre gorgée et reposa lourdement sa pinte sur la table.

— Parce que je ne veux pas qu'elle y aille du tout. Mais elle n'en fait qu'à sa tête, et elle veut y aller quand même. (Il fit la grimace.) Avec Jack Mitchell. On s'est disputés là-dessus.

— C'est le gars que j'ai rencontré chez ta sœur ?

— Oui, c'est ça. Le grand brun, beau gosse.

Chase s'affala contre le dossier de sa chaise en laissant échapper un long soupir triste.

Mac se pencha vers lui.

— Mais Jack Mitchell n'est pas le problème, n'est-ce pas ? dit-il d'une voix ferme. Ce n'est pas à cause de lui que tu traînes dans ce pub cradingue à picoler à une heure de l'après-midi ?

Chase garda le silence un moment.

— Non, pas vraiment, admit-il finalement.

L'expression de Mac suggérait qu'il connaissait déjà la réponse, mais il posa tout de même la question.

— Alors, qu'est-ce qui se passe ?

Une autre pause.

— C'est Mitzi. Je n'avais encore jamais... perdu quelqu'un sous ma responsabilité. Ce n'est pas seulement qu'elle soit morte, j'ai déjà vu des amis mourir, mais... jamais comme ça. Ça n'aurait pas dû arriver. Et ça ne serait jamais arrivé si je ne l'avais pas entraînée dans cette histoire.

— Et donc tu te sens responsable ?

— Qui d'autre ?

— La personne qui a pressé la détente, répondit Mac. Et celui qui l'a envoyée tuer des gens. C'est à eux que tu devrais vouloir faire mal, pas à toi-même.

Chase haussa les sourcils.

— Tu es en train de me dire que je devrais chercher à me venger ? Ce n'est pas très professionnel.

— Si tu penses que Nina est toujours en danger, alors ta mission n'est pas encore terminée. Ces gens sont des ennemis, Eddie. Ils l'ont déjà prouvé. Éliminer une menace connue afin d'assurer le succès d'une mission est entièrement justifié, de mon point de vue.

Chase laissa échapper un ricanement amer.

— Ma mission ? C'est la mission de Nina, pas la mienne. Je ne faisais que l'accompagner. Et puis, de toute façon, elle ne veut plus de moi.

— Tu ne crois pas toi-même à ce que tu racontes, le reprit sèchement Mac. Elle t'aime, et je sais que tu l'aimes aussi.

— Et c'est bien là le problème ! Perdre Mitzi a déjà été horrible. Et si, la prochaine fois, c'était Nina ? (Sa voix trembla.)

Oui, je l'aime. Je l'aime tellement que j'ai une trouille bleue de la perdre. Ça m'effraie vraiment, tu comprends ? Je ne sais plus quoi faire.

Il baissa la tête. Mac le contempla en silence, puis tendit la main pour la poser sur son bras.

— Ce n'est pas à moi que tu devrais expliquer ça.

— Je sais, mais je… je ne sais pas quoi lui dire. Je ne veux pas qu'elle me voie dans cet état-là.

— Dans quel état ? Ivre ?

Chase releva les yeux.

— Non. Pour ça, elle m'a déjà vu avec un coup dans le nez. Non, je veux dire… enfin, tu vois, quoi. (Sa voix se réduisit à un murmure, rendant son aveu à peine audible dans le brouhaha du pub.) Faible.

Mac se pencha encore davantage en fixant Chase d'un regard intense.

— Eddie, tu es sur le point de te marier. Ça veut dire que Nina te verra dans tous les états possibles et imaginables, que ça te plaise ou non. « Pour le meilleur et pour le pire », je te rappelle. Et tu as déjà été marié à Sophia, nom de Dieu ; tu sais mieux que personne qu'il y aura des disputes dans un mariage. Tu n'as aucun endroit où te planquer : soit tu affrontes les problèmes en face, soit tu les fuis. Et tu ne m'as jamais semblé du genre à fuir quoi que ce soit. Comme je disais toujours au régiment : « On se bat jusqu'au bout. » Et tu l'as toujours fait.

— Pas toujours, remarqua Chase dans une autre confession à mi-voix. Pas avant que tu m'apprennes à le faire. Avant qu'on se rencontre, il y a un combat que… que j'ai fui. Et je n'aurais pas dû. (Il se redressa, les yeux perdus dans le vague.) Nina avait raison.

— À quel propos ?

— À propos de la famille. Elle m'a dit que c'était triste que je ne m'entende pas avec la mienne, et que les choses ne devaient pas forcément rester ainsi. (Il repoussa sa pinte.) Oui, je dois parler à Nina, et je le ferai. Mais il y a d'abord une autre personne à qui je dois parler.

— Qui ça ?

— Ma sœur. Tout ça m'a fait comprendre que je devais lui dire quelque chose. Face à face. Mais je vais devoir y aller en train, marmonna-t-il en montrant sa bière. Je risque d'avoir du mal à louer une voiture dans cet état. À supposer qu'on accepte encore de m'en louer une, vu ce qui est arrivé à la dernière…

16

Un chaud soleil de fin d'après-midi, un ciel bleu limpide, le vert éblouissant des pelouses… mais tout cela ne représentait pour Nina que la cerise sur le gâteau, elle qui n'avait d'yeux que pour les ruines dressées au cœur du parc.

— C'est magnifique !

— Mais il faudra prévoir quelques travaux, plaisanta Mitchell.

Ils se tenaient devant les vestiges de l'abbaye de Glastonbury, dans une paisible oasis de verdure isolée de la ville elle-même derrière son enceinte. Située à environ deux cents kilomètres à l'ouest de Londres, la commune de Glastonbury offrait un mélange déroutant de banalité et d'excentricité : les commerces ordinaires se partageaient les rues avec des boutiques New Age et des pièges à touristes, tandis que les jongleurs, les musiciens de rue et les hippies coudoyaient les habitants qui faisaient leurs courses en feignant, avec cette réserve toute britannique, de ne pas remarquer la bizarrerie qui régnait autour d'eux.

Mais de l'abbaye, ou plutôt de ce qu'il en restait, il n'émanait qu'une atmosphère de sérénité, et ses murs de pierre grise érodés s'intégraient parfaitement au paysage comme s'ils étaient eux aussi des éléments naturels, au même titre qu'un rocher ou un arbre.

— C'est quelque chose, n'est-ce pas ? opina celle qui les accompagnait. (Le docteur Chloe Lamb était une femme légèrement plus âgée que Nina, aux hanches fortes, avec des joues roses et des cheveux blond pâle coiffés en queue-de-cheval.) Quelle tragédie que l'abbaye ait été détruite… Henri VIII a sans doute été l'un des plus grands monarques d'Angleterre, mais son règne fut une période noire pour l'architecture monastique !

— Ces vestiges restent tout de même remarquables, souffla Nina en s'arrêtant pour prendre une photo alors qu'ils passaient entre deux immenses piliers pour pénétrer dans l'espace où se dressait jadis la voûte du chœur de l'église.

Au lieu de dalles de pierre, le sol était couvert de gazon, qui s'étendait en une pelouse soigneusement tondue jusqu'aux morceaux brisés du mur est.

— Mais l'endroit tient difficilement la comparaison avec les lieux que vous avez explorés, s'enthousiasma Chloe. Vous pensez, l'Atlantide ! Vous avez mis sens dessus dessous les études historiques et archéologiques, et vous avez recommencé avec la découverte du tombeau d'Hercule ! (Ses joues déjà roses s'empourprèrent encore davantage.) Pour être honnête, j'ai été surprise que l'AIP réclame mon concours. Je dois vous avouer que vous m'intimidez un peu…

— Oh, mon Dieu, il n'y a vraiment aucune raison, rit Nina. Pour ce qui concerne les légendes arthuriennes, je ne suis guère plus avancée que quelqu'un qui a regardé le *Sacré Graal* des Monty Python. (Cela relevait de la fausse modestie, vu sa récente immersion dans le sujet, mais Nina estimait que l'universitaire timide avait bien besoin que l'on flatte un peu son ego.) Il nous fallait l'aide d'un spécialiste dans ce domaine, et en particulier sur tout ce qui a trait à Glastonbury.

Chloe sourit.

— Eh bien, dans ce cas, j'espère pouvoir vous être utile. Et c'est ici l'endroit idéal pour commencer.

Elle leur montra un panneau disposé à la tête d'un rectangle herbeux que délimitait une bordure en pierre.

— « Emplacement de la tombe du roi Arthur », lut Mitchell. « C'est en l'an 1191 que les dépouilles du roi Arthur et de sa reine auraient été retrouvées sur le côté sud de la chapelle de la Vierge… » *Auraient été retrouvées* ? Ce n'est pas avéré ?

— Malheureusement, on rencontre une quantité regrettable de conditionnels dès qu'on aborde les liens entre Arthur et Glastonbury. Les moines de l'abbaye avaient, comment dire… une fâcheuse tendance à s'arranger avec la vérité, expliqua Chloe sur le ton de la confidence, comme si elle craignait que les défunts moines puissent l'entendre. Ils faisaient preuve d'un grand talent pour transformer en or la moindre légende. Par exemple, le Saint Graal fait désormais partie intégrante du mythe arthurien, mais les deux légendes n'avaient aucun rapport entre elles jusqu'au XIIe siècle, quand Robert de Boron rédigea son *Joseph d'Arimathie*.

— J'imagine que vous ne parlez pas de Joseph, l'époux de Marie ? demanda Mitchell.

Nina secoua la tête.

— Non. Joseph d'Arimathie était l'homme qui offrit le tombeau qu'il s'était préparé afin qu'y soit inhumé Jésus après sa crucifixion. Lors d'une apparition, le Christ lui confia le Graal, et c'est lui qui l'apporta en Bretagne.

Chloe acquiesça.

— Et, puisque l'abbaye se prévalait déjà d'un lien avec Joseph grâce à l'aubépine sainte (elle se tourna vers la partie de l'abbaye où se trouvait, selon la légende, l'aubépine plantée par Joseph d'Arimathie), les moines en profitèrent pour mêler deux histoires qui, à l'origine, étaient sans rapport, et pour faire de l'abbaye leur point de convergence.

— Je vois, opina Mitchell, les moines faisaient coup double. Ils attiraient la dévotion – et les généreuses aumônes – des pèlerins venus pour honorer Joseph, et des Britanniques qui souhaitaient se recueillir sur la tombe de leur roi légendaire.

— Exactement. En termes de richesse, Glastonbury ne le cédait qu'à l'abbaye de Westminster. (Chloe regarda de nouveau le panneau.) Et, aujourd'hui, les légendes sont devenues inséparables. Mais c'est également le cas de bien d'autres éléments qui relèvent pour nous de l'histoire d'Arthur, mais qui proviennent à l'origine d'autres sources ou qui ont carrément été forgés de toutes pièces par des auteurs romanesques du XIIe siècle.

— Comme Lancelot, renchérit Nina.

— Lancelot n'a pas existé ? se désola Mitchell.

— Je crains que non, répondit Chloe. Sa première apparition remonte à un poème de Chrétien de Troyes composé en 1160. On ne trouve aucune mention de son nom avant cette date.

— Ah. (Mitchell semblait déçu.) Si l'on ne peut même plus croire les légendes... Et, après ça, vous allez me dire que la Table ronde n'a jamais existé non plus. (Les deux femmes le contemplèrent d'un air penaud.) Non, vous plaisantez !

— Elle n'apparaît pas dans les textes avant 1155, dans le *Roman de Brut* de Robert Wace, précisa Chloe.

— Et les chevaliers de Camelot ne chantaient pas en dansant sur les tables ?

— Désolée, dit Nina en souriant à cette nouvelle allusion au film des Monty Python. (Elle se tourna vers Chloe.) Mais, pour en revenir à des éléments légendaires qui possèdent effectivement un fondement historique... comment le Glastonbury Tor est-il lié au roi Arthur ?

— Ah ! s'exclama Chloe. (Elle les invita à la suivre et ils quittèrent les ruines de l'abbaye pour déambuler dans le parc.) La colline du Tor joue un rôle très intéressant dans le mythe. Vous voyez, toute la région qui nous entoure est une plaine d'inondation. Avant que les marécages ne soient asséchés pour devenir des champs et des pâtures, il suffisait d'une légère hausse du niveau des eaux pour que toute la plaine se retrouve submergée.

— Sous beaucoup d'eau ? demanda Mitchell.

— Non, pas forcément, sans doute seulement quelques dizaines de centimètres. Mais cela devait rendre inaccessible une bonne partie de la plaine pour de longues périodes de l'année. Glastonbury, et l'abbaye, se trouvaient sur un terrain assez surélevé pour échapper à la plupart des inondations.

Nina s'efforça d'imaginer le paysage idyllique qui l'entourait tel qu'il devait apparaître un millénaire plus tôt.

— Donc, l'endroit où nous sommes actuellement aurait formé une sorte d'île au milieu de la plaine recouverte par les eaux ?

— C'est cela. Sauf en cas de fortes crues, où même Glastonbury aurait été menacé. Mais il existe un site que l'inondation ne pouvait jamais recouvrir.

Chloe s'arrêta et pointa le doigt vers l'est. Leur marche les avait amenés au-delà d'une ligne d'arbres, dans une partie du parc qui offrait une vue dégagée sur…

— Glastonbury Tor.

Observée *in situ* plutôt que dans le cadre limité d'une photographie, la colline dénotait vraiment dans le paysage, éminence curieusement dressée au milieu de la plaine avec la soudaineté d'un château de sable se détachant sur la surface unie d'une plage. Le soleil déclinant accentuait l'étrangeté de ses terrasses, dans un jeu d'ombre et de lumière qui faisait alterner les nuances de vert au flanc de la colline. La tour solitaire juchée à son sommet renforçait encore l'impression féerique qui s'en dégageait.

— L'endroit fait partie du folklore anglais depuis fort longtemps, avant même l'époque du roi Arthur, expliqua Chloe. Et il a aussi donné naissance à un tas de théories farfelues. Il attire les excentriques, avec leurs histoires de fées, de lignes telluriques, d'ovnis, ce genre de choses. Vous avez certainement remarqué l'ambiance particulière qui règne dans le village…

— Certaines théories ne sont peut-être pas aussi farfelues que ça, insinua Mitchell.

Pensant qu'il plaisantait, Chloe attendit un bon mot qui ne vint pas, puis elle le regarda d'un air intrigué, surprise de l'apparente sincérité de son propos.

— Enfin, bref. Selon la légende, après qu'Arthur a été mortellement blessé à la bataille de Camlann, on l'emporta en un lieu qui s'appelait l'île d'Avalon, où il y mourut et fut inhumé. « Avalon » est un des premiers noms du site de Glastonbury et, puisque les marécages qui l'entourent se retrouvaient souvent inondés…

— …voici l'île, termina Nina en montrant le Tor.

— Exactement. (Ils contemplèrent tous trois l'étrange colline, puis Chloe se tourna vers eux.) Voulez-vous aller le voir de plus près ?

— Oncle Eddie ! s'exclama joyeusement Holly quand elle découvrit l'identité de celui qui avait sonné à la porte.

— Salut, Holly, dit Eddie en s'efforçant de grimacer quelque chose qui ressemblait plus ou moins à un sourire.

— Je croyais que tu avais quitté l'Angleterre ?

— Oui, mais je suis revenu. Ta mère est là ?

— Oui, dans la cuisine. (Holly l'invita à entrer dans la maison et le conduisit à la cuisine.) Comment était le voyage ? Vous vous êtes bien amusés ?

— J'ai connu mieux, répondit-il évasivement.

Ils pénétrèrent dans la cuisine, où Elizabeth était en train de mettre du linge dans la machine à laver.

— Eddie ? s'étonna-t-elle, surprise elle aussi de le voir ici, mais bien moins enthousiaste que sa fille. Qu'est-ce que tu fais là ? Tu es revenu pour détruire ce qui reste de Bournemouth ?

— Salut, Lizzie. Comment va mamie ?

— Elle va bien, mais pas grâce à toi. Je suis néanmoins certaine qu'elle appréciera que tu finisses enfin par te préoccuper de son sort. (Elle referma d'un geste sec la porte du lave-linge.) Qu'est-ce que tu veux ?

— Je peux te parler ? En privé.

Holly ronchonna, mais quitta la cuisine.

Elizabeth s'adossa au plan de travail, les bras croisés.

— Je t'écoute.

Chase prit une grande inspiration.

— Je voulais te dire que… (Il marqua une pause.) Que tu avais raison, à propos de moi. Tu as toujours eu raison.

Elizabeth resta un instant désarçonnée par cette déclaration. Puis une expression triomphante, presque jubilatoire, éclaira son visage.

— Eh bien, je n'aurais jamais cru t'entendre dire ça un jour ! Eddie Chase admettant finalement qu'il a tort et qu'il n'est pas parfait ! Je devrais appeler papa au téléphone. Je suis sûr qu'il adorerait entendre ça de tes lèvres…

— Elizabeth. (La dureté de sa voix, et le fait qu'il ait employé son prénom complet, interrompirent Elizabeth au milieu de sa phrase.) Quelqu'un est mort.

— Quoi ? (L'expression de triomphe disparut, et Elizabeth écarquilla les yeux d'horreur.) Oh, mon Dieu ! Ce n'est pas… Tu ne parles pas de Nina ?

— Non, répondit Chase, qui se sentit coupable et profondément honteux du soulagement qu'il éprouvait à prononcer ce simple mot. Ce n'est pas Nina, mais quelqu'un d'autre à qui je tenais, et… et elle est morte à cause de moi.

— Qu'est-ce qui s'est passé ?

— Ça n'a pas d'importance. Mais elle serait encore en vie si je ne l'avais pas impliquée. Et cela m'a fait prendre conscience que tu avais raison, quand tu me reprochais d'avoir fui plutôt que d'affronter la perte de quelqu'un, dit-il dans un aveu si douloureux qu'il en eut presque mal physiquement. Mais, cette fois, je n'ai pas pu fuir. J'ai dû aller voir un couple que je connais, des amis, et leur annoncer que leur fille était morte. Et que… c'était ma faute.

— Mon Dieu, murmura Elizabeth, je suis désolée.

— Tu n'as pas à l'être ; tu avais raison depuis le début. C'est vrai, j'ai fui quand maman est morte. Mais je n'ai pas pu l'admettre jusqu'à aujourd'hui. Et… putain ! (Il se détourna et abattit ses mains, paumes ouvertes, sur le plan de travail.) Après les funérailles, j'ai filé tout droit m'enrôler dans l'armée sans même un regard en arrière et je t'ai laissée gérer le reste, t'occuper de papa, rater ton diplôme… Seigneur, ce n'est pas étonnant que tu me détestes !

— Je ne te déteste pas, Eddie, le reprit Elizabeth en s'avançant vers lui. (Elle tendit une main hésitante, puis la posa sur son bras.) Tu es mon frère. Je t'en veux encore pour ce que tu as fait, c'est vrai… mais je ne t'ai jamais détesté.

— Oui, mais ça a tout changé pour toi, non ? Tu étais le cerveau de la famille, tu avais tous ces grands projets qui t'attendaient après l'université, et si tu n'avais pas dû abandonner les études pour régler les problèmes à la maison…

— Si les choses s'étaient passées différemment, le coupa fermement Elizabeth, je n'aurais pas eu Holly. Et ça, je ne le changerais pour rien au monde. (Elle lui serra le bras.) Je suis navrée pour ton amie, Eddie, sincèrement. Et je sais que tu te sens coupable, mais c'est un sentiment normal quand quelqu'un que l'on aime vient de mourir. Je me suis sentie coupable quand maman est morte, même s'il n'y avait rien que je puisse faire pour l'éviter. C'était un cancer ; qu'est-ce que j'aurais pu faire ?

— Mais moi, je ne me suis pas senti coupable. Je suis parti et j'ai rejoint l'armée parce que, avec maman qui n'était plus là, je ne voyais plus aucune raison de rester à la maison une minute de plus. J'ai été trop absorbé par l'entraînement militaire pour avoir le temps d'éprouver de la culpabilité. J'ai fui ce sentiment. Mais, cette fois, je n'ai pas pu me dérober. J'ai dû l'affronter.

— Et ça fait mal.

Il laissa échapper un ricanement amer.

— Ouais, ça fait foutrement mal.

— Eddie, dit-elle doucement, il n'y a rien d'anormal à ça. Je sais que tu as été ce super-soldat invincible et sans peur durant toutes ces années… mais tu es aussi un être humain, et tu es toujours mon petit frère. Tous ces sentiments sont là, tous à la fois, mais tu les caches au fond de toi. Il faudrait s'inquiéter si tu n'avais rien à cacher, si vraiment les choses ne t'atteignaient pas, si tu ne te préoccupais pas des autres. Mais je sais que tu n'es pas comme ça.

Chase ne savait quoi répondre. Il resta silencieux, à méditer les paroles de sa sœur.

— Tu as parlé à Nina de tout ça ? lui demanda Elizabeth.

Il soupira.

— Non. Je… je ne saurais pas quoi lui dire.

— Dis-lui ce que tu ressens. Elle mérite de le savoir. Tu vas l'épouser ; elle devrait savoir qui est réellement son futur époux.

— Mais si je la perdais, elle aussi ? Et si je n'arrivais pas à la protéger ? Je ne pourrais pas le supporter !

Elizabeth glissa sa main sur la sienne et la serra.

— Eddie, peu importe ce que tu penses, ce n'est pas ton rôle de protéger tout le monde.

— Et pourtant, ça l'est, s'entêta-t-il. C'est ça, mon boulot.

— Tu vas devenir le mari de Nina, pas son garde du corps. Tu sais que tu dois lui parler de tout ça.

— Je sais, je sais, reconnut Chase d'un air las. C'est juste que c'est difficile. Je ne suis pas vraiment doué pour ce genre de choses.

— Pour l'instant, tu t'en es plutôt bien sorti, remarqua-t-elle d'un air moqueur, avec cette complicité propre aux frères et sœurs qui permet de tout se dire. Surtout si l'on considère que c'est la première fois que tu exprimes tes sentiments…

— Il faut toujours que tu gardes une pique en réserve, hein ? grommela Chase avec une nuance d'humour dans la voix.

— Non, sérieusement, il y a du progrès. Tu devrais peut-être appeler papa ?

— Là, tu n'es plus marrante.

— Oui, bon, je ne me faisais pas d'illusions sur le sujet. (Elle ôta sa main de la sienne.) En revanche, tu dois vraiment parler à Nina.

— Je le ferai, oui, je le ferai. Il me faut juste un peu de temps pour réfléchir à ce que j'ai envie de lui dire.

— Eh bien, dans ce cas, autant que tu sois à ton aise. (Elle lui montra la porte de la cuisine d'un signe de la tête.) Va donc t'asseoir au salon. Je vais te faire du thé.

Cette fois, Chase parvint réellement à sourire. Un sourire ténu, mais authentique.

— Merci… Elizabeth.

En marchant d'un bon pas, il fallut vingt minutes à Nina, Mitchell et Chloe pour rejoindre le pied de la colline du Tor. Même si le chemin qu'ils s'apprêtaient à emprunter pour monter au sommet était le plus facile, Nina le trouva tout de même bien raide. L'autre voie, encore plus abrupte, qui escaladait le versant nord, était sans doute plus adaptée à des chèvres qu'à des humains.

Ou à des vaches. La vue de plusieurs frisonnes blanc et noir qui avançaient d'un pas tranquille sur les terrasses en broutant l'herbe surprit Nina.

— C'est bien plus simple que de la tondre, lui expliqua Chloe. En revanche, faites attention aux… Zut, trop tard !

— Beurk ! s'exclama Nina en retirant son pied droit d'une bouse fraîche.

— …aux bouses de vache, je voulais dire, conclut Chloe. Désolée. Bon, on dit que ça porte chance, quand c'est du pied droit.

— Curieusement, lâcha Nina, je ne me sens pas vraiment chanceuse, là, tout de suite…

Elle nettoya sa chaussure de son mieux en la frottant dans l'herbe, puis ils reprirent l'ascension de la colline.

— Nous suivons le chemin du labyrinthe ? demanda Nina.

Chloe secoua la tête et lui indiqua les terrasses à flanc de colline.

— Non, mais vous pouvez encore voir où il passait. Enfin, pour l'essentiel. Certaines parties des terrasses se sont érodées au point d'être difficilement franchissables. Et si vous suiviez ce chemin de bout en bout, il vous faudrait au moins quatre heures pour rejoindre le sommet. (Elle glissa un regard en coin à Nina.) Le labyrinthe dessiné par les terrasses du Tor n'a aucun lien avec la mythologie arthurienne, du moins pas que je sache. Vous me demandez ça par simple curiosité, ou…

Nina s'immobilisa.

— Il est possible qu'il y ait un lien, mais nous n'en sommes pas sûrs. C'est pourquoi nous avons besoin de l'opinion d'une experte. (Nina tendit plusieurs photographies à Chloe.) Que pensez-vous de ça ?

Chloe examina la première photo, un gros plan d'un des labyrinthes gravés sur la lame découverte en Syrie.

— On dirait globalement la même configuration… (Elle passa au deuxième cliché.) Là aussi. Et ça, c'est quoi ? s'enquit-elle en arrivant à la photo du fragment de lame.

Nina prit une grande inspiration.

— Nous pensons qu'il s'agit de Caliburn.

— Vous plaisantez ! s'étrangla Chloe. (Elle attendit une confirmation qui ne vint pas.) Vous êtes sérieuse ? Oh, mon Dieu, vous êtes vraiment sérieuse !

— Tout à fait.

Chloe étudia fébrilement les autres photographies.

— Si quelqu'un d'autre que vous me racontait ça, je refuserais de le croire. Mais… vous croyez vraiment qu'il s'agit de Caliburn ?

— Pour autant que l'on puisse dire. Mais la raison de notre présence ici est que…

Elle marqua une pause et observa les alentours. Il y avait d'autres visiteurs sur le Tor, mais personne susceptible de surprendre leur conversation.

— …nous pensons que ces symboles sont des indices menant à une chose qui a été cachée ici.

Chloe la toisa fixement.

— Une chose ?

— Ou plutôt quelqu'un. Le roi Arthur. (Chloe laissa échapper un petit cri d'excitation.) Il est possible que sa tombe se trouve ici, sous le Tor. Le problème est que nous ignorons où exactement.

— Mais vous êtes la directrice de l'Agence internationale du patrimoine, vous pouvez obtenir tout l'équipement que vous voulez ! dit Chloe, dont le regard s'illumina à cette idée. Un relevé par radar à pénétration de sol, ou même un…

— Malheureusement, nous sommes pressés par le temps, l'interrompit Mitchell. Je ne peux pas vous donner plus de détails pour des raisons de sécurité, mais si la tombe se trouve effectivement là, nos deux gouvernements s'accordent sur le fait que nous devons la localiser au plus vite.

— Et nous estimons que vous êtes la mieux placée pour nous y aider, ajouta Nina. Pouvons-nous compter sur vous ?

— Eh bien, je… je suis flattée, bafouilla Chloe en rougissant de nouveau. Mais je ne sais pas trop comment vous aider. Enfin, je connais bien le Tor, mais… (Elle se replongea dans l'examen des photographies.) À moins que vous n'ayez un élément précis à me fournir, je ne vois pas ce que je peux faire. Il s'agit bien du même tracé que celui du labyrinthe de Glastonbury, certes, mais… Comment avez-vous trouvé ça ? Et en quoi la découverte de Caliburn devrait-elle vous conduire à celle de la tombe d'Arthur ?

— C'est compliqué, répondit Nina. Et c'est l'euphémisme de l'année. Mais bon, pour faire court : nous pensons que les moines de Glastonbury ont gravé ces symboles sur Caliburn afin de transmettre l'emplacement de la tombe d'Arthur. Je veux dire sa véritable tombe, pas celle qu'ils ont faussement exhumée en 1191 pour faire parler de leur abbaye. C'est là qu'ils ont caché Arthur et Guenièvre, afin de les préserver… et c'est là aussi qu'ils ont déposé Excalibur.

— Excalibur ? (Chloe resta un moment bouche bée.) Eh bien, ce serait une sacrée découverte. (Une expression inquiète passa soudain sur son visage.) Si vous la retrouvez, vous… vous n'oublierez pas de mentionner ma participation, j'espère ?

Nina lui adressa un sourire rassurant.

— Vous en recevrez tout le crédit, faites-moi confiance. Mais, pour cela, il faudrait d'abord qu'on la retrouve. (Elle montra du doigt un des symboles, sur la première photographie.) Il nous semble que ces points qui parsèment le labyrinthe jouent un rôle, mais nous ignorons lequel.

Chloe observa la photographie, le front plissé.

— Si l'on tient compte du fait que le motif du labyrinthe est déformé par la forme du Tor, réfléchit-elle, alors le point le plus proche devrait se situer sur… la troisième terrasse. Par ici!

Elle s'avança en suivant l'étroite terrasse érodée à flanc de colline, avec Nina et Mitchell sur ses talons, puis s'arrêta brutalement.

— Bien sûr!

— Qu'y a-t-il? lui demanda Nina en la rejoignant.

— Il s'agit d'une borne! (Chloe se tenait devant une pierre à demi enterrée, sans signe particulier.) Ces pierres indiquaient aux gens qui montaient au sommet en suivant le labyrinthe combien il leur restait de chemin à parcourir. La plupart de ces bornes ont disparu, mais quelques-unes sont encore en place.

— La tombe se trouverait donc sous l'une de ces bornes? lança Mitchell.

— C'est possible, dit Nina, mais laquelle? Chaque symbole gravé sur l'épée porte des points à des emplacements différents. Et il nous manque le labyrinthe gravé sur la pointe de l'épée. (Elle reprit le paquet de photographies des mains de Chloe et les parcourut rapidement.) Combien y avait-il de bornes, à l'origine?

— Personne ne le sait exactement, répondit Chloe, mais probablement une trentaine.

Le nombre de points représentés sur les divers labyrinthes de l'épée semblait confirmer la chose. Nina compara les symboles des photos. Chacun d'eux comportait un nombre varié de points, localisés à des endroits différents, mais il existait manifestement un rapport entre les labyrinthes. Certaines bornes apparaissaient sur plus d'un labyrinthe, et certaines se retrouvaient plus souvent que d'autres…

— J'aurais besoin d'un papier et d'un crayon, s'exclama-t-elle alors qu'une idée germait dans son esprit.

Chloe farfouilla dans son petit sac à dos.

— J'ai toujours ce qu'il faut, dit-elle en sortant une bouteille Thermos, un sandwich jambon-œuf-salade enveloppé dans du film plastique, et enfin un calepin aux pages cornées et un stylo bille. Tenez.

Nina s'empara du stylo et du calepin.

— Qu'est-ce que vous avez en tête ? demanda Mitchell.

— Je pense que nous pouvons réduire la zone de recherche même si nous ne disposons pas d'assez d'éléments pour localiser exactement la tombe.

Sur une page blanche, Nina dessina une grande représentation du labyrinthe, puis y ajouta les points indiqués par le symbole de la première photographie.

— Parfait, voilà pour la première. À la suivante…

Nina reporta sur son dessin les points de chaque labyrinthe de l'épée. Cela demanda plusieurs minutes, mais progressivement les indices dissimulés par les moines commencèrent à s'éclaircir.

Seules trois bornes apparaissaient sur tous les labyrinthes.

Nina examina le résultat final, qui ne ressemblait plus à un simple dessin, mais plutôt à une carte.

— Je parie que le symbole gravé sur la pointe de l'épée doit comporter lui aussi l'un de ces trois points, dit-elle en les entourant d'un cercle. C'est forcément là que se situe l'entrée du tombeau. Ces points ont l'air d'être de purs éléments décoratifs, mais si vous connaissez leur signification, ils vous conduisent droit à la tombe d'Arthur !

Chloe se pencha sur le dessin de Nina.

— Je saurai retrouver ces endroits, mais ils ont tous perdu leur borne. Et s'il y a réellement une entrée, elle ne sera pas facile à localiser. Des milliers de gens suivent le labyrinthe chaque année, et personne n'a jamais rien découvert.

— Parce qu'ils ne savaient pas où chercher, objecta Mitchell. Où se trouve le point le plus proche ?

Nina donna le calepin à Chloe, qui tourna la carte sommaire pour l'orienter selon la disposition du Tor.

— Sur la cinquième terrasse, côté ouest. Par ici, les entraîna-t-elle en reprenant l'ascension du chemin qui grimpait en faisant le tour du Tor.

Une fois arrivés sur la cinquième terrasse, Chloe les guida à flanc de colline.

— Ce doit être quelque part par là, annonça-t-elle finalement.

La pente était escarpée, et l'on n'apercevait au-dessus d'eux que le haut de la tour St Michael. L'endroit n'offrait cependant rien d'extraordinaire : ce n'était qu'un bout de prairie herbue, parsemée de terriers de lapins.

— Je ne vois rien, se plaignit Mitchell.

— S'il y a quelque chose, ce sera enterré. Tenez, essayez avec ça. (Chloe rouvrit son sac à dos et y récupéra une poignée de petits piquets de tente d'une quinzaine de centimètres de long, avec un crochet au bout ; elle en tendit un à Mitchell ainsi qu'à Nina.) On va sonder les lieux.

Nina se pencha et planta le piquet dans le sol. La terre était dense et offrait une certaine résistance, mais elle continua à pousser jusqu'à enfoncer entièrement le piquet.

— Rien ici, dit-elle en le retirant pour recommencer l'opération quelques dizaines de centimètres plus loin.

Mitchell comprit l'idée et se mit à son tour à la tâche, ainsi que Chloe.

Mais, après une demi-heure à sonder le sol, ils n'avaient trouvé que quelques cailloux. Rien qui soit susceptible de dissimuler l'entrée d'un tombeau.

— On a fait chou-blanc, constata Mitchell.

— Mais il reste encore deux sites à examiner, lui rappela Nina.

Le suivant était sur la sixième terrasse, du côté nord-ouest. On l'apercevait depuis le sommet du Tor, ainsi que depuis le chemin en zigzag qui grimpait sur la face nord de la colline : le groupe s'attira donc les regards curieux des touristes en se remettant à sonder le sol à l'aide des piquets de tente. Mais, là non plus, ils ne trouvèrent rien.

— On aura plus de chance pour la troisième tentative, déclara Chloe d'une voix pleine d'espoir alors qu'elle examinait une nouvelle fois la carte. Le dernier point se situe… sur la première terrasse, côté sud-est. Hélas, il va falloir redescendre tout en bas et faire le tour du Tor…

Nina observa le soleil, qui avait entamé sa descente vers l'horizon.

— Aurons-nous le temps d'arriver là-bas ?

— Je pense, oui, mais il ne nous restera plus beaucoup de temps pour chercher sur place avant que la nuit tombe. Au fait, où dormez-vous ce soir ?

— Nous avons prévu de rentrer à Londres, dit Mitchell.

Chloe écarquilla les yeux.

— Rentrer à Londres ? Oh, mais c'est ridicule : vous n'y serez pas avant le milieu de la nuit ! Je vis à Shepton Mallet, ce n'est qu'à quinze kilomètres d'ici. Vous pouvez loger chez moi ce soir, j'ai une chambre d'ami. Et un canapé, ajouta-t-elle à l'intention de Mitchell, que cette perspective ne semblait guère enchanter.

— Vous êtes sûre que ça ne vous dérangera pas ? demanda Nina.

— Oh non, ça ne pose pas le moindre problème. Et combien de fois aurai-je l'occasion d'accueillir chez moi la célèbre archéologue qui a découvert l'Atlantide ? Ce sera un honneur.

— Dans ce cas, nous acceptons avec plaisir votre invitation. N'est-ce pas, Jack ?

Il grommela sans enthousiasme.

— Fantastique ! Bon, maintenant, nous ferions bien d'y aller.

Recouverte par l'ombre de la colline, la face sud-est du Tor était plus froide, et plus lugubre. La raideur de la pente leur masquait la tour au sommet, et la vue vers le village de Glastonbury leur était également bouchée, ce qui contribuait au sentiment d'isolement. Le brouhaha des visiteurs s'était tu et, en dehors de croassements lointains, le seul signe de vie était une vache solitaire, dans le pré au pied du Tor, qui broutait paisiblement en se moquant totalement de leur présence.

— Voici l'endroit où la borne aurait dû se trouver, annonça Chloe en revérifiant la carte.

Nina scruta le versant. Rien ne le différenciait des deux autres sites qu'ils avaient fouillés.

— Si la tombe se trouve bien ici, ce sera forcément à proximité.

Elle s'empara de son piquet d'acier et l'enfonça dans la terre, bientôt imitée par Chloe et Mitchell.

Ils cherchèrent pendant dix minutes, puis vingt, sans rien découvrir qui sorte de l'ordinaire. Le ciel au-dessus du Tor prit progressivement une teinte rose saumon, qui vira à l'orange vif à mesure que le soleil se rapprochait de l'horizon. Cinq autres minutes. Toujours rien.

Puis…

Le piquet de Nina s'arrêta brutalement, enfoncé à seulement dix centimètres sous terre.

Au début, elle ne réagit pas vraiment. Ce n'était pas la première fois qu'elle tombait sur une pierre. Elle retira le piquet et sonda de nouveau, dix centimètres plus loin. S'il s'agissait seulement d'un caillou, cet écart suffirait à l'éviter.

Mais le piquet se retrouva bloqué à dix centimètres de profondeur.

Elle se déplaça et réessaya. Dix centimètres. Poussant un coup sec, elle entendit un cliquetis étouffé dans le sol, le bruit du métal heurtant la pierre.

— Hé, vous autres ! appela-t-elle en sentant l'excitation la gagner. Venez voir !

— Quoi ? demanda Mitchell alors que Chloe et lui la rejoignaient.

— Il y a quelque chose de gros. Ça pourrait être un rocher, mais ça me semble très plat. Aidez-moi à estimer sa taille.

Ils enfoncèrent leurs piquets dans le Tor, en s'écartant progressivement les uns des autres. Chaque sondage s'arrêta à dix centimètres de profondeur, jusqu'à ce qu'ils aient déterminé que l'objet enterré présentait une largeur d'environ un mètre vingt. Ils recommencèrent l'opération à la perpendiculaire, et trouvèrent une longueur équivalente.

La zone délimitée dessinait un carré.

— Impossible que ce soit naturel, murmura Nina en observant les lignes de trous dans le sol qui marquaient les contours de la chose.

Chloe sortit une truelle de son sac.

— Laissez-moi faire.

Elle s'agenouilla et commença à déblayer la terre au centre de la zone, avec des gestes de plus en plus délicats à mesure qu'elle creusait plus profond. La pointe de la truelle racla contre de la pierre. Elle échangea un regard avec Nina, puis agrandit le trou en repoussant la terre sur le côté.

Chloe mit au jour la surface lisse et plate d'une dalle, taillée par la main de l'homme. Mais ce sont l'inscription gravée sur la dalle, et le nom qu'elle y lut, qui firent battre follement le cœur de Nina.

MERLIN.

Abasourdie, Chloe recula et s'assit par terre.

— Eh bien, ça alors !

Nina écarta la terre, révélant d'autres mots en latin.

— « Le courroux de Merlin » ? traduisit-elle d'une voix incrédule. (Elle s'empara de la truelle que tenait Chloe et creusa pour élargir le trou.) Non, attendez. Ce n'est qu'un bout de la phrase. « …le courroux de Merlin, qui frappe… » (Elle se remit à creuser frénétiquement.) « …qui frappe uniquement celui qui contemple son visage. Celui qui connaît la vérité trouvera… »

Ébahie, Nina se tut.

— Alors ? demanda Mitchell. Ça dit quoi ?

Nina releva les yeux vers lui.

— « Celui qui connaît la vérité trouvera la tombe d'Arthur. » (Elle posa les mains sur la vénérable dalle de pierre, encore incapable de croire à ce qu'elle venait de découvrir.) Elle existe, elle existe vraiment !

Nina agita les mains en un geste de refus poli.

— Non, je ne peux plus rien avaler.

— Vous êtes sûre ? demanda Chloe. (Elle poussa une assiette devant son invitée.) Une autre part de gâteau ?

— Non merci, vraiment.

— Vous préférez peut-être une glace ? Ou des After Eights ? Ou des biscuits au fromage ?

— Merci, rien du tout !

Contraints par la tombée de la nuit à remettre au lendemain l'examen approfondi de leur découverte, ils avaient repoussé la terre sur la dalle de pierre pour la dissimuler et étaient allés chez Chloe avec l'intention de revenir au Tor dès le lever du jour. Nina regarda vers la porte de la salle à manger de Chloe, par laquelle lui parvenait la voix de Mitchell. Ce dernier avait prétexté un coup de fil à passer pour s'éclipser, mais Nina le soupçonnait plutôt de vouloir échapper à la sollicitude insistante de leur hôtesse, qui ne cessait de leur offrir des mets plus caloriques les uns que les autres.

Chloe lorgna sur le dernier morceau de gâteau avec des yeux gourmands.

— Vous n'en voulez vraiment pas ? Dans ce cas, je…

— Allez-y, je vous en prie !

Mitchell revint dans la salle à manger alors que Chloe faisait glisser la part de gâteau dans son assiette.

— Oh, il n'y a plus de gâteau ? Dommage.

— Je vous laisse cette part, si vous voulez, lui proposa Chloe. Ou une glace ? Ou des biscuits au fromage ?

— Non merci, tout va bien.

— À qui téléphoniez-vous ? demanda Nina juste au moment où son propre téléphone se mit à sonner. Oh, excusez-moi. (Elle le sortit de sa poche et vit le nom de Chase s'inscrire sur l'écran. Il daignait enfin lui parler…) Eddie ?

— Salut, chérie. (Il avait toujours la voix maussade, mais au moins ne semblait-il plus en colère.) Tu vas bien ?

— Oui, très bien. Et toi ?

— Mieux. Écoute, j'ai des choses à te dire, mais pas au téléphone. Je m'apprête à prendre un train pour revenir à Londres.

— Comment ça ? Où es-tu ?

— À Bournemouth. J'avais aussi à parler à Lizzie, alors je suis passé la voir. Tu es à l'hôtel ?

— Non, je suis, euh, dans le Somerset.

Une pause.

— Quoi ?

— Je suis à Glastonbury.

— *Quoi ?*

— Écoute, nous avons fait une découverte ! Enterrée sous la colline de Glastonbury Tor. Nous pensons qu'il s'agit de la tombe du roi Arthur. Nous avons trouvé son entrée !

Une autre pause, plus longue cette fois. Puis :

— Bordel de merde, Nina ! explosa Chase, si fort que Mitchell et Chloe l'entendirent. Je t'avais dit de ne pas y aller !

— Oui, et je t'avais répondu que tu n'avais pas à me dire ce que je pouvais faire ou non, Eddie ! Nous avons une mission, tu te rappelles ? Trouver Excalibur. Eh bien, c'est ce que nous avons fait.

— Nous ? Jack est avec toi ?

— Oui, Jack est ici, rétorqua sèchement Nina. (Elle jeta un œil aux deux autres. Gênée, Chloe s'absorbait dans la contemplation d'une horloge d'un air faussement intéressé, tandis que Mitchell lui adressait un regard interrogateur.) Bon sang, Eddie ! C'est pour ça que tu t'es montré aussi possessif envers moi ces derniers temps ? On aurait presque dit un chien qui levait la patte pour marquer son territoire...

Chase fulmina en silence.

— Écoute, reviens à Londres. Je voudrais vraiment te parler.

— Ça devra attendre demain. Je reste ici pour la nuit.

— Avec Jack ?

Nina crispa les mâchoires.

— *Oui*, Eddie, avec Jack.

— Si c'est comme ça, c'est moi qui te rejoindrai là-bas. Lizzie ! J'aurais besoin de t'emprunter ta voiture. (En arrière-fond, Nina entendit Elizabeth lui répondre en des termes sans équivoque.) Très bien, très bien, je prendrai un taxi ! Où es-tu ?

— Eddie, tu deviens complètement ridicule. Écoute, je n'ai aucune envie de poursuivre cette conversation tant que tu te conduiras comme un vrai gosse ! D'accord ? On se reparlera demain, quand tu auras retrouvé ton bon sens.

Elle mit fin à la communication sans donner à Chase le temps d'ajouter le moindre mot.

— Euh, je vais mettre tout ça au lave-vaisselle, dit Chloe en débarrassant hâtivement la table avant de disparaître dans la cuisine pour laisser Nina et Mitchell seuls.

— Bon sang ! (Nina leva son téléphone d'un geste rageur pour l'abattre sur la table, mais elle se reprit par égard pour leur hôtesse et se borna à en frapper sa cuisse.) J'avais oublié à quel point il est capable de me rendre folle ! Je me demande parfois ce qui peut bien me plaire chez lui…

— J'imagine que ça tient au fait que les opposés s'attirent, suggéra Mitchell en lui tapotant amicalement le bras.

— Oui, eh bien, il y a des moments où je le trouve un peu trop opposé à moi, vous voyez ? Je suis fiancée à cet homme, mais nous sommes complètement différents. Parfois, je m'inquiète de ce que…

Nina laissa sa phrase en suspens.

— Qu'est-ce qui vous inquiète ?

— Je ne devrais pas vous raconter tout ça. Ce sont mes problèmes, pas les vôtres. Et vous n'avez sûrement pas envie de m'entendre me plaindre.

Mitchell lui adressa un regard compatissant.

— Je peux peut-être vous aider.

Nina grimaça, l'air perdu.

— Je ne sais pas, c'est juste que… je m'inquiète de voir à quel point nous sommes différents ! bredouilla-t-elle.

Le fait d'exprimer cette inquiétude à haute voix l'emplit d'un mélange de soulagement et de culpabilité.

— Vous craignez, si vous vous mariez, que les choses ne collent pas ?

— C'est ça ! Eddie a déjà été marié une fois, et… enfin, pour le coup, c'est sans doute l'exemple extrême de la manière dont un mariage peut mal tourner, mais au moins Sophia et lui étaient tous les deux anglais. Ils avaient déjà ça en commun.

— Avez-vous parlé de tout ça avec lui ?

— Oh, et comment ! ironisa Nina. Il faut qu'Eddie frôle la mort pour se laisser aller à exprimer ses sentiments sans faire des blagues stupides à tout bout de champ. (Elle laissa échapper un grognement de frustration.) Mais qu'est-ce que je vais faire ? Vous avez connu ce genre d'interrogations avant de vous marier ?

— J'ai bien peur que non, répondit Mitchell. Nous pensions que nous étions faits l'un pour l'autre. La naïveté de la jeunesse, j'imagine.

— Super ! Il ne manquait plus qu'on me rappelle que je n'étais plus si jeune que ça, soupira-t-elle avec humour. Seigneur, il me rend folle de rage, parfois. Pourquoi ne peut-il pas être un peu plus, un peu plus…

— Comme vous ?

— Exactement ! Enfin, pas exactement-exactement, ce serait malsain et narcissique. (Mitchell éclata de rire, vite suivie par Nina.) Mais oui, il y a des moments où j'aimerais qu'il soit moins… Eddie.

Mitchell déplaça légèrement sa chaise vers elle, en la regardant dans les yeux.

— Oui, moins *Eddiot*.

Nina rit de nouveau, et lui adressa un sourire entendu.

— Eddie avait raison à votre sujet. Vous flirtez avec moi.

— Je suis démasqué, confessa Mitchell la main sur le cœur, d'un air faussement contrit. C'est un grave défaut que j'ai, je le reconnais humblement. Mais la seule chose qui importe vraiment est la suivante : est-ce que je flirte *bien* ?

Nina sourit, flattée de l'attention qu'il lui portait.

— Pas trop mal, je dois l'admettre.

— Je peux m'améliorer, vous pensez ?

— Hmm… possible.

— Dans ce cas, il va falloir que je continue à m'exercer.

Il sourit à son tour, en se penchant encore un peu plus vers elle…

Chloe entra dans la salle à manger et marqua un léger temps d'arrêt en voyant ses invités assis dans une bien plus grande proximité qu'au cours du dîner. L'instant était passé, et Nina recula en cillant.

— Bien, le lave-vaisselle est plein ! annonça Chloe d'une voix un peu trop forte. Je vais vous chercher une de mes chemises de nuit.

— Merci. Et si vous aviez une couverture supplémentaire pour Jack : il ne faudrait pas qu'il prenne froid sur le divan, dit Nina en insistant sur le dernier mot.

— Ah, soupira Mitchell, s'exercer et s'exercer encore, c'est la clef du succès.

17

Le soleil matinal illuminait le versant sud-est du Glastonbury Tor. Il n'y avait aucune trace du trou dans le sol et de la dalle de pierre au-dessous, à l'exception d'une zone de terre remuée et de l'extrémité d'un piquet de tente planté dans l'herbe.

— Nous y voilà, dit Chloe en montrant le piquet du doigt.

Elle déposa le reste de son équipement sur la terrasse et Mitchell la regarda d'un air dubitatif entourer le site de fouille d'un périmètre de piquets de bois reliés par un ruban plastique rouge et blanc.

— Vous êtes sûre que ça servira à quelque chose ?

— Nous sommes en Angleterre, répondit Chloe avec un sourire. Ne jamais sous-estimer le pouvoir d'un simple ruban rayé pour éloigner les curieux. Par ailleurs (elle produisit un gilet de sécurité jaune fluorescent), rien ne rend quelqu'un plus invisible qu'une tenue d'ouvrier !

Mitchell ne semblait pas convaincu, mais il renonça à argumenter.

— Je me suis arrangé pour que l'ambassade me fasse parvenir du matériel à moi aussi, expliqua-t-il en ouvrant la fermeture Éclair de son sac de voyage pour montrer à Nina deux lampes torches de chantier, ainsi qu'une paire de talkies-walkies.

— C'était donc ça, votre coup de fil d'hier soir ?

— Oui, je voulais être prêt. Nous ignorons ce que nous trouverons là-dessous.

— Si jamais il y a quelque chose.

L'enthousiasme initial de Nina s'était étiolé durant la nuit, et sa dispute avec Chase continuait à lui occuper l'esprit.

À l'aide des pelles que Chloe avait apportées, il ne leur fallut pas longtemps pour mettre entièrement au jour la dalle de pierre. Nina utilisa une brosse pour ôter la terre des lettres gravées à sa surface. L'inscription, longue de plusieurs lignes, était en latin.

— « Sachez que sous cette pierre se trouve la tombe véritable d'Arthur, roi des Bretons, et de sa seconde reine, Guenièvre, lut Nina. Seul celui qui connaît l'histoire d'Arthur et la légende d'Arthur sera digne d'accéder en sa présence pour lui rendre hommage. Celui-là saura trouver son chemin dans le labyrinthe pour affronter l'épreuve de Nivienne… » Nivienne ? demanda-t-elle à Chloe.

— Un des noms donnés à la Dame du Lac.

— D'accord. « …l'épreuve de Nivienne, qui retiendra l'indigne en ce lieu où elle réside, puis le courroux de Merlin, qui frappe uniquement celui qui contemple son visage. Celui qui connaît la vérité trouvera la tombe d'Arthur ; celui qui l'ignore… » Oh !

— Quoi ? fit Mitchell.

— « …jamais ne reverra le jour. » Hum, voilà qui n'est guère rassurant. On dirait bien que les moines ont laissé des pièges derrière eux.

— Mais la tombe remonte à plusieurs siècles, lui rappela Mitchell. Les pièges ne sont certainement plus en état de marche après tout ce temps.

— Oui, on aimerait le croire, rétorqua Nina d'un ton sarcastique que justifiaient de pénibles expériences passées.

— Cela pourrait expliquer une ancienne légende, réfléchit Chloe. Elle raconte qu'un groupe de trente moines pénétra un jour dans des tunnels qu'ils avaient découverts sous le Tor, et que seuls trois d'entre eux en ressortirent vivants.

Nina grimaça.

— Voilà un taux de mortalité guère encourageant.

Mais elle s'empara tout de même d'une pelle, et se mit à creuser.

Une fois qu'ils eurent dégagé le pourtour de la dalle, qui reposait sur un encadrement maçonné, Nina et Mitchell la soulevèrent prudemment et la firent basculer pour révéler…

— Oh, mon Dieu ! s'exclama Nina. Regardez ça…

Ils se trouvaient devant l'entrée d'un tunnel, étroit mais praticable, qui s'enfonçait sous le Tor. Des chiffres romains étaient gravés sur une des pierres de l'encadrement.

— 1191, lut Nina. La même année que celle de la supposée découverte de la tombe d'Arthur dans l'enceinte de l'abbaye de Glastonbury. Mais ceci est la véritable tombe… le véritable trésor.

Mitchell pointa le faisceau de sa torche électrique dans le boyau souterrain.

— L'état de ces étais me donne quelques inquiétudes.

Au-delà de l'entrée maçonnée, la galerie était creusée dans l'argile et le grès, et étayée par des poutres en bois qui avaient succombé à la pourriture après des siècles passés dans le sous-sol humide.

Nina s'empara d'une autre lampe torche et observa à son tour le passage.

— Elles ont tenu jusqu'ici, dit-elle en touchant aussitôt son pendentif porte-bonheur dans un réflexe superstitieux. Tant qu'on ne cogne pas dedans, je pense que ça devrait aller.

— Je n'en suis pas aussi sûre, s'inquiéta Chloe. Je crois que je préfère rester ici pour garder la boutique, si ça ne vous fait rien.

Nina lui adressa un sourire rassurant et ramassa l'un des casques de chantier jaunes que Chloe avait apportés.

— Pour tout vous avouer, cela me paraît tout à fait sensé. Mais, comme de toute façon nous devons descendre voir ce qui s'y trouve, autant y aller maintenant…

Mitchell s'équipa à son tour d'un casque, puis alluma un talkie-walkie et le tendit à Chloe.

— Vous savez comment vous en servir ? (Elle hocha la tête.) Parfait. Nous vous raconterons étape par étape ce que nous découvrirons là-dessous.

— Bonne chance ! leur lança Chloe alors qu'ils ramassaient leur matériel et pénétraient dans le tunnel.

— Merci ! J'espère qu'on n'en aura pas besoin…, répondit Nina.

La première chose qui frappa Nina en descendant la pente raide du tunnel était l'odeur, pénétrante et moite, de putréfaction végétale. Chloe leur avait appris que, dans les temps anciens, des marécages recouvraient toute la plaine, et c'était exactement ce que sentait le tunnel. Elle remarqua ensuite que le boyau, bien qu'étroit, n'avait pas été creusé à la hâte. Il avait été soigneusement aménagé, avec des parois lisses et des étais disposés à intervalles réguliers. Même si l'endroit était destiné à rester secret, les moines avaient mis un point d'honneur à édifier une tombe digne d'un roi.

Obligé de baisser la tête pour ne pas se cogner au plafond bas du tunnel, Mitchell avança derrière Nina et alluma son talkie-walkie.

— Vérification de la communication. Docteur Lamb, vous me recevez ?

— Cinq sur cinq, répondit la voix de Chloe. Comment c'est, pour l'instant ?

— En un mot ? Puant.

Nina sourit de cette description aussi peu scientifique que possible, puis se reconcentra sur le boyau devant elle alors qu'elle parvenait au pied de la pente.

— Le tunnel s'aplanit, annonça-t-elle avant de s'immobiliser en découvrant un embranchement. Oh, super !

— Quoi ? demanda Mitchell.

— J'ai l'impression que c'est vraiment un labyrinthe. (Au-dessus de la galerie de gauche, une petite dalle gravée était encastrée dans l'argile.) Passez-moi la radio. Chloe ? Nous aurions besoin de votre opinion d'experte. Le tunnel se subdivise en deux passages ; l'entrée de celui de gauche porte une plaque gravée du nom de « Morgain ».

— Plus connue sous le nom de Morgane la Fée, répondit Chloe par le talkie-walkie. Selon la légende, il s'agit de la sœur d'Arthur. Que dit l'autre passage ?

— Rien, et apparemment il en a toujours été ainsi : je ne vois pas de cavité d'où une autre plaque aurait pu tomber. Qu'en pensez-vous ?

— Je ne sais vraiment pas quoi vous dire. Je n'ai pas assez d'informations pour en tirer des conclusions.

Nina scruta les deux galeries à la lumière de sa lampe torche. Elles paraissaient identiques, et faisaient toutes deux un coude au bout de quelques mètres.

— Bon, j'imagine que nous allons devoir les explorer. (Elle jeta un regard en arrière vers Mitchell.) Alors, Morgain ou pas Morgain ?

Il haussa les épaules.

— Ce n'est pas à moi qu'il faut demander ça. C'est vous, l'experte.

— Ouais, je me doutais que vous alliez me laisser la responsabilité du choix. Très bien… Morgain, décida-t-elle en s'engouffrant dans le tunnel de gauche.

Une nappe d'eau s'était accumulée sur le sol d'argile rouge. Nina s'avança dans la flaque et tourna au coin du passage. Un peu plus loin, la galerie faisait de nouveau un coude. Ici, le sol était plus sec, même si les parois et les poutres luisaient toujours d'humidité. Elle ralentit, intriguée : pourquoi n'y avait-il plus de flaque ?

Mitchell se retrouva juste derrière elle, surpris de la voir s'arrêter.

— Quelque chose qui cloche ?

— Je ne sais pas trop, c'est juste que… (Nina secoua la tête.) Rien, allons voir où ça mène.

Elle reprit sa progression… et le sol se déroba sous ses pieds.

Elle hurla en se sentant glisser en avant et lâcha sa lampe torche, qui tomba en tournoyant, révélant un gouffre béant.

Mitchell la saisit brusquement et la retint alors qu'elle basculait dans le trou. Les pieds solidement campés au sol, il la tira à lui pour la ramener sur la terre ferme.

— Merde ! bredouilla-t-elle, son cœur cognant follement dans sa poitrine tandis qu'elle se raccrochait à Mitchell, les jambes flageolantes. Bon Dieu de foutus salopards de moines !

— Ça va ?

Nina prit plusieurs longues respirations pour retrouver son calme.

— Oui, oui, ça va. Nom d'un chien !

Elle se pencha prudemment pour examiner le trou et comprit comment elle avait été abusée. Un mince panneau de bois avait été placé en équilibre au-dessus de la fosse, puis recouvert d'une fine couche d'argile afin de ne pas se distinguer du reste du tunnel. Il avait suffi qu'elle y pose le pied pour que le panneau bascule et tombe dans une fosse partiellement inondée d'où émergeaient plusieurs longs pieux en bois.

— Hum. Méchant, ça, commenta platement Mitchell.

— Aidez-moi à franchir le trou, dit Nina, qui avait recouvré son sang-froid.

— Vous êtes sûre ? Si jamais il y a un autre…

— Nous devons voir où mène ce passage.

La fosse mesurait approximativement un mètre vingt de large, et le plafond bas ne facilitait pas les choses, mais Nina parvint à la franchir avec l'aide de Mitchell. Il lui lança ensuite la lampe qui leur restait, et Nina alla voir derrière le coin du tunnel.

— Ah, l'enfoiré de moine qui a eu cette idée a dû bien rigoler ! C'est un cul-de-sac…

Mitchell l'aida à repasser de l'autre côté du trou.

— Qu'est-ce que ça veut dire, d'après vous ? demanda-t-il.

— Que nous avons besoin de quelqu'un qui sait faire la différence entre l'histoire d'Arthur et sa légende. (Elle s'empara du talkie-walkie et appuya sur le bouton d'appel.) Allô, Chloe ?

— Oui, Nina, répondit joyeusement Chloe, ignorant le drame qui avait été évité de justesse dans le souterrain. Vous avez trouvé quelque chose ?

— On pourrait dire ça. Écoutez, je crois que j'ai compris ce que signifie l'inscription sur la dalle, à propos de l'histoire et de la légende, et du fait de choisir le bon chemin. Le passage marqué du nom de Morgain… disons qu'il ne s'est pas révélé très positif. J'ai dans l'idée que, à chaque embranchement, nous trouverons le nom d'un personnage ou d'une chose liée à Arthur. Ceux qui relèvent de faits historiques conduisent au tombeau proprement dit, tandis que ceux qui relèvent du mythe… mieux vaut les éviter.

— Je ferai de mon mieux. Mais, avec Arthur, la frontière entre l'histoire et la légende est souvent floue.

— Donnez-nous seulement votre avis.

— Vous êtes sûre de votre coup ? demanda Mitchell.

— Si je me trompe, vous aurez encore à me sortir d'une fosse…

Ils retournèrent au premier embranchement et prirent l'autre galerie, celle qui ne portait aucun nom. Nina avança en testant à chaque pas la solidité du sol. Il resta ferme sous ses pieds, mais elle continua néanmoins à progresser prudemment dans le tunnel sinueux, jusqu'à arriver à une nouvelle bifurcation.

— Chloe ? appela-t-elle par le talkie-walkie. J'avais raison, il y a une autre plaque.

— Que dit-elle ?

Nina rapprocha sa lampe torche pour lire le texte gravé sur la plaque au-dessus du passage de gauche.

— Bedivere.

— Oh, Bedivere est absolument authentique, déclara Chloe. (Sa voix leur parvint un peu distordue ; les interférences augmentaient à mesure qu'ils s'enfonçaient sous le Tor.) Il apparaît dans plus de textes historiques qu'Arthur lui-même. Il est appelé Bedwyr dans les sources galloises les plus anciennes, et…

— On va essayer à gauche, dit Nina à Mitchell tandis que Chloe continuait son exposé.

Ils s'engagèrent dans le tunnel. Nina en scruta soigneusement le sol, ainsi que les murs et le plafond. L'expérience lui avait enseigné que les constructeurs de pièges utilisaient rarement deux fois le même stratagème.

Mais sa théorie sembla se confirmer et ils continuèrent à s'enfoncer dans le sous-sol, pour tomber bientôt sur une nouvelle patte d'oie. Cette fois, la plaque se trouvait à l'entrée de la galerie de droite.

— Chloe, on a encore besoin de vous. Cette plaque porte le nom de « Badon ».

— La bataille de Badon, répondit immédiatement Chloe. La plus grande victoire d'Arthur sur les Saxons. Elle a eu lieu à la fin du ve siècle, ou au début du sixième. La date diffère selon les sources, mais il s'agit bien d'un événement historique.

— Va pour Badon, dit Nina en pénétrant dans le tunnel de droite.

Ils poursuivirent prudemment leur progression dans le dédale, en s'arrêtant à chaque embranchement pour prendre l'avis de Chloe. La distorsion de sa voix ne cessait de s'aggraver, et le crépitement des interférences la noyait parfois presque entièrement, mais ils parvinrent tout de même à entendre ses réponses : Llacheu, le fils d'Arthur, était considéré comme un personnage historique par les moines de Glastonbury, tandis que le chevalier Karados et Bron, le Roi pêcheur, relevaient du mythe. Nina et Mitchell continuèrent à descendre dans les entrailles du Tor, et l'air devint de plus en plus irrespirable.

— Ah ! s'étrangla Nina en reculant après avoir tourné au coin du tunnel et s'être retrouvée face à une silhouette.

Une fois la surprise passée, elle constata qu'il s'agissait en réalité de la statue d'une femme élancée et gracieuse, dressée sur la berge d'une mare dont les eaux, d'un brun rougeâtre, devaient leur coloration à l'abondance du fer dans le sol. Cette mare occupait toute la surface d'une chambre souterraine bien plus large que les galeries.

— Ce doit être Nivienne, la Dame du Lac, souffla Nina.

Elle se munit de son appareil photo et prit plusieurs clichés des lieux. S'ils ne pouvaient aller plus loin, cela lui offrirait au moins quelque chose à étudier une fois revenue à l'air libre.

— Pas génial, comme lac…

Mitchell remonta sa manche et plongea le bras dans l'eau trouble pour voir s'il pouvait toucher le fond. Apparemment, la mare était profonde. Il secoua son bras pour en chasser l'eau ruisselante et braqua sa torche vers la rive opposée.

— Regardez ça.

Dans la lumière qui se reflétait à la surface de l'eau, Nina aperçut la partie supérieure de deux tunnels presque entièrement inondés, et une autre plaque de pierre encastrée au-dessus de l'entrée de celui de gauche. Mais ce n'était pas ça que Mitchell voulait lui montrer : il dirigeait le faisceau de sa lampe sur l'eau elle-même, troublée de manière intermittente par la remontée de petites bulles.

— Un poisson, peut-être ? suggéra-t-elle.

— Du gaz, répondit Mitchell. Voilà pourquoi tout l'endroit empeste : des émanations de gaz de marais remontent du fond de cette mare !

— Nous devons être proches du niveau hydrostatique, observa Nina.

Les marécages du Somerset avaient certes été drainés en surface, mais le sous-sol restait gorgé d'eau, et l'accumulation de végétaux en décomposition avait engendré un produit dérivé nauséabond : du méthane. Les moines en étaient-ils conscients à l'époque, ou s'agissait-il seulement d'une coïncidence ?

Elle demanda à Mitchell d'éclairer la statue. Nivienne tendait le bras en une invitation à pénétrer dans l'eau, mais Nina n'en éprouvait pas vraiment l'envie.

— Il s'agit forcément de l'épreuve de Nivienne. Mais en quoi consiste-t-elle ?

— Je crois qu'il va falloir qu'on se mouille, ronchonna Mitchell avec un geste vers les deux tunnels de l'autre côté de la mare.

— Que dit la plaque gravée ? (Nina plissa les yeux pour déchiffrer le texte.) Il est écrit… Anna.

Grâce au talkie-walkie, elle décrivit la salle souterraine et la plaque à Chloe ; la réception était à présent si mauvaise que sa réponse fut à peine audible.

— Anna était la sœur d'Arthur, expliqua Chloe, la voix couverte par les grésillements. Mais difficile de dire si son historicité repose sur des bases vraiment sérieuses. On la considère généralement comme la mère de Gawain, ou Gauvain ; mais, dans les récits gallois primitifs – ceux qui mentionnent Bedivere –, sa mère est une femme du nom de Gwyar. Anna pourrait être un autre nom pour désigner la même personne, mais…

— Donc, vous ne savez pas si elle relève de l'histoire ou du mythe ? résuma Nina.

— Non, désolée.

Nina ôta son pouce du bouton de transmission, marmonna : « Super ! », puis le pressa de nouveau.

— Mais quelle est l'hypothèse la plus probable, selon vous ? Pourraitelle avoir réellement existé ?

— C'est possible. D'autres sources la citent, mais elles sont plus tardives.

— Après 1191 ?

— Non, mais certaines ne remontent qu'au début du XIIe siècle, dont Geoffrey de Monmouth ; et, pour ce qui concerne la véracité historique, je place Geoffrey sur un pied d'égalité avec les Monty Python !

Nina et Mitchell échangèrent un petit sourire à cette mention.

— Est-ce que la découverte de cette tombe ajoute du crédit à l'une ou l'autre option ? Parce qu'il y a clairement une part de vrai dans la mythologie arthurienne…

Chloe réfléchit un instant.

— Je suppose que cela augmente la probabilité qu'Anna ait réellement été la sœur d'Arthur, mais impossible de l'affirmer avec certitude. Les moines de Glastonbury ont montré qu'ils n'hésitaient pas à mentir sur certains aspects de la légende pour leur propre bénéfice : on ne peut donc pas s'en remettre aveuglément à leurs récits.

— Et ils n'hésitaient pas non plus à tuer pour protéger le secret, renchérit Nina. Chloe, j'ai le sentiment que l'épreuve de Nivienne propose un choix potentiellement mortel.

Choisissez le mauvais tunnel et vous n'arriverez jamais au bout avant de manquer d'air…

— Vous devriez peut-être faire demi-tour, suggéra Chloe. Le temps de récupérer du matériel de plongée.

— Il faut agir maintenant, insista Mitchell. Si Excalibur est ici, il faut que l'on mette la main dessus le plus tôt possible. Plus nous tardons, plus il y a de risques que les mercenaires de Vaskovich réussissent à localiser la tombe grâce aux notes de Rust.

Nina soupira.

— Je savais que vous diriez ça. (Elle s'adressa de nouveau à Chloe.) Vous n'avez aucun indice à nous donner, c'est sûr ?

— Je suis navrée. J'ai bien peur que vous ne deviez décider par vous-mêmes.

— D'accord, merci. (Nina mit fin à la communication d'un air maussade.) Bon, qu'en pensez-vous ? La première des sœurs d'Arthur dont nous avons croisé le nom était un mythe ; croyez-vous que celle-ci a réellement existé ?

— Eh, c'est vous, l'historienne ! À vous de choisir…

— Pourquoi est-ce toujours à moi que revient le fardeau de la décision ? gémit Nina.

Mitchell sourit.

— J'ai souvenir d'une jeune femme aux cheveux roux exigeant d'être à la tête de l'opération…

— Vous savez, j'espérais un peu que vous auriez oublié ce détail. (Nina fronça les sourcils, le regard rivé à la plaque, de l'autre côté de la mare.) Donc, soit Anna était bien la sœur du roi Arthur, soit elle ne l'était pas. Je n'ai pas du tout la pression. (Elle ferma les yeux, repassant dans son esprit la moindre bribe d'information dont elle se souvenait.) Je dirais… que c'était sa sœur.

— Une supposition éclairée ?

— Une supposition seulement, admit-elle. Bon, comment procède-t-on ?

— Enlevez tout ce qui peut se gorger d'eau, dit Mitchell en ôtant sa veste. Votre manteau, vos chaussures, votre pull.

Nina hésita.

— Euh… c'est qu'il ne me reste plus grand-chose sous ce pull.

— Quoi ? Vous ne portez pas de soutien-gorge ?

— Bien sûr que si ! Mais il est du genre… léger.

Mitchell se débarrassa de sa chemise et la lui tendit.

— Qu'y a-t-il ?

— Rien, rien, se hâta de répondre Nina en s'efforçant de ne pas se montrer trop impressionnée par son torse glabre et musclé.

Il afficha un petit sourire.

— Différent d'Eddie ?

— Il est plus… dense, si l'on peut dire. Et du genre poilu. Oh, mon Dieu, je crois que je ferais mieux de me taire…

Mitchell s'esclaffa et se retourna le temps qu'elle enlève son pull et passe la chemise qu'il lui avait donnée.

— Laissez aussi tous vos objets de valeur : portefeuille, téléphone, et le reste. La lampe torche est étanche. Et pour ce qui est de votre appareil photo ?

Nina hocha la tête et ôta ses chaussures, puis elle trempa les doigts de pied dans l'eau.

— Oh, la vache, elle est glacée !

— Pas tant que ça, fanfaronna Mitchell en entrant dans l'eau, la lampe torche à la main. J'ai plongé dans l'Atlantique au beau milieu de l'hiver. Ça, c'était de l'eau glacée ! Venez, je vais vous aider.

— Oh… (Avec réticence, Nina prit la main qu'il lui tendait et pénétra dans l'eau. Elle était aussi froide qu'elle le craignait.) Putain de m…

— Vous vous sentirez mieux dans un petit moment. (Il se poussa du pied contre la berge et nagea en direction de l'entrée du tunnel.) Anna, donc. Vous êtes sûre de votre coup ?

— Non.

Nina nagea à sa suite. La mare semblait vraiment profonde ; elle ne touchait pas le fond avec ses pieds, ce qui n'avait rien de rassurant. Et si les tunnels s'enfonçaient encore plus bas ?

— Vous devriez attendre ici pendant que je plonge vérifier les lieux, proposa Mitchell. S'il s'agit bien du bon tunnel, il ne doit pas être très long. Les moines devaient eux aussi nager pour le franchir, et je doute qu'ils aient été très affûtés physiquement.

— Mais s'il s'agit du mauvais tunnel, vous pourriez avoir besoin d'aide pour ressortir. Nous devrions rester ensemble. (Nina marqua une pause, puis fronça les sourcils.) Hum. Est-ce que je viens de me porter volontaire pour nager dans un tunnel obscur qui risque fort de se terminer en cul-de-sac ?

— Je veillerai sur vous, la rassura Mitchell en lui tendant la torche. Tenez-la bien, et agrippez-vous à ma ceinture. Faites-moi confiance, ajouta-t-il devant sa moue dubitative. Impossible de faire carrière dans la marine sans un être un bon nageur.

— Bref, vous me demandez de me pendre à vos basques ?

Il sourit.

— Je devrais pouvoir le supporter. Prête ?

— Non, répondit-elle en attrapant tout de même la ceinture de Mitchell.

— OK. Maintenant, prenez une grande inspiration. (Mitchell inspira longuement, à plusieurs reprises, et Nina l'imita.) Vous y êtes ?

Elle secoua la tête en disant « on-on » à travers ses lèvres closes. Mitchell sourit de nouveau…

…et plongea.

Nina fut entraînée derrière lui alors qu'il s'engageait dans le tunnel. Les yeux fermés, tout ce qu'elle entendait se réduisait au bruissement rythmé de chacune de ses brasses puissantes dans l'eau opaque. Il n'avait pas exagéré ses talents de nageur ; même si elle battait des pieds aussi fort que possible pour ne pas se laisser traîner comme un poids mort, elle était remorquée dans son sillage.

Mitchell changea de direction pour prendre sur la gauche, en descendant légèrement. La lampe torche dans la main de Nina frôla une paroi alors que le boyau faisait un coude. Quelques brasses encore, et il marqua une pause avant de tourner une nouvelle fois, après avoir tâtonné pour trouver le passage.

La pression dans la poitrine de Nina se mit à augmenter. Elle estima qu'une trentaine de secondes s'étaient écoulées depuis leur plongée dans le tunnel. Elle ignorait combien de temps elle serait capable de retenir son souffle ; une fois, elle avait tenu plus d'une minute, mais cela remontait à bien des années, quand elle n'était encore qu'une enfant…

À la diminution du courant qui lui arrivait sur le visage, Nina sentit que Mitchell commençait à ralentir. Un autre virage dans un nouveau passage, qui continuait à descendre. Voilà qui n'augurait rien de bon. Elle aurait préféré remonter. Une minute s'était déjà écoulée, certainement. Une sensation de brûlure se diffusa dans ses poumons…

Mitchell s'immobilisa brusquement, et Nina flotta jusqu'à venir buter contre lui. Elle tendit un bras pour se stabiliser et toucha un mur. Mitchell tournait sur lui-même dans l'eau, à la recherche d'une issue.

Merde ! Et si elle avait fait le mauvais choix ? S'il s'agissait d'un cul-de-sac destiné à piéger – et à noyer – ceux qui ne connaissaient pas la différence entre le mythe et l'histoire ?

Une bulle d'air tenta de s'échapper de sa gorge. Elle la ravala avec un spasme qui agita son corps tout entier. Mitchell sentit qu'elle était sur le point de craquer. Il nagea vers la droite, puis vers la gauche, en continuant à chercher à l'aveuglette le passage.

Nina entendit un sifflement qui ne venait pas de l'extérieur, mais du sang qui battait à ses oreilles alors que son cœur accélérait, luttant pour extraire le peu d'oxygène qui restait dans ses poumons. Elle heurta de nouveau Mitchell. Cela faisait bien plus d'une minute, à présent, et elle parvenait à peine à retenir sa respiration. Il ne fallait pas songer à refaire tout le chemin à la nage dans l'autre sens et dans le noir.

Mitchell bougea. Ni vers le haut ni vers le passage par où ils étaient arrivés, mais vers le bas, encore plus profondément dans l'eau boueuse. Nina aurait voulu protester, mais tout ce qu'elle pouvait faire était de tenir bon alors que le sifflement à ses oreilles se muait en rugissement…

Mitchell changea de nouveau de direction, et commença à remonter.

Ses battements devinrent plus lourds, moins précis, plus frénétiques. Nina sentit le tunnel se rétrécir autour d'eux à mesure qu'ils continuaient à monter vers un cul-de-sac fatal ou…

L'air libre!

Mitchell creva la surface et attrapa aussitôt le bras de Nina pour la hisser hors de l'eau. Elle avala une grande goulée d'air pour remplir ses poumons tandis que l'eau ruisselait sur son visage.

Et elle se mit aussitôt à tousser. L'air était abominablement vicié: la grotte dans laquelle ils venaient d'émerger était saturée de méthane.

18

Quand Chase arriva enfin au pied du Glastonbury Tor, il était d'une humeur exécrable. Elizabeth ayant refusé de lui prêter sa voiture, il avait été contraint de prendre le train pour un trajet fastidieux avec deux changements, puis de payer une fortune à un taxi pour l'amener à Glastonbury, situé à quinze kilomètres de la gare la plus proche.

Pour combler le tout, il prit conscience à son arrivée qu'il ignorait où se trouvait Nina. Quelque part sous le Tor, certainement, mais la colline se révélait bien plus grande qu'il ne paraissait sur la photo du guide touristique qu'il avait emprunté à Elizabeth. Traversant le pré miné par les bouses des vaches qui paissaient en liberté, il fit le tour de la colline étrangement étagée jusqu'à ce qu'il remarque quelque chose sur la première terrasse. Il passa devant un autre couple de vaches et grimpa pour rejoindre l'endroit, où une blonde potelée était assise au milieu d'une zone délimitée par un ruban rayé. La femme cessa de mordre dans son sandwich et le vit approcher d'un air un peu inquiet.

— Bonjour, dit Chase. Est-ce que par hasard vous auriez vu une archéologue américaine dans le coin ? À peu près de votre taille, des cheveux roux, et un caractère impossible ?

La femme se leva.

— Seriez-vous… Eddie, à tout hasard ?

— Oui, c'est moi.

Aucun signe de Nina ou de Mitchell, mais le trou dans le sol devant lequel la femme montait la garde lui donnait une assez bonne idée de là où il pourrait les trouver. Sa colère se raviva. Encore une fois, Nina n'en avait fait qu'à sa tête.

— Bonjour. Je m'appelle Chloe, Chloe Lamb. Le docteur Chloe Lamb, dit-elle en lui tendant la main.

— Eddie Chase, la salua-t-il d'un ton sec en tournant les yeux vers le trou. J'imagine qu'elle est là-dedans ?

— Oui, avec Jack.

— Oh, avec Jack. Parfait.

Chloe s'agita d'un air gêné, peu désireuse d'être mêlée à leurs disputes.

— Oui, ils ont fait de passionnantes découvertes. Mais, depuis un petit moment, je n'ai plus de nouvelles, expliqua-t-elle en levant son talkie-walkie. Je n'arrive plus à les joindre.

— Comment ça se fait ?

— Eh bien, Nina m'a expliqué qu'ils avaient atteint un tunnel inondé et qu'ils s'apprêtaient à le traverser à la nage.

— C'est inondé, là-dessous ? Oh, bordel de merde ! (Chloe sembla désarçonnée par son juron, mais Chase ne s'en préoccupa guère. Il remarqua une torche électrique parmi l'équipement entassé à côté du trou, et il la ramassa.) Putain, je ne peux vraiment pas la laisser seule une minute !

— Euh, Eddie ? Monsieur Chase ? l'appela Chloe d'une voix nerveuse alors qu'il s'avançait vers l'entrée du tunnel. Il faudra vous montrer prudent. Il y a des pièges dans ces souterrains.

— Comment ça, des pièges ?

— Oui, ils étaient apparemment destinés à ceux qui se trompaient de chemin pour rejoindre l'épreuve de Nivienne…

— Stop ! Quoi ? éructa Chase. L'endroit regorge de pièges, il y a une épreuve à passer, et ça fait un moment qu'ils n'ont plus donné de nouvelles ? Bon sang ! Ils sont peut-être déjà morts, à l'heure qu'il est !

— Je suis désolée, je suis désolée ! gémit Chloe. Je ne me suis pas inquiétée, Nina avait l'air tellement sûre d'elle !

— Ouais, en général, elle sait ce qu'elle fait… jusqu'à ce que les choses se mettent à exploser !

— Je suis navrée, vraiment, répéta Chloe.

Chase respira profondément.

— Je sais, ce n'est pas votre faute. (Il braqua la lampe torche dans le trou.) Expliquez-moi comment les rejoindre.

Suffoquant dans l'air nauséabond, Mitchell se hissa hors de l'eau puis aida Nina à sortir. Le sol était mou, boueux, et giclait de manière écœurante entre leurs doigts de pied.

La lampe électrique avait survécu à son immersion et dispensait toujours sa lumière, leur révélant une autre salle, plus petite que celle du « lac », avec un grand visage de pierre sculpté sur la paroi du fond.

— Merlin, comprit Nina.

Le courroux de Merlin, qui frappe uniquement ceux qui contemplent son visage…

Mais elle contemplait pourtant son visage, dont les lèvres s'ourlaient d'un sourire moqueur, et jusqu'ici rien ne s'était produit.

Secouée par la toux, elle avança d'une démarche chancelante vers le bas-relief. À chaque pas, ses pieds s'enfonçaient de plusieurs centimètres dans la bourbe, qui crachait du méthane sous la pression de son poids et aggravait encore la puanteur insoutenable.

— Bon sang, ça me rappelle le sous-marin après qu'on a servi des fayots au mess, murmura Mitchell, la respiration sifflante, en pataugeant derrière elle. J'imagine qu'il s'agit de Merlin ? Et son courroux, alors ?

— Je ne sais pas.

Nina scruta la salle à l'aide de la lampe torche. Une porte en pierre, close, se trouvait sur un côté.

Et il y avait quelque chose sur le sol, à demi enterré dans la boue suintante...

— C'est un crâne ? s'enquit Mitchell en remarquant à son tour l'objet terne.

— Attendez ici et ne bougez pas, lui enjoignit Nina.

Elle traversa la grotte à pas prudents, en s'efforçant de remuer le moins possible la vase sous ses pieds. Il s'agissait effectivement d'un crâne, noirci de suie, sur lequel ne s'accrochaient plus que quelques lambeaux de chair calcinée. D'autres ossements saillaient de la boue çà et là.

Et notamment une main, crispée sur quelque chose. Un morceau de bois.

Nina se retourna vers Mitchell.

— Je sais en quoi consiste le courroux de Merlin. Et c'est plutôt ingénieux, si l'on excepte le côté sadique.

Mitchell scruta les lieux d'un air soupçonneux.

— On ne craint rien ?

— Ça devrait aller. Mais si nous étions venus ici quelques siècles auparavant, nous serions déjà morts. (Elle leva sa lampe torche.) Cette salle entière est un piège, si vous ne disposez pas d'une source de lumière étanche. Des torches n'auraient pas survécu au passage dans les tunnels inondés, n'est-ce pas ?

— Ça va de soi.

— Bon. Supposons que vous ayez été assez intelligent pour prévoir le coup, et que vous ayez enveloppé une autre torche dans un bout de toile étanche. Quelle sera la première chose que vous ferez en sortant de l'eau ?

— J'allume ma torche. Oh ! s'exclama Mitchell en comprenant soudain.

— Exactement. Vous allumez votre torche dans un lieu confiné rempli de méthane. Et boum ! (Elle écarta les mains pour mimer une explosion.) La dernière chose que vous voyez avant de mourir calciné, c'est le visage de Merlin, ainsi que le prédisait l'inscription de l'entrée.

— Quels petits sournois, ces moines ! commenta Mitchell avec une pointe d'admiration.

Il s'avança jusqu'à la porte et désigna la base d'un des piliers de pierre qui formaient l'encadrement. Le pied du montant était creusé d'une fente dans laquelle s'enfonçait une cale en bois. Nina éclaira l'autre pilier, qui présentait le même dispositif.

— Il faut les retirer, vous pensez ? demanda Mitchell.

— Une minute. Vérifions d'abord que Merlin ne nous réserve pas une double dose de courroux. (Elle examina les cales afin de s'assurer qu'elles n'étaient pas piégées d'un morceau de silex susceptible de produire une étincelle.) OK. Essayons.

Mitchell se saisit d'une cale et tira, luttant contre le poids de la porte qui pesait sur le morceau de bois. Rien ne se produisit durant quelques secondes, puis la cale se désengagea avec un grincement de bois humide. La porte s'abaissa légèrement de son côté. Nina prit une grande inspiration, le regretta aussitôt, puis tira sur la seconde cale. Il lui fallut un peu plus de temps, mais elle parvint finalement à l'ôter.

La porte s'enfonça dans le sol en libérant un flot de boue et d'eau croupie. Mitchell et Nina reculèrent précipitamment alors que la vague se répandait autour de leurs jambes.

Un grondement sourd emplit la chambre.

— Merde ! s'écria Mitchell. Ça va sauter !

— Non, attendez ! (Nina pointa sa lampe torche vers le trou par lequel ils étaient entrés.) L'eau s'évacue !

Effectivement, un tourbillon écumeux s'était formé et le niveau de l'eau baissait. Un courant d'air leur caressa le visage, en provenance du passage qu'ils venaient d'ouvrir. L'air sentait toujours le méthane, mais la puanteur semblait moins forte.

— Et le gaz s'évacue lui aussi, dit Nina. J'imagine que les moines ont dû décider que, si vous connaissiez le secret pour arriver jusqu'ici, ils pouvaient bien vous faciliter le chemin de retour.

Mitchell lorgna la porte ouverte avec méfiance.

— Alors, la tombe serait juste derrière ? Et Excalibur aussi ?

— Nous n'allons pas tarder à le découvrir.

Nina se munit de son appareil photo avec l'intention de prendre un cliché du visage de Merlin.

— Hé ! l'arrêta Mitchell. Flash, étincelle, vous vous souvenez ?

— L'appareil est étanche, donc le flash aussi. C'est sans danger.

Elle pressa le bouton pour prouver ses dires, mais l'impétuosité de son geste lui valut une brève bouffée d'angoisse.

— Attendez ! Oh, bon sang ! (Mitchell grimaça alors que le flash se déclenchait, mais aucune explosion ne s'ensuivit.) Bon, et si vous évitiez de refaire ça à l'avenir ? C'était vraiment stupide de prendre un tel risque...

— Oh, ça va, ne commencez pas, se défendit Nina en franchissant le seuil de la porte pour s'engager dans le passage. Décidément, vous êtes aussi rabat-joie qu'Eddie !

Chloe attendait nerveusement devant l'entrée des souterrains quand elle aperçut un groupe s'approcher sur la terrasse d'un pas décidé. Quelque chose dans leur apparence – leurs vêtements, leurs coupes de cheveux, le teint de leur peau – lui apprit instantanément qu'il s'agissait d'étrangers. D'Europe de l'Est, peut-être ? Ou de Russie ?

Ils étaient nombreux. Chloe en compta neuf: huit hommes, et une femme dont les cheveux en bataille étaient teints en vert à la manière des punks.

Ils s'arrêtèrent devant le ruban rayé.

— Bonjour, les salua poliment Chloe. (Sans doute pensaient-ils qu'elle était guide, à cause de son gilet jaune.) Puis-je vous aider ?

L'homme le plus âgé du groupe avança d'un pas, et le ruban plastique se tendit contre sa taille. Sa large bouche évoqua à Chloe celle d'une grenouille.

— Oui, je crois, dit-il avec un fort accent, certainement d'origine russe. Nous cherchons Excalibur.

Chloe sentit une pointe d'inquiétude la gagner. Mitchell lui avait clairement expliqué que la recherche d'Excalibur relevait de la sécurité nationale, et que c'était par conséquent une opération secrète.

— Oh, j'ai peur que vous ne soyez pas au bon endroit, répondit-elle avec un sourire poli. Selon la légende, c'est à l'abbaye, dans le village, que la tombe du roi Arthur fut retrouvée. Si Excalibur a jamais existé, c'est là-bas qu'elle doit reposer.

Elle tendit la main en direction de Glastonbury, caché de l'autre côté du Tor.

L'homme s'avança encore et le ruban se déchira. L'inquiétude de Chloe se mua en terreur quand elle vit que ses compagnons se déployaient tout autour du cordon pour l'encercler. L'homme fit un pas de plus et jeta un coup d'œil vers l'entrée des souterrains avant de ramener son regard froid sur Chloe.

— Navré de vous contredire, dit-il doucement, mais je suis tout à fait sûr que nous sommes au bon endroit.

Nina tourna au dernier coin du tunnel… et se retrouva à l'entrée de la tombe du roi Arthur.

À la différence des galeries de terre et de bois, cette salle rectangulaire possédait des murs en pierre et une voûte pour supporter le poids de la colline qui s'élevait au-dessus d'elle. La ressemblance avec l'architecture des vestiges de l'abbaye de Glastonbury sautait aux yeux ; la construction remontait à la même époque, bâtie possiblement par les mêmes mains. Les murs étaient gravés de textes latins ; un rapide examen lui apprit qu'ils concernaient l'histoire d'Arthur et célébraient le légendaire roi des Bretons.

Plus si légendaire que ça, songea-t-elle. Rust avait vu juste : Arthur avait bel et bien existé.

Mais s'il s'agissait du tombeau d'Arthur, alors…

— Où se trouve la dépouille ? se demanda Mitchell à haute voix, complétant la question que Nina se posait elle aussi. (L'endroit était vide, sans sarcophage ni pierre tombale.) Merde, quelqu'un nous aurait devancés ?

— Non, dit Nina en avançant vers le centre de la salle, où elle avait aperçu quelque chose sur le sol.

Il s'agissait d'un motif peint : un cercle divisé en segments, avec une cavité de la taille d'une pièce de monnaie à l'extrémité de chacun d'eux. Et, au milieu du cercle, un blason…

— C'est incroyable ! s'exclama Mitchell. Chloe avait pourtant dit que la Table ronde relevait du mythe, non ?

Le cercle comprenait en tout treize segments ; le trou du segment faisant face à l'entrée de la salle était occupé par une figurine en bronze d'une quinzaine de centimètres de haut, qui saillait du sol comme un petit piquet. Nina braqua sa lampe vers lui : c'était un personnage majestueux, pourvu d'une épée et d'un bouclier. La base de la figurine était gravée d'une inscription :

ARTURUS.

— C'est le roi Arthur, murmura-t-elle.

La fonction des autres trous vides se révéla quand elle dirigea le faisceau de lumière dans un coin de la salle. Une petite alcôve contenait d'autres statuettes, rangées sur des étagères taillées dans la pierre. Nina s'avança. Chaque figurine représentait un des chevaliers de la Table ronde, chacune marquée d'un nom familier. Bedivere, Lancelot, Gauvain,

Galahad, Tristan, Bors… Douze chevaliers en tout, un pour chaque trou du cercle sur le sol.

Mitchell examina le mur du fond ; vu de plus près, il ressemblait à la porte de pierre qui fermait la grotte remplie de méthane.

— Ce mur semble pouvoir s'ouvrir. Il y a sans doute une autre salle derrière.

— Il s'agit d'un puzzle, comprit Nina. (Elle prit délicatement la figurine de Lancelot, et découvrit que celle-ci reposait dans une petite cavité creusée dans l'étagère en pierre. Sous la base de la statuette pointait une baguette métallique munie d'une protubérance carrée au bout.) On dirait une clef. Je crois que nous sommes censés disposer les chevaliers à leur place respective autour de la Table ronde.

— Ce serait un travail pour Chloe.

— Pas nécessairement.

Nina se tint au milieu du cercle et s'efforça de se remémorer ce qu'elle avait appris au sujet d'Arthur et de ses chevaliers au cours de ses récentes lectures.

— Lancelot était littéralement le bras droit d'Arthur ; il s'asseyait toujours à la droite du roi. (Elle montra l'emplacement adéquat.) Et le siège à la gauche d'Arthur était baptisé le Siège périlleux. Nul ne l'occupait, car il était réservé au chevalier qui trouverait le Graal ; et nous savons que c'est Galaad.

— Ça en fait deux ; plus que dix. Et pour les autres ?

— Nous allons devoir déduire la place de chacun d'eux, réfléchit Nina en contemplant les chevaliers qui patientaient sur leurs étagères.

Elle s'agenouilla dans le cercle. Même si la Table ronde était destinée à offrir à chaque chevalier une position égale aux autres, puisqu'il n'y avait pas de « bout de table » d'où présider, en pratique Arthur occupait tout de même la place d'honneur, où qu'il s'asseye. Il devait également exister une sorte de hiérarchie entre les chevaliers, Bedivere et Lancelot étant traditionnellement considérés comme les plus proches compagnons du roi.

Mais tout cela n'aidait pas vraiment Nina. Si Lancelot siégeait à la droite immédiate du roi, Bedivere se plaçait-il à la droite de ce dernier, ou à la gauche du Siège périlleux ? Et qu'en était-il des autres chevaliers ? Même en connaissant la place de Lancelot et de Galaad, il restait – elle effectua un rapide calcul de tête – 3 628 800 combinaisons possibles de disposition des dix autres chevaliers. Et, à en croire ce qu'ils avaient affronté jusqu'ici dans ce tombeau, Nina soupçonnait fort qu'ils n'auraient droit qu'à un essai pour ouvrir cette porte.

Mais il y avait encore autre chose : Chloe avait dit que la Table ronde était une invention des auteurs de romans de chevalerie du XIIe siècle. Elle se trompait peut-être, et l'idée aurait pu se développer sur la base véridique de récits antérieurs… Cette incertitude perturbait Nina.

— « Celui qui l'ignore jamais ne reverra le jour », murmura-t-elle en se remémorant les mots gravés sur la dalle de l'entrée.

— Quelque chose ne va pas ? demanda Mitchell.

— En effet. Il y a plus de trois millions de combinaisons possibles, et j'ai dans l'idée que nous n'aurons droit qu'à un essai.

— Peut-être pas. (Mitchell la rejoignit dans le cercle, tenant dans ses mains les figurines de Lancelot et de Galaad, et lui montra les clefs qui prolongeaient leurs bases.) Vous voyez ? J'ai regardé les autres, elles sont toutes pareilles. Impossible que des moines du XIIe siècle aient pu fabriquer des serrures de précision. Peu importe dans quel trou se trouve chaque clef si elles sont identiques ; il suffit de les insérer toutes.

Nina resta dubitative.

— Vous accepteriez de prendre un tel risque ?

— Et c'est toi qui oses parler de jouer la prudence ? gronda une voix familière derrière eux.

— Eddie ! s'écria Nina en bondissant sur ses pieds.

Chase entra dans la salle, le jean humide et maculé de boue. Il examina Nina en fronçant les sourcils, et ses yeux s'attardèrent sur la chemise de Mitchell, trop grande pour elle et trempée, avant de lancer un regard soupçonneux à l'agent de la DARPA qui était torse nu.

— Qu'est-ce que ça signifie ?

— Nous essayons d'ouvrir la tombe…

— Non, je veux dire : pourquoi êtes-vous tous les deux à moitié à poil ? On dirait que j'arrive juste à temps !

— Bon sang, Eddie, soupira Nina avec exaspération. Tu penses sérieusement que je m'amuse à crapahuter dans des souterrains remplis de pièges juste pour trouver un endroit discret où…

Elle baissa la voix, mais Mitchell ne pouvait manquer de l'entendre dans un espace aussi exigu.

— …m'envoyer en l'air ? Voyons, Eddie, tu me connais mieux que ça !

— Oui, je te connais. Et je sais aussi que tu es venue ici alors que je t'avais dit de ne pas le faire !

Nina hocha la tête avec mépris.

— Ah, voilà ! Je pensais bien que c'était ça, la véritable raison de ton humeur de chien…

Derrière elle, Mitchell examina les trous dans le sol, puis inséra délicatement les deux figurines de part et d'autre de celle d'Arthur, avant de retourner à l'alcôve pour récupérer le reste des clefs à forme de statuettes.

Chase croisa les bras.

— De quoi parles-tu ?

— Tu as l'impression d'être en train de perdre le contrôle.

— Oh, vraiment ? railla Chase.

— Absolument. Eddie, je ne sais pas combien de fois je vais devoir te le répéter, mais ce qui est arrivé à Mitzi n'est pas ta faute, même si tu fais tout pour t'en convaincre. Et surcompenser en essayant de contrôler le moindre de mes faits et gestes n'arrangera rien du tout !

— Je ne cherche pas à te contrôler, protesta Chase. Je cherche à te protéger ! Bordel de merde, tu aurais pu mourir dans ces tunnels !

— Mais je ne suis pas morte, si ? (Nina prit sa main dans la sienne.) Écoute, je t'aime et je veux passer le restant de mes jours à tes côtés. Vraiment. Mais tu ne peux pas rester avec moi chaque seconde de chaque journée. Tu n'es plus mon garde du corps : c'est fini. Je n'ai pas à te demander ta permission pour faire ce que je veux. Ça ne marche pas comme ça. Ça ne marchera pas comme ça.

— Si je n'avais pas été là, tu serais déjà morte une bonne vingtaine de fois, lui rappela sèchement Chase. Tu n'es ni Indiana Jones, ni Lara Croft : tu es une vraie personne dans la vraie vie, qui peut être blessée. Ou mourir. Et je ne veux pas que cela arrive, et encore moins à cause d'une saloperie de vieille légende moisie ! conclut-il avec un geste méprisant du menton vers le mur de la crypte.

— Il ne s'agit pas d'une légende, rétorqua Nina avec colère. C'est réel, un fait historique véridique…

Elle s'interrompit brusquement, les yeux écarquillés : elle venait soudain de comprendre pourquoi l'incohérence entre ce que Chloe leur avait expliqué et ce que la tombe leur avait révélé la troublait à ce point.

Et elle prit également conscience des cliquetis métalliques qui se faisaient entendre derrière elle…

Elle pivota sur elle-même. Mitchell avait inséré tous les chevaliers dans les trous disponibles et s'apprêtait à prendre la figurine d'Arthur.

— Stop ! hurla-t-elle.

Mitchell se figea, la main au-dessus de la statuette. Nina lui écarta la main et ôta la figurine de son emplacement dans le sol.

— OK, OK. C'est quoi, le problème ? demanda-t-il, perplexe.

— Ce n'est pas seulement le moyen d'entrer dans la tombe, dit Nina en agitant la figurine vers lui. Il s'agit aussi du dernier piège ! Chloe avait raison : la Table ronde n'a rien d'une réalité historique. Mais elle faisait déjà partie des éléments incorporés à la légende arthurienne en 1191, et les moines en ont tiré parti pour cette ultime épreuve de discernement entre l'histoire et le mythe. Si la Table ronde n'a jamais existé, alors aucun des chevaliers d'Arthur ne devrait y prendre place. Et il en va de même pour Arthur ! (Elle étudia de près la figurine de bronze. La clef sous les pieds du roi était indubitablement plus courte que les autres.) Voici la véritable clef, mais il faut l'enlever du cercle ! La vraie serrure se trouve quelque part ailleurs.

Mitchell laissa échapper un soupir anxieux.

— Et que se passe-t-il si vous essayez la fausse serrure ?

— Exactement ce que les moines ont annoncé dans leur avertissement. « Celui qui connaît la vérité trouvera la tombe d'Arthur ; celui qui l'ignore jamais ne reverra le jour. » (Elle pointa sa lampe torche sur le plafond, au niveau de l'entrée. Une lourde dalle de pierre était encastrée dans la paroi au-dessus de l'ouverture, destinée à tomber comme une lame de guillotine pour bloquer l'issue.) Cette dalle est libérée et vous enferme ici.

Mitchell l'observa avec une moue de dédain.

— Cela posait sûrement un gros problème il y a neuf cents ans, mais aujourd'hui on a des marteaux-piqueurs et des explosifs…

— Et des branchies aussi ? demanda Chase d'un ton moqueur.

Nina se tourna pour le voir qui examinait un pan de mur. La pierre était décolorée, et des salissures verticales d'un brun verdâtre descendaient du plafond, où s'ouvrait une cavité rectangulaire. Nina balaya du regard le reste de la salle et remarqua sur les autres murs le même genre de traces.

— Seigneur ! Vous n'êtes pas seulement emprisonnés : la salle se remplit d'eau. Il doit y avoir une citerne au-dessus de la voûte. Ces marques sur les murs proviennent d'anciennes inondations.

L'expression de Mitchell passa du dédain à l'admiration pour l'ingéniosité des bâtisseurs de la tombe.

— Bon, mais où se trouve la vraie serrure, alors ?

— Ici.

Nina vint se placer devant l'alcôve et éclaira les trous dans lesquels se rangeaient les figurines. Celui qui accueillait la statuette de Lancelot présentait un renfoncement, plus profond que la longueur d'un doigt, et qui correspondait parfaitement à la taille de la clef d'Arthur. Elle l'inséra dans le trou.

— Tu es sûre de ton coup ? lui demanda nerveusement Chase.

— C'est un risque, lui répondit-elle en souriant, mais un risque calculé.

Sur ces mots, elle tourna la clef.

Un cliquetis métallique retentit à l'intérieur de l'étagère, mais rien d'autre ne se produisit.

— Ça ne marche pas, constata Mitchell d'une voix déçue.

— Je n'ai pas terminé. Apportez-moi tous les autres chevaliers, sauf Lancelot et Galaad. Eddie, file-lui un coup de main.

— Et elle dit que c'est moi qui veux contrôler les autres, maugréa Chase en allant aider Mitchell à ramasser les figurines.

— Et pourquoi pas Lancelot et Galaad ? s'enquit Mitchell en rapportant à Nina les premières statuettes.

— Parce que tous les autres chevaliers ont au moins un certain fondement historique. Lancelot n'est qu'une création romanesque et, puisque Galaad est son fils, il est forcément fictif, lui aussi.

Une fois les figurines des chevaliers en place sur les étagères, Nina inséra une nouvelle fois la clef d'Arthur dans le renfoncement. En espérant s'être montrée aussi maligne que les moines de Glastonbury, elle tourna la clef.

Nouveau cliquetis étouffé.

Cette fois, l'alcôve tout entière trembla faiblement, comme si une pression se relâchait. Nina échangea un regard incertain avec les deux hommes, puis elle poussa prudemment contre l'alcôve. La pierre s'enfonça légèrement d'un côté. Elle poussa plus fort. L'alcôve recula de quelques centimètres, puis l'ouverture s'agrandit rapidement quand Chase et Mitchell vinrent à leur tour peser contre la pierre. L'alcôve pivota à la manière d'une porte, révélant l'entrée d'une nouvelle salle.

La crypte finale, pensa Nina. Ils avaient franchi toutes les épreuves et prouvé qu'ils en étaient dignes. Ils touchaient enfin au but : la dernière demeure du roi Arthur.

Nina s'avança en éclairant les lieux de sa lampe torche, suivie par Chase et Mitchell.

La salle était petite et étonnamment austère, sans aucune inscription sur les murs, à la différence de la pièce précédente. Mais les deux objets déposés là étaient davantage ornés. Deux gros sarcophages de pierre noire, aux flancs sculptés d'anges rehaussés d'or et d'argent, reposaient sur des dalles à même le sol. Leur couvercle était frappé d'une croix dorée, et gravé d'un texte en latin qui confirmait l'identité de ceux qui étaient inhumés ici.

Arthur, roi des Bretons, et Guenièvre, sa reine.

Ils avaient réellement existé, et ils étaient enterrés là, sous la colline de Glastonbury Tor.

Mais c'était surtout l'objet situé entre les deux sarcophages qui retenait l'attention de Nina. Un bloc de granit d'un mètre de haut, grossièrement taillé en forme de cube, dans lequel était fichée une épée.

Ils avaient trouvé Excalibur.

19

— Je n'en crois pas mes yeux, souffla Chase. C'est bien ce à quoi je pense ?

— Oui, répondit Nina d'une voix ébahie.

À la différence de Caliburn, qui était richement décorée, Excalibur présentait des lignes sobres, sans fioritures ; son seul ornement consistait en deux serpents jumeaux entrelacés, gravés sur la poignée, ainsi que Rust l'avait mentionné. Mais il ne faisait aucun doute que beaucoup de temps et d'efforts avaient été investis dans sa création ; le métal de sa lame possédait un éclat argenté presque semblable à celui du mercure, et sa poignée avait été soigneusement façonnée pour épouser la main d'un homme en particulier, et de nul autre.

— Oh, mon Dieu, pauvre Bernd, se désola Nina. Il a consacré toutes ces années à chercher Excalibur… Il avait raison, et il n'est plus là pour le savoir.

Mitchell s'avança, passa devant Nina et vint se placer entre les deux sarcophages.

— Mais le plus important, c'est que nous l'ayons retrouvée, et avant les Russes. (Il s'agenouilla et fit signe à Nina d'approcher sa lampe. Elle s'exécuta, bien qu'un peu irritée par sa désinvolture.) Observez le fini du métal, comme il est lisse. Nous avions raison, il ne s'agit pas d'un simple acier.

Il tendit la main vers la poignée de l'épée.

— Euh, un instant, l'arrêta Nina en levant son appareil photo. Vous permettez que je documente notre découverte avant que vous posiez partout vos pattes pleines de boue ?

— Oui, bien sûr. Pardon.

Mitchell recula et laissa Nina prendre des clichés de la crypte et de son contenu.

— Bon, dit Chase, sa colère se muant en un empressement inattendu, lequel d'entre nous va devenir le prochain roi d'Angleterre ? (Nina lui lança un regard perplexe.) Oh, enfin ! C'est l'épée dans la pierre, bon sang ! On doit essayer, non ?

— C'était Caliburn, l'épée dans la pierre, lui rappela Nina, pas Excalibur.

— Peu importe, ça reste l'épée du roi Arthur. Même moi, je connais le coup de l'épée dans la pierre. (Il s'approcha du bloc de granit.) Prends une photo, au moins. Allez, qu'on puisse la montrer à nos petits-enfants...

— Quels petits-enfants ? On n'a même pas encore fixé la date de notre mariage !

— Contente-toi de faire cette photo. (Chase prit la pose, une main sur la poignée de l'épée. Nina leva les yeux au ciel et acquiesça en maugréant.) Oh yeah ! s'exclama-t-il avec un grand sourire en empoignant l'épée. Je suis le roi du monde !

Nina photographia Chase alors qu'il grognait et grimaçait d'effort pour tirer l'épée de la pierre.

— Seigneur ! tu devrais voir ta tête...

— Parfaite comme toujours, j'en suis sûr, déclara Chase en relâchant la poignée. (L'épée n'avait pas bougé d'un centimètre.) J'imagine que je n'ai pas l'étoffe d'un roi. Mais bon, je m'en doutais un peu, j'avoue.

— Et vous, Jack ? demanda Nina. Ça vous dit, d'essayer de conquérir le trône ?

— Ce que je voudrais surtout, c'est sortir cette épée de là pour la mettre en sécurité, répondit Mitchell. (Il s'avança tout de même et Chase lui céda la place.) Enfin, on ne sait jamais...

(Nina prit une autre photo tandis que Mitchell s'acharnait sur l'épée, sans plus de résultat.) On dirait qu'on va devoir emporter la pierre avec l'épée !

— Il nous faudra de l'aide, dans ce cas, releva Chase. Le bloc mesure quoi, un mètre de côté ? Il doit peser plus d'une tonne. (Il se tourna vers Nina.) Et toi, tu n'essaies pas ?

— Si tu n'arrives pas à enlever l'épée, je vois mal comment je le pourrais. (Nina rangea son appareil photo dans sa poche et s'accroupit devant le bloc de granit, en approchant la torche électrique de la lame de l'épée.) Vous aviez raison à propos du métal : ce n'est manifestement pas un acier ordinaire. (Elle se pencha plus près pour examiner de minuscules détails.) Elle a bien été utilisée au combat. Elle présente des éraflures et des ébréchures, mais vraiment minimes. Cet alliage doit être particulièrement résistant.

Elle se redressa et posa la main sur la poignée de l'épée pour s'aider à se relever…

L'épée se mit soudain à briller d'une lueur bleutée irréelle. Sous le coup de la surprise, Nina recula vivement et, dans son mouvement brusque, tira l'épée hors de la pierre. Elle se récria et lâcha l'épée. L'éclat s'évanouit instantanément et Excalibur tomba au sol dans un tintement clair.

— Bordel, qu'est-ce que c'était ? bredouilla Chase.

La seule lumière qu'émettait l'épée n'était plus que le reflet de la lampe torche braquée sur elle.

— Cette lueur, dit Mitchell en tendant prudemment la main vers Excalibur pour voir si elle dégageait de la chaleur, on aurait presque dit une radiation Tcherenkov.

Nina fit un pas en arrière.

— Vous voulez dire qu'elle serait radioactive ?

— Pour les petits-enfants, c'est râpé, marmonna Chase.

— Je ne vois pas comment ce serait possible, réfléchit Mitchell, mais il s'est clairement produit une sorte de réaction à haute énergie.

Il tendit la main et toucha l'épée.

— Vous êtes fou ! cria Nina.

Mais rien ne se passa.

Mitchell lâcha l'épée.

— Essayez, Nina.

— Hors de question !

— Il n'y a pas de danger. J'ai une théorie. (Nina le considéra d'un air dubitatif, mais il lui adressa un sourire rassurant.) Faites-moi confiance.

Avec réticence, Nina avança la main et toucha l'épée du bout du doigt. La lame s'illumina de nouveau, comme si elle avait appuyé sur un interrupteur, et se mit à luire sur toute sa surface. Dès que Nina ôta la main, l'effet disparut instantanément.

Elle toucha de nouveau l'épée, d'une main plus ferme cette fois. L'éclat revint, émis par le métal lui-même. En l'observant plus attentivement, elle remarqua que la lueur n'était pas uniforme ; elle semblait presque parcourue par un mouvement ondulatoire, et variait de manière subtile, mais constante.

— Elle n'est même pas chaude, releva Nina en passant les doigts sur la lame.

Chase s'avança et posa la main sur la poignée. Le halo bleuté continua à briller, mais il s'évanouit dès que Nina retira sa main.

— Très bien, Jack. Quelle est votre théorie ? demanda Nina.

— Nous avions raison, opina-t-il, le regard fixé sur l'épée. Excalibur est effectivement un supraconducteur, et elle est capable de canaliser l'énergie tellurique. (Il leva les mains pour montrer le plafond de la salle.) Tout cet endroit, le Glastonbury Tor, doit être un point de convergence de lignes telluriques. Et, pour une raison ou une autre, quand vous touchez l'épée, l'énergie s'y focalise.

— Pourquoi ? Et comment ? Et surtout, euh, quoi ? (Nina se pressa les mains sur les tempes, dans un geste de douloureuse incompréhension.) De quoi parlez-vous, enfin ? Comment pourrais-je faire briller cette épée simplement en la touchant ?

— Je l'ignore. Mais, à l'évidence, il y a quelque chose chez vous qui la fait réagir. Et, quoi que ce soit, c'était une chose que possédait aussi le roi Arthur. Vous vous rappelez ces légendes disant qu'Excalibur s'embrasait quand il la brandissait ? Qu'elle éclairait aussi vivement que trente torches, ou quelque chose comme ça ? Votre corps émet peut-être un champ bioélectrique particulier, analogue au sien, je ne sais pas. Nous devrions pouvoir vérifier cela par la photographie Kirlian.

— La photographie Kirlian ? s'esclaffa Nina. Allons bon, voilà qu'on plonge dans le monde des auras, des chakras et des cristaux magiques…

Mitchell pointa le doigt sur Excalibur.

— Très bien. Expliquez-moi, alors.

Nina ramassa l'épée, qui s'illumina immédiatement.

— Je ne peux pas, et vous le savez très bien. Je trouve juste que vous allez un peu vite en besogne.

Elle leva l'arme vers son visage pour l'examiner de plus près.

— Cela fait déjà quelque temps que la DARPA étudie le potentiel de l'énergie tellurique. Mais ça… eh bien, cela relève d'un développement inattendu. Pour autant, il s'accorde avec nos théories. (Mitchell la dévisagea d'un air pensif.) Pour fonctionner, un générateur à énergie tellurique requiert un supraconducteur. Excalibur est un supraconducteur, pas de doute là-dessus. Mais, pour une raison inconnue, quand vous la tenez, cela accroît ses capacités. Elle se met à canaliser directement l'énergie tellurique, sans avoir besoin de passer par une antenne-relais.

— Mais comment est-ce possible ? Ce n'est rien d'autre qu'un bout de métal !

Nina baissa l'épée et la cogna contre un coin du bloc de granit pour illustrer son propos. La lame traversa la pierre aussi facilement qu'une motte de beurre, découpant un morceau de granit gros comme le poing qui tomba au sol avec un bruit mat.

— Ah ! (Nina bondit en arrière.) Mais que… ?

— Remettez-la dans la pierre, lui suggéra Mitchell.

Elle s'exécuta, et la lame s'enfonça aisément d'une dizaine de centimètres dans le granit. Nina lâcha la poignée ; la lueur disparut, laissant l'épée fichée dans le bloc de granit à la diagonale.

Chase essaya de l'en ôter. Le métal crissa contre la pierre, mais il se révéla incapable de la libérer.

— Donc, tu viens juste de trancher dans de la pierre.

— Mais…

Nina posa la main sur la poignée, et l'éclat bleuté réapparut. Elle tira Excalibur du granit sans le moindre effort.

Elle se tourna vers Mitchell, tandis que Chase s'agenouillait pour examiner de plus près l'entaille qu'elle avait creusée dans la pierre.

— Eh bien, si vous avez une nouvelle théorie, je serais vraiment impatiente de l'entendre !

— J'en ai une, oui, mais cela devra attendre. Donnez-moi l'épée. (Nina la lui tendit en prenant bien soin d'écarter la lame loin de lui, et la lueur disparut dès qu'elle la lâcha.) Nous avons ce pour quoi nous sommes venus. Vous pouvez convoquer une équipe d'archéologues afin de procéder à une étude complète du site, mais l'épée doit être rapportée à la DARPA pour analyse le plus tôt possible.

Mitchell caressa la lame du bout des doigts, puis il laissa échapper un sifflement admiratif.

— Nous avons réussi. Enfin, vous avez réussi, Nina. Vous avez trouvé Excalibur. Bravo !

— Merci, dit Nina en s'avançant vers la porte. Mais en attendant, si on sortait d'ici, histoire d'aller mettre des vêtements secs ?

— Oui, quelque chose de sexy, lança depuis l'extérieur une voix à l'accent russe.

Nina se figea. Zakhar, l'homme que Chase avait jeté par la fenêtre du château Staumberg, se tenait dans la salle aux figurines, en compagnie d'un malfrat au crâne rasé, large d'épaules, dont la gorge s'ornait d'une vilaine balafre qui s'étendait presque d'une oreille à l'autre. Ils étaient armés tous les deux, Zakhar d'une mitrailleuse compacte MP-5K, et son compagnon d'un pistolet.

— Salut, ma jolie. Content revoir toi, dit Zakhar avec un sourire en coin. (Il se passa la main dans les cheveux.) Sortez. Toi aussi, Jack.

Il regarda derrière Nina et fit signe à Mitchell d'avancer.

Nina jeta un rapide coup d'œil par-dessus son épaule en quittant la crypte. Chase avait réagi dès qu'il avait entendu la voix de Zakhar, et s'était accroupi derrière le sarcophage d'Arthur. Il ne faudrait toutefois pas longtemps pour que les Russes le repèrent.

Heureusement, ceux-ci avaient les yeux rivés sur ce que Mitchell tenait dans ses mains.

— Ah ! fit Zakhar. Bien, vous avoir l'épée.

Mitchell la leva dans une attitude de défi.

— Que dirais-tu d'une revanche, Zakhar ?

Zakhar sourit et secoua la tête.

— Non, pas utile. Moi t'a déjà battu une fois. Maintenant, pose épée. Et vous deux, là-bas.

D'un signe de tête, il désigna le mur du fond.

Mitchell posa Excalibur sur le sol avec des gestes réticents, puis il alla se mettre au fond de la salle, avec Nina. Celle-ci en profita pour tourner la tête vers la crypte ; elle ne vit aucune trace de Chase, et apparemment les deux Russes pensaient que Mitchell et elle étaient seuls.

— Il n'y a pas que l'épée, suggéra-t-elle en montrant l'ouverture de l'alcôve. C'est le tombeau du roi Arthur, et il contient de nombreux trésors. Si vous nous laissez partir, vous pourrez les prendre.

— Des trésors ? dit Zakhar. (Il regarda par l'ouverture, et son visage afficha un air déçu.) Je vois pas trésors.

— Ils sont dans les sarcophages. L'or et les bijoux du roi Arthur.

Les deux Russes échangèrent un regard.

— Contre le mur, ordonna Zakhar en braquant son arme sur Nina et Mitchell. Orlovsky ? dit-il avec un signe de tête à son compagnon.

L'homme au crâne rasé grogna un assentiment et avança jusqu'au seuil de la crypte. Il jeta un coup d'œil à l'intérieur et vit les deux sarcophages de pierre. Puis il fit un pas en avant…

Dissimulé sur le côté de l'entrée, Chase abattit le morceau de granit tranché par Excalibur sur le visage d'Orlovsky, lui fracassant les dents qui tombèrent au sol en une cascade d'ivoire. Le Russe poussa un cri étranglé et s'écroula à la renverse en crachant du sang par sa bouche dévastée. Son arme lui échappa des mains et glissa sur le pavement.

Zakhar hoqueta de surprise, puis pivota pour ouvrir le feu vers l'embrasure de la porte alors que Chase se mettait à couvert. Dans l'espace confiné de la salle, la rafale de pistolet mitrailleur produisit un vacarme assourdissant. Nina hurla et se plaqua les mains sur les oreilles, tandis que Mitchell se ruait sur Zakhar. Le mercenaire le vit arriver et ramena son arme vers lui tout en continuant à presser la détente. Les murs se criblèrent d'impacts qui arrachèrent des éclats de pierre. Nina plongea au sol, évitant de justesse la rafale qui passa au-dessus de sa tête.

Mitchell empoigna la main de Zakhar qui tenait son arme, bloquant son mouvement avant que le Russe ait pu orienter le pistolet mitrailleur droit sur sa tête. La bouche de Zakhar se tordit en un rictus haineux et il continua à tirer. La flamme du canon brûla la tempe de Mitchell, qui grimaça de douleur. Zakhar se libéra de l'étreinte de l'Américain et pointa son arme sur son visage.

Le MP-5K n'émit rien d'autre qu'un cliquetis métallique. Son chargeur était vide.

En entendant ce son, Chase se précipita dans la salle en sautant par-dessus le Russe à terre.

— Nina, va-t'en !

— Et Jack ? cria-t-elle en voyant Mitchell aux prises avec Zakhar.

Le pistolet mitrailleur vide tomba à côté des figurines de Lancelot et de Galaad fichées à leur place dans le sol.

— File ! lui intima Chase en la poussant vers la sortie, avant de rejoindre le combat.

Un œil encore fermé par la douleur, Mitchell ne put réagir assez vite pour bloquer l'attaque de Zakhar, qui tourna sur lui-même et lui assena un coup de coude en pleine tempe. Mitchell recula en titubant et Zakhar poussa son avantage en lui décochant un violent coup de pied à l'estomac. Mitchell s'écroula contre le mur latéral et s'affala au sol, le souffle coupé.

Un sourire de victoire sur les lèvres, Zakhar fit volte-face pour affronter Chase, qui entre-temps avait ramassé l'épée et porta un grand coup de taille destiné à lui fendre la tête en deux. Le Russe réagit à une vitesse stupéfiante et plaqua les paumes de part et d'autre de la lame, arrêtant sa course juste au-dessus de son front. Une goutte de sang coula sur le fil de l'épée. L'espace d'un instant, les deux hommes se mesurèrent du regard, puis Zakhar passa à l'action.

Chase savait que le coup de pied arrivait ; pourtant, il ne parvint pas à l'éviter. Zakhar tourna sur lui-même, une jambe tendue à l'horizontale, et faucha celles de Chase dans un mouvement de balayage. Chase tomba lourdement sur le dos au centre de la Table ronde peinte. Il lâcha Excalibur dans sa chute, et s'aperçut avec horreur que Zakhar avait gardé ses mains ensanglantées sur la lame.

Le Russe fit virevolter l'épée et la rattrapa par la poignée, puis la leva à deux mains au-dessus de sa tête, la pointe baissée vers Chase avec l'intention de l'embrocher.

Un trou sanglant explosa soudain sur son épaule gauche.

La salle résonna de la détonation du pistolet d'Orlovsky, que Nina venait de ramasser. Zakhar chancela sous l'impact et lâcha Excalibur, qui tomba de côté. Une main plaquée sur sa blessure, il tituba en arrière… et trébucha sur la figurine de Lancelot, ce qui enclencha la clef.

Un grincement métallique retentit sous le pavement alors qu'un mécanisme ancien, resté inerte depuis le XIIe siècle, se mettait en branle.

— Oh, merde ! marmonna Chase.

Un souffle balaya le visage de Nina. Elle leva les yeux vers les trous du plafond d'où provenait un brusque courant d'air, chassé des conduits par le déluge en approche. Mais derrière elle s'éleva un autre bruit, plus sinistre encore : celui de la dalle de pierre au-dessus de l'entrée qui commençait à descendre pour bloquer le passage.

— Venez vite ! hurla-t-elle.

Excalibur avait atterri non loin de Mitchell, qui était en train de se relever, et Chase se trouvait toujours couché sur le dos au centre de la salle…

Une eau sale et brunâtre jaillit des trous du plafond avec tant de force qu'elle emporta Orlovsky et le projeta contre le mur. Déséquilibré, Zakhar s'étala de tout son long dans un cri de douleur et une grande éclaboussure. Le torrent glacé frappa

Chase de tous côtés, et il redressa le buste en toussant et en crachant de l'eau. Seul Mitchell, qui avait pu se cramponner au mur, parvint à rester debout. Il tâtonna dans les remous boueux et ramassa Excalibur.

Le flot bouillonnant saisit Nina aux jambes et la repoussa contre le montant de la porte. Le choc lui arracha des mains le pistolet, qui disparut dans les eaux. La dalle poursuivit sa descente ; elle n'était déjà plus qu'à un mètre cinquante du sol…

Nina se baissa et passa dans le souterrain à l'extérieur de la salle.

— Eddie ! Jack !

Mitchell avança en longeant les murs, tandis que l'eau continuait à monter.

— Nina, sortez de là !

— Pas sans Eddie !

Malmené par les trombes qui dégringolaient du plafond, à moitié aveuglé par la vapeur d'eau, Chase roula sur lui-même pour se mettre à quatre pattes et garder la tête au-dessus de la surface. Cela suffit à peine ; la salle se remplissait à une vitesse effrayante, et cela s'accélérerait encore dès que la porte aurait fini de se refermer.

Mitchell rejoignit la sortie. Il restait moins d'un mètre pour passer, et la dalle descendait toujours. Il s'accroupit et se glissa dessous.

— Eddie !

La panique dans la voix de Nina déclencha chez Chase une poussée d'adrénaline, qui compensa l'engourdissement provoqué par ce déluge d'eau glacée. Il retrouva ses esprits, avisa l'embrasure de la porte où ne restait plus qu'un espace de soixante centimètres de hauteur ; le bas de la dalle arrivait presque au niveau de la surface de l'eau.

C'était sa dernière chance.

Chase se redressa d'un bond et plongea en avant pour atterrir sur le ventre à un mètre de la porte, emporté par le courant vers l'ouverture qui continuait à diminuer. Le bas de la dalle frotta contre ses talons alors qu'il se faufilait dessous. Au milieu du grondement des flots, il entendit un dernier hurlement terrifié de Zakhar, puis tout le vacarme s'interrompit brusquement quand la dalle de la porte heurta le sol dans un claquement retentissant.

Le torrent qui jaillissait de la salle se réduisit immédiatement à un filet d'eau, et les flots qui en étaient sortis auparavant s'évacuèrent rapidement dans le couloir en pente. Chase s'assit en crachant de l'eau boueuse, la bouche grande ouverte en quête d'air.

— Eddie, ça va ? demanda Nina en l'aidant à se relever.

— Bon sang ! hoqueta-t-il en s'essuyant le visage. C'est quoi, cette manie de te retrouver dans des endroits truffés de pièges mortels ? Enfin, sinon, joli tir. Il m'aurait tué si tu ne l'avais pas touché à l'épaule.

— En fait, je visais sa tête.

Chase la considéra d'un air perplexe.

— Vraiment ?

— Euh… non, admit-elle. Je trouvais ça cool de dire ça. J'ai juste tiré dans sa direction, en espérant réussir à le toucher.

Chase la prit par les épaules en souriant.

Mitchell s'adossa au mur, le souffle court.

— Purée, on a bien failli y rester.

Il se redressa, puis ramassa Excalibur.

— Au fait, merci pour votre aide, lui lança Chase avec une ironie mordante.

— Eddie, ce n'est pas le moment, le reprit-elle en venant se placer entre les deux hommes. Mais comment ont-ils fait pour nous retrouver ? (Cette question en appela une autre.) Oh, mon Dieu. Chloe ! Et si d'autres hommes nous attendaient dehors ?

— Il faut qu'on bouge, dit Chase en épongeant de son mieux ses vêtements détrempés tout en jetant un regard sombre à Mitchell.

Ils repartirent par les tunnels. L'eau de l'épreuve de Nivienne s'était pour l'essentiel évacuée ; mais, avec l'appel d'air créé par l'ouverture de la dalle d'entrée, la puanteur insoutenable du méthane qui régnait dans la grotte de Merlin s'était répandue dans tout le réseau de galeries.

Ils récupérèrent leurs affaires au bord de la mare disparue. Nina ôta la chemise de Mitchell et remit ses vêtements, puis s'empara du talkie-walkie.

— Chloe, vous êtes là ? (Silence.) Chloe, vous me recevez ? (Aucune réponse.) Et merde !

Ils continuèrent à remonter en direction de l'entrée, Mitchell en tête, l'épée à la main. L'odeur du gaz commença à se dissiper quand ils atteignirent le bas du couloir pentu qui menait à l'air libre. Nina se pencha derrière Mitchell pour jeter un coup d'œil dans l'espoir d'apercevoir Chloe, mais elle ne vit qu'un rectangle de ciel bleu. Elle s'apprêtait à crier le nom de Chloe lorsque Chase posa la main sur son bras en un avertissement silencieux.

— Je vais aller vérifier que la voie est libre, chuchota Mitchell en s'engageant sur la pente. Attendez ici.

Nina et Chase le virent s'accroupir au bout du tunnel, pour risquer un coup d'œil prudent par-dessus le rebord de l'entrée. Il marqua une pause, n'apercevant apparemment aucun danger, puis il avança un peu la tête et se pencha pour regarder de chaque côté.

Soudain, une énorme paire de mains le saisit et l'extirpa du souterrain en le jetant violemment par terre. La silhouette de Maximov se dressa au-dessus de l'entrée, un sparadrap blanc collé au milieu du front. Un autre homme apparut à côté de lui.

Nina le reconnut d'après les photos que Mitchell leur avait montrées : il s'agissait de Kruglov, le bras droit de Vaskovich.

— Jack Mitchell, dit l'homme avec un air de dégoût en ajoutant quelque chose en russe.

Mitchell commença à lui répondre, mais Kruglov lui intima le silence d'un coup de pied dans les côtes. Le Russe se pencha au-dessus de l'entrée du tunnel.

— Professeur Wilde ! appela-t-il. Je sais que vous êtes là. Montrez-vous !

Nina s'était reculée dans la pénombre pour se plaquer contre Chase.

— Merde ! chuchota-t-elle. Qu'est-ce qu'on fait ?

— Professeur Wilde ! répéta Kruglov avec impatience. Montrez-vous, maintenant, ou je tue vos amis.

— Oh, Seigneur ! gémit Nina d'une voix angoissée. Ça veut dire qu'il retient aussi Chloe.

— Passe-moi ton appareil photo. Vite ! lui enjoignit Chase. (Perplexe, Nina sortit l'appareil de sa poche et le lui donna.) Avance !

— Quoi ?

— Je serai juste derrière toi, mais il faut que tu gagnes quelques secondes. Vas-y ! lui lança Chase en pianotant les commandes de l'appareil photo.

Nina avança dans la lumière d'un pas hésitant. La large bouche de Kruglov se para d'un sourire suffisant.

— Bien. Merci d'avoir trouvé Excalibur pour nous.

Il lui fit signe de grimper vers la sortie.

— Où est Chloe ? demanda Nina en montant le tunnel à pas lents.

À l'instar de Zakhar, Kruglov ignorait apparemment la présence de Chase.

— Elle est ici. Yorgi, amène-la, ordonna Kruglov en faisant un signe à quelqu'un.

L'instant d'après, Chloe apparut, poussée devant l'entrée par l'homme au chignon que Mitchell avait assommé durant l'affrontement au château. Il se tenait derrière elle et lui tordait le bras dans le dos.

— Chloe ! s'exclama Nina en s'arrêtant à quelques pas de la sortie. Ça va ? (Chloe lui répondit d'un hochement de tête terrifié.) Laissez-la partir. Vous n'avez plus besoin d'elle.

— Non, c'est vrai, acquiesça Kruglov. Yorgi…

Yorgi sourit, et Chloe se raidit soudain en projetant la tête en arrière avec un hoquet. Il lui lâcha le bras… et elle s'effondra face contre terre, un long couteau planté dans le dos.

— Non ! hurla Nina. Non, espèce de salopard ! Vous n'aviez aucune raison de la tuer, elle n'avait rien fait !

Maximov semblait du même avis qu'elle et protestait en russe. Son chef le fit taire d'un geste négligent de la main.

— Sortez de ce trou ! rugit Kruglov en dégainant son pistolet. Maintenant !

Nina avança, la gorge brûlée par la bile. Chloe gisait sur le sol, le jaune de son blouson de sécurité maculé par un ruisselet de sang.

— Oh, mon Dieu, murmura-t-elle en émergeant dans la lumière du jour et en voyant les Russes qui encerclaient l'entrée.

Elle compta Maximov, Dominika, l'assassin de Chloe et trois autres hommes qu'elle n'avait jamais vus. Mitchell était étendu par terre aux pieds de Kruglov, Excalibur à côté de lui.

Aucun moyen de s'échapper.

À moins que Chase ne puisse faire quelque chose.

Luttant pour ne pas se laisser déconcentrer par le choc que représentait le meurtre de Chloe, Chase mit enfin la main sur ce qu'il cherchait : une pierre pointue saillant de la paroi du tunnel. Il quitta le couvert de l'obscurité et frappa l'appareil photo contre la pierre, brisant la vitre qui protégeait le flash. Kruglov se tourna vivement vers ce bruit monté du souterrain.

Chase pressa le déclencheur et jeta l'appareil photo dans le tunnel derrière lui. Il commença à compter mentalement. Dix, neuf…

— Vous ! Sortez ! cria Kruglov en pointant son arme vers lui.

— Ça va, ça va, je sors, répondit Chase en levant les mains.

Il grimpa rapidement le tunnel jusqu'à l'entrée. Il vit Mitchell au sol, Nina agenouillée à côté de Chloe – inerte – et les hommes de Kruglov rassemblés autour de leur chef. Il croisa le regard de Nina et lui fit un bref signe des yeux en direction du sol. Elle hocha imperceptiblement la tête.

— Au fait, souriez, dit Chase.

Kruglov le dévisagea avec perplexité.

— Quoi ?

— Le petit oiseau va… *sortir* !

Chase plongea au sol, imité par Nina.

Au bas du tunnel, le retardateur arriva à zéro.

L'appareil photo se déclencha, le flash au verre brisé crépita…

…et l'étincelle électrique embrasa le méthane dans l'air.

20

La concentration en méthane suffisait à peine pour qu'il prenne feu ; mais cela se produisit et, en un instant, la mince flamme se répandit dans les tunnels jusqu'aux poches de gaz plus denses dans les profondeurs du Tor. Elles détonèrent en une réaction en chaîne qui repoussa l'onde de choc et les flammes vers la seule sortie.

Un vent brûlant jaillit du souterrain, projetant un nuage de poussière sur Kruglov et ses sbires – qui reculèrent en titubant –, suivi une seconde plus tard d'une boule de feu qui explosa à l'air libre, pareil au souffle d'un dragon furieux. Kruglov réussit à plonger de côté en se protégeant le visage, mais un de ses hommes s'effondra en hurlant, les vêtements et les cheveux en feu.

Chase bondit dans l'air surchauffé par les flammes qui disparaissaient déjà et abattit son poing sur le visage de Yorgi, qui tomba en arrière et chuta dans la pente escarpée. Mitchell saisit Excalibur et roula sur lui-même pour en frapper Dominika ; l'épée lui heurta la main du plat de la lame, envoyant voler son pistolet dans l'herbe. Mitchell le ramassa et se releva vivement.

Nina s'était elle aussi remise debout en s'emparant d'une pelle, dont elle se servit pour frapper un autre Russe à l'entre-jambe. L'homme émit un cri étouffé et tomba par-dessus le bord de la terrasse. Elle s'apprêtait à assommer Kruglov d'un coup de pelle quand Mitchell passa en courant et lui prit le bras pour l'entraîner dans sa fuite.

— Venez ! Il faut filer ! Maintenant !

Elle balança sa pelle sur un autre Russe, qui alla manger la poussière.

Chase vit que Kruglov avait lâché son arme et il était sur le point de plonger au sol pour la récupérer quand il aperçut Mitchell qui fuyait sur la terrasse en traînant pratiquement Nina derrière lui.

— Eddie, magnez-vous ! lui cria l'Américain.

Chase hésita, puis se précipita à leur suite.

— Vous avez un flingue ! lança-t-il à Mitchell alors qu'il les rejoignait. Qu'est-ce que vous attendez ?

— Ils sont trop nombreux ! Il faut décamper tant qu'on le peut !

Chase ne partageait pas son avis : les hommes de Kruglov avaient certes l'avantage du nombre, mais son plan avait semé la confusion parmi eux, et ils commençaient seulement à retrouver leurs moyens. Mais, puisque c'était Mitchell qui tenait l'arme, il n'avait pas d'autre choix que de suivre sa décision.

Ils coururent le long de la terrasse en direction du versant nord du Tor, particulièrement pentu. Malgré la difficulté d'accès, plusieurs vaches paissaient à flanc de colline devant eux et venaient de relever la tête, intriguées par tout ce vacarme. Chase regarda derrière lui alors qu'ils contournaient les ruminants inquiets. Kruglov s'était redressé et hurlait des ordres à ses subordonnés, qui se lancèrent à leurs trousses.

— Jack, tirez !

— Quoi, sur les vaches ?

— Non ! Au-dessus, pour les effrayer !

Mitchell pointa l'arme en arrière et tira trois fois en l'air. Les vaches paniquèrent immédiatement et partirent de leur galop maladroit à l'opposé du bruit, droit vers les Russes.

Kruglov vit les vaches en débandade se diriger sur eux et sauta sans hésitation de la terrasse pour rouler au bas de la colline. Les autres furent plus lents à réagir ; Dominika suivit l'exemple de Kruglov une seconde plus tard, tandis que Maximov se figeait, médusé par le spectacle des ruminants qui fonçaient sur lui. Deux autres firent demi-tour pour fuir sur la terrasse, mais ils n'allèrent pas bien loin.

Même un colosse de la taille et de la force de Maximov ne pouvait rien contre la charge d'une vache, mais cela ne l'empêcha pas de tenter d'arrêter l'animal de tête alors que celui-ci fonçait aveuglément sur lui. Soulevé de terre, Maximov parvint à s'agripper à la vache quelques secondes, puis il fut projeté en l'air et retomba sur un des hommes qui fuyaient. Ils tombèrent ensemble dans la pente et roulèrent au pied de la colline, où ils s'immobilisèrent en un tas confus de bras et de jambes.

Les vaches poursuivirent leur fuite paniquée. L'autre Russe regarda derrière lui et eut juste le temps de hurler avant d'être percuté par deux animaux qui l'écrasèrent entre eux.

— Oh, c'était *meuh*chant ! commenta Chase avec un sourire mauvais.

Nina désapprouva sa plaisanterie d'un claquement de langue irrité.

— Où va-t-on ?

Mitchell pointa la main devant eux alors qu'ils continuaient à courir sur le flanc du Tor. Un sentier descendait de la colline jusqu'aux champs. Une barrière marquait la fin du chemin, à l'endroit où il rejoignait une route. Quelques visiteurs se tenaient incertains sur le chemin, troublés par les détonations qu'ils venaient d'entendre.

— Si nous pouvons trouver une voiture, nous pourrons filer et appeler des renforts. Je passerai un appel d'urgence à l'ambassade, qui avertira les Anglais ; nous aurons des unités armées, des hélicos, tout ce qu'il faut d'ici vingt minutes.

Ils traversèrent le champ en courant. Nina jeta un coup d'œil derrière elle. Les Russes restants les poursuivaient toujours.

— Si on arrive à survivre pendant vingt minutes !

— Il le faut !

L'épée au poing, Mitchell prit appui de l'autre main sur le dessus de la barrière et la franchit d'un bond avec aisance. Chase attendit que Nina ait grimpé l'obstacle pour le passer à son tour, de manière bien moins élégante.

— Bon, il nous faut une voiture, dit Nina en regardant autour d'elle.

Ils avaient débouché sur une aire de stationnement, en marge d'une petite route de campagne. Une paire de BMW Series 7 noires était garée à l'autre bout du parking ; il s'agissait certainement des véhicules des Russes.

— Vous pourriez en trafiquer une pour la démarrer ?

Mitchell secoua la tête.

— Trop long.

Le seul autre véhicule en vue était un vieux van Volkswagen bleu ciel. Ils échangèrent un regard pas très convaincu.

— Ce n'est pas vraiment ce que j'aurais choisi, mais bon…

Plus le temps de tergiverser. Kruglov et les autres se rapprochaient.

Ils coururent jusqu'au van. La portière passager était ouverte, et de la fumée s'en échappait paresseusement. Chase ouvrit la portière conducteur à toute volée, provoquant la surprise indolente du jeune couple qui baignait dans la fumée de marijuana.

— Euh, salut, dit Nina. On aurait besoin d'emprunter votre van.

— Désolé, c'est impossible, répondit l'homme d'une voix pâteuse, dont l'accent snob indiquait que son choix de véhicule était davantage dicté par une philosophie de vie que par des impératifs financiers. Vous savez, le concept de propriété personnelle…

Mitchell braqua son arme sur eux.

— Virez vos fesses de là, et plus vite que ça !

La jeune femme poussa un cri apeuré et sauta du van ; son compagnon leva les mains et descendit d'un pas mal assuré.

— OK, OK, prenez-le, je n'y tiens pas tant que ça, mais ne me faites pas de mal !

— Et débarrasse-nous de cette merde, lui lança Chase en ramassant le joint posé dans le cendrier du van pour le jeter sur le bitume, où il tomba dans une gerbe d'étincelles. (Il s'installa derrière le volant et vit que la clef était sur le contact.) Tout le monde à bord !

Nina sauta sur le siège passager à l'avant et Mitchell ouvrit la portière coulissante pour monter à l'arrière. Le van était aménagé en camping-car, avec un lit, une petite table et même un réchaud à gaz. Mitchell posa Excalibur sur le lit et vérifia son pistolet.

Chase tourna la clef de contact. Le starter geignit un instant avant que retentisse un grondement pétaradant, caractéristique du moteur à refroidissement par air du Volkswagen. Chase mit les gaz, saisit le long levier de vitesse pour passer la première, puis débraya. Le van démarra avec une embardée ; c'était raté pour le départ en trombe, mais au moins ils étaient en mouvement.

Chase jeta un coup d'œil dans le rétroviseur.

— Baissez-vous ! hurla-t-il en se tassant sur son siège alors qu'il faisait tourner le van sur la petite route.

Nina se pencha en avant tandis que Mitchell plongeait sur le plancher du van. Le pare-brise arrière vola en éclats – les Russes avaient ouvert le feu depuis l'aire de stationnement. Plusieurs tirs touchèrent le moteur, situé à l'arrière, et les balles ricochèrent sur le bloc-cylindres après avoir transpercé la carrosserie. Les oreillers du lit explosèrent en un nuage de plumes.

La tête toujours baissée, Chase continua à conduire. La route sinueuse était si étroite que le van l'occupait presque entièrement ; de part et d'autre, les haies défilaient à moins d'un mètre du véhicule. Si une voiture arrivait dans l'autre sens, ils se retrouveraient pris au piège.

Les tirs cessèrent. Chase releva la tête pour regarder dans le rétroviseur : les Russes couraient vers leurs BMW. Puis la route devant lui fit un virage et il les perdit de vue.

Nina se redressa prudemment.

— Tout le monde va bien ?

Derrière elle, Mitchell s'agenouilla en chassant les plumes de ses cheveux.

— Oui, mais ils ne vont pas mettre longtemps à nous rattraper.

— Dans leurs BMW ? Vous croyez ? ironisa Nina.

— J'appelle l'ambassade, dit Mitchell en prenant son téléphone.

— Et toi ? demanda Chase à Nina. Ça va ?

— Oui, mais… (La réalité du drame qui venait de se produire la rattrapa soudain, la glaçant d'horreur.) Oh, mon Dieu. Chloe. Ils l'ont tuée, ils l'ont assassinée, juste sous nos yeux. Et sans raison !

— Kruglov est un psychopathe, commenta Mitchell, le téléphone contre l'oreille. Mais c'est aussi un homme intelligent : il ne voulait laisser aucun témoin.

— On aurait dit qu'il vous connaissait, releva Chase.

Il prit un virage qui les ramenait vers la périphérie de Glastonbury.

— Nos chemins se sont déjà croisés. Malheureusement. (Chase s'apprêtait à lui demander des précisions, mais Mitchell se retrouva occupé par son coup de fil.) Pesh ? Mitchell. Nous avons un problème, ici ; il faut que vous contactiez les Anglais tout de suite pour nous obtenir tout le soutien qu'ils peuvent nous dépêcher. Oui, il s'agit d'une urgence. Nous avons essuyé des tirs et nos poursuivants ne vont pas tarder à nous rattraper. Notre véhicule n'est pas vraiment une grosse cylindrée.

— Dites-lui d'envoyer aussi la police à Glastonbury Tor, lui suggéra Nina en se tournant sur son siège. Il y a eu un meurtre.

Mitchell opina de la tête et relaya l'information à Pesh, puis l'écouta durant plusieurs secondes avant de répondre.

— OK. Il faut juste que nous arrivions à rester à distance d'eux le plus longtemps possible. Nous roulons vers l'ouest dans un van Volkswagen bleu, en direction de l'extrémité nord du village de Glastonbury. (Il écouta de nouveau.) Entendu, dit-il avant de raccrocher.

— Combien de temps ? demanda Chase.

— Ça dépendra si vos gars réagissent au quart de tour ou non. Vingt minutes, quinze au mieux.

Nina aperçut un reflet noir métallique derrière eux.

— Ce sera trop tard !

Les deux BMW fonçaient sur la route sinueuse pour les rattraper.

Mitchell utilisa son arme pour faire tomber la vitre brisée de la lunette arrière et s'accroupit. La première des deux Series 7 se rapprocha dans le grondement de son puissant moteur. Kruglov sortit le buste de la fenêtre côté passager, un pistolet à la main.

Mitchell tira le premier, mais pas sur Kruglov, décochant six tirs rapides en direction du conducteur. Le pare-brise se craquela comme sous la décharge d'un fusil de chasse pour prendre une teinte blanchâtre, presque opaque, éclaboussée de rouge.

La BMW fit une embardée. Kruglov rentra précipitamment dans l'habitacle pour se saisir du volant, mais trop tard. La voiture grimpa sur le talus herbeux de l'accotement en écrasant les buissons avant de percuter un arbre et de se retourner sur le toit. Toutes les vitres de la voiture explosèrent sous le choc.

Nina eut la vision fugitive d'une tignasse verte alors que Dominika rampait hors du véhicule par une des fenêtres arrière. La seconde BMW freina brutalement pour éviter la collision, car la voiture retournée, dont l'avant s'était encastré dans les broussailles, bloquait partiellement la chaussée. Un instant, Nina crut que la poursuite était terminée, mais Kruglov s'extirpa de l'épave et ordonna par des gestes furieux à l'autre voiture de continuer. La Series 7 monta sur le talus opposé et poussa de son pare-chocs le véhicule renversé, qui s'enfonça un peu plus dans les buissons, avant de redescendre sur la chaussée et d'accélérer pour les rattraper.

— Ça ne tombe pas très bien, dit Mitchell, mais je dois vous annoncer qu'il ne me reste plus que deux balles.

Nina se remémora la façon dont la poursuite à Bournemouth avait brutalement pris fin.

— Il n'y a pas des bouteilles, quelque part derrière ? On pourrait les jeter sur la route pour crever leurs pneus !

Mitchell ouvrit les petits placards sous la table et le lit.

— Plastique, plastique, métal, énuméra-t-il en repoussant les objets. Rien en verre, bon sang ! (Il tira les couvertures du lit, soulevant un nouveau nuage de plumes.) Rien !

Chase, quant à lui, avait de plus graves soucis.

— Merde, hoqueta-t-il en voyant un carrefour en T arriver à toute vitesse. Accrochez-vous !

— À quoi ? protesta Nina. Ce fourgon est en carton-pâte !

Le virage à angle droit était impossible à prendre à cette vitesse, et Chase n'eut d'autre choix que de freiner.

Le van traversa le carrefour en gîtant tel un navire par gros temps. Des branchages éraflèrent le flanc du véhicule, qui mordit sur l'accotement avant que Chase réussisse à le redresser. Devant lui, il vit une voiture, ou plutôt une file de voitures qui s'alignaient sur la chaussée, ralenties par quelque chose qui se trouvait hors de son champ de vision, derrière un long virage.

Aucun véhicule n'arrivait en sens inverse… pour le moment. Pied au plancher, Chase passa frénétiquement les vitesses. Le moteur du van vrombit comme un essaim de guêpes enfermé dans une boîte en fer-blanc. Soixante-dix kilomètres à l'heure, quatre-vingts – l'aiguille de l'indicateur de vitesse grimpait à une lenteur insupportable alors qu'ils rattrapaient la file de voitures qui roulaient au pas.

— Les revoilà ! cria Mitchell en levant son arme.

La BMW franchit l'embranchement à toute vitesse dans un crissement de pneus et un panache de caoutchouc brûlé.

Les véhicules devant eux avançaient à moins de cinquante kilomètres à l'heure. Chase déboîta pour les doubler, à grand renfort de coups de klaxon. Le van roulait à près de quatre-vingt-dix et peinait à accélérer encore. La Series 7 les rattrapait déjà et déboîtait à son tour pour les poursuivre sur la voie de droite.

Le long virage se redressa… pour dévoiler une voiture en sens inverse qui arrivait droit sur eux.

Tout en continuant à klaxonner, Chase donna un coup de volant désespéré à gauche et se rabattit brutalement parmi la file de voitures, emboutissant latéralement une Renault Mégane dans un froissement de tôle. La vitre passager explosa sous l'impact, projetant des débris de verre sur Nina, qui hurla de peur. La Fiat qui arrivait en sens inverse manqua d'un cheveu le van, qui tangua sous la force du déplacement d'air.

Chase grimaça, le pied toujours pressé sur l'accélérateur, et déboîta de nouveau sur la voie de droite. La Mégane freina brutalement… et la voiture qui la suivait la percuta.

La Fiat poursuivit sa route avec des embardées alors que son conducteur paniquait, ne laissant pas d'autre choix à la BMW que de se rabattre elle aussi dans la file de voitures en train de freiner.

Elle heurta de plein fouet un autre véhicule, l'envoyant s'écraser sur une haie. La Fiat tamponna la Series 7 et arracha son pare-chocs arrière. La voiture des Russes effectua un tête-à-queue et se retrouva presque à angle droit avec la route.

— Mon Dieu ! s'écria Nina.

À la vitesse relativement modérée à laquelle roulait la file de voitures, elle doutait qu'il y ait des blessés graves, mais plusieurs personnes en sortiraient sans doute sérieusement secouées.

Apparemment, Mitchell ne partageait pas ses inquiétudes.

— On les a eus ! claironna-t-il joyeusement.

— Ouais, mais pour combien de temps ? nuança Chase.

À moins que la collision n'ait mis la BMW hors service, son conducteur serait capable de redémarrer et de les rattraper en dix secondes, vingt au maximum.

Chase observa la route devant lui. La tête de la file se rapprochait rapidement ; les voitures s'entassaient à la suite d'une Opel Vectra qui avançait poussivement, conduite par un vieil homme penché sur le volant et ignorant résolument l'existence de tout ce qui se trouvait derrière son champ de vision restreint. Malgré sa volonté de ne pas impliquer d'innocents, Chase se permit tout de même de rabattre le van sur la file de gauche juste sous le nez de l'Opel Vectra, en espérant que le choc rappellerait au vieil homme de regarder dans ses rétroviseurs une fois de temps en temps.

La route devant eux offrait désormais une longue ligne droite dégagée, mais sans aucune voie de sortie, bordée des deux côtés par des clôtures et des arbres.

Le Volkswagen était remonté à près de quatre-vingt-dix kilomètres à l'heure. La BMW avait redémarré et refaisait vite son retard, telle une panthère prête à jaillir sur sa proie. L'homme qui avait été brûlé au Tor se pencha par la portière…

Mitchell ouvrit le feu. La balle frappa le pare-brise de la BMW et le fissura, mais elle manqua les hommes à l'intérieur. Le Russe riposta et Mitchell se jeta à terre tandis que la carrosserie du van se criblait de nouveaux impacts.

Les tirs cessèrent, et Chase regarda dans le rétroviseur. Le tireur était rentré dans l'habitacle pour recharger son arme.

La Series 7 grossit rapidement, bondissant en avant pour les percuter.

Le choc secoua les occupants du van. Le véhicule dériva vers une clôture et Chase réussit à grand-peine à redresser sa trajectoire avant qu'il soit de nouveau percuté à l'arrière par la Series 7, qui commença à le pousser.

L'aiguille de l'indicateur de vitesse monta en flèche au-delà des cent kilomètres à l'heure, pour continuer à grimper dans des territoires inconnus alors que le grondement du moteur de la BMW devenait assourdissant. Le volant trembla entre les mains de Chase, et le van se mit à sinuer. Il lutta pour garder une trajectoire rectiligne ; s'il perdait le contrôle, le van risquait de se renverser.

Il regarda au loin et vit que la fin de la route approchait à toute vitesse ; elle débouchait sur un carrefour en T avec, face à eux, de l'autre côté de la voie perpendiculaire, le mur en brique d'un bâtiment de ferme.

— Merde !

Dans son rétroviseur, il ne distinguait plus que le toit de la Series 7, qui était collé à eux et les poussait à la manière d'une locomotive.

— Jack ! hurla Nina. Faites quelque chose !

— Il ne me reste plus qu'une balle ! lui rappela Mitchell.

Mais il se releva pour se mettre à genoux et s'apprêtait à tirer sur le conducteur quand l'autre Russe ouvrit le feu, l'obligeant à plonger à couvert.

— Bordel !

Le carrefour se rapprochait dangereusement. Nina jeta un œil derrière elle et aperçut le réchaud de camping, renversé sur le plancher du van.

— Le réchaud, balancez le réchaud !

Mitchell se tourna vers elle, l'air perdu.

— Quoi ?

— Le réchaud : lancez-le et tirez dessus !

Le visage de Mitchell s'éclaira : il avait compris l'idée de Nina. Il attrapa le réchaud et le jeta par la lunette arrière.

Le tireur venait de réapparaître à la portière quand la petite bonbonne de gaz frappa le pare-brise déjà craquelé et s'y enfonça à demi, comme une grosse mouche bleue prise dans une toile d'araignée. L'homme regarda instinctivement le réchaud.

Mitchell tira.

La dernière balle de son chargeur traversa la bonbonne de part en part ; la force de l'impact acheva de lui faire franchir le pare-brise, et le projectile brûlant embrasa le gaz dans son sillage.

La bonbonne explosa directement entre les deux hommes et les éclats métalliques les déchiquetèrent avant qu'ils soient engloutis par les flammes. La voiture fit une brutale embardée, heurta un arbre et se renversa sur la route étroite dans une pluie de débris enflammés.

Chase freina de toutes ses forces. Les pneus hurlèrent, de même que les occupants du van, alors que le véhicule fonçait droit sur le mur de la ferme dans le nuage de fumée de ses pneus à l'agonie.

Le van percuta le mur… mais à moins de dix kilomètres à l'heure. L'avant bombé du Volkswagen s'écrasa contre les briques dans un froissement de tôle, puis le van rebondit sous l'impact, avant de s'immobiliser au milieu du carrefour.

Couché sur le volant, le pied encore crispé sur le frein, Chase tourna la tête vers Nina, affalée au pied du siège passager, l'air hébété.

— Bon… Je crois qu'on est toujours en vie, non ?

Mitchell était plaqué à l'arrière du siège de Nina.

— Plus ou moins, dit-il en toussant alors que la fumée âcre des pneus échauffés envahissait l'habitacle par les vitres brisées. (Il se redressa et regarda en arrière. L'épave en flammes de la BMW gisait sur le flanc à une quinzaine de mètres de là, bloquant la route.) Mais ce n'est pas le cas des autres.

— Tant mieux. (Le moteur avait calé ; mais, à la surprise de Chase, il redémarra dès qu'il tourna la clef de contact.) Et maintenant ?

Mitchell chercha son téléphone.

— D'abord, on quitte les lieux, au cas où Kruglov réussirait à se procurer une autre voiture. Et je rappelle l'ambassade pour qu'un hélicoptère vienne nous récupérer. (Il retrouva son téléphone, mais continua à regarder autour de lui avec une inquiétude croissante.) Bon sang ! Où est l'épée ?

— Ici, dit Nina en se rasseyant sur son siège, sous lequel Excalibur avait glissé. (Elle la ramassa.) Eh, elle ne brille plus.

— C'est peut-être parce qu'ici nous ne sommes pas sur le passage d'une ligne tellurique, suggéra Mitchell en appuyant sur le bouton « Rappel » de son téléphone. L'énergie tellurique semble circuler en suivant des voies naturelles ; nous sommes sans doute trop loin d'une de ces lignes de propagation d'énergie pour que l'épée puisse la canaliser.

— Enfin, quoi qu'il en soit, nous l'avons, conclut Nina, trop épuisée par la course-poursuite pour discuter les théories de Mitchell.

Chase tourna pour s'engager sur la route perpendiculaire à celle qu'ils venaient de quitter, et ils s'éloignèrent à travers la campagne anglaise, tandis que Nina serrait entre ses mains la légendaire épée du roi Arthur.

21

— Eh bien, dit Mitchell, vous avez réussi.

— *Nous* avons réussi, le corrigea Nina.

Posée sur un drap de velours, nettoyée et lustrée, Excalibur scintillait sous la lumière des lampes de l'ambassade des États-Unis. Les fragments de Caliburn reposaient à côté d'elle dans leur étui métallique au couvercle ouvert ; un coffret similaire avait été préparé pour Excalibur.

— Ouais, on a réussi, acquiesça sèchement Chase. (Il se tenait un peu à l'écart des deux autres, adossé au mur du bureau.) Mais à quel prix…

— Cela aurait été pire si Vaskovich avait pu mettre la main sur l'épée, lui rappela Mitchell. (Ignorant l'air renfrogné de Chase, il se pencha pour examiner Excalibur, puis adressa à Nina un regard admiratif.) Vous avez enfoncé cette lame dans la pierre, vous vous rendez compte ?

— Oui. D'ailleurs, ça pose tout un tas de questions, renchérit Nina, qui préférait changer de sujet pour éviter une nouvelle prise de bec entre Chase et Mitchell. Vous avez dit que vous aviez une théorie ; et si vous nous l'exposiez ?

Mitchell souleva Excalibur avec des gestes presque révérencieux.

— Il s'agit d'une autre chose sur laquelle travaille la DARPA, mais je ne m'attendais pas à la rencontrer ici.

— La DARPA se lance dans la fabrication de sabres laser ?

Mitchell sourit.

— Pas exactement. Mais nous fabriquons des lames monomoléculaires ; enfin, nous essayons. (Voyant le regard interrogateur de Nina, il poursuivit.) En théorie, une lame dont le fil serait constitué d'une seule longue molécule pourrait trancher à peu près n'importe quelle matière. Nous avons connu quelques succès en utilisant des nanotubes de carbone, et uniquement à une échelle microscopique. Mais ceci… (Il contempla l'épée.) Vous vous rappelez ce que je vous ai raconté à propos de l'acier Wootz, qu'il incorporait des nanotubes de carbone lui conférant un tranchant exceptionnel ? C'est également le cas ici, mais le champ bioélectrique de votre corps qui permet à l'épée de canaliser l'énergie tellurique provoque de surcroît un alignement des nanotubes, qui forment alors un tranchant monomoléculaire. Dès que vous relâchez l'arme, ils perdent leur charge électrique et retournent à leur positionnement initial, ce qui explique pourquoi j'ai été incapable de retirer l'épée de la pierre, contrairement à vous.

Nina haussa les sourcils.

— Ça reste de la théorie.

— Je sais. Mais cela expliquerait les faits constatés.

— Donc, si la bonne personne brandit l'épée, elle serait en mesure de trancher n'importe quoi ?

— Sans doute pas n'importe quoi, mais peu de matériaux pourraient lui résister. Pas étonnant qu'Arthur ait été invincible au combat…

— Mais pourquoi moi ? Comment expliquez-vous qu'elle brille quand je la tiens, et pas vous ?

— Là, je n'ai pas de réponse, admit Mitchell en lui tendant l'épée. Qui sait, vous descendez peut-être du roi Arthur !

Il rit, mais pas Nina, qui afficha un air pensif. Mitchell traversa la pièce et éteignit les lumières. La lame de l'épée se découpa sur les ombres du crépuscule, irradiant d'une faible lueur irisée.

— Bon sang, tu es un Jedi ! s'exclama Chase.

— Essayez donc avec Caliburn, suggéra Mitchell.

Nina reposa Excalibur sur son drap de velours et prit dans ses mains le fragment de lame de l'autre épée. Il sembla rester inerte, jusqu'à ce qu'elle l'abaisse sous la table, dans une ombre plus profonde, et qu'un éclat bleuté, à peine discernable, dessine son contour.

— On dirait qu'elle réagit à votre contact, mais pas aussi puissamment, constata Mitchell en rallumant. J'imagine que Merlin avait besoin d'un premier essai pour peaufiner sa formule.

— Sans doute, mais je ne comprends toujours pas le phénomène. Et pourquoi l'épée s'illumine-t-elle ici ? Nous sommes au beau milieu d'une ville !

Nina replaça le fragment de Caliburn dans son écrin.

— Il est possible que les routes qui quadrillent la région et convergent vers Londres perturbent les lignes d'énergie tellurique, et même qu'elles les redirigent, réfléchit Mitchell. Nous savons que nous pouvons utiliser une antenne-relais pour canaliser l'énergie tellurique ; il existe probablement d'autres moyens de l'affecter. Mais c'est une chose que nous allons pouvoir étudier en détail, maintenant que nous avons Excalibur.

Il enveloppa l'épée dans le tissu de velours, puis la rangea dans son coffret et le referma.

— C'est quoi, la suite ? demanda Chase.

— Eh bien, les deux épées vont être confiées à la DARPA pour analyse. Une fois que ce sera terminé, Excalibur reviendra en Angleterre, où j'imagine qu'elle recevra une place d'honneur au British Museum ou à Buckingham Palace. Quant à Vaskovich, il se retrouve avec que dalle. Ce qui me ravit au plus haut point, ajouta Mitchell avec un sourire.

— Et pour nous ? s'enquit Nina.

— Vous retournez à l'AIP avec une nouvelle corde à votre arc. L'Atlantide, le tombeau d'Hercule, et maintenant le roi Arthur et Excalibur : voilà un CV à peine croyable ! Vous pouvez être fière. (Il ramassa les deux coffrets.) Quant à moi, retour aux États-Unis avec ces deux bébés pour voir si nous arrivons à comprendre comment Merlin a pu les forger. Une fois que ce sera fait, nous serons en mesure de fabriquer nos propres supraconducteurs, et l'Oncle Sam se retrouvera avec le premier générateur à énergie tellurique opérationnel au monde.

Nina hocha la tête.

— À l'avenir, il va me falloir faire preuve d'un peu plus d'ouverture d'esprit. Je pensais que toute cette histoire d'énergie tellurique se résumait à des foutaises et à de la pseudo-science, mais Bernd avait raison pour ça aussi. En revanche, je parie qu'il n'aurait jamais imaginé que j'en apporterais moi-même une preuve concrète !

— Et pourtant, vous l'avez fait. (Mitchell reposa l'un des coffrets.) J'ai une grande dette envers vous. Nous n'aurions jamais retrouvé ces épées sans vous, Nina… et sans vous, Eddie. (Il embrassa Nina sur la joue, puis tendit la main à Chase.) En toute sincérité. C'était du super boulot.

— Vous n'avez pas été trop mal non plus, répondit Chase d'une voix neutre avant de serrer la main de Mitchell.

— Bien, conclut Mitchell en reprenant l'étui en aluminium. Je crois qu'on en a terminé, pour le moment. Votre chambre d'hôtel est encore réservée pour cette nuit, avec les compliments de la DARPA. Vous allez enfin pouvoir enfiler des vêtements propres, et profiter du reste de vos vacances ; navré d'avoir dû vous demander de les interrompre.

— De toute façon, ce n'est pas comme si ç'avait été l'éclate, marmonna Chase.

Mitchell sourit, puis quitta le bureau en emportant les deux étuis.

Nina attendit que la porte se referme.

— Je crois savoir pourquoi l'épée réagit à moi et à personne d'autre. Je ne voulais pas en parler devant Jack ; j'ignore ce qu'il sait à propos du génome de l'Atlantide. Après la découverte de l'Atlantide, Kristian Frost m'a expliqué que ses recherches concluaient qu'environ un pour cent de la population mondiale possédait le même génome que les anciens Atlantes, car ces personnes descendaient d'eux en ligne directe. Et c'est justement mon cas. Certaines des légendes les plus farfelues au sujet de l'Atlantide racontent que ses habitants jouissaient de pouvoirs hors du commun. Je n'y ai jamais prêté attention parce qu'elles me paraissaient totalement fantaisistes, mais qui sait ? (Nina regarda ses mains.) Pour le coup, faire luire une épée rien qu'en la touchant n'a rien de très banal. Les Atlantes savaient peut-être comment fabriquer un métal supraconducteur, même s'ils ignoraient ce dont il s'agissait exactement. Il est possible que Merlin ait simplement tenté de recréer la même chose.

Elle attendit une réponse de Chase, qui ne vint pas.

— Eddie ? Tu m'écoutes ?

— Bien sûr que je t'écoute, je ne suis pas sourd, répondit-il, les sourcils froncés. C'est juste que je n'en ai rien à battre. (Il fit un pas vers elle.) Bordel de merde, Nina ! Je t'avais demandé de ne pas y aller, et regarde ce qui s'est passé ! Tu as failli te faire tuer. Et je ne sais pas ce que… (Il prit une inspiration.) Je ne sais pas ce que je ferais si jamais je te perdais.

— Quoi, pour Jack ? s'exclama Nina d'un air incrédule.

— Hein ? (Dérouté, Chase mit un instant à comprendre qu'elle se méprenait complètement sur ce qu'il avait voulu dire.) Non, ce n'est pas ce que…

— Nom de Dieu, Eddie ! s'énerva-t-elle. Je n'arrive pas à croire que tu sois jaloux de Jack ! Tu penses que d'abord il t'a piqué ton boulot, et que maintenant il va te piquer ta femme ?

— Comment ça, mon boulot ?

— Eh bien, tu crois toujours que tu as pour mission de veiller sur moi, non ? Que je passe mon temps à me fourrer dans les problèmes, et que tu arrives à point nommé pour me sauver ? Mais voilà que Jack apparaît, et lui aussi se montre capable de me protéger. Par-dessus le marché, il est américain, comme moi, et titulaire d'un doctorat, comme moi. Et, du coup, tu te sens menacé !

Furieux, Chase croisa les bras.

— Putain, c'est la chose la plus ridicule que j'aie jamais entendue !

— Vraiment ?

Nina se détourna vers les fenêtres donnant sur Grosvenor Square, dont les arbres et les édifices se découpaient sur la pénombre de la nuit tombante. Dans la rue, au pied de l'ambassade, elle vit Mitchell descendre les marches du perron et monter dans un taxi noir qui l'attendait. Elle remarqua qu'il n'emportait qu'un seul coffret, pour Dieu sait quelle raison.

— C'est pourtant toi, reprit-elle, qui te montres paranoïaque à propos de Jack et qui te conduis comme un…

Nina ne termina pas sa phrase.

Un taxi…

— Ça n'a rien à voir avec Jack ! protesta Chase derrière elle.

Mais Nina ne l'écoutait plus.

Elle fixa le taxi avec un sentiment croissant d'horreur, et les couleurs désertèrent son visage.

— Oh, mon Dieu…

— Quoi ?

— Oh, mon Dieu ! répéta-t-elle en se retournant vivement face à Chase. C'est Jack : il ne rapporte pas Excalibur aux

États-Unis, il va la livrer à Vaskovich ! (Elle courut jusqu'à la porte.) Viens !

Chase la regarda d'un air interdit, tandis que la colère laissait place à l'ahurissement.

— Mais qu'est-ce que tu racontes ?

— Il est en train de la voler… Il vole mon épée, bon sang ! Viens !

Nina se précipita vers l'escalier, suivie par Chase qui ne comprenait toujours pas.

— Comment le sais-tu ?

— Il vient de monter dans un taxi !

La voix de Chase prit un ton sarcastique.

— Oh, non ! Un *taxi* ! Bien sûr, ça prouve que c'est un criminel ! Redis-moi, déjà : c'est qui, le paranoïaque, dans l'histoire ?

Ils descendirent les marches au pas de course, forçant deux fonctionnaires de l'ambassade à se plaquer au mur pour les laisser passer.

— Depuis quand Jack prend-il des taxis ? À chaque fois qu'on est allé quelque part, il a demandé un véhicule officiel du gouvernement : des voitures, un avion… À chaque fois ! Et, maintenant qu'il transporte quelque chose d'inestimable, il décide de se rendre à l'aéroport en *taxi* ?

Ils débouchèrent dans le hall d'entrée. Nina avisa Pesh, en conversation avec un homme grand au visage sévère et aux cheveux blancs coupés en brosse, qui portait l'autre coffret d'aluminium.

— Monsieur Pesh ! Hé !

Pesh sursauta et se retourna.

— Professeur Wilde ! Que vous arrive-t-il ?

Elle montra du doigt le coffret.

— C'est Jack Mitchell qui vient de vous confier ça ? demanda-t-elle à l'homme aux cheveux blancs.

Pesh répondit à sa place.

— Oui. Nous allons le mettre en sécurité le temps d'organiser son transfert à la DARPA.

— D'accord. Et l'autre coffret ?

— Quel autre coffret ?

— Celui qu'il s'apprête à remettre aux Russes ! Eddie, viens !

Nina se précipita vers la sortie et Chase la suivit, après avoir répondu d'un haussement d'épaules impuissant au regard éberlué que lui lançait Pesh. Un des Marines en poste près des portiques de sécurité à l'entrée du hall s'interposa pour les arrêter, mais Pesh lui cria de les laisser passer. Ils dévalèrent les marches du perron pour se retrouver sur Grosvenor Square.

Nina chercha des yeux le taxi.

— Par où est-il parti ? Par où est-il parti ?

— Par là, répondit Chase en désignant la gauche.

La rue qui faisait le tour de la place était à sens unique, dans le sens des aiguilles d'une montre. La circulation n'était pas très dense, et le seul taxi en vue filait vers l'est en longeant le parc, en direction du cœur de Londres.

Nina repéra un autre taxi noir sur leur droite, garé devant l'hôtel Marriott. Ils coururent jusqu'à lui et le chauffeur releva la tête en les voyant approcher de sa portière.

— Suivez ce taxi !

— Vous vous foutez de moi ? s'exclama le chauffeur d'une voix aiguë.

— Non, je vous assure ! Ce taxi, là-bas ! (Nina montra le coin opposé du parc.) Nous devons aller là où il va, dépêchez-vous !

Le chauffeur la dévisagea comme si elle sortait tout droit de l'asile. Chase soupira et mit la main dans sa poche pour récupérer une liasse de billets.

— Cinquante livres, ça ira ?

— Marché conclu, répondit le chauffeur avec un grand sourire. Grimpez !

Le taxi démarra avec un grondement rauque plein de détermination. Nina scruta la route alors qu'ils passaient devant l'ambassade et tournaient vers l'est.

— Là ! Il est là !

Le chauffeur accéléra.

— Je vous ai vus sortir de l'ambassade, dit-il. Le type qu'on poursuit, c'est quoi ? Un terroriste ? Un espion ?

— Un voleur, lui répondit Nina.

Le chauffeur sembla un peu déçu, mais ne ralentit pas pour autant.

— Enfin, tu penses que c'en est un, tempéra Chase.

Nina l'ignora et s'adressa au chauffeur.

— Si vous deviez aller à Heathrow en partant de l'ambassade, vous suivriez ce chemin ?

— Ah, ça non ! s'esclaffa-t-il. C'est complètement à l'opposé, madame.

— Tu vois ? dit-elle à Chase. C'est pour ça qu'il n'a pas pris un véhicule de l'ambassade : il ne veut pas qu'on sache où il va.

— Je ne comprends toujours pas ton raisonnement. S'il avait l'intention de livrer l'épée à Vaskovich, pourquoi ne pas se contenter de la donner à Kruglov à Glastonbury ?

— Il ne voulait sans doute pas griller sa couverture.

— OK, admettons qu'il bosse vraiment pour Vaskovich. Il aurait pu s'arranger pour que Kruglov nous élimine, et inventer une histoire à raconter aux autorités. Pourquoi se soucier de nous garder en vie une fois l'épée en sa possession ?

— Je n'en ai pas la moindre idée, admit Nina en secouant la tête. Mais Jack connaissait Kruglov et les autres… et ils le connaissaient eux aussi.

— Bon. Mais, s'ils sont potes comme tu le prétends, pourquoi auraient-ils essayé de le tuer ?

Nina n'avait aucune réponse à cette question. Elle se renfonça dans son siège et resta silencieuse alors que leur chauffeur rattrapait le taxi de Mitchell et le prenait en filature, en veillant à laisser une ou deux voitures entre eux. Ils tournèrent vers le sud, rejoignirent Regent Street, passèrent devant les illuminations au néon de Piccadilly Circus, et reprirent la direction de l'est.

— On dirait qu'il va vers Leicester Square, remarqua le chauffeur.

La circulation s'était considérablement ralentie, même pour Londres qui était perpétuellement embouteillée, et une foule envahissait les trottoirs.

— Que se passe-t-il ? demanda Nina.

— C'est la première d'un film à l'Empire, madame. J'ai déposé des filles ici un peu plus tôt dans la soirée ; elles voulaient voir cet acteur américain qui joue dedans… C'est quoi, son nom, déjà ? Si, vous savez, ce type avec un sourire de pub pour dentifrice… Grant Thorn, c'est ça. Ma femme l'adore, mais moi je trouve que c'est rien qu'un de ces Américains en toc qui se ressemblent tous. Sans vouloir vous offenser, madame.

— Pas de souci. Eh, il s'arrête ! s'exclama Nina en voyant l'autre taxi se ranger le long du trottoir.

— Posez-nous là, ordonna Chase au chauffeur. (Le taxi se gara à une vingtaine de mètres derrière sa proie. Mitchell descendit de son véhicule, et Chase paya le chauffeur.) Gardez la monnaie.

— Merci, mon gars. (Nina ouvrit la porte alors que Mitchell s'éloignait au milieu des badauds.) J'espère que vous rattraperez votre voleur !

— Tu connais le quartier ? demanda-t-elle à Chase alors qu'ils pressaient le pas pour ne pas perdre Mitchell de vue, ce qui se révélait difficile sur ce trottoir noir de monde.

— Un peu. J'ai vécu à Londres du temps de Sophia.

— Ah bon ? Tu ne me l'avais jamais dit.

— Tu es sûre que c'est une bonne idée de repartir maintenant dans ce genre de conversation ?

Ils suivirent Mitchell sur la place de Leicester Square elle-même. À l'extrémité nord, des barrières contre lesquelles se pressaient les badauds délimitaient un couloir jusqu'à l'entrée du cinéma Empire. Une limousine s'arrêta devant le tapis rouge dans le crépitement des flashes et les cris excités de la foule, mais l'agitation retomba bientôt quand les passagers descendirent de la voiture ; apparemment, il ne s'agissait pas de gens assez célèbres pour mériter une ovation.

Nina leva les yeux vers le cinéma. Le film en avant-première s'annonçait sur un gigantesque panneau : *Avis de tempête*. Le visage de Grant Thorn, la coqueluche du moment à Hollywood, dominait l'affiche sur fond de mer déchaînée, avec un hélicoptère en flammes et une voluptueuse jeune femme en bikini.

— C'est ton genre de film, on dirait…, se moqua-t-elle.

La foule retint ensuite son attention, et plus précisément le nombre d'agents de police en gilet jaune et de personnel de sécurité devant l'entrée du cinéma et tout autour.

Chase fit le même constat.

— S'il s'apprête vraiment à remettre Excalibur aux hommes de Vaskovich, il a choisi le bon endroit. Beaucoup de monde, beaucoup de flics, et donc peu de chances qu'ils soient tentés de l'éliminer pour lui prendre l'épée.

Mitchell se dirigea vers le sud en longeant le jardin public au centre de la place. Même si la foule était moins dense que devant l'Empire, l'endroit restait très animé, car Leicester Square accueillait plusieurs autres cinémas, ainsi que des restaurants et des bars. Mitchell rejoignit le coin sud-ouest du jardin et s'arrêta devant la grille de l'entrée, près d'un buste de Sir Isaac Newton.

— Merde, marmonna Chase. On ne peut pas continuer à avancer : il risque de nous voir. Recule, rentre dans le square.

— On ne va pas le perdre ?

— Il donne l'impression d'être arrivé à destination. Viens.

Ils rebroussèrent chemin, franchirent le portail à l'angle nord-ouest du jardin public et descendirent à pas pressés l'allée diagonale qui menait en son centre, en remarquant de l'autre côté de la rue une boutique de souvenirs dont la devanture s'ornait de grands drapeaux de l'Union Jack. Nina fut soulagée d'apercevoir Mitchell qui patientait toujours à côté de la statue. Puis elle se figea et attrapa le bras de Chase en reconnaissant quelqu'un d'autre.

— Eddie, Eddie !

— Oh, merde, grommela Chase en pivotant sur lui-même pour tourner le dos à Maximov qui traversa le square devant eux, à moins d'une dizaine de mètres. Il nous a repérés ?

Dissimulée par Chase, Nina pencha prudemment la tête pour jeter un coup d'œil.

— Non, il continue dans la direction de Jack. Oh, zut, la punk est là, elle aussi !

Chase suivit son regard et vit Dominika sortir de derrière la billetterie à l'extrémité sud du parc, ses cheveux verts brillant d'un éclat phosphorescent à la lueur des lampadaires. Elle se dirigea également vers Mitchell. Chase prit conscience que Nina et lui étaient dangereusement exposés : si l'un des Russes tournait la tête dans leur direction…

— Viens, cachons-nous derrière cet arbre.

Ils se glissèrent derrière le maigre couvert que leur offrait un arbre au bord de la pelouse, à cinq ou six mètres à peine de Mitchell, tandis que les deux Russes se rapprochaient lentement de lui. Mitchell avait repéré Dominika et Maximov, et se contentait d'attendre qu'ils le rejoignent.

— Tu en vois d'autres ? demanda Chase.

Il sentit Nina se raidir derrière lui.

— Oui, dit-elle fébrilement. Eddie, embrasse-moi ! Vite !

Chase pivota et Nina plaqua sa bouche sur la sienne en le faisant tourner sur lui-même. Kruglov passa à moins de deux mètres d'eux sur le trottoir, de l'autre côté de la clôture du square. Son regard obliqua un instant dans leur direction, mais il continua d'avancer vers Mitchell sans réagir ; il n'avait vu d'eux que le crâne de Chase dans la lumière du soir.

Nina fit faire un tour complet à Chase avant de le relâcher.

— Tu embrasses sacrément bien quand tu es effrayée, souffla-t-il doucement.

Elle le tapa sur le bras et ils reportèrent leur attention sur les Russes.

— Salut, Jack, lança Kruglov en tournant au coin du jardin public pour se retrouver face à Mitchell.

Dominika et Maximov restèrent un peu à l'écart, fixant froidement l'Américain.

— Alexeï, le salua Mitchell. Tu m'expliques ce que tu as foutu aujourd'hui ?

— Je pourrais te demander la même chose. (Kruglov tourna lentement autour de Mitchell, et ses yeux glissèrent brièvement vers le long coffret qu'il tenait à la main.) Après ce qui s'est passé en Autriche, je nourrissais certains doutes quant à ta loyauté. C'est pourquoi j'ai décidé de prendre les choses en main personnellement.

— J'ai promis à Leonid que je lui rapporterais l'épée, fulmina Mitchell. Il m'a accordé sa confiance. Pourquoi pas toi ?

— Dieu du Ciel, chuchota Nina à Chase, ébranlée de voir ses craintes se confirmer.

— Parce que c'est mon boulot de me méfier des gens, répondit Kruglov. Et notamment des gens qui essaient de… comment dit-on, déjà ? Ah oui, de nous la faire à l'envers. (Il dévisagea Mitchell en plissant les yeux.) Nous avions les notes de l'Allemand ; tu aurais pu te contenter de nous confier l'épée brisée en Autriche. Nous aurions retrouvé Excalibur nous-mêmes, et cette femme de l'AIP se serait retrouvée sur la touche, faute d'indices. Mais non, tu as décidé de la garder, et plusieurs de mes hommes sont morts. Nous avons même perdu un hélicoptère ! Tu as une idée du prix de ces engins ?

— Je devais éviter de griller ma couverture, répliqua Mitchell. J'aurais donné l'épée à ton gars au château s'il n'avait pas été aussi incompétent ; Chase s'est débarrassé de lui en un claquement de doigts.

— Tu aurais dû nous laisser tuer Chase et la femme, intervint Dominika d'une voix rageuse.

Un couple de passants lui lança un regard étonné.

Kruglov cracha quelques mots en russe, sans doute pour lui ordonner de parler plus bas.

— Mais elle n'a pas tort sur ce point, poursuivit-il à l'adresse de Mitchell. Une fois que tu avais Excalibur, il n'y avait plus aucune raison de garder Wilde en vie.

— Comme je le disais, répéta Mitchell d'un air exaspéré, je devais préserver ma couverture. Je perdrais toute utilité pour Leonid si la DARPA venait à soupçonner que je lui livre des informations. Ils m'enlèveraient mes accréditations, le temps de me soumettre à une enquête approfondie. Le fait d'avoir protégé Nina Wilde me place au-dessus de tout soupçon.

Les sourcils froncés, Kruglov soupesa les arguments de Mitchell, puis opina finalement de la tête.

— Et maintenant ? demanda-t-il en baissant de nouveau les yeux sur le coffret. Tu es prêt à nous donner l'épée ?

— C'est pour ça que je suis là. La DARPA s'attend à recevoir livraison d'une épée ; l'agence n'en sait pas davantage. Et elle recevra bien une épée, mais pas celle qu'elle pense. Je me suis chargé de remplir toute la paperasse. Officiellement, cette épée (il souleva le coffret) n'a jamais existé. Je suis donc prêt à l'apporter à Leonid.

— Que fait-on ? souffla Nina. On ne peut pas les laisser emporter Excalibur !

Chase jeta un coup d'œil en arrière, vers le portail par lequel ils étaient entrés dans le square.

— Je reviens.

— Quoi ? Mais où… *Eddie!*

Déroutée, Nina le regarda s'éloigner au pas de course, puis se retourna vers la scène qui se jouait devant elle.

Kruglov affichait un sourire crispé ; ce que lui disait Mitchell avait apparemment du mal à passer.

— Tu veux l'apporter toi-même à Leonid ?

— C'était notre accord, insista Mitchell. J'ai promis à Leonid de lui livrer l'épée en personne.

— Je n'ai aucune confiance en toi.

— Et je m'en balance complètement. Leonid me fait confiance : c'est ça, l'important. Je lui ai dit que je lui rapporterai Excalibur. Eh bien, je l'ai avec moi, ici, et je suis prêt à la lui donner. Il l'attend, Alexeï. Et tu sais aussi bien que moi qu'il déteste attendre.

Des acclamations éclatèrent à l'autre bout de Leicester Square ; quelqu'un de célèbre arpentait le tapis rouge. Nina regarda derrière elle et vit Chase revenir en courant, courbé en deux pour rester caché des Russes. Il tenait quelque chose à la main.

— Euh, c'est quoi, ça ?

— Big Ben était le mieux que je pouvais me payer, dit Chase en montrant une miniature dorée de la fameuse tour d'horloge qu'il venait d'acheter dans le magasin de souvenirs. Attends ici.

— Que comptes-tu faire ?

— Nina, reste ici. Je t'en prie, ne discute pas, ajouta-t-il alors qu'elle ouvrait la bouche pour protester. Je m'en charge.

La tête baissée, il sortit de derrière l'arbre et marcha d'un pas tranquille au milieu des autres promeneurs en direction du groupe. Kruglov lui tournait le dos, tandis que Dominika et Maximov concentraient leur attention sur Mitchell.

Kruglov hocha finalement la tête.

— Très bien. Nous apporterons l'épée à Leonid... ensemble.

— Ça me va, acquiesça Mitchell. (Il sourit.) Bien, et si...

Chase surgit derrière Kruglov et lui enfonça le bibelot dans les reins, en espérant que sa dureté et sa forme convaincraient le Russe qu'il s'agissait du canon d'une arme à feu.

— Salut, les gars. Ça roule ?

— Eddie ! s'exclama Mitchell.

— Alors, on se prépare un petit voyage ? Reste tranquille ! lança-t-il à Dominika, qui glissait la main dans son manteau. Essaie quelque chose et Face de Grenouille va avoir une attaque cardiaque au 9 millimètres.

Dominika baissa la main.

— Vous me tireriez dans le dos en pleine rue ? s'étonna Kruglov d'une voix calme. Avec tous ces policiers dans le coin ?

— Je te collerais une balle en plein dans ta sale gueule pour ce qui est arrivé à Mitzi, grogna Chase. Jack, posez le coffret. Bordel, après tout ce que nous avons affronté ensemble, je n'arrive pas à croire que vous travailliez pour ces fumiers depuis le début...

Mitchell posa le long étui en métal sur le trottoir.

— Eddie, si vous avez un peu de bon sens – et j'en suis venu à penser que c'était le cas –, vous devriez laisser tomber.

Chase poussa Kruglov en avant.

— Il faut croire que vous aviez tort. Bon, tout le monde recule. (Il continua d'avancer en surveillant Mitchell, Maximov et Dominika, qui s'écartèrent prudemment. Il pressa son « arme » dans le dos de Kruglov.) Et toi, enfoiré, ramasse le coffret. Doucement.

— Vous êtes donc Chase ? demanda Kruglov d'une voix où ne transparaissait pas la moindre inquiétude. (Il se baissa et prit le coffret par la poignée.) Vous êtes aussi brave – et aussi stupide – qu'on me l'a rapporté.

— Possible, mais ce n'est pas moi qui ai un flingue pointé dans le dos.

— Non, mais c'est le cas de Nina, dit Mitchell.

Chase lui décocha un sourire glacial.

— Bien essayé.

Mais l'expression de plaisir sadique qui s'afficha sur le visage de Dominika l'avertit que Mitchell ne bluffait peut-être pas. Il risqua un bref coup d'œil par-dessus son épaule…

…et vit le dernier acolyte de Kruglov, celui au chignon, qui se tenait derrière une Nina terrifiée.

Ce n'était pas un pistolet qu'il pointait dans le dos de Nina, mais un couteau, celui-là même avec lequel il avait tué Chloe Lamb.

22

Ils restèrent tous figés un instant, en un curieux tableau immobile au milieu de l'animation qui régnait à Leicester Square.

Nina fut la première à parler.

— Désolée, Eddie. Je ne l'ai pas vu arriver.

— Baissez votre arme, Chase, lui intima Kruglov, ou elle est morte.

Chase enfonça brutalement la pointe du bibelot dans le dos de Kruglov, qui grogna de douleur.

— S'il bouge un cil, je te tue.

— Il n'en fera rien, Alexeï, intervint Mitchell. Il l'aime trop pour ça.

— Ferme-la, espèce de faux jeton !

— Il est déjà rongé par la culpabilité à cause de la mort de son amie en Autriche, poursuivit Mitchell. Il ne permettra jamais que Nina meure elle aussi. Même si ça implique de nous laisser partir. Eddie, j'essaie de vous donner une chance, là.

D'un geste rageur, Chase tapa du genou dans le coffret que tenait Kruglov.

— Des gens sont morts pour cette foutue épée. Vous pensez sérieusement que je vais vous laisser la refiler à ces ordures ?

— Vous n'avez pas vraiment le choix, lui rappela Kruglov. Yorgi, je vais compter jusqu'à trois, et tu la tues. Un.

— Eddie, il le fera ! le pressa Mitchell.

— Deux.

— Eddie, bon sang !

Chase recula et laissa tomber le souvenir en métal, qui tinta contre le trottoir, entre les pieds de Kruglov.

Le Russe baissa les yeux sur le bibelot et s'esclaffa, puis il se retourna face à Chase avec son sourire de batracien.

— Trois.

— *Non !* hurla Chase.

Yorgi leva le bras pour enfoncer son couteau dans le dos de Nina…

Son visage explosa.

Mitchell avait sorti de sa veste un pistolet équipé d'un silencieux et tiré sur l'homme qui se trouvait juste derrière Nina, laquelle sentit passer la balle à quelques centimètres de son visage. Yorgi s'écroula en arrière, et sa chute arracha les lambeaux de peau encore accrochés aux os fracassés de son crâne.

— Barrez-vous ! cria Mitchell.

Maximov le projeta contre le buste de Newton et son arme lui vola des mains. Chase, qui s'était tourné vers Nina, pivota face à Kruglov, qui lui balança le coffret en plein estomac. Chase tomba à la renverse et Kruglov aboya un ordre avant de partir en courant par le jardin public.

Un passant aperçut le corps ravagé de Yorgi et se mit à hurler. La panique se répandit rapidement à travers la place.

Hébétée, Nina reprit ses esprits en voyant Kruglov filer, le coffret à la main. Devant elle, Chase se relevait péniblement, le souffle coupé, mais indemne. Elle resta un instant indécise, prise entre deux impulsions contradictoires… puis se précipita à la poursuite de Kruglov. S'il disparaissait avec Excalibur, toutes les épreuves qu'elle avait traversées, toutes ces morts dont elle avait été témoin, tout cela aurait été en pure perte.

Chase se remit sur ses pieds et s'aperçut que Nina était partie.

— Merde!

Il s'apprêtait à la suivre quand un bruit métallique, aussi limpide qu'une note de musique, résonna à ses oreilles au milieu des hurlements de la foule. Dominika avait dégainé et armé son pistolet, qu'elle pointait sur lui…

Des cris éclatèrent sur sa droite: deux policiers se ruaient vers eux. Dominika jeta un bref coup d'œil dans leur direction, puis appuya sur la détente, mais Chase s'était déjà esquivé d'une roulade et la balle ricocha sur le trottoir. Dominika tourna les talons et s'enfuit.

Les policiers se lancèrent à sa poursuite et se retrouvèrent projetés en arrière quand Maximov les frappa en se servant de Mitchell comme d'une batte de base-ball humaine. Les trois hommes s'effondrèrent au sol et Maximov poussa un rugissement triomphal avant de s'éloigner en courant pour traverser Leicester Square en repoussant sans ménagements les piétons qui ne s'écartaient pas assez vite de son chemin.

Chase s'apprêtait à suivre Nina quand un nouveau coup de feu le fit se retourner. Quelqu'un avait essayé de jouer les héros en tentant d'arrêter Dominika et avait reçu une balle dans le ventre. La tueuse aux cheveux verts courait vers le côté sud de la place. De nouveaux hurlements éclatèrent dans son sillage. Chase ramassa le pistolet de Mitchell. Il voulait retrouver Nina et Kruglov, mais Dominika représentait la plus grande menace immédiate. Il devait la stopper avant qu'elle tue d'autres innocents.

Mais cela n'était pas sa seule motivation: il avait aussi un compte à régler avec elle.

Kruglov atteignit le côté nord du square en écartant les passants à coups d'épaule. Il était encombré par le coffret, et Nina gagnait du terrain. Une autre ovation éclata parmi la foule rassemblée devant l'Empire, et les flashes des appareils photo crépitèrent alors qu'une limousine déversait sa cargaison de célébrités.

Nina vit Kruglov tourner la tête en tous sens, à la recherche d'une issue. Les barrières s'alignaient sur toute la largeur de Leicester Square, bloquant complètement le côté nord, et toutes les rues qui quittaient la place étaient noires de monde. Il pivota sur lui-même et vit Nina qui accourait. Il glissa sa main libre dans son manteau et sortit…

— Une arme ! hurla Nina en espérant que les policiers (et les infortunés passants qui se trouvaient dans sa ligne de tir) l'entendraient et réagiraient en conséquence. Il a une arme !

Kruglov tira sur elle. Nina plongea sur la pelouse pour s'abriter derrière un banc, tandis que les promeneurs se dispersaient comme une nuée des pigeons effrayés.

La foule massée devant le cinéma continuait à crier, inconsciente des événements qui se déroulaient dans son dos. Kruglov vit des agents de police converger vers lui des deux côtés. Il se jeta dans l'attroupement et se fraya un chemin vers la barrière en frappant les gens de son arme ou du lourd coffret. Nina se releva d'un bond et se lança à sa poursuite.

Dominika quitta la place en courant et s'engouffra dans une rue latérale. Chase la suivit et jeta un coup d'œil à un panneau indicateur qui lui apprit qu'il s'agissait de St Martin's Street. Trafalgar Square se trouvait dans cette direction, un peu plus loin, mais cette rue n'y menait pas directement.

Il y avait moins de monde, ici. Chase leva son arme, un Ruger SR9 équipé d'un silencieux, et se risqua à faire feu en visant les jambes de la fugitive. Il rata et la balle frappa le sol juste à côté d'elle. Dominika riposta à l'aveuglette, par-dessus son épaule. Elle n'avait presque aucune chance de faire mouche, mais ses tirs forcèrent tout de même Chase à se baisser et à zigzaguer, ce qui le ralentit.

Elle arriva à un carrefour et prit la voie de gauche. Chase tourna à son tour au coin de la rue et la vit courir vers les portes vitrées à l'arrière d'un imposant édifice.

La National Gallery.

Dominika tira une nouvelle fois vers lui avant d'atteindre les portes, empêchant Chase de profiter du moment où elle entrait dans le bâtiment pour l'abattre. Il aurait de toute façon retenu son tir, car il pouvait distinguer des gens à l'intérieur, dont un groupe d'enfants ; Dominika venait de pénétrer dans le Centre éducatif de la National Gallery. L'espace d'un instant, Chase fut horrifié à l'idée qu'elle allait les prendre en otages ; mais, quand il arriva devant les portes, il la vit grimper quatre à quatre les marches d'un escalier.

Il ouvrit les portes d'un coup de pied et pointa son arme vers elle, mais elle avait déjà disparu au coin du palier. Certains enfants avaient aperçu l'arme de Dominika, et l'arrivée de Chase ne fit qu'aggraver les choses.

— Tout le monde à terre ! hurla Chase par-dessus les cris aigus des enfants, en se précipitant vers l'escalier.

Il leva la tête. Dominika braquait son pistolet sur lui.

Chase se jeta en arrière alors que trois détonations retentissaient dans la salle. Le mur derrière lui se creusa de trois petits cratères. Chase retomba au sol sur le dos et riposta par quatre tirs rapides. Dominika se baissa à couvert et les balles frappèrent la rampe, puis elle se remit à courir dans l'escalier pour atteindre l'étage.

— Évacuez le bâtiment ! cria Chase au personnel du musée qui s'empressait auprès des enfants terrifiés. Faites sortir tout le monde !

Il grimpa les marches en courant, l'arme au poing. Arrivé à l'étage, il aperçut Dominika s'engouffrer dans un passage sur la gauche.

Mais à quoi elle joue, bon sang?

On aurait pu croire qu'elle paniquait et fuyait au hasard, mais Chase n'imaginait pas une seconde que Kruglov et ses acolytes soient convenus d'un rendez-vous avec Mitchell dans un lieu public sans prévoir de plan de sortie.

Quelque chose clochait.

Il tourna au coin du couloir et suivit Dominika dans les galeries du musée.

Kruglov se fraya un passage jusqu'aux barrières de sécurité en écartant les gens devant lui avec une rage grandissante. Un homme outré tenta de l'arrêter, et il le frappa d'un coup de crosse en plein visage, lui brisant la mâchoire. Alors que le malheureux tombait à la renverse en crachant du sang, Kruglov prit appui sur la barrière d'une main et la franchit d'un bond. Un garde de la sécurité se précipita vers l'intrus, et Kruglov lui tira dessus.

Un trou s'ouvrit dans la poitrine du garde et le sang éclaboussa les gens agglutinés contre la barrière. La foule se mit à hurler et l'ovation se transforma en cris de panique tandis que l'attroupement se dispersait dans une bousculade indescriptible. Nina leva les bras devant son visage pour se protéger et traversa la débandade, heurtée en tous sens par les badauds affolés.

Un autre tir éclata. Au milieu du chaos, elle vit une silhouette vêtue d'un gilet jaune s'effondrer au sol, une main sur son épaule ensanglantée.

Nina batailla pour avancer parmi la foule qui fuyait dans la direction opposée, et déboucha soudain hors de la cohue, pour emboutir la barrière de sécurité. L'arme au poing, Kruglov se précipitait vers une limousine garée à l'entrée du tapis rouge. Des flashes photographiques ne cessaient de crépiter ; malgré le danger, des paparazzis ainsi que de simples spectateurs continuaient à prendre des clichés du spectacle morbide, une scène d'action bien réelle qui valait mille fois la version hollywoodienne dont c'était ce soir l'avant-première. Kruglov rentra la tête dans les épaules, espérant vainement se cacher des photographes, et pointa son pistolet sur le conducteur du véhicule en hurlant. L'homme n'avait pas besoin de parler le russe pour comprendre la situation, et il s'extirpa fébrilement de la voiture.

Nina bondit par-dessus la barrière et courut vers la limousine. Kruglov écarta le conducteur et s'engouffra dans le véhicule en jetant le coffret et son arme sur le siège passager. Il leva la tête au moment où il écrasait l'accélérateur…

…pour voir Nina qui se précipitait vers lui.

La limousine démarra en faisant une embardée. Elle arracha un pan du tapis rouge et heurta un photographe de sa portière ouverte alors que Kruglov dirigeait droit sur Nina la voiture de trois tonnes.

Coincée de part et d'autre par les barrières, Nina n'avait aucun moyen de lui échapper. Elle plongea en avant, atterrit sur le long capot de la limousine, glissa et finit sa course contre le pare-brise alors que le véhicule accélérait. La voiture percuta les barrières et projeta l'une d'elles dans la foule, avant que Kruglov reprenne le contrôle de sa trajectoire.

Nina s'agrippa à un essuie-glace et releva la tête pour croiser le regard assassin de Kruglov, derrière la vitre. Il tâtonna sur le siège passager pour récupérer son arme, tandis que Nina bondissait sur ses pieds.

Des tirs traversèrent le pare-brise avec fracas, passant sous Nina qui s'était jetée sur le toit. Glissant sur la carrosserie lustrée, elle parvint de justesse à se retenir à la baguette chromée qui garnissait le bord du toit avant de tomber à l'arrière, sur le hayon du coffre.

Couchée sur le toit, elle cherchait de l'autre main une prise quand des trous s'ouvrirent entre ses bras tendus en lui projetant des écailles de peinture au visage. Kruglov criblait de balles le toit de la limousine, et chaque nouvel impact se rapprochait de plus en plus de la tête de Nina.

Les tirs cessèrent soudain ; Kruglov était à court de munitions. Nina sentit la fumée qui s'élevait du dernier trou dans la carrosserie, à seulement quelques centimètres de son visage.

La voiture prit de la vitesse en se dirigeant vers la fin de la zone réservée à l'avant-première. Une barrière mobile la fermait, afin de permettre le passage des véhicules tout en maintenant les piétons à distance.

Mais personne ne se tenait à côté de la barrière pour l'ouvrir, et tout le monde s'écartait en courant de la trajectoire de la limousine.

Nina réussit à s'agripper de l'autre main au bord opposé du toit juste avant que le véhicule ne défonce la barrière pour déboucher sur Charing Cross Road. La circulation avait déjà été interrompue par la foule fuyant la place, mais l'aile avant de la limousine heurta une voiture quand Kruglov tourna brusquement à droite pour prendre au sud, en direction de Trafalgar Square.

Emportée par le mouvement, Nina glissa sur le toit, les jambes projetées dans le vide, et se cramponna de toutes ses forces. La limousine s'inclina et un enjoliveur sauta pour rouler sur la chaussée. Sous les doigts crispés de Nina, la baguette chromée commença à se décrocher de la carrosserie…

Dans un crissement de pneus, la voiture se redressa avec un à-coup et Nina fut brutalement ramenée sur le toit. Le moteur gronda, et l'air lui fouetta le visage alors que Kruglov accélérait à travers les rues de Londres.

Des tableaux s'alignaient sur les murs, mais Chase n'avait pas vraiment le temps d'admirer les trésors de la National Gallery ; devant lui, Dominika filait à travers les couloirs et les salles en enfilade. Des visiteurs qui profitaient des horaires de soirée du musée s'écartèrent précipitamment de leur chemin, déroutés par leur cavalcade.

Des sirènes incendie se mirent à hurler ; le personnel du Centre éducatif avait fini par donner l'alerte. Au moins cela ferait-il fuir les touristes, ce qui lui laisserait les coudées franches pour s'occuper de Dominika – et du plan qu'elle avait certainement en tête. Car il semblait évident qu'elle savait très bien où elle allait.

Elle atteignit un nouveau croisement et tourna au coin d'un couloir en renversant une poubelle pour gêner son poursuivant. Chase bondit lestement par-dessus, ralentissant à peine sa course. Il ne voulait pas user de son arme tant qu'il y avait des civils dans les parages, et guettait le moment où il pourrait profiter d'une ligne de tir dégagée…

Il avisa une grande affiche au-devant et comprit où Dominika se dirigeait.

Le musée accueillait une exposition temporaire des œuvres de Rembrandt. L'art n'était pas vraiment le fort de Chase, mais il connaissait tout de même le peintre hollandais et savait que ses toiles valaient des millions. Et voilà que Dominika s'apprêtait à traverser l'exposition une arme à la main.

Pour négocier sa fuite, elle ne voulait pas prendre en otage des gens, mais des trésors nationaux.

Chase éprouva un sentiment de triomphe froid. Son plan aurait peut-être marché avec Nina, mais il restait un béotien – et fier de l'être –, en dépit des efforts de sa fiancée. Si Dominika croyait que menacer de détruire une peinture inestimable pourrait la sauver, elle se fourrait le doigt dans l'œil.

Jusqu'au cerveau.

La Russe franchit l'arche cintrée de l'entrée de l'exposition et les visiteurs s'écartèrent de son chemin en voyant qu'elle tenait un pistolet. Chase se précipita derrière elle.

— Tout le monde à terre ! hurla-t-il.

Dominika s'immobilisa devant le passage voûté à l'autre bout de la galerie. Elle pointa son arme vers un des tableaux, une crucifixion, mais Chase n'eut aucune hésitation. Il la mit en joue…

Dominika tira. Mais pas sur la toile.

Sur son cadre. Le bois aux moulures sculptées éclata sous l'impact, et la peinture trembla.

Une sirène retentit plus fort encore que l'alarme incendie, prévenant tout le monde dans le musée que quelqu'un touchait à l'une des précieuses œuvres d'art. Le hurlement strident, conçu pour désorienter les voleurs, frappa Chase avec une telle force qu'il le perturba l'espace d'une fraction de seconde…

Ce qui suffit à Dominika pour prendre la fuite.

Elle plongea sous l'arche alors qu'une grille de sécurité tombait avec la vitesse d'une lame de guillotine et heurtait le sol avec fracas juste derrière elle.

Chase ouvrit le feu, mais son tir ricocha sur un barreau. Dominika se jeta de côté, à couvert du mur. Il courut vers la sortie. La grille de sécurité était une version renforcée des rideaux de fer qu'on descendait le soir pour protéger les vitrines des boutiques. Il tenta de la soulever, mais elle était verrouillée. Et toutes les autres issues de la salle se retrouvaient elles aussi bloquées par un dispositif similaire.

— Et merde !

Il regarda à travers les lames horizontales du rideau, mais Dominika avait disparu.

Depuis le début, elle suivait un plan de fuite organisé dans ses moindres détails. Chase avait foncé tête baissée, et il se retrouvait prisonnier pendant qu'elle prenait la tangente.

Il se retourna et vit des visiteurs de l'exposition, coincés avec lui dans la salle, qui l'observaient d'un air terrifié. Il leur adressa un sourire penaud.

— C'est une artiste moderne… vous avez vu sa coupe de cheveux. Que voulez-vous ? Elle déteste les peintures de la vieille école…

Sa tentative d'humour tomba à plat et Chase s'affala avec un soupir contre le montant de l'arche, en espérant que tout allait bien pour Nina.

Ce qui était loin d'être le cas.

— Oh, bordel ! hurla Nina alors que la limousine fonçait vers un autobus à impériale et déboîtait au dernier moment pour se faufiler entre lui et les voitures qui arrivaient en sens inverse.

Des étincelles jaillirent du flanc gauche de la limousine frottant contre l'autobus. Nina perdit sa prise et la mince baguette chromée se cassa dans sa main. Kruglov se rabattit brutalement devant l'autobus ; emportée par l'embardée, Nina glissa sur le toit sans parvenir à se retenir, menaçant de tomber sur la voie opposée de circulation.

Son index s'agrippa à l'un des trous percés par les tirs de Kruglov, et elle ramena tout son corps sur le toit, en grimaçant de douleur alors que le métal déchiqueté lui entaillait le doigt.

Des sirènes retentirent au-devant. Elle aperçut les lueurs de gyrophares au bord de Trafalgar Square ; une voiture de patrouille et un fourgon de police arrivaient pour leur bloquer la route. La limousine était déjà passée devant la seule rue latérale, côté gauche…

Kruglov tourna à droite en dérapant pour s'engager sur la place pavée, devant la National Gallery. Des passants s'écartèrent en courant, mais un couple d'infortunés touristes fut fauché par la voiture.

Nina se cramponna au toit, horrifiée par le carnage, mais impuissante à y mettre fin. Elle ne pouvait que tenir bon, et prier pour que la police intercepte Kruglov à l'autre bout de la place.

Le Russe fit une nouvelle embardée et lança la limousine dans un large escalier en marbre qui descendait sur la place elle-même.

La voiture vola un instant dans les airs avant de retomber sur l'avant en mettant le châssis à l'agonie. La secousse fit lâcher prise à Nina, qui s'effondra sur le capot. Le moteur rugit ; Kruglov continuait à écraser la pédale d'accélérateur. Elle vit une des fontaines de la place arriver à toute vitesse vers elle.

La limousine percuta l'épaisse margelle de la fontaine, projetant Nina en avant. Elle atterrit dans le bassin et l'eau n'amortit que partiellement sa chute ; elle toucha le fond et glissa dans une grande gerbe d'eau. La margelle opposée se précipita à sa rencontre ; c'est l'épaule de Nina qui reçut le premier choc, avant que sa tête heurte le rebord de pierre.

Étourdie, endolorie, elle resta affalée dans l'eau glacée. La colonne de Nelson, éclairée par des spots, se dressait au-dessus d'elle, telle une lance transperçant le ciel nocturne. Quelqu'un lui attrapa le bras et elle tourna la tête avec effroi, pensant qu'il s'agissait de Kruglov. Mais ce n'était qu'un passant venu à son secours.

Kruglov…

Trempée de la tête aux pieds, Nina se remit péniblement debout sur des jambes flageolantes. La limousine était encastrée contre l'autre bord de la fontaine, la portière côté conducteur ouverte.

Aucun signe de Kruglov ni du coffret métallique.

Il emporte Excalibur.

— Où est-il parti ? bredouilla-t-elle en sortant du bassin.

Le bon samaritain qui la soutenait lui lança un regard perplexe, sans comprendre ce qu'elle disait. Elle repoussa sa main et fouilla des yeux la place en titubant légèrement. Elle aperçut la silhouette d'un homme qui s'éloignait en écartant la foule devant lui, un éclat d'aluminium à la main.

Nina tenta de courir après lui, mais ses jambes refusèrent de coopérer et elle tomba à genoux. La douleur fulgura dans tout son corps malgré l'engourdissement dû au bain glacé.

— D'accord, murmura-t-elle plaintivement, je crois que je vais rester là.

Des cris éclatèrent derrière elle et elle tourna la tête vers plusieurs policiers qui se précipitaient vers elle.

— Il est parti par là, essaya-t-elle de leur dire en pointant le doigt dans la direction de Kruglov.

Mais elle se retrouva aussitôt plaquée face contre terre et menottée. Un des policiers cria quelque chose, mais la douleur lancinante qui lui martelait le crâne réduisit les paroles de l'homme à un charabia incompréhensible. Des mains l'empoignèrent sans ménagements et la relevèrent.

— Oh, c'est pas vrai ! Pas encore…, marmonna-t-elle alors qu'elle était emmenée.

— Eh bien, on ne peut pas dire que ce soit vraiment une surprise de vous retrouver derrière les barreaux ! s'exclama Peter Alderley, hilare. Encore !

— Qu'est-ce que tu fous là, Alderley ? maugréa Chase alors qu'un policier ouvrait la porte de sa cellule. J'avais appelé Mac, pas un branleur du MI6.

Après son arrestation, Chase avait été conduit au poste de police d'Agar Street, à cinq cents mètres de la National Gallery, avant d'être transféré à Scotland Yard quelques heures plus tard. Il avait à peine fermé l'œil une heure ou deux, et se sentait déjà d'une humeur massacrante. Et la suffisance d'Alderley n'arrangeait rien.

— Belle manière d'exprimer votre gratitude, répondit Alderley avec un sourire narquois qui souleva sa moustache tombante. Je suis ici pour rendre service à Mac. C souhaitait s'entretenir avec lui afin de comprendre pourquoi quelqu'un dont il se porte garant passe son temps à finir en taule.

— Ça n'arriverait pas si les flics voulaient bien se mettre à arrêter les bonnes personnes, répliqua Chase en lançant au policier un regard contrarié. Bordel, une femme aux cheveux verts, c'est si difficile que ça à repérer ?

— Enfin, vous voilà libre, à présent. Personnellement, je vous aurais bien laissé croupir en cellule, mais cela aurait été injuste envers Nina, puisque apparemment vous allez par deux.

— Où est-elle ? demanda Chase. Elle va bien ?

— Oui. Quelques bleus, j'ai cru comprendre, mais rien de sérieux.

Alderley mena Chase dans une salle d'attente, où il vit Nina assise sur un banc et s'empressa de la rejoindre. Quand il arriva près d'elle, il marqua un temps d'arrêt.

— Ne commence pas, le prévint-elle en levant un doigt menaçant.

Ses cheveux, qu'elle n'avait pas pu laver depuis son plongeon dans le bassin, avaient frisé en séchant, et ses vêtements s'étaient décolorés en raison des produits d'entretien ajoutés à l'eau de la fontaine.

— Je suis juste heureux que tu sois entière, déclara Chase en la serrant dans ses bras. (Il renifla ses cheveux.) Tu as fait trempette ?

— Je t'ai dit de la mettre en sourdine !

— Bien, tout ça est très romantique, intervint Alderley avec un soupir méprisant, mais vous êtes attendus à l'ambassade des États-Unis. J'ignore les tenants et les aboutissants de ce merdier, mais il semble que les Américains soient impatients d'en causer avec vous.

— Oui, eh bien, moi aussi, j'ai des choses à leur dire, fulmina Chase. À commencer par le fait que le type à qui ils ont confié la responsabilité de cette opération est un salopard de traître !

— Je n'arrive toujours pas à y croire, se désola Nina en secouant la tête. Pendant tout ce temps, il travaillait pour Vaskovich ? Comment la DARPA a-t-elle pu être abusée à ce point ?

— En tout cas, il a intérêt à ce qu'ils le retrouvent avant moi, grommela Chase, les poings serrés. Parce que j'aurais deux mots à lui dire…

Alderley les conduisit à l'ambassade ; leur voiture pénétra dans l'enceinte par la porte latérale. Pesh les attendait.

— Eh bien, à la prochaine, les salua joyeusement l'agent du MI6. Si vous avez encore besoin que nos services fassent quelque chose pour vous… s'il vous plaît, abstenez-vous. Au fait, Nina, avez-vous fixé la date du mariage ? J'attends toujours mon invitation.

— Au revoir, Peter, répondit Nina d'une voix sèche en descendant de la voiture. Monsieur Pesh, bonjour.

— Bonjour, professeur Wilde. (Pesh semblait plus nerveux que jamais.) Monsieur Chase. Je suis heureux de constater que vous êtes tous deux sains et saufs.

— Oui, nous aussi. Que se passe-t-il ?

— Suivez-moi, s'il vous plaît.

Ils traversèrent l'ambassade pour retrouver le bureau aux fenêtres qui donnaient sur Grosvenor Square. Le cœur de Nina fit un bond dans sa poitrine : la première chose qu'elle vit après que Pesh eut ouvert la porte, ce furent les journaux alignés sur la table.

— Oh non, pas encore !

Pour la deuxième fois en une semaine, elle faisait les gros titres : sur une photo, elle sautait sur le capot de la limousine ; sur une autre, elle s'agrippait au toit de la voiture qui s'éloignait du cinéma.

Plusieurs hommes en costume les attendaient, dont Hector Amoros qui s'avança pour les accueillir.

— Nina ! Seigneur, je suis content que vous n'ayez rien. Et vous aussi, Eddie.

— Je croyais que vous étiez rentré aux États-Unis ? s'étonna Nina.

— Effectivement. Et je suis revenu aussitôt : j'ai été convoqué pour une audition devant une commission parlementaire, afin de répondre aux questions que posent les événements d'hier. Ce qui risque de prendre un certain temps. Cette opération n'a pas vraiment pris le tour que l'on espérait…

— C'est l'euphémisme de l'année, dit Nina avant de se figer en voyant celui qui se tenait au milieu du petit groupe réuni dans la pièce.

Mitchell.

Il avait le visage contusionné et un pansement sur la joue… mais il n'était pas menotté.

La réaction de Chase fut plus brutale. Il se rua sur Mitchell et il fallut trois hommes pour le retenir.

— Ordure ! Je vais te faire la peau !

— Oui, j'imaginais bien ce genre de réaction de votre part, commenta Mitchell avec agacement. Hector ?

Amoros se racla la gorge.

— Nina, Eddie, il y a quelque chose que vous devez apprendre. Eddie, calmez-vous. (Sa voix, habituellement plaisante, prit un ton cassant d'officier militaire. À contrecœur, Chase cessa de lutter et se dégagea d'un coup d'épaule des mains qui le retenaient.) Oui, Jack avait l'intention d'apporter Excalibur à Vaskovich… mais la DARPA était parfaitement au courant.

— La DARPA approuvait la chose, renchérit Mitchell. Vaskovich pensait que j'étais un agent double, mais c'est faux. Je suis un agent triple : j'ai toujours continué à travailler pour la DARPA. De qui croyez-vous que je parlais quand je vous ai expliqué que nous avions une « source fiable » au sein de l'organisation de Vaskovich ? Je parlais de moi !

— Vous voulez dire que tout ça était un coup monté ? bredouilla Nina.

— Oui. Ma mission consistait à mettre hors d'état de nuire l'arme de Vaskovich. J'aurais rapporté Excalibur en Russie comme preuve de ma loyauté, j'aurais accompagné Vaskovich sur le site de son générateur tellurique, et là, *boum !* (Il jeta un regard vers les journaux.) Mais, maintenant, vous avez tout fait foirer, et de la manière la moins discrète possible : Vaskovich a récupéré Excalibur et j'ai dû compromettre ma couverture pour vous sauver la vie !

Nina sentait elle aussi la colère la gagner.

— Et pourquoi ne pas nous avoir raconté tout cela dès le début ? Des gens sont morts à cause de votre plan !

— Vous dire la vérité, c'était courir le risque que vous vendiez la mèche. Ce qui n'aurait pas fait une grande différence, vu comment les choses ont tourné !

— Pourquoi ne pas les avoir simplement laissés chercher l'épée eux-mêmes ? demanda Chase. Personne n'aurait été tué.

— Vous en êtes bien sûr ? Ils ont assassiné un prêtre en Sicile pour obtenir le premier fragment de Caliburn, puis Bernd Rust, et ils auraient probablement tué Staumberg et son majordome aussi. Ces gens ne sont pas des boy-scouts. Et c'était également une occasion unique de renforcer ma position auprès de Vaskovich. Kruglov se méfiait de moi ; si je ne pouvais pas rapporter moi-même l'épée, je n'avais aucune chance qu'il m'autorise à pénétrer sur le site du générateur. Je devais donc impliquer Nina afin de trouver Excalibur le premier. (Il adressa à Chase un regard dur.) J'en suis navré, mais c'était nécessaire. Nous ne pouvions pas laisser les Russes récupérer eux-mêmes Excalibur.

— Si vous nous aviez clairement expliqué la situation, je n'aurais jamais mêlé Mitzi à cette affaire, maugréa Chase d'un ton amer.

— Mais si Vaskovich croyait que vous alliez lui apporter l'épée, réfléchit Nina, pourquoi alors Kruglov et ses sbires la cherchaient-ils eux aussi ?

— Comme je vous l'ai dit, Kruglov se méfiait de moi.

— Et maintenant ? s'enquit Chase en montrant les journaux. Kruglov est partout à la une ; il ne pourra pas nier les faits. Bon Dieu, un des flics m'a raconté qu'il avait abattu un pauvre gus devant au moins cinq cents témoins oculaires…

— Vous pensez sérieusement que les Russes accepteront de l'extrader ? railla Mitchell. Vu les tensions actuelles autour du territoire arctique ? Il s'agit du bras droit d'un des hommes les plus puissants de Russie, qui est aussi un ami personnel du président. Ils ne le livreront jamais, quelle que soit la pression diplomatique que l'on fera peser sur eux.

— Alors, quoi, il va s'en sortir aussi facilement ? s'exclama Chase d'un air incrédule. Il assassine des gens, puis il court se planquer en Russie et nous fait un bras d'honneur ?

— Il ne se planque même pas. Monsieur Callum ?

Mitchell se tourna vers une des personnes présentes, qui n'était autre que l'homme aux cheveux blancs que Nina et Chase avaient rencontré à l'ambassade la veille au soir. Callum tendit à Mitchell une photographie, qu'il leur montra. Il s'agissait d'un cliché au téléobjectif de Kruglov sur le siège arrière d'un SUV en train de franchir un portail entouré de hauts murs d'enceinte. On distinguait à peine la personne assise à côté de lui, mais sa silhouette ressemblait à celle de Dominika.

— Cette photo a été prise il y a quelques heures, expliqua Mitchell, à l'entrée de la résidence de Vaskovich, au sud-ouest de Moscou. Nos agents en Russie se sont mis sur la piste de Kruglov dès l'instant où nous avons compris qu'il avait quitté l'Angleterre.

— Mais enfin, comment est-il parvenu à fuir le pays ? s'étonna Nina.

— Ce type est un ancien espion. Il connaît toutes les ficelles, et en plus il peut s'appuyer sur la fortune de Vaskovich. Si vous avez l'argent, le contrôle aux frontières n'est plus un problème.

— Vos espions savaient où il irait, et ils n'ont pas pu l'intercepter ? bouillonna Chase. Bon sang, et moi qui pensais que le MI6 n'était qu'une bande de bons à rien !

— Nous avons manqué de temps pour monter une opération de kidnapping, répondit Mitchell, sur la défensive. Et puis, la CIA n'était pas très heureuse d'apprendre que nous avions organisé notre propre mission de renseignement dans son dos.

Chase afficha un rictus de dégoût.

— Et maintenant, Vaskovich a l'épée ? À l'heure qu'il est, il doit déjà être en route pour son générateur, impatient de foutre le feu à la planète !

— Il n'ira nulle part pour l'instant, affirma Mitchell. Pas avant demain.

— Comment le savez-vous ? intervint Nina.

— Il donne une réception ce soir, dans sa résidence. Et pas le genre de soirée qu'il serait disposé à annuler, poursuivit Mitchell en anticipant toute objection de bon sens. La chose est prévue depuis des mois et doit lui servir à consolider son influence ; toute la nouvelle élite de la Russie y assistera.

— Vous en êtes bien sûr ? insista Chase.

Nina lui jeta un regard ; elle pouvait voir qu'un plan s'échafaudait déjà dans son esprit.

— Pour tout dire, j'étais invité, moi aussi, lui expliqua Mitchell. Mais je doute de figurer encore sur la liste des invités. Il est impossible qu'il annule cette réception, même maintenant qu'il a récupéré Excalibur. D'ailleurs, connaissant Leonid, il profitera sûrement de l'occasion pour s'en vanter.

— Donc nous savons où il sera ce soir, et où l'épée sera elle aussi ?

— Oui. Pourquoi ça ?

Chase lui adressa un sourire froid.

— Parce que, s'il donne une fête… je crois qu'on devrait s'y incruster.

23

Moscou

Il faisait nettement plus froid à Moscou, même si seulement quelques degrés de latitude séparaient Londres de la capitale russe. Le court trajet entre la passerelle du jet du Département d'État et le Lincoln Navigator qui les attendait sur le tarmac suffit pour que Nina se sente transie.

— Tu devrais venir en hiver, lui dit Chase alors qu'ils roulaient vers la ville. Tu penses que New York est glaciale, mais c'est les Bermudes en comparaison.

— Tu es déjà venu à Moscou ?

— À deux ou trois reprises, oui. Pour le boulot.

— C'est comme ça que tu as rencontré ton ami, celui que tu as appelé de l'avion ?

Chase renifla dédaigneusement.

— Ce n'est pas mon ami. C'est un parasite, un rebut et un pervers qui ne mérite qu'un coup de pied au cul.

— Un homme, pour une fois, ça change, ironisa Nina. Il existe donc un pays au monde où tu ne connais aucune femme splendide que tu pourrais solliciter ?

À l'instant où elle terminait sa phrase, Nina se rappela que ce pays existait à présent : la Suisse. Elle s'apprêtait à s'excuser pour son manque de tact, mais un regard de Chase, où se lisait une tristesse sourde, lui apprit qu'elle était déjà pardonnée.

— En fait, je connais bien quelqu'un en Russie, reprit-il après cet échange silencieux, mais ce ne serait pas un travail pour elle. En revanche, ça relève tout à fait des compétences de ce type.

— Qui est cet homme, exactement ? demanda Mitchell. On dirait que vous ne lui faites pas vraiment confiance.

— Je n'ai pas la moindre confiance en ce gros porc. Mais, du moment qu'il y a de l'argent à la clef, il peut se montrer à peu près fiable. J'espère que vous avez toujours votre sacoche bourrée de biftons. C'est le genre de contact qui n'accepte que du liquide.

— Comment s'appelle-t-il ? s'enquit Nina. Et il fait quoi dans la vie ?

— Il s'appelle Pavel Prikovsky. C'est un ancien officier du GRU, les services de renseignement militaires russes. Je suis tombé sur lui une ou deux fois du temps où nous bossions dans des camps opposés ; depuis, il s'est mis à son compte et s'est spécialisé dans la « protection de VIP ».

— Comme vous, donc, conclut Mitchell.

— Rien à voir, rétorqua Chase d'un air offensé. Je protège les gens ; lui, il arrange leurs petites affaires, si vous voyez ce que je veux dire. Il a effectivement commencé dans la sécurité pure, avant de bifurquer quand il a compris qu'il pouvait obtenir bien plus d'argent de ses clients sans risquer pour ça de se prendre une balle. Désormais, il s'occupe de fournir les divertissements pour les soirées de gars aux poches bien remplies.

Nina fit la moue.

— J'imagine que ces divertissements ne consistent pas en chapeaux rigolos et en ballons en forme d'animaux…

— Pas vraiment, non ! s'esclaffa Chase.

Ils continuèrent à rouler sur l'autoroute, au milieu de la circulation de plus en plus dense à mesure qu'ils se rapprochaient du centre de Moscou. Nina, qui n'était encore jamais venue en Russie, observa la ville avec intérêt. Pour l'essentiel, elle ressemblait à ce à quoi elle s'attendait : une métropole de l'époque communiste, grise, austère et triste, avec de grands immeubles de béton dominant le paysage urbain.

Mais des surprises inattendues rompaient parfois cette monotonie : des églises orthodoxes aux flèches ornées et aux traditionnels dômes bulbeux recouverts d'or ou de cuivre verdi ; de gigantesques bâtiments administratifs monolithiques datant de l'ère soviétique, destinés à intimider l'individu en proclamant la puissance écrasante de l'État ; et leurs équivalents modernes, des gratte-ciel de bureaux vitrés et d'appartements de luxe réservés aux nouveaux millionnaires et milliardaires de la Russie. En quelques années, Moscou était passée d'une ville relativement pauvre à l'une des capitales les plus cotées du monde, même si la richesse restait manifestement concentrée entre les mains d'une petite élite. Nina songea que Lénine devait se retourner si violemment dans sa tombe qu'on aurait pu le relier à une dynamo pour alimenter la moitié de la ville en électricité.

Ils atteignirent le centre-ville. Les hautes murailles du Kremlin défilèrent devant eux, puis ils traversèrent un pont pour se diriger vers le sud. Pour sa plus grande déception, Nina ne put qu'apercevoir brièvement les coupoles colorées de la cathédrale Saint-Basile, au loin. Mais elle n'était pas ici pour faire du tourisme. Ils continuèrent en direction du sud et s'arrêtèrent enfin devant un entrepôt dont la cour était ceinte d'une clôture grillagée au sommet hérissé de fil barbelé. Fixées aux poteaux de la clôture, des caméras de surveillance couvraient chaque angle.

— On y est, annonça Chase. Attendez ici.

Il sortit de la voiture et avança jusqu'au portail grillagé en levant la tête vers l'œil froid des caméras. Prikovsky attendait son arrivée, mais il le ferait certainement poireauter un peu, dans une tentative grossière pour montrer que c'était lui le patron. Un interphone se trouvait à côté de l'entrée. Chase pressa le bouton et, après un instant, une voix de femme lui répondit en russe.

— Eddie Chase, dit-il impatiemment. Je sais que tu es là, Pavel. Alors, arrête de me faire perdre mon temps et laisse-moi entrer.

Une autre pause, puis la serrure de la grille émit un bourdonnement. Chase ouvrit le portail et fit signe à la voiture d'entrer, avant de se diriger vers la porte de l'entrepôt.

Le chauffeur resta au volant du SUV, mais Nina et Mitchell, qui portait un gros attaché-case, rejoignirent Chase alors qu'il tapait du poing à la porte de l'entrepôt. Un homme à l'air renfrogné, si trapu que son cou disparaissait dans ses épaules, leur ouvrit. Nina s'inquiéta de le voir armé d'un pistolet mitrailleur, mais Chase s'avança, pas le moins du monde intimidé.

— C'est bon, range ça et amène-nous au vieux.

Le garde renifla de manière méprisante et s'écarta pour les laisser entrer. Nina observa les lieux tandis qu'il les guidait à l'intérieur. Des rangées de boîtes et de caisses s'alignaient dans l'entrepôt, affichant les logos de grandes marques occidentales : écrans de télévision dernier cri, ordinateurs, vêtements de créateurs, whisky, cigares, montres… un véritable magasin de produits de luxe.

— Et je parie qu'il n'a pas la moindre facture pour tout ça, remarqua Chase d'un ton désapprobateur alors qu'ils arrivaient à un bureau installé dans un coin de l'entrepôt.

Pavel Prikovsky les attendait là, encadré de deux admirables beautés blondes vêtues de courtes robes moulantes qui semblaient complètement hors de propos vu le froid qui régnait dans le bâtiment. Un peu plus petit que Chase, l'homme était considérablement plus large, surtout au niveau de la taille, et l'épais manteau de fourrure drapé sur ses épaules ne faisait rien pour flatter sa silhouette. Un gros cigare cubain masquait en partie son grand sourire, et il arborait une telle quantité de bijoux en or que Nina songea immédiatement à Mister T.

— Eddie Chase ! rugit-il. Viens ici, que je t'embrasse !

— On va se contenter d'une poignée de main, si tu veux bien, lui répondit Chase.

Prikovsky s'esclaffa, puis tendit une main si poilue qu'elle se distinguait à peine de son manteau, et Chase la serra sans enthousiasme.

— Que puis-je t'offrir ? demanda Prikovsky. Un cigare ? Un cognac ? (Il lorgna l'une des deux femmes.) De la compagnie ?

Chase passa un bras autour des épaules de Nina.

— Non, merci. J'ai tout ce qu'il me faut.

— C'est vrai : les femmes, ça n'a jamais été un problème pour toi, hein ? Pourtant, tu n'es pas riche, et ce n'est pas avec ton physique... Quel est ton secret ? (Il s'esclaffa de nouveau.) Et une célébrité, en plus ! Docteur Nina Wilde, je présume ? Bienvenue à Moscou ! J'ai suivi avec intérêt vos découvertes : celle de l'Atlantide, puis celle du tombeau d'Hercule. Mais vous avez commis une erreur regrettable.

— Ah, vraiment ? s'étonna Nina, sur la défensive.

Malgré l'attitude en apparence amicale de Prikovsky, tout en cet homme la répugnait et lui donnait envie de s'éloigner le plus vite possible.

— Oui, vous avez tout raconté aux autorités au lieu de garder le secret. Pensez un peu à la fortune que vous auriez pu gagner en vendant tous ces trésors !

— Je n'ai pas fait ça pour l'argent, rétorqua Nina d'un ton glacial.

— Mais tout revient à la question de l'argent, au final. (Il ôta son cigare de sa bouche et le pointa vers l'attaché-case de Mitchell.) Par exemple, combien votre ami est-il prêt à payer mon aide ? Qui êtes-vous donc ? CIA ? DIA ?

— DARPA, pour tout dire, lui répondit Mitchell.

Le visage de Prikovsky se figea dans une expression d'incrédulité qui le fit ressembler à une hideuse gargouille.

— Vraiment ? J'aurais pourtant parié que vous étiez dans le renseignement. En général, je sais reconnaître les gens de mon espèce.

— Les gens de ton espèce vivent dans la vase, sous les pierres, Pavel, intervint Chase. (Prikovsky ne sembla pas s'offusquer de l'insulte ; au contraire même, il parut amusé.) Alors, tu veux faire affaire, ou pas ?

— Oh, je suis toujours prêt à faire du business. (Il claqua des doigts et prononça un mot en russe. Les deux blondes pivotèrent sur leurs talons aiguilles et quittèrent le bureau en refermant la porte derrière elles.) Tu as dit que tu voulais parler de Leonid Vaskovich.

— Exact. Il donne une fête dans sa résidence, ce soir. Je souhaite y assister.

— Et tu crois que je peux t'obtenir une invitation chez l'un des hommes les plus riches de Russie ? demanda Prikovsky avec une réaction de surprise exagérée. (Chase se contenta de le dévisager.) Ah, évidemment que je le peux ! se rengorgea-t-il après une seconde de silence. Mes filles seront là-bas ce soir, et elles ne seront pas les seules. Quand quelqu'un organise une fête à Moscou – enfin, quelqu'un qui compte, j'entends –, il vient me trouver. Pavel Prikovsky leur déniche toujours ce qu'ils veulent ! Je peux t'obtenir une invitation, aucun problème.

— Je ne voulais pas dire en tant qu'invité, précisa Chase. Je veux entrer dans sa propriété sans que personne le sache.

L'attitude de Prikovsky devint aussitôt circonspecte.

— Ah, ça, c'est plus compliqué…

— Je connais les lieux ainsi que la disposition du système de sécurité, intervint Mitchell. J'y suis déjà allé. Il nous faut juste quelqu'un pour couper les caméras le temps qu'Eddie traverse le jardin. C'est l'affaire de trente secondes, maximum.

— Mes filles ne sont pas entraînées pour jouer les espionnes, protesta Prikovsky.

— On pourrait les équiper d'une oreillette, et elles n'auraient qu'à suivre mes instructions.

— Non, non, non ! Avez-vous la moindre idée de ce qui se passerait si elles se faisaient prendre ? Vaskovich est un homme dur, mais son lieutenant Kruglov, c'est un vrai psychopathe ! Il les tuerait sans hésiter !

— Oui, on a déjà croisé Kruglov, acquiesça Chase. Et j'aimerais assez le revoir, en tête-à-tête.

— Alors, va sonner au portail et demande-lui de sortir ! Moi, je refuse de faire courir un risque pareil à mes filles. C'est trop dangereux, et pas seulement pour elles. Que croyez-vous qu'il m'arriverait s'ils découvraient que je vous ai aidés ?

Chase lui adressa un sourire froid.

— Rien que tu n'aies mérité cent fois.

Ce coup-ci, Prikovsky ne s'amusa pas de la pique de Chase.

— Chase, j'ai accepté de te recevoir par, disons, courtoisie professionnelle. Mais je refuse de t'aider dans cette affaire, peu importe la somme que ton ami est prêt à débourser.

— Dans ce cas, envoyez-moi, proposa Nina.

— Quoi ?

Chase crut qu'il avait mal entendu.

— J'irai, dit-elle en s'attirant les regards surpris de Mitchell et de Prikovsky. Tout ça, c'est ma faute : si je n'avais pas cru que Jack était en train de nous trahir, nous ne serions même pas là.

— Non, protesta fermement Chase. Hors de question.

— Eddie, je n'en ai aucune envie, mais c'est la seule façon de te permettre d'entrer. À moins que Jack ne connaisse un autre moyen de couper le système de sécurité ? (Mitchell secoua la tête.) Je pourrais y aller en compagnie des autres… filles de Pavel, en me faisant passer pour l'une d'elles. Une fois à l'intérieur, Jack pourra me guider pour me dire où aller, puis il me suffira de me cacher en attendant qu'il vienne nous récupérer avec l'hélicoptère.

— Vous voulez utiliser un hélicoptère ? s'étrangla Prikovsky. Coûteux, dangereux, et de grandes chances que ça tourne à la catastrophe : pas de doute, il s'agit bien d'une opération américaine !

Chase l'ignora.

— Bordel, tu as perdu la tête ou quoi ? Je ne te laisserai jamais faire un truc pareil.

— Nous n'avons pas le choix, insista Nina. Si personne ne neutralise le système de sécurité de l'intérieur, tu ne réussiras jamais à pénétrer dans la résidence sans déclencher l'alerte, et tu te feras tuer.

— Plutôt moi que toi.

— Non. Non, Eddie, pas d'accord. Tu ne veux pas que je coure le risque de me faire tuer ? Très bien. Mais moi, je ne veux pas non plus que tu te fasses tuer. (Elle lui prit les mains et plongea ses yeux dans les siens.) Eddie, nous allons nous marier, et ça veut dire que nous acceptons de tout faire ensemble, y compris de partager les risques. Soit nous le faisons ensemble, soit aucun de nous ne le fait. Et si nous renonçons, Vaskovich gagne, et tous les gens qui sont morts en tentant de l'arrêter seront morts pour rien. Et je sais que jamais tu ne permettras une chose pareille. Eh bien, moi non plus.

Elle voyait bien qu'il bouillait de colère, mais qu'il réfléchissait aussi à ce qu'elle venait de dire. Mitchell ouvrit la bouche pour ajouter quelque chose, mais Nina l'en dissuada d'un imperceptible mouvement de la tête. C'était à Chase, et à lui seul, de prendre cette décision.

Au bout d'un moment, il se tourna vers Prikovsky.

— Si on partait sur ce plan – et j'ai bien dit « si » –, tu pourrais la faire entrer ?

— Oui, sans problème, répondit le Russe. C'est ressortir qui sera compliqué !

— Et vous, Jack ? Vous pensez pouvoir la guider là où elle aura besoin d'aller ? (Mitchell hocha la tête.) Et la faire sortir ensuite ?

Cette fois, Mitchell n'opina pas.

— Je ne peux rien vous garantir, Eddie. Mais Nina a raison : c'est le seul moyen de récupérer (il jeta un coup d'œil vers Prikovsky) l'objet avant que Vaskovich ne l'emporte dans son installation.

— Et il ne serait pas possible d'aller le reprendre là-bas ?

— Non. Il s'agit d'une ancienne base de sous-marins, mais qui se trouve toujours dans une zone militaire interdite aux civils, et Vaskovich jouit d'excellents appuis au sein de l'armée russe. La seule option consisterait à envoyer une équipe de commandos SEAL par sous-marin ; mais s'ils se faisaient prendre, vu les tensions diplomatiques actuelles entre la Russie et les États-Unis…

— Merde, marmonna Chase. (Il se tourna vers Nina.) Je n'ai aucune envie de te voir t'embarquer dans un truc pareil.

— Moi non plus, mais je n'ai pas le choix. Parce que je suis la seule à pouvoir le faire.

— Je dois donc te laisser y aller, c'est ça ? (Il lâcha un long soupir anxieux.) Fait chier.

— Je sais, souffla Nina en serrant ses mains dans les siennes.

— Si elle se fait prendre, je dirai à Vaskovich que je n'étais au courant de rien, intervint Prikovsky avec agitation. Ou que vous m'avez forcé à vous aider en me menaçant. Il me croira, j'en suis sûr. Oh, d'ailleurs, ajouta-t-il à l'intention de Mitchell, je veux mon argent d'avance. La totalité.

— Combien voulez-vous ?

— Je viens de vous le dire : la totalité ! Tout ce que vous avez apporté, dans votre mallette et dans votre 4 x 4. Et, pendant qu'on y est, je veux aussi le 4 x 4 ! Dites à votre chauffeur de s'appeler un taxi.

Mitchell accéda aux exigences de Prikovsky avec un étonnant détachement. Il posa l'attaché-case sur le bureau et l'ouvrit pour révéler des liasses de billets de 100 dollars tout neufs. Avant que Prikovsky retourne la mallette vers lui pour en examiner le contenu, Nina eut juste le temps d'estimer qu'il ne devait pas y avoir loin d'un demi-million de dollars.

Un demi-million de dollars de l'argent des contribuables américains, donné à un homme qui n'était qu'un vulgaire maquereau. Sans parler des autres ressources déjà mobilisées pour cette mission… et des vies qu'elle avait coûtées.

— Il faut que ça en vaille le coup, murmura-t-elle si doucement que seul Chase l'entendit.

Prikovsky referma l'attaché-case d'un geste sec, avec un sourire indiquant qu'il était pleinement satisfait de son contenu.

— Bien, c'est réglé. Nous disposons encore de quelques heures avant que les filles partent pour la fête. Cela suffira amplement pour vous préparer, professeur Wilde.

— Comment ça, me préparer ?

— Vous ne pensez tout de même pas que vous pourrez entrer habillée ainsi ? se récria-t-il avec un regard sévère sur son lourd manteau, son jean et ses Reeboks. Mes filles sont toutes splendides, aussi belles que des top-modèles !

— Oh, dans ce cas, on risque d'avoir un problème. Je n'ai pas vraiment le physique d'un top-modèle.

Prikovsky lui adressa un grand sourire – rassurant ou graveleux, cela restait difficile à dire avec son cigare coincé entre ses dents.

— N'ayez aucune inquiétude. Un peu de maquillage, les bons vêtements… Mario est formidable.

— Mario ? s'esclaffa Chase. Voilà un nom typiquement russe !

— Il s'occupe du look de toutes mes filles, expliqua Prikovsky tout en rangeant l'attaché-case dans un coffre-fort. Je vais vous emmener chez lui. (Il sourit de toutes ses dents.) Dans mon beau 4 x 4 tout neuf !

— Ferme-la, cracha Nina avant que Chase ait le temps d'ouvrir la bouche.

Il l'ouvrit néanmoins, de stupéfaction.

— Bon sang, finit-il par réussir à dire. Tu es… Ouah ! Pavel avait raison : Mario est vraiment formidable !

Nina avait passé les deux dernières heures dans un salon de beauté luxueux, à se faire coiffer et maquiller. Elle n'était pas la seule : une dizaine d'autres femmes s'alignaient devant les grands miroirs lumineux, chacune bichonnée par deux coiffeuses. Mario, qui malgré son nom était aussi italien que Joseph Staline, allait et venait le long de la rangée de fauteuils, donnait un coup de brosse ici, défaisait une boucle là, corrigeait la ligne d'un sourcil, redessinait la courbe d'une lèvre, veillait aux moindres détails des préparatifs.

Et, même si Nina n'aurait jamais délibérément choisi de ressembler à ça, elle était néanmoins forcée d'admettre qu'il s'agissait d'un relooking des plus réussis. Elle avait passé l'essentiel du temps assise dans un fauteuil incliné en arrière ; quand son siège avait enfin été relevé, elle avait connu un étrange instant de dissociation, comme si quelqu'un d'autre lui rendait son regard dans le miroir. Une femme qui ressemblait aux mannequins des magazines de mode… même si elle ne serait pas allée jusqu'à la qualifier de top-modèle. Mario n'était pas aussi formidable que ça, tout de même.

Mais ce n'étaient pas les yeux charbonneux, les faux ongles rouges ou la coiffure modelée à la mousse coiffante qui suscitaient sa colère ; c'était plutôt la tenue que Prikovsky lui avait fournie, et qui lui valut des regards médusés quand elle vint retrouver Chase et les autres.

— J'ai vraiment l'air d'une pute, gémit-elle.

La minirobe sans manches en latex noir provenait, lui avait-on assuré, de l'atelier d'un styliste londonien célèbre et hors de prix, mais cela ne changeait rien au fait qu'elle était extrêmement moulante et ne dissimulait pas grand-chose. Nina avait l'horrible impression que, si elle écartait les genoux de plus de quelques centimètres, la robe entière allait remonter d'un coup sur ses hanches comme un ruban élastique sur lequel on avait trop tiré.

— C'est que… tu es censée en être une, lui rappela Chase.

— Eh ! protesta Prikovsky. Mes filles ne sont pas des putes. Ce sont des… (Il réfléchit un instant.) Des escort girls ? Non, des courtisanes, plutôt. Oui. Les courtisanes de Pavel Prikovsky, ça sonne bien mieux. On dirait le titre d'un grand roman russe.

— Je pense plutôt à un titre de roman de gare américain : *L'Impudeur de Nina Wilde*, ronchonna Nina. Ce n'était peut-être pas une si bonne idée, après tout.

— Non, non, au contraire, se moqua Chase. Maintenant, je suis totalement pour. Tu continueras à t'habiller de cette façon après notre mariage, hein ?

— Ça suffit, je me tire.

Nina pivota maladroitement sur ses talons aiguilles pour rentrer dans le salon, mais elle se retrouva face à Mario, qui applaudit d'un air approbateur avant de lui tenir la porte pour la laisser passer. Il voulut ôter le pendentif au cou de Nina, mais celle-ci refusa en secouant vigoureusement la tête. Il émit un « tss-tss » contrarié et parla en russe à Prikovsky, qui éclata de rire. Mario s'inclina et disparut dans le salon de beauté.

— Qu'a-t-il dit ? demanda Nina.

— Il trouve que votre collier manque de classe, expliqua Prikovsky. (Nina lança un regard outragé vers la porte que venait de franchir le styliste.) Mais il est très satisfait de votre transformation, vu le peu de temps dont il disposait… et vu votre âge.

— Mon âge ? s'exclama-t-elle. J'ai à peine trente ans !

Prikovsky haussa les épaules.

— La plupart de mes filles n'ont que vingt-deux ou vingt-trois ans ! Vous devriez au contraire vous sentir flattée. Vous êtes… méconnaissable.

— Et c'est censé être une bonne chose ?

— Dans notre situation, oui, intervint Mitchell, qui avait observé la scène en silence avec un sourire amusé. Honnêtement, si je ne vous connaissais pas, je ne vous aurais pas reconnue quand vous êtes apparue. Ce qui nous laisse bon espoir que personne d'autre ne vous reconnaîtra. (Il se leva et sortit une boîte de sa poche.) Bon, il est temps de vous équiper.

— Qu'est-ce que c'est ? demanda Nina en regardant l'objet dans la boîte, qui ressemblait à une petite balle dorée.

— Une oreillette. Vous avez déjà vu la série *24 heures chrono* ? C'est ce genre de matériel que Jack Bauer utilise. Il s'agit d'un émetteur-récepteur : vous pourrez nous entendre, Eddie et moi, et nous serons capables de vous entendre, ainsi que d'entendre ce qui se passera autour de vous. Il vous suffira de murmurer pour pouvoir communiquer avec nous.

Chase s'approcha pour examiner l'oreillette de plus près alors que Mitchell l'insérait délicatement dans l'oreille gauche de Nina.

— Quelle est sa portée ? s'enquit-il.

— Pas plus de deux cents mètres. Mais ça n'a pas d'importance puisque vous serez équipé d'un émetteur relais afin que je puisse l'entendre moi aussi, et, une fois en position devant la propriété de Vaskovich, vous serez à portée.

Mitchell mit l'oreillette en place, puis recula d'un pas en glissant un coup d'œil appréciateur sur la silhouette de Nina, moulée dans sa robe de latex satiné.

— Eh, je vous ai vu ! aboya-t-elle.

— Autant vous y habituer, lui lança Prikovsky. Vous allez attirer bien d'autres regards, ce soir. (Il fronça les sourcils alors que lui venait une idée.) J'y pense, vous parlez russe ?

— *Niet.*

— Hmm. Bon, ça ne devrait pas poser trop de problèmes. Les filles ne sont pas là pour la conversation. (Nina réprima un frisson de dégoût.) OK, on va dire que vous êtes une étudiante américaine venue ici pour apprendre le russe, et que vous faites ça parce que vous avez besoin d'argent pour vous payer un dictionnaire. Ha !

Il leva la main comme s'il s'apprêtait à lui mettre une claque sur les fesses, mais il retint son geste devant le regard glacial que lui décocha Chase.

— Très bien, dit Mitchell d'un ton autoritaire. J'attendrai dans l'hélico. Il me faudra quatre minutes pour rejoindre la propriété. Donc, une fois l'objet récupéré, c'est le temps dont vous disposerez pour gagner le point d'extraction. Il y a un balcon sur le côté ouest ; il n'est pas assez grand pour y poser un hélicoptère, mais l'endroit est suffisamment dégagé pour m'approcher en vol stationnaire afin que vous grimpiez à bord. Si vous réussissez à éviter que l'alerte ne soit donnée, nous devrions pouvoir filer avant que quelqu'un comprenne ce qui se passe.

— Et si jamais on se fait quand même repérer ? demanda Nina.

Chase glissa la main dans son blouson de cuir pour en sortir un énorme pistolet argenté.

— Jack m'a apporté un petit cadeau pendant que tu te faisais faire les ongles, annonça-t-il d'un air réjoui. Un Desert Eagle, calibre 50, Action Express. J'aurais préféré un Wildey, mais je ne vais pas me plaindre.

Mitchell secoua la tête.

— Encombrant, lourd, faible capacité et beaucoup de recul…

— Moi, il me convient parfaitement. Tout ce qui est touché par ce joujou va directement au tapis. (Son expression se durcit.) Et si jamais je croise Kruglov…

— Espérons que tu n'auras pas à t'en servir, intervint Nina en appuyant doucement sur le canon de l'arme pour que Chase la baisse.

— Bien, conclut Mitchell. C'est l'heure d'aller faire la fête.

24

Les filles quittèrent le salon de beauté dans un petit convoi de monospaces conduits par les hommes de Prikovsky. Nina se trouvait dans le dernier véhicule en compagnie de trois autres jeunes femmes, elles aussi soigneusement maquillées et vêtues de tenues provocantes. Aucune ne parlait anglais, mais elles semblaient toutes très excitées à l'idée de se rendre à cette soirée, même si leur enthousiasme avait quelque chose d'un peu artificiel.

Nina, quant à elle, n'aurait pas utilisé le mot « enthousiaste » pour se qualifier. « Tendue » aurait été plus juste. Ou « nauséeuse ».

Une voix retentit dans son oreille gauche. Eddie.

— Nina, si tu m'entends, racle-toi la gorge. (Elle s'exécuta.) Parfait. Je ne suis pas très loin derrière vous. (Elle jeta un coup d'œil par-dessus son épaule et aperçut les phares d'une voiture dans la nuit.) Je te recontacte dès que je suis en position.

Les phares diminuèrent, jusqu'à disparaître. Nina perçut un faible grésillement et elle crut que Chase avait rouvert la ligne pour lui parler, mais rien ne vint. Il était hors de portée, et elle se retrouvait désormais livrée à elle-même.

Le monospace s'arrêta à un portail qu'elle reconnut pour l'avoir vu à l'arrière-plan de la photo de Kruglov prise par un des espions américains.

Elle était arrivée à la propriété de Vaskovich. Elle entrait dans la tanière du loup.

Des gardes ouvrirent les portes et dirigèrent leurs lampes torches sur le visage de chaque passager du véhicule, en terminant par Nina. Un frisson la parcourut, qui n'était pas seulement dû à l'air frais de la nuit. Et s'ils la reconnaissaient ? ou si elle n'était pas sur la liste des invités ? ou si Prikovsky les avait trahis ?

La lumière de la lampe descendit sur ses jambes, s'immobilisa un instant, puis disparut. Le garde lui glissa un sourire salace et referma la portière. Le monospace pénétra dans la propriété.

La résidence de Vaskovich se dressait face au portail, au bout d'une longue allée encadrée de pelouses. Nina se pencha en avant pour mieux voir, impressionnée malgré elle par l'édifice brillamment éclairé. Aussi immense qu'elle l'avait imaginée, la demeure était cependant élégante, alors qu'elle s'attendait à quelque chose de vulgaire dans le style nouveau riche. Il s'agissait d'une bâtisse néo-classique du début du XIXe siècle parfaitement restaurée, avec de grandes fenêtres cintrées par lesquelles se déversait une lumière chaude.

En revanche, les véhicules qui s'alignaient devant la demeure correspondaient davantage aux *a priori* de Nina. Ce n'était qu'une succession de longues limousines et de voitures de luxe hors de prix, tape-à-l'œil et, pour l'essentiel, de mauvais goût. Des voituriers se chargeaient d'aller les garer derrière la résidence une fois que leurs occupants en étaient descendus. Nina songea que la moindre éraflure sur une de ces voitures vaudrait sans doute au voiturier négligent plus qu'une simple retenue sur salaire.

Les monospaces s'immobilisèrent. D'autres gardes de la sécurité en longs manteaux étaient postés sur les marches du perron. Les filles sortirent du monospace et un homme en smoking blanc les accueillit. Il adressa quelques mots rapides à chacune avant de leur indiquer les portes de la maison, et se tourna en dernier vers Nina.

— Euh… je ne parle pas très bien russe, dit-elle en réponse à ses instructions.

Il fronça les sourcils.

— Tu ne parles pas russe ? Eh, Pavel se laisse aller ; je devrais te renvoyer chez toi. Tu es quoi ? Américaine ? (Nina acquiesça, et l'homme réfléchit en se mordillant la lèvre.) Bon, il y a quelques Américains, ici. Ils sont faciles à repérer : ce sont ceux qui ne tiennent pas l'alcool. Occupe-toi d'eux. C'est quoi, ton nom ?

— Nina.

— Nina, d'accord. Je suis Dimitri. Si tu as besoin de t'isoler avec un invité, viens me demander. Et interdiction de monter à l'étage. OK ? Allez, au boulot, au boulot !

Malgré son manteau, Nina était transie et elle s'apprêtait à entrer avec soulagement quand un bruit tonitruant la fit s'arrêter au milieu des marches du perron. Elle leva la tête et aperçut la forme d'un hélicoptère passer au-dessus de la demeure pour aller atterrir sur la pelouse. Mais il ne ressemblait pas à un hélicoptère ordinaire ; il s'agissait clairement d'un appareil militaire, aussi noir que la nuit et équipé de deux rotors superposés sur un même axe. C'était l'hélicoptère le plus étrange et le plus menaçant qu'elle ait jamais vu.

— Qui est-ce ? demanda-t-elle.

Dimitri se renfrogna.

— C'est le nouveau secrétaire d'État à la Défense, Felix Mishkin, qui joue les stars et abîme la pelouse ! Allez, file à l'intérieur, je dois l'accueillir.

Les talons aiguilles de Nina claquèrent sur les marches de pierre alors qu'elle grimpait l'escalier pour pénétrer dans la résidence, où un autre homme en smoking blanc la débarrassa de son manteau. Quelques groupes d'invités discutaient dans le hall d'entrée en marbre ; il n'y avait que des hommes, et tous marquèrent une pause dans leur conversation pour la regarder passer dans sa minuscule robe de latex noir brillant. Horriblement embarrassée et effrayée à la fois, Nina n'en oublia pas pour autant son rôle et leur sourit poliment avant de franchir la double porte au bout du vestibule.

Elle pénétra dans un vaste hall qui ressemblait à une salle de bal, et qui était manifestement le cœur de la réception de Vaskovich. Un DJ installé sur une estrade dans un coin passait de la musique techno au rythme entêtant, qui était presque couverte par le brouhaha de centaines de voix.

L'air était lourd de fumée et tout le monde semblait avoir un verre à la main. Les hommes portaient des smokings ou des costumes sur mesure de play-boys ; les femmes d'âge mûr arboraient des robes de soirée convenables, tandis que les plus jeunes, en tenues plus clinquantes, s'affichaient tels des trophées au bras de leurs riches époux… ou appartenaient aux « divertissements » fournis par Prikovsky, dont les filles s'étaient déjà dispersées parmi les invités.

Elle était à peine entrée dans la salle qu'un homme au visage rougeaud, engoncé dans son smoking, se détacha de son groupe pour lui bloquer le passage, en la gratifiant d'un regard vitreux alors qu'il bredouillait quelque chose en russe avec un sourire aviné. Une bouffée écœurante d'after-shave assaillit les narines de Nina.

— Bonsoir, répondit-elle avec un sourire forcé. Pardon, mais je ne comprends pas bien le russe. Euh… *niet russki ?* Je suis américaine.

— *Ah, American !* s'exclama le gros homme. *Pamela Anderson, da ?*

Il porta ses mains en coupe devant sa poitrine comme s'il soulevait une paire de ballons et éclata de rire.

— C'est ça, acquiesça Nina sans se laisser impressionner. D'ailleurs, félicitations pour vos seins à vous : ils sont presque aussi gros que les siens. Excusez-moi. Oh !

Elle sentit une main glisser sur sa fesse droite. Elle se retourna en s'attendant à se retrouver face à un autre ivrogne, et eut la surprise de constater qu'il s'agissait d'une femme, ivre elle aussi.

— Alors, comme ça, vous êtes américaine ? demanda la femme. (Elle devait approcher la soixantaine, la silhouette fine et les traits sévères ; mais, à voir sa coiffure et sa tenue, elle devait encore se croire capable de passer pour vingt ou trente ans plus jeune.) Comment trouvez-vous notre pays ?

— Je viens juste d'arriver de Pologne et, ah, me voilà ici !

La femme laissa échapper un rire clair. Elle serra sa main osseuse sur le poignet de Nina et l'entraîna dans la foule.

— Venez, venez, je vais vous présenter à mes amis.

— C'est que, euh, j'étais censée aller saluer monsieur Vaskovich, tenta désespérément Nina.

La femme rit de nouveau.

— Dans ce cas, vous avez de la chance : c'est justement un de mes amis.

— Oh, vraiment ? Et merde, ajouta-t-elle dans un murmure.

La femme la guida à travers la salle. Nina regarda autour d'elle pour repérer la disposition des lieux. Elle remarqua un escalier au bout de la salle, aux marches de marbre recouvertes d'un tapis rouge. Dimitri lui avait dit que l'étage était interdit ; c'était sans doute là-haut que se trouvait Excalibur.

Elle entendit un bourdonnement dans son oreille gauche.

— …u me reçois ? Nina ?

La voix de Chase était déformée par les interférences, à la limite de portée de l'oreillette.

— Hum-hum, acquiesça-t-elle les lèvres closes, aussi fort qu'elle l'osait.

— OK, j'imagine que tu ne peux pas parler pour le moment. Mais je suis en position. C'est un hélicoptère qui vient d'atterrir dans le jardin ?

— Hum-hum.

— Encore un gros plein de fric qui a voulu se la péter, c'est ça ? Classique. Très bien, dès que tu le peux, trouve un endroit tranquille pour que Jack puisse te guider.

— OK, marmonna-t-elle.

La femme tourna la tête vers elle.

— Pardon ?

— Rien, je… je me raclais juste la gorge. J'ai soif.

— Je demanderai à un serveur de vous apporter un verre. Venez, c'est par là.

Elles contournèrent un groupe d'invités… et Nina se retrouva face à Alexeï Kruglov.

Il marchait vers elle d'un air déterminé. Il n'était plus qu'à trois pas, puis deux. Ses yeux glissèrent sur Nina…

…et il poursuivit son chemin, en passant si près de Nina que la manche de sa veste frôla son bras. Il ne l'avait pas reconnue, incapable de faire le lien entre la prostituée vêtue d'une robe moulante qu'il venait de croiser brièvement et l'archéologue effrayée et couverte de boue qu'il avait affrontée en Angleterre. Mais Nina ne put s'empêcher de jeter quelques regards nerveux derrière elle, au cas où un soupçon naîtrait soudain dans le cerveau de Kruglov en notant la ressemblance entre ces deux femmes rousses…

Il continua à s'éloigner et disparut dans la foule. Nina hoqueta de soulagement.

La femme s'arrêta, et Nina manqua de la percuter. Elle s'adressa en russe à un homme mince, à la mise modeste, qui portait des lunettes rectangulaires à monture métallique. Avec un frisson de terreur, Nina reconnut Leonid Vaskovich.

L'homme à l'origine du complot. Le responsable des meurtres de Bernd Rust, Mitzi Fontana, Chloe Lamb, et de ces gens dont elle ne connaissait pas le nom, dommages collatéraux de sa quête effrénée pour s'emparer du pouvoir d'Excalibur. Il était là, devant elle, ignorant du danger, sans défense.

Mais elle ne pouvait rien faire. Sa robe moulante en latex ne laissait aucune place pour dissimuler un pistolet et, quand bien même, elle aurait été incapable de presser la détente pour tuer un homme de sang-froid. Chase aurait pu, lui, mais il n'était pas là. Elle masqua donc sa peur derrière un sourire.

Vaskovich répondit à la femme en feignant poliment de l'intérêt et hocha la tête avant de se tourner vers Nina. Il la détailla du regard, son maquillage sensuel, sa robe fétichiste, ses jambes nues et ses talons aiguilles, puis se détourna.

Nina se sentit un peu vexée, avant de comprendre que ce n'était pas elle spécifiquement que Vaskovich repoussait ; il aurait eu la même réaction avec n'importe laquelle des filles de Prikovsky. Il affichait l'air blasé d'un milliardaire qui avait depuis longtemps assouvi ses désirs les plus secrets. C'était lui, l'hôte de cette réception, mais il semblait n'éprouver aucun plaisir à y prendre part.

Vaskovich s'adressa à la femme, qui lui répondit avant de lancer à Nina en souriant :

— Vous m'avez dit que vous vouliez rencontrer Leonid Vaskovich ? Eh bien, le voici !

— Vaskovich ? s'exclama Chase dans l'oreillette. Il est là, juste devant toi ? Tu n'as rien sous la main pour le poignarder ?

Vaskovich se tourna de nouveau vers Nina.

— Rozalina me dit que vous ne parlez que peu le russe. (Son anglais, en revanche, paraissait excellent.) Quel dommage. J'espère que vous ne tarderez pas à apprendre notre langue, mademoiselle… ?

Il attendait qu'elle lui donne son nom.

— Donne-lui un faux prénom, pas…, intervint Chase.

— Nina, répondit-elle par automatisme.

— Merde ! jura Chase.

— Ravie de vous rencontrer… Nina.

Vaskovich l'observa d'un air vaguement perplexe, comme s'il essayait de se rappeler où il pouvait l'avoir déjà vue.

— Moi de même, monsieur Vaskovich.

Il y eut un silence un peu déroutant, puis, à la surprise de Nina, le visage de Vaskovich s'éclaira d'une pointe d'amusement sincère.

— Eh bien, je peux d'ores et déjà dire que vous ne ressemblez pas aux autres jeunes femmes que je rencontre…

— Vraiment ? s'étonna Nina, se demandant où menait cette conversation.

— Oui. Elles seraient déjà en train d'essayer de se glisser dans mon lit – ou dans mon portefeuille. Mais je perçois quelque chose de différent chez vous. Vous n'êtes pas une prédatrice. Voilà une nouveauté rafraîchissante. (L'espace d'un instant, il parut presque mélancolique.) Les belles femmes cherchent toujours à me séduire, mais uniquement pour ce que je possède, jamais pour ce que je suis. Et il y a longtemps que cela n'a plus aucun attrait pour moi. (Il soupira, puis haussa les épaules.) Enfin. J'espère que vous appréciez la soirée.

Il dit quelque chose à Rozalina avant de remarquer quelqu'un derrière Nina. Pour la première fois, son visage arbora une expression de plaisir authentique.

— Ah, Felix Mishkin !

Nina regarda derrière elle et se détourna rapidement en voyant que Kruglov était revenu. Il accompagnait un homme dans la trentaine, les cheveux lissés en arrière, vêtu d'un costume italien bleu sombre. Elle se rappela ce nom : c'était l'invité arrivé dans l'hélicoptère militaire.

Apparemment, Rozalina le connaissait aussi, et elle le salua en l'embrassant sur les deux joues. Nina se retrouva laissée de côté, seule et dangereusement exposée. Mais, alors qu'elle prenait conscience qu'elle tenait là l'occasion qu'elle attendait pour s'éclipser discrètement, elle comprit qu'elle était devenue le sujet de leur conservation en entendant Vaskovich prononcer le mot « *american* ».

— Une Américaine ? s'exclama Mishkin en se tournant vers Nina.

Dans un chuchotement moqueur, d'une voix à l'accent marqué, il ajouta :

— C'est peut-être une espionne, prête à coucher avec moi pour apprendre tous mes secrets !

Il rit de sa plaisanterie, et Rozalina l'imita.

Vaskovich émit un petit rire poli.

— Non, je ne crois pas que ce soit la raison de sa présence.

Il poursuivit en russe, évoquant manifestement un sujet qui soulevait son enthousiasme.

— Nina, jaillit soudain la voix de Mitchell dans son oreillette, encore plus déformée que celle de Chase. Il parle de sa nouvelle « acquisition ». Il s'agit forcément d'Excalibur. Je crois qu'il est en train de dire qu'il va la lui montrer, ce qui signifie que l'épée est bien ici. Essayez de vous éclipser et trouvez un endroit où nous pourrons discuter ; il faut que vous débranchiez le système de sécurité pour qu'Eddie puisse entrer.

— OK, murmura Nina en feignant de tousser pour masquer sa réponse.

En prenant soin d'éviter de croiser le regard de Kruglov, elle repéra un serveur portant un plateau de coupes de champagne à travers la foule.

— Voulez-vous que je vous rapporte un verre ? demanda-t-elle à Rozalina.

Celle-ci hésita un instant entre accompagner sa conquête et demeurer auprès de ses riches compagnons, avant d'acquiescer d'un hochement de tête à sa proposition. Soulagée, Nina s'éloigna en direction du serveur et, dès qu'elle fut hors de vue, fonça droit vers un endroit plus calme, sur le côté de l'escalier.

— Comment tu t'en sors ? s'enquit Chase.

— Je survis, chuchota-t-elle. Mais j'ai bien failli faire un arrêt cardiaque quand j'ai vu Kruglov. Oh, et je me suis fait allégrement tripoter les fesses.

— Par qui ? Si c'est Vaskovich, il faudra que je le réanime après l'avoir tué, de façon à pouvoir le tuer encore.

— Non, c'était une femme.

— Ah bon ? (Chase semblait soudain intéressé.) Ça sent le plan à trois, ça !

Nina ne put s'empêcher de sourire malgré la situation.

— Je ne crois pas que tu la trouverais à ton goût, Eddie. En tout cas, elle n'est pas du tout mon genre.

— Est-ce qu'on pourrait rester concentrés sur la mission ? s'impatienta Mitchell. Nina, où êtes-vous exactement ?

— Dans la grande salle, à côté de l'escalier. (Elle leva la tête et, constatant que des hommes étaient postés sur le palier, expliqua que Dimitri lui avait précisé qu'il était interdit d'accéder à l'étage.) Zut, Vaskovich arrive par ici !

Elle s'agenouilla en faisant semblant de resserrer la lanière de sa chaussure. Vaskovich, Kruglov et Mishkin empruntèrent l'escalier, et les gardes s'écartèrent pour les laisser passer.

— S'ils montent au dernier étage, dit Mitchell après que Nina l'eut informé de ce qu'elle venait de voir, je crois que je sais où se trouve Excalibur. Très bien, Nina, il faut que vous alliez à l'arrière de la maison. Voyez-vous des portes dans la salle qui ne seraient pas gardées ?

Elle scruta les lieux.

— Au milieu du mur ouest, une double porte.

— Ça fera l'affaire. Allez-y.

Nina traversa l'immense salle en s'efforçant de ne pas attirer l'attention – ce qui, dans sa tenue, était peine perdue. Heureusement, elle ne connaissait pas assez le russe pour comprendre les commentaires lubriques des hommes qu'elle croisait. Elle était sur le point d'arriver à la porte quand une main se plaqua soudain sur ses fesses et les pinça, une main moite qui fit grincer le latex de sa robe. Nina ravala l'insulte qui lui montait aux lèvres et se tourna pour découvrir le gros homme qu'elle avait rencontré un peu plus tôt. Il tenait maladroitement deux coupes de champagne dans sa main libre, et son visage couperosé se fendait d'un sourire impatient.

— Oh, salut, dit-elle en serrant les dents. Encore vous.

— Salut, Pamela ! rugit-il de sa voix avinée avant de poursuivre en russe tandis qu'il faisait remonter sa main vers la poitrine de Nina.

Il lui tendit une coupe d'un mouvement brusque et elle l'accepta à contrecœur afin d'éviter que son geste maladroit ne la renverse directement dans son décolleté.

— Merci. Eh, tout doux, tout doux, ajouta-t-elle en repoussant sa main baladeuse.

— Que se passe-t-il ? demanda Chase d'une voix tendue qui suggérait qu'il en serait déjà venu aux poings s'il avait été présent.

— Rien, juste un homme très, mais alors très amical…

Nina songea subitement qu'elle pouvait peut-être tirer avantage de ce rustre aviné. Elle trinqua avec lui, puis lui montra les portes.

— Ça vous dirait d'aller dans un endroit plus intime ? (Il la fixa de son regard vitreux.) En privé ? Oh, bon sang. *Chut*, souffla-t-elle en posant ostensiblement l'index sur ses lèvres et en lui montrant de nouveau les portes.

Ses yeux globuleux s'écarquillèrent quand il sembla enfin comprendre le message. Il passa un bras dodu autour de la taille de Nina et la conduisit dans l'autre pièce avec un petit sourire suffisant.

La grande salle n'offrait pas aux invités de quoi s'asseoir, mais celle-ci ressemblait à un salon, où les hôtes se relaxaient dans des fauteuils en cuir au design moderne autour de tables basses en verre. Sur l'une d'elles, Nina remarqua les restes d'un rail de cocaïne. Une odeur écœurante de cigare empuantissait les lieux. Elle scruta la pièce à travers les épaisses volutes de fumée en s'efforçant de ne pas tousser, et repéra une porte au fond, par laquelle disparut un serveur, les bras chargés d'un plateau de verres vides.

Nina entraîna son compagnon vers la porte, qui donnait sur un couloir brillamment éclairé où se tenait un autre garde en smoking. Avec une expression de politesse forcée, l'homme se plaça au milieu du couloir pour leur bloquer le passage. Le gros homme s'offusqua et se lança dans une tirade qui se résumait sans doute à : « Non mais, vous savez au moins qui je suis ? »

Nina lui fit signe de se taire.

— Dimitri a dit que c'était d'accord, expliqua-t-elle au garde en espérant qu'il saisirait l'essentiel. Nous voulons du champagne. (Elle mima le geste de déboucher une bouteille.) Pop ! (L'homme la dévisagea d'un air incertain.) Dimitri est OK, répéta-t-elle.

Le garde s'écarta finalement en adressant quelques mots au gros homme ivre, qui répondit négligemment d'un « *da, da* ». Selon toute apparence, seul l'étage était strictement interdit. Nina vit un autre serveur revenir vers le salon avec un plateau chargé de verres pleins. Elle tira sur le bras de son compagnon pour l'entraîner dans la direction d'où venait le serveur.

L'odeur de la nourriture remplaça celle du cigare. Ils pénétraient dans la partie de la demeure réservée au service et aux cuisines, et à l'opulence des salles de réception succéda plus de simplicité. Une pièce latérale dévoila une réserve où s'alignaient plusieurs réfrigérateurs à porte vitrée remplis de centaines de bouteilles de champagne, tandis que d'autres caisses de bouteilles de Dom Pérignon et de Krug millésimées attendaient leur tour d'être rafraîchies. Au fond de la réserve, une porte entrebâillée donnait sur une autre pièce plongée dans l'obscurité.

Nina se libéra du bras de son compagnon et entra dans la réserve. Elle récupéra une bouteille dans un des réfrigérateurs et passa une main suggestive le long de son goulot. L'homme poussa un gloussement joyeux et vida sa coupe d'un trait. Elle lui montra la pièce sombre, et il tituba jusqu'à la porte pour l'ouvrir en grand. Nina le suivit à l'intérieur…

…et abattit la bouteille de champagne sur sa nuque. Le Russe tomba en avant et s'affala sur des cartons. Nina se hâta de vérifier son pouls, fut rassurée de le sentir battre, puis posa la bouteille de champagne à côté de lui.

— Tout le plaisir fut pour toi, dit-elle en quittant la pièce. OK, Jack, je suis enfin seule. Où dois-je aller ?

Sa voix résonna à son oreille.

— Trouvez la porte des cuisines, mais n'y entrez pas ; passez juste devant. Le couloir tourne ensuite à droite, et vous verrez alors une porte sur votre gauche.

— Compris.

Nina croisa plusieurs serveurs qui la regardèrent avec curiosité, mais sans intervenir pour lui interdire le passage. Une double porte battante et le grésillement de la viande en train de cuire lui indiquèrent qu'elle arrivait aux cuisines ; elle poursuivit son chemin et atteignit la porte annoncée par Mitchell.

— OK, je suis devant la porte.

— Entrez.

Nina s'exécuta et pénétra dans un petit vestibule glacial. Une lourde porte en bois donnant sur l'extérieur se trouvait face à elle, et une armoire métallique accrochée sur un mur latéral émettait un bourdonnement significatif.

— Vous devriez voir un boîtier de dérivation, dit Mitchell.

— Oui. Mais il risque d'être verrouillé, non ?

— Pas de raison, puisqu'il se trouve à l'intérieur de la maison, intervint Chase.

Nina baissa la poignée, et l'armoire s'ouvrit effectivement.

— Euh, je vois un tas de fils électriques entremêlés.

— Vous devez trouver le commutateur qui contrôle les caméras de sécurité, dit Mitchell. Ne vous préoccupez pas des inscriptions en cyrillique, cherchez simplement celui qui porte le numéro 201. Mais n'y touchez pas tout de suite.

— Comment savez-vous tout ça ? lui demanda Nina tout en examinant les rangées d'interrupteurs et de fusibles.

— La société qui a installé le système a envoyé les plans par e-mail à un sous-traitant. On a pu les intercepter. N'oubliez pas que c'est la DARPA qui a inventé l'Internet…

— J'aurais intérêt à faire un peu plus gaffe aux sites que je visite quand Nina n'est pas là, s'esclaffa Chase.

Difficile de savoir s'il plaisantait ou non, mais Nina oublia vite la chose quand elle repéra le bon commutateur.

— 201, je l'ai, annonça-t-elle. Et maintenant ?

— Très bien. Alors, voici ce qui va se passer, expliqua Mitchell. Baisser l'interrupteur coupera le courant sur une partie du périmètre des caméras de surveillance. Mais le système sait se protéger : quand il y a un problème, il lance un diagnostic et s'efforce de remettre en route la partie défaillante. Si tout n'est pas revenu à la normale au bout de trente secondes, il donne l'alerte. Eddie dispose donc de vingt-neuf secondes pour franchir le mur, traverser le jardin et entrer dans la maison – sans se faire repérer par un garde –, avant que vous deviez rétablir le courant.

— Deux cents mètres en vingt-neuf secondes ? fanfaronna Chase. À l'aise !

Nina ne partageait pas sa confiance.

— Eddie, tu es sûr de pouvoir le faire ?

— Il le faut bien, non ? répondit-il d'une voix plus sérieuse. Je ne vais pas te laisser seule ici…

— Vous avez étudié les rondes des gardes dans le jardin ? demanda Mitchell.

— Qu'est-ce que vous pensez que je fous depuis dix minutes ? Je ne suis pas en train de me mater un film sur mon iPod. Je suis perché dans un arbre, à me geler les couilles !

— Eh bien, préparez-vous à les réchauffer. Eddie, dès que la voie est libre, comptez à partir de trois. Nina, à zéro, vous baissez l'interrupteur. Je décompterai les secondes pour vous indiquer quand rétablir le courant. À vous de jouer, Eddie.

Nina leva un doigt nerveux vers l'interrupteur.

— Je vois la porte, dit Chase, et le garde le plus proche s'apprête à tourner au coin de la maison. (Nina entendit des bruits de frottement alors que Chase se mettait en position.) OK, on va y aller. Trois, deux, un… zéro !

Nina baissa l'interrupteur.

Chase bondit de la branche. Le mur d'enceinte était couronné de barbelés ; son pied d'appui atterrit non pas sur le sommet du mur, mais sur un des supports des fils barbelés. Il plia sous son poids et les fils vibrèrent avec un chuintement métallique, mais Chase avait déjà sauté vers la terre ferme.

Il vola dans les airs, toucha le sol… et trébucha, trompé par les inégalités du terrain, indiscernables dans la pénombre. Son élan le précipita en avant, menaçant de le faire tomber face contre terre. Il tendit les bras, et ses doigts frappèrent le sol glacé. La douleur fulgura dans ses phalanges alors qu'elles supportaient, l'espace d'un instant, le poids de son corps. Puis il se projeta en avant, tel un sprinter sur la ligne de départ, en titubant encore un peu – mais il avait évité la chute. En deux enjambées, il retrouva son équilibre. Combien de temps avait-il perdu ?

— Vingt-quatre. Vingt-trois…

La voix de Mitchell dans son casque le poussa avec la force d'une explosion. Il lui restait cent quatre-vingts mètres à parcourir, et plus aucune marge d'erreur.

Chase avait atteint sa pleine vitesse, et ses bras montaient et descendaient avec la régularité de pistons. Nina avait ouvert la porte à l'arrière de la maison, qui dessinait un rectangle de lumière diffuse. La pelouse défilait sous ses pieds. Il lança un coup d'œil sur la droite : aucun garde. À gauche…

Merde !

Une silhouette venait d'apparaître au coin du bâtiment. L'homme regardait de l'autre côté, mais pour combien de temps ?

— Quinze. Quatorze…

Il n'avait pas parcouru la moitié de la distance. Encore cent mètres, et plus que douze secondes. Pouvait-il y arriver ?

En théorie, oui, mais il n'était pas sur une piste de course.

Le garde était toujours tourné vers la pelouse devant l'entrée de la demeure. Malgré le froid, Chase sentait la chaleur envahir son corps, sous le coup de l'effort, de l'adrénaline et de la peur.

— Sept…

Cinquante mètres, quarante. Chase accéléra encore, les poumons en feu.

— Trois…

Un coup d'œil à gauche. Le garde était en train de se retourner pour reprendre sa ronde et longer le flanc de la résidence, droit vers lui…

— Un…

Pas le temps de ralentir. Chase se jeta à travers la porte et atterrit lourdement sur le sol carrelé à l'instant où Nina rebranchait le courant. Il glissa par terre et alla heurter le mur du fond.

— Zéro, annonça Mitchell. C'est bon ? Eddie, Nina… répondez-moi, bordel !

— Il est là, il est là ! dit Nina. Eddie, ça va ?

— Ferme la porte, haleta-t-il en lui faisant faiblement signe de la main. (Nina s'exécuta.) La vache, je perds la forme. Je n'ai jamais mis aussi longtemps pour courir deux cents mètres…

— Quelqu'un t'a vu ? demanda-t-elle en s'agenouillant à côté de lui pour l'aider à s'asseoir.

Le cœur d'Eddie cognait dans sa poitrine ; elle pouvait le sentir à travers ses vêtements.

— D'ici quelques secondes, on devrait le savoir.

Il sortit de son blouson son Desert Eagle, et le pointa d'une main tremblante vers la porte.

Cinq secondes s'écoulèrent, puis dix. Rien.

Chase laissa échapper une longue expiration soulagée.

— Je crois qu'on est bons. Purée !

Il se remit sur ses pieds avec l'aide de Nina.

Elle l'embrassa.

— Mon Dieu, si tu savais comme je suis contente que tu sois là !

— Moi aussi. Oh, tu as… (Il montra les lèvres de Nina.) Ton rouge à lèvres s'est un peu étalé. Pas grave, ça renforce ta couverture : on dirait que tu viens juste de tailler une pipe.

Nina ne lui fit pas remarquer qu'il avait autant de rouge à lèvres sur la bouche qu'elle.

— Jack, je pense qu'Eddie est remis, lança-t-elle d'un ton agacé. Et maintenant ?

— Pour vous, le mieux serait de rester discrète en vous fondant dans la foule ; retournez à la fête. Eddie, je vais vous guider jusqu'à l'étage.

Nina entrouvrit la porte pour jeter un coup d'œil dans le couloir. Personne.

— C'est bon, tu peux y aller. (Elle se tourna vers Chase.) Bonne chance.

Chase lui caressa le bras en passant devant elle.

— À tout à l'heure.

25

Les indications de Mitchell conduisirent Chase à un petit escalier à l'arrière de la maison, qu'il grimpa rapidement.

Si l'étage de la demeure était interdit, il devait y avoir un garde. Toute la question était de savoir comment il réagirait à l'apparition inattendue d'un visiteur. Après tout, la réception réunissait les gens les plus riches et les plus influents de Russie, qui n'apprécieraient certainement pas qu'un simple agent de sécurité les malmène.

Si les gardes avaient reçu l'instruction de se montrer fermes tout en restant respectueux et polis, cela conférait à Chase un avantage. Ils ne s'attendaient pas à tomber sur un véritable intrus.

— OK, j'y vais. Je vous recontacte d'ici une minute, murmura-t-il dans son casque avant de l'ôter et de le ranger dans sa veste.

Un casque-micro risquait d'éveiller les soupçons, même chez le moins intelligent des agents de sécurité.

Il inspira à fond, et ouvrit la porte.

Comme il s'y attendait, un garde était posté dans le couloir, et l'homme se leva d'un bond de sa chaise. Chase lui adressa un regard vitreux, en jouant l'invité ivre et égaré. Le garde s'approcha et, à la surprise de Chase, laissa échapper un petit ricanement.

Chase se tendit, ne comprenant pas ce qui avait déclenché cette réaction. L'aurait-il reconnu ? Puis l'homme se tapota les lèvres du bout des doigts. Chase l'imita et découvrit une trace de rouge à lèvres sur son index. Pas étonnant que le garde ait l'air amusé : il devait ressembler à une geisha.

Chase lui sourit en retour… et lui décocha un violent coup de poing à l'estomac. Le garde se plia en deux, le souffle coupé. Chase s'empara de son Desert Eagle et abattit la crosse sur sa nuque. L'homme s'effondra sur sa chaise si brutalement que sa tête traversa le siège en rotin. Il glissa au sol, le cadre de la chaise autour du cou.

Chase traîna le garde inconscient dans la cage d'escalier, referma la porte sur lui, puis remit son casque.

— J'y suis.

— Il y avait un garde ? demanda Mitchell.

— Oui, mais c'est bon, il est hors jeu. Je vais où, maintenant ?

— Les plans de la société de sécurité indiquaient des systèmes de surveillance supplémentaires dans une pièce de l'étage, probablement pour un coffre-fort.

— Une minute : je suis censé percer un coffre-fort ?

— Pas si Vaskovich l'a déjà ouvert. Dirigez-vous vers l'avant de la maison.

Chase s'orienta, puis descendit le couloir.

— Eddie, souffla la voix de Nina dans ses écouteurs, la salope qui a tué Bernd et Mitzi est ici. Avec Bulldozer, le gros balaise.

— Ils t'ont repérée ?

— J'espère que non ! J'essaie de rester aussi loin d'eux que possible.

— Vous avez revu Vaskovich ? s'enquit Mitchell.

— Non, mais je tente surtout de ne pas me faire remarquer ; je l'ai peut-être manqué.

— Il est peut-être encore en haut, espéra Mitchell. Vous avez une chance de lui tomber dessus, Eddie.

Il donna de nouvelles indications à Chase, qui finit par arriver à un coin de couloir, derrière lequel il jeta un coup d'œil prudent. Il y avait une double porte à quelques mètres de là, entrouverte, et un garde posté devant. La curiosité l'emportant sur la conscience professionnelle, l'homme semblait davantage concentré sur les voix provenant de l'intérieur de la pièce que sur le couloir.

Chase franchit brusquement l'angle, le pistolet pointé vers la tête du garde. Celui-ci mit une seconde de trop à réagir, surpris par l'apparition soudaine de Chase, puis paralysé par la vision de l'énorme canon braqué sur son visage. Le temps qu'il surmonte cette réaction instinctive, deux kilogrammes d'acier s'abattirent sur son crâne, l'allongeant au sol aussi efficacement qu'une des balles du Desert Eagle.

Sans marquer de pause, Chase enjamba le garde inconscient et ouvrit les battants de la porte d'un grand coup de pied.

Trois hommes surpris se tenaient devant lui : Kruglov, Vaskovich et un troisième larron qu'il ne reconnut pas. En revanche, il reconnut parfaitement l'objet posé sur la table autour de laquelle ils étaient réunis.

Excalibur.

— Salut ! lança Chase en pointant son arme sur Kruglov. Tu te souviens de moi ?

— Chase, siffla Kruglov en plissant les yeux. Salopard de Mitchell. C'est lui qui t'a aidé à entrer, n'est-ce pas ?

— Il est dans le coup, oui. L'épée est ici, dit-il à l'intention de Mitchell avant de tourner son pistolet vers Vaskovich. Salut. Vous ne me connaissez pas, mais moi je vous connais. Vous avez tué quelqu'un qui m'était cher, et un tas d'autres personnes au passage.

— Je n'ai tué personne, se défendit Vaskovich, le regard impavide derrière ses lunettes.

— Vous n'avez pas appuyé sur la détente, mais ils seraient tous encore en vie si vous n'aviez pas demandé à ce salopard (il désigna Kruglov du menton) de vous rapporter Excalibur. En ce qui me concerne, ajouta-t-il en armant le chien de son Desert Eagle pour illustrer son propos, j'appuie moi-même sur la détente. Si je dois tuer quelqu'un, moi au moins j'ai les couilles de le faire moi-même.

Kruglov ne réagit pas à l'effet purement psychologique du cliquetis du percuteur, mais Chase n'en attendait pas moins de lui. Vaskovich tressaillit, mais conserva un visage de marbre. Le troisième homme, en revanche, hoqueta sous le coup de la frayeur, qu'il tenta de masquer derrière un accès de colère.

— Mais qui êtes-vous, à la fin ? explosa-t-il. Comment osez-vous me menacer ? Je suis Felix Mishkin, secrétaire d'État à la Défense de la Fédération de Russie !

— Vous pourriez aussi bien être Yuri Gagarine, je n'en ai rien à foutre ! rétorqua Chase en braquant son arme sur lui. (Mishkin recula aussitôt en se recroquevillant sur lui-même.) Asseyez-vous et bouclez-la.

— J'ai décollé, annonça Mitchell par la liaison radio. (Le bourdonnement des pales d'hélicoptère couvrait en partie sa voix.) Je serai là dans quatre minutes.

— Alors, comment va Nina ? demanda Kruglov.

Chase pointa son pistolet sur lui. Une lueur dans les yeux de Vaskovich trahit une réaction à l'évocation de ce nom, mais Chase ne le remarqua pas, son attention étant focalisée sur l'ancien agent du KGB.

— Mieux que tu n'iras dans quelques minutes ! cracha Chase.

Un petit sourire calculateur étira les lèvres charnues de Kruglov.

— Pourquoi attendre, Chase ? Tu n'as qu'à me tuer maintenant…

— Tu es pressé ?

— Pas vraiment, mais tu nous tiens, et tu as Excalibur. Tu n'as aucune raison d'attendre… à moins que ton plan pour quitter les lieux ne soit pas encore en place, conclut-il alors que son sourire s'élargissait. Vas-y, tire.

Mishkin bredouilla quelque chose en russe d'un air éberlué.

— Il ne tirera pas, le rassura Kruglov en persistant à parler anglais pour que Chase le comprenne. Tout le monde entendra le coup de feu. Il ne sortira jamais de la maison, et encore moins de la propriété.

— Continue donc à le croire. En attendant…

Chase s'avança jusqu'à la table en faisant signe à Vaskovich et à Kruglov de reculer vers le coffre-fort encastré dans le mur, dont la porte était ouverte.

— …je récupère ça.

Il s'empara d'Excalibur.

— Vous commettez une grave erreur, l'avertit Vaskovich. J'ignore ce que Jack vous a raconté, mais il vous a menti sur la raison pour laquelle je recherchais cette épée.

— Eh bien, c'est drôle, mais, au vu de mon expérience passée avec des milliardaires, j'ai constaté que c'étaient tous de fieffés menteurs. Alors, épargnez votre salive.

Chase recula. Il commençait à se sentir vulnérable. Mitchell n'arriverait que dans trois bonnes minutes et, tant qu'il tiendrait l'épée, il serait forcé d'utiliser son Desert Eagle d'une main, ce qui réduirait sa précision de tir. Il lui faudrait aussi lâcher Excalibur s'il avait besoin de recharger son arme avec le chargeur de rechange attaché à son holster.

Et il y avait autre chose. Le sentiment croissant que quelque chose ne tournait pas rond. Alors que Mishkin, qui s'était assis, tremblait de peur, Vaskovich et Kruglov semblaient presque gagner en confiance au fil des secondes. Chase jeta un coup d'œil par-dessus son épaule. Personne dans le couloir, en dehors du garde assommé, et aucun bruit de mouvement. Pourtant…

— Jack, appela-t-il d'un ton pressant. Les systèmes de sécurité supplémentaires installés dans cette pièce : il s'agissait juste de systèmes d'alarme, ou il y avait autre chose ?

— Je ne sais pas exactement, répondit la voix de Mitchell par-dessus le grondement de l'hélicoptère. Il est possible que cela comprenne aussi des lignes de transmission de données.

— Comme pour un ordinateur, vous voulez dire ? (Il scruta plus attentivement le coffre-fort, dont la porte béait.) Ou pour une caméra ?

Le montant de l'encadrement du coffre était percé d'un petit trou circulaire, qui n'était visible que quand la porte était ouverte.

Une caméra le filmait depuis le début.

Les vigiles dans le centre de sécurité de la résidence avaient assisté à toute la scène et, pour éviter de mettre en danger la vie de leur employeur, ils avaient dû prévenir les gardes sans donner l'alerte générale…

Chase regarda vers le seuil. Une ombre ténue tombait sur le garde inconscient, projetée par un homme plaqué au mur sur le côté de la porte.

Chase pivota sur lui-même et tira sur le mur, à une soixantaine de centimètres du montant de la porte. Le recul de l'arme lui releva le bras et le projectile perfora le mur dans une détonation assourdissante, aussitôt suivie du bruit mat d'une chute alors que l'homme dissimulé était projeté de l'autre côté du couloir.

Il n'était sûrement pas seul.

Chase tira de l'autre côté de la porte. Quelqu'un s'effondra, et du sang gicla sur le tapis du couloir.

Un mouvement à la périphérie de son champ de vision…

Il se retourna vivement vers les trois Russes devant le coffre-fort, et vit Kruglov plonger sur son patron pour le plaquer au sol derrière la chaise de Mishkin. Le ministre poussa un hurlement en levant les bras devant son visage dans un geste pathétique pour se protéger des balles de Chase.

Chase retint son tir. Il ne pouvait tout de même pas assassiner froidement le secrétaire d'État à la Défense pour tuer Kruglov, ni même pour mettre fin aux projets de Vaskovich. Il se précipita vers la porte et entendit du mouvement à l'extérieur. Le pistolet dans une main, Excalibur dans l'autre, il porta un large coup d'épée…

Même privée de son étrange lueur, Excalibur restait tranchante, et sa lame s'enfonça profondément dans le poignet du garde qui s'apprêtait à tirer sur Chase. Avant que l'homme ait le temps de hurler, Chase lui écrasa son Desert Eagle en plein visage, l'assommant sur le coup.

Il n'y avait personne d'autre dans le couloir, mais les renforts devaient être en chemin. Nina et Mitchell parlaient tous les deux en même temps, et les cris de ce dernier couvraient les chuchotements affolés de sa fiancée.

— Eddie ! Que se passe-t-il ?

— Si vous pouviez réduire de trois minutes votre temps d'arrivée, ce serait super ! répondit Chase. Comment je sors ?

— Reprenez le même chemin jusqu'à l'escalier, mais n'y descendez pas. Continuez tout droit dans le couloir, puis tournez à gauche.

Chase n'avait pas attendu pour se mettre à courir.

— Merde ! Comment va faire Nina pour rejoindre l'hélico, maintenant ?

Le bruit de fond en provenance de la salle de réception avait changé ; le brouhaha paisible des conversations s'était tu pour laisser place aux éclats de voix des invités, inquiets de ces détonations qu'ils venaient d'entendre.

— Eddie, Eddie ! appela Nina. Dominika s'est précipitée dans l'escalier. Qu'est-ce que je fais ?

— Nina, intervint Mitchell. Dans moins de deux minutes, ça va être la panique générale. Vous devrez en profiter pour filer ; essayez de retrouver les autres filles de Prikovsky, ou volez une voiture et foncez à l'ambassade des États-Unis.

— Mais je ne sais même pas où elle est ! protesta Nina.

Chase était presque arrivé à l'escalier.

Je redescends la chercher !

— Non ! hurla Mitchell si fort que son cri satura la transmission. Si vous faites demi-tour, vous allez mourir et Vaskovich récupérera Excalibur !

Chase parvint à hauteur de la porte de l'escalier, ralentit un peu… puis la dépassa pour continuer dans le couloir.

— Bordel ! (Même s'il répugnait à l'admettre, Mitchell avait raison. Il arriva au croisement et tourna à gauche.) Nina, rapproche-toi de l'entrée et, dès que les gens se mettront à courir, profites-en pour sortir toi aussi.

Il entendit une porte s'ouvrir violemment derrière lui. Il pivota sur lui-même et ouvrit le feu sur le garde qui surgit au coin du couloir. Le tir le manqua et creusa un trou dans le mur, mais il eut l'effet escompté : l'homme se jeta en arrière, à couvert.

Mitchell guida Chase jusqu'au balcon. Il ouvrit une porte d'un coup de pied, et tira une nouvelle fois dans le couloir avant d'en franchir le seuil. Le garde lancé à ses trousses s'effondra. Derrière lui, Chase vit apparaître Dominika, vêtue d'une robe de cocktail noire, les cheveux teints en jaune acide.

Chase visa. Elle plongea en avant et la balle de calibre 50 siffla au-dessus de sa tête tandis qu'elle roulait au sol et s'emparait du pistolet du garde. Avant que Chase ait le temps de ramener son bras projeté en l'air par le recul, Dominika lâcha quatre tirs rapides. Il bondit en arrière dans l'embrasure alors que les balles frappaient le montant de la porte.

Il venait d'entrer dans une bibliothèque. Les lampes de la pièce étaient éteintes, mais il pénétrait suffisamment de lumière depuis le rez-de-chaussée par les portes-fenêtres cintrées pour qu'il distingue le balcon. Mitchell avait raison : l'espace était assez dégagé pour permettre à un hélicoptère d'approcher, mais ce serait serré.

Avec son pistolet dans une main et Excalibur dans l'autre, Chase n'allait pas s'embarrasser à essayer d'ouvrir une porte-fenêtre. Il lança Excalibur de toutes ses forces, et la lourde épée fracassa les carreaux et les croisillons de bois pour retomber sur le balcon au milieu des débris. Chase se protégea le visage du bras et sauta par le trou. Un morceau de verre lui entailla le bord du crâne, mais son blouson de cuir encaissa l'essentiel des entailles. Il s'ébroua pour se débarrasser des éclats de verre et ramassa l'épée, avant de se retourner vers la porte de la bibliothèque en levant son Desert Eagle.

Aucun signe de l'hélicoptère. Il jeta un rapide coup d'œil par-dessus la balustrade. Des dizaines de voitures de luxe étaient garées sous le balcon. Sur la pelouse, il aperçut la forme noire et luisante d'un hélicoptère, en grande partie masqué par l'angle de la demeure.

Une ombre glissa dans l'embrasure de la porte. Chase tira alors qu'un garde de Vaskovich tentait d'entrer. La balle le toucha à l'épaule et l'impact le fit tourner sur lui-même en une violente pirouette.

Dominika bondit derrière lui en ouvrant le feu. Les autres portes-fenêtres explosèrent et Chase se jeta au sol dans une roulade maladroite tandis que les projectiles venaient frapper la balustrade de pierre derrière lui. Il riposta au jugé ; Dominika roula à son tour, bien plus gracieusement, et lâcha son arme vide pour s'emparer du pistolet du garde en un seul mouvement fluide.

Chase n'avait plus que deux balles en magasin. Après tout, Mitchell n'avait peut-être pas tort quant à son choix d'arme…

L'hélicoptère apparut soudain au-dessus de lui. Le souffle de ses pales fit voler les débris de verre à travers le balcon alors qu'il le survolait, le nez penché à un angle aigu dans une manœuvre de virage serré. Il s'aligna latéralement à la demeure et se mit à glisser de côté pour s'en rapprocher.

Chase avait perdu Dominika, qui s'était dissimulée dans les ombres de la bibliothèque. Elle était là, quelque part, attendant le moment de frapper.

L'hélicoptère, un petit MD 500 au fuselage ovoïde, se rapprocha encore. Ses feux de navigation clignotants illuminaient le balcon d'explosions silencieuses. Chase distinguait Mitchell au poste de pilotage : ses yeux ne cessaient de faire la navette entre lui et les extrémités peintes en jaune des pales du rotor pour estimer la distance d'avec le mur de la maison. Quatre mètres, trois mètres : les pales se rapprochèrent dangereusement du mur.

Une tignasse jaunâtre passa subitement devant les fenêtres brisées.

Chase tira son avant-dernière balle sur Dominika, qui courait à travers la bibliothèque en ouvrant le feu.

Mais ce n'était pas lui qu'elle visait.

Le fuselage en aluminium de l'hélicoptère s'enfonça sous les impacts et la verrière en Plexiglas se fissura. L'appareil tangua. Chase crut que Mitchell avait été touché, mais il redressa aussitôt, seulement surpris d'avoir été pris pour cible. L'agent de la DARPA lui cria quelque chose ; sa voix était couverte par le grondement du moteur, mais Chase lut sur ses lèvres : « Amenez-vous ! »

Chase tourna la tête vers la bibliothèque. Dominika était à couvert de l'autre côté des fenêtres. Il ne lui restait plus qu'une seule balle, et elle avait l'avantage de tirer sur une cible bien plus facile à atteindre.

Le MD 500 oscilla follement, ballotté par le souffle de son rotor renvoyé par le mur, et peut-être aussi à cause de dommages causés par les tirs de Dominika. Il s'écarta du balcon, malgré les efforts de son pilote pour le stabiliser.

Il n'était plus temps de tergiverser.

Chase bondit sur la balustrade en pierre... et se jeta dans les airs.

La main gauche serrée sur la poignée d'Excalibur, il heurta de plein fouet le patin d'atterrissage bâbord et passa son bras droit par-dessus pour s'y accrocher. Il lâcha le Desert Eagle, qui tomba en tournoyant sur le pare-brise d'une Lamborghini garée en dessous. L'hélicoptère oscilla sous le choc, et Mitchell batailla avec les commandes pour compenser ce poids supplémentaire qui déséquilibrait l'appareil.

Dominika jaillit de la bibliothèque et vida son chargeur sur le poste de pilotage de l'hélicoptère.

Une balle traversa le haut de la cuisse de Mitchell. Il hurla de douleur et, dans un geste instinctif, pressa la jambe contre la pédale du palonnier d'anticouple. Le MD 500 se mit à tourner sur lui-même dans le sens inverse des aiguilles d'une montre, ce qui amena le cockpit face au balcon, faisant de Mitchell une cible parfaite...

Mais la glissière du pistolet de Dominika s'était bloquée en position ouverte : son chargeur était vide. Le petit hélicoptère continua à tourner sur lui-même jusqu'à ce que Mitchell se soit remis du choc et reprenne le contrôle du rotor de queue en appuyant sur l'autre pédale pour contrer la rotation. L'appareil avait effectué un demi-tour presque complet et présentait son flanc tribord face au balcon, à moins de trois mètres de distance.

Suspendu au patin bâbord, Chase vit Dominika le regarder. Elle lâcha son arme vide, se ramassa sur elle-même... et bondit du balcon.

Elle se rattrapa des deux mains au patin tribord et, se balançant en avant à la manière d'une gymnaste, percuta Chase des deux pieds en pleine poitrine.

L'impact chassa l'air de ses poumons ; il fut repoussé en arrière et son bras droit, serré autour du patin, glissa. Il tomba, mais réussit à se rattraper *in extremis* en agrippant le tube en métal de la main droite. Le choc arracha son casque-micro, qui partit rejoindre son arme en bas. Le souffle coupé, il se balança dans le vide, suspendu à une main, l'épée dans l'autre.

Dominika se hissa sur le patin et l'entoura de ses jambes tandis que le MD 500 se rétablissait enfin et commençait à prendre de l'altitude.

Des détonations éclatèrent au-dessous d'eux. Il ne s'agissait pas de tirs de pistolets, mais d'armes automatiques. Quelques projectiles frappèrent le ventre de l'appareil avant que la fusillade cesse ; un des gardes avait dû remarquer Dominika. Chase risqua un regard vers le sol. Des gardes franchissaient en courant le coin de la maison. Kruglov se trouvait parmi eux, et il pointait le doigt dans sa direction.

L'hélicoptère poursuivit son ascension et entreprit de tourner pour repasser au-dessus de la résidence. Chase aperçut les lumières de Moscou au loin alors que l'appareil redressait sa course. Il tenta de se hisser en luttant contre le souffle du rotor qui lui giflait le visage. Il jeta un œil à Dominika et la vit glisser une main sous sa robe pour dégainer le couteau qu'elle portait dans un fourreau sanglé sur sa cuisse.

Nina se trouvait dans le hall d'entrée, avec une vingtaine d'autres personnes. Quelques secondes plus tôt, le grondement de l'hélicoptère qui lui parvenait dans l'oreillette s'était brutalement tu, juste avant que retentissent des bruits de tir à l'extérieur.

Chase avait-il été touché ? Elle n'avait aucun moyen de le savoir. Quelques instants auparavant, Vaskovich, Kruglov et Maximov s'étaient frayé un passage à travers la foule inquiète. Tout en avançant au milieu de ses invités, l'hôte de la soirée leur avait parlé en leur demandant, semble-t-il, de rester à l'intérieur et de garder leur calme. Les gens s'étaient d'abord montrés obéissants, mais à présent certains exprimaient le désir de quitter les lieux le plus rapidement possible. Plusieurs hommes rassemblés devant l'entrée finirent par se décider et ouvrirent les portes.

L'image qui vint à l'esprit de Nina fut celle d'une baignoire dont on venait d'ôter la bonde : tout le monde se précipita vers la sortie en même temps, formant une foule compacte devant les portes avant de se disperser au-dehors. Nina lutta pour ne pas se faire jeter au sol, poussée en tous sens dans la cohue. L'air froid de l'extérieur lui fouetta le visage et chassa l'odeur entêtante de cigare. Elle franchit les portes...

Une main se referma sur son bras et la tira violemment. Maximov lui décocha un regard mauvais ; son expression revêche plissait le pansement sur son front. Il la traîna sur le côté du perron alors que les invités dévalaient les marches.

Vaskovich l'attendait, flanqué de deux gardes du corps armés.

— Re-bonsoir, Nina, la salua-t-il froidement. Nina Wilde, devrais-je dire. J'avais bien trouvé quelque chose de familier chez vous, mais vous êtes très différente de votre photo en couverture de *Time Magazine*, avec cette tenue et ce maquillage.

Kruglov monta les marches vers eux. Il dévisagea Nina et écarquilla les yeux en la reconnaissant enfin. Il se tourna vers Vaskovich.

— Chase a l'épée ; il a sauté sur l'hélicoptère. Je suis sûr que c'est Mitchell qui le pilote. Et, Leonid, Dominika l'a suivi ! Elle s'est agrippée elle aussi au patin de l'appareil.

Vaskovich regarda l'hélicoptère militaire posé sur la pelouse devant la maison.

— Où est cet imbécile de Mishkin ? Trouvez-le, vite !

Kruglov aboya des ordres et, à peine une quinzaine de secondes plus tard, d'autres gardes escortèrent Mishkin jusqu'à eux. L'homme aux cheveux soigneusement plaqués en arrière que Nina avait aperçu plus tôt dans la soirée était désormais tout ébouriffé, et une large tache humide maculait son pantalon au niveau de l'entrejambe. Il avait le visage couvert de sueur et les yeux écarquillés par la peur.

— Un hélicoptère a récupéré ce salaud d'Anglais ! lui apprit Vaskovich. Je dois absolument rentrer en possession de l'épée, à n'importe quel prix.

— Que voulez-vous donc que j'y fasse ? bredouilla Mishkin, complètement décontenancé.

L'air excédé, Vaskovich leva les yeux au ciel et pointa le doigt vers l'hélicoptère.

— Vous n'y pensez pas ! s'exclama Mishkin.

— Est-il armé ?

— Je… je suppose…

— Alors, donnez l'ordre à votre pilote de décoller ! Maintenant ! (Mishkin partit en direction de l'hélicoptère, puis se retourna un instant vers Vaskovich qui continuait à lui crier des instructions.) Qu'il n'abatte l'hélicoptère qu'en cas de force majeure : je ne veux pas prendre le risque de perdre l'épée, et l'une de mes employées est à bord. Mais s'il doit lui arriver malheur… dites juste à votre pilote que la récupération de l'épée passe avant tout le reste. Allez-y !

Mishkin hocha la tête et traversa la pelouse en courant. Le pilote était déjà installé dans la cabine de pilotage ; il s'était précipité à son poste aux premiers bruits de fusillade et se tenait prêt à réagir. Il écouta les ordres que lui cria Mishkin, répondit en levant le pouce et ferma la verrière du cockpit pour lancer aussitôt la procédure accélérée de décollage d'urgence. Le moteur de l'hélicoptère vrombit, et les pales des deux rotors coaxiaux se mirent en mouvement.

Les deux rotors tournaient en sens opposé ; leur contrerotation annulait le besoin d'un rotor de queue, ce qui rendait l'appareil plus rapide, plus manœuvrable, et plus meurtrier.

Il ne s'agissait pas d'un vulgaire aéronef de transport, mais d'un hélicoptère de combat, un Kamov « Alligator » Ka-52 bourré de haute technologie, conçu pour traquer et détruire ses cibles.

Et notamment les autres hélicoptères.

Nina vit avec horreur cet engin de mort s'élever du sol, tel un énorme insecte noir et maléfique, et pivoter pour filer dans les airs à la poursuite de l'appareil en fuite.

À la poursuite de Chase.

26

Le MD 500 rugit au-dessus des faubourgs de Moscou. L'éclairage urbain parsemait les rues de points lumineux et les immeubles scintillaient dans la nuit comme des boîtes à bijoux. Chase aurait trouvé la vue magnifique, si elle n'avait pas défilé sous ses pieds qui pendaient dans le vide.

L'hélicoptère ne maintenait pas une trajectoire rectiligne et faisait de fréquentes embardées. Chase ignorait si cela était la conséquence des dommages causés à l'appareil ou de la blessure de son pilote. Privé de son casque-micro, il n'avait plus aucun moyen de communiquer avec Mitchell, à moins de grimper pour aller taper à la verrière du cockpit.

Et Dominika n'avait aucunement l'intention de laisser une telle chose se produire.

Elle était plaquée sur le patin tribord qu'elle enveloppait de son corps, son couteau à la main. Les patins de l'hélicoptère étaient espacés de près de deux mètres, ce qui laissait Chase hors d'atteinte du couteau de Dominika. Pour le moment.

Balayé par le souffle du rotor au-dessus de lui, malmené par l'écoulement d'air autour de l'appareil, Chase était suspendu au patin par la main droite, qui commençait à fatiguer, et tenait l'épée de la gauche. Pour se hisser, il aurait fallu qu'il se balance afin de passer une jambe sur le patin, ce qui l'amènerait à portée de Dominika et de son couteau. Elle n'aurait plus qu'à lui trancher un tendon ou à lui perforer une artère, et ce serait la chute.

Mais il n'avait guère le choix. Il ne tiendrait plus longtemps dans cette position, ce qui lui promettait de toute façon une plongée fatale vers le plancher des vaches…

Il lança sa jambe, en balançant Excalibur en même temps pour se donner plus d'élan. Son pied s'éleva, mais pas assez pour atteindre le patin. Il ressaya, plus haut cette fois, mais c'était toujours insuffisant.

Dominika, qui ne le quittait pas des yeux, changea de position, prête à frapper.

Chase lança de nouveau sa jambe. Sa main glissa légèrement sur le patin. Cette fois, le bord de son pied heurta la barre, pour retomber aussitôt. Sa paume, moite de sueur, glissa encore un peu sur le métal froid du patin. Il tenta de raffermir sa prise, mais c'était peine perdue sans quelque chose sur quoi prendre appui.

Et il vit un nouveau danger surgir derrière eux. Un autre hélicoptère. Malgré la noirceur du ciel, il distingua les deux cercles fantomatiques des pales de ses rotors, illuminés par le clignotement de ses feux de navigation.

Seule l'armée russe utilisait des hélicoptères coaxiaux ; ils avaient carrément envoyé un appareil de combat à leurs trousses !

Ou, plutôt, aux trousses de l'épée. Le Kamov n'essayait pas de les arrêter, il les traquait. Il irait là où irait l'épée.

Et, vu l'état où se trouvait le MD 500, il risquait de devoir se poser rapidement.

La main de Chase glissa encore. S'il ne parvenait pas à s'assurer une meilleure prise dans les secondes à venir, c'en était fini de lui.

Il se balança de nouveau, alors que le métal s'échappait sous ses doigts. Sa cheville droite passa au-dessus du patin d'atterrissage. Chase puisa dans ses dernières forces et souleva l'autre jambe pour la hisser à son tour sur la barre métallique au moment où sa main finissait par lâcher.

Pendu par les jambes, son blouson de cuir claquant follement autour de ses épaules, il vit une Moscou inversée danser devant ses yeux. Le holster vide auquel était sanglé le lourd chargeur de rechange de son Desert Eagle vint battre contre sa poitrine. Dans un ultime effort, il redressa le buste en projetant ses bras vers le haut.

L'épée tinta contre le patin et Chase se tordit le poignet gauche pour coincer un quillon de la garde sous la barre métallique. Avec ce point d'appui supplémentaire, il réussit à se soulever pour s'accrocher de nouveau de la main droite. Il laissa échapper un soupir de soulagement...

La pointe du couteau de Dominika s'enfonça dans son avant-bras.

Chase lâcha prise et son bras droit blessé retomba, ballotté par le vent. Il tourna la tête vers Dominika. Agrippée d'une main au montant qui reliait le patin au fuselage, elle se tendait de tout son corps sous le ventre de l'appareil pour le frapper encore.

Il écarta son bras blessé en le ramenant en travers de sa poitrine et le couteau ouvrit une autre entaille dans le cuir de son blouson, juste sous l'épaule, le ratant de quelques millimètres à peine.

Dominika tourna son attention vers Excalibur. Comme la garde de l'épée supportait son poids, Chase n'osait pas la déplacer avant d'avoir réussi à se raccrocher de la main droite, ce qui lui était impossible tant que Dominika le menaçait de son couteau.

Et cette dernière en avait parfaitement conscience. Sous ses cheveux jaunes agités par le vent, son visage revêche s'éclaira pour la première fois d'une esquisse de sourire. Elle frappa son arme contre l'épée, métal contre métal, et le choc ébranla la main gauche de Chase.

Clang. Un autre coup, puis encore un autre. La poignée commença à glisser sous les doigts de Chase, un peu plus à chaque impact.

Si l'épée tombait, l'hélicoptère de combat piquerait vers l'endroit de sa chute. Si Dominika s'en emparait, elle pourrait la rapporter à Vaskovich. Et, dans les deux cas, cela promettait à Chase un plongeon fatal.

Clang. Clang. Excalibur tressauta dans sa main. Son petit doigt glissa au bout de la poignée et se retrouva dans le vide. Dominika s'étira de tout son long, en relâchant partiellement la pression de ses jambes serrées autour du patin pour gagner de l'allonge. *Clang.* Chase sentit son annulaire glisser à son tour sur le pommeau de l'épée.

Dominika ramena le bras en arrière pour porter un coup fatal…

Chase s'empara vivement du chargeur accroché à son holster et le lui jeta au visage.

Même s'il ne contenait que sept balles, le chargeur de calibre 50 était un solide rectangle d'acier, de cuivre et de plomb qui pesait plus de cinq cents grammes.

Il frappa Dominika sur l'arête du nez et le sang jaillit à flots de ses narines. La douleur la fit tressaillir et ses jambes glissèrent autour du patin d'atterrissage. Elle hurla et sa main gauche s'arracha du montant alors qu'elle perdait l'équilibre, mais elle réussit à se rattraper au patin du bout des doigts. Plus légère que Chase, l'écoulement d'air la ballotta avec force tandis qu'elle pendait précairement dans le vide, accrochée d'une main. Elle lâcha le couteau pour tenter de se raccrocher de la main droite, sans y parvenir.

Chase leva le bras droit et put enfin le passer sur le patin. Péniblement, il se hissa dessus et regarda vers Dominika.

Elle était suspendue d'une main et cherchait désespérément à se raccrocher de l'autre…

Clang.

Le tranchant luisant d'Excalibur frappa à quelques centimètres des doigts de Dominika.

Elle tourna la tête vers Chase, qui se penchait à son tour vers elle sous le ventre de l'appareil… sauf que son arme à lui était bien plus longue qu'un simple couteau. Ses yeux s'écarquillèrent de terreur quand elle comprit ses intentions.

— *Niet! NIET!*

Il la dévisagea froidement, sans la moindre once de pitié, tout en posant le plat de la lame sur le patin et en la reculant pour prendre de l'élan.

Il se pencha encore en avant, afin qu'elle puisse l'entendre.

— Pour Mitzi.

Il ramena brutalement la lame le long du tube métallique.

Les doigts tranchés de Dominika luisirent un instant dans l'éclat du feu de navigation, puis disparurent dans l'obscurité, tombant à la suite de la meurtrière qui plongea en hurlant vers les rues de Moscou.

Mais les problèmes de Chase n'étaient pas terminés pour autant.

Un staccato rauque éclata derrière lui, et une rafale de projectiles perfora la nuit en une ligne aussi brillante qu'un laser. Le Kamov ouvrait le feu avec son canon de 30 millimètres. Maintenant que Dominika était sortie de l'équation, rien n'empêchait plus le pilote d'entamer les hostilités.

Mais il n'essayait pas d'abattre le MD 500 ; si telle avait été son intention, l'hélicoptère civil aurait déjà été pulvérisé. Il tentait plutôt d'éliminer Chase.

— Et merde ! hoqueta Chase.

Il n'avait dû son salut qu'à la trajectoire saccadée et imprévisible de son hélicoptère ; les tirs passèrent à moins de trente centimètres de lui alors que le MD 500 oscillait. Mais il suffisait qu'un seul projectile le touche pour qu'il soit déchiqueté et qu'Excalibur tombe.

L'hélicoptère vira brusquement, manquant d'éjecter Chase du patin. Mitchell avait vu la rafale d'obus traçants et s'était lancé dans une manœuvre d'esquive en plongeant en piqué.

Le Kamov suivit le mouvement. Bien plus gros que l'agile MD 500, l'Alligator n'en restait pas moins capable de le suivre dans des manœuvres acrobatiques.

Chase comprenait l'idée de Mitchell : s'il parvenait à descendre au niveau des rues, il pourrait s'abriter des tirs en volant entre les immeubles. À moins que le pilote du Kamov ne soit un vrai psychopathe, il n'aurait pas d'autre choix que de cesser le feu.

Mais il fallait d'abord réussir à atteindre cette basse altitude…

Une nouvelle rafale de tirs les frôla en une ligne lumineuse qui décrivit une courbe pour se perdre dans la nuit. L'hélicoptère poursuivit sa descente chaotique. Chase lutta pour tenir bon et enveloppa ses bras autour du montant reliant le patin au fuselage. Il se rendit compte qu'il se trouvait juste au-dessous de la porte du cockpit dont la poignée, si proche, le narguait presque.

Le MD 500 releva le nez, et la force de pesanteur écrasa Chase contre le patin. Les fenêtres d'un immeuble d'habitation défilèrent sous ses yeux. Mitchell volait au milieu d'une rue, en frôlant dangereusement les lampadaires et les fils électriques alors qu'il zigzaguait pour éviter d'offrir à l'ennemi une cible trop facile. Le Kamov les poursuivait toujours, mais à plus haute altitude, guettant le moment de fondre sur sa proie.

Chase se redressa et jeta un coup d'œil au bas de la grande vitre qui équipait la porte ovale du MD 500. Mitchell se trouvait de l'autre côté du cockpit, la cuisse poisseuse de sang, le regard fixé sur la rue devant lui.

Le pilote de l'Alligator retenait ses tirs, mais il n'abandonnait pas pour autant. S'ils essayaient de se poser et de fuir à pied, il n'aurait aucun mal à les abattre.

Mitchell vira brutalement à un carrefour pour s'engager dans une autre rue. Emportée par le mouvement, la tête de Chase frappa contre la portière. Mitchell se tourna en entendant le choc, et ses yeux s'écarquillèrent d'étonnement en découvrant Chase. Le Kamov vira à son tour, sans se laisser surprendre par le changement de trajectoire de sa proie.

Mitchell aurait pu se pencher pour atteindre la poignée intérieure de la porte, mais il avait besoin de ses deux mains pour piloter. Chase prit Excalibur dans sa main droite. Violemment ballotté par le vent, il tendit le bras gauche pour saisir la poignée…

La porte s'ouvrit à la volée et alla frapper contre la carlingue, plaquée en arrière par le vent. Chase passa un bras dans l'ouverture et hissa sa tête et une épaule dans l'habitacle.

— Eddie ! cria Mitchell. Où est l'épée ?

— Je la tiens !

— Rentrez vite à l'intérieur !

— Non ! Il faut qu'on se débarrasse de l'hélico qui nous colle au train !

— Vous êtes dingue ! hurla Mitchell en lançant l'appareil dans un autre virage serré. (La portière revint en position et heurta durement l'épaule de Chase.) C'est un hélicoptère de combat, putain ! On ne peut pas rivaliser !

— On va devoir improviser !

Chase regarda au-devant, où se dressaient de nouveaux gratte-ciel, plus élevés que les anciens immeubles de l'ère soviétique. Une longue ligne de lumières dessinait les contours squelettiques d'une grue qui se dressait entre deux tours, sur le chantier d'un bâtiment en construction.

— Cette grue, là-bas ! Déposez-moi à son sommet !

— Quoi ?

— C'est le seul moyen de se débarrasser de lui ! Faites ce que je vous dis !

Chase rampa en arrière et referma la porte, coupant court aux objections de Mitchell.

Le Kamov se trouvait derrière eux ; il s'était placé de manière à observer les faits et gestes de Chase. Ce dernier se demanda ce que le pilote pouvait bien imaginer en le voyant renoncer délibérément à rentrer à l'intérieur de l'hélicoptère.

Mais il allait lui donner autre chose à penser.

— Hé ! hurla Chase en agitant Excalibur alors que l'appareil reprenait de l'altitude. C'est ça que tu veux ? Alors, approche, tête de nœud ! Viens la chercher !

Un projecteur s'alluma soudain sur le nez du Kamov et prit Chase dans son faisceau. L'épée scintilla sous le flot d'une lumière bleue aveuglante.

La longue flèche orange de la grue passa au-dessous d'eux et le MD 500 pivota pour la remonter selon une trajectoire parallèle. Chase regarda vers le bas. Il se trouvait au moins à soixante mètres de haut. Le chantier au pied de la grue était encombré de poutres d'acier, de blocs de béton et d'autres matériaux de construction guère susceptibles d'offrir un atterrissage douillet.

— Putain, mais qu'est-ce que je fous, moi ? jura-t-il entre ses dents alors qu'il se penchait sur le patin et sautait dans le vide.

L'hélicoptère volait à environ un mètre au-dessus de la flèche de la grue, mais l'atterrissage sur sa structure de poutrelles métalliques donna à Chase l'impression de recevoir une batte de base-ball en pleine poitrine. Un de ses pieds glissa dans le vide. Il se raccrocha à l'une des traverses diagonales, se laissa glisser comme sur une barre de pompier et atterrit douloureusement à califourchon sur la poutre horizontale qui courait au bas de la flèche.

Il se releva en grimaçant. Le MD 500 de Mitchell s'écarta, mais l'Alligator était toujours là ; il avait dépassé Chase quand celui-ci avait sauté sur la grue et accomplissait une rapide pirouette dans les airs pour revenir vers lui.

Debout sur la poutre inférieure, Chase se tint d'une main à celle du dessus. Le sommet de la tour verticale de la grue se trouvait à moins de dix mètres de lui. Il se mit à avancer en crabe le long de la flèche, embarrassé par Excalibur qui tintait contre le métal orange des traverses.

Un souffle chaud empestant les hydrocarbures tourbillonna autour de lui. Le Kamov descendit de l'autre côté de la flèche en pointant son projecteur aveuglant sur le visage de Chase, qui baissa la tête pour s'abriter les yeux derrière la poutre supérieure et continua sa progression. À travers la lumière éblouissante, il aperçut le pilote dans le cockpit, ainsi que le canon de l'Alligator, monté à tribord sur l'aile trapue de l'hélicoptère. Le canon, qui était commandé par les mouvements de tête du pilote, tournait pour suivre Chase et effectuait de fines corrections de ligne de mire. Il suffirait d'un seul tir.

Il ne restait plus que trois mètres à parcourir pour atteindre la tour, mais le canon était braqué sur sa poitrine et le pilote sourit, sûr de sa victoire…

Un vent violent souffla soudain alors que Mitchell descendait le MD 500 sur le Kamov.

Les patins d'atterrissage du petit appareil furent instantanément désintégrés en touchant le rotor supérieur de l'Alligator, mais ils en brisèrent les pales, et l'une d'elles fila tel un javelot vers la tête de Chase. Déséquilibré, l'hélicoptère de combat commença à tourner sur lui-même, ce qui amena sa queue vers la flèche de la grue.

Chase sautilla désespérément le long de la poutre tandis que le Kamov dérivait vers lui. Dans sa hâte, il lâcha Excalibur et se jeta vers la tour de la grue…

Le Kamov heurta la flèche.

La grue tout entière trembla alors que neuf tonnes de métal venaient s'écraser de flanc contre la flèche, la faisant pivoter plus vite que ses rouages ne pouvaient le supporter. Une série de détonations rapides éclatèrent au niveau de la tête de rotor, où les boulons explosifs libérèrent les pales restantes, suivies une fraction de seconde plus tard par une déflagration plus puissante qui fit sauter la verrière et projeta le pilote dans les airs sur son siège éjectable.

Définitivement privé de moyens de sustentation, le Kamov tomba vers le sol en tournoyant, emporté par son élan loin de la grue. Il s'écrasa sur une pile de poutres d'acier et explosa. Même suspendu en haut de la tour, Chase sentit la chaleur de la boule de feu.

La grue frissonna sous l'onde de choc. Une échelle descendait au centre de la tour, envahie par la fumée du Kamov en flammes. Chase prit pied sur la tour, puis se déplaça prudemment à travers sa structure pour atteindre l'échelle. Il n'était pas très sain de respirer cette fumée noire, mais c'était le seul moyen de rejoindre la terre ferme…

Un bruit pareil à un coup de fusil retentit au-dessus de lui. Chase releva aussitôt la tête et vit qu'une des traverses diagonales de la flèche pendait dans le vide, rompue au niveau d'une soudure qui avait cédé sous la tension imposée à l'ensemble.

Une autre soudure céda, puis une autre. La flèche entière commença à s'affaisser sous son propre poids, victime d'une réaction en chaîne : chaque traverse qui lâchait augmentait la pression sur les autres.

Chase resta un instant figé d'horreur devant la scène ; puis, avec des gestes fébriles, il tira les manches de son blouson sur ses mains. La grue risquait de s'effondrer à tout moment…

Avec un hurlement assourdissant de métal déchiré, la flèche se brisa à l'endroit où l'hélicoptère l'avait frappée et tomba vers le sol. La tour vacilla, emportée en arrière par les lourds contrepoids en béton arrimés derrière la cabine du grutier.

Tel un séquoia géant coupé par un bûcheron, l'énorme grue se mit à pencher, lentement mais inexorablement.

Chase passa ses mains – protégées par le cuir des manches de son blouson – à l'arrière des montants de l'échelle et ôta les pieds des barreaux.

Se servant de ses pieds pour se guider le long des montants verticaux, il se laissa glisser à toute vitesse vers le sol alors que la grue chancelait.

L'inclinaison de la tour branlante s'accentua rapidement. Chase ne tombait déjà plus verticalement ; la grue pencha à un angle de cinq degrés, puis dix, et l'horizon s'éleva au-dessus de ses yeux alors que le sol se précipitait vers lui.

Le cuir qui protégeait ses mains se déchira en frottant sur les joints soudés à chaque section de l'échelle, mais il ne pouvait pas ralentir : il était encore trop haut pour survivre à une chute.

Vingt degrés, trente degrés. Le métal se tordait et se rompait tout autour de lui…

Avec un craquement assourdissant de béton pulvérisé, la tour s'arracha de sa base.

Chase glissait toujours, mais il se retrouvait à présent au-dessus de l'échelle, qui plongeait vers l'horizontale. Il fila au milieu de la fumée huileuse et cligna des yeux pour voir le sol boueux monter vers lui à toute vitesse. Il serra les mains sur les montants et sentit la chaleur de la friction à travers le cuir qui se déchirait et brûlait, freinant sa descente, mais il était peut-être trop tard…

La grue s'effondra au sol.

Les contrepoids arrimés sous la contre-flèche frappèrent en premier, projetant une terrible onde de choc dans l'ensemble de la structure. Chase fut arraché de l'échelle et rebondit contre l'armature métallique au-dessus de lui, avant de retomber sur les barreaux alors que le reste de la grue touchait le sol.

Il resta là, inerte, couché sur l'échelle brisée. Un nuage de poussière de ciment passa sur lui. L'écho de l'impact s'évanouit et, durant quelques secondes, on n'entendit plus que le crépitement de l'hélicoptère en flammes.

Puis Chase toussa.

— Bordel… de merde ! jura-t-il d'une voix sifflante en se laissant glisser entre les traverses d'acier pour choir sur le sol boueux. Il se trouvait à moins de six mètres de la base de la grue, sa descente ayant été ralentie à mesure que la grue s'inclinait, mais il avait tout de même l'impression d'être tombé à plat ventre d'un premier étage, avec toute la douleur et toutes les ecchymoses que cela impliquait.

Il parvint à ramper pour s'éloigner des décombres, ce qui suffisait à lui apprendre qu'il n'avait rien de cassé, même si son bras gauche, celui qu'il s'était si vilainement brisé l'année dernière, le lançait douloureusement. Sa tête lui faisait mal, également. Il se frotta le front et s'aperçut qu'il saignait – une autre entaille à ajouter à celle qu'il avait reçue en sautant à travers la porte-fenêtre de la résidence de Vaskovich.

Le visage de Vaskovich s'imposa à lui à travers une brume de douleur. Chase s'assit. Il ignorait ce qu'il était advenu de Nina. Et aussi de Mitchell. Et d'Excalibur…

Ces deux dernières questions reçurent leur réponse à quelques secondes d'intervalle. Il entendit un ronronnement d'hélicoptère et vit descendre le MD 500, le ventre hérissé des vestiges de son train d'atterrissage qui ressemblaient à des pattes d'insecte brisées. Alors qu'il observait l'appareil en approche au-dessus du chantier de construction, il aperçut Excalibur, plantée dans la boue non loin du pied de la grue, telle une croix scintillante marquant l'emplacement d'une tombe. Une tombe qui avait bien failli être celle de Chase.

Le souffle court, il boitilla jusqu'à l'épée et la tira péniblement du sol.

Il avait Excalibur.

Mais son corps était trop endolori pour qu'il éprouve le moindre sentiment de triomphe. Épuisé, il se tourna pour voir l'hélicoptère en vol stationnaire instable au-dessus d'un grand tas de sable. Avant que Chase ait eu le temps de s'interroger sur les intentions de Mitchell, le MD 500 descendit brutalement pour poser son ventre sur le sable meuble. Il s'y enfonça sous la poussée des rotors qui continuaient à tourner, mais Mitchell avait déjà coupé le moteur et sauté du cockpit. Il roula au bas du monticule et partit en courant aussi vite que le lui permettait sa jambe blessée. Derrière lui, l'hélicoptère vacilla un instant, puis se renversa. Les pales du rotor frappèrent le sable en projetant de larges éclaboussures avant de s'immobiliser enfin.

— La vache ! s'écria Chase. Vous avez pris un sacré risque ! Vous auriez pu finir en purée !

— Pas le temps de faire autrement, répondit sombrement Mitchell en sortant son téléphone. Je n'avais aucune autre option pour atterrir, et la police et les pompiers sont déjà en route ; j'ai aperçu leurs gyrophares. Il faut qu'on ait filé avant qu'ils arrivent. Vous, ça va ?

Chase baissa les yeux sur son blouson en lambeaux et ses mains en sang.

— Oh oui, je pète le feu, ça ne se voit pas ? Et pour Nina ?

— Je ne sais pas. C'était vous, le relais ; j'ai perdu le contact avec elle dès qu'on s'est éloigné hors de portée de son oreillette.

Il composa un numéro et s'avança vers la grille du chantier en donnant des ordres au téléphone. Chase lui emboîta le pas, l'épée à la main.

Une heure plus tard, ils avaient rejoint une planque des services de renseignement américains, un appartement anonyme dans un immeuble tout aussi anonyme, à quelques kilomètres du site du crash. Ils étaient parvenus à fuir les lieux juste avant l'arrivée de la police, disparaissant dans les rues noires avant d'être récupérés par le même chauffeur qui les avait amenés à l'entrepôt de Prikovsky. Pour l'occasion, l'homme ne conduisait pas un SUV voyant, mais une vieille Golf Volkswagen.

— Alors, vous savez ce qui est arrivé à Nina ? demanda Chase alors que Mitchell terminait un coup de fil.

De son côté, Chase avait appelé Prikovsky et appris que Nina ne se trouvait pas parmi ses filles quand celles-ci avaient quitté la résidence. Cela ne voulait pas dire qu'elle n'avait pas pu monter dans une autre voiture pour regagner Moscou, mais son inquiétude croissait de minute en minute.

— Pas encore, répondit Mitchell. En revanche, Vaskovich a bougé : son jet privé vient de décoller de l'aéroport Vnoukovo, et tout porte à croire qu'il est à bord.

— Il n'avait sans doute pas envie d'être là quand les Russes vont commencer à demander pourquoi l'un de leurs nouveaux hélicoptères de combat s'est écrasé au beau milieu de Moscou. Je parie que ce Mishkin va passer une sale journée : pas simple d'expliquer une pagaille pareille !

Mitchell s'apprêtait à répondre quand son téléphone sonna.

— Oui ? dit-il en prenant la ligne. (Ses yeux s'agrandirent de surprise.) Oui, transférez l'appel. C'est Vaskovich, annonça-t-il à Chase.

— Mettez le haut-parleur, lui demanda Chase.

Mitchell fronça les sourcils, mais s'exécuta sans protester.

Un clic de connexion se fit entendre, suivi d'une voix. *Vaskovich.*

— Jack, vous êtes là ?

— Je vous écoute, Leonid, répondit-il.

Le grondement en fond sonore suggérait que le milliardaire se trouvait effectivement à bord de son jet.

— Vous m'avez dérobé quelque chose, monsieur Chase et vous. Je suppose qu'il est avec vous ?

— Oui, dit Chase. Si vous vous demandez où est Dominika, sachez que nous avons quitté votre réception ensemble, mais que j'ai finalement décidé de la larguer. Au passage, désolé d'avoir gâché l'ambiance ; c'était une belle fiesta.

— C'est vrai, acquiesça Vaskovich en peinant à masquer son irritation derrière un calme apparent. Mais peu importe. J'ai organisé une autre petite fête dans mon avion. Une fête pour une invitée très spéciale…

Le sang de Chase se glaça. Il avait compris l'allusion de Vaskovich.

— Si jamais vous touchez à un cheveu de…

D'un geste vif, Mitchell lui fit signe de se taire.

— Leonid, que lui avez-vous fait ? demanda-t-il.

— Rien pour l'instant, Jack. Vous avez quelque chose que je veux, et j'ai quelque chose que vous voulez… ou du moins que veut monsieur Chase.

— Laissez-moi lui parler, exigea Chase.

Il lança un regard dur à Mitchell, le défiant de l'empêcher à nouveau de parler, mais l'agent de la DARPA était plongé dans ses pensées, un air calculateur sur le visage.

Chase se moquait de savoir à quoi il pensait, et il oublia totalement Mitchell dès l'instant où il entendit la voix de Nina.

— Eddie ? Oh, Dieu merci, tu es en vie ! Je les ai entendus parler d'un crash d'hélicoptère, mais je ne savais pas si tu t'en étais sorti !

— Oh, tu sais, un jour de boulot comme un autre à l'AIP. Tu n'as rien ?

— Ça va. Je suis désolée, ils m'ont capturée au moment où je quittais la maison.

— Ce n'est pas pour rien que les véritables agents secrets ne font pas d'émissions de télé, lança Kruglov d'une voix sarcastique derrière Nina.

— Je l'ai reconnue, oui, dit Vaskovich, mais pas au premier abord, malheureusement. Son déguisement était des plus efficaces. Quoi qu'il en soit, elle se trouve à présent en ma compagnie. Je veux l'épée, Jack. Rapportez-la à ma propriété dans l'heure, et je relâcherai le professeur Wilde. Dans le cas contraire, je serais moi aussi contraint de la... larguer.

— Pourquoi à votre résidence, Leonid ? s'étonna Mitchell en levant une main pour que Chase ravale sa réponse furieuse. Je suppose que vous êtes en route pour Grozevny. Nous vous ferions gagner du temps à vous apporter directement l'épée là-bas, non ?

Vaskovich lâcha un petit rire dédaigneux.

— Oui, je suis sûr que vous adoreriez voir mes installations de Grozevny, Jack. C'était du reste votre plan depuis le départ, n'est-ce pas ? Heureusement pour moi qu'Alexeï a toujours conservé des doutes à votre sujet...

— Je ne suis pas en état de me déplacer. Dominika m'a logé une balle dans la cuisse.

— Rien de trop grave ? intervint la voix de Nina.

— C'est un peu plus qu'une égratignure, cette fois-ci, mentit Mitchell en adressant un léger sourire à Chase. Mais je me disais qu'Eddie pourrait se charger d'apporter l'épée. Il ne sait rien à propos de l'énergie tellurique, et d'ailleurs il s'en moque... Et je suis à peu près sûr que, si je tentais de l'empêcher de ramener Nina saine et sauve, il n'hésiterait pas à me tuer.

Mitchell sourit de nouveau, et Chase aussi, en hochant froidement la tête.

— Pourquoi vous ferais-je confiance ? hésita Vaskovich.

— C'est une question inutile, puisque je ne serai pas là. Eddie vous apportera l'épée. Comme vous l'avez dit, vous possédez quelque chose auquel il tient. Quant à vous, vous aurez ce dont vous avez besoin pour faire fonctionner votre réacteur, et cela sans devoir attendre encore.

Kruglov, manifestement opposé à l'idée, marmonna quelque chose en russe. Mais, au bout d'un moment, Vaskovich reprit la parole.

— Vous disposez d'un avion ?

— Oui.

— Très bien. Je vais m'arranger pour qu'un couloir aérien vous soit libéré. Mais sachez ceci : si l'avion dévie de sa route, il sera aussitôt abattu. S'il y a quelqu'un d'autre à bord que Chase et le pilote, tout le monde sera tué, le professeur Wilde y compris. Si Excalibur n'est pas dans l'avion, tout le monde mourra aussi. Au moindre signe d'un quelconque stratagème, tout le monde meurt. Et vous aussi, Jack. N'imaginez pas que vous seriez à l'abri de ma vengeance, là-bas, en Amérique. Me suis-je bien fait comprendre ?

— C'était foutrement clair, oui, grogna Chase, qui bouillait de colère.

— Je m'occupe des autorisations de vol de votre jet. Et… Chase ?

— Quoi ?

— Vous ne me croyez sans doute pas, mais je suis un homme de parole. Si vous m'apportez Excalibur, vous aurez la chance de pouvoir épouser un jour Nina. Mais si vous me trahissez, vous mourrez tous les deux.

Un clic annonça que Vaskovich avait raccroché.

— Vous pensez qu'on peut se fier à lui ? demanda Chase.

Mitchell renifla dédaigneusement.

— J'en doute. Mais on s'en fiche : je mentais moi aussi. Je prends l'avion avec vous.

— Eh, une minute ! Si jamais ils vous trouvent, nous sommes tous morts.

— Ne vous inquiétez pas ! (Il adressa à Chase un sourire énigmatique.) Je serai à bord quand il décollera, mais j'aurai disparu au moment de l'atterrissage. (Il posa une main sur l'épaule de Chase.) Venez. Allons sauver votre fiancée.

27

L'avion qui décolla de Moscou en direction du nord avec Chase et Mitchell à son bord n'était pas l'appareil du Département d'État qui les avait amenés en Russie, mais un jet d'affaires plus petit, un Cessna Citation Mustang dont le fuselage ne comportait aucun logo ou emblème d'aucune sorte. Chase le soupçonnait de servir en temps normal au transport discret d'agents du renseignement américain.

Une catégorie de personnel à laquelle Mitchell appartenait indéniablement.

— Bon, dit Chase alors que Mitchell ouvrait une des caisses en plastique rangées dans la cabine. En réalité, vous êtes un espion, n'est-ce pas ?

— C'est un problème ?

— Ça dépend de l'espion. Vos histoires de scientifique, c'était juste une couverture, alors ?

— Oh, que non ! Je possède vraiment un doctorat en physique des particules. Sans ça, je n'aurais jamais réussi à convaincre Vaskovich que je pouvais lui être utile.

— Et depuis quand la DARPA mène ses propres opérations de renseignement dans son coin ?

— Depuis un paquet de temps. Et c'est mieux que personne ne le sache. Nous faisons tout ce qu'il faut pour nous assurer que l'Amérique détienne un avantage technologique décisif face aux autres nations du monde, et que cette situation perdure.

— Par la force.

— Si nécessaire. (Mitchell sortit un fusil de la caisse. L'arme était d'un modèle inconnu de Chase. Mitchell le lui lança.) Et en voici la parfaite illustration. Regardez un peu ça.

Chase examina l'arme futuriste. À première vue, elle comportait deux chargeurs distincts, un de forme cylindrique sur le haut du fusil et l'autre inséré dans la crosse. La poignée était placée en avant des deux chargeurs, en configuration « bullpup ».

— On dirait que ça sort tout droit de *Judge Dredd*.

— Le fusil d'assaut amélioré XM-201, un des nouveaux joujoux de la DARPA, annonça Mitchell en récupérant un second fusil pour lui-même. Deux cents munitions sans étui à charge hautement propulsive dans le chargeur de crosse, et un chargeur hélicoïdal sur le fût comportant cinq compartiments de vingt munitions de 3,6 millimètres pouvant varier selon les besoins de la mission. (Il fit tourner une molette de sélection sur son fusil.) Munitions classiques à étui en cuivre, perforantes à ogive en tungstène, explosives, ou caoutchouc pour tirs non létaux. La composition habituelle du chargeur est de quarante munitions ordinaires et vingt de chaque autre type, mais je pense que les balles en caoutchouc ne sont pas vraiment à l'ordre du jour…

— Des munitions de 3,6 millimètres ? releva Chase d'un air dubitatif. Vous n'aurez pas un grand pouvoir d'arrêt avec ça.

— Vous seriez surpris. Même si je dois reconnaître que ce fusil n'a jamais été testé sur le terrain. Jusqu'à aujourd'hui, ajouta-t-il d'un ton lourd de sous-entendus. Il possède également un lance-grenades, avec une réserve de trois projectiles de 25 millimètres, relié à un télémètre laser commandé par ordinateur. Il suffit de pointer le laser sur la cible, puis de lever le fusil, et le système vous indiquera quand vous atteindrez le bon angle pour un tir en cloche parfait. Ici, vous avez la lunette de visée, grossissement fois dix et vision nocturne, un système intégré d'identification des cibles pour prévenir les tirs amis…

— Voilà un gadget bien utile pour des Amerloques, l'interrompit Chase avec un rire moqueur.

Mitchell lui adressa un regard agacé et poursuivit son exposé.

— Tenez-le en position de tir. (Chase s'exécuta. Mitchell pianota sur un petit clavier installé sous le viseur. Un LED vert s'alluma avec un bip.) Et voilà. Désormais, le fusil est lié à vous par codage biométrique ; seul un utilisateur autorisé peut s'en servir. Et si jamais il tombe aux mains de l'ennemi, il y a même un code d'autodestruction à distance qui fait fondre tous les circuits électroniques de l'arme pour empêcher qu'on ne la copie. Plutôt cool, non ?

Chase abaissa son arme.

— Pas vraiment.

Mitchell sembla surpris, et même légèrement offensé.

— C'est votre opinion en tant que professionnel ?

— Ouais. Tous ces gadgets signifient qu'il doit vider ses piles en moins de deux ; autrement dit, vous devez vous encombrer de batteries de rechange, en plus du reste. L'électronique high-tech est la première chose qui tombe en rade sur le terrain. Ce chargeur dans la crosse la rend trop volumineuse, la possibilité de changer de type de munitions ajoute un système complexe qui augmente le risque d'enraiement, la poignée est trop portée vers l'avant, et je parie que cet engin coûte une petite fortune. Vous avez fabriqué un fusil qui fait deux fois plus de trucs qu'un M-16… pour dix fois le prix. (Il sourit.) Typique des Américains.

Mitchell lui rendit son sourire.

— Eh, comment voulez-vous qu'on fasse pour que la valeur boursière de notre industrie de l'armement continue à croître à chaque trimestre ? De toute façon, il faudra bien encore cinq ans, ou peut-être dix, avant qu'il soit couramment utilisé par l'armée. Vous savez combien les huiles détestent le changement, même quand c'est pour le mieux…

Chase haussa les épaules et posa le fusil.

— Merci, mais je pense que je vais en rester à la vieille école.

Mitchell secoua la tête.

— Non, pas pour cette mission. Il y a une autre raison au fait que j'aie choisi de prendre ces fusils. Dès que le générateur à énergie tellurique de Vaskovich sera activé – ce qui se produira aussitôt qu'il récupérera Excalibur –, il émettra un puissant champ magnétique. Si vous entrez dans le complexe avec une arme en métal, elle vous sera aussitôt arrachée des mains. (Il tapota son XM-201.) Ce bébé est constitué de polymères et de céramiques, rien de métallique. Et ses systèmes électroniques sont protégés des champs magnétiques. Quand le générateur fonctionnera, nous aurons les seules armes opérationnelles dans son enceinte.

— *Vous* les aurez, le corrigea Chase. Je vois mal Kruglov me laisser me balader avec ce fusil. Et, en parlant de ça, comment comptez-vous pénétrer sur le site ?

Mitchell lui montra l'une des caisses.

— Grâce à un autre jouet de la DARPA. (Il consulta sa montre.) D'ailleurs, il serait temps que je me prépare. Donnez-moi donc un coup de main.

La caisse contenait un objet qui ressemblait à un gros sac à dos à enveloppe rigide. Mitchell glissa les fusils dans un compartiment du sac, puis enfila une combinaison de vol noire. Avec l'aide de Chase, il passa le sac sur ses épaules.

— Il s'agit d'un équipement destiné aux forces spéciales aéroportées, expliqua-t-il en attachant un boîtier de contrôle électronique à son poignet. Et celui-là entrera en service bientôt, avant la fin de l'année. Je vous présente le paraplaneur ;

on l'aurait bien baptisé l'aile Batman, mais on aurait sûrement eu des problèmes de droits. Il est capable d'emporter un commando et tout son barda. Une fois en chute libre, les ailes s'ouvrent – elles sont en fibres de carbone – et permettent de planer sur une distance encore plus importante qu'avec un parachute pour chute opérationnelle avec ouverture à haute altitude. (Il prit la voix enthousiaste d'un présentateur de télé-achat.) Mais attendez, ce n'est pas fini !

— Ce sont des moteurs ? demanda Chase en remarquant les protubérances cylindriques de part et d'autre du sac.

— Exactement. Deux turboréacteurs miniatures, cent cinquante kilos de poussée à eux deux. Avec assez de carburant pour quinze minutes d'autonomie, mais je peux les utiliser pour de brèves poussées afin de reprendre de la hauteur et de poursuivre le vol plané. Et, une fois arrivé sur la zone d'atterrissage, il me suffit d'ouvrir le parachute. Un bon pilote est capable de se poser sur une zone de quinze mètres carrés à plus de cent cinquante kilomètres de distance.

— Et vous êtes un bon pilote ?

— Je me débrouille. Les commandes sont très intuitives : il suffit de se prendre pour Superman. (Il sourit, puis reprit son sérieux.) Je devrais pouvoir atterrir dans les installations de Vaskovich sans que personne me remarque. Puis je viendrai vous retrouver, Nina et vous.

— Et pour l'extraction ? Comment fera-t-on pour sortir ?

Une des conditions posées par Vaskovich était que leur jet redécolle pour Moscou immédiatement après avoir débarqué Chase et subi une fouille en quête de passagers indésirables.

— Tout est prévu. Faites-moi confiance.

Chase n'appréciait pas d'être laissé dans le flou – surtout quand la vie de Nina ainsi que la sienne étaient en jeu –, mais à l'évidence Mitchell n'avait pas l'intention de lui en dire plus pour le moment. Une incursion américaine dans l'espace aérien russe expliquerait qu'il se montre aussi réservé ; Chase ne pourrait pas révéler une information qu'il ignorait.

Mitchell termina de sangler son équipement, puis récupéra un casque intégral dans la caisse.

— Je jetterai les caisses dans le vide avant de sauter afin que, à l'atterrissage, personne ne se demande ce qu'elles contenaient. Vous devrez refermer la porte dès que j'aurai sauté ; tâchez de ne pas tomber, hein ?

— Quant à vous, n'oubliez pas de tirer sur la poignée *avant* de toucher le sol, répliqua Chase avec un sourire franc. Vous savez, pour un gars de la Navy, vous n'êtes pas trop un sale con, finalement.

— Oh, mais je suis un sale con. Heureusement, je suis du bon côté. (Il donna une tape amicale sur l'épaule de Chase, puis enfila son casque alors que depuis le cockpit le pilote annonçait une minute avant le point de largage.) OK, allons-y !

Alourdi par son équipement, il avança péniblement jusqu'à la porte de la cabine. Chase apporta les caisses vides et s'agrippa fermement à une poignée de la cabine.

— Trente secondes ! cria le pilote.

— On se voit en bas, dit Chase.

Il baissa le levier d'ouverture de la porte.

Le bruit et le vent qui s'engouffrèrent dans la cabine étaient effrayants ; même s'il avait ralenti pour entamer sa descente, le Cessna volait encore à plus de deux cents nœuds, à une altitude de neuf mille pieds. Mitchell se tint à l'encadrement de la porte et poussa du pied les caisses dans le vide, avant de sauter à son tour dans la nuit noire. Il fut aussitôt happé par l'écoulement d'air et manqua d'un cheveu l'aile du jet.

Ballotté par le vent glacial, Chase referma la porte et la verrouilla. Avec un frisson, il retourna à son siège en espérant que Mitchell savait ce qu'il faisait.

Dix minutes plus tard, le Cessna atterrissait.

Vaskovich ne prit aucun risque. Avant que Chase soit autorisé à débarquer, trois hommes armés montèrent à bord et fouillèrent l'appareil. Ils n'y trouvèrent que le pilote, Chase, et le coffret d'aluminium posé sur ses genoux. Après l'avoir soigneusement palpé pour vérifier qu'il ne portait aucune arme, ils le firent sortir de l'avion, sans cesser de le tenir en joue.

Il ne soufflait qu'une légère brise, mais le froid de l'air le saisit violemment. Grozevny était situé à la périphérie du cercle arctique, sur la côte de la mer de Barents, en marge d'une toundra marécageuse à un peu moins de trois cents kilomètres d'Arkhangelsk, la ville la plus proche. Durant la guerre froide, la base navale de Grozevny servait de repaire secret pour les sous-marins nucléaires lanceurs d'engins de l'Union soviétique. Mais ce conflit larvé et malsain avait pris fin depuis longtemps et ces installations secrètes se retrouvaient exposées au grand jour à toute personne disposant d'une connexion Internet et de Google Earth ; quant à la base navale elle-même, elle était tombée entre les mains d'un des nouveaux oligarques russes.

Chase descendit sur le tarmac et aperçut au nord la mer glaciale ; une falaise s'élevait sur la ligne incurvée de la côte, à l'est. À environ un kilomètre et demi, une longue jetée en forme de L s'avançait dans les flots. Il supposa que l'abri pour sous-marins se trouvait sous la falaise. Derrière celle-ci, le terrain grimpait en une petite éminence au sommet de laquelle se dressait un bâtiment brillamment éclairé. Mais il était encore trop loin pour que Chase puisse en saisir les détails ; il ne pouvait qu'en estimer la taille, qui semblait considérable.

D'autres hommes de Vaskovich encerclaient l'avion, leurs armes levées. Kruglov se tenait au pied de la passerelle, en compagnie de Maximov.

— C'est l'épée ? demanda-t-il en désignant le coffret.

Vaskovich paraissait désireux d'honorer au moins en partie leur accord, se rassura Chase en constatant que Kruglov ne l'avait pas abattu dès sa descente de l'avion. Chase ouvrit le long coffret, dévoilant Excalibur dans son écrin de mousse protectrice.

— Où est Nina ?

Kruglov tourna les yeux vers le grand bâtiment au loin, puis fit signe à Chase de monter dans un des deux SUV Mercedes Class GL noirs qui les attendaient.

Coincé sur la banquette arrière entre Maximov et un autre garde, Chase se laissa conduire le long d'une route côtière. Le paysage qui se révéla progressivement à lui confirma son intuition : la jetée était effectivement reliée à l'abri sous-marin ; une large arche en béton s'ouvrait dans la paroi de la falaise, éclairée de l'intérieur par des lumières vives. La jetée s'avançait depuis un quai à l'extrémité opposée de l'abri, et était équipée d'une grue de chargement rouillée.

Chase constata avec surprise que le bassin de l'abri était occupé.

Le petit convoi descendit une route qui conduisait au bas de la falaise et pénétrait dans l'abri lui-même, ce qui offrit à Chase un point de vue imprenable sur le gigantesque vaisseau qui mouillait dans le bassin. Il s'agissait d'un sous-marin lanceur d'engins de classe Typhoon, le plus gros type de submersible jamais construit, aussi massif qu'un porte-avions de la Seconde Guerre mondiale. Six exemplaires de Typhoon avaient été fabriqués par les Soviétiques, et il n'en restait aujourd'hui qu'un seul en activité, les autres ayant été mis au rebut ou gardés en réserve. Chase savait à présent où l'un d'eux avait échoué.

Mais, s'il ignorait la raison exacte de la présence du Typhoon, ce n'était en tout cas pas pour servir à la guerre. L'état du sous-marin l'empêchait de prendre la mer : une bonne partie du pont arrière avait été démontée pour révéler les deux coques internes pressurisées, et des dizaines de gros câbles électriques couraient depuis ce trou jusqu'à un pylône près de l'entrée d'un tunnel, sur le bord opposé du bassin. Le Typhoon ne pourrait jamais partir en urgence, du moins s'il voulait éviter de sombrer corps et biens.

Les SUV empruntèrent un pont à l'arrière du bassin, puis remontèrent de l'autre côté du sous-marin pour s'arrêter devant le tunnel.

— Alors, c'est quoi, tout ce bazar ? demanda Chase en descendant de la Mercedes. On va se lancer *à la poursuite d'Octobre Rouge* ? dit-il en imitant l'accent russe de Sean Connery dans ce célèbre film.

Kruglov ignora sa plaisanterie et le poussa dans le tunnel, vers la station terminale d'un funiculaire dont la voie ferrée s'élevait hors de la lugubre grotte de béton pour grimper en direction du sommet de la colline. La montée était raide, à un angle de quarante degrés tout du long. Une cabine carrée les attendait sur l'une des deux rames.

Tout le monde prit place dans la cabine, qui commença aussitôt à gravir la pente. Les hommes de Kruglov gardèrent leurs armes braquées sur Chase, qui observa le haut de la colline quand la cabine déboucha du tunnel. Une seconde cabine descendait en sens inverse sur l'autre voie ; les deux cabines étaient reliées par des câbles, afin que le poids de celle qui descendait compense celui de celle qui montait. Une route en lacet grimpait depuis le pied de la colline, traversée au gré de ses virages par la voie du funiculaire. Les pentes étaient couvertes de ce qu'il prit à première vue pour une forêt d'arbres dénudés…

— Seigneur, s'exclama-t-il quand il comprit ce qu'il avait sous les yeux. La réception télé doit être particulièrement mauvaise, dans le coin, pour avoir besoin d'autant d'antennes !

Cette « forêt » n'avait rien de naturel : il s'agissait d'un gigantesque parc d'antennes-relais qui occupait le versant entier de la colline et s'étendait même à son pied, dans la toundra. Chase prit conscience qu'il contemplait le récepteur du générateur à énergie tellurique de Vaskovich : une installation similaire à celle de la DARPA que Mitchell leur avait décrite, mais à bien plus grande échelle.

À mesure qu'ils approchaient, Chase bénéficia d'une meilleure vue sur l'impressionnant bâtiment qui couronnait la colline. Il possédait une forme circulaire et était coiffé d'un dôme qui le faisait ressembler à un observatoire. Des câbles électriques descendaient les flancs du dôme, telles de sinistres guirlandes noires, pour rejoindre le parc d'antennes.

Le funiculaire arriva à la station amont. Deux autres SUV attendaient le groupe sur le sommet glacial de la colline pour parcourir les quelques centaines de mètres qui le séparaient encore du complexe. Une fois à l'intérieur, Chase fut conduit à travers des couloirs déserts jusqu'à ce qui ressemblait au poste de sécurité d'un aéroport. Des panneaux d'avertissement en cyrillique étaient placardés aux murs ; il n'avait pas la moindre idée de ce qu'ils pouvaient bien raconter, mais les symboles qui accompagnaient le texte suggéraient des dangers de haute tension et de magnétisme. Une large bande rayée rouge et jaune était peinte au sol.

Deux gardes en combinaison orange occupaient le poste de sécurité. Kruglov s'avança et l'un des hommes passa un détecteur portatif sur lui tandis que son collègue examinait le relevé sur un écran. La machine émit plusieurs bips. Avec une expression d'agacement résigné, Kruglov vida ses poches pour placer tous ses objets métalliques, y compris son arme, dans une bassine en plastique. L'agent de sécurité repassa son détecteur sur lui. Satisfait du résultat, il rangea la bassine dans un casier et fit signe à Kruglov qu'il pouvait franchir la ligne peinte sur le sol.

La procédure se répéta avec chaque membre de leur petit groupe. Chase fut le suivant et dut ôter sa montre, ses clefs, son téléphone et, ce qui le contraria davantage, son blouson de cuir. Sa fermeture Éclair était en acier, et donc sensible aux champs magnétiques. Les vis en titane dans son bras gauche suscitèrent quelque hésitation, mais les gardes déterminèrent rapidement qu'elles possédaient une très faible susceptibilité magnétique, et ils l'autorisèrent à passer. Apparemment, la plaque du crâne de Maximov devait présenter des caractéristiques similaires ; sinon, il risquait de se retrouver collé au générateur dès sa mise en route.

L'autre objet qui affola le détecteur était Excalibur, mais Chase put évidemment la garder. Passé le poste de sécurité, Kruglov et ses hommes le conduisirent jusqu'au centre de contrôle des installations.

Où l'attendait Nina.

Le maquillage et la robe de soirée avaient disparu et elle lui sembla pâle et vulnérable dans une combinaison de travail trop grande pour elle.

— Eddie ! s'exclama-t-elle, à la fois soulagée et inquiète, en le voyant entrer.

Vaskovich se tenait derrière elle, avec l'air satisfait d'un homme qui contrôle la situation.

— Salut, chérie, lança Chase. (Il était tout aussi soulagé de la retrouver enfin, mais il se força à conserver une attitude détachée.) Ça va ?

Nina laissa échapper un éclat de rire sarcastique.

— Oh oui, la grande forme ! À part la tenue de prisonnière, ajouta-t-elle en tirant sur sa combinaison orange trop large.

— Ouais, je crois que la robe noire en latex l'emporte sans contestation possible. (Il se tourna vers Vaskovich.) J'ai apporté l'épée. À présent, libérez-la.

— Montrez-la-moi, lui intima Vaskovich.

Chase ouvrit le coffret.

Vaskovich admira Excalibur avec une expression oscillant entre l'émerveillement et la cupidité, puis il la souleva délicatement de sa mousse protectrice et examina le métal poli à la lumière.

— Je n'étais pas certain que vous l'apporteriez vraiment, et j'avais du mal à croire que Jack y renoncerait aussi facilement. (Un soupçon passa sur son visage.) Assurons-nous que ce soit bien le cas.

Il claqua des doigts et un des techniciens de la salle de contrôle s'empressa de le rejoindre, un appareil électronique dans les mains. Vaskovich déposa l'épée sur une table et le technicien y accrocha une paire d'électrodes avant d'allumer son appareil. Il scruta l'écran durant quelques secondes, puis se tourna vers son patron et hocha la tête.

— Il s'agit bien d'Excalibur ! s'exclama Vaskovich d'une voix presque surprise. (Il reprit l'épée.) Un authentique supraconducteur à haute température...

— Oui, je n'ai qu'une parole, dit Chase.

— Et moi aussi. Nina pourra repartir avec vous dès que j'aurai testé mon générateur avec l'épée.

— Je ne crois pas me rappeler cette partie de notre accord, releva Chase d'un ton glacial.

— Je pensais que cela allait de soi. (Avec un petit sourire, Vaskovich confia Excalibur à un technicien, qui disparut par une trappe dans le sol pour descendre une échelle.) Venez voir, dit-il fièrement en s'avançant devant la grande baie vitrée, les bras ouverts pour embrasser l'immense salle qui s'étendait au-delà. Voici le résultat de mon travail. Vous contemplez... le futur.

La salle de contrôle faisait saillie au bord d'une gigantesque fosse circulaire aux parois de béton ; elle mesurait trente mètres de diamètre à son sommet et s'étrécissait en descendant sur plus de soixante mètres de profondeur. Le dôme la couronnait, et les câbles que Chase avait aperçus au-dehors pénétraient dans l'installation par plusieurs volets pour rejoindre la titanesque machinerie qui occupait le fond de la fosse. Une structure hexagonale s'étageait sur toute la hauteur du puits et supportait une série d'énormes électro-aimants de forme circulaire, suspendus à des isolateurs électriques. Trois passerelles couraient le long des parois : la première, juste au-dessous du niveau de la salle de contrôle ; la deuxième, à mi-hauteur ; et la dernière, au fond, au-dessus de la machine. Une petite plate-forme élévatrice descendait le long de la structure, emportant le technicien qui tenait Excalibur vers les entrailles dc la fosse. L'ensemble ressemblait clairement à un générateur, mais d'une taille proprement cyclopéenne.

Chase n'était pas le moins du monde impressionné.

— Le futur, c'est ça. Le futur de la guerre, oui.

Vaskovich secoua la tête.

— Savez-vous quel est le but de la guerre, Chase ? Son but véritable, je veux dire ? Rien à voir avec l'idéologie, ou la morale. Il ne s'agit que de s'approprier des ressources. Pour l'instant, tout tourne autour du pétrole. Mais, à l'avenir, nous connaîtrons des guerres pour d'autres ressources : le gaz, l'uranium, et même l'eau. Contrôlez l'approvisionnement de ces ressources, et vous contrôlez des nations entières.

— Mais c'est déjà votre cas, releva Nina en s'avançant auprès de Chase pour lui prendre la main. Vous contrôlez une bonne part des réserves russes de gaz et de pétrole. Vous possédez déjà ce genre de pouvoir.

— Le pétrole et le gaz ne dureront pas éternellement, objecta Vaskovich. Je sais ce que disent les gouvernements, y compris ici, en Russie : que le pic de production du pétrole est encore loin d'être atteint, et autres mensonges rassurants. Mais je connais la vérité : nous avons déjà franchi ce seuil. Les prix ne feront plus que grimper, à l'avenir. Vous pensez qu'un baril à un peu plus de 100 dollars est déjà cher ? Il grimpera bientôt à 200 dollars. Puis 300.

— Et vous en tirerez d'immenses profits, rétorqua Nina d'un ton cinglant.

Elle fut surprise par la colère que Vaskovich laissa éclater.

— Non ! Quel intérêt aura cet argent si, pendant ce temps, la Russie meurt de faim et de froid ? C'est mon pays, ma terre natale ! Je refuse de laisser une telle chose se produire ! (Il se détourna d'elle pour s'absorber dans la contemplation du générateur, et reprit un peu son calme. En bas, le technicien plaçait précautionneusement Excalibur dans un renfoncement de la machine.) Ce générateur changera tout ça. Il changera le monde, et la Russie prendra la place qui lui revient de droit, à la tête du concert des nations.

— En menaçant de détruire les autres avec cet engin ? suggéra Chase.

Vaskovich se retourna vers lui, de nouveau emporté par sa colère.

— Il ne s'agit pas d'une arme ! Qu'importe ce que Jack a pu vous raconter, il vous a menti ! Il s'agit d'un générateur, d'une centrale qui transforme l'énergie tellurique naturelle en électricité. C'est un procédé sûr, sans danger pour l'environnement, et d'une capacité illimitée. En construisant d'autres générateurs aux endroits où convergent les lignes d'énergie tellurique, je serai en mesure d'alimenter en électricité toute la Russie, gratuitement. C'est faire utilement usage de mes milliards, et offrir à mon pays le plus fabuleux des présents…

— Ce qui ne nuira pas non plus à vos ambitions politiques, comprit soudain Nina.

Vaskovich lui adressa un sourire triomphant.

— Qui refuserait de voter pour l'homme qui a rendu sa grandeur à la Russie ? Et c'est une guerre que la Russie a d'ores et déjà gagnée. Tous ceux qui voudront profiter de cette technologie devront venir à moi, puisque je suis le seul à la maîtriser. (Il regarda par la baie vitrée : Excalibur était en place et le technicien remontait le puits sur la plate-forme.) À présent, je suis enfin en mesure de transformer ce rêve en réalité.

Il donna un ordre en russe. Les techniciens se mirent à leurs pupitres de commande et activèrent le système. L'attention de Vaskovich était tout entière tournée vers le générateur, et Chase en profita pour observer à la dérobée son environnement, en quête d'un moyen de s'échapper. Kruglov et Maximov ne le quittaient pas des yeux, en revanche. Un petit sourire narquois relevait un coin de la bouche de Kruglov ; l'homme savait exactement ce que Chase avait en tête. Il ouvrit sa veste pour lui montrer un couteau à la lame noire en fibre de carbone. Chase articula silencieusement : « Va te faire foutre », en le fusillant du regard, avant de ramener son attention sur Vaskovich.

Un puissant bourdonnement électrique prit progressivement de l'ampleur. L'odeur âpre de l'ozone envahit la salle de contrôle alors que l'air ambiant devenait étrangement picotant, littéralement chargé d'électricité. Nina tressaillit quand une sorte d'éclair jaillit soudain du fond du puits, un crépitement qui fulgura entre deux câbles descendant du dôme. D'autres arcs électriques se mirent à clignoter sur le générateur qui continuait à monter en puissance.

Vaskovich désigna un indicateur numérique. L'écran affichait 0,34, mais ce chiffre commença bientôt à augmenter.

— Ce compteur indique le niveau d'énergie du système, expliqua-t-il. Pour l'instant, toute l'énergie est fournie par les réacteurs nucléaires du sous-marin.

— C'est à ça qu'il sert ? s'exclama Chase d'un air incrédule. Vous avez là-dessous le plus gros sous-marin nucléaire du monde, et vous l'utilisez comme une vulgaire batterie ?

— Il produit près de quatre cents mégawatts. Mais, même si nous passions toute l'électricité de la Russie dans le générateur, cela ne suffirait pas encore. À moins d'avoir le bon supraconducteur. (Il baissa les yeux sur l'écran, qui affichait 0,47.) Le plus haut que nous ayons réussi à atteindre est 0,72. S'il monte au-delà, c'est que le supraconducteur fonctionne, qu'il canalise l'énergie tellurique dans le générateur. Mais il consommera toujours plus d'énergie qu'il n'en produit tant que le compteur n'atteindra pas le chiffre un. C'est le point de bascule où le processus devient autonome.

— Et ensuite ? demanda Chase.

— Et ensuite… vous pourrez prendre congé.

Nina le dévisagea avec suspicion.

— Vous avez réellement l'intention de nous laisser partir ?

— Votre fiancé m'a donné sa parole qu'il m'apporterait Excalibur. Et je lui ai donné la mienne que je vous libérerais en retour. J'ai ce que je veux ; toute violence serait inutile.

— Vous auriez peut-être pu avoir ce genre de scrupules avant d'envoyer dans la nature votre gang de psychopathes, maugréa Chase en décochant à Kruglov un regard haineux.

— Si Jack n'avait pas travaillé contre moi, je n'aurais pas eu besoin de le faire. Il est autant à blâmer que moi pour ce qui est arrivé. Pour ce que ça vaut, sachez que je regrette qu'il y ait eu des morts.

— Ah bon ? Et vous croyez que vos regrets vont arranger quoi que ce soit ? répliqua Nina d'une voix amère. Vous n'êtes qu'un fumier hypocrite. Envoyer vos sbires faire le sale boulot ne signifie pas pour autant que vous ayez les mains propres !

Mais Vaskovich ne l'écoutait plus. Son attention était focalisée sur le compteur : 0,68… 0,69… D'autres flashes électriques illuminèrent l'immense fosse, et le bourdonnement de la machine monta dans les aigus. 0,71…

0,72…

— Ça marche ! jubila Vaskovich.

Le compteur passa à 0,73 et continua à grimper. Vaskovich se précipita vers un des pupitres de contrôle en parlant d'un ton surexcité au technicien russe. Malgré elle, Nina se sentit prise par l'événement et regarda elle aussi l'indicateur en espérant voir le chiffre augmenter encore. 0,90… 0,91. Vaskovich revint à pas rapides et se pencha fébrilement sur la console. Les chiffres de l'écran numérique se reflétèrent dans ses lunettes : 0,96… 0,97…

La progression cessa. Le compteur resta bloqué à 0,97. Le visage de Vaskovich se décomposa. Il sembla d'abord perplexe, puis furieux. Il aboya un ordre aux techniciens en levant les mains dans un geste qui voulait clairement dire : « Encore ! » Un des hommes secoua la tête.

— Que se passe-t-il ? demanda Nina.

— Je nc sais pas.

Vaskovich alla d'un pupitre à l'autre, en repoussant les techniciens pour manipuler lui-même les instruments de contrôle, avec le même manque de résultat.

— Ça devrait marcher. Le supraconducteur canalise l'énergie dans le générateur ; pourquoi cela ne fonctionne-t-il pas ?

— Moi, je sais pourquoi ! cria une voix venant d'au-dessus d'eux.

Tout le monde leva la tête vers Mitchell, qui se tenait sur l'armature du générateur après être descendu en rappel par un des volets du dôme. Il pointa son fusil sur Vaskovich et tira.

28

La vitre explosa. Plusieurs trous sanglants apparurent sur la cuisse droite de Vaskovich, transpercée par la rafale. L'oligarque s'effondra en hurlant.

Chase avait déjà réagi et poussait Nina vers l'échelle.

— File ! cria-t-il, même s'il ignorait si la fosse du générateur disposait d'une autre issue.

Mais, pour s'enfuir par la porte de la salle de contrôle, Nina aurait dû passer devant Kruglov et Maximov, et il voulait laisser à Mitchell une ligne de tir dégagée.

Une autre rafale abattit deux techniciens devant leurs pupitres et Mitchell continua à descendre, accroché à sa corde. Chase se précipita pour l'aider à franchir la vitre fracassée et à poser le pied dans la salle de contrôle.

Nina dévala les barreaux de l'échelle à toute vitesse. Kruglov la vit partir et se jeta à sa poursuite en dégainant son couteau à la lame noire. Dès qu'elle le put, Nina sauta sur la passerelle en dessous et regarda autour d'elle. À environ un tiers de la circonférence, la passerelle comportait un petit embranchement qui menait à un passage ouvert dans la paroi de béton du puits. Elle se précipita dans cette direction tandis que Kruglov sautait à son tour derrière elle.

Chase tira Mitchell à l'intérieur de la salle de contrôle. L'agent de la DARPA fit feu de nouveau, et la rafale du

XM-201 tua un autre technicien et trois des gardes. Maximov se jeta à couvert derrière un pupitre alors que les balles sifflaient autour de lui.

— Je vous ai manqué ? demanda Mitchell. (Il montra son épaule : le second fusil était attaché au harnais dans son dos.) Je vous ai apporté un petit quelque chose. Merde, attention !

— Putain !

Chase plongea d'un côté et Mitchell de l'autre, alors que Maximov jetait sur eux la console derrière laquelle il s'était abrité. Elle passa entre eux et traversa la baie vitrée pour aller s'écraser au fond du puits. Maximov les chargea. Mitchell parvint à tirer avant qu'il arrive sur eux, et la balle lui transperça le biceps en arrachant un morceau de chair.

Cela ne le ralentit même pas. Avec un grand sourire, il saisit Mitchell de ses mains énormes et le renversa à terre.

Chase se releva d'un bond. Mitchell était cloué au sol par Maximov, et les deux fusils coincés sous la masse du colosse russe.

Et il restait encore un garde.

Les techniciens rescapés fuyaient vers la sortie, mais le garde fonça droit sur Chase, avec l'intention de le percuter de l'épaule pour le projeter dans le vide à travers la vitre brisée. Chase ne bougea pas. Il attendit que le Russe soit presque sur lui, puis feinta d'un pas de côté sur la gauche. Instinctivement, le garde se décala pour l'intercepter…

Chase repartit sur la droite en lui assenant un coup de poing dévastateur en pleine mâchoire. L'homme tituba en tendant les bras pour éviter de tomber, et il s'empala les mains sur des débris de verre. Il bascula à travers la fenêtre dans un hurlement et passa tout près de Kruglov dans sa chute vers les profondeurs du puits.

Nina entendit son cri terrifié et se retourna, craignant de voir Chase tomber dans le vide. Il ne lui fallut qu'un regard pour comprendre que ce n'était pas lui, et pour constater aussi que Kruglov gagnait du terrain. Elle se rua vers la passerelle secondaire qui conduisait au passage ouvert dans la paroi du puits.

Chase se précipita pour aider Mitchell. Maximov était en train de l'étrangler, tout en lui tapant le crâne sur le sol. N'ayant aucune arme à sa disposition, Chase s'empara d'une chaise et l'abattit sur le large dos du Russe. La chaise vola en éclats, et Maximov laissa simplement échapper un grognement réjoui.

— D'accord, dit Chase. Alors, que penses-tu de *ça* ?

Il décocha au géant un violent coup de pied au niveau d'un rein.

Sur n'importe qui d'autre, un coup pareil aurait marqué la fin du combat ; mais, au lieu de cela, Maximov se cambra de plaisir.

— *Daaaaa !* hoqueta-t-il tandis que son sourire dément s'élargissait encore.

Le visage de Mitchell devenait bleu, et Chase était à court d'idées…

Réfléchis !

Si la douleur était pour Maximov une sensation agréable, alors…

— Je n'arrive pas à croire que je vais faire un truc pareil, marmonna Chase en se déplaçant derrière Maximov pour mettre les mains sur ses côtes et… le chatouiller.

Sa réaction donna l'impression qu'il venait de recevoir une décharge électrique. Il relâcha la gorge de Mitchell et bondit sur ses pieds, le visage déformé par la rage.

— Ça fait mal, petit homme !

Chase recula. Allongé par terre, Mitchell bougeait à peine, luttant pour respirer normalement. Le XM-201 était couché en travers de son ventre. *Allez, descends-moi ce salopard !*

— Pas étonnant que tu sois toujours de mauvais poil, lança Chase pour détourner l'attention de Maximov.

À chaque fois que tu veux te branler, ça doit te faire l'effet d'un coup de pied dans les couilles.

À travers la baie vitrée, il vit Nina courir sur la passerelle, suivie de près par Kruglov. Avec un grognement, Mitchell roula sur le flanc… et le fusil glissa par terre sans que son propriétaire, entièrement concentré sur sa respiration sifflante, esquisse le moindre geste pour s'en saisir. *Et merde!*

Chase regarda le fusil, puis Nina, puis Kruglov, et ramena les yeux sur Maximov. Le temps lui manquait.

— Ah, va te faire foutre! cracha-t-il en se jetant sur le Russe. (Il esquiva ses grosses mains, le frappa du poing au creux de l'estomac, et continua à enchaîner les coups.) Voilà de quoi te filer le sourire, espèce de taré!

— *Da*, petit homme! rugit Maximov, obligé de reculer sous la fureur de l'assaut de Chase. (Il leva un bras en serrant le poing.) *Vas-y!* (Il abattit son poing sur le dos de Chase.) *Frappe!* (Le deuxième coup fit tomber Chase à genoux.) *Encore!*

Le troisième coup l'envoya au tapis.

Le souffle coupé, Chase releva la tête, des étoiles devant les yeux. Derrière Maximov, il vit Mitchell, qui récupérait doucement, se mettre à quatre pattes. Le fusil gisait au sol sous lui, et il semblait encore incapable d'intervenir.

Mais Maximov n'en savait rien…

Chase sourit au colosse. Surpris, Maximov marqua un temps d'arrêt.

— Si tu aimes avoir mal, ça, tu vas adorer! Maintenant, Jack!

Maximov écarquilla les yeux. Il pivota aussitôt, en s'attendant à voir Mitchell pointer son fusil sur lui.

Au lieu de cela, il découvrit l'Américain à quatre pattes, juste à ses pieds.

Chase se releva d'un bond pour percuter de l'épaule le dos de Maximov. Le géant trébucha sur Mitchell et bascula par la fenêtre. Il tomba devant la première passerelle et s'écrasa sur la deuxième avec une telle force qu'elle céda et s'effondra sur l'enchevêtrement de câbles qui passait en dessous. La chute de Maximov s'arrêta et, à peine conscient, il resta suspendu dans le vide par une jambe prise dans l'entremêlement des câbles.

Mitchell réussit enfin à se relever et ramassa son fusil.

— Que s'est-il passé ?

Chase n'avait ni le temps ni l'envie de se lancer dans des explications.

— Donnez-moi un fusil, vite ! lui intima-t-il.

Nina venait juste de disparaître dans le passage latéral, Kruglov sur ses talons. Mitchell sortit le second XM-201 de son sac. Chase le lui prit des mains et courut péniblement jusqu'à l'échelle, le corps endolori.

— Eddie ! l'appela Mitchell d'un ton pressant. (Chase tourna la tête vers Mitchell, qui lui montrait du doigt l'un des grands anneaux à l'intérieur du générateur qui continuait à fonctionner.) Ne tirez surtout pas sur les électro-aimants…

— Qu'est-ce que ça ferait ?

— Rien de bon !

— Content de le savoir, répondit Chase avec un sourire maussade avant de s'engager sur l'échelle.

Nina dévala en courant le couloir de béton et se retrouva dans une salle… sans aucune issue. Il s'agissait d'une zone de stockage, et une ligne rouge et jaune peinte sur le sol indiquait là aussi la limite du champ magnétique du générateur. Au-delà de cette ligne étaient rangés du matériel de lutte contre les incendies ainsi que divers équipements. Certains objets semblaient en acier ; à croire qu'ils n'existaient pas en matériaux non conducteurs.

Elle se précipita dans la pièce et s'empara d'une hache de pompier. Derrière elle, le bruit des pas de Kruglov passa du claquement métallique de la passerelle au battement sourd du béton. Il était déjà là…

Nina tourna sur elle-même et lança la lourde hache vers la porte. Elle vola dans les airs et commença à retomber vers le sol avant d'atteindre Kruglov… pour redresser soudain sa trajectoire dès qu'elle franchit la ligne peinte et pour, défiant les lois de la gravité, filer à travers le couloir en reprenant de la vitesse. Kruglov plongea de côté avec une exclamation de surprise ; la hache le manqua d'un cheveu et poursuivit sa course vers la salle du générateur, attirée par le puissant champ magnétique. Elle vint frapper un électro-aimant dans un tintement sonore.

Passé la stupéfaction, Nina regarda autour d'elle à la recherche d'une autre arme, mais Kruglov s'était déjà relevé et se ruait sur elle en brandissant son couteau noir, une insulte aux lèvres.

— *Suka !*

Nina doutait qu'il s'agisse d'un compliment. Elle battit en retraite, mais elle n'avait nulle part où fuir. Acculée, elle leva les mains devant elle pour se protéger. Kruglov s'approcha en ricanant. Nina frappa du poing, parvint à le toucher au menton, et il recula sous le coup de la surprise.

— Ouais, *suka* toi-même !

Kruglov souffla avec colère, et se jeta sur elle. Nina tenta d'écarter la main qui tenait le couteau, ainsi que Chase le lui avait appris, mais son adversaire ne se laisserait pas surprendre deux fois. Alors que Nina lui saisissait le poignet, il pivota sur lui-même et lui assena son autre coude en plein visage. Elle lâcha un cri de douleur et la violence du coup l'étourdit. Kruglov libéra son bras de l'étreinte faiblissante de Nina et lui frappa la nuque du pommeau de son couteau.

Nina vacilla. Kruglov lui passa un bras autour du cou en une prise d'étranglement et pressa son couteau contre ses côtes. L'ayant maîtrisée, il la traîna dans le couloir.

Chase s'arrêta de courir et leva son fusil en voyant Kruglov émerger du passage en tenant Nina devant lui pour se protéger.

L'œil collé au viseur, il essaya d'avoir en ligne de mire le haut du front du Russe, mais Kruglov ne cessait de bouger derrière son otage pour ne pas lui offrir de cible, et Chase ne voyait pas où était son couteau. Même s'il parvenait à le descendre, Nina risquait une blessure fatale.

Kruglov atteignit la passerelle principale et recula lentement sur celle-ci, tandis que Chase avançait vers lui.

— Laisse-la partir, salopard !

— Cette situation me rappelle quelque chose, pas toi ? répondit Kruglov avec un sourire glacial. Tu sais que je n'hésiterais pas à la tuer. Lâche ton arme.

Chase s'immobilisa près de la jonction avec la passerelle secondaire qui conduisait au passage souterrain. Il resta là un instant, le fusil toujours pointé sur Kruglov… puis le jeta aux pieds de Nina. Elle le dévisagea avec de grands yeux, surprise de le voir renoncer aussi facilement.

Kruglov observa l'arme futuriste.

— Un gadget de Mitchell, je suppose. Quel plaisir j'aurais à le tuer avec son propre fusil ! (Il rangea d'un geste assuré son couteau dans son fourreau et força Nina à s'accroupir avec lui pour ramasser le fusil.) Mais je vais d'abord m'occuper de toi.

Il tâtonna pour attraper le fusil, baissa les yeux… et Chase profita de sa seconde de distraction pour adresser un clin d'œil à Nina. Elle le regarda sans comprendre, mais se prépara à ce qu'il se passe quelque chose d'inattendu.

Kruglov se redressa, le fusil à la main. Il le braqua sur Chase en souriant, et pressa la détente.

Rien ne se produisit.

Il appuya encore. La détente cliqueta, mais le fusil resta inerte. Son air supérieur laissa place à la colère lorsqu'il comprit qu'il avait été dupé.

Nina mit à profit cet instant de flottement pour lui assener un grand coup de coude dans l'estomac. Kruglov tituba en arrière et la lâcha.

Chase se rua sur lui avec l'intention de le plaquer au sol. Kruglov repoussa Nina de côté avec le fusil et elle alla heurter la rambarde de la passerelle. De sa main libre, il tâtonna l'affût de l'arme en quête d'un cran de sécurité ou d'un autre mécanisme…

…et rencontra le bouton de commande du lance-grenades.

Chase se trouvait encore à un mètre de lui. Il ignorait si le lance-grenades était lui aussi équipé d'un verrouillage biométrique ; en tout cas, Mitchell n'avait pas programmé son empreinte digitale dans un tel système, si jamais il existait.

L'expression d'incertitude qui s'afficha sur son visage était tout ce dont Kruglov avait besoin pour savoir qu'il lui restait une chance…

Le Russe pointa le XM-201 et tira au moment où Chase se jetait sur la section de passerelle qui menait à la salle de stockage. La grenade passa en sifflant à côté de lui et frappa la passerelle principale cinq mètres plus loin. Elle explosa en emportant une portion entière de la structure, qui tomba au fond de la fosse dans un fracas d'acier.

L'onde de choc repoussa Chase, manquant de peu de le projeter par-dessus la rambarde. La grenade était certes petite, mais tout de même assez puissante pour abattre un mur. Chase redressa la tête. Nina était en train de se relever ; Kruglov affichait une expression de jubilation maniaque devant la puissance de l'arme qu'il tenait entre les mains.

— Nina ! Va retrouver Jack ! cria Chase en courant sur la passerelle vers l'entrée de la salle de stockage alors que l'ex-agent du KGB tirait de nouveau.

Le béton explosa juste derrière lui et la déflagration le jeta à terre. Il tomba lourdement et franchit la ligne peinte en glissant sur le sol pour s'arrêter en butant contre les étagères chargées d'équipements. Étouffé par la fumée de l'explosion, les oreilles sifflantes, il regarda autour de lui et comprit que cette salle formait un cul-de-sac.

Une silhouette apparut à l'entrée, voilée par le nuage de poussière. Kruglov. Et il savait que Chase n'avait aucune échappatoire.

Chase se releva pour l'affronter tout de même.

— Se battre jusqu'à la fin, se murmura-t-il à lui-même.

Il passa la main sur les étagères, à la recherche de quelque chose pouvant lui servir d'arme, et s'aperçut que certains équipements étaient en…

— J'adore ce fusil, lui lança Kruglov. Il a même un petit écran m'indiquant combien il me reste de balles. Et de grenades. Je vois qu'il m'en reste… une seule. Ça devrait suffire.

Chase se tourna face à lui alors qu'il émergeait du nuage de poussière de béton, et se concentra sur l'expression de son visage afin de deviner le moment où il tirerait.

— Eh bien, tu ferais mieux de t'en servir maintenant, de ton fusil. Sinon, je vais te l'enfoncer dans le cul et presser la détente !

Kruglov se contenta de lui adresser une dernière fois son sourire onctueux de batracien.

— Si tu insistes.

Il plissa les yeux en anticipation du tir et son doigt se crispa sur le bouton…

Chase plongea de côté.

La grenade le manqua de peu, passa entre les étagères et explosa contre le mur. Soufflé par l'explosion, l'équipement vola dans la pièce…

…et franchit la ligne peinte au sol.

Les morceaux tournoyants de métal accélérèrent brutalement, attirés inexorablement par les puissants électro-aimants du générateur, et foncèrent sur Kruglov qui se trouvait sur leur chemin.

Il hurla quand l'essaim d'outils et de débris métalliques le frappa de plein fouet. Perforé par les tournevis, percuté par de plus gros objets dans des impacts à briser les os, il fut repoussé le long du passage. Dans un ultime hurlement, il vint s'écraser contre le générateur, et l'extincteur qui l'avait heurté au creux de l'abdomen poursuivit sa route à travers son corps pour ressortir par son dos. Kruglov cracha du sang et s'affala sur le cylindre qui le transperçait de part en part, avant que la gravité ne le rappelle à sa loi. Il tomba dans le puits, se cogna à la passerelle suivante, et termina sa chute tourbillonnante en se fracassant au fond de la fosse dans un craquement sinistre.

Chase ne l'entendit pas. D'ailleurs, il n'entendait plus rien, à part un rugissement dans ses oreilles ; l'explosion de la grenade lui avait presque rompu les tympans. Il rouvrit les yeux, affalé cul par-dessus tête dans un recoin de la salle. Une clef à molette était empalée dans le mur à quelques centimètres de lui. Des morceaux de béton et des débris jonchaient l'ensemble de la pièce.

Il se laissa tomber de côté et leva péniblement la main pour claquer des doigts à côté de son oreille. Au troisième essai, il crut distinguer un claquement faible, malgré le grondement qui lui emplissait les oreilles. Au moins n'était-il pas définitivement sourd.

Kruglov était mort, mais Nina avait-elle pu s'en sortir ? Il se releva et traversa la salle en titubant. Le XM-201 gisait au sol dans le couloir. Il le ramassa et continua pour déboucher sur la passerelle.

La première grenade de Kruglov avait détruit une bonne partie de l'ouvrage, laissant un vide trop large pour envisager de sauter par-dessus ; il lui faudrait effectuer le grand tour par l'autre côté pour revenir jusqu'à la salle de contrôle. Il aperçut Nina qui le regardait, penchée à la baie vitrée. Elle lui criait quelque chose, mais Chase n'entendait pas un mot de ce qu'elle essayait de lui dire. Il hurla : « Je vais bien ! », en espérant parler de manière intelligible, puis il commença à faire le tour de la passerelle pour revenir jusqu'à l'échelle.

— Regardez, il a l'air indemne ! s'exclama Nina à l'intention de Mitchell, qui s'était accroupi à côté de Vaskovich.

— Super, commenta Mitchell avec un manque d'enthousiasme assez déroutant. Alors, Leonid, vous voulez savoir pourquoi votre générateur n'a pas fonctionné ?

Les mains crispées sur sa jambe blessée, Vaskovich lui jeta un regard assassin, embué par la douleur.

— Allez au diable !

— Désolé, mais je suis dans le camp des anges, moi. Quoi, vraiment, vous n'êtes pas curieux de savoir ? (Il tourna la tête vers le générateur, qui était toujours parcouru d'arcs électriques.) Vous étiez si près du but. Vos ingénieurs sont parvenus à le faire marcher malgré toutes les fausses informations que je vous fournissais à propos du système de la DARPA. Et vous avez enfin eu votre supraconducteur avec Excalibur. Mais il vous manquait encore une chose, ce que j'ignorais d'ailleurs moi-même avant que nous retrouvions l'épée en Angleterre. Vous voulez savoir ce que c'est ?

— Dites-le-moi, hoqueta Vaskovich.

Mitchell pointa le doigt sur Nina, qui écarquilla les yeux de surprise.

— C'est elle qui vous manquait. Elle est la clef pour faire fonctionner le générateur. Il y a quelque chose en elle, dans le champ bioélectrique émis par son corps ; j'ignore encore de quoi il s'agit exactement, mais nous finirons bien par trouver. Sans elle pour décupler les propriétés d'Excalibur, tout ce que vous aviez, c'était une belle antiquité. (Il se leva.) Enfin, voilà. Vous savez.

Et, avant que Nina comprenne ce qui se passait, il exécuta Vaskovich d'une balle en plein cœur.

— Au nom du Ciel ! s'exclama Nina. Qu'avez-vous fait ?

— Seulement mon boulot, répondit-il d'une voix neutre. L'objectif de cette mission consistait à mettre fin aux opérations de Vaskovich, et à récupérer Excalibur.

— Vous le saviez depuis le début, articula-t-elle alors que la colère l'emportait sur le choc. Vous saviez qu'il n'avait pas construit ce générateur dans l'intention de l'utiliser de manière offensive.

— Bien sûr.

Il baissa son fusil, fourra une main dans sa poche et s'avança vers elle en enjambant le corps de Vaskovich.

— Mais, dans ce cas, pourquoi le tuer ? Et pourquoi tuer tous ces gens ?

— Parce que nous ne pouvons pas laisser quelqu'un d'autre obtenir cette technologie, que ce soit à des fins civiles ou militaires.

— Vous avez votre propre système, c'est ça ? lâcha-t-elle. La DARPA a construit un générateur semblable à celui-ci…

— Exact, acquiesça Mitchell. (Il regarda par la baie vitrée : Chase avait parcouru les deux tiers de la passerelle circulaire.) Le seul problème, c'est qu'il ne fonctionne pas non plus. Mais ça va bientôt changer. Eddie ! Eddie, vous m'entendez ?

Le sifflement dans les oreilles de Chase avait suffisamment diminué pour qu'il entende qu'on l'appelait par son nom, même si le reste de la phrase de Mitchell demeurait inaudible. Il s'immobilisa et se tourna vers la salle de contrôle en portant une main à son oreille pour indiquer qu'il avait des problèmes d'audition.

— On dirait qu'il est un peu sourd, constata Mitchell. Voyons s'il peut entendre *ça*.

Il épaula son fusil et ouvrit le feu.

Sourd ou pas sourd, Chase restait capable de comprendre quand quelqu'un s'apprêtait à lui tirer dessus. Il se jeta en arrière alors qu'une rafale de balles explosives frappait la passerelle en projetant des débris de métal un peu partout.

Nina se rua sur Mitchell pour l'empêcher de tirer. Il réagit aussitôt et plaqua sa main gauche sur le bras de Nina, qui sentit une douleur fulgurante, immédiatement suivie d'un engourdissement. Mitchell ôta sa main, révélant dans sa paume un petit disque plastique à la base de son annulaire, maintenu en place par un anneau. Une fine pointe, rouge du sang de Nina, saillait au centre du disque.

Elle trébucha en arrière, le corps ankylosé.

— Qu'est-ce que… qu'est-ce que vous m'avez fait ?

— J'ai besoin de vous, dit-il. (Nina eut l'impression que sa voix lui parvenait depuis l'extrémité d'un long tuyau.) Mais je savais que vous n'accepteriez pas de m'aider de votre plein gré.

— Espèce de fils de…, bredouilla-t-elle avant que ses genoux cèdent.

Elle ne se sentit même pas tomber au sol, sa conscience engloutie dans les ténèbres.

29

À couvert derrière l'un des supports du générateur, Chase risqua un coup d'œil prudent vers la salle de contrôle et vit Nina s'effondrer au sol et disparaître de son champ de vision.

— Salopard ! jura-t-il entre ses dents serrées.

Il pointa son arme sur Mitchell et pressa la détente.

Rien. Il sélectionna un autre type de munitions et ressaya. Toujours rien.

Mitchell lui cria quelque chose et Chase se concentra pour distinguer ses mots au milieu du bourdonnement qui lui vrillait encore les tympans.

— Le système d'identification des cibles, Eddie, vous vous rappelez ? dit-il en levant son XM-201. Vous ne pouvez pas tirer sur quelqu'un qui porte un de ces fusils. Enfin, *vous* ne pouvez pas ; moi, j'ai déconnecté le système sur le mien…

Sans écouter la suite, Chase visa au-dessus de Mitchell et envoya une rafale de balles explosives sur le plafond de la salle de contrôle. Le compteur numérique des munitions passa de vingt à zéro en un peu plus d'une seconde, alors que le fusil tressautait entre ses mains à la manière d'une tronçonneuse. Mitchell plongea de côté sous une pluie de débris. Chase régla le sélecteur sur « balles perforantes », en espérant que les capteurs du fusil seraient bloqués par le mur sous la baie vitrée et le laisseraient tirer sur Mitchell à travers la paroi, mais la détente cliqueta dans le vide sous son doigt.

L'écran du fusil devint soudain rouge. Une odeur âcre de brûlé agressa les narines de Chase et il lâcha l'arme, de laquelle s'éleva une fumée noire asphyxiante. Le fût en polymère se mit à siffler et à cloquer ; Mitchell avait activé à distance le mécanisme d'autodestruction du XM-201, réduisant ses composants électroniques à l'état de scories fondues.

Chase se remit à couvert, s'attendant à ce que Mitchell recommence à le mitrailler, maintenant qu'il ne pouvait plus riposter. Mais rien ne se passa. Il aperçut un flash électrique au-dessus de lui et comprit pourquoi les tirs ne venaient pas : une ligne d'électro-aimants courait de l'autre côté de la colonne derrière laquelle il s'abritait ; apparemment, Mitchell ne plaisantait pas quand il lui avait enjoint de ne surtout pas endommager les électro-aimants.

Ce qui pouvait lui offrir une chance de rejoindre la salle de contrôle. Il devait juste veiller à rester près de…

Une détonation sourde l'avertit du danger, lui donnant à peine le temps de se protéger le visage avant qu'une grenade ne détruise une autre portion de la passerelle devant lui. L'explosion le renversa en arrière, et il rampa pour revenir se mettre à couvert derrière les électro-aimants. Il constata qu'il était complètement isolé de la salle de contrôle, prisonnier sur la passerelle coupée des deux côtés.

Mitchell examina la situation d'un air satisfait. Il recula dans la salle de contrôle et ramassa Nina, qu'il jeta sur son épaule.

Chase s'attendait à ce qu'il disparaisse ; mais, au lieu de cela, il le vit descendre l'échelle jusqu'au même niveau que lui, puis embarquer sur la plate-forme du petit ascenseur, qui l'emporta vers le fond du puits.

Chase les observa, impuissant, sans aucun moyen de les arrêter. Puis il scruta une nouvelle fois le générateur.

Les supports verticaux étaient séparés des anneaux magnétiques par de puissants isolateurs, mais il n'avait aucune idée de l'intensité du courant qui circulait dans les anneaux eux-mêmes, et ils représentaient sa seule chance de pouvoir rejoindre la passerelle sous la salle de contrôle. Un seul faux pas, et il risquait de griller sur place.

L'ascenseur passa devant Maximov, toujours pendu par un pied et partiellement conscient, puis atteignit le fond de la fosse. Le corps de Kruglov était tombé près de la paroi, sans toucher la structure accueillant Excalibur, qui se trouvait au centre de l'installation. Mitchell porta Nina jusqu'à l'épée et déposa son fusil. Il s'accroupit devant Excalibur et prit la main de la jeune femme pour l'avancer vers la poignée de l'épée.

— Non ! hurla Chase, craignant qu'elle ne soit électrocutée.

Mais il était trop tard.

Mitchell avait posé la main inerte de Nina sur l'épée.

Excalibur se mit aussitôt à briller d'un éclat bleuté aveuglant. Au-dessus de Chase, la taille et la fréquence des arcs électriques augmentèrent significativement.

Les yeux mi-clos face à la lumière éblouissante, Mitchell continua à presser la main de Nina sur la poignée.

— Qu'en pensez-vous, Eddie ? cria-t-il, à peine audible au-dessus du bourdonnement croissant du générateur. Plutôt cool, non ?

— Qu'est-ce que vous foutez, putain ?

— Je fais fonctionner le réacteur de Vaskovich. Dommage qu'il ne soit plus là pour le voir, mais que voulez-vous ? (Il ôta la main de Nina de l'épée ; la lumière disparut dans l'instant, mais le grondement du générateur demeura constant.) Ça y est ! Le système a franchi le seuil critique ; j'avais raison !

Il déposa Nina au sol, puis ôta son sac à dos et l'ouvrit. Il en sortit un morceau de métal que Chase reconnut : le fragment principal de la lame de Caliburn. Mitchell l'inséra précautionneusement dans le compartiment où reposait Excalibur, en s'assurant que les deux épées se touchent. Puis il reprit la main de Nina pour la poser sur Excalibur, qui se remit aussitôt à luire, ainsi que Caliburn, mais d'un moindre éclat. Le bourdonnement électrique recommença à augmenter.

Mitchell retira la main de Nina. La lumière bleue disparut, mais le bruit du générateur monta encore d'un cran. Il attrapa Excalibur par la poignée et l'enleva, en laissant Caliburn à sa place. Les décharges électriques continuèrent à s'arquer sous le dôme. Il rangea l'épée dans son sac, qu'il remit sur ses épaules, puis se pencha pour soulever Nina, ramassa son fusil et revint à l'ascenseur.

— Il est temps de se dire au revoir, Eddie, lança-t-il en arrivant au niveau supérieur. N'y voyez rien de personnel, mais je ne peux laisser aucun témoin de ce que j'ai fait.

— Franchement, ce que vous avez fait, je n'en sais foutre rien ! cria Chase en restant à couvert. Alors quoi, vous allez m'abattre ?

— D'une certaine façon. Cet endroit tout entier est en passe de devenir une arme ; le réseau d'antennes est capable d'absorber l'électricité, mais il peut également en émettre. Des millions de watts d'un seul coup. À présent que le générateur est équipé d'un supraconducteur – pas aussi efficace qu'Excalibur, mais ça fera bien l'affaire – et que la réaction est autonome, le système va continuer à accumuler toujours plus d'énergie tellurique, que je compte libérer en une seule décharge.

— Vous allez faire sauter ce complexe ?

— Oui. Et cela fournira en outre un intéressant retour d'expérience avant que l'on active le générateur de la DARPA ! Je configurerai les antennes pour chauffer l'ionosphère à l'aplomb du site, avant de libérer la décharge : l'énergie tellurique focalisée rebondira pour redescendre droit sur l'installation et la réduire en poussière.

— Propre et net, commenta Chase d'un ton sarcastique. Et Nina ?

— Je l'emmène ; j'ai besoin d'elle vivante. Du moins, le temps de trouver quelqu'un d'autre capable de produire le même effet sur Excalibur. Adieu, Eddie.

Mitchell remonta à l'échelle en portant Nina sur l'épaule.

— Merde !

Chase chercha désespérément une autre issue par laquelle sortir de la fosse du générateur. Mais rien ne lui sauta aux yeux. Au-dessus, il aperçut fugitivement Mitchell qui se déplaçait d'un pupitre de commande à l'autre. Les arcs électriques s'intensifièrent, rampant sur la machinerie tels des serpents liquides.

Chase courut jusqu'au bout de la passerelle rompue. De l'autre côté, une section tordue de passerelle pendait dans le vide comme une grosse langue en treillis métallique. Peut-être pourrait-il l'atteindre en sautant…

Il recula pour prendre son élan et leva les yeux vers la salle de contrôle : Mitchell n'était plus visible. Était-il toujours en train de programmer le système, ou avait-il déjà pris la fuite avec Nina ?

Nina.

Son nom aiguillonna Chase, qui se mit à courir. Le plancher grillagé résonna sous ses pas alors qu'il arrivait à l'extrémité de la passerelle endommagée et sautait…

Il vola dans les airs… mais pas assez loin.

Il tendit désespérément les bras, et ses mains heurtèrent douloureusement la partie pendante de la passerelle. L'une d'elles glissa, mais l'autre s'agrippa au treillis. Il se balança un instant dans le vide, suspendu par un bras au pan de passerelle qui acheva de se rompre sous son poids.

Toujours accroché au débris métallique, Chase plongea vers le sol. Le morceau de passerelle percuta la suivante, et l'impact fit lâcher prise à Chase, qui rebondit par-dessus la rambarde et recommença à tomber.

Il frappa un faisceau de câbles, tenta en vain de passer ses bras autour pour arrêter sa chute. Ses mains glissèrent sur l'épais isolant entourant les câbles, qui lui échappèrent l'un après l'autre en le rapprochant toujours plus d'une issue fatale au fond du puits, à côté du cadavre de Kruglov…

Il réussit *in extremis* à se retenir au dernier câble ; la douleur fulgura dans son épaule, mise à mal par cet arrêt brutal. Le câble oscilla sous son poids et le secoua comme un pantin désarticulé. En hoquetant de douleur, Chase parvint à lever l'autre bras pour s'assurer des deux mains.

Mais cela ne régla pas pour autant son problème : il se retrouvait suspendu à vingt mètres de hauteur avec rien d'autre que du béton et du métal pour amortir sa chute, et un compte à rebours qui devait déjà s'égrener là-haut, dans la salle de contrôle.

— Bon, c'est la merde, marmonna-t-il.

Chase eut la surprise d'entendre en réponse un grognement. Il se contorsionna pour voir Maximov, toujours pendu par une jambe dans un autre amas de câbles, décalé sur le côté et un peu plus haut que lui. Le géant russe cilla, les yeux vitreux, puis fixa son regard sur Chase. Son visage à l'envers se tordit de colère.

— Toi !

— Ouais, moi, répondit Chase. Oh, merde, ajouta-t-il en voyant Maximov tendre les bras vers les câbles qui passaient en dessous de lui et saisir d'une main le haut du faisceau de câbles.

— Tu as essayé de me tuer. Maintenant, c'est moi qui vais te tuer !

— Non-non-non, *merde !* glapit Chase alors que Maximov tirait sur les câbles pour le faire tomber. Attends, toute l'installation va exploser !

Maximov lui répondit quelque chose en russe que Chase ne comprit pas, mais qui devait être l'équivalent de « Rien à foutre », à en croire son intonation, et il secoua de plus belle les câbles.

— Non, mais écoute-moi, espèce d'abruti ! s'écria Chase d'une voix désespérée alors que sa main glissait lentement. Mitchell nous a tous trahis !

— Ah ! Voilà ce que tu as gagné à lui faire confiance !

Chase perdit prise d'une main.

— Oh, putain ! s'étrangla-t-il. (Le puits tourna au-dessous de lui. Il tenta vainement de remettre la main sur le câble agité de secousses.) Vaskovich est mort ! cria-t-il, à court d'idées. Et si tu ne te sors pas d'ici rapidement, tu vas crever toi aussi !

Cela fit hésiter Maximov, qui interrompit son geste.

— Le patron est mort ?

— Mitchell l'a tué ! Toute cette histoire était un coup monté ; il a tué tout le monde pour éliminer les témoins. Il ne reste plus que nous deux, mais si on ne file pas dare-dare, on va y passer nous aussi ! Regarde ! (Il pointa frénétiquement le doigt vers la nappe lumineuse, pareille à une aurore polaire, qui ondoyait furieusement à la surface du dôme.) Ça va sauter d'un instant à l'autre !

Sur le visage de Maximov, l'inquiétude remplaça la colère.

— Tu dis la vérité ?

— Mais, bordel, oui, je te dis la vérité ! Nous allons mourir tous les deux, à moins de nous entraider !

— Si je t'aide, comment je peux être sûr que tu m'aideras ?

— Tu es un ancien membre des Spetsnaz, c'est bien ça ? Je suis un ancien du SAS ; nous sommes tous deux des forces spéciales. On a fait le même boulot, mais pour un employeur différent. Tu avais confiance dans tes camarades ; fais pareil avec moi, je t'en prie !

Maximov réfléchit. Chase pouvait presque voir sur son visage la lente progression de sa pensée.

— Qu'est-ce que tu attends de moi ? demanda-t-il finalement.

— Tire-moi vers le haut, que je puisse atteindre la passerelle, et je te ferai remonter à mon tour.

Le Russe s'abîma de nouveau dans une phase de réflexion atrocement lente.

— D'accord. Je t'aide. Mais si tu ne m'aides pas, je te tue ! Même si pour ça je dois revenir de la tombe !

— Allez, remonte-moi, putain !

À présent que le câble n'était plus agité en tous sens, Chase parvint à y poser son autre main et Maximov attendit qu'il ait assuré sa prise avant de soulever le lourd faisceau, jusqu'à ce que Chase puisse attraper l'amas de câbles au-dessus et s'y hisser.

— OK, lâche tout ! ordonna-t-il.

Maximov laissa retomber les câbles en position. Ils fournirent à Chase un point d'appui sur lequel poser les pieds, et il rejoignit assez facilement la passerelle médiane.

La cage de l'ascenseur n'était pas loin. Il baissa les yeux vers Maximov, toujours empêtré dans les câbles. Une part de son esprit lui rappela que s'il partait maintenant, seul, il garderait une meilleure chance de réussir à fuir à temps.

Mais il avait donné sa parole.

Une barre métallique, débris de la passerelle effondrée, gisait à un mètre de lui. Chase s'en saisit, se pencha sous le garde-fou et tendit la barre sous lui en se tenant de l'autre main.

— Attrape ! cria-t-il.

Le grondement du générateur s'était mué en un mugissement aigu et l'énergie crépitait follement sur le dôme.

Maximov releva le buste pour tenter d'attraper la barre que lui tendait Chase. Il la manqua de quelques centimètres.

— Allez !

— Je n'arrive pas à… l'attraper, hoqueta Maximov alors que les tendons de son cou saillaient sous l'effort.

Il était tellement musclé que la flexibilité de son corps s'en trouvait limitée.

— Comment ça, tu n'y arrives pas ? (Chase adopta le ton railleur d'un sergent instructeur.) Bien sûr que tu peux y arriver, espèce de grosse chochotte de Ruskof ! Pff, les Spetsnaz ? Ça, pour être nases, vous l'êtes ! Rien qu'une bande de lopettes en bonnet de fourrure qui gambadent dans la neige…

Avec un grognement furieux, Maximov souleva le buste dans un ultime effort et sa main se referma sur l'extrémité de la barre de fer.

— Eh ben, voilà ! s'écria Chase en tirant de toutes ses forces pour hisser le Russe.

Maximov s'agrippa à la rambarde, se pencha pour libérer d'une main sa cheville prisonnière des câbles entremêlés, puis grimpa sur la passerelle.

Chase se précipita vers la cage d'ascenseur et frappa du poing sur le bouton d'appel. La plate-forme se mit aussitôt à descendre.

— Amène-toi, grouille ! cria-t-il à Maximov. Et pardon pour les insultes, au fait.

— C'est rien, grommela ce dernier. Mais, un jour, je te dirai peut-être ce que nous, on raconte sur les gars du SAS, hein ?

La plate-forme arriva ; ils sautèrent dessus avant même qu'elle s'immobilise et appuyèrent frénétiquement sur le bouton pour remonter. Des arcs électriques crépitèrent autour d'eux ; l'air lui-même se mit à frémir sous l'influence de l'énergie qui continuait à s'accumuler dans le générateur.

Ils rejoignirent la passerelle supérieure. Chase bondit de l'ascenseur pour se précipiter à l'échelle menant à la salle de contrôle, Maximov sur ses talons. Mitchell était parti, en emmenant Nina. Il ne restait plus ici que des cadavres.

Et il y en aurait bientôt deux de plus s'ils ne décampaient pas sur-le-champ.

— On fonce ! hurla Chase.

Ils passèrent en courant le poste de sécurité et Chase jeta un regard frustré au casier qui contenait ses affaires avant de franchir les portes du bâtiment pour se ruer dehors dans la nuit, qui s'illuminait de nappes de lumière chatoyantes et irréelles. Ils continuèrent à courir dans le froid en direction de la station du funiculaire.

La cabine qui les avait amenés avait disparu, mais sa jumelle était en train d'arriver au sommet sur la voie adjacente. Derrière la station, de grandes volutes fluides d'énergie dansaient sur les centaines d'antennes-relais qui couvraient la colline et allumaient des étincelles sur leurs pointes. Chase pouvait voir son ombre le précéder, projetée non par les projecteurs disséminés autour du bâtiment, mais par une lumière bien plus brillante, plus stable, et plus fatale.

Le générateur était sur le point d'exploser. Chase atteignit la ligne de crête de la colline et plongea de l'autre côté. Dans un éclair aveuglant et un coup de tonnerre qui fit trembler le sol, un véritable mur de lumière jaillit des antennes et s'éleva vers le ciel, engloutissant le complexe entier dans une vague d'énergie phénoménale.

Le flash ne dura qu'un instant, mais plusieurs antennes fondirent. Alors qu'il dévalait la pente broussailleuse en roulant sur lui-même, Chase se couvrit les oreilles de ses mains : il savait que ce n'était pas fini.

Une lance de lumière bleu-blanc d'une insoutenable intensité tomba du ciel sur le dôme et le transperça pour venir frapper le générateur au-dessous.

Toute l'énergie tellurique encore accumulée dans le système se libéra d'un seul coup. Le générateur se désintégra et la déflagration brisa les murs de béton en creusant un gigantesque cratère au sommet de la colline. Le bâtiment circulaire fut pulvérisé et, en moins d'une seconde, l'onde de choc réduisit l'ensemble du complexe en un tas de décombres avant de se répandre tout autour en une vague de destruction grondante.

Elle frappa Chase à travers le sol de la colline en un séisme colossal qui le souleva dans les airs au milieu d'une pluie de terre et de roche. Il retomba lourdement sur la route au bas de la pente, emporté par un blizzard poussiéreux. Il eut juste le temps de voir qu'il avait été projeté tout près de la voie ferrée du funiculaire qui grimpait le versant escarpé. Il rampa sous l'ouvrage de soutènement de la voie pour se mettre à l'abri avant que les débris du générateur ne commencent à pleuvoir autour de lui.

Un nuage de poussière irrespirable roula au bas de la pente. Le sol trembla de nouveau sous un tambourinage assourdissant qui évoquait un barrage d'artillerie alors que la pluie de décombres martelait la colline.

Puis cela s'apaisa. Chase s'assit et toussa en tentant de distinguer quelque chose à travers la poussière que le vent froid venu de la mer entreprit de disperser. Le flanc de la colline s'émaillait d'incendies aux endroits où le métal fondu des antennes carbonisées avait coulé sur l'herbe.

Il sortit de son abri sous la voie du funiculaire. Le versant au-dessus de lui avait été décapé de l'herbe et de la couche de terre arable, emportées par l'explosion. Tout en bas, les lumières du quai continuaient à briller dans la nuit ; l'abri pour sous-marins avait été construit pour résister à tout, à l'exception d'une frappe nucléaire directe. Il y avait d'autres lumières plus près de lui : les phares d'un véhicule renversé sur le flanc, au milieu d'un lacet de la route.

Il entendit un juron russe étouffé.

— Hé ! cria Chase en descendant la colline en direction de la voix. Truc, là… Bulldozer ! Ça va ?

Couvert de poussière, Maximov était affalé contre une poutrelle de soutènement de la voie ferrée du funiculaire. Il releva la tête en dodelinant et fixa son regard sur Chase.

— Oh, c'est toi.

— Tu peux te lever ? Tu es blessé ?

Maximov sourit.

— *Da*. C'était quoi ? On aurait dit… le feu divin tombé du ciel !

— Rien à voir avec Dieu, c'était Mitchell. Mais je l'enverrai directement rejoindre son Créateur dès que je l'aurai rattrapé. Tu es toujours dans le coup ?

Maximov acquiesça, et Chase l'aida à se remettre debout.

— Qu'est-ce qu'on fait ?

— On poursuit Mitchell. Il a kidnappé Nina et volé l'épée. Et je n'ai pas l'intention de laisser à ce fumier ni l'épée ni ma gonzesse. Amène-toi.

Ils descendirent le flanc de la colline en suivant les rails du funiculaire, au milieu des incendies et des antennes tordues. La brise marine avait dispersé pour l'essentiel le nuage de poussière, offrant à Chase une meilleure vue de la base. Il aperçut du mouvement sur la jetée.

— Merde !

Même si la distance réduisait les personnes à des silhouettes minuscules, Chase n'eut aucun mal à distinguer un homme portant quelqu'un sur son épaule, quelqu'un aux longs cheveux roux.

Mitchell emmenait Nina. Deux petits bateaux étaient amarrés au bout de la jetée en bois. L'agent de la DARPA n'avait pas prévu de quitter les lieux par les airs, mais par la mer.

Chase devait le poursuivre, ou l'empêcher de partir avec Nina.

— On n'arrivera jamais à le rattraper ! grommela Maximov.

Mais Chase se précipita vers la voiture couchée sur le flanc, alors qu'un plan se formait dans sa tête.

Il s'agissait d'une autre Mercedes Class GL, dont le chauffeur gisait inconscient sur le capot après avoir traversé le pare-brise. Chase reconnut un des techniciens de la salle de contrôle. Il avait échappé au massacre perpétré par Mitchell et tenté de fuir en voiture. Mais le SUV avait été renversé par l'onde de choc souterraine. Alors qu'ils se rapprochaient du véhicule, Chase constata que le moteur tournait encore : de la fumée sortait du pot d'échappement.

— Alors, dis-moi, tu es vraiment balaise ? demanda Chase au Russe. Plus fort qu'Arnold Schwarzenegger ?

— Arnold ? C'est une fillette, comparé à moi ! rétorqua fièrement Maximov en faisant jouer ses impressionnants biceps.

— Super ! Dans ce cas, aide-moi à redresser cette bagnole !

Ils s'avancèrent jusqu'à la Mercedes et Chase attrapa l'aile à l'avant tandis que Maximov se plaçait à l'arrière. Ensemble, ils remirent sur ses roues le SUV de deux tonnes.

— La route est trop longue, tu n'arriveras jamais à temps, objecta Maximov alors que le véhicule retombait en oscillant.

Chase ouvrit la portière enfoncée et évacua le cadavre du conducteur.

— On n'est pas forcé de suivre la route. (Il s'installa derrière le volant et boucla sa ceinture. L'habitacle était jonché de débris de verre et les airbags pendouillaient mollement de leurs compartiments ; mais, sinon, le 4 x 4 semblait en parfait état de marche.) Tu viens ?

Maximov se hissa dans la Mercedes et adressa à Chase un regard dubitatif.

— Tu penses qu'on peut y arriver ?

— Il le faut. (Mitchell avait déjà parcouru un tiers de la jetée.) On va prendre la clef des champs, dit-il en tournant le véhicule vers le bas de la colline et en écrasant l'accélérateur.

Le Mercedes bondit de la chaussée et dévala la pente raide et irrégulière en cahotant follement. Chase le guida à grands coups de volant au milieu de la forêt d'antennes.

Le lacet suivant de la route arrivait rapidement. Chase fit un écart, et le 4 x 4 heurta l'asphalte luisant de givre dans une pluie de terre. Le SUV franchit le remblai, vola un instant dans les airs... puis retomba sur la voie ferrée du funiculaire. Maximov poussa un juron en se tenant des deux mains au tableau de bord.

Chase jeta un rapide coup d'œil au compteur. Ils filaient déjà à plus de soixante kilomètres à l'heure et leur vitesse augmentait rapidement, alors même qu'il n'avait plus le pied sur l'accélérateur.

Mais il ne pouvait pas ralentir, pas encore. Mitchell atteignait le milieu de la jetée avec Nina.

La voie était parfaitement rectiligne et menait à un point de fuite au bout du tunnel qui s'enfonçait dans l'abri pour sous-marins. Le demi-cercle de lumière du tunnel était partiellement obscurci par un rectangle noir. La cabine du funiculaire leur bloquait le passage et les deux voies parallèles étaient séparées par un vide qui l'empêchait de se décaler de l'une sur l'autre.

Chase regarda sur le côté. Juste avant le tunnel, une partie du versant avait été bétonnée jusqu'au bord de la falaise. L'endroit ressemblait à un site de stockage de carburant, avec ses citernes cylindriques qui s'alignaient sur toute sa longueur.

Pas le choix...

Il écrasa la pédale de frein de toutes ses forces et tourna le volant d'un geste brusque. Les pneus et les disques de frein hurlèrent à l'unisson. Une horrible détonation retentit quand les roues traversèrent le rail d'acier, puis le 4 x 4 sortit de la voie pour déraper latéralement sur la pente. Il enfonça une clôture grillagée et frappa le bord de la dalle de béton si fort qu'il manqua de se renverser.

Chase tourna frénétiquement le volant dans la direction opposée. Le SUV vacilla sur deux roues pendant un moment avant de retomber lourdement… et de foncer droit sur une des citernes.

Chase braqua dans l'autre sens. Le Mercedes dérapa, partit en tête-à-queue… et s'arrêta juste avant la citerne blanche, si près que la portière toucha la paroi de béton.

Maximov grimaça en constatant qu'ils avaient évité de justesse une collision explosive.

— La prochaine fois, c'est moi qui conduis…

— Non, c'est ici que tu descends, dit Chase, à moins que tu ne tiennes à prendre un bain.

Du pouce, il désigna la clôture basse au bord de la falaise.

Maximov écarquilla les yeux.

— Tu es fou !

Chase ouvrit sa portière.

— Je ne déconne pas, crois-moi. (Il recula rapidement vers une autre citerne qu'il frôla pour arracher la portière de la Mercedes dans un grand crissement de métal déchiré.) Allez, vire-toi de là !

À court d'arguments, Maximov descendit sans plus de discussion. Chase n'attendit même pas qu'il referme la portière pour enfoncer la pédale d'accélérateur. Les citernes défilèrent devant lui alors qu'il prenait de la vitesse, et la masse sombre de la mer apparut par-delà le bord de la falaise.

Ainsi que les lumières au bout de la jetée.

Il rectifia sa trajectoire, droit vers elles, puis le Mercedes défonça la petite clôture en bois et bondit dans le vide à plus de quatre-vingts kilomètres à l'heure.

Chase se jeta hors du véhicule alors que le 4 x 4 tombait vers la mer et il eut à peine le temps de ramener les bras le long du corps avant de frapper les eaux glaciales juste devant la jetée.

Le SUV continua sans lui. Une fraction de seconde après que Chase eut touché la surface, la voiture s'écrasa sur l'embarcadère et explosa en détruisant une partie de la structure en bois, empêchant Mitchell de rejoindre les bateaux. Celui-ci se trouvait à une dizaine de mètres, et la violence de l'impact le renversa en arrière sur ses fesses.

Il déposa Nina, toujours inconsciente, sur les planches et se releva en contemplant d'un air incrédule les débris enflammés de la jetée. Une seule personne avait pu faire ça. Il tourna les yeux vers l'eau.

— Eddie ! rugit-il en s'emparant de son XM-201 en bandoulière et en courant au bord de la jetée pour pointer son arme sur les remous qui agitaient la surface. Va te faire foutre, Eddie ! Va te faire foutre !

Paralysé par le froid, Chase luttait pour remonter à la surface quand l'eau autour de lui fut transpercée de lances d'écume sifflante à la pointe de métal. Il retint son souffle et replongea désespérément vers les profondeurs alors que Mitchell continuait à tirer dans les eaux noires. Les balles de 3,6 millimètres étaient vite ralenties par l'eau, jusqu'à ne plus représenter de danger mortel ; mais elles restaient encore aussi chaudes que le bout d'une cigarette, et deux d'entre elles lui brûlèrent l'épaule.

Mitchell vida le chargeur de vingt cartouches sur lequel était réglé son fusil. Il s'apprêtait à changer de munitions quand il se souvint qu'il disposait de quelque chose de plus puissant.

Chase y pensait, lui aussi. Il nagea encore plus profond, en se dirigeant vers la côte.

La grenade de 25 millimètres frappa la surface, s'enfonça sur un mètre, puis explosa.

Une onde de choc sphérique se répandit à la vitesse du son. Elle creva la surface en une fraction de seconde et projeta un véritable geyser vers le ciel. Sous les eaux, elle continua à s'étendre, bien plus puissante et mortelle dans un liquide dense que dans l'air.

Même s'il nageait de toutes ses forces, Chase ne pouvait pas échapper à la déflagration. Une grenade jetée dans une piscine pouvait tuer tous les baigneurs qui s'y trouvaient uniquement à cause du choc hydrostatique ; sa seule chance de survie était de s'éloigner directement de l'épicentre, afin que l'onde de choc passe sur lui en remontant tout son corps. Si elle le frappait latéralement, l'impact ferait éclater ses organes internes et il mourrait.

L'onde de choc le balaya avec une violence inouïe. Une pression écrasante s'abattit sur tout son corps. L'air s'échappa de ses poumons et il fut emporté dans une trajectoire incontrôlable en tournoyant sur lui-même, pour s'enfoncer mollement dans les ténèbres.

Sur la jetée, Mitchell scruta la surface écumeuse à la recherche d'un signe de vie. Rien. Il attendit encore un peu pour s'en assurer, puis passa son fusil en bandoulière, ramassa Nina, et revint à pas pressés vers l'abri pour sous-marins.

30

Chase ne savait plus distinguer le haut du bas. L'eau salée lui piqua les yeux quand il se força à les rouvrir. Aucune lumière pour lui indiquer dans quelle direction se trouvait la surface, et aucun son, à l'exception du sifflement des milliards de petites bulles d'air qui dansaient autour de lui.

Il ne tarderait pas à manquer d'oxygène. Du temps du SAS, il était capable de retenir sa respiration plus de cinq minutes ; mais, faute d'entraînement régulier, ses capacités avaient diminué, et il ignorait quelle quantité d'air l'explosion avait chassée de ses poumons. Il savait en revanche qu'il ne lui restait plus beaucoup de temps : la pression dans sa poitrine augmentait et les battements de son cœur s'accéléraient…

Un nouveau bruit : un éclaboussement puissant et sonore. Non loin de lui. *La dernière grenade de Mitchell.* Chase se prépara à l'explosion…

Mais elle ne vint pas. Au lieu de cela, une énorme main se referma sur son bras et le hissa vers l'air libre. Sa tête creva la surface et il inspira à larges goulées sous le regard amusé de Maximov.

— Que… Tu as sauté de la falaise ?

— Si un petit homme comme toi peut le faire, ce n'est pas un problème pour un grand Russe comme moi. (Il nagea vers la jetée en traînant Chase.) Mitchell est rentré dans l'abri avec ta femme.

Ils atteignirent un des piliers de l'embarcadère et s'y accrochèrent.

— Ce n'est pas ma femme. Enfin, pas encore.

— Ah bon ? C'est pour quand, le mariage ?

— Pourquoi tout le monde n'arrête pas de nous poser cette question ?

Après avoir retrouvé son souffle, Chase escalada le pilier pour monter sur la jetée. Il entendit des tirs en provenance de la base sous-marine : des balles explosives. Sur quoi Mitchell tirait-il ? Quelques secondes plus tard, une détonation plus forte retentit. La dernière grenade.

— Qu'est-ce qu'il fabrique ? demanda Maximov en se hissant à son tour sur la jetée.

— Pas la moindre idée, mais il faut qu'on rentre là-dedans.

Le corps complètement endolori, Chase essora rapidement ses vêtements détrempés. Le vent froid du large était déjà en train de le transir ; il devait se mettre à l'abri s'il voulait éviter l'hypothermie.

Ils remontèrent la jetée péniblement, et l'intérieur brillamment éclairé de l'abri pour sous-marins se révéla progressivement à leurs yeux. L'immense proue noire du Typhoon se dressait au-dessus des eaux d'un air menaçant. Chase vit des gens courir sur le bord opposé du bassin. Il pensa qu'ils fuyaient les tirs de Mitchell, mais aucun signe de l'Américain.

Le sous-marin se mit en mouvement.

Au début, la chose fut presque imperceptible, mais les remous autour de la proue du submersible ne laissèrent vite aucun doute. Le Typhoon s'éloigna du quai, festonné par les câbles d'amarrage qui pendaient mollement sur ses flancs ; Mitchell s'était servi des balles explosives pour les sectionner.

Une passerelle glissa du sous-marin et tomba à l'eau dans un grand fracas. À l'extrémité du bassin, de la fumée dérivait au-dessus du quai. Elle devait provenir de l'explosion de la grenade, comprit Chase, qui avait détruit une bitte d'amarrage et rompu tous les filins qui s'y rattachaient.

Le Typhoon prenait la mer, mais Mitchell n'avait pas débranché les câbles électriques reliés à ses réacteurs à travers le trou dans la coque. Ils donnèrent du mou alors que le sous-marin glissait devant le pylône dressé sur le côté du bassin, mais ils ne tarderaient pas à se tendre de nouveau.

L'arrière du vaisseau arriva en vue, avec ses hélices géantes qui battaient l'eau de part et d'autre de son gigantesque safran. Les hélices étaient montées à l'intérieur d'un carénage métallique pour les protéger d'objets flottants susceptibles de les endommager, réduisant à néant l'espoir de Chase de voir les câbles s'y emmêler.

Quant à ses chances de réussir à embarquer à bord, elles diminuaient rapidement. Le temps qu'il arrive à sa hauteur, le sous-marin serait trop éloigné du quai pour qu'il puisse sauter sur sa coque et, si jamais il tombait à l'eau, il se retrouverait entraîné dans les hélices. Les carénages possédaient un tel diamètre qu'il serait aspiré à l'intérieur et réduit en charpie.

Aucun moyen de monter à bord… excepté la grue à l'extrémité du bassin.

Elle était orientée dans la mauvaise direction, la flèche pointée vers la jetée. Mais s'il pouvait la faire tourner…

— Tu crois que tu peux la manœuvrer ? demanda Chase en courant vers la grue.

Sa peinture était piquetée de rouille ; apparemment, elle n'avait plus servi depuis un moment. Pour autant, la manivelle à sa base semblait encore en bon état.

— *Da*, mais pourquoi ?

— Je dois monter à bord du sous-marin.

— Et si la grue est trop courte ?

— Alors, je serai baisé ! Allez, active-toi !

Chase escalada la structure rouillée.

Maximov déverrouilla le frein, puis empoigna la manivelle et s'escrima dessus.

— Elle est bloquée!

— Décoince-la!

Avec un grognement d'effort, Maximov tira d'avant en arrière sur la manivelle récalcitrante qui se libéra enfin avec un horrible grincement.

— C'est bon!

— Super, continue!

Alors que Chase poursuivait son ascension, la flèche de la grue tourna lentement en projetant sur sa tête des écailles de rouille. Il regarda le Typhoon. La proue l'avait déjà dépassé, et l'énorme sous-marin prenait de la vitesse.

Un bruit de métal à l'agonie résonna à travers l'abri. Quelques câbles électriques s'étaient détachés du submersible, mais les autres tenaient bon, tendus à se rompre, et le pylône se tordait sous la pression. Des étincelles jaillirent des câbles enroulés les uns aux autres, puis les montants du pylône cédèrent et il s'écrasa sur le quai avant d'être traîné dans l'eau derrière le sous-marin.

— Allez, allez! hurla Chase.

La flèche avait déjà tourné de trente degrés, mais cela ne lui permettait pas encore de sauter sur le Typhoon. Il atteignit la flèche et grimpa dessus tandis que Maximov continuait à actionner la manivelle. Les emplacements des tubes de lancement du sous-marin défilèrent sous lui.

— Plus vite!

Maximov poussa un rugissement et augmenta la cadence. La flèche gagna de la vitesse, mais Chase comprit que cela ne suffirait pas. Le kiosque du Typhoon arrivait presque à sa hauteur et, le temps qu'il arrive à la pointe de la flèche et descende le câble accroché au bout, l'arrière du vaisseau serait déjà passé.

Il se mit à courir sur la flèche.

Le moindre faux pas lui promettait une chute mortelle, mais il ne ralentit pas. Le métal rouillé tinta sous ses pas ; il atteignit l'extrémité de la flèche… et bondit dans le vide en continuant à agiter les bras et les jambes alors qu'il volait dans les airs.

Il s'écrasa sur l'arrière du kiosque et glissa contre la paroi verticale pour retomber sur le renflement à sa base. Il roula douloureusement au bas de la petite déclivité et, retourné sur le dos, dérapa sur la surface mouillée de la poupe. Il manqua de peu de tomber dans le trou d'où sortaient les câbles électriques et prit de la vitesse sur la coque métallique en pente, se dirigeant droit vers les remous d'une des hélices…

Sa main passa sur un renfoncement dans la coque et il s'y agrippa d'un geste réflexe ; le corps entraîné dans un mouvement pendulaire, ses pieds oscillèrent tout près des énormes pales en bronze qui projetèrent sur lui des embruns glacés. À bout de souffle, Chase se hissa à la force des bras pour remonter sur la coque.

Un claquement sonore retentit. Il leva la tête vers le kiosque…

Un autre câble électrique s'était détaché du réacteur. Chase se plaqua à la coque alors que le câble fouettait l'air au-dessus de lui et arrachait une partie du safran avant de retomber à la mer.

Cependant, le pylône continuait à être traîné le long du quai et poussait devant lui quantité d'objets plus petits entraînés sur son passage. Il arriva finalement à hauteur de la grue. Maximov, qui avait assisté fasciné aux efforts de Chase pour se sortir de ce mauvais pas, prit soudain conscience du danger qui le menaçait et fuit en courant le long de la jetée alors que le pylône venait s'écraser sur la grue. Le Typhoon avait presque atteint sa vitesse de croisière, et l'impact secoua la grue jusqu'aux fondations. Un autre câble se détacha dans une pluie d'étincelles, mais les autres demeurèrent fermement attachés, et les trente mille tonnes du sous-marin tressaillirent comme s'il avait percuté un mur.

Dans un grincement assourdissant, la grue s'arracha de la jetée et tomba dans l'eau en entraînant le pylône avec elle. Les deux structures coulèrent en tirant sur les câbles, qui balayèrent l'arrière du Typhoon.

Chase se redressa et bondit pour les éviter alors qu'ils passaient au-dessus du renfoncement auquel il s'était agrippé.

— Bon Dieu ! hoqueta-t-il en les voyant s'entasser contre la paroi du carénage qui entourait l'hélice.

Le dispositif de protection avait joué son rôle à la perfection, mais cela n'arrangeait en rien les affaires de Chase. Le Typhoon avait quitté le bassin de l'abri et se dirigeait vers la haute mer en prenant de la vitesse.

Chase remonta en titubant l'arrière du sous-marin jusqu'à l'emplacement où s'ouvrait le grand trou dans la coque. Le Typhoon possédait deux longues coques internes en titane installées côte à côte, dans une disposition qui s'apparentait à celle des flotteurs d'un catamaran, enchâssées dans une coque externe en acier. Chase regarda dans le trou et vit l'endroit où les deux coques internes avaient été percées pour faciliter la reconversion du vaisseau en centrale nucléaire mobile, et les câbles qui y pénétraient. Certaines des ouvertures pratiquées étaient assez larges pour qu'il puisse s'y faufiler.

Derrière lui, sans qu'il s'en soit aperçu, l'arrière du sous-marin, entraîné par le poids des débris qu'il charriait, commença à s'enfoncer sous les eaux, et les vagues vinrent clapoter de plus en plus près du large trou ménagé dans la coque externe…

Chase se laissa tomber dans le trou, puis se glissa par une des ouvertures et atterrit sur le pont en dessous, pour se retrouver nez à nez avec un gros symbole de danger nucléaire peint sur une cloison. Il plaqua instinctivement les mains sur son entrejambe dans un geste dérisoire de protection et chercha un chemin pour sortir le plus rapidement possible de la salle du réacteur.

Une porte donnait sur une coursive qui partait vers l'avant. Il la franchit, et le lent vrombissement des arbres de transmission qui entraînaient les hélices s'atténua à mesure qu'il s'éloignait. Il n'entendit aucun autre bruit d'activité. Le sous-marin disposait sans doute d'un équipage réduit au minimum, juste de quoi s'occuper des réacteurs, pas de lui permettre de prendre réellement la mer. Et, de toute évidence les sous-mariniers avaient fui, ou Mitchell les avait tués.

Chase savait que le poste central de navigation devait se trouver sous le kiosque, afin que le commandant puisse se servir des périscopes. Il continua à avancer jusqu'à ce qu'il rencontre une échelle menant au pont supérieur et y grimpe.

Le son ténu d'une voix lui parvint. *Mitchell.* Chase ne comprenait pas ce qu'il disait, mais, à en juger par le ton qu'il employait, il devait être en train de donner des ordres. Peut-être passait-il un appel radio ?

Chase progressa en silence à travers une salle – le compartiment sonar du sous-marin – et aperçut la première trace matérielle de la présence de Mitchell sous la forme d'une éclaboussure de sang sur une cloison blanc cassé. Il fit quelques pas de plus et un cadavre apparut dans son champ de vision, celui d'un homme affalé dans l'embrasure d'une porte. Une grosse clef à molette se trouvait à côté de lui et Chase s'en empara – n'importe quelle arme valait mieux que de rester les mains vides – avant de regarder prudemment par l'embrasure.

Il s'agissait du poste de navigation. Deux longs tubes descendaient du plafond et s'enfonçaient dans le plancher percé de trous circulaires. Les périscopes du sous-marin étaient abaissés. Au bout de la salle, deux sièges se dressaient devant des tableaux d'instruments de navigation qui ressemblaient un peu à ceux d'un avion. Un autre cadavre gisait sur un des sièges, et du sang gouttait au bas du dossier. Mitchell avait dû forcer le malheureux sous-marinier à faire appareiller le Typhoon avant de l'éliminer.

Chase n'apercevait pas encore Mitchell, mais il pouvait voir Nina. Toujours inconsciente, elle était allongée dans un coin de la salle, derrière une rangée d'écrans d'ordinateur. Il l'observa durant quelques secondes, le temps de s'assurer qu'elle respirait. Puis il entendit du mouvement de l'autre côté de la salle et se pencha précautionneusement à travers l'embrasure de la porte.

Mitchell lui tournait le dos, debout devant ce qui devait être le poste de communication, le XM-201 posé à côté de lui. Il le vit ouvrir son sac et en sortir Excalibur pour l'examiner.

Chase évalua la situation. S'il réussissait à s'approcher furtivement, il pourrait donner à Mitchell un bon coup de clef à molette sur le crâne afin de l'assommer ; ou de le tuer, avec un peu de chance. Mais le fusil était juste à portée de main de l'agent de la DARPA et, en dehors du grésillement de la radio, le silence régnait dans le poste de navigation. Il suffirait d'un pas un peu appuyé, du frottement d'un vêtement trempé, pour qu'il l'entende.

Chase n'avait pas tellement le choix. Il ne pouvait pas continuer à attendre : à l'évidence, Mitchell ne comptait pas rentrer aux États-Unis à bord du Typhoon. Quelqu'un allait venir le récupérer ; un navire ou un autre sous-marin, sans doute.

Il soupesa la clef à molette, puis franchit la porte et se déplaça derrière le plus proche des deux périscopes. Il jeta un coup d'œil par le trou dans le sol et aperçut les manettes et les viseurs du périscope dans le compartiment au-dessous. Une simple pression sur un bouton faisait remonter le périscope quand cela se révélait nécessaire. Mitchell se tenait à environ trois mètres de là. Était-il assez prêt pour tenter de bondir sur lui ?

Un bruit capta l'attention de Mitchell. Chase recula derrière le périscope, mais ce n'était pas lui que l'Américain avait entendu. Il s'agissait d'un léger grattement métallique. Mitchell fixa intensément un instrument qui ressemblait à une petite balance et détonait dans le poste de navigation entièrement informatisé. Chase reconnut un inclinomètre mécanique, un pendule lesté qui offrait un moyen simple mais efficace de calculer l'angle de plongée ou de remontée d'un submersible. Tandis qu'il l'observait, il vit l'aiguille bouger lentement. La proue du Typhoon s'élevait à un rythme régulier ; à moins que ce ne soit plutôt l'arrière qui s'inclinait.

Un frisson parcourut l'échine de Chase alors qu'il en saisissait toutes les implications. Mitchell se pencha encore un peu plus sur l'inclinomètre, Excalibur toujours dans ses mains, concentré sur l'aiguille de l'instrument.

Chase vit une chance d'agir et contourna le périscope pour arriver derrière lui.

Mitchell se tourna pour poser Excalibur sur un pupitre et son regard croisa celui de Chase qui se reflétait dans la lame polie de l'épée.

Chase recula précipitamment derrière le périscope alors que Mitchell s'emparait de son fusil. Il attendit un tir qui ne vint pas, et en comprit vite la raison. Même si Mitchell réglait le fusil pour tirer des balles perforantes, une rafale sur l'épaisse garniture en titane du périscope risquait de provoquer une dangereuse série de ricochets.

Mais il lui suffirait de quelques pas pour contourner le périscope et bénéficier d'une ligne de tir dégagée.

— Bon sang, vous êtes obstiné, Eddie ! dit Mitchell en posant Excalibur avant d'avancer vers lui.

Chase appuya sur la commande du périscope.

Dans un chuintement de système hydraulique, le tube de métal s'éleva rapidement en position. Chase s'accroupit et lança la clef à molette sous le pied du périscope qui remontait. Elle frappa le genou de Mitchell et retomba au sol.

Mitchell recula en chancelant sous le coup de la douleur, et Chase se jeta sur lui. Il pointa son fusil, mais trop tard : Chase, qui était plus petit que lui, le plaqua à hauteur de la taille et le repoussa violemment contre le pupitre. Le choc projeta Excalibur sur le pont et l'épée bascula dans le trou d'où émergeait le périscope.

D'un revers, Chase fit tomber le XM-201 des mains de Mitchell et s'apprêtait à lui flanquer son poing dans l'entrejambe quand un genou remonta pour s'écraser sur son visage. Son nez craqua et un sang chaud coula sur ses lèvres.

— Sale connard ! rugit Chase en relevant violemment la tête pour cueillir Mitchell au menton.

La mâchoire de l'Américain claqua et il cracha du sang. Chase le frappa deux fois à l'estomac et Mitchell se plia en deux. Il enchaîna avec un uppercut qui le rejeta en arrière.

— Tu n'es plus aussi beau gosse, maintenant, hein ? hurla Chase en lui martelant le visage de trois directs tandis que ses jointures craquaient sous la force de ses attaques.

Mais l'agent de la DARPA n'était pas encore hors de combat, et il bloqua de son bras l'assaut final de Chase. Il cogna la mâchoire de l'Anglais du talon de la main et, alors que Chase reculait en titubant, il le gratifia d'un puissant coup de pied dans l'estomac qui le renvoya contre le périscope. Chase heurta l'une des poignées, et le tube tourna sur lui-même en le jetant au sol.

Le visage ensanglanté et meurtri, Mitchell le fusilla du regard. Un instant, Chase crut qu'il allait lui sauter dessus afin de continuer le combat à mains nues ; mais, au lieu de cela, il se précipita pour récupérer son fusil tombé au sol.

Allongé sur le pont sans aucun endroit où s'abriter, il ne restait à Chase plus qu'une solution : il bondit dans le trou du périscope et atterrit dans le compartiment au-dessous alors que les balles criblaient le pont là où il se tenait une seconde auparavant. Il rampa en avant pour se mettre à couvert tandis que Mitchell se ruait au bord du trou pour mitrailler le compartiment. Les balles ricochèrent sur les cloisons tout autour de lui en tintant dans une pluie d'étincelles. Chase progressait sur un sol incliné ; l'arrière du Typhoon était indéniablement en train de s'enfoncer sous les eaux. Mais cette pensée fut vite chassée de son esprit alors qu'il franchissait une ouverture et découvrait ce que peu d'Occidentaux avaient eu l'occasion de contempler.

La soute à missiles du Typhoon s'étendait devant lui, sur trois ponts de hauteur et près de soixante mètres de long. Chase se trouvait sur une étroite passerelle qui faisait le tour du niveau supérieur, et il baissa les yeux sur dix paires de tubes de lancement serrés entre les deux coques cylindriques pressurisées. Même si les tubes étaient vides, il émanait de l'immense salle plongée dans la pénombre une menace sourde, la promesse d'un terrifiant pouvoir de destruction.

Mais une force de destruction bien plus ancienne se manifestait également en ces lieux. L'eau de mer clapotait au niveau des portes arrière au bas de la soute et s'y engouffrait en vagues écumeuses. Le pont inférieur était déjà submergé par l'eau qui envahissait le sous-marin par le trou dans la coque externe, et l'inondation ne ferait que s'accélérer à mesure que le poids entraînerait la poupe toujours plus profondément.

Un choc sourd retentit derrière lui. Mitchell avait sauté à son tour dans le compartiment des périscopes. D'une roulade, Chase se jeta derrière l'épaisse porte étanche et la repoussa des deux pieds. La porte se referma sur le fusil de Mitchell. Quelque chose craqua. L'Américain força le passage et, avec un rictus haineux, pointa son XM-201 sur Chase.

Clic.

Le doigt de Mitchell avait pressé la détente, mais rien ne se passa. Il ressaya, puis batailla avec le sélecteur de munitions qui, endommagé, refusait de fonctionner.

— J'avais bien dit que c'était trop fragile ! cria Chase en portant un grand coup de pied à Mitchell, qui s'écrasa contre le chambranle.

L'Américain laissa échapper un cri de douleur étranglé et, alors que Chase s'apprêtait à le frapper encore, il battit en retraite dans le compartiment des périscopes en refermant la porte derrière lui dans un claquement sonore.

Chase se releva et essuya le sang qui lui maculait le visage. Le Typhoon s'inclinait désormais à près de dix degrés vers l'arrière, et le niveau de l'eau montait déjà à la moitié de la soute à missiles. S'occuper de Mitchell n'était plus la priorité : il devait trouver un moyen de sortir de ce sous-marin avec Nina.

Avec un peu de chance, Mitchell devait souffrir d'une ou deux côtes cassées. Chase ouvrit la porte… et recula précipitamment alors que la pointe d'Excalibur sifflait devant son visage.

Si Mitchell avait été sérieusement blessé, il n'en montrait aucun signe. Il porta un nouveau coup d'estoc, et Chase bondit de côté pour éviter que l'épée ne lui transperce la tête.

Mitchell avança sur lui, le visage déformé par la rage. Chase sauta en arrière pour esquiver la pointe dirigée vers son abdomen. Il échappa à une autre attaque, un coup de taille de bas en haut qui manqua de l'éventrer. Il battit précipitamment en retraite et jeta un regard derrière lui, pour constater que la passerelle se terminait en cul-de-sac sur un gros pupitre de contrôle.

Mitchell le remarqua lui aussi, et un sourire mauvais se dessina sur ses lèvres ensanglantées.

Il pointa l'épée sur la poitrine de Chase, le forçant à reculer encore. Chase chercha des yeux quelque chose qui aurait pu lui servir d'arme, ou lui permettre de parer les coups. Il allait périr par l'épée, au sens le plus littéral de l'expression.

Son dos heurta le pupitre de contrôle. Il était fait comme un rat. Mitchell ramena le bras en arrière pour lui porter l'estocade.

Le pont trembla et un grondement métallique sourd se répercuta à travers le sous-marin. Du vent s'engouffra soudain dans l'immense soute et les flots qui jaillissaient par les portes déferlèrent avec encore plus d'impétuosité qu'auparavant. Des bruits qui ressemblaient à des tirs de fusil retentirent sur toute la longueur de la soute à mesure que des rivets sautaient sous la pression.

La proue s'était élevée au-dessus de la surface alors que l'arrière continuait à s'enfoncer. N'étant plus soutenue par l'eau, la partie avant du sous-marin commençait à céder sous son propre poids.

Le Typhoon allait sombrer, et dans peu de temps.

Mitchell se tint à la rambarde pour ne pas tomber, et frappa de toutes ses forces.

31

Mais Chase avait profité de cette seconde de flottement pour se jeter de la passerelle. La lame déchira sa chemise mouillée et entailla son épaule au moment où il sauta… pour plonger dans la soute inondée.

Malgré l'eau pour amortir sa chute, il alla tout de même cogner contre le sol et l'impact lui coupa le souffle. La force des flots qui se déversaient dans la soute le balaya et le plaqua contre un des tubes de lancement. Il s'agrippa à un tuyau et hissa la tête au-dessus de la surface bouillonnante.

Il leva les yeux ; sur la passerelle, Mitchell lui lança un regard noir, avant de repartir en courant vers la porte. Là, il hésita un instant, puis tourna pour remonter la passerelle en direction de la proue, l'épée à la main.

Chase comprenait l'hésitation de Mitchell. Il avait embarqué dans le sous-marin avec deux prises, mais il n'y en avait qu'une seule qu'il considérait comme vraiment irremplaçable : il emportait Excalibur et laissait Nina se noyer.

Chase se traîna dans l'eau glaciale en s'accrochant à tout ce qu'il trouvait, parvint à rejoindre une échelle et l'escalada, les vêtements trempés et dégoulinants. D'autres gémissements métalliques résonnèrent autour de lui, évoquant ceux d'un animal blessé. Le Typhoon continuait à sombrer par l'arrière, et l'inondation atteignait à présent la cloison avant de la soute à missiles.

Chase reprit pied sur la passerelle. L'idée de se lancer à la poursuite de Mitchell ne lui traversa même pas l'esprit ; il se précipita vers le compartiment des périscopes, franchit la porte à son autre extrémité et se retrouva une nouvelle fois au pied de l'échelle menant au poste de navigation.

Le temps qu'il grimpe dans le compartiment sonar, le Typhoon accusait une inclinaison de plus de quinze degrés, et divers objets glissaient sur le pont. Nina se trouvait toujours dans le coin du poste de navigation. Chase explora les lieux à la recherche d'une trousse de premiers secours. Il avisa une petite armoire marquée d'une croix verte, y récupéra une mallette en plastique et s'agenouilla auprès de Nina. Incapable de lire les étiquettes en cyrillique, il farfouilla dans le contenu de la mallette et découvrit enfin ce qu'il cherchait : des sels. Il brisa l'ampoule sous le nez de Nina.

Après un instant sans réaction, elle se réveilla et marmonna, en tentant d'écarter la main d'Eddie qui tenait l'ampoule à l'odeur insoutenable.

— Beurk ! Mais qu'est-ce que…

Ses paupières papillonnèrent et elle ouvrit des yeux vitreux, qui s'agrandirent en apercevant le visage ensanglanté et tuméfié d'Eddie.

— Oh, mon Dieu, Eddie ! Ça va ?

— Tu devrais voir la tête de l'autre, répondit-il avec un sourire douloureux.

Un long gémissement plaintif se répercuta à travers le poste de navigation, suivi d'une série de claquements semblables à des coups de feu alors que d'autres rivets cédaient. Le submersible trembla, tandis que l'aiguille de l'inclinomètre montait de plus en plus rapidement. Nina observa son environnement, puis pencha la tête d'un air abasourdi pour compenser l'inclinaison de la salle.

— Nous sommes dans le sous-marin, lui expliqua Eddie.

— Pourquoi ?

— C'est une longue histoire. Mais on doit filer en vitesse, parce qu'il est en train de sombrer.

— *Quoi ?*

— Oui, je savais que cette nouvelle finirait de te réveiller… Il l'aida à se lever.

— Bon, et comment on sort de là ?

— Aucune idée.

— Est-ce qu'on peut grimper dans le… comment ça s'appelle, déjà ? Le kiosque ? Il y a peut-être un canot de sauvetage ?

— Ça vaut le coup d'essayer, décida Chase. (Il avait remarqué une autre échelle à l'arrière du passage menant au poste de navigation ; elle ne pouvait monter qu'au kiosque.) Fais attention où tu mets les pieds : le sous-marin est en train de couler par l'arrière. L'inclinaison va continuer à s'aggraver.

— Où est Jack ? Et Excalibur ?

— La dernière fois que je l'ai vu, il courait vers la proue, avec l'épée.

— Pourquoi ne l'as-tu pas arrêté ?

— Un choix cornélien, dit-il en levant les mains en coupe comme s'il comparait deux poids. Tu sais, d'un côté un morceau de ferraille, de l'autre la femme que j'aime…

— Oh, d'accord, je… Ah !

Le pied de Nina glissa et elle roula sur le pont incliné pour aller heurter la cloison arrière, en passe de devenir le nouveau sol. Chase se tint à l'une des tables traçantes et la rejoignit alors qu'elle jetait un coup d'œil par la porte.

— Euh, Eddie ?

— Ouais ?

— Je vois de l'eau. Elle doit normalement rester à l'*extérieur* d'un sous-marin, ou je me trompe ?

Il suivit son regard. L'eau était effectivement en train d'inonder le compartiment sonar. L'échelle qu'il comptait emprunter était d'ores et déjà submergée.

— Bordel de merde ! OK, plan B.

— Tu as un plan B ?

— Non, mais si toi tu en avais un, ce serait une putain de bonne nouvelle !

D'autres objets tombèrent sur le pont. Le combiné de la radio pendait à son fil torsadé devant le pupitre de communications. Le sous-marin atteignait les trente degrés d'inclinaison, et son basculement s'accélérait encore. L'aiguille de l'inclinomètre cliqueta au bout de son cadran.

Nina s'écarta vivement de la porte alors que la première vague venait en lécher le seuil.

— Et si on commençait par fermer ça ? (Elle poussa la lourde porte en métal et tourna le volant de fermeture étanche, avant de pointer le doigt vers le microphone.) Et la radio ? On pourrait appeler à l'aide ?

— Appeler qui ? Les Russes ne pourront jamais arriver à temps, à supposer qu'ils ne nous flinguent pas à vue pour avoir coulé l'un de leurs sous-marins nucléaires !

— Peut-être, mais ils pourraient au moins nous donner des informations susceptibles de nous aider à sortir de cet engin.

— Il faudrait qu'ils parlent anglais et…

Nina l'interrompit.

— C'est un téléphone ? s'enquit-elle en montrant un instrument posé à côté de la radio.

L'appareil ressemblait à un ajout récent, à l'apparence moins utilitaire que le reste de l'équipement militaire du poste de navigation.

— Oui, un téléphone satellite.

— Super !

Nina se fraya un chemin à travers la salle inclinée en prenant appui sur les pieds de la table traçante, qui étaient boulonnés au plancher, avant de grimper sur le périscope pour atteindre le pupitre de communications.

— Mais qui appeler ? demanda Chase avec perplexité tout en la rejoignant.

Nina résista à l'impulsion de répondre : « Ghostbusters ! »

— Quelqu'un qui s'y connaît en sous-marins. Quelle heure est-il à New York ?

Chase regarda son poignet, mais se souvint qu'il avait dû retirer sa montre pour entrer dans la centrale de Vaskovich.

— Je ne sais pas précisément ; la fin d'après-midi, je dirais.

— J'espère qu'il est encore au bureau…

Elle s'empara du combiné, le porta à son oreille et poussa un bouton vert sur le téléphone. Elle perçut un bip et composa un numéro. Elle attendit en ajustant sa position précaire alors que la salle continuait à s'incliner.

Un clic, puis un sifflement d'interférence.

— Ça marche ! jubila-t-elle en entendant la sonnerie. (Après quelques secondes, la réceptionniste des bureaux de l'AIP à New York répondit.) Lola ! C'est Nina Wilde. Il s'agit d'une urgence : j'ai besoin que vous me mettiez tout de suite en communication avec Matt Trulli à l'ARANU !

Avec un professionnalisme admirable, Lola ne perdit pas une seconde à poser des questions et transféra immédiatement l'appel au bureau de Trulli. Nina entendit une nouvelle sonnerie, puis deux, puis trois…

— Allô ? dit Trulli.

— Matt ! C'est Nina !

— Salut, quoi de neuf ?

— Oh, pas grand-chose. Eddie et moi sommes juste enfermés dans un sous-marin russe en train de couler…

Même en considérant le décalage induit par la liaison satellite, il y eut un long silence sur la ligne.

— Sans déconner ?

— Oui, sans déconner ! Tu m'as dit que tu étais monté à bord d'un sous-marin russe ; j'ai besoin que tu nous dises comment sortir de celui-là !

— J'ai visité *un* sous-marin russe, mais ils sont tous différents. C'est quel modèle de sous-marin ?

— Un… un gros ! Eddie, c'est quel modèle de sous-marin ?

— Un Typhoon, répondit Eddie.

— Un Typhoon, répéta-t-elle. Nous sommes sur la passerelle et nous ne pouvons plus accéder à l'échelle dans la salle à l'arrière parce qu'elle est déjà inondée !

— Quand tu parles de passerelle, tu veux dire la passerelle d'observation du kiosque ou le poste de navigation principal ?

— Quoi ? (Exaspérée, Nina secoua la tête.) Le second, Matt ! Écoute, on va mourir ! Sors-nous de là !

— Je ne suis jamais monté à bord d'un Typhoon ; le sous-marin que j'ai visité était un bâtiment de classe Sierra ! protesta Trulli. Mais j'ai lu des trucs sur eux. Laisse-moi réfléchir une seconde.

Nina lui laissa exactement trois secondes.

— Matt !

— OK ! Si vous ne pouvez pas atteindre le kiosque, il doit y avoir des capsules de sauvetage de chaque côté du poste de navigation.

— Il doit y avoir ?

— Tu ne crois quand même pas que les Russes ont mis des plans de leurs sous-marins sur Internet ! Mais la coque présente de grandes écoutilles à cet endroit, et tout ce que j'ai pu lire sur le sujet laisse penser qu'elles servent aux capsules de sauvetage.

— Super ! Comment y accède-t-on ?

— Je ne sais pas ! S'il n'y a pas d'accès direct par le poste de navigation, vous allez devoir aller vers l'avant ou l'arrière, puis revenir sur vos pas pour les rejoindre.

Nina jeta un coup d'œil vers la porte à l'arrière.

— Impossible d'aller vers l'arrière. Le sous-marin coule par l'arrière.

— Donc, vous devez aller vers la proue.

Elle regarda devant elle, et leva la tête. La porte avant se trouvait au-dessus d'elle, maintenant que le sol s'inclinait à quarante degrés.

— Oui, je craignais que tu ne répondes ça.

— Nina ! l'avertit Chase en montrant un des cadrans devant le matelot mort.

Il s'agissait d'une jauge de profondeur. Jusqu'ici, il ne s'en était pas préoccupé puisque le Typhoon naviguait en surface, mais elle commençait à descendre dans les négatifs… à une vitesse alarmante. Le poids de l'eau dans la partie arrière du sous-marin l'emportait sur la flottabilité apportée par l'air encore présent à l'avant.

— On est en train de couler ! Il faut y aller !

— Matt, dit Nina, si tu as raison à propos de cette capsule de sauvetage, tu auras droit au plus formidable cadeau de remerciement de notre part à tous les deux.

— Et si je me trompe ?

— Dans ce cas, ça aura été un plaisir de travailler avec toi ! Salut !

Elle lâcha le combiné et grimpa sur les pupitres.

Chase escalada à sa suite.

— Une capsule de sauvetage ?

— Avec un peu de chance. Matt dit qu'il doit y en avoir une de chaque côté du poste de navigation.

— Merde, ça signifie qu'elles sont probablement déjà sous les eaux.

— Voilà que tu recommences avec ton pessimisme britannique… Arrête un peu !

La porte au-dessus d'eux était grande ouverte et pendait dans le vide. Nina se tint à un pupitre et tendit l'autre bras pour s'agripper au montant. Chase la poussa vers le haut et elle parvint à se faufiler par l'ouverture. Il grimpa à son tour, et ils se retrouvèrent dans une étroite coursive perpendiculaire. Une porte verrouillée menait vers l'avant, mais Nina s'intéressa davantage au couloir à gauche et à droite, puisque Trulli avait suggéré de revenir sur le côté du poste de navigation.

— Par là, ce n'est pas inondé, dit-elle en se tournant à gauche.

— Mais de ce côté-ci, oui ! glapit Chase alors que l'eau de mer apparaissait à l'extrémité de la coursive de droite.

L'inclinaison du sous-marin avait atteint les quarante-cinq degrés ; les murs devenaient le sol et l'eau bouillonnait avec force au coin du passage.

— Oh, nom d'un chien. (Nina courut à gauche et regarda en bas.) Eddie ! Je crois que je l'ai trouvée !

Chase la rejoignit. La porte au bout de la coursive de gauche était fermée, empêchant la montée des eaux… pour le moment. À environ trois mètres au-dessous d'eux, une autre porte était encastrée dans la cloison, munie d'une ouverture à commande hydraulique. Un gros bouton sur un panneau de contrôle à côté de la porte brillait d'une lueur verte.

— Super, mais il va encore falloir réussir à entrer, dit-il alors que l'eau coulait à leurs pieds et retombait dans la coursive en une longue cascade.

Une série de coffrets métalliques – des boîtiers de commutation, sans doute – s'alignaient sur le mur opposé à la porte. Chase les escalada pour descendre au niveau de la porte et se pencha à travers la coursive. L'eau qui se déversait le frappa avec de grandes éclaboussures qui giclèrent sur les coffrets, déclenchant un bruit sec accompagné d'étincelles. Nina poussa un cri. Chase grimaça et changea de prise en s'agrippant à un autre élément, en espérant éviter l'électrocution. Il pressa le bouton vert.

L'écoutille s'ouvrit avec un sifflement. De l'autre côté, Chase vit une autre écoutille plus petite s'ouvrir lentement, et aperçut derrière une chambre cylindrique peinte en blanc.

— C'est la capsule de sauvetage ? demanda Nina.

— C'est ça, ou les toilettes. Amène-toi !

Nina descendit avec précaution. L'eau tombait de plus en plus rapidement, dévalant le sol incliné pour bouillonner contre la porte au bout du passage. D'autres éclaboussures s'insinuèrent dans les boîtiers électriques ; quelque chose dans le bas de la coursive explosa en projetant un nuage de fumée qui monta vers eux. Des flammes apparurent brièvement avant d'être noyées par la montée des eaux.

Chase leva la main pour aider Nina à se diriger vers l'écoutille ouverte.

— Allez, grouille !

Le sous-marin trembla dans les grognements d'agonie du titane et de l'acier. Une vague surgit du sommet de la coursive et des centaines de litres d'eau glaciale se déversèrent sur eux. Penchée au milieu du passage, Nina reçut de plein fouet le déluge et glissa.

Chase tendit vivement la main et la rattrapa par la manche de sa combinaison trop grande. Une couture craqua, mais il affermit sa prise en entortillant le tissu entre ses doigts. Retenue par un bras et martelée par la cascade, Nina parvint à s'agripper à l'embrasure de l'écoutille.

— Merci, hoqueta-t-elle.

Il lui adressa un sourire soulagé.

— Je ne voudrais pas que tu manques le mariage.

— Ah, ah. Et quand doit-il avoir lieu, au fait ?

— Oh, ne commence pas, hein, gémit Chase en la poussant à travers l'écoutille.

Il entra à son tour alors que le déluge s'accentuait dans la coursive, au rythme des grondements du sous-marin en perdition.

Nina avait déjà repéré un panneau de contrôle à côté de l'écoutille, dont les boutons étaient heureusement accompagnés de dessins explicatifs. Elle appuya sur les commandes dans l'ordre requis.

L'écoutille intérieure se referma avec un claquement sonore. Rien ne sembla se passer pendant un instant désespérément long, puis la capsule de sauvetage frissonna alors que son compartiment se remplissait d'eau. Les écoutilles sur la coque externe du Typhoon s'ouvrirent et, dans un fracas tonitruant d'air comprimé, la capsule jaillit du sous-marin à l'agonie.

Nina fut projetée contre Chase alors que la capsule se redressait brutalement. Une jauge de profondeur défila rapidement jusqu'à zéro, puis un geyser d'écume enveloppa la coque, suivi par un mouvement de ballottement qui leur annonça qu'ils avaient rejoint la surface.

Des craquements sonores montèrent des profondeurs alors que le Typhoon touchait finalement le fond. Nina écarta ses cheveux trempés de son visage et regarda Chase avec inquiétude.

— Les réacteurs ne risquent pas d'exploser, dis ?

— Non, la rassura-t-il. Ça n'explose pas aussi facilement. Et le compartiment d'un réacteur de sous-marin est particulièrement résistant. Les Russes devraient pouvoir les récupérer avant qu'il y ait de graves fuites radioactives.

Il lui caressa la joue, puis examina l'intérieur de la capsule de sauvetage. Le plafond comportait une écoutille semblable à celle par laquelle ils étaient entrés, avec de petits hublots au-dessous d'elle.

— Je crois que c'est le moment où M et Q doivent nous surprendre en train de nous envoyer en l'air, non ?

— Tu sais, ronchonna Nina, un bain d'eau glacée n'est pas vraiment le meilleur truc pour me mettre d'humeur.

— En revanche, ça fait des merveilles sur tes mamelons.

— Eh !

Chase s'esclaffa d'un rire las, puis Nina et lui se relevèrent péniblement. Il désigna un plastique de protection qui recouvrait un tableau de commande à l'autre bout de la capsule.

— Regarde donc s'il y a une radio là-dessous.

Nina ôta la bâche de protection tandis que Chase jetait un coup d'œil par les hublots. Il y avait effectivement une radio, et bien d'autres choses.

— Je crois que la capsule est équipée d'un moteur, dit-elle. Il y a un volant et un compas.

— Essaie de le mettre en route. (Chase regarda vers la côte. Les lumières de la base sous-marine se distinguaient clairement au pied des falaises ténébreuses, de même que le sommet de la colline, surmonté d'une épaisse colonne de fumée et de poussière qu'éclairaient par en dessous les flammes ravageant les décombres du générateur.) La vache ! Jack avait vraiment mis la pagaille !

Il se demanda ce que l'agent de la DARPA était devenu. Mitchell ne s'était pas précipité vers la proue du Typhoon sous le coup de la panique ; il avait manifestement un plan. Chase se tourna pour observer le large.

Quelque chose apparaissait au loin contre la ligne d'horizon : un trait blanc à peine discernable sur les eaux noires ; des vagues qui se brisaient contre un objet flottant à la surface.

Les trépidations d'un starter électrique précédèrent le grondement sourd d'un moteur.

— Je suis douée, hein ? lança Nina.

— Tu es la meilleure. Il y aurait des jumelles, quelque part ?

Nina fouilla le compartiment sous le tableau de commande et trouva une trousse de premiers secours ainsi que des jumelles.

— Laisse-moi m'occuper de ces entailles, dit-elle en lui tendant les jumelles.

— Dans une minute. (Chase balaya l'horizon.) Putain, j'y crois pas !

— Quoi ?

— Jack a appelé un taxi pour le ramener à la maison…

Grâce aux jumelles, Chase distinguait clairement la cause de ces vagues : un autre sous-marin avait fait surface. Une lueur rouge émanait d'une écoutille ouverte, et des silhouettes s'affairaient pour remonter des eaux un canot de sauvetage. Il était impossible de voir les traits du visage de l'homme qui débarqua du canot, mais l'épée qu'il tenait à la main ne laissait aucun doute sur son identité.

Dès que Mitchell se retrouva à bord du submersible, les autres hommes laissèrent retomber le canot à la mer et rentrèrent par l'écoutille. Un reflet lumineux éclaira brièvement le kiosque du sous-marin alors que l'écoutille se refermait, permettant à Chase de lire le numéro 23 peint sur le métal noir avant que les ténèbres l'engloutissent de nouveau. Le sous-marin se mit à avancer, et il le suivit des yeux jusqu'à ce qu'il disparaisse de la surface avec une surprenante rapidité.

— Un autre submersible attendait ce salopard, expliqua-t-il à Nina. Dès qu'il aura quitté les eaux territoriales russes, je te fiche mon billet qu'un hélico viendra le récupérer pour aller… eh bien, là où il est censé amener Excalibur.

— Mon Dieu, souffla Nina en se frottant les bras pour se réchauffer. Toute cette histoire était un coup monté, et ce depuis le tout début. Et Jack était… comment dit-on, un agent quadruple ? Et je te parie, ajouta-t-elle alors qu'une idée la frappait soudain, que c'est lui qui a incité Vaskovich à faire assassiner Bernd : de cette façon, il s'assurait que je l'aiderais bien à retrouver l'épée.

— Et ce n'est pas terminé, renchérit Chase en plissant les yeux. Il avait l'intention de t'emmener, et il va vouloir remettre la main sur toi. Il a besoin de toi pour activer son générateur. Le sien est bien destiné à devenir une arme, aucun doute là-dessus.

— Seigneur ! Bon, que fait-on ?

Chase se tourna de nouveau vers les hublots.

— La première chose à faire est de rejoindre la côte.

— Ça prendra un certain temps, remarqua Nina en étudiant les commandes. Ce truc ne ressemble pas vraiment à un hors-bord. Le compteur ne monte que jusqu'à cinq !

— Au moins, tu auras le loisir de t'occuper de mes bobos.

Chase s'affala sur un banc.

Nina orienta la capsule en direction de la base sous-marine, puis récupéra la trousse de premiers secours et s'assit à côté de Chase.

— Tu sais, tu avais raison à propos de Jack. Il me voulait, effectivement. Mais pas de la manière dont tu le soupçonnais…

— Ouais. Quand je pense que j'ai été jaloux de ce connard… Désolé pour ça, d'ailleurs. Aïe !

Nina appliqua un antiseptique sur une entaille du visage de Chase.

— J'accepte tes excuses. Mais ne recommence plus, hein ?

— Oh, aucune chance. La prochaine fois qu'un mec s'avise de te faire du gringue, je me contenterai de lui flanquer une dérouillée.

Nina s'esclaffa, avant qu'un doute ne traverse son esprit.

— Attends, tu ne parles pas sérieusement ?

— Mais non, je suis juste…

— …en train de me charrier, d'accord. De toute façon, tu n'as pas à t'inquiéter des autres hommes. (Elle l'embrassa tendrement sur la joue.) Merci.

— Pour quoi ?

— Pour tout. Je viens de comprendre ce que tu avais essayé de me dire à Londres, à l'ambassade. Quand tu m'as dit que tu ne voulais pas me perdre. (Elle l'embrassa de nouveau.) Merci.

— Qu'est-ce qui t'a mise sur la voie ?

Nina sourit.

— Oh, des détails. Par exemple, le fait que tu n'hésites pas à couler un sous-marin nucléaire pour me sauver. La plupart des femmes n'ont pas la chance d'avoir un fiancé prêt à faire ça pour elles. Je suis presque sûre d'avoir trouvé le bon…

Elle mit un pansement sur son visage.

Chase haussa un sourcil.

— Pas complètement sûre ?

— Eh bien, il y a toujours ce problème de « Je refuse de parler de mon passé »…

— Tu sais bien que je ne peux pas. Je suis tenu au secret.

— Je ne parle pas de tes missions pour le SAS, rétorqua-t-elle avec un regard entendu.

— Je vois. (Chase s'enferma dans un silence contemplatif pendant que Nina pansait ses blessures en attendant qu'il trouve ses mots.) La raison pour laquelle…, commença-t-il avant de s'interrompre.

— Rien ne presse, lui dit-elle d'une voix conciliante. Le lieu n'est pas vraiment propice à ce genre de discussion.

— Non, tu as raison, il faut que ça sorte. Je ne te parle jamais de ma famille parce que… parce que c'est douloureux. (Il laissa échapper un long soupir.) Ça remonte à près de vingt ans, et ça me tord encore le bide. Ma mère était en train de mourir d'un cancer devant moi, et mon père…

Il serra les poings.

— …et mon père avait une aventure ! Il voyait une autre femme alors que ma mère était mourante. Alors, quand elle est morte, je suis parti. Je ne voulais plus rien avoir à faire avec lui.

— C'est donc pour ça que tu ne parles jamais de ton père.

— Le tien était un père modèle, expliqua Chase d'une voix où pointait l'amertume. Le mien représentait tout ce que je ne voulais pas devenir. Je ne t'ai jamais parlé de lui parce que je n'avais pas envie de me souvenir de lui… et de penser que je pourrais un jour lui ressembler.

Nina avait interrompu ses soins pour l'écouter, et elle se remit à nettoyer sa dernière entaille.

— Je ne crois pas que ça pourrait t'arriver, murmura-t-elle en l'embrassant.

Il lui rendit son baiser.

— Merci.

C'était un simple mot, mais il exprima à Nina toute l'étendue de sa gratitude.

Ils restèrent serrés l'un contre l'autre sur le banc alors que la capsule de sauvetage poursuivait son lent périple vers le rivage.

Quand la capsule vint enfin heurter la jetée, ils eurent la surprise de se voir accueillis non par des Russes armés et furieux, mais par Maximov.

— Tout va bien, il est de notre côté, glissa Chase à Nina pour la rassurer alors qu'il l'aidait à débarquer. Enfin, je crois.

Nina se contenta d'émettre un « hum » dubitatif.

— Qu'est-il arrivé au sous-marin ? s'enquit Maximov. Toute la partie avant est sortie de l'eau comme… comme la queue d'une baleine !

— Eh bien, il dort avec les poissons, à présent, répondit Chase. (Il avisa un groupe de personnes qui attendaient à l'entrée de l'abri.) Que se passe-t-il ?

— Ils voulaient filer en prenant l'avion du patron. (Le colosse russe se fendit d'un sourire menaçant.) Je les ai persuadés de rester jusqu'à l'arrivée de l'armée ou de la marine.

— Mais nous devons absolument quitter cet endroit ! s'exclama Nina. Jack est parti avec l'épée. Nous devons le poursuivre…

— Tu pourrais nous faire ramener à Moscou ? demanda Chase.

Maximov afficha un air perplexe.

— *Da*, avec le jet. Mais j'ai dit que nous attendons l'armée.

— Écoute, ce serait vraiment une mauvaise idée. Tu sais à qui ils vont reprocher ce bazar ? À toutes les personnes qu'ils trouveront sur place. Tu es russe, tu connais la chanson : ils vont arrêter tous ceux qu'ils verront, et ne se préoccuperont que plus tard de comprendre qui est coupable de quoi. Et si on finit en taule, nous ne pourrons pas empêcher Mitchell d'agir.

— Tu n'as pas tort, opina Maximov. OK, je vous amène à l'avion pour retourner à Moscou.

Nina frissonna.

— N'importe où, du moment qu'il y fait chaud.

L'entrepôt de Pavel Prikovsky était éclairé, mais il y faisait un froid glacial. Le portail de l'enceinte était ouvert et la porte du bâtiment béait.

— Attends dans la voiture, dit Chase à Nina.

Ils avaient trouvé des armes à bord du jet de Vaskovich. Elles étaient entreposées dans une armoire fermée par un verrou à combinaison dont seuls Kruglov et Vaskovich connaissaient le code, mais cela n'avait pas arrêté Maximov, qui avait simplement arraché la porte.

Chase et Maximov dégainèrent leurs pistolets et traversèrent la cour en restant sur leurs gardes.

Chase passa la tête dans l'embrasure de la porte de l'entrepôt et vit un des hommes de Prikovsky allongé au sol dans une mare de sang. Le sang avait coagulé : la mort remontait donc déjà à un certain temps. Il ne pouvait pas s'agir de Mitchell… mais cela pouvait très bien être le fait d'agents opérant sur ses ordres.

Le silence régnait dans l'entrepôt. Chase fit signe à Maximov en levant trois doigts, qu'il replia en un compte à rebours muet, puis bondit à l'intérieur tandis que le Russe le couvrait. Il balaya les lieux de son arme. Aucun mouvement, pas le moindre bruit.

Ils avancèrent à travers les rangées de cartons, passèrent devant un autre cadavre affalé contre un chariot élévateur, le torse criblé d'impacts, et arrivèrent au bout de l'entrepôt. Prikovsky gisait sur la table de son bureau, ses yeux morts fixant la porte d'entrée.

— Oh, Seigneur, murmura Chase.

Prikovsky était loin d'être un ami, mais il s'était quand même mouillé pour lui, et il en avait été bien mal récompensé. Il présentait des blessures par balles aux deux jambes, mais la cause réelle de sa mort se devinait aisément : une perche métallique lui traversait le dos et transperçait sa poitrine ainsi que le bureau. Quelqu'un avait tenu Prikovsky dans cette position afin de l'empaler, laissant par la même occasion un message des plus clairs.

Et Chase savait que ce message lui était destiné. Un morceau de papier scotché sur la perche portait trois mots imprimés en lettres capitales.

APPELLE TA SŒUR.

— Merde, souffla Chase en sentant l'angoisse l'envahir.

Il chercha frénétiquement un téléphone, et le trouva au pied du bureau, renversé par Prikovsky dans ses derniers instants.

— Qu'est-ce qu'il y a ? demanda Maximov

— Ce fumier veut s'en prendre à ma famille !

Chase composa le 44, le code international pour le Royaume-Uni, puis le numéro d'Elizabeth. Il attendit nerveusement que la connexion s'établisse...

On décrocha à la deuxième sonnerie.

— Lizzie ! s'exclama Chase. Tu vas bien ? Et Holly ?

— Eddie, oh, mon Dieu ! s'écria Elizabeth. Ils l'ont enlevée, ils ont enlevé Holly !

— Qui ça ? Qui l'a enlevée ?

— Je ne sais pas, ils portaient des masques ! Ils ont dit qu'ils me surveilleraient... Que, si je prévenais la police ou si je parlais à quelqu'un, ils la tueraient... Et que je devais attendre que tu prennes contact avec moi !

Incapable de maîtriser sa colère, Chase abattit violemment son pistolet sur le bureau, et le bois craqua sous l'impact.

— Mitchell, espèce de sale petite merde, réponds-moi ! Je sais que tu m'entends !

La ligne émit un clic.

— Salut, Eddie, dit une voix familière qu'accompagnait une étrange distorsion sonore.

— Libère immédiatement Holly, aboya Chase, ou je vais te crever.

— Épargnez-moi les menaces, Eddie.

Un bruit de fond masquait partiellement la voix de Mitchell ; cela ressemblait au vrombissement des moteurs d'un avion. Il avait déjà quitté le sous-marin.

— Ce n'était pas une menace. C'était une promesse.

— Ne me faites pas perdre mon temps, et je ne vous ferai pas perdre le vôtre. Je veux Nina. Ou, pour mieux dire, j'ai besoin d'elle. Je reconnais que c'est un peu brutal comme façon de procéder, mais je devais vous montrer que je ne plaisantais pas.

— En kidnappant une adolescente ? s'écria Chase. Le gouvernement britannique va en faire une jaunisse !

— Le gouvernement britannique la fermera et obéira bien gentiment, comme à son habitude. Mais il n'aura même pas besoin d'entendre parler de cette affaire si vous vous montrez raisonnable. Amenez-moi Nina, et je vous rendrai votre nièce.

— Eddie, que se passe-t-il ?

Chase se tourna vers Nina, qui se tenait sur le seuil de la pièce.

— Ce fils de pute a kidnappé Holly !

— C'est Nina ? fit Mitchell. Qu'elle se joigne donc à la conversation.

Les lèvres serrées dans un rictus de colère, Chase activa le haut-parleur du téléphone.

— Allez-y.

— Bonjour, Nina. Je ne doute pas que vous ayez déjà compris ce que je veux, mais je vais vous le dire quand même afin qu'il n'y ait aucune ambiguïté : je vous demande de vous livrer à mes hommes. En échange, je libérerai la nièce d'Eddie.

— Vos hommes ? releva Nina avec dégoût. Des kidnappeurs et des assassins ? En ce moment, j'ai honte d'être américaine. La DARPA sera démantelée dès que cette affaire sortira au grand jour.

— Vous croyez encore que je travaille pour la DARPA ? (Mitchell réprima un ricanement.) Je ne vous aurais pas crue aussi naïve !

— C'est une opération clandestine, grogna Chase.

— Des plus clandestines, oui. Tout cela est trop important pour être confié à une agence officielle, et encore moins à des politiciens.

— Vous vous êtes donc autoproclamé gardien des intérêts américains ? répliqua Nina, écœurée par ce qu'elle entendait.

— Il faut bien que quelqu'un s'en charge. Mais je n'ai pas le temps de me lancer dans un débat entre idéalisme et realpolitik : je suis là pour finir un boulot et, pour ça, j'ai besoin de vous. Retournez en Angleterre. Une fois là-bas, rappelez ce numéro ; nous surveillons la ligne, je prendrai votre appel. Nous pourrons alors procéder à l'échange.

— Non ! cria Chase. Vous attendez de moi que j'échange ma fiancée contre ma nièce ? Allez vous faire foutre ! C'est un choix impossible !

— Pas pour moi, intervint Nina d'une voix calme. Jack, c'est d'accord.

— Quoi ?

— Je vais le faire.

— Hors de question, bordel !

— Je le dois, affirma-t-elle. Et tu le sais parfaitement. C'est la seule solution pour sauver Holly. C'est ta nièce… et elle va devenir ma nièce. (Elle prit sa main dans la sienne.) Elle fera partie de ma famille, Eddie. Et on doit faire tout ce qu'il faut pour protéger sa famille. (Nina se tourna vers le téléphone.) Entendu, Jack, on va le faire. Je vais le faire. Mais à condition d'avoir votre parole que Holly sera libérée, saine et sauve.

— Vous l'avez, répondit Mitchell. Maintenant, revenez en Angleterre, et tâchez de ne pas trop tarder.

Il raccrocha.

Chase balaya le téléphone d'un geste furieux.

— Bordel ! Je ne crois pas un traître mot de ce qu'il a dit ; il la tuera de toute façon. Il ne peut pas prendre le risque qu'on découvre ce qu'il manigance…

Maximov émit un grognement d'assentiment.

— Ce type est une vraie ordure. J'aurais dû lui fracasser le crâne ! Mais tu sais au moins qu'il n'est pas tout-puissant ; sinon, il aurait laissé des hommes ici pour vous attendre.

— Il est bien assez puissant comme ça, remarqua Nina d'une voix tendue.

Elle échangea un regard avec Chase, un regard qui exprimait leurs craintes pour Holly… et pour eux-mêmes.

32

Angleterre

Situé à une quinzaine de kilomètres à l'est de Bournemouth, le parc national de New Forest s'étendait sur plus de trois cent cinquante kilomètres carrés et réunissait des landes et des pâturages parmi les plus anciens d'Angleterre. Mais c'était dans une des forêts qui avaient donné leur nom au parc que Nina et Chase patientaient, après avoir garé la voiture d'Elizabeth dans une clairière. Chase avait étudié l'endroit sur des photos satellite ; l'habitation la plus proche se trouvait à près de deux kilomètres. Pour l'échange, Mitchell avait sélectionné un lieu aussi isolé que possible, vu la densité de population sur la côte sud de l'île.

La nuit était tombée. La seule lumière provenait des phares de la voiture, qui projetaient sur le sol des ombres aux contours nets. Chase scruta les bois, mais ne vit personne.

Il savait néanmoins qu'ils n'étaient pas seuls.

— J'entends quelque chose, dit Nina en regardant au nord.

Il fallut quelques secondes supplémentaires à Chase pour repérer le bruit. Son audition n'était pas encore remise des chocs qu'elle avait subis en Russie. Mais il reconnut sans peine le vrombissement d'un hélicoptère en approche.

L'appareil volait à basse altitude et ils ne l'aperçurent tout d'abord que sous la forme d'un éclat de lumière parmi les frondaisons. Puis il déboucha au-dessus de la clairière et pivota pour se placer à la perpendiculaire de la voiture. Un homme se pencha à la portière de l'hélicoptère et pointa une antenne circulaire dans leur direction.

— Jetez votre arme, Eddie, lança la voix de Mitchell depuis un haut-parleur alors que l'hélicoptère restait en vol stationnaire juste au-dessus de la cime des arbres. (L'antenne était reliée à un radar à ondes millimétriques qui révélait ce que Chase et Nina portaient sous leurs vêtements.) Nina, cette chose dans votre poche gauche, j'imagine qu'il s'agit d'un mouchard. Jetez-le aussi. Et éloignez-vous tous les deux de la voiture.

Chase se débarrassa de son pistolet, qui tomba à côté d'un arbre mort, tandis que Nina déposait avec réticence le petit émetteur sur le toit de la voiture. Ils s'écartèrent du véhicule. Quelques secondes passèrent, le temps que l'homme au radar termine sa vérification, puis l'hélicoptère se posa dans un tourbillon de poussière et de feuilles, mais ses rotors continuèrent à tourner, afin de pouvoir redécoller aussitôt.

Holly débarqua de l'appareil, l'air apeuré, et Mitchell vint se placer derrière elle.

— Oncle Eddie !

— Holly, tout va bien ? cria Chase.

— Elle n'a rien, dit Mitchell. Nina, avancez vers moi. Je vais libérer la fille. Et pas de gestes brusques.

Nina fit un pas en avant, puis s'immobilisa et se retourna vers Chase.

— Eddie…

— Je te retrouverai, lui promit-il doucement.

Puis, avec un sourire léger, bien qu'un peu forcé, il ajouta :

— Au fait, tu as quelque chose de prévu en mai prochain ? Le quatorze, par exemple ?

Elle lui répondit d'un sourire empreint de tendresse.

— Maintenant, je crois que j'ai quelque chose, oui.

— N'oublie pas de venir.

— Fais en sorte que je le puisse.

— Finie la guimauve ! les rappela à l'ordre la voix amplifiée de Mitchell. Nina, avancez !

Avec un dernier regard à Chase, Nina marcha vers l'hélicoptère. Holly avança dans l'autre sens, en se retenant de ne pas se mettre à courir. Alors qu'elles se croisaient, Nina lui glissa :

— Fais tout ce que te dira Eddie.

Elle arriva à l'hélicoptère et se retourna. Holly avait rejoint Chase.

— Montez, lui cria Mitchell depuis la cabine.

Nina embarqua en s'efforçant de ne pas montrer sa peur. L'homme au radar lui saisit les poignets et les menotta, puis il la poussa sur le siège à côté de Mitchell.

Le grondement du moteur s'accentua immédiatement et l'appareil commença à s'élever. Par la fenêtre, Nina vit progressivement disparaître les deux silhouettes qui se tenaient en marge des faisceaux des phares de la voiture.

— Ramène-nous au jet, ordonna Mitchell au pilote. Que l'autre hélico soit prêt au décollage quand nous nous poserons en Écosse. Il nous reste beaucoup de travail ; je veux avoir effectué un test complet du système avant demain soir.

— Et pour Eddie et Holly ? lui demanda Nina.

— J'ai promis de libérer Holly saine et sauve, répondit Mitchell avec une expression lugubre. Ce qui se passera ensuite…

Nina lui lança un regard brûlant de haine.

— Espèce de sale fils de pute !

— Je fais ce qu'il est nécessaire de faire.

Il se renfonça dans son siège et l'hélicoptère prit de la vitesse au-dessus de la forêt plongée dans la nuit.

Le sniper se tenait à moins de soixante mètres de Chase, mais il aurait aussi bien pu se trouver à dix mètres de lui et rester invisible, même en plein jour. Enveloppé dans plusieurs couches d'une tenue de camouflage tachetée à textures multiples, il se fondait parfaitement dans les broussailles et les buissons du sous-bois. Même son fusil offrait une apparence plus naturelle qu'artificielle, avec son canon peint en marron et son imposant silencieux couvert de brindilles pour briser sa forme, tandis que le reflet de la lentille de sa lunette était dissimulé sous des feuilles pendantes.

Le moment était d'ailleurs venu de les ôter afin de jouir d'une vue parfaitement dégagée à travers l'objectif de sa lunette de visée. Le réticule était centré sur la tête de Chase. Le sniper se releva un peu sur ses coudes et ajusta sa position pour se préparer à tirer. Chase parlait à la fille et bougeait un peu, mais pas assez pour risquer de compromettre le tir.

À présent que l'hélicoptère avait décollé, aucun souffle d'air n'agitait plus la clairière et, à une aussi courte portée, les effets du silencieux et de la chute balistique resteraient négligeables. Il les prit néanmoins en compte et haussa légèrement sa visée afin que le réticule se trouve juste au-dessus de la ligne des yeux de Chase. La balle frapperait le centre de son front et ferait exploser sa tête.

Après Chase, il s'occuperait de la fille, qui devrait être paralysée par la surprise et le choc, ce qui en ferait une cible facile. Deux cibles, deux tirs, deux secondes.

Deux morts.

L'homme se prépara, retint son souffle pour minimiser les mouvements de son corps, procéda à ses ultimes ajustements de visée, caressa la détente de l'index… et tira.

Juste au moment où Chase plongeait à terre.

La balle siffla au-dessus de sa tête et s'écrasa contre un tronc. Le cliquetis ténu du mécanisme à verrou du fusil du sniper lui indiqua la direction d'où provenait le tir, mais il la connaissait déjà.

— Eh ben ! s'exclama la petite voix de Peter Alderley dans son oreille droite alors qu'il attirait Holly au sol à côté de lui. C'est pas passé loin !

Chase ne répondit pas et roula derrière l'abri partiel de l'arbre mort en entraînant Holly avec lui.

— Reste ici ! lui intima-t-il alors qu'il récupérait son arme et rampait dans la boue et les feuilles mortes jusqu'à l'autre bout du tronc.

Si le tireur était un bon – et il ne doutait pas que ce soit le cas –, il avait déjà rechargé et, malgré la surprise qu'avait dû lui causer la réaction inattendue de Chase, il se cherchait une nouvelle occasion de tir.

— Il est toujours en place, l'informa Mac dans l'oreillette. Il vise vers toi, côté gauche du tronc.

— Attends, il manipule son arme, ajouta Alderley. Il vient d'actionner quelque chose, peut-être un système de vision nocturne ou thermique.

Chase n'avait aucun besoin de voir l'image radar sur laquelle se penchaient les deux hommes, quelque part au quartier général du MI6 à Londres ; il se la représentait parfaitement en esprit. Le sniper était couché à couvert derrière un arbre mort ou une souche, à un endroit où il bénéficiait d'une ligne de vue dégagée sur la position d'origine de ses cibles. Et il ne bougerait pas, à moins d'y être forcé.

Ce qui signifiait que Chase devait l'obliger à se révéler. Le satellite radar à synthèse d'ouverture en orbite à près de cinq cents kilomètres d'altitude était capable de voir à travers le feuillage des arbres et même dans le sous-sol, mais il ne pouvait observer un point précis que pour une durée limitée avant que sa trajectoire ne l'éloigne de la zone. Si Chase ne parvenait pas à localiser son ennemi dans l'intervalle, il se retrouverait aveugle.

Et mort, par voie de conséquence.

— Plus qu'une minute avant la sortie d'angle, annonça Alderley. Allez, Chase, chope-moi ce salopard, il est couché juste là !

— Tu n'as jamais affronté un sniper, toi, grogna Chase.

Il atteignit l'extrémité de l'arbre mort. Le prochain couvert à disposition était un arbre à trois mètres de là, trois mètres où il se retrouverait totalement exposé.

— Parle-moi. Qu'est-ce qu'il fait ?

— Il surveille alternativement les deux extrémités du tronc, lui apprit Mac. Il attend que l'un de vous bouge.

— Il vise quelle direction, là ?

— La tienne.

Chase se détesta de devoir demander ça à Holly, mais il savait que c'était sa seule chance de sauver sa peau ainsi que celle de sa nièce.

— Holly, chuchota-t-il aussi fort qu'il l'osait. Quand je te le dirai, tu vas lever rapidement ta main au-dessus du tronc et la rabaisser aussitôt. D'accord ?

Bien qu'effrayée et perdue, Holly hocha la tête.

— OK. Prête ? *Maintenant !*

Holly leva la main.

Chase se mit en mouvement avant même qu'elle la rabaisse. Il se releva d'un bond et se rua vers l'arbre le plus proche.

Le claquement de la balle frappant le bois et le cliquetis du fusil lui arrivèrent simultanément aux oreilles. Holly poussa un cri alors qu'une pluie de copeaux d'écorce lui tombait dessus.

— Reste à couvert ! lui hurla Chase.

Même le meilleur tireur d'élite au monde avait besoin d'un instant pour réajuster sa visée après le tressautement du tir ; de plus, l'homme devait réorienter son fusil sur Chase après l'avoir vu jaillir entre les arbres, ce qui le ralentirait encore un peu.

Mais cela faillit ne pas suffire.

Chase s'écrasa contre l'arbre suivant une fraction de seconde avant la balle du sniper, et des éclats de bois lui volèrent au visage.

— Quarante secondes, articula Alderley d'une voix tendue.

— Où est-il ?

— À cinq heures, à environ quarante mètres de toi, l'informa Mac. Il vise ton couvert.

— Côté gauche ou droit ?

— Gauche.

Le pistolet levé, Chase surgit du côté droit en exposant son bras et son épaule pour attirer le tir du sniper, puis recula immédiatement pour tirer deux coups du côté gauche de l'arbre. Un autre projectile s'écrasa sur le tronc ; son adversaire avait été déstabilisé par ses tirs de riposte, comme il l'avait espéré.

Il bondit de nouveau à découvert, cette fois sans plus s'arrêter. Le sous-bois craqua sous ses pieds et il courut entre les arbres pour contourner la position du tireur.

— Trente secondes !

— Il est en mouvement, tu l'as débusqué ! cria Mac au même moment. Il part à droite de sa position initiale, accroupi… Non, il s'est relevé.

Chase atteignit un autre arbre et se jeta derrière.

— Position !

— À quatre heures, il continue à se déplacer vers la droite, il… Merde ! Eddie, il va vers ta nièce !

— Vingt secondes ! annonça Alderley. Chase, magne-toi !

Chase risqua un coup d'œil. Il ne vit rien bouger dans la pénombre irréelle de la forêt, uniquement éclairée par les phares de la voiture.

— Je n'ai pas de visuel ! Où est-il ?

— Il continue à avancer, il est à trois heures maintenant. Non, il s'est couché, il est en train de viser…

— Merde ! (Chase se jeta à découvert pour foncer dans la direction du tireur invisible, l'arme levée.) Guide-moi !

Sur l'image radar, son bras tendu ressemblait à une aiguille de boussole que Mac pourrait faire pointer directement sur sa cible, s'il était assez rapide.

— À gauche ! aboya Mac. (Chase tourna lentement le bras en voyant les arbres défiler devant son champ de vision.) À gauche, encore… Droit devant, il est droit devant !

— Dix secondes !

Chase ouvrit le feu et continua à tirer dans le sous-bois devant lui.

Ses tirs ne semblèrent pas faire mouche, et il allait bientôt manquer de munitions et de temps…

— Il est en mouvement ! cria Mac. Il change de cible, il change de cible !

Inutile de demander qui était sa nouvelle cible. Il ne restait plus à Chase que trois balles, deux, une…

— Il est touché ! rugit Mac. (Pas de cri de triomphe, mais un avertissement.) Il sort un pistolet !

À courte portée, un fusil de précision devenait un handicap, mais ce n'était pas la seule arme dont disposait le sniper. Chase aperçut un mouvement fugitif devant lui, un buisson qui n'en était pas un, un reflet de lumière sur du métal sombre…

Il tira la dernière balle de son chargeur.

— Contact perdu, s'étrangla Alderley. Chase ! Tu l'as eu, tu l'as eu ?

— Oui, je l'ai eu, lâcha Chase en écartant du pied le pistolet dans la main du sniper qui gisait au sol.

Mais ce dernier ne représentait plus une menace : le tir de Chase l'avait touché au cou, déchirant chairs et tendons qui pendouillaient encore au bout d'un lambeau de peau tandis qu'un sang noir giclait sur sa tenue de camouflage. L'homme remuait encore faiblement, mais il serait mort d'ici une minute ou deux, même si Chase tentait de le sauver.

Un soupir de soulagement se fit entendre dans l'oreillette.

— Dans ce cas, reprit Alderley après un moment, attends-toi à recevoir une facture du gouvernement de Sa Majesté pour le temps de satellite. Ça devrait tourner autour de, oh, un million de livres…

— Ils pourront la déduire de la récompense pour avoir retrouvé Excalibur, rétorqua Mac. Eddie, tout va bien ?

— Impec, répondit Chase en se détournant du cadavre du tireur pour retourner à la clairière.

— Holly, ça va ? Holly ?

Il la retrouva couchée derrière l'arbre mort, tremblant de tous ses membres.

— Holly, l'appela-t-il en s'accroupissant pour lui prendre la main, c'est fini. Tu n'as rien ?

Elle releva lentement la tête vers lui, ses grands yeux baignés de larmes.

— Oncle Eddie ?

— Salut, dit-il en s'efforçant de sourire. Viens, ma chérie. On va te ramener à la maison, auprès de ta mère.

Il l'aida à se remettre sur ses pieds avec des gestes doux. Holly se serra contre lui en sanglotant, la tête au creux de son épaule.

— Tout va bien, la rassura-t-il. C'est terminé.

Même s'il savait que c'était loin d'être terminé.

— J'imagine que le sniper n'a pas pu parler, dit Mac dans l'oreillette. Peter et moi pouvons nous charger de la police locale, mais comment vas-tu t'y prendre pour retrouver Nina, à présent ?

Chase ramena Holly à la voiture, le visage fermé.

— Il y a encore quelqu'un qui peut me donner des informations. Je vais avoir une petite conversation avec lui.

Hector Amoros se réveilla en sursaut, se redressa et alluma la lampe de chevet.

— Salut, Hector, dit Chase d'un ton glacial, assis sur une chaise qu'il avait tirée près du lit.

Il tenait un pistolet à la main, sans le braquer sur le directeur de l'AIP, mais il lui suffirait d'un petit geste du poignet pour le pointer vers lui.

— Eddie ! s'exclama Amoros. Que faites-vous là ? Comment êtes-vous entré ?

— J'ai l'art et la manière. Je voulais profiter du fait que vous étiez toujours à Londres pour discuter avec vous. Au sujet de votre pote Jack Mitchell.

L'expression d'Amoros se crispa un instant à la mention de Mitchell. Ses yeux s'accoutumèrent à la pénombre et il avança légèrement la tête pour mieux dévisager Chase.

— Mon Dieu ! Mais que vous est-il arrivé ?

Chase indiqua les entailles et les contusions qui lui couvraient le visage.

— Comme je le disais, Jack Mitchell. Apparemment, il n'était pas celui qu'il prétendait être. (Il pointa son arme sur Amoros.) Mais vous le saviez, n'est-ce pas ? Et depuis le début ?

— J'ignore de quoi vous…

— Non ! N'essayez même pas de nier, je vous préviens. Jack a monté toute cette opération ; il s'est débrouillé pour impliquer l'AIP dans l'espoir de retrouver Excalibur avant les Russes. Et comme il servait dans la Navy, et vous aussi, ça a collé tout de suite entre vous. Entre matelots, on se serre les coudes, pas vrai ?

— Ça ne s'est pas passé ainsi, protesta fermement Amoros. Je suis un officier de la Navy à la retraite, mais si le Pentagone me demande quelque chose, il est toujours de mon devoir d'obéir. Les États-Unis sont le principal pourvoyeur de fonds de l'AIP, vous le savez aussi bien que moi.

— Qui paie les violons choisit la musique, c'est ça ? cracha Chase avec mépris. Et vous savez quel air il a décidé de jouer ? Un air qui s'intitule : « J'ai kidnappé Nina et volé Excalibur afin de mettre au point une putain d'arme de destruction massive. »

Amoros sursauta sous le coup de la surprise.

— Il a kidnappé Nina ? Qu'est-ce que vous racontez ?

— Il a kidnappé Nina. Il a aussi tenté de me tuer, et de tuer ma nièce. Parce qu'il ne veut laisser aucun témoin susceptible de parler de son opération clandestine, qui a pour objectif l'élaboration d'une super-arme.

— Et vous croyez que j'ai quelque chose à voir dans tout ça ? se récria Amoros.

Chase lui décocha un regard d'acier.

— Si c'était le cas, vous seriez déjà mort. (Amoros se raidit, conscient qu'il ne plaisantait pas.) Mais vous en savez plus sur Jack que ce que vous nous avez raconté. Je veux savoir où il est.

— Tout ce que je sais à propos de Mitchell, c'est qu'il s'agit d'un ancien officier du renseignement des forces spéciales, qui travaillerait actuellement pour la DARPA, et qu'il m'a été demandé de lui apporter ma coopération pleine et entière, dans l'intérêt de la sécurité nationale. Cette demande venait des plus hautes autorités du Pentagone.

— Eh bien, il semblerait que Jack ne prenne pas ses ordres du Pentagone. Ni de personne, d'ailleurs. Il a monté sa propre opération clandestine, et c'est lui qui donne ses ordres au Pentagone.

— Que voulez-vous dire ?

— Il a quitté la Russie à bord d'un sous-marin. Un sous-marin *américain*, dans les eaux territoriales russes. (Amoros écarquilla les yeux sous le coup d'un étonnement sincère.)

J'ai aperçu un numéro sur la coque. J'ai mené mes petites recherches : il s'agissait du SSN-23, un sous-marin d'attaque de classe Seawolf, l'USS *Jimmy Carter*. L'ancien sous-marin à bord duquel Mitchell a servi. Et, détail amusant, ce bâtiment a été modifié pour participer aux opérations des forces spéciales. C'est une sacrée coïncidence qu'il se soit justement trouvé dans les parages !

— Il est impossible que Mitchell dispose d'une telle autorité, objecta Amoros. Même pour les opérations clandestines, il y a toujours quelqu'un qui donne les ordres.

— Pas dans ce cas-là, apparemment. Selon lui, sa mission était trop cruciale pour être confiée à des politiciens. Ce fumier se la joue franc-tireur, Hector. Et il détient Nina, et l'épée, et tout ce qu'il lui faut pour faire fonctionner son arme. J'ai vu de quoi cet engin était capable et, croyez-moi, ça fout les jetons. J'ai besoin de votre aide pour sauver Nina, et pour arrêter Mitchell.

— Mais comment ? J'ignore où il se trouve.

— Quelqu'un le sait, dit Chase en se laissant aller contre le dossier de sa chaise. (Il détourna légèrement de l'amiral le canon de son pistolet.) Il mène peut-être une opération clandestine, mais il utilise quand même des ressources civiles et militaires. Le sous-marin, les hélicos, les avions, les voitures, et même les armes, tous ces équipements auxquels il a eu recours : il y a forcément des traces quelque part. Quelqu'un au Pentagone sait comment le trouver. Vous devez connaître pas mal de monde, là-bas. Faites jouer vos contacts.

Amoros s'agita, mal à l'aise.

— Cela impliquerait que je révèle avoir connaissance d'une opération clandestine sans autorisation pour cela. Je ne risque pas seulement de perdre mon poste ; je pourrais finir en prison.

Le pistolet revint vers lui.

— Au moins, vous serez encore en vie.
Amoros se passa la main sur la barbe d'un air pensif.
— Je… je vais donner quelques coups de fil.

33

Mer de Norvège

Nina bondit de sa couchette en entendant s'ouvrir la porte d'acier de sa cabine.

— Oh, tout doux ! s'exclama Mitchell en interceptant de sa paume ouverte le poing de Nina juste avant qu'il s'écrase contre son visage. (Il serra sa main dans la sienne et la força à baisser le bras.) C'est donc vrai, ce qu'on raconte sur les rousses et leur sale caractère…

Nina grimaça de douleur, avant de lui décocher un coup de pied vers le genou. Mitchell recula vivement la jambe, évitant de peu le pied de Nina.

— Je vais vous tuer, lui cracha-t-elle.

— Mais non, répondit Mitchell d'un ton neutre. Allons-y.

— Où ça ?

Le vol en hélicoptère, la nuit précédente, avait été rapide : un simple transfert jusqu'à l'aéroport de Southampton, où ils avaient embarqué à bord d'un jet qui avait traversé le pays dans toute sa longueur pour atterrir à Wick, à la pointe nord-est de l'Écosse. Un autre hélicoptère – un gros appareil, cette fois-ci – les attendait là et décolla aussitôt pour survoler l'étendue noire de la mer du Nord. Les feux de signalement des plates-formes pétrolières clignotant dans la nuit se succédèrent au cours des premières heures du vol, avant qu'il n'y ait plus que les ténèbres.

Puis un navire apparut dans le lointain, brillant tel un phare dans l'obscurité. Il ressemblait à un cargo, avec son pont principal chargé de conteneurs entassés les uns sur les autres. L'hélicoptère se posa sur une plate-forme d'atterrissage en surplomb de la poupe ; Nina fut alors entraînée dans les profondeurs du navire et enfermée dans une cabine sans hublot, après qu'on lui eut ôté ses menottes.

Ses craintes concernant le sort de Chase et de Holly s'étaient estompées progressivement pour laisser place à une colère bouillonnante. Le désespoir ne lui serait d'aucun secours. Il fallait à présent qu'elle fasse tout son possible pour déjouer les plans de Mitchell et lui faire payer ce qu'ils avaient subi par sa faute.

— Là où se trouve Excalibur, répondit Mitchell. Le système est prêt. Il ne manque plus qu'une chose.

— Moi.

— Voilà. Allons-y.

Deux gardes robustes accompagnaient Mitchell ; l'un d'eux avait une paire de menottes attachée à sa ceinture, mais elles n'étaient pas vraiment nécessaires. Nina savait que, même si elle parvenait à échapper à ses geôliers, elle n'avait nulle part où fuir. Elle préféra donc se concentrer sur son environnement et scruta les lieux à mesure qu'ils descendaient à travers la superstructure du navire, attentive au moindre élément susceptible de l'aider. Un coup d'œil furtif en passant devant un hublot lui apprit qu'il faisait de nouveau nuit ; ainsi, un jour entier s'était écoulé.

Ils franchirent le niveau du pont principal et continuèrent à descendre.

— Bon, j'imagine qu'il ne s'agit pas d'un cargo ordinaire, dit-elle en feignant le ton de la conversation.

— Vous avez raison, acquiesça Mitchell. Au fait, ce navire s'appelle l'*Aurora* ; je n'ai pas eu l'occasion, hier soir, de vous accueillir à bord comme il se doit. Je perds un peu mes bonnes manières, je le crains. Ce bâtiment est entièrement constitué d'acier et de titane non conducteur. C'est le dernier joujou de la DARPA.

— Je croyais que vous ne travailliez pas pour la DARPA…

Il sourit.

— La DARPA a payé pour sa construction ; c'est juste qu'elle ne le sait pas. C'est le grand avantage d'une agence dont le budget reste pour l'essentiel secret. Difficile d'empêcher la construction de quelque chose quand on en ignore l'existence !

— Donc, pour résumer, vous volez l'argent du gouvernement.

— Absolument pas. (Son expression se durcit.) Quand la défense des États-Unis est en jeu, toutes les dépenses sont justifiées. Et le prix à payer n'est jamais trop élevé.

— Y compris le meurtre ?

— Vous devriez poser cette question à Eddie, répliqua-t-il d'un ton railleur. Que croyez-vous qu'il ait fait quand il servait son pays ? Il ne passait pas son temps à livrer des fleurs et des chocolats.

— Vous et lui n'avez rien en commun.

— C'est vrai. Lui se contentait de faire ce qu'on lui disait et d'aller là où on l'envoyait. Et de tuer les cibles qu'on lui désignait. Moi, je prends l'initiative. J'élimine les menaces qui pèsent sur mon pays avant même que quiconque sache qu'elles existent. Vous devriez me remercier pour mes actions.

Nina s'esclaffa d'un air incrédule.

— N'espérez pas que je me sente redevable de vous, ou d'un de vos semblables.

— Dans ce cas, c'est une chance que nous ne réclamions jamais la reconnaissance que nous serions en droit d'attendre pour tout ce que nous accomplissons. De toute façon, que pourriez-vous comprendre aux sacrifices consentis pour les intérêts d'une cause supérieure ? (Il lui jeta un regard acerbe alors qu'ils continuaient à descendre un nouvel escalier.)

Mon travail m'a coûté mon mariage, mais je referais exactement la même chose, parce que c'était nécessaire. Et vous, qu'avez-vous fait pendant ce temps ? Vous avez farfouillé dans la boue à la recherche de vieux bibelots. Et ne venez pas me servir vos salades du genre : « Je l'ai fait au profit de l'humanité entière » ; vous vouliez la gloire et la célébrité, point final. N'essayez pas de le nier.

Nina afficha un sourire narquois.

— Vous me paraissez un peu sur la défensive, Jack. Toutes ces longues nuits de solitude auraient-elles fini par vous aigrir ?

Mitchell l'ignora et Nina émit un petit « ah ! » de satisfaction à lui avoir cloué le bec.

Ils arrivèrent au bas de l'escalier. Mitchell s'avança jusqu'à une grande porte métallique et pressa un bouton sur le côté. La porte s'ouvrit avec un chuintement hydraulique.

— Nous y sommes, dit-il en la poussant à l'intérieur.

Nina franchit le seuil pour découvrir une salle de contrôle, étonnamment semblable à celle du générateur de Vaskovich, y compris la baie vitrée et sa vue sur l'énorme machinerie. Mais, alors que le générateur russe était construit verticalement, celui-là était couché à l'horizontale et occupait toute la longueur de l'immense soute du cargo. Les anneaux d'électro-aimants, plus nombreux que dans le système russe, se succédaient à perte de vue. Des faisceaux de câbles s'enroulaient un peu partout, telles de grosses veines noires, donnant l'impression à Nina de se retrouver à l'intérieur de la cage thoracique de quelque titanesque monstre biomécanique.

À l'extrémité de la soute, des spots illuminaient une croix argentée au cœur du dernier anneau.

Excalibur.

— Voici notre générateur à énergie tellurique, annonça fièrement Mitchell. Il est bien plus performant que celui de Vaskovich, et sur tous les plans. Pour commencer, il est mobile. Les lignes d'énergie ne se limitent pas à la terre ferme, voyez-vous. Elles passent également sous les océans, et nous pouvons donc déplacer le navire à l'endroit où se trouvent les convergences les plus puissantes. (Sa suffisance s'accrut en constatant que Nina était impressionnée par la gigantesque structure, même si elle s'efforçait de ne pas le montrer.) Alors, qu'en pensez-vous ?

— Que j'aurais été bien plus bluffée si cette machine n'était pas destinée à tuer des gens, rétorqua-t-elle d'une voix acide qui estompa quelque peu le sourire de Mitchell.

Elle se tourna vers un grand écran au mur qui affichait une carte du pôle Nord, entouré des formes distordues des continents. Elle repéra le Royaume-Uni près d'un bord de la carte et remonta le regard vers le pôle, attirée par un rond vert, marqué de coordonnées de longitude et de latitude, qui se situait à la périphérie du cercle polaire, entre la Norvège et l'Islande.

— C'est nous, je suppose ? demanda-t-elle. Et j'imagine qu'on n'est pas là à se geler les fesses au milieu de nulle part sans une bonne raison ?

— Très juste.

Mitchell s'avança à un pupitre, fit signe au technicien qui se trouvait devant de s'écarter et entra des lignes de commande dans l'ordinateur. D'autres symboles s'affichèrent sur la carte : des groupes de ronds verts et de triangles rouges apparurent sur l'océan, entre la Russie et la banquise.

— Les triangles rouges, reprit-il, représentent des bâtiments de guerre russes.

— Du rouge pour les Russes ? Quelle originalité !

— Ce n'est pas moi qui ai choisi ces couleurs. Les ronds verts indiquent la position des deux formations opérationnelles de la Navy que nous avons déployées dans l'océan Arctique. Chacune est articulée autour d'un porte-avions ; vous avez ici l'*Enterprise* et, là, le *George Washington*. Je sais que vous n'avez pas vraiment eu le loisir de regarder CNN au cours de cette dernière semaine, mais les Russes se montrent particulièrement belliqueux dans leurs revendications territoriales sur le pôle. Il y a là-bas d'importantes réserves de pétrole et de gaz qu'ils convoitent, et qu'ils souhaitent s'approprier pour eux seuls.

— Et vous ne voulez pas qu'ils s'en emparent, comprit Nina. Vous avez l'intention de couler leurs navires, c'est ça ? Vous voulez utiliser cet engin pour les détruire en pleine mer sans que personne sache d'où est partie l'attaque ?

— Pas exactement. (Le visage de Mitchell se figea dans une expression de froide détermination.) Je vais l'utiliser pour détruire un de nos navires.

— Quoi ? s'étrangla Nina. Vous comptez couler un bâtiment américain ? Mais pourquoi ?

— Si l'un de nos porte-avions est attaqué, on croira automatiquement que cela vient des Russes, et les autres vaisseaux de la force opérationnelle riposteront. Nous éliminerons le gros de la flotte polaire russe, y compris leur porte-avions, l'*Amiral Kuznetsov*, qui est le seul dont ils disposent.

— Mais… mais les Russes ont des missiles nucléaires ! s'écria Nina, horrifiée. Si vous faites ça, la situation dégénérera en Troisième Guerre mondiale !

— Non, cela n'arrivera pas. Les Russes ne veulent pas qu'une bombe nucléaire explose sur Moscou, pas plus que nous ne voulons voir New York réduite en cendres. Après cette escarmouche initiale, le téléphone rouge sonnera sans arrêt, et les choses redescendront progressivement en température. Mais le boulot aura été fait. Les Russes se retrouveront hors jeu, et il ne restera plus qu'une seule puissance dans l'Arctique : les États-Unis. C'est nous qui contrôlerons les ressources du pôle, et pas eux.

— Et si vous vous trompiez ? Et si les Russes ne reculent pas ?

— Dans ce cas, énonça-t-il d'un ton prosaïque qui glaça le sang de Nina, nous devrons nous occuper d'eux. Mais nous n'en arriverons pas là. La perte de l'*Enterprise* nous fera passer pour les victimes aux yeux du reste du monde.

Nina était écœurée.

— Enfin, vous êtes un officier de la marine américaine ! Comment pouvez-vous envisager d'attaquer l'un de vos propres vaisseaux ?

— L'*Enterprise* a déjà cinquante ans ; il est sur le point d'être retiré du service actif et démantelé. De cette façon, il aura une dernière fois l'occasion de servir son pays.

— Et l'équipage ? Il doit y avoir des milliers d'hommes à bord d'un porte-avions !

— Plus de quatre mille.

— Et leur mort servira aussi le pays, j'imagine ?

— Je ne prends pas ça à la légère, croyez-moi, lui affirma Mitchell. (Il désigna les autres personnes présentes dans la salle de contrôle.) Aucun de nous ne le prend à la légère. Mais, quand ces hommes se sont engagés, ils ont prêté serment de servir et de protéger les États-Unis d'Amérique. Et, en contribuant à s'assurer les ressources du pôle au détriment des Russes, c'est exactement ce qu'ils feront. C'est une question de pouvoir. Le pouvoir de garantir notre avenir.

— Oui, je suis sûr que leurs familles verront ça du même œil, rétorqua Nina avec colère. Vous pensez vraiment que le peuple américain approuverait un tel acte ?

— Oui ! Oui, vraiment, je le crois. Les gens aspirent à la sécurité et à la stabilité, à de l'essence bon marché et à *American Idol*, mais ils ne veulent pas se salir les mains pour ça. Je suis celui qui se salit les mains, et qui doit vivre avec. Mais j'arriverai à le supporter, de même que tous ceux qui ont eu à faire ce genre de choses au cours des soixante dernières années. Et pourquoi ? Parce que nous savons que nous avons raison.

— Mon Dieu ! se désespéra Nina. Vous êtes encore pire que Vaskovich. Vous vous prenez vraiment pour un patriote ? Je vais vous dire ce que vous êtes en réalité : un foutu taré de psychopathe de merde !

Mitchell la dévisagea un instant en silence, puis se détourna pour prendre dans une armoire un de ces fusils d'assaut au design futuriste qu'elle l'avait vu utiliser en Russie. Avant qu'elle comprenne ses intentions, il lui tira une balle dans la cuisse.

Elle s'effondra au sol avec un cri, les mains crispées sur la plaie. Le projectile de 3,6 millimètres avait traversé proprement sa jambe droite, Mitchell ayant pris soin d'éviter de toucher un os ou une artère, mais la douleur était insoutenable.

— Mais qu'est-ce qui vous a pris ? hurla-t-elle.

— Allons, ce n'est qu'une égratignure, une blessure superficielle, répliqua-t-il d'une voix froidement sarcastique. J'ai besoin de vous vivante, mais ça ne veut pas dire indemne. Et, pour être franc, vos jérémiades commençaient à me fatiguer. (Il reposa le fusil et se tourna vers le personnel de la salle de contrôle, qui le regardait d'un air médusé.) Occupez-vous de panser sa blessure, puis mettez-la en position. C'est l'heure.

— On est encore loin ? demanda Chase par-dessus le bourdonnement incessant des hélices, en scrutant la surface noire des eaux.

Amoros jeta un coup d'œil aux instruments de navigation.

— Plus tellement, s'il se trouve bien à l'endroit indiqué par mon contact. (Il tourna la tête vers Chase, l'air inquiet.) Eddie, nous arrivons en limite de carburant. Si nous ne repérons pas ce navire dans les dix prochaines minutes, je devrai remettre le cap sur la terre ferme.

Chase résista à l'envie de lui ordonner de rester là aussi longtemps qu'il le faudrait pour retrouver Nina, car il savait que cela ne servirait à rien. Le Piper Seminole qu'Amoros avait réussi à obtenir d'une autre agence des Nations Unies avait déjà brûlé plus de la moitié de ses réserves de carburant ; même en cherchant à rejoindre la Norvège, plus proche, au lieu de revenir en Écosse, ce serait juste.

Mais il demeurait persuadé que Nina se trouvait quelque part au-dessous. Amoros avait fait jouer ses relations au Pentagone pour en apprendre davantage sur les récents agissements de Jack Mitchell et, même s'il avait fallu patienter plusieurs heures, le nom d'un navire leur avait finalement été communiqué : l'*Aurora*. Selon Chase, celui qui avait donné cette information à Amoros risquait sans doute sa carrière en faisant cela ; mais l'ancien amiral avait de nombreux amis dans l'armée, et beaucoup de faveurs à réclamer.

Ils s'étaient alors renseignés sur l'*Aurora*, sans rien découvrir de significatif : il s'agissait d'un porte-conteneurs d'un peu moins de deux cent soixante-dix mètres de long, enregistré au nom d'une compagnie maritime panaméenne, qui était presque certainement une couverture. Chase échouait à comprendre pourquoi Mitchell avait emmené Nina sur ce navire, mais c'était ce que semblaient indiquer les sources d'Amoros.

Il devait donc monter à bord, lui aussi.

À condition de réussir à trouver l'*Aurora* à temps.

— Je ne saisis toujours pas ce que vous espérez faire, dit Amoros. (Il jeta un regard vers Chase, qui vérifiait une dernière fois sa paire de pistolets avant d'attacher un couteau de combat et deux grenades aux sangles qui lui barraient la poitrine.) Mitchell ne sera pas seul ; il y aura un équipage complet à bord.

— L'équipage n'a rien à craindre s'il ne se met pas en travers de mon chemin. Je viens juste chercher Nina.

— Et ensuite ? Vous poserez votre flingue sur la tempe du capitaine pour lui ordonner de mettre le cap vers le port le plus proche ?

— Pourquoi pas ? Je trouverai bien une solution, une fois à bord.

Amoros s'apprêtait à donner son opinion sur le sens tactique de Chase, ou plutôt sur son absence de sens tactique, quand il remarqua quelque chose au loin.

— J'aperçois un navire. À onze heures.

Chase scruta la mer à l'aide de puissantes jumelles et repéra vite un groupe de lumières au milieu de l'obscurité.

— Il s'agit d'un porte-conteneurs. Ça pourrait bien être l'*Aurora*. (À peine discernable dans la nuit, le pavillon de poupe semblait panaméen, mais il était difficile d'en avoir la certitude.) Approchez-vous.

La jambe de Nina fut bandée, mais on ne lui donna aucun antidouleur. Son corps lutta contre sa volonté en réclamant le droit de sombrer dans l'inconscience afin de soulager la brûlure cuisante de sa cuisse, mais elle refusa de se laisser aller et résista fermement pour rester éveillée.

— C'est fini ? Elle est retapée ? demanda Mitchell avec impatience.

— Presque, répondit l'homme qui achevait de nouer le bandage.

— Faites monter les réacteurs en phase un. Nous avons perdu assez de temps.

— Les réacteurs ? s'étonna Nina. Ce truc est nucléaire ?

— Nous avons récupéré les réacteurs de sous-marins de classe Los Angeles retirés du service. La mise en route du générateur nécessite une quantité d'énergie colossale ; c'était la même chose pour celui de Vaskovich. (Mitchell s'adressa à l'un des techniciens.) Une fois que nous serons stabilisés en phase un, déployez les antennes-relais.

— Monsieur ! l'appela un homme à l'autre bout de la salle. Un contact radar a changé de cap pour se diriger vers nous.

— Affichez-le sur l'écran principal, lança Mitchell. (La carte zooma sur la position de l'*Aurora* ; un carré jaune s'en approchait lentement par le sud.) C'est quoi ?

— Un bimoteur à hélices. Sa trajectoire suggère qu'il vient d'Écosse.

— Identifiez-le !

— J'ai le code de son transpondeur, je vérifie le numéro de queue… Il s'agit d'un appareil américain, monsieur. Attaché à l'Agence d'études océaniques de…

— Le fils de pute ! siffla Mitchell à mi-voix. C'est Chase, c'est forcément lui. (Le cœur de Nina fit un bond dans sa poitrine en entendant ce nom.) Quelqu'un au Pentagone a dû parler à Amoros. Qu'il brûle en enfer !

Malgré la douleur, Nina se fendit d'un sourire.

— Oh, on dirait que vous allez avoir des ennuis…

Mitchell lui jeta un regard noir.

— Installez-la en position, ordonna-t-il. Et abattez-moi cet avion !

Chase boucla les sangles de son parachute et reprit les jumelles pour observer de nouveau le porte-conteneurs. Il était désormais suffisamment près pour confirmer que ce dernier battait bien pavillon panaméen et, après quelques instants supplémentaires, il fut en mesure de déchiffrer le nom peint sur la proue.

L'*Aurora*.

— C'est bien lui ! dit-il. OK, effectuez un passage au-dessus de lui : je voudrais l'examiner de plus près.

Il surveilla son altimètre et vit que le Seminole volait à un peu plus de sept mille pieds. Quand il serait prêt à sauter, il demanderait à Amoros de descendre à cinq mille pieds. Il n'avait aucun moyen de juger de la vitesse du vent, et il préférait minimiser les risques de se retrouver déporté loin du porte-conteneurs.

Il revint aux jumelles. L'*Aurora* lui apparut plus clairement à mesure que l'avion s'en rapprochait. Il y avait un hélicoptère posé sur la plate-forme d'atterrissage à la poupe, derrière la superstructure, ce qui était inhabituel – ce genre de cargo utilisait d'ordinaire l'espace arrière pour embarquer davantage de cargaison –, mais le reste du navire semblait normal, et de hautes piles de conteneurs s'entassaient sur son immense pont.

Un mouvement attira son regard : un homme sortit de la superstructure et s'avança à l'extérieur sur l'aile de la passerelle…

Mais ce n'était pas pour aller fumer une cigarette.

— Merde ! s'étrangla Chase. Ils ont un Stinger !

Amoros se tourna vers lui d'un air stupéfait.

Sur l'*Aurora*, l'homme leva le cylindre d'un lance-missiles antiaérien sur son épaule pour aligner la tête du missile à guidage thermique sur leur avion…

— Sautez ! cria Amoros. Allez-y, Eddie !

— Mais…

— *Sautez !*

Avec un dernier regard à Amoros, Chase ouvrit la porte de l'avion et se jeta dans le vide. Le vent glacial le frappa violemment et il tournoya dans les airs avant d'écarter les bras et les jambes pour se stabiliser. Le navire apparut dans son champ de vision, tache de lumière au milieu du noir de la nuit.

Un éclair orange illumina l'aile de la passerelle. Le Stinger jaillit du lance-missiles, pointe de feu au sommet d'une colonne de fumée.

Le Seminole changeait déjà de cap en un virage serré pour tenter d'échapper au verrouillage thermique du missile. Chase savait que ses chances étaient minces. Le Stinger pouvait abattre des avions de chasse ; un bimoteur civil représentait pour lui une proie facile.

Le missile monta en flèche dans le ciel tandis que Chase chutait, et son bang supersonique le secoua rudement. Il tourna la tête pour suivre l'ascension du missile…

Le Stinger frappa le moteur gauche du Seminole et explosa, engloutissant l'aile dans une boule de feu. Les fenêtres de la cabine luisirent d'un éclat blanc alors que le brasier enveloppait le fuselage, puis l'épave de l'avion piqua vers la mer avide dans un tourbillon de flammes.

Chase n'avait pas le loisir de penser à Amoros. Il était en chute libre et l'*Aurora* se trouvait encore à bonne distance devant lui. Il n'avait pas d'autre choix que d'ouvrir maintenant son parachute ; mais, s'il était repéré, il ferait une cible facile, sans compter qu'il risquait aussi de tomber trop court et de rater le navire…

Il tira sur la corde d'ouverture. La voile de nylon jaillit du sac avec un sifflement et se déploya au-dessus de lui en un grand rectangle noir. Le harnais lui serra brutalement la poitrine et les épaules.

Avait-il suffisamment ralenti ? Était-il déjà trop bas ?

Il estima qu'il devait se trouver à une altitude d'environ quatre mille pieds, mais il était difficile de s'en assurer dans l'obscurité. Il tira sur les commandes en s'efforçant de se donner autant d'élan vers l'avant que possible.

À présent, il ne lui restait plus qu'à espérer.

— Cible touchée ! s'écria le technicien. L'avion est en feu, il tombe.

— Surveillez la radio, ordonna Mitchell. En cas d'appel de détresse, brouillez-le.

Le bref soulagement qu'avait éprouvé Nina se transforma en un sentiment d'horreur glacée, et une partie de son esprit eut envie de céder au désir de son corps : sombrer dans l'inconscience pour échapper à cette nouvelle douleur, celle de la perte. Mais, une fois encore, elle refusa de renoncer.

Si Chase n'était plus… alors c'était à elle qu'il revenait de stopper Mitchell.

D'une façon ou d'une autre.

— Il s'est abîmé en mer, annonça le technicien quelques secondes plus tard. Aucun appel de détresse.

— Maintenez la surveillance radio, au cas où. Et déployez les antennes. (Mitchell releva Nina avec rudesse ; la souffrance la fit hoqueter.) Vous vouliez Excalibur ? Elle est tout à vous, pour le reste de votre vie…

Chase leva les yeux vers son parachute en le suppliant de continuer à voler. Il était presque à portée de l'*Aurora*, qui avançait lentement ; il n'était plus qu'à quelques dizaines de mètres, mais il perdait trop rapidement de l'altitude. Il s'étira de tout son long en s'efforçant de gagner encore quelques mètres alors qu'il descendait vers les conteneurs…

…qui se mirent soudain à *bouger*.

Chase resta un instant médusé, incapable de comprendre ce qui se produisait. Les toits des conteneurs s'ouvraient chacun leur tour dans un impeccable ballet mécanique, comme ces jouets qui pouvaient se transformer pour changer d'apparence. D'autres mécanismes internes s'activèrent, déployant des lances de métal scintillantes vers le ciel, qui s'épanouirent à leur sommet en d'étranges tournesols géants.

L'étage supérieur des conteneurs n'était rien d'autre qu'un camouflage pour un parc d'antennes-relais, plus petit que celui qui entourait le complexe de Vaskovich, mais plus dense, alignant des centaines de récepteurs prêts à puiser dans l'énergie de la Terre… avant de la libérer.

Et Chase descendait droit vers elles.

Il tira sur les commandes pour s'éloigner des antennes et se diriger vers l'arrière du navire. Cela impliquait de voler sur encore un peu de distance, avec le risque de tomber au-dessous du niveau du pont, mais cela valait mieux que de s'empaler sur une antenne.

— Allez, allez, merrrrde !

Il était trop bas, il avançait trop lentement...

Il allongea vivement les jambes en voyant qu'il fonçait sur une des antennes en train de se déployer dans un grincement métallique. Le parachute retomba sur lui alors qu'il était brutalement stoppé par l'antenne, qui ploya sans se rompre.

Il tomba, s'agrippa à l'un des « pétales » de l'antenne pour arrêter sa chute vers l'intérieur du conteneur noyé dans les ténèbres. La plaque de métal se déforma sous son poids, mais tint bon. Enchevêtré dans les suspentes du parachute, Chase heurta la colonne de l'antenne. Il passa ses bras autour et se laissa glisser tout du long pour atterrir enfin sur le sol métallique.

Le parachute s'était pris dans l'antenne et claquait au vent. Il le détacha et se débarrassa du harnais, puis dégaina d'une main un pistolet, et une petite lampe torche de l'autre.

Ce qui de l'extérieur ressemblait à une succession de conteneurs individuels n'était en réalité qu'un décor dissimulant une structure unique. Le parc d'antennes avait achevé son déploiement et s'élevait bien au-dessus des toits ouverts. Chase braqua sa torche vers le sol, qui présentait une surface uniforme. Cela signifiait donc que les niveaux inférieurs de conteneurs étaient faux, eux aussi : une simple façade pour masquer ce qui se cachait à l'intérieur. Et les antennes lui offraient un bon indice de ce qui devait se trouver dessous : ce navire était une version flottante du générateur à énergie tellurique de Vaskovich.

Mais Mitchell avait conçu le sien à des fins de destruction, non de production. Et si les antennes se mettaient en position...

Chase courut à travers la forêt de métal en direction de la superstructure arrière, en espérant réussir à y pénétrer avant que quelqu'un se rende compte qu'il y avait un intrus à bord.

Mitchell et ses deux gardes traînèrent Nina qui se débattait sur toute la longueur de la soute, en passant sous l'ombre menaçante des anneaux magnétiques du générateur. Excalibur les attendait au bout de la soute, sur une plate-forme installée sur le bras d'une grue destinée à la monter au centre de l'anneau.

— Vous allez rester avec nous un bon moment, lui dit Mitchell. Le temps que l'on trouve une autre personne capable de décupler le potentiel de l'épée...

— Oh, je me sens tellement privilégiée ! railla Nina. Vous n'avez pas pensé à tester vos hommes avant de vous lancer dans le kidnapping ? Vous savez, pour garder la chose dans votre famille de traîtres et de psychopathes...

— Si, évidemment, mais ça n'a fonctionné avec personne. J'aurais bien étendu le test, mais faire défiler des centaines de personnes dans cette installation ultra-secrète pour leur demander de tenir l'épée du roi Arthur afin de voir si elle se mettait à briller aurait suscité pas mal de questions, vous l'imaginez bien, répondit Mitchell sur le même ton.

Ils arrivèrent à la plate-forme. Soigneusement nettoyée et polie, Excalibur était enchâssée dans une sorte de pilier noir en fibre de carbone, pointe vers le bas, maintenue en position par une pince au niveau de la garde. Une autre pince, plus grande et qui ressemblait davantage à une sorte de coffret, pouvait se refermer à hauteur de la poignée de l'épée. Nina frissonna. La pince présentait un renfoncement à l'intérieur... juste assez large pour accueillir ses mains.

Mitchell remarqua la terreur dans son regard.

— Oui, j'ai pensé que vous refuseriez de coopérer.

Il hocha la tête à l'intention des gardes, qui traînèrent Nina vers le dispositif.

Nina se débattit pour se dégager les mains, en gardant les poings serrés.

— Si vous croyez que je vais mettre ma main dans cette chose…

Un autre signe du menton. L'homme à la droite de Nina lui assena un coup sur sa cuisse blessée. La douleur fulgurante manqua de lui faire perdre connaissance et, le temps qu'elle retrouve ses esprits, tout était terminé : les hommes l'avaient forcée à ouvrir les poings et à poser les mains sur la poignée d'Excalibur, puis ils avaient refermé la pince qui les maintiendrait en place.

— Non ! s'écria-t-elle en tentant de se dégager. Libérez-moi !

Mais ses poignets étaient serrés sous la pince dont les angles lui entraient dans la peau. Ses deux mains se pressaient contre le métal froid de l'épée, et la lame brillait d'un éclat vif. Chargées d'énergie tellurique, les molécules s'alignèrent sur le fil de l'épée pour former un tranchant parfait, capable d'entamer n'importe quel matériau.

Mais cela ne lui serait d'aucun secours. Les pinces qui enserraient la garde et la poignée maintenaient solidement Excalibur en place dans son cadre.

Nina aurait voulu donner un coup de pied à Mitchell, mais la douleur de sa jambe blessée l'empêchait de la soulever. Impuissante, elle lui cracha au visage.

— Allez vous faire foutre !

Mitchell essuya d'un geste irrité le crachat qui l'avait atteint à l'œil gauche et s'apprêtait à appuyer sur les commandes de la plate-forme quand une voix fébrile retentit dans le walkie-talkie d'un des gardes. Il récupéra l'appareil et écouta. Ses yeux s'écarquillèrent lentement sous le coup d'une surprise incrédule, puis il explosa de colère.

— Trouvez-le et tuez-le ! éructa-t-il. Maintenant !

Nina ouvrit elle aussi de grands yeux, mais sous le coup d'une émotion qu'elle ne s'attendait plus à éprouver : de la jubilation.

— C'est Eddie, n'est-ce pas ? Vous êtes foutu ! triompha-t-elle.

— Il y a quarante personnes sur ce navire, vous savez.

— Je leur souhaite bonne chance.

Piqué au vif, Mitchell appuya sur le bouton qui commandait la plate-forme. Seule et piégée, Nina s'éleva au centre de l'immense générateur.

34

Une porte à l'arrière des faux conteneurs communiquait avec la superstructure. Chase la franchit, l'arme au poing, pour pénétrer dans une coursive. Personne. Jusqu'ici, tout se déroulait sans accroc…

Une sirène d'alarme hurla soudain et une voix retentit dans les haut-parleurs.

— À tout l'équipage, alerte intrusion ! Je répète, alerte intrusion !

Quelqu'un avait sans doute repéré son parachute.

Chase dégaina son second pistolet, qui était lui aussi un USP Expert de Heckler & Koch. Il ne s'agissait pas vraiment de son arme favorite, mais les balles de calibre 45 rempliraient parfaitement leur office à courte portée.

Ignorant où se trouvait Nina, il décida d'entamer ses recherches par l'endroit le plus logique. Si Mitchell avait l'intention d'utiliser l'arme, il lui fallait Excalibur et Nina, et la soute était le seul endroit du navire assez grand pour héberger le générateur à énergie tellurique. Il parcourut les couloirs jusqu'à ce qu'il rencontre enfin une échelle descendant dans les profondeurs du navire. Il s'y engageait, quand il entendit la cavalcade de quelqu'un qui courait dans sa direction.

Surpris au milieu de la descente, Chase glissa les bras sous les rampes de l'échelle et se laissa glisser en tenant ses pistolets devant lui. Un homme armé apparut au pied de l'échelle ; Chase tira à deux reprises et l'homme s'effondra dans une giclée de sang. Il arriva en bas, sauta sur le pont, avisa un autre homme et l'abattit d'un tir en pleine tête avant de pivoter sur lui-même, alerté par un bruit dans son dos, et d'éliminer un troisième garde.

Il se précipita dans la coursive. Une écoutille ouverte au bout du passage laissait entrevoir une autre échelle qui descendait plus bas.

Un homme dissimulé derrière le panneau de l'écoutille se pencha et tira sur Chase. La balle siffla juste à côté de sa tête alors qu'il se jetait de côté en ripostant. Ses deux tirs ricochèrent sur le panneau métallique.

Des ombres dansèrent sur le mur derrière l'écoutille : d'autres hommes sur l'échelle…

Il tira une nouvelle fois pour les inciter à ne pas sortir tandis qu'il cherchait un abri. Il y avait une porte dans la cloison à côté de lui ; il l'ouvrit en grand afin de s'abriter derrière alors que des tirs le visaient depuis le bout de la coursive. La porte tressauta sous les impacts qui bosselèrent le panneau métallique.

Chase entendit des cris derrière lui. Des renforts arrivaient par l'autre côté. Il allait se retrouver pris en tenaille…

N'ayant pas d'autre choix, il franchit la porte et la referma derrière lui.

Il s'agissait d'une réserve. Parmi les diverses pièces de machinerie entreposées, il reconnut des éléments qui ressemblaient aux aimants du générateur de Vaskovich, et remarqua aussi le sac d'un paraplaneur similaire à celui que Mitchell avait utilisé pour son saut sur Grozevny. Mais le contenu de cette salle l'intéressait moins que de savoir si elle comportait une autre issue. Ce qui n'était pas le cas.

À moins que…

Une grille de ventilation s'apercevait au plafond, par laquelle se renouvelait l'air à l'intérieur du navire, et un second soupirail s'ouvrait dans le mur juste au-dessous. Chase leva ses pistolets et fit exploser la grille du soupirail. Il grimpa sur une pile de caisses et délogea à coups de crosse les morceaux de persienne brisés pour se faufiler dans la gaine de ventilation.

Le conduit était plus large que ce à quoi il s'attendait, et il sentit un courant d'air chaud lui caresser le visage alors qu'il rampait à l'intérieur. Le système servait moins à la ventilation qu'au refroidissement en évacuant l'air chaud à l'extérieur. Chase entendit derrière lui la porte s'ouvrir avec fracas. Des hommes jaillirent dans la pièce en poussant des cris. Il ne leur fallut pas longtemps pour comprendre par où il avait filé.

Il pointa un pistolet vers l'entrée du conduit, tout en continuant à avancer le plus vite possible vers la lumière qui filtrait par des grilles dans le sol du tunnel. Il jeta un regard derrière lui. Une tête apparut dans l'ouverture rectangulaire. Il suffit d'un tir pour que la tête disparaisse dans plusieurs directions à la fois.

Il savait qu'une rafale balaierait la gaine de ventilation d'un instant à l'autre…

Il atteignit la première grille et devina fugitivement l'espace caverneux qui s'ouvrait au-dessous avant de la briser à coups de crosse. Le métal mince se déforma ; il frappa jusqu'à ce qu'un côté cède et que la grille se détache.

Une poutrelle passait sous l'ouverture, à un peu plus d'un mètre de distance. Ce n'était pas idéal, mais il ne disposait de rien de mieux à sa portée. Il se jeta dans le trou au moment où des tirs ricochèrent sur les parois de la gaine juste au-dessus de lui.

Il heurta la poutrelle, qui formait un angle aigu, et commença à glisser. Les jambes pendues dans le vide, il lâcha un pistolet pour se retenir d'une main, et l'arme tomba en tournoyant vers le sol.

Il s'efforça de calmer les battements furieux de son cœur et constata qu'il était suspendu à l'armature supportant une réplique horizontale du système de Vaskovich. Un des gigantesques anneaux d'électro-aimants était arrimé au bord opposé de la poutrelle par d'énormes isolateurs. D'autres anneaux se succédaient sur toute la longueur de la soute jusqu'à…

Nina!

Elle se trouvait un peu plus bas que lui, à l'autre bout du générateur, sur une plate-forme surélevée, à côté d'Excalibur. Il aurait voulu crier son nom, mais il se retint pour ne pas trahir sa position.

Même si, de toute façon, il ne tarderait pas à être repéré.

Il se hissa et trouva une prise pour son pied. Le générateur ne fonctionnait pas encore ; mais, comme les antennes avaient été déployées, c'était sans doute pour bientôt. Avait-il le moyen de le saboter ?

L'équipement accroché à son harnais tinta contre la poutrelle. Une idée germa dans son esprit…

— Bordel, je n'en crois pas mes yeux ! (Mitchell se précipita vers la baie vitrée de la salle de contrôle et observa d'un air incrédule la silhouette qui descendait en escaladant une poutrelle de l'armature du générateur.) Il est là ! (Il arracha le casque d'un technicien et hurla dans le microphone.) Sécurité ! Il est dans la soute, sur le générateur ! Grouillez-vous ! Ramenez vos fesses ici !

Il se saisit du XM-201 et se rua dans l'escalier.

Chase le vit arriver alors qu'il sautait de la structure pour se placer sous l'anneau magnétique. Il avait son pistolet dans une main et une grenade dans l'autre, les doigts fermés sur le levier de sécurité. Il ouvrit grand les bras pour montrer à Mitchell ce qu'il tenait. Chase courait le risque qu'il lui tire tout de même dessus, mais, ainsi qu'il l'avait espéré, l'Américain resta circonspect, peu désireux de voir le générateur subir des dommages.

— Salut, Jack ! l'interpella-t-il alors que Mitchell se rapprochait, le fusil pointé sur lui. Joli rafiot !

— Remettez la goupille, Eddie, lui intima Mitchell d'une voix tendue.

— Je ne sais pas… Je suis curieux : vous avez dit que, si les aimants étaient endommagés, ça pouvait finir en beau merdier ; ça vaut le coup d'essayer, non ? Sinon, vous pouvez aussi libérer Nina et nous laisser partir…

Il leva les yeux vers la plate-forme. Nina l'avait vu, désormais, et elle observait la scène depuis l'autre bout de la soute.

— Ce n'est pas une option. (Mitchell appuya sur le sélecteur du chargeur et se mit en joue.) Je peux vous exploser le bras au niveau de l'épaule : qui sait, peut-être votre main restera-t-elle crispée sur le levier de la grenade. Et, même dans le cas contraire, les aimants tiendront le choc : ils sont robustes.

— Si robustes que vous gardez toute une salle remplie de pièces de rechange ? contra Chase. Libérez Nina, ou je réduis cet endroit en miettes.

— Et vous avec ?

— S'il le faut.

Mitchell secoua la tête.

— Non. Je vous connais, Eddie. Sur ce point, nous nous ressemblons : la mission passe avant tout. Et votre mission, c'est de sauver Nina. Si vous vous faites sauter, votre mission échouera, et je sais que vous détestez perdre.

— C'est ce que nous verrons.

Mitchell se contenta de sourire avec morgue. D'autres hommes arrivèrent en courant derrière lui. Certains étaient armés de XM-201, tandis que d'autres portaient des armes de poing conventionnelles. Mitchell leur jeta un regard, puis rugit de colère.

— Qui m'a fichu une bande d'abrutis pareils ? Pas d'armes en métal ici ! Sortez ! (Son visage afficha une expression de compréhension soudaine, et il se tourna vers Chase.) Les hommes qui vous ont vu ont rapporté que vous aviez deux pistolets, Eddie. Où est l'autre ?

— Aucune idée, répondit Chase sans chercher à mentir. Je l'ai laissé tomber ; il pourrait être n'importe où. Impossible de savoir quels dommages il pourrait provoquer s'il était attiré dans les aimants, hein ?

— Déployez-vous, ordonna Mitchell aux gardes en continuant à braquer son fusil sur Chase. Fouillez l'endroit. Il y a un pistolet quelque part, retrouvez-le.

Chase adopta un air suffisant, comme s'il doutait qu'ils puissent retrouver son arme, mais il ne fallut qu'une minute ou deux pour qu'un homme repère le pistolet tombé derrière un écheveau de câbles.

— Et merde, marmonna-t-il.

— Bien joué, Eddie, mais ça n'a pas marché. Vous n'avez plus aucun atout dans votre manche. Remettez la goupille, maintenant.

Avec un haussement d'épaules résigné, Chase fit tourner la grenade entre ses doigts pour révéler que la goupille était restée en place, cachée sous son pouce.

— Ça valait le coup d'essayer.

— Fouillez-le. (Deux hommes s'avancèrent et le débarrassèrent du reste de son équipement.) Bon, sortons tout ça de la zone du champ magnétique. En avant, Eddie.

Du canon de son fusil, Mitchell lui indiqua la direction de la salle de contrôle.

— Vous n'allez pas me tuer ?

Mitchell sourit.

— Oh, que si. Mais je n'ai pas envie qu'une balle endommage le système. Avancez.

Chase leva les yeux vers Nina, puis se dirigea vers la salle de contrôle, suivi de Mitchell qui pointait toujours son fusil sur lui. Tous les autres hommes quittèrent la soute avant eux, à l'exception d'un seul, qui resta avec Mitchell pour surveiller Chase tandis qu'il grimpait l'échelle.

— Alors, qui comptez-vous attaquer ? L'Iran ? La Russie ? Le Venezuela ?

— Vous brûlez, avec nos amis de Moscou, répondit Mitchell alors qu'ils pénétraient dans la salle de contrôle. Où en est le niveau d'énergie ? Sommes-nous parés pour la phase un ?

— Oui, monsieur, lui confirma un technicien. Nous nous trouvons au point de convergence de cinq lignes de flux, et elles nous fournissent déjà une puissance de 0,37. Tous les systèmes sont opérationnels.

— Très bien. Allumez le générateur. Pleine puissance.

Les techniciens s'activèrent devant leurs pupitres et le pont se mit à vibrer tandis qu'un puissant bourdonnement électrique montait progressivement en intensité. Mitchell se déplaça pour se tenir face au compteur à affichage numérique, similaire à celui de la salle de contrôle en Russie, qui indiquait la puissance du générateur. Le chiffre grimpa doucement au-dessus de 0,50 alors que le champ électrique s'amplifiait et canalisait l'énergie tellurique dans le système.

Grâce au supraconducteur. Grâce à Excalibur.

Chase apercevait encore Nina à l'autre bout de la soute, au centre du dernier anneau d'électro-aimants. L'épée devant elle luisait puissamment et, incapable de se protéger les yeux de ses mains emprisonnées, elle était forcée de détourner la tête de l'éclat aveuglant.

Un arc électrique grésilla sur l'un des anneaux les plus proches, dansant entre les aimants. Plusieurs éclairs lumineux apparurent un peu partout sur le générateur, et l'odeur âcre de l'ozone agressa les narines de Chase.

— Elle ne craint rien, là-dedans ?

— Je ne l'aurais pas mise là si ça risquait de la tuer. J'ai encore besoin d'elle. (La jauge dépassa rapidement 0,80.) Confirmez l'alignement des antennes.

— Confirmé, monsieur, répondit quelqu'un. La réflexion ionique est calculée et programmée, et la cible verrouillée.

Mitchell hocha la tête. Le compteur passa 0,90, puis 0,95.

— Nous avons atteint le seuil ! s'exclama-t-il en tapant du poing sur la console alors que l'indicateur atteignait 1,00 et augmentait encore.

— Confirmé ! s'écria un technicien avec le même enthousiasme. Le processus est désormais autonome, et l'accumulation d'énergie se poursuit selon la courbe de progression prévue.

— État du champ magnétique ?

— Stable, et en augmentation lui aussi.

— Continuez. Et initialisez la séquence de tir.

Chase vit les arcs électriques crépiter autour de Nina, puis son regard dériva vers la poutrelle sur laquelle il avait atterri depuis la gaine de ventilation. Il fixa intensément les yeux sur un point précis, et chuchota :

— Allez, allez…

Mitchell se tourna vivement vers lui.

— Quoi ?

— Oh, rien, répondit Chase. C'est juste que… Vous vous souvenez que j'avais une grenade quand vous m'avez trouvé ?

— Oui ?

— Eh bien, quand je suis arrivé dans la soute, j'en avais *deux*.

Mitchell pivota d'un coup pour scruter la poutrelle, ouvrit la bouche pour émettre un ordre affolé…

Mais il était déjà trop tard.

Chase avait coincé son autre grenade par la goupille dans un des crochets supportant les kilomètres de câbles qui parcouraient l'ensemble du générateur. Alors que le champ magnétique montait en intensité, la grenade fut attirée par l'anneau d'électro-aimants tout proche. Au début, la goupille tint bon ; mais, à mesure que la force invisible croissait, elle commença à se tordre… et se brisa.

La grenade vola dans les airs pour se coller à un aimant et son levier de sécurité sauta, victime lui aussi de l'attraction magnétique. L'amorce égrena les secondes : trois, deux, un…

L'explosion réduisit l'électro-aimant en miettes. Emportés par le puissant champ magnétique, les débris se mirent à tournoyer dans le générateur et heurtèrent d'autres éléments en les arrachant à leurs supports. D'immenses arcs électriques parcoururent la soute, faisant jaillir étincelles et flammes là où ils frappaient.

Un aimant entra en surcharge et explosa en projetant des débris contre la vitre de la salle de contrôle. Mitchell plongea à l'abri derrière un pupitre, et Chase en profita pour pivoter sur lui-même et écraser son poing sur le visage du garde derrière lui, figé par la surprise.

Le coup l'envoya au tapis et Chase s'empara de son XM-201. Il ne pouvait pas se servir du fusil à cause du verrou biométrique, mais il appuya sur le bouton du lance-grenades.

Le projectile traversa la salle de contrôle et frappa un pupitre dans le coin opposé. L'explosion souleva dans les airs plusieurs techniciens, et l'un d'eux bascula par la fenêtre brisée, soufflé tel un fétu de paille. Chase courut jusqu'à la porte et tira une deuxième grenade pour détruire d'autres pupitres de contrôle. Il vit Mitchell ramper au sol et voulut tirer sa dernière grenade sur lui, mais une console s'interposait entre eux ; s'il tirait, il serait pris lui aussi dans le souffle de l'explosion. Il franchit le seuil d'un bond, visa à la place le grand écran au mur, et la carte numérique disparut dans une pluie de cristaux liquides pulvérisés.

Il descendit l'échelle menant à la soute. L'homme qui avait été projeté par la fenêtre gisait sur le premier anneau d'électro-aimants au-dessus de lui. Chase ne s'attarda pas sur ce spectacle morbide, jeta le fusil désormais inutile et traversa la soute au pas de course en longeant le générateur.

Masquant ses yeux d'une main pour les protéger des flashes éblouissants des arcs électriques, il se dirigea vers la plate-forme où Nina était retenue.

— Arrêtez tout ! hurla Mitchell à l'un des techniciens rescapés. Le générateur entre en surcharge, coupez le système !

— Impossible ! protesta l'homme. Le générateur fonctionne de manière autonome ; il est bloqué sur la dernière instruction reçue. Il va continuer à accumuler de l'énergie jusqu'à ce qu'il explose. Le seul moyen d'arrêter le processus est d'enlever le supraconducteur !

— Ou celle qui le tient, marmonna Mitchell en regardant à travers les volutes de fumée vers l'autre bout de la soute.

L'éclat d'Excalibur s'apercevait parfaitement, ainsi que Nina, toujours en contact avec l'épée. Mitchell chercha son fusil. Il le trouva sous un pupitre en feu, son fût cloqué par les flammes.

— Vous aviez peut-être raison, Eddie, cette arme est trop fragile, dit-il avant de courir à la baie vitrée.

Il lui suffit d'un coup d'œil pour constater que Chase avait abandonné le XM-201 qu'il avait dérobé, et qui ne lui servait à rien puisque ses empreintes n'étaient pas enregistrées dans la mémoire du fusil d'assaut.

Mais celles de Mitchell l'étaient.

— Faites tout ce que vous pouvez pour stabiliser le système, ordonna-t-il sèchement au technicien avant de quitter la salle en courant.

La température augmentait rapidement alors que se multipliaient les éclairs électriques qui parcouraient le générateur, mais c'était surtout l'odeur qui se révélait difficile à supporter. La puanteur de la peinture chauffée et du plastique fondu piqua le nez et les yeux de Chase ; tout ce que les arcs électriques touchaient, en dehors des anneaux magnétiques, prenait immédiatement feu. Certaines décharges passèrent dangereusement près de lui, en le forçant parfois à s'arrêter le temps qu'elles se dissipent. Les images rémanentes des éclairs lui brouillaient la vision de taches lumineuses.

Il s'immobilisa de nouveau quand un éclair vint frapper la paroi devant lui en projetant des gouttelettes de métal fondu, avant de s'éloigner pour crépiter sur la grue.

— Eddie ! hurla Nina depuis la plate-forme. Jack arrive derrière toi !

Chase tourna la tête. Mitchell avait ramassé le fusil et courait à sa poursuite le long du générateur. Mais il ne tirait pas, sans doute pour ne pas risquer de toucher un autre aimant et d'aggraver la situation.

Un pupitre de contrôle se dressait à côté du pied de la plate-forme. Chase appuya sur un bouton et la plate-forme redescendit avec un sifflement hydraulique. Nina apparut devant lui, et il remarqua son bandage à la cuisse droite.

— Qu'est-ce qui t'est arrivé ?

— Ce fumier m'a tiré dessus, voilà ce qui m'est arrivé ! Libère-moi de ce truc !

La tête rentrée dans les épaules pour ne pas offrir à Mitchell une cible trop facile, Chase grimpa sur la plate-forme et inspecta la pince qui retenait les mains de Nina. Il défit un loquet et la fermeture s'ouvrit, permettant à Nina de se libérer. La lumière d'Excalibur disparut instantanément, mais le générateur continua à fonctionner et les éclairs électriques à traverser furieusement la soute. Nina se pencha sur le petit pilier renfermant l'épée et déverrouilla la pince qui la maintenait en place.

— Que fais-tu ? demanda Chase.

— On ne peut pas laisser Jack la garder ! Il voulait couler l'*Enterprise*.

Il lui lança un regard perplexe.

— On ne parle pas du vaisseau spatial de *Star Trek*, j'imagine ?

Nina leva les yeux au ciel.

— Non, c'est un porte-avions ! Il veut le détruire et faire porter le chapeau aux Russes pour déclencher une guerre ! (La pince s'ouvrit et elle s'empara d'Excalibur, dont la lame s'illumina de nouveau.) Oh, merde !

Chase vit Mitchell courir vers eux : il n'était plus très loin, mais sa ligne de mire restait encore partiellement bloquée par certaines parties du générateur.

— Il ne tirera pas sur le…

Mitchell ouvrit le feu.

Certaines balles de la rafale ricochèrent sur le générateur sans l'endommager, avec un bruit mat plutôt qu'un tintement métallique.

D'autres touchèrent des cibles moins solides.

Chase eut l'impression d'encaisser un coup de pied dans le ventre. Un autre impact à l'épaule droite le fit tomber à la renverse, le bras instantanément engourdi. Nina reçut une balle dans le flanc et sa jambe blessée se déroba sous elle. Elle perdit l'équilibre et chuta de la plate-forme en lâchant Excalibur, qui glissa sur le sol de la soute.

Des balles en caoutchouc, comprit Chase : l'option de munitions non létales du XM-201. Le souffle coupé, il roula sur lui-même, le bras droit inerte. Il s'appuya de la main gauche sur l'espèce de coffret dans lequel s'insérait Excalibur et se releva.

La botte de Mitchell percuta son dos et il retomba au sol. L'Américain bondit sur la plate-forme et lui assena un autre coup de pied avant de le frapper de la crosse de son fusil.

— Debout, connard ! hurla-t-il en ponctuant son insulte d'un nouveau coup de pied. (Chase grogna de douleur.) On va voir qui est le meilleur !

Mitchell écrasa son pied sur sa poitrine, pesant douloureusement sur ses côtes. Chase tenta de se dégager ; mais, avec un seul bras valide, il manquait de force. Mitchell se dressa au-dessus de lui, illuminé par les arcs électriques qui crépitaient autour de l'anneau du générateur et encadraient sa silhouette d'un halo maléfique.

Mais Chase n'était pas encore vaincu.

Avec un rugissement étranglé, il balança son poing gauche sur l'unique point sensible à sa portée : l'arrière du genou de Mitchell. Celui-ci tituba vers l'avant alors que sa jambe fléchissait sous l'impact, et Chase frappa de nouveau, à l'entrejambe cette fois.

Plié en deux par la douleur, Mitchell s'écroula sur le pilier d'Excalibur. La pression sur la poitrine de Chase se relâcha et il roula de la plate-forme pour tomber sur le sol de la soute.

Il eut à peine le temps de relever la tête qu'une botte s'écrasait sur son visage, renvoyant son crâne heurter violemment le sol. Des étoiles explosèrent dans son champ de vision. Le pied de Mitchell s'abattit encore, sur son avant-bras gauche, et sa vieille blessure se réveilla dans un spasme fulgurant. Chase hurla.

Mitchell pointa son fusil sur le visage de Chase en tournant la molette du sélecteur de munitions. Pas de balles en plastique, cette fois : juste une ogive métallique fatale. Sa bouche se tordit en un rictus sadique de triomphe.

Un éclair de lumière aveugla Chase.

35

Mais il ne provenait pas de la bouche du fusil. C'était un éclair bleu-blanc éblouissant qui vint trancher en deux le XM-201. L'avant du fusil retomba à côté de la tête de Chase… avec la main de Mitchell sectionnée, toujours crispée autour de la poignée de l'arme.

— Et ça, c'est juste une égratignure ? rugit Nina.

Mitchell hurla en serrant le moignon de son poignet, dont le sang jaillit à gros bouillons. Il tituba en arrière, contre le pilier.

Nina leva Excalibur. La lame scintillante transperça l'abdomen de Mitchell et s'enfonça profondément dans l'armature en fibre de carbone contre laquelle il se tenait, ne s'arrêtant que quand la garde vint buter contre son estomac. Nina lâcha la poignée et la lumière disparut, laissant Mitchell cloué au pilier, et incapable de retirer l'épée.

— Vous vouliez de l'énergie ? fulmina Nina en boitillant jusqu'au pupitre de contrôle de la plate-forme. Essayez donc cinquante millions de volts !

Elle pressa le bouton.

La plate-forme s'éleva lentement vers les éclairs furieux d'énergie tellurique qui crépitaient en tous sens à travers l'anneau magnétique.

— Non ! hurla Mitchell en tentant désespérément d'arracher d'une main l'épée qui le transperçait. *Non !*

Il monta au milieu de l'anneau, qui s'illumina d'une véritable tempête d'éclairs. Mitchell s'embrasa, calciné en un instant par la concentration d'énergie qui traversait son corps. De nouveaux arcs électriques jaillirent à l'extérieur de l'anneau pour frapper les murs et le plafond avec une force aveuglante.

Nina tira Chase de côté alors qu'un éclair touchait le pupitre de contrôle et le réduisait en cendres. La plate-forme retomba dans une colonne de feu en projetant des débris de toutes parts.

D'autres explosions firent trembler la soute.

— Eddie, ça va ?

— En pleine forme, répondit-il en crachant du sang. (Une sirène retentit, et son écho se réverbéra dans la soute.) Je crois qu'on devrait rentrer à la maison, maintenant.

— Rien à redire à ça.

Tandis que Chase se relevait péniblement, Nina aperçut Excalibur qui gisait au milieu des décombres fumants de la plate-forme. L'épée s'illumina dès qu'elle s'en saisit, et elle la secoua pour débarrasser la lame de ce qui ressemblait horriblement à de la poitrine de porc grillée.

Chase passa un bras autour de sa taille pour l'aider à marcher.

— Allons-y !

Des arcs électriques frappèrent les parois alors qu'ils remontaient la soute en sens inverse. Les rares personnes encore en vie dans la salle de contrôle avaient dû fuir les lieux ; la sirène indiquait sans doute l'évacuation générale. Un des anneaux magnétiques derrière eux s'arracha de ses supports et s'écrasa au sol dans un impact qui fit trembler le navire. D'autres éléments explosèrent et des pans entiers de l'armature du générateur s'effondrèrent.

Un flash particulièrement brillant fut suivi d'un craquement de métal inquiétant.

— Oh, c'est mauvais signe, releva Nina en tournant la tête pour voir du métal fondu s'écouler d'une brèche ouverte dans un flanc de la coque.

Chase raffermit sa prise autour de la taille de Nina et accéléra le pas.

— Je crois qu'on va se faire tremper !

— Oh non, pas encore !

La pression de l'océan déchira l'acier de la coque aussi facilement qu'une feuille d'étain, et la brèche s'élargit soudain en déversant des milliers de litres d'eau arctique. L'air s'emplit d'explosions d'étincelles alors que l'inondation court-circuitait le générateur.

Chase et Nina se précipitèrent vers la sortie, poursuivis par la vague qui déferlait dans la soute inondée tandis qu'au-dessus d'eux les étincelles et les flammes faisaient rage. La douleur fulgurait dans la jambe de Nina à chaque enjambée, mais elle se força à continuer d'avancer. Elle entendait derrière elle le grondement de l'eau qui se ruait vers eux comme un raz de marée.

Ils arrivèrent à la porte. Chase fit franchir le seuil à Nina juste au moment où la vague les atteignit en se brisant contre la cloison dans des éclaboussures d'embruns glacés. Chase se colla dos à la porte et poussa de toutes ses forces pour la fermer contre la pression du flot. Le panneau claqua contre l'encadrement et Nina se redressa pour abaisser le levier de fermeture. Elle s'affala sur le pont, le souffle court.

— Désolée, ma chérie, dit Chase en lui attrapant le bras pour la relever et l'entraîner dans la coursive, mais on n'a pas trop le temps de flâner. (Il désigna l'épée d'un signe du menton.) Pourquoi ne l'as-tu pas laissée couler avec le bateau ?

— Ils pourraient la récupérer en fouillant l'épave.

— Bien vu. Mais tu veux bien me la confier ? Ainsi, je n'aurai plus peur que tu ne m'amputes accidentellement d'une jambe…

Elle lui tendit l'épée et ils arrivèrent à une échelle qui montait au niveau supérieur. Malgré tous les efforts de Nina pour soulager sa jambe blessée, elle grimaça de douleur à chaque pas.

— Ouïe, oh, ouïe ! Quel fils de… Oh, si Jack n'était pas déjà mort, je le tuerais encore !

— D'ailleurs, je ne t'ai pas encore remerciée pour ça.

— Pas la peine.

— Bien sûr que si. Je n'ai pas envie de devenir indifférent au fait que tu me sauves la vie.

— Dans ce cas, merci à toi de m'avoir sauvée… encore une fois ! Ça fait combien, maintenant ? Une bonne dizaine de fois ?

— En tout, ou juste pour cette dernière semaine ?

— Tu sais, en général, les couples ne perdent pas le compte de ce genre de choses…

Ils poursuivirent leur ascension. De nouveaux craquements sinistres se répercutèrent dans le navire, accompagnés du grondement sourd des explosions qui continuaient à ébranler la soute. Ils perçurent aussi un autre bruit, celui d'un moteur…

— Bordel ! jura Chase. Ça, c'est l'hélicoptère qui s'en va.

— De toute façon, nous ne savons pas piloter un hélico. Et, vu qu'on n'a pas d'arme, il aurait été difficile de contraindre le pilote et ses passagers.

— Eh, j'ai une épée, je te rappelle ! Enfin, espérons qu'il reste un canot de sauvetage…

Ils débouchèrent au niveau du pont principal et découvrirent que la situation ne laissait plus la place au moindre doute : le navire était en train de sombrer par la proue. Chase ouvrit une porte et sortit dans le vent froid, en laissant Nina assise contre la cloison.

— Merde !

Le bossoir du canot de sauvetage était vide, et ses câbles pendaient mollement jusqu'à la surface des eaux. Un gros canot orange dansait sur les flots et s'éloignait du porte-conteneurs, éclairé par la balise stroboscopique qui clignotait sur son toit en fibre de verre.

Chase traversa le pont en courant pour voir la situation de l'autre bord. Le second canot était toujours suspendu aux câbles du bossoir et avait presque atteint la mer. Il aurait pu bondir pour attraper un filin et se laisser glisser jusqu'au canot, mais Nina en aurait été incapable avec sa jambe blessée.

— Alors ? demanda Nina quand il revint vers elle.

— Tu as vu *Titanic* ?

— Oh...

L'*Aurora* trembla de tout son long, et ils vacillèrent tous les deux. L'inclinaison du pont se distinguait clairement à présent, et s'aggravait lentement.

— Bon, réfléchit Nina à haute voix, nous sommes sur un navire, et il n'y a plus de canots de sauvetage. Il y a forcément à bord d'autres trucs qui flottent. Qu'est-ce qui flotte ?

— Une sorcière, répondit Chase. (Nina lui adressa un regard incrédule.) Ben quoi ? Je n'ai jamais dit que je ne connaissais pas les Monty Python.

— Super ! Mais, à moins que tu n'aies une sorcière sous le coude ou, mieux encore, son balai volant, ça ne nous aide pas vraiment !

— Je n'ai pas de balai, songea Chase alors qu'un espoir naissait en lui, mais je sais où trouver quelque chose qui puisse voler. Attends-moi ici !

Il lâcha Excalibur aux pieds de Nina et se rua à l'intérieur pour disparaître par l'échelle en se laissant glisser le long de ses montants.

— Eddie, où vas-tu ? *Eddie !* cria Nina.

Mais il était déjà parti.

Frustrée, elle attendit qu'il revienne. Au bout d'une minute, Excalibur glissa sur le pont pour venir tinter contre la cloison avant.

— Deux naufrages en trois jours, maugréa-t-elle en se penchant maladroitement pour ramasser l'épée. Eddie ! Si tu as une idée, c'est le moment de la mettre en pratique !

Chase remonta l'échelle à toute allure.

— Je suis là, j'arrive !

Nina vit qu'il transportait ce qui ressemblait à une grosse valise munie d'un harnais.

— C'est quoi, ce truc ?

— Notre billet de sortie. Enfin, peut-être. Allez, debout, il faut qu'on grimpe sur le pont supérieur.

Cinq douloureuses montées d'échelle plus tard, Nina s'affaissa avec soulagement contre une cloison, pour s'apercevoir qu'elle était de biais. Un hublot tout proche lui offrit une vue sur le parc d'antennes, fleurs argentées qu'illuminaient les projecteurs... et, au-dessous d'elles, les vagues déferlant sur le sommet des faux conteneurs à la proue. C'était le Typhoon qui recommençait, sauf que cette fois ils se trouvaient loin des côtes.

Elle ramena les yeux sur Chase, qui achevait de boucler le harnais.

— C'est quoi ? Un parachute ?

— Plutôt un réacteur dorsal.

— Un quoi ?

— C'est grâce à ce truc que Jack a pu pénétrer dans le complexe de Vaskovich. J'espère juste que c'est aussi facile à utiliser qu'il s'en vantait. Si tu veux bien apporter l'épée, il y a un compartiment à l'arrière du sac ; range-la dedans. Mais attention à ne pas faire de trou !

Nina boitilla jusqu'à lui, trouva la fermeture du compartiment, l'ouvrit et y plaça soigneusement Excalibur. La lueur disparut dès qu'elle relâcha l'épée, qui tinta sans danger contre l'intérieur du compartiment en polycarbonate. Elle le referma tandis que Chase vérifiait les sangles du harnais. Le navire frissonna une nouvelle fois et un gémissement métallique d'agonie se réverbéra dans la coque.

— OK, dit-il en désignant la porte extérieure. On sort.

Nina ne comprenait toujours pas très bien ce qu'il avait en tête, mais elle franchit le seuil en boitant pour se retrouver sur l'aile bâbord de la passerelle, une sorte de grand balcon qui surplombait le flanc de la coque. Loin au-dessous, elle aperçut un des canots de sauvetage qui s'éloignait, sorte de losange orange qu'éclairait par intermittence sa balise clignotante. À la proue, la mer continuait à envahir progressivement les conteneurs. L'arrière de l'*Aurora* était déjà hors d'eau et s'élevait dans les airs à mesure que l'énorme cargo s'enfonçait par l'avant dans l'océan noir.

Chase lui tendit un cordage.

— Entoure cette corde autour de moi, puis autour de toi. Fais deux tours et noue-la aussi serré que tu le peux. Fais-moi confiance, ajouta-t-il en voyant son expression perplexe.

— Très bien, acquiesça-t-elle à contrecœur en passant la corde sur les reins de Chase, sous le sac à dos rigide, tandis qu'il attachait à son poignet un petit boîtier de commandes. Tu sais donc comment ce truc fonctionne ?

— Plus ou moins. Jack m'a montré. Bon, il m'a plus expliqué que vraiment montré, mais j'ai pigé les grands principes.

— On va dire que je te crois sur parole, marmonna Nina d'une voix tendue.

Elle passa une seconde fois la corde autour de Chase et d'elle, et serra fort avant de la nouer solidement.

Chase l'entoura de ses bras et ils avancèrent maladroitement jusqu'au bord de la plate-forme.

— On va devoir grimper sur la rambarde. Tu penses y arriver ?

— Il va bien falloir, non ?

Chase la souleva et Nina se servit de son pied gauche pour s'appuyer sur chaque barre horizontale de la rambarde. Il monta à sa suite et elle serra les dents pour ne pas crier quand sa jambe blessée se pressa contre la cuisse de Chase.

— Super, Nina, la félicita Chase quand ils se retrouvèrent en équilibre précaire au sommet de la rambarde, en se tenant à un poteau pour ne pas tomber. À présent, voyons si j'arrive à démarrer cet engin.

— Mais avant ça..., dit Nina.

— Quoi ?

Elle l'embrassa tendrement.

— Au cas où je n'en aurais plus jamais l'occasion.

Chase lui sourit.

— Eh, je me suis enfin décidé à fixer une date de mariage : tu penses bien que je n'ai pas l'intention de le manquer ! (Il l'embrassa à son tour, puis examina le boîtier de commandes tandis que Nina s'agrippait à lui.) Voyons voir...

Il appuya sur un bouton. Les flancs du sac s'ouvrirent comme les élytres d'un scarabée prenant son envol, et des ailes delta noires en fibre de carbone se déployèrent en accordéon avant de se tendre dans un claquement sec.

Chase fut impressionné par la rapidité et la précision de leur déploiement ; l'envergure totale des ailes avoisinait les trois mètres.

— Plutôt cool, commenta-t-il. Bon, et maintenant les moteurs. (Il posa le doigt sur le bouton suivant.) Cramponne-toi bien, la prévint-il : quand je presserai ce bouton, on va avoir l'impression de recevoir un bon coup de pied au cul, et on basculera dans le vide.

Nina ferma les yeux.

— Vas-y.

Chase se pencha en avant et appuya sur le bouton.

Les quatre réacteurs miniatures s'allumèrent dans un hurlement, et la chaleur de leurs gaz d'échappement cloqua la peinture de la rambarde alors que Chase et Nina étaient précipités par-dessus bord. Les ailes fléchirent sous le vent et ils continuèrent à chuter en prenant de la vitesse. Ils plongeaient vers la mer, parallèlement au flanc du navire, dont les ponts défilaient devant eux.

Chase changea de position et écarta les bras en cambrant le dos pour tenter de redresser. S'il pouvait atteindre une vitesse suffisante afin que les ailes génèrent de la portance…

La surface noire des eaux où scintillaient les reflets des lumières de l'*Aurora* se rua à leur rencontre.

Ça ne marchait pas. Ils avaient dépassé le niveau du pont principal et piquaient vers l'océan. Plus que quelques mètres…

Leur trajectoire se redressa et les ailes se tendirent brutalement vers le haut comme si elles prenaient soudainement vie. Nina hurla quand le cordage qui l'entourait lui cisailla la peau. Chase se cambra en arrière avec l'énergie du désespoir, le visage fouetté par le vent glacial.

C'est l'effet de sol, comprit-il.

À très basse altitude, une aile emprisonnait l'air entre la surface et elle, ce qui augmentait sa portance. Mais serait-ce suffisant pour les empêcher de heurter les flots ?

Ses yeux pleuraient dans le vent violent. Quelque chose défila à toute vitesse sur le côté : le canot de sauvetage, réduit à une tache orangée et floue qui s'éloigna derrière eux…

Et plus bas.

Ils reprenaient de l'altitude !

Chase lutta pour conserver sa position cambrée, entraîné par le poids de Nina pendue sous son ventre. La poussée des réacteurs combinée à la portance des ailes parvint de justesse à les faire remonter, selon un angle d'ascension faible, mais continu. Les yeux plissés, il regarda le boîtier de contrôle et vit l'altimètre numérique grimper avec régularité. Il se rappelait que Mitchell lui avait précisé l'autonomie de vol de l'engin, et il se lança dans un exercice de calcul mental pour estimer quelle altitude ils pourraient atteindre avant que les réacteurs s'éteignent. Nina aurait pu effectuer l'opération en quelques secondes, mais le rugissement du vent et des moteurs l'empêchait de lui transmettre les informations nécessaires et, à voir comment elle tremblait, elle avait d'autres préoccupations en tête. La température, par exemple, ou la dure loi de la gravité.

Chase arriva à un résultat avoisinant les trois mille pieds. À cette altitude, il pourrait voir l'horizon à près de cent kilomètres à la ronde – à supposer qu'il y ait quelque chose à voir. Mitchell avait dû veiller à ce qu'il n'y ait pas d'autres navires à proximité, afin que personne ne puisse observer le tir de l'arme à énergie tellurique. Toute la question restait de savoir s'ils pourraient planer assez longtemps pour rejoindre un navire qui croiserait dans ces parages.

Le paraplaneur continua à grimper, atteignit mille pieds, poursuivit son ascension. Chase sentait le cœur de Nina battre contre sa poitrine, rapide, affolé… mais qui commençait à ralentir, non parce qu'elle se calmait, mais parce qu'elle gelait dans le vent glacial.

— Reste avec moi ! lui cria-t-il.

Il sentit la main de Nina lui serrer le dos. Mais l'hypothermie la guettait, et même lui ne pourrait pas supporter longtemps de telles conditions. Cela faisait des années qu'il n'avait plus suivi d'entraînement en conditions extrêmes.

Les minutes s'égrenèrent ; l'altimètre continua à grimper, les réacteurs à hurler. Il ne devait plus rester beaucoup de carburant. Chase s'essuya les yeux et constata que les larmes gelaient sur son visage. Il sentait à peine le contact de ses doigts sur sa joue engourdie par le froid.

Trois mille pieds.

Un voyant rouge s'alluma sur le boîtier à son poignet, l'avertissant qu'il arrivait à court de carburant. Combien restait-il ? Une minute ? Trente secondes ? Dix ? Il l'ignorait. Mais la partie propulsée du vol s'achevait ; à suivre, un long vol plané dans la nuit noire…

Des lumières !

Au loin, une petite constellation de lueurs bleues et jaunes. Sans autre point de repère dans l'obscurité, il était presque impossible d'estimer la distance exacte, mais Chase doutait que ces lumières se trouvent à moins de trente kilomètres. Le paraplaneur parviendrait-il à les porter jusque-là ?

Ils n'avaient pas d'autre choix que d'essayer. Il vira pour s'orienter vers le navire au loin.

Les réacteurs crachotèrent, puis se turent, laissant toute la place au rugissement du vent.

Chase sentit les bras de Nina autour de lui se desserrer progressivement.

— Nina, reste éveillée ! hurla-t-il. Il y a un bateau, on peut y arriver !

De toute façon, si cette affirmation optimiste se révélait fausse, Nina n'aurait jamais l'occasion de le lui reprocher.

L'altimètre se mit à chuter. Chase se cambra autant que possible pour essayer de maintenir leur altitude ; mais, sans les réacteurs, la descente demeurait inévitable.

Deux mille pieds. Les lumières étaient encore lointaines, mais elles se rapprochaient ; la constellation floue dessinait peu à peu une forme encourageante. Le navire paraissait plus petit que l'*Aurora*, et il était peut-être plus proche que la première estimation de Chase ne le suggérait. Il ressemblait à un chalutier.

Ils continuèrent à se rapprocher. Mille cinq cents pieds. Chase ne sentait plus son visage, et à peine ses mains au bout de ses bras tendus. Nina ne s'agrippait plus que mollement à lui, et seule la corde la retenait vraiment. Mille pieds.

L'espace entre les lumières commença à se peupler de couleurs solides, et le navire émergea lentement de la nuit. Cinq cents pieds. Ils se rapprochaient toujours. Quatre cents, trois cents…

Nina perdit connaissance. Chase batailla pour maintenir sa position malgré les bras et les jambes de Nina qui pendaient dans le vide et les ralentissaient. Deux cents pieds, cent pieds – la chute s'accéléra…

Le chalutier grossit rapidement et un mât apparut soudain au milieu de la nuit, juste devant eux. Chase fit un écart, perdant de la portance dans la manœuvre. Il aperçut quelque chose sur le pont : un tas de filets de pêche et des reflets argentés au-dessous. Il se dirigea droit dessus, saisissant sa dernière chance avant de dépasser le navire pour plonger dans l'océan.

Ils s'écrasèrent dans les filets. Les ailes craquèrent et se rompirent, mais Chase avait déjà enveloppé Nina de ses bras afin de la protéger. Ils glissèrent au milieu d'un amoncellement de poissons en répandant sur le pont une pluie de morues fraîchement pêchées. L'autre partie du filet était en train d'être remontée sur le pont et ils roulèrent sur ses mailles avant de retomber au milieu du banc de poissons sautillants.

— La vache ! hoqueta Chase. (Il avait les doigts complètement engourdis, mais son odorat fonctionnait encore parfaitement.) Mais ça pue !

La remontée du filet s'arrêta. Chase regarda autour de lui et vit un groupe de pêcheurs qui les dévisageaient d'un air éberlué.

Nina bougea faiblement dans ses bras.

— Nina ! Ça va ? Nina !

— Eddie…, murmura-t-elle d'une voix comateuse.

Elle remua encore un peu, cette fois pour poser sa tête contre sa poitrine, les yeux clos, avec sur le visage une expression de bien-être… qui ne dura qu'un instant, avant qu'elle fronce le nez d'un air outré.

— Mais c'est quoi, cette odeur ?

Chase la serra contre lui en riant de soulagement, puis se tourna vers les marins qui s'avançaient vers eux.

— Salut, les gars ! leur lança-t-il. Vous n'iriez pas en Angleterre, par hasard ?

36

Angleterre

— ... Je suis donc particulièrement honoré d'être ici en compagnie de celle qui a découvert la tombe du roi Arthur, une archéologue qui a plus d'une fois réécrit les livres d'histoire... le docteur Nina Wilde.

— Je vous remercie, monsieur le Premier ministre, dit Nina en rougissant sous les applaudissements alors qu'elle avançait d'une démarche boitillante pour prendre sa place devant le micro.

Sa blessure avait été soignée et les médecins lui avaient assuré qu'elle ne garderait aucune séquelle, mais il ne s'était écoulé qu'une semaine, et sa jambe restait encore raide et douloureuse.

La petite estrade sur laquelle ils se tenaient avait été dressée au pied de la colline de Glastonbury Tor. Derrière, un cordon délimitait l'entrée de la tombe, qui avait été confiée à une équipe d'archéologues pour une étude exhaustive.

Nina observa la foule, bien plus nombreuse qu'elle ne s'y attendait. Outre l'inévitable cohorte de journalistes et le dispositif de policiers, d'agents de sécurité et de bureaucrates qui accompagnait le Premier ministre, il y avait là quantité de gens ordinaires, venus pour être les témoins d'un moment rare où le mythe rejoignait la réalité.

Mais, parmi tous ces visages tournés vers elle, Nina n'avait d'yeux que pour un seul. Chase se tenait près de l'estrade et, malgré toutes les coupures et tous les points de suture qui lui balafraient le visage, il applaudissait à tout rompre en affichant un grand sourire. À côté de lui se trouvaient Elizabeth, Holly, sa grand-mère, et Mac. Elle lui rendit son sourire, puis releva la tête vers la foule.

— Merci, répéta-t-elle en attendant que les applaudissements cessent. Je suis très honorée d'être ici aujourd'hui. La première chose que je voudrais dire, c'est que je n'ai pas découvert cette tombe seule ; j'ai reçu pour cela l'aide de beaucoup de personnes dont certaines, malheureusement, ne sont plus parmi nous. Les grands trésors du passé peuvent inspirer le respect et l'émerveillement, mais ils peuvent également susciter convoitise et violence, et cela a coûté la vie à certains de mes amis. Avant de poursuivre, j'aimerais que nous prenions un instant pour honorer leur mémoire.

Elle inclina la tête, les mains serrées devant elle. Le brouhaha de la foule s'éteignit presque totalement, pour laisser place au silence, uniquement troublé par le chant des oiseaux. Au bout d'un moment, Nina releva les yeux et vit Chase lui adresser un sourire triste, mais approbateur.

— Merci à tous. Le Premier ministre a déclaré à l'instant que j'avais réécrit les livres d'histoire, et je sais que certaines personnes s'effraient un peu à l'idée de voir d'anciennes certitudes soudain ébranlées. C'est une réaction dont j'ai moi-même été coupable : j'avais moi aussi mes idées préconçues. Mais j'ai appris que, parfois, la remise en question de ses certitudes est la seule voie vers de nouvelles découvertes, vers le progrès de la connaissance. Et, grâce à cela, me voici devant vous aujourd'hui, et ce qui n'était qu'une légende est devenu quelque chose de plus grand encore : une vérité. Une vérité qu'il nous reste à étudier dans tous ses détails, mais ce long chemin commence ici : à la dernière demeure d'Arthur, roi des Bretons.

De nouveaux applaudissements éclatèrent, accompagnés d'acclamations. Mais Nina ne voyait que Chase, et l'expression de fierté qu'elle lisait sur son visage.

— Pourquoi tu n'étais pas sur scène, toi aussi, oncle Eddie ? demanda Holly.

— Ah, tu me connais, répondit-il modestement. Je n'aime pas qu'on me prenne en photo ; je suis trop timide.

— N'importe quoi ! Pas à moi… (Elle leva le téléphone qu'il lui avait offert et prit une photo de Nina et de lui.) Je veux une bonne photo de mon héros.

— Pour ça, il faudra beaucoup retoucher le cliché, lança Elizabeth sur le ton de la plaisanterie. Eddie, je voudrais te remercier, mais je ne crois pas pouvoir jamais t'exprimer toute ma reconnaissance. Tu as sauvé…

Envahie par l'émotion, elle laissa sa phrase en suspens.

Chase la prit par l'épaule.

— Tu n'as pas à me remercier, Liz… euh, Elizabeth. (Ils échangèrent un sourire.) Vous êtes ma famille. La question ne se posait même pas.

— Tu devrais aller voir papa pour lui dire ça.

— Ne brûlons pas les étapes, tu veux bien ?

La grand-mère de Chase les rejoignit.

— Viens ici, mon biquet. Je suis si fière de toi !

Elle l'attira à lui et lui pinça les joues.

— Aïe, aïe, mamie ! protesta Chase. Tu vas faire sauter mes points de suture !

— Oh, ne sois pas ridicule. (Elle l'embrassa avant de se tourner vers Nina.) Et je suis si heureuse que vous ayez enfin décidé d'une date ! (Elle embrassa Nina à son tour.) Bienvenue dans la famille !

— N'oublie pas d'envoyer son invitation à Peter Alderley, ajouta Mac d'un air malicieux.

— Alderley peut aller se…, commença Chase avant de jeter un coup d'œil vers sa nièce et sa grand-mère.

— Se chercher un costume pour la noce ? suggéra Nina.

Mac s'esclaffa, puis se rapprocha d'eux et baissa la voix.

— Au fait, murmura-t-il avec un regard vers le Premier ministre qui répondait aux équipes de télévision à quelques mètres de là, un certain nombre de personnes à Londres – et à Washington – sont impatientes de savoir ce qui est arrivé à Excalibur.

— Perdue en mer, répondirent en chœur Chase et Nina. Elle a coulé avec le navire, précisa Nina.

— Glou-glou, ajouta Chase en dessinant du doigt une spirale descendante.

— Hum. (Mac les dévisagea intensément l'espace d'un instant, puis se fendit d'un sourire.) Enfin, c'est sans doute mieux ainsi. Bon, et maintenant, quels sont vos projets ?

— Nous rentrons aux États-Unis, dit Nina. Je dois faire un rapport complet à l'AIP, ainsi qu'à l'ONU. Et nous devons aller parler à la famille d'Hector Amoros.

Amoros hocha la tête d'un air compatissant.

— Je vous souhaite bon courage. Vous partez pour Heathrow ? Je peux vous déposer, si vous voulez ?

— Merci, ça ira, répondit Nina. Nous avons loué une voiture.

Chase afficha un grand sourire.

— Nous allons prendre notre temps, et passer par les petites routes.

Chase et Nina se tenaient sur la berge d'un lac au cœur de la campagne anglaise. Le soleil éclatant donnait au paysage verdoyant et doucement vallonné une atmosphère paisible et romantique. Il n'y avait personne alentour, ni voitures ni habitations, seulement les arbres et les champs, et les oiseaux qui voletaient dans la brise chaude.

— Quel endroit magnifique…, soupira Nina.

Elle se rapprocha de la rive et observa son reflet dans l'eau qui ondoyait paisiblement. Un petit poisson monta juste au-dessous de la surface pour la regarder, puis, d'un coup de queue vif, disparut en un éclair dans la sécurité des profondeurs.

— Oui, c'est joli, opina Chase, mais pas autant que le Yorkshire. Là-bas, c'est une région vraiment bénie des dieux. Il faudra que je t'y emmène.

— La prochaine fois, peut-être.

Elle contempla le paysage encore un moment, puis se tourna pour ramasser un objet enveloppé dans une serviette de bain.

— Tu es sûre de toi ? demanda Chase.

— Pas vraiment. La place d'un vestige aussi important sur le plan historique serait dans un musée. Mais… (Elle secoua la tête.) On ne peut pas laisser un autre Jack mettre la main dessus. Et puis, selon la légende, Excalibur a été jetée dans un lac pour attendre d'y être retrouvée quand le temps serait venu. Ça paraît donc approprié.

Elle déroula la serviette pour révéler Excalibur. La lame luit d'un éclat ténu dès qu'elle posa la main sur sa poignée ; aucune ligne invisible d'énergie tellurique ne passait à proximité de ce lieu. Elle admira un instant les reflets du soleil sur l'épée, puis la tendit à Chase.

— Quoi, moi ? Oh, je vois : si tu es le roi Arthur, moi je suis le fidèle chevalier qui jette l'épée dans le lac, c'est ça ?

— Non, sourit Nina. C'est simplement que tu la lanceras plus loin que moi, voilà tout.

Chase rit de bon cœur, puis soupesa l'épée dans ses mains avant de lever le bras pour se préparer à la lancer.

— Tu es sûre ?

— Oui.

— OK. (Avec un grognement d'effort, il lança l'épée dans le lac. Elle tournoya dans les airs en scintillant sous le soleil, puis retomba à quelque distance de la berge et creva la surface pour disparaître dans les eaux du lac.) Ah bon. Tu sais, je m'attendais presque à voir une main jaillir de l'eau pour la rattraper…

— La main d'une pétasse mouillée ? demanda Nina en pouffant de rire.

— Ça va, stop avec les Monty Python, pitié. (Il lui prit la main et ils retournèrent à leur voiture.) Bon, on va devoir commencer à réfléchir à notre mariage, j'imagine. Je sais : et si on se faisait marier par Elvis à Las Vegas ?

Elle rit.

— Continue donc à chercher.

Épilogue

Washington DC

L'homme aux cheveux blancs tendit un dossier à celui qui était assis derrière le bureau et recula respectueusement.

— C'est tout ce que nous avons pour le moment, monsieur.

— Le navire ?

— Selon l'indication GPS de sa dernière position connue, il gît par deux mille quatre cents mètres de fond en mer de Norvège, juste au-dessus du cercle polaire arctique. Il reste atteignable, bien que cela soit compliqué, mais nous ne pouvons dire à l'heure actuelle ce qu'il sera possible de récupérer dans son épave.

— Et pour l'épée ?

— Selon les déclarations du professeur Wilde et de Chase, elle a coulé avec le navire. Difficile de savoir s'ils disent la vérité ; mais, vu la notoriété du professeur Wilde, il paraît délicat de les soumettre à un interrogatoire…

— Bon sang. Mitchell aurait dû faire analyser et dupliquer le supraconducteur *avant* de tester l'arme. Il a fait preuve de précipitation, et nous avons tout perdu !

— Si je puis me permettre, monsieur, hésita l'homme aux cheveux blancs, il a agi conformément à vos instructions. Il a voulu tirer parti de la situation d'impasse avec les Russes, et vous avez personnellement autorisé la destruction de l'*Enterprise* dans l'idée de faire porter le chapeau aux Russes pour…

— Je sais ce que j'ai autorisé ! le coupa l'autre homme en frappant du poing sur le bureau. Nous aurions écarté pour au moins une décennie les Russes de la compétition pour les ressources polaires, mais tout a échoué ; et tout ça à cause d'une archéologue et de son fiancé anglais ! (Il feuilleta les pages à l'intérieur du dossier et s'arrêta devant deux portraits : Nina et Chase. Il referma le dossier et le jeta sur son bureau d'un geste rageur.) Très bien, monsieur Callum. Vous pouvez disposer.

— Merci, monsieur le Président, opina l'homme aux cheveux blancs avant de quitter le Bureau ovale d'un pas décidé.

Le président Victor Dalton se détourna pour regarder la roseraie de la Maison-Blanche, derrière les vitres blindées. Jack Mitchell savait que, en cas d'échec, il serait accusé de tous les maux et qu'on le présenterait comme un traître qui avait utilisé les fonds secrets de la DARPA à ses propres fins. En vrai patriote qu'il était, il avait accepté ce risque et endossé cette responsabilité afin de protéger l'homme qui lui donnait ses ordres. Aucun indice ne permettrait de remonter jusqu'à la Maison-Blanche… mais cela ne changeait rien au fait que l'opération était un fiasco. L'arme à énergie tellurique avait été détruite et les plans à long terme de Dalton se trouvaient compromis.

Il jeta un regard noir aux photos de Nina et de Chase.

— Je saurai m'en souvenir, promit-il.

Achevé d'imprimer en décembre 2019
Par CPI Brodard & Taupin à La Flèche
N° d'impression : 3036637
Dépôt légal : janvier 2020
Imprimé en France
2810326-1